KNAUR

THOMAS FINN

WHISPERING
FIELDS
BLUTIGE ERNTE

Besuchen Sie uns im Internet:
www.knaur.de

Aus Verantwortung für die Umwelt hat sich die Verlagsgruppe
Droemer Knaur zu einer nachhaltigen Buchproduktion verpflichtet.
Der bewusste Umgang mit unseren Ressourcen, der Schutz unseres
Klimas und der Natur gehören zu unseren obersten Unternehmenszielen.
Gemeinsam mit unseren Partnern und Lieferanten setzen wir uns
für eine klimaneutrale Buchproduktion ein, die den Erwerb von
Klimazertifikaten zur Kompensation des CO_2-Ausstoßes einschließt.
Weitere Informationen finden Sie unter: www.klimaneutralerverlag.de

Originalausgabe Mai 2022
Knaur Taschenbuch
© 2022 Knaur Verlag
Ein Imprint der Verlagsgruppe
Droemer Knaur GmbH & Co. KG, München
Alle Rechte vorbehalten. Das Werk darf – auch teilweise –
nur mit Genehmigung des Verlags wiedergegeben werden.
Redaktion: Ruggero Leò
Covergestaltung: Stefan Hilden, www.hildendesign.de
Coverabbildung: © HildenDesign unter Verwendung von Motiven
von Trevillion Images/Tim Robinson und Shutterstock.com
Satz: Sandra Hacke
Druck und Bindung: GGP Media GmbH, Pößneck
ISBN 978-3-426-52822-8

2 4 5 3 1

Für Bernhard.

Mit Dank an meine »Habernitzas« Wiebke, Tanja und Philipp,
die mir dabei halfen, Kreise im Korn zu zeichnen; Nini für ihre
»Berliner Schnauze«, Daniel und Angela für mundartliche
Übertragungen ins Sächsische, Tom für jene ins Oberlausitzische
und Milan für sachkundige Übersetzungen ins Sorbische.
Ihr seid klasse!

Darauf ein Gläschen Korn.
Oder vielleicht auch besser nicht …

INHALT

KAPITEL 1: SAAT   9
Fänger im Roggen   11
Kopflos   30
Botschaften aus dem Nichts   57
Menetekel   97

KAPITEL 2: WACHSTUM   141
Bett im Kornfeld   143
Blutige Ähren   151
Rätsel der Vergangenheit   192
Kutzlarnitz   225
Die alte Mühle   254

KAPITEL 3: BLÜTE   275
Spreu vom Weizen   277
Mühlensprache   285
Unheilig   309
Bubak   351

KAPITEL 4: ERNTE   395
Kind des Zorns   397
Glagoliza   405
High Noon   436
Mutterkorn   470

KAPITEL 1

SAAT

FÄNGER IM ROGGEN

Grillen zirpten, und ein warmer Nachtwind brachte das Getreidefeld zum Rascheln.

Luca musterte scheel die hohen Halme, die sich links des alten Feldweges wie eine hohe Wand erhoben. Sie standen dicht an dicht, und im Mondlicht schälten sich Aberhunderte leicht geneigter Ähren aus der Dunkelheit, satt und prall, als wollten sie verkünden, dass sie längst überreif seien.

Erstaunlicherweise ragten die Feldfrüchte gut einen Meter achtzig aus dem Ackergrund empor und reichten ihm etwa bis zum Stirnansatz. Das konnte unmöglich Weizen sein. Etwa Roggen?

Das war für seine Heimat zwar etwas ungewöhnlich, aber durchaus denkbar. Die Lausitz galt seit jeher als Kornkammer Sachsens. Von der allgegenwärtigen Trockenheit, die die Region auch in diesem Jahr heimsuchte, war hier jedenfalls wenig zu bemerken.

Luca lehnte sein neues Sportrad gegen das wurmstichige Bushäuschen, das einsam an den breiten Feldweg grenzte und hinter dem sich eine weitere, vergleichsweise öde Ackerfläche aufspannte, deren Getreidehalme gerade mal Hüfthöhe erreichten. Dem Areal war anzusehen, dass ihm die diesjährige Sommerdürre sichtlich mehr zugesetzt hatte als dem Kornfeld gegenüber.

Der Anblick ließ in Luca keinen Zweifel aufkommen. Das Feld zu seiner Linken musste es sein.

Einen Moment lang überlegte er, ob er sein Rad mit dem Schloss sichern sollte. Nur war das Blödsinn. Wer sollte ihm hier in dieser Einöde und zu dieser späten Uhrzeit das Fahrrad klauen?

Er verscheuchte eine vorwitzige Heuschrecke, die sich auf seinem T-Shirt niedergelassen hatte, und wollte sich gerade seiner Gepäcktasche widmen, als der laue Nachtwind ein unheimliches Geräusch herantrug: ein leises Wispern und Flüstern.

Luca schreckte hoch.

Doch da war nichts. Nur das beständige Zirpen der Grillen und das leichte Rauschen bewegter Getreidehalme.

Seine überreizte Fantasie hatte ihm offenbar einen Streich gespielt.

Dennoch …

Fahrig wischte er sich eine Strähne seines blonden Haars aus dem Gesicht. Bei dem Gedanken an sein Vorhaben wurde ihm nun doch ein wenig mulmig zumute. Was, wenn er in diesem Kornfeld tatsächlich Zeuge einer Anomalie wurde?

Andererseits hatte er ja nicht vor, allein reinzugehen. Zumindest nicht, wenn Philipp noch kam.

Luca zog sein Handy aus der Jeanstasche und warf einen missbilligenden Blick auf das Display. Keine Nachricht. War sein Kumpel am Ende verhindert? Dabei war Philipp im Gegensatz zu ihm schon längst volljährig und musste niemandem gegenüber Rechenschaft ablegen, was er nachts trieb.

Na gut, Philipps Freundin Paula konnte manchmal etwas besitzergreifend sein. Andererseits stand sie den Beiträgen auf seinem grenzwissenschaftlichen YouTube-Kanal *XFacts* sehr aufgeschlossen gegenüber. Luca und Philipp hatten sich überhaupt erst bei ihr kennengelernt, während eines Drehs zum Thema Pendeln. Die beiden wussten nur zu gut, dass man neue Abonnenten nicht durch Nichtstun bekam. Das Pärchen lebte in einer alternativen Bauwagensiedlung, und obwohl die beiden drei Jahre älter waren als er, war aus der kurzen Begegnung rasch eine Freundschaft entstanden.

Seitdem begleitete Philipp ihn auf manchen seiner Exkursionen. Während Lucas Interesse vorrangig UFOs und EVPs galt, Electronic Voice Phenomenons, also Geisterstimmen auf Tonband, interessierte sich Philipp eher für Landesgeschichte und alte Mythologien. Das war eine durchaus produktive Mischung, denn als Geschichtsfreak wusste er von Dingen, von denen Luca zuvor noch nie gehört hatte. Zum Glück ging er dabei auch nicht so weit wie

Paula, die für Lucas Geschmack etwas zu sehr mit der alten heidnischen Wicca-Tradition liebäugelte. Ein bisschen durchgeknallt war sie schon. Aber das würden andere von ihm selbst vielleicht auch behaupten.

Die Frage war bloß, wo Philipp blieb?

Denn sosehr er ihn auch schätzte, er war leider nicht der Zuverlässigste.

Luca wollte gerade Philipps Rufnummer drücken, als in der Ferne das unverkennbare Knattern seines Motorrades ertönte. Sein Kumpel war stolzer Besitzer einer im Erzgebirge erworbenen Simson S 50 B1, die er in liebevoller Kleinarbeit zur Enduro umgebaut hatte. Die alte DDR-Maschine erstrahlte heute in Metallic Blue und war so gut in Schuss, dass ihm Sammler bereits den dreifachen Kaufpreis geboten hatten. Allerdings rückte er sie nicht heraus, was Luca nur zu gut verstand.

Luca stellte sich offen auf den Feldweg und blickte dem tanzenden Scheinwerferlicht der geländegängigen Maschine entgegen, die am Getreidefeld entlang rasch auf das Bushäuschen zubrauste. Er winkte.

Die Simson wurde langsamer, und schließlich war Philipp heran und parkte seinen knatternden Untersatz neben dem Fahrrad. Er stellte den Motor ab, woraufhin auch das Licht erlosch. Dann stieg er ab und öffnete den Reißverschluss seiner Lederjacke, unter der es ohne den Fahrtwind vermutlich viel zu warm war.

»Sorry, hatte die Gardoffl nicht im Blick«, entschuldigte er sich mit Blick auf seine Armbanduhr. Er setzte seinen weißen Oldtimer-Motorradhelm ab, an dem eine stylische Fliegerbrille befestigt war, und schüttelte seine krause Lockenpracht. Zur Begrüßung schlugen die beiden ihre Fäuste gegeneinander.

»Ich dachte schon, du kommst nicht«, maulte Luca. »Bei der Spukhausfolge letzte Woche hast du dich auch verspätet.«

»He, hab dich nicht so«, antwortete der Ältere mit einem Seufzen. »Sobald du 'ne Freundin hast, wirst du schon sehen, dass man dann nicht mehr so frei in seinen Entscheidungen ist. Ehrlich gesagt bin ich überrascht, dass *du* pünktlich bist. Ich dachte, dein Bruder ist seit gestern wieder aus den Staaten zurück? Wollte deine Omma nicht groß auftischen?«

»Ja, ist er.« Luca zwinkerte. »Tim und ich wurden aber gestern schon gemästet.«

»Schade, dann bin ich wohl einen Tag zu spät. Ihr Sauerbraten ist jedenfalls der Hammer.« Lachend hängte Philipp den Helm an den Lenker. »Hättest ihn eigentlich mal mitbringen können, damit ich ihn kennenlerne. Du und er, ihr seid immerhin die einzigen eineiigen Zwillinge, die ich kenne. Oder ...« Sein misstrauischer Blick wanderte zum Bushäuschen. »Oder verarscht ihr beide mich gerade, und du bist in Wahrheit ...?«

»Nein!« Luca winkte grinsend ab. Einen Moment lang bereute er es, nicht selbst auf die Idee gekommen zu sein. Tim hätte sicher mitgemacht. »Tim ist Freunde besuchen. Ist ja nicht so, als wären wir siamesische Zwillinge.«

»Und, kennt er deinen Kanal?«

»Klar. Sicher.« Luca trat wieder an die Gepäcktasche seines Fahrrads heran und öffnete sie, um dieser endlich seine Kamera und die restlichen Geräte zu entnehmen. Er hatte sogar ein Mikrofon samt Aufnahmegerät eingepackt, auf dem die Lettern *XFacts* prangten. »Allerdings ist er eher der Skeptiker von uns beiden. Aber wenn wir heute Erfolg haben, wird sich das garantiert ändern. Dann werden die Views durch die Decke gehen. Jeder wird über uns berichten. Jeder!«

»Ich wünsche es dir.« Philipp zog eine Taschenlampe unter der Lederjacke hervor, mit der er kurz Feldweg und Bushäuschen beleuchtete. Ein Grashüpfer sprang in die Dunkelheit. »Meine Fresse, hier ist wirklich der Hund begraben.«

Er richtete den Lichtstrahl auf das hohe Getreidefeld.

»Das da ist es?«

Kurz stellte er sich auf die Zehenspitzen und versuchte, das Kornfeld zu überblicken.

»Ich hoffe, du hast den Kornkreis noch nicht ohne mich inspiziert?«

Luca räusperte sich. »Nein. Bin ja selbst erst seit eben da. Nur glaube ich auch nicht, dass wir schon … fündig würden.«

»Was meinst du damit?« Philipp senkte die Lampe und starrte ihn überrascht an. »Ich denke, wir sind hier, um uns den Kreis anzusehen?«

»Schon. Ich will damit auch eher sagen, dass wir *im Augenblick* nicht fündig würden.« Verlegen zuckte Luca mit den Schultern. »Ich glaube nämlich, der Kornkreis wird erst heute Nacht entstehen. Wir wären somit die Ersten, die so ein Phänomen live aufnehmen.«

»Willschd misch forhohnebibln?«

Es war kein gutes Zeichen, dass Philipp plötzlich in sächsischen Dialekt verfiel, denn das passierte ihm vor allem dann, wenn er verärgert war.

»Nein, natürlich nicht«, versicherte Luca eilig.

»Du hast mich herbestellt, weil du glaubst, dass hier ein Kornkreis entstehen *könnte*?«

»Ehrlich, das alles hat seine Gründe.« Luca wand sich. »Erinnerst du dich an die Kleinanzeige von dieser Wohnungsauflösung vor einigen Wochen? Und an die Bücher, die du so gern haben wolltest?«

»Ja. Nur haben die Angehörigen auf meine Mail nicht geantwortet.«

»Ich bin letzten Mittwoch einfach mit dem Bus hingefahren. Für die alten Schinken hat sich zum Glück niemand interessiert. Die Familie wusste gar nicht, auf welchem Schatz sie hockt. Die wollten sie eigentlich schon wegwerfen. Ich hab sie daher für 'nen Zehner bekommen.«

»Und?«

»Da sind tatsächlich Kornkreiszeichnungen drin«, erwiderte Luca begeistert. »Und noch einiges mehr – nur sind die Erklärungen, sagen wir mal, typisch für die Zeit. Aber eines ist mir dadurch klar geworden: Die ganze Gegend hier scheint schon immer so eine Art Hotspot für dieses Phänomen gewesen zu sein.«

Philipp starrte ihn aufmerksam an.

»Wir sind hier«, fuhr Luca fort, »weil ich einer Theorie nachgehen will.«

»Welcher Theorie denn?«

»Der, dass die Kornkreise nicht wahllos entstehen«, erwiderte Luca mit verschwörerischer Stimme. »Dafür gibt es noch weitere Indizien. In einem der UFO-Foren, in denen ich bin, war zu lesen, dass bei dem Kornkreis, der gestern in Brandenburg aufgetaucht ist, angeblich nachts zuvor seltsame Lichtphänomene auszumachen waren.« Luca räusperte sich abermals. »Mit einem der User kam ich ins Gespräch, und der hat mir berichtet, dass Spaziergänger letzte Nacht auch hier so ein seltsames Leuchten gesehen hätten. So ein Glühen. Von dem User habe ich auch die GPS-Daten des Feldes. Ich hoffe also, dass ...«

»Euja?!« Sein Kumpel schüttelte ungläubig den Kopf. »Du bestellst mich her, nur weil so 'n Äggsbärdde im Netz Rabadz macht? Kommt es dir nicht selbst etwas närsch vor, dass er dich zu einem Ort bestellt hat, der gerade mal sechs oder sieben Kilometer von eurem Hof entfernt liegt? Ich gehe jede Wette ein, dass der Typ hier irgendwo auf der Lauer liegt und sich über uns kaputtlacht.«

»Ja ... ich meine, nein«, presste Luca unsicher hervor. »Das Irre ist, dass sich die Daten mit meinen Berechnungen decken.«

»Berechnungen?« Philipp zog misstrauisch die Augenbrauen zusammen.

»Ich sag doch, dass ich 'ne Theorie habe. Und das war auch längst nicht alles. Ich weiß, du glaubst da ja nicht so dran. Aber ... ich hab heute Nachmittag auch noch ein ziemlich seltsames EVP aufgenommen. Ich spiele dir das nachher gern mal vor. Da geht es auch um das Fel...«

»Ehrlich, Luca«, unterbrach ihn der Ältere. »Wenn du willst, dass die Leute deinen Kanal ernst nehmen, dann solltest du nicht auf jeden Schruz aufspringen. Wir forblämborn hier bloß unsere Zeit.«

»Das ist kein Mist! Ich … ich kann dir auch nicht genau sagen, warum, aber ich bin mir absolut sicher, dass das alles miteinander zusammenhängt. Und gerade dich sollte das doch interessieren. Über dich bin ich doch überhaupt erst auf all das hier aufmerksam geworden. Außerdem …«, Luca sah ihn eindringlich an. »Wir haben doch nichts zu verlieren, jetzt da wir schon mal hier sind.«

Philipp schnaubte und betrachtete grübelnd das hohe Kornfeld, in dem noch immer die Grillen zirpten. Etwas darin erzeugte ein leises Rascheln.

»Stell dir nur vor«, beschwor Luca ihn, »wir beide könnten die Ersten sein, die herausfinden, was es mit alledem auf sich hat.«

»Du hast mitgekriegt«, brummte Philipp nach einer Weile, »dass die bei dem Kornkreis gestern am Erikasee 'nen Toten gefunden haben?«

»Ernsthaft? Nee.«

»Hab ich von Paula. Die … hat mich gewarnt.«

»Gewarnt? Wovor?«

»Sich weiter mit dem ganzen Thema zu beschäftigen.«

Luca folgte dem Blick seines Freundes etwas überrumpelt, der den Lichtstrahl seiner Taschenlampe über die Wand aus Getreidehalmen wandern ließ. Im Spiel aus Licht und Schatten war zu sehen, dass sich einige Ähren gelegentlich im Wind bewegten.

»Wieso das denn?«

»Du kennst sie doch. Angeblich eine Warnung aus der Zwischenwelt.«

Wollte ihm sein Kumpel Angst einjagen?

Nicht mit ihm. Und schon gar nicht, wo er schon mal hier war.

Luca wusste selbst nicht so recht, warum, aber er spürte tief in seinem Innern, dass irgendetwas an diesem Feld anders war. Er *musste* es unbedingt heute noch betreten. Nötigenfalls alleine.

Wenn er Erfolg hatte, dann würde das die Abonnentenzahlen von *XFacts* explodieren lassen und seinen Kanal vielleicht auch international bekannt machen.

»Wenn schon«, murrte er. »Von so was lass ich mir keine Angst machen.«

»Na gut«, seufzte Philipp. »Ich geb uns eine halbe Stunde. Wenn wir bis dahin nichts gefunden haben, mache ich mich wieder vom Acker. Und zwar buchstäblich.«

»Alles klar!«

Aufgeregt reichte ihm Luca das Mikro mitsamt Aufnahmegerät, während er sich die lederne Trageschlaufe seiner Digitalkamera ums Handgelenk schob. Endlich konnte er auch seine neue Stirnlampe ausprobieren. Er stellte das Licht an und packte sein EMF-Messgerät aus, das ein wenig einer Fernbedienung mit Anzeigeskala ähnelte, deren Spektrum von Grün bis Rot reichte.

»Sieh an«, frotzelte Philipp. »Deinen Geisterdetektor hast du also auch am Start.«

»Das ist kein ›Geisterdetektor‹. Das Gerät zeigt elektrische, magnetische und elektromagnetische Felder an«, korrigierte Luca ihn ernst. »Du hast doch selbst behauptet, dass manche in der Szene Erdstrahlen für die Entstehung von Kornkreisen verantwortlich machen.«

»Na ja … wen oder was hältst du denn dafür verantwortlich? Außerirdische?«

»Ich hab dazu noch keine klare Theorie«, wich Luca der Frage aus.

Sein Kumpel seufzte. »Na gut. Legen wir einfach los. Ich darf doch, oder?«

Philipp trat ans Fahrrad heran und löste die Luftpumpe unter der Querstange. Er verstaute Mikro und Aufnahmegerät am Gürtel seiner Lederhose und marschierte unerschrocken auf das Roggenfeld zu. Er suchte einen geeigneten Einstieg und teilte die Wand aus Halmen, indem er mit der Luftpumpe einige heftige Schläge nach links und rechts austeilte. »Wir hätten Stöcke mitnehmen sollen«, fluchte er, während er tiefer ins Feld vordrang. »Oder gleich 'ne Machete.«

»Besser, wir sind etwas vorsichtiger«, mahnte Luca. »Nicht, dass uns der Bauer noch für Schäden haftbar macht.«

»Das hättest du dir früher überlegen müssen.«

Luca seufzte und betrat die Bresche, die Philipp ins Feld schlug und trampelte. Im nächsten Moment tauchte er ein in ein Meer aus hohen Halmen, die im Lichtschein seiner Stirnlampe wie dürre Finger wirkten, die nach ihm griffen. Schlagartig umfing ihn ein schwerer Strohgeruch. Ähnlich wie an einem heißen Sommertag, wenn die Bauern die Ernte einholten. In dieser Intensität hatte Luca ihn schon seit Jahren nicht mehr wahrgenommen.

Eigenartig.

Mühsam stapfte er hinter Philipp her, der unentwegt weiter auf die Getreidehalme eindrosch. Gemeinsam kämpften sie sich tiefer aufs Feld vor. Das Licht ihrer Lampen verlor sich im struppigen Gewirr zahlloser Halme. Wo immer der Ältere sie umtrampelte, richteten sie sich hartnäckig wieder auf. Überrascht bemerkte Luca, wie Dutzende Heuschrecken von den geknickten Schäften sprangen. Darunter grüne Heupferde, von denen einige gute fünf oder sechs Zentimeter lang waren. Und obwohl er sich mühte, die Hindernisse beiseitezuschieben, strichen ihm beständig Ähren übers Gesicht. Es war ein Gefühl wie aus seiner Kindheit, wenn sie in den Feldern Verstecken gespielt hatten. Doch diesmal kam es ihm vor, als würden dürre Finger nach ihm tasten.

Ihn schauderte.

Luca wischte die Halme fahrig beiseite, glaubte einmal, im Licht seiner Stirnlampe eine Bewegung am Boden auszumachen – eine Feldmaus? –, und kollidierte unvermittelt mit Philipp, der plötzlich stehen geblieben war.

»Was?«, wollte Philipp wissen.

Luca sah zu ihm auf. »Ich hab nichts gesagt.«

»Doch, du hast doch eben gerade …?« Verwirrt starrte er ihn an. »Egal.«

Sein Kumpel verscheuchte ein Heupferd aus seinem lockigen Haar und stellte sich auf die Zehenspitzen, um über die Ähren hinweg auf das vom Mond beschienene Feld zu blicken. Nur schien er damit wenig Erfolg zu haben. Das Getreide war hier noch höher als am Feldrand.

»Also, wohin?«, fragte er. »Wenn wir hier weiter ziellos herumirren, sind wir am Ende selbst für die Kornkreise verantwortlich.«

»Warte.« Luca schaltete sein EMF an, das leise summte, und beobachtete den Zeiger, während die Grillen ringsum weiter aufgeregt ihre Nachtmelodie zirpten. Der Zeiger zitterte leicht und erreichte überraschenderweise den gelben Bereich der Skala. »Der Ausschlag ist stärker als eigentlich zu erwarten ist.«

»Und?«

Luca zögerte. »Lass uns weiter in Richtung Feldmitte gehen.«

Philipp nickte und sprang diesmal sogar hoch, um besser über die Ähren hinwegblicken zu können. »Mann, dieses Feld ist wirklich nicht ohne«, beklagte er sich. »Fast wie in der Serengeti.«

»Ich weiß.«

»Und irgendwas ist mit den Halmen.« Im Licht seiner Taschenlampe betrachtete Philipp seine Hand mit der Luftpumpe. »Meine Haut juckt bis zum Unterarm rauf.«

»Eine Allergie?«

»Nein.« Philipp schüttelte unwillig den Kopf. »Eher so wie bei einem Marsch mit nacktem Oberkörper durch ein Maisfeld. Schon mal gemacht? Da bleiben gern so kleine Mikroschnitte durch die scharfen Blätter zurück. Spürst du nichts?«

»Nee.« Luca grinste böse. »Vielleicht mag dich das Feld einfach nicht.«

»Sehr lustig. Also weiter.« Philipp leuchtete durch die Halme vor sich. »Versuchen wir es in dieser Richtung. Das sollte in etwa hinkommen.«

Erneut hieb er auf die Getreidehalme ein, trampelte eine strohige Schneise ins Feld, und im unruhigen Licht ihrer Lampen drangen sie unermüdlich weiter in die Dunkelheit vor – bis das EMF unvermittelt lauter wurde und der Zeiger sprunghaft in den roten Bereich ausschlug.

»Warte, hier passiert gerade etwas!«, sagte Luca. »Guck dir das an.«

Aufgeregt zeigte er Philipp das Gerät, und sein Freund runzelte die Stirn. »Abgefahren. Und das ist erst seit eben so?«

»Ja, sag ich doch. Eine elektromagnetische Anomalie.« Luca drehte sich mit dem EMF-Messgerät leicht im Kreis und gewann den Eindruck, dass der Ausschlag in Richtung Feldmitte stärker war. Beherzt drängte er sich an seinem Kumpel vorbei, um die Führung zu übernehmen.

Philipp hüpfte hinter ihm wieder einige Male empor, um besser über die Ähren spähen zu können, und schließlich folgte er ihm. »Findest du es nicht seltsam, wie hoch das Getreide ist? Selbst wenn ich hochspringe, kann ich das Feld kaum noch überblicken.«

Luca, der sich bereits einige Meter durch das Dickicht vorangekämpft hatte, wandte seinen Blick vom EMF ab und folgte Philipps Fingerzeig. Tatsächlich, das Meer der Getreidehalme ringsum überragte ihn inzwischen um mehr als einen Kopf. Abrupt blieb er stehen, als er noch etwas anderes bemerkte. »Pssst! Sei mal still.«

Philipp lauschte und sah ihn überrascht an.

Das ewige Grillenzirpen war verstummt.

Stattdessen erfüllte jetzt ein leises Knistern die Nacht. Und das überall um sie herum.

»Was ist das?«, wisperte Philipp.

»Keine Ahnung.« Luca starrte überrascht auf das summende EMF, dessen Zeiger inzwischen auf Anschlag in der roten Skala stand. Dann fiel sein Blick auf das niedergetrampelte Korn zu seinen Füßen.

Konnte das sein?

Die geknickten Halme um sie herum richteten sich ganz allmählich wieder auf.

Er bückte sich, leuchtete mit der Stirnlampe den Ackergrund ab, und seine Augen weiteten sich. Denn das war nicht alles. Tatsächlich schienen die Halme auch kaum wahrnehmbar zu wachsen.

Millimeter für Millimeter.

Mit einem überraschten Laut erhob er sich und leuchtete zurück zu der Bresche, die sie ins Feld geschlagen hatten. Sie war inzwischen fast wieder zugewachsen.

Philipp, der das Phänomen ebenfalls bemerkte, stellte sich direkt neben ihn.

»Fuck, hier stimmt doch was nicht.«

»Hab ich dir doch gesagt!« Aufgeregt sah Luca seinen Begleiter an. »Los, mach den Rekorder an!« Er selbst aktivierte die Kamera. »Wir schreiben heute Geschichte.«

»Und was ist damit?« Philipp leuchtete nach vorn.

Luca, der gerade mit der Schärfeeinstellung der Kamera kämpfte, folgte dem gebündelten Lichtstrahl mit seinen Blicken und sah es nun ebenfalls.

Überall um sie herum, zwischen den Halmen und am Boden, war Bewegung auszumachen: ein hektisches Hüpfen, Springen und Schwirren.

Das waren Heuschrecken.

Dutzende. Hunderte.

Und sie alle schienen sich auf ein unbekanntes Ziel zuzubewegen.

»Alter, das gefällt mir gar nicht«, brummte Philipp. »Packen wir unser Gelummbe und dann raus hier.«

»Spinnst du?« Luca sah ihn entgeistert an. »Ausgerechnet jetzt, wo hier was passiert? Genau deswegen sind wir doch hier. Jetzt komm schon.«

Die Insekten im Auge behaltend, bahnte sich Luca weiter einen Weg durch die hohen Halme. Immer wieder verirrte sich eine der

Heuschrecken auf seine Kleidung, bevor sie mit einem kräftigen Satz in die Dunkelheit sprang. Das Knistern um sie herum wurde lauter, steigerte sich allmählich zu einem Prasseln.

»Luca, ich halte das für eine total beschissene Idee!«, ertönte hinter ihm Philipps besorgte Stimme. »Lass uns hier raus, bevor …«

Luca erfuhr nicht, wovor er ihn warnen wollte, da sie unvermittelt das zähe Dickicht aus Halmen durchstießen und in ein knapp anderthalb Meter breites Areal stolperten, in dem sich die Getreidehalme vor ihren Augen zu Boden neigten. Deutlich war im Mondlicht zu sehen, wie sich hier eine Art Gang im Getreidefeld bildete, der sich links und rechts von ihnen in einem Halbrund fortsetzte.

»Fuck! Ich glaub's nicht«, ächzte Philipp ungläubig.

Tatsächlich wirkte es fast so, als neigten die Halme vor einer unbekannten Macht die Ährenköpfe, bis sie endgültig die Waagerechte erreicht hatten und wie Matten aus Stroh zur Ruhe kamen.

Aufgewühlt sah sich Luca um und lachte. »Ich hab's dir doch gesagt. Hier entsteht gerade ein Kornkreis. Vor unseren Augen. Und wir sind live dabei.«

Rasch hob er seine Digitalkamera, um das seltsame Phänomen aufzunehmen. Doch das Bild auf dem Display warf Schlieren und wirkte merkwürdig verzerrt. Sogar das Licht seiner Stirnlampe flackerte inzwischen leicht.

»Scheiße!« Er schüttelte die Kamera. »Endlich sind wir am Ziel, und ausgerechnet jetzt versagt die Technik.«

»Ich glaube nicht, dass das hier das Ziel ist«, widersprach ihm sein Kumpel beunruhigt. »Fragst du dich gar nicht, wo die zum Deif'l alle hinwollen?«

Mit einem leicht angeekeltem Gesichtsausdruck deutete er zu den unzähligen Heuschrecken, die auf den geknickten Halmen des seltsamen Gangs im Kornfeld einen wilden Tanz aufzuführen schienen. Angesichts all des Springens und Hüpfens vor ihnen konnte man leicht den Eindruck gewinnen, dass der Untergrund regelrecht brodelte. Und noch immer wirkten die Bewegungen der Insekten zielgerichtet, denn sie hielten sich nicht an den mysteriösen Gang im Feld, sondern überquerten ihn und sprangen in Schwärmen in das hohe Dickicht aus Halmen schräg gegenüber.

»Du hast recht«, flüsterte Luca fasziniert. »Lass uns herausfinden, wo die hinwollen.«

»Luca, ehrlich, wir sollten …«

Philipps Protest verhallte, denn sein Freund beachtete ihn nicht weiter, sondern eilte rechter Hand die breite Schneise aus geknickten Halmen entlang, während er nach wie vor versuchte, seine Digicam zum Laufen zu bringen. Erfolglos. Auch seine Stirnlampe flackerte immer unruhiger.

Eine elektromagnetische Anomalie. Ganz eindeutig.

Lucas Herz hämmerte aufgeregt. Er brauchte kein künstliches Licht, denn obwohl der Mond hin und wieder von Wolken verdunkelt wurde, die unbemerkt aufgezogen waren, reichte sein fahles Licht aus, um den eigentümlichen Gang aus umgeknickten Halmen deutlich aus der Düsternis zu schälen. Standhaft das unentwegte Springen und Hüpfen zu seinen Füßen ignorierend, folgte er der Schneise und fand wenige Meter entfernt einen Quergang, der links abzweigte und sich ebenfalls weiter hinten verlor, in einer Art Halbrund zwischen Wänden aus hohen Kornähren. Kurz fragte sich Luca, welche Umrisse der Kornkreis genau aufwies, allerdings würde man das wohl erst aus der Luft erkennen. Wichtiger schien ihm die Entdeckung, dass die vielen springenden und hüpfenden Insekten dem Gang nun doch folgten.

Dem vermeintlichen Zentrum des Kornkreises entgegen?

»Luca!«, tönte hinter ihm die alarmierte Stimme Philipps, der ihm widerwillig folgte.

»Memm nicht so rum!«, kam Luca seinem Einwand zuvor. »Willst du jetzt wissen, was hier abgeht, oder nicht?«

Erregt stürmte er die Abzweigung entlang, und wann immer seine Füße den wie ausgepolstert wirkenden Boden berührten, war es, als würden die geknickten Halme in einem Regen aus springenden Insekten explodieren. Überhaupt war die Nacht inzwischen von einem lauten Schwirren und Brummen erfüllt, das selbst die Knisterlaute im Feld übertönte.

Wenn nur die verdammte Digicam endlich …

Ansatzlos hielt Luca im Laufen inne und spürte, wie Philipp mit ihm kollidierte und schockiert aufächzte.

Denn unmittelbar vor ihnen endeten die Wände aus hohem Getreide. Der seltsame Gang im Kornfeld mündete in einem kreisförmigen Areal aus geknickten Halmen, das im Mondlicht wie mit einem riesigen Zirkel gezogen wirkte. Doch nicht der Zirkel zog ihre Aufmerksamkeit auf sich, sondern das unwirkliche Gebilde in seinem Zentrum.

Vor ihren Augen türmte sich ein schwankender und immer höher werdender Kegel aus schwirrenden und brummenden Heuschrecken auf, die sich wie irre gebärdeten und deren heftiger Flügelschlag an den Klang reißenden Papiers erinnerte.

Das monströse … Ding wuchs rasch zu einer Höhe von über zwei Metern an und wurde immerzu durch weitere Heuschrecken genährt, die von allen Seiten aus den Getreidehalmen sprangen. Dabei veränderte sich die Form des unwirklichen Gebildes aus lebenden Insekten zunehmend zu einem brausenden grün-schwarzen Schlauch, der – einer bizarren Windhose nicht unähnlich – immer weiter zum Nachthimmel emporwuchs. Und auch dieser hatte sich verändert, denn unmittelbar über ihnen ballten sich jetzt die Wolken, und Luca glaubte sogar, von dort oben ein leises Grummeln zu hören. Doch all das verblasste angesichts des überlauten Schwirrens, Brummens und Flatterns vor ihnen. Denn die himmelwärts strebende Säule aus Insekten entwickelte zunehmend ein bizarres Eigenleben. Immer wieder peitschte das obere Ende des flatternden Schwarmgebildes hin und her, gabelte sich, wuchs wie ein monströser Finger wieder zusammen – und neigte sich plötzlich in ihre Richtung, als wollte es nach ihnen greifen.

»Gott, was ist das?«, keuchte Luca, der das unheimliche Phänomen anstarrte. Zugleich setzte ein fast unmerklicher warmer Nieselregen ein, der von sanften Böen über das Feld getrieben wurde und ihre Haut benetzte.

»Weg hier!«, rief Philipp.

Erst als ihn sein Kumpel grob an der Schulter packte und mit sich zog, überwand Luca seine Schockstarre, und sie rannten beide los.

Längst waren ihre Lampen endgültig erloschen, dennoch hetzten sie panisch durch den eigentümlichen Gang inmitten des Getreidefelds, zurück in die Richtung, aus der sie gekommen waren, als das Brausen und Flattern hinter ihnen auf unwirkliche Weise zu einem geisterhaften Raunen und Wispern anschwoll.

Luuuucaaaa …

Erschrocken blickte Luca über die Schulter. Obgleich das Feld längst von dichten Regenwolken verschattet wurde, sah er, wie der schwankende Insektenturm jenseits der Getreidehalme jäh in einer dunklen Wolke zerplatzte. Im nächsten Augenblick war die Luft von einem lauten Schwirren und Flattern erfüllt, und ein gewaltiger Schwarm aus Heuschrecken brauste dicht über sie hinweg, verfing sich in ihren Haaren, setzte sich auf ihre Kleidung und verfinsterte die Nacht.

»Verfluchte Scheiße!« Philipp geriet vor Luca ins Straucheln und fuchtelte mit den Händen hektisch vor seinem Kopf herum, um all die brummenden und flatternden Insekten zu vertreiben, die sich auf Haaren, Mund, Nase und Augen niederließen. Auch Luca wehrte sich verzweifelt gegen den Ansturm. Dann – von einem Moment zum anderen – entfernte sich das Flattern, Schwirren und Brausen, und sie sahen entgeistert dabei zu, wie der düstere Heuschreckenschwarm in den Nachthimmel aufstieg. Er bildete unter der Wolkendecke ein bizarres geometrisches Muster, bevor er wie schwarzes Wasser jäh wieder auf den Acker herabstürzte.

Luca und Philipp keuchten entsetzt, dann rannten sie weiter.

»Wo ist der Feldweg?«, wimmerte Luca, während um sie herum noch immer der seltsame Nieselregen fiel.

»Ich weiß es nicht«, keuchte Philipp, der nun einige Male emporsprang und versuchte, über die Ähren hinwegzublicken.

»Diese Richtung!« Er deutete schräg vor sie. »Ich glaube, da hinten ist das Bushäuschen.«

Panisch stürzte er sich in die hohen Halme, und mühsam kämpften sie sich durch das endlos scheinende Roggengewirr auf den Feldrand zu, bis Philipp unvermittelt stolperte und zu Boden ging. Als Luca ihm verzweifelt wieder auf die Beine half, wurde ihm bewusst, dass das unentwegte Schwirren und Brummen hinter ihnen verstummt war. Nicht einmal mehr das Säuseln des feuchten Nachtwindes war zu hören.

Stattdessen herrschte im Feld ringsum eine fast bleierne Stille.

Wie die Ruhe vor dem Sturm.

»Weiter!« Wütend drosch Philipp mit der Luftpumpe auf die feuchten Halme ein und bahnte sich mühsam einen Weg durch das Korn. Abermals verhedderten sie sich und halfen sich gegenseitig wieder auf, als dicht vor ihnen ein Rascheln zwischen den Halmen ertönte.

Jäh huschte ein schwarzer Schatten von rechts nach links vor ihnen vorbei, und ein intensiver Strohgeruch wurde herangeweht.

Luuuucaaaa …

Diesmal war die geisterhafte Flüsterstimme nicht zu überhören.

Erschrocken hielt Luca inne, und auch Philipp, der die Luftpumpe schlagbereit hielt, blickte sich ängstlich um. »Scheiße! Was war das?«

»Hast du das auch gehört?«, flüsterte Luca verzagt.

Abermals war im Getreidefeld ein Rascheln zu hören, und in unmittelbarer Nähe jagte ein flinker Schatten durch die Halme. Diesmal von links nach rechts.

Beide fuhren herum, konnten jedoch im hohen Getreide nichts erkennen.

»Egal! Lauf!« Philipp stürmte wieder los. »Bleib dicht bei ...«

Der flinke Schatten huschte ein weiteres Mal durchs Feld, und diesmal glaubte Luca im Zwielicht eine wirbelnde Bewegung auf Höhe der Ähren auszumachen. Ein dumpfer Schlag war zu hören, dem ein triumphierendes Fauchen folgte. Dann war der Schatten wieder verschwunden.

Philipp hingegen torkelte und sackte ansatzlos vor Luca in sich zusammen.

»Philipp?«

Kurz brach das Mondlicht zwischen den Regenwolken hervor, und als Luca sich besorgt über seinen Freund beugte, weiteten sich seine Augen vor schierem Entsetzen.

Philipp fehlte der Kopf.

Er war ... fort!

Stattdessen spritzte und quoll unentwegt Blut aus dem offenen Halsstumpf.

Mit einem hysterischen Aufschrei wich Luca zurück, kippte selbst hintenüber ins Kornfeld und kroch hektisch von dem Toten weg.

Dann siegte sein Überlebensinstinkt.

Japsend vor Furcht und mit Tränen in den Augen kam er wieder auf die Beine. Jedwede Blicke auf den schrecklich zugerichteten Leichnam vermeidend, schob er die hohen Roggenhalme beiseite und rannte. Rannte.

Und endlich, endlich lichtete sich das scheinbar undurchdringliche Gewirr aus Halmen und Ähren.

Der Feldweg. Da hinten war er.

Luca fegte das Getreide beiseite und wollte gerade aus dem Feld stürmen, als ihn unvermittelt etwas am Bein packte. Mit einem Aufschrei stürzte er bäuchlings auf den durchfeuchteten Untergrund, wirbelte um die eigene Achse und sah im Zwielicht, dass sich einige Halme um seinen Fußknöchel geschlungen hatten.

Verzweifelt mühte er sich damit ab, die seltsame Fessel abzureißen, als der merkwürdige Strohgeruch plötzlich so intensiv wurde, dass er um Atem rang. Abermals schlug ihm die bedrohliche Flüsterstimme entgegen:

Luuuucaaaa …

Drängend. Fordernd.

Und diesmal war sie ganz nah.

Wimmernd vor Furcht sah Luca auf. Das unwirkliche Wolkengebilde über dem Feld wurde von einem fahlgelben Wetterleuchten erhellt, und dank des Lichts erblickte er erstmals die Gestalt.

Groß. Dunkel. Unheilvoll.

Wie aus seinen Albträumen geboren.

Knisternd teilten sich die Ähren vor ihr, während sie majestätisch durch die Halme auf ihn zuschritt. Und mit jeder Bewegung kam ein warmer Wind auf, der feinste Regenschleier herantrug.

Japsend versuchte Luca, sich loszureißen. Doch es war zu spät. Unerbittlich beugte sich die monströse Gestalt über ihn, packte ihn und schleifte ihn mit einem brutalen Ruck zurück aufs Feld.

Luca schrie.

KOPFLOS

»… macht die Trockenheit den Landwirten auch diesen Sommer schwer zu schaffen. Ludolf Kempter, Vorsitzender des sächsischen Landesbauernverbandes, klagt daher, dass nach vier Dürrejahren in Folge viele Landwirte um ihre Existenz kämpfen. Jetzt, so betonte er letzten Freitag in Grimma, seien die Politiker in der Pflicht. Denn auch die Düngeverordnung bereitet den Bauern zunehm…«

Sarah Richter verstellte genervt den Radiosender ihres blauen VW Polo, um endlich einen Kanal mit Musik zu finden, als sie links der von Bäumen gesäumten Bundesstraße das Blaulicht bemerkte, inmitten der weit gestreckten Landschaft aus korngelben Feldern.

Ein kurzer Blick aufs Navi bestätigte, dass sie ihr Ziel fast erreicht hatte.

Sie seufzte bei dem Anblick der schier endlosen Getreidefelder links und rechts der Straße. So wie diese Gegend hier hatte sie sich stets die Pampa vorgestellt. Denn abgesehen von dem einsamen Hochsitz am Waldrand in einigen Kilometern Entfernung war nirgendwo ein Zeichen von Zivilisation auszumachen.

Sie schaltete das Radio endgültig ab, musterte sich kurz im Rückspiegel und wischte sich einige Strähnen ihres blonden Long Bobs aus dem schmalen Gesicht. Leider machte der warme Fahrtwind, der durch die geöffnete Seitenscheibe in den Wagen blies, alle Versuche schnell wieder zunichte, ihr dünnes Haar in Form zu bringen. Doch angesichts der Sommerhitze war ihr ein kühlender Luftzug irgendwie wichtiger als ihr Aussehen.

Sarah drosselte die Geschwindigkeit des Polo, kaum dass sie zwischen den Bäumen einen Feldweg entdeckte, der linker Hand von der Bundesstraße abzweigte. Über ihn gelangte man zu dem Fundort, und für hiesige Verhältnisse herrschte bereits bei der Zufahrt überraschend viel Betrieb. Gleich drei Pkws parkten unmittelbar am

Straßenrand, und auch auf dem Feldweg selbst standen Fahrzeuge und Fahrräder.

Sie setzte den Blinker, scherte auf den leicht holprigen Weg ein und erblickte sofort die Gruppe Schaulustiger, die sich trotz der Mittagshitze etwa zehn Meter weiter bei einem gelbblauen Streifenwagen versammelt hatte, um einen möglichst unverstellten Blick auf den Tatort zu erhaschen. Bei der Hälfte der Sensationshungrigen handelte es sich um Einheimische, der Kleidung nach Dörfler aus der Umgebung. Die andere Hälfte war – zumindest den Kennzeichen der geparkten Fahrzeuge zufolge – aus Berlin, Leipzig und Hoyerswerda angereist. Darunter, wie bereits gestern in Brandenburg, auffallend viele dieser UFO-Spinner. Sarahs Gefühl nach waren es sogar mehr geworden. Das jedenfalls folgerte sie aus dem Heckaufkleber eines Fahrzeugs, das das ikonische »I want to believe«-Plakat samt UFO zeigte, das durch Agent Mulder aus der Serie *X Files* berühmt geworden war.

Sie alle drängten sich dicht vor einem rot-weißen Flatterband, das ihre Kollegen quer über den Weg gespannt hatten. Soeben schob eine junge Polizistin in schwarz-blauer Sommeruniform einen Endzwanziger zurück, der etwas aufdringlich eine protzige Kamera auf die Felder richtete.

Sarah verdrehte die Augen.

Als sie sich mit ihrem Fahrzeug dem Treiben näherte, blickte die Kollegin auf. Die dunkelhaarige Beamtin stoppte sie und trat vor das geöffnete Seitenfenster.

»Entschuldigung«, sagte sie ernst. »Aber hier findet gerade ein Polizeieinsatz statt.«

»Ich werde erwartet.« Sarah zückte ihren Dienstausweis und präsentierte ihn der Frau.

»Verstehe.« Die Polizistin winkte einem Kollegen im Streifenwagen zu. »Mario, mach mal die Absperrung auf.«

Der Beamte stieg aus dem Wagen, und gemeinsam sorgten die beiden dafür, dass sie weiterfahren konnte.

Sarah nickte ihnen dankbar zu und ignorierte standhaft die Schaulustigen, die sie neugierig beäugten. Einer von ihnen, ein grobschlächtiger Kerl mit orange-weiß kariertem Hemd, schreckte nicht einmal davor zurück, sie mit seinem Handy zu fotografieren.

Sarah hasste zwar derartige Unverschämtheiten, aber in dieser Gegend schien wirklich der Hund begraben zu sein. Ein tragisches Ereignis wie dieses würde vermutlich noch in zwanzig Jahren Gesprächsstoff liefern.

Sie gab wieder etwas Gas und sah im Rückspiegel, wie die Reifen ihres Polo Staub auf dem ausgedörrten Feldweg aufwirbelten. Sie fuhr an vertrocknet wirkenden Feldern vorbei und hielt geradewegs auf das halbe Dutzend Fahrzeuge in etwa achtzig Metern Entfernung zu. Sie standen längs des Weges bei einem großen Getreidefeld, dessen Kornähren deutlich üppiger gediehen als auf den übrigen Ackerflächen.

Sarah richtete ihr Augenmerk auf den markanten großen Einsatzwagen samt dem Blaulicht, das sie bereits von der Bundesstraße aus hatte erkennen können. Der Sprinter parkte unweit einer alten hölzernen Bushaltestelle. Vor und hinter dem Fahrzeug standen zwei weitere Streifenwagen, außerdem zwei Zivilwagen und – natürlich – ein Leichenwagen. Die beiden Bestatter hatten einen schwarzen Regenschirm als Sonnenschutz aufgespannt, rauchten in seinem Schatten und blickten ihr neugierig entgegen.

Auch inmitten des Getreidefeldes war Bewegung auszumachen. Dort, vielleicht acht Meter vom Feldweg entfernt, inmitten der hohen Halme, erhob sich ein Faltpavillon. Sarah war sich sicher, dass sich dort die Leiche befand. In unmittelbarer Nähe marschierten soeben – den weißen Papieranzügen zufolge – Kollegen von der Forensik durch die Ähren. Tauschen wollte sie mit ihnen nicht, denn in den Dingern war es derzeit vermutlich unerträglich warm.

Sarah hielt an und wurde sofort von einem weiteren Beamten in Uniform angesprochen.

»Sie sind die Kollegin aus Brandenburg?«

»Richtig. Kriminaloberkommissarin Sarah Richter. Mordkommission Cottbus.« Abermals präsentierte sie ihren Dienstausweis. »Mir wurde gesagt, dass Kriminaldirektor Drettner vor Ort ist.«

»Ich gebe Bescheid.« Der Beamte griff zu seinem Funkgerät. »Parken Sie am besten direkt hier vorn.«

Er deutete zum Rand des Feldweges, und Sarah sorgte dafür, dass ihr Polo nicht länger im Weg rumstand. Kurz überlegte sie, sich ihr Sakko überzustreifen, das hinten auf der Rückbank lag. Es kam schließlich nicht so häufig vor, dass sie dem Leiter einer fremden Mordkommission gegenübertrat. Drettner leitete immerhin die Kriminalabteilung des Polizeireviers Hoyerswerda, der gleich vier Polizeistandorte untergeordnet waren. Ihr Chef verließ sich darauf, dass sie einen ordentlichen Eindruck machte. Allerdings schwitzte sie angesichts der hoch stehenden Sonne jetzt schon, weshalb sie auf das Sakko verzichtete.

Stattdessen rückte sie den Kragen ihrer hellgrünen Bluse zurecht, griff sich ihre Einsatztasche und stieg aus.

Sofort umfing sie bleierne Hitze. Grillen zirpten, und erstmals nahm sie auch den schweren Strohgeruch wahr, der dem hohen Kornfeld links des Feldweges entströmte. Kurz blickte sie auf ihre Armbanduhr und sah, dass es schon nach ein Uhr nachmittags war. Sie stellte sich auf die Fußspitzen und erkannte trotz der hohen Ähren, dass sich auch weiter hinten auf dem Feld etwas regte. Offenbar suchten dort noch mehr Beamte den Acker ab.

Sarah stellte ihre Spähversuche ein, als sie sah, wie aus Richtung des Bushäuschens zwei Männer auf sie zukamen.

Der eine war Mitte sechzig und etwas gedrungen. Den Beschreibungen ihres Chefs zufolge musste das Kriminaldirektor Drettner sein. Er trug eine dunkle Brille, und in der brütenden Augustsonne hatte seine Halbglatze bereits einen rötlichen Stich angenommen, was darauf hindeutete, dass er schon länger vor Ort war. Immerhin trug auch er lediglich ein graues Kurzarmhemd über der Leinenhose, das vorn am Bauch etwas spannte und unter den Achseln Schweißflecken aufwies.

Sein Begleiter war ebenfalls leger gekleidet. Freundlich ausgedrückt. Bei ihm handelte es sich um einen drahtigen Kerl, den sie auf Mitte dreißig schätzte, womit er nur wenig älter als sie war. Trotz der brütenden Wärme trug er eine dunkle Lederhose mit dazu passenden Westernstiefeln, hielt eine abgestreifte Jeansjacke in der Linken, während am Halskragen seines schlichten schwarzen T-Shirts eine Sonnenbrille am Bügel steckte, wie Biker sie gern benutzten. Am markantesten war jedoch sein halblanges, dunkles und etwas struppiges Haar, insbesondere der leicht gebogene Schnauzbart unter der schiefen Nase.

Vom Typus her ähnelte er einem Streetworker oder verdeckten Ermittler – wenn das überhaupt der angekündigte Kollege war, mit dem sie hier zusammenarbeiten sollte. Denn natürlich war es auch möglich, dass sie es hier lediglich mit einem Zeugen zu tun hatte.

»Kriminaloberkommissarin Richter?«, begrüßte Drettner sie mürrisch.

»Ja. Hallo.« Sarah schirmte ihre Augen vor der Sonne ab und warf den beiden Bestattern mit dem Regenschirm einen neidischen Blick zu. »Entschuldigen Sie die Verspätung. Aber ich wurde erst vor zwei Stunden der ›SOKO Kornkreis‹ zugeteilt und musste noch packen.«

»Kein Problem, ich habe nicht früher mit Ihnen gerechnet. Werner und ich haben das ja erst vor wenigen Stunden so entschieden.«

»Stimmt, Sie und mein Chef kennen sich ja schon etwas länger?«

»Seit unserer Studienzeit an der damaligen Karl-Liebknecht-Hochschule in Berlin.« Unprätentiös reichte ihr Drettner die Rechte, die sie schüttelte. »Er und ich, wir haben zusammen bei der Deutschen Volkspolizei angefangen. Ihr Chef hat dann nach der Wiedervereinigung drüben in Brandenburg Karriere gemacht, ich hier in Sachsen. Ganz nebenbei ist er der Patenonkel meiner Tochter.«

»Sieh an.« Sarah blickte ihn überrascht an, wurde aber schnell wieder dienstlich. »Hier ist also noch ein Enthaupteter gefunden worden?«

Sie spähte zum Getreidefeld hinüber, konnte jedoch durch die hohen Ähren nichts erkennen.

»Ja – und zwar wieder ganz in der Nähe eines Kornkreises. Also genau wie bei Ihnen drüben hinter der Landesgrenze.« Drettner wandte sich seinem Begleiter zu. »Aber darf ich Ihnen zunächst Oberkommissar Antonin Schultkas vorstellen, der hier eigentlich die Ermittlungen führt? Ihm hatten wir letztes Jahr die Aufklärung der Kartoffelkeller-Morde zu verdanken. Sie haben vielleicht davon gehört?«

»Wer nicht? Die Medien haben sich ja wie die Geier draufgestürzt.« Der Kollege im Streetworker-Look reichte ihr freundlich die Hand, die sie ebenfalls schüttelte, und Sarah betrachtete ihn mit neuem Interesse.

»Das war in Neschwitz, richtig?«, fragte sie ihn. »Darf ich fragen, wie Sie dem Täter am Ende auf die Schliche gekommen sind? Die vermissten Kinder lagen da doch schon seit dreißig Jahren. Ich hab das nur am Rande mitverfolgt, aber ich meine gehört zu haben, dass es keinerlei verwertbare Spuren gab.«

»Reines Glück«, antwortete Schultkas ausweichend, und sein Schnauzer zitterte beim Sprechen leicht. »Tatsächlich gab es ein winziges Stück abgeblätterter Farbe an der Kleidung eines der Skelette, das die Kollegen übersehen hatten. Das passte zu dem Anstrich eines alten Schuppens. Den damaligen Besitzer zu ermitteln, war dann nicht mehr so schwer.«

Sarah nahm interessiert die Sprachmelodie ihres Kollegen zur Kenntnis. Die Art, wie er die Konsonanten betonte, ließ darauf schließen, dass er Sorbe war. Da sie schon seit Längerem in Cottbus lebte, das als eines der kulturellen Zentren dieses westslawischen Volkes galt, wusste sie, dass Schultkas' Vorfahren im Zuge der großen Völkerwanderung zwischen 600 und 900 in die Gebiete zwischen Ostsee, Elbe, Oder und Erzgebirge eingewandert waren.

Heute, so schätzte man, gab es um die 60 000 Sorben in Deutschland. Und die waren vorwiegend hier in der Lausitz ansässig. Eine Region, die sich über den Süden Brandenburgs und den östlichen Teil Sachsens erstreckte. Neben den nationalen Minderheiten der Dänen, Friesen und der deutschen Sinti und Roma genossen die Sorben als vierte Volksgruppe staatlichen Schutz bei der Bewahrung ihrer kulturellen Identität. In den Landesverfassungen Brandenburgs und Sachsens war sogar geregelt, dass die Sorben ihre Hymne und ihre Flagge gleichberechtigt neben staatlichen Symbolen führen durften. Und seit 2014 waren überall in der Lausitz auch zweisprachige Straßenschilder auf Deutsch und Sorbisch zu finden. In Cottbus wurden sogar die Straßenbahnstationen auf Sorbisch ausgerufen. Dennoch waren die kulturellen Bräuche und Dialekte der Sorben wohl recht unterschiedlich. Genaueres wusste sie leider nicht, allerdings war bekannt, dass rund um Cottbus die Niedersorben lebten. Schultkas, sollte er gebürtiger Sachse sein, würde dann wohl vermutlich der Gruppe der Obersorben angehören. Beide Gruppen wiesen ihres Wissens nach auch sprachliche Unterschiede auf. So oder so, die Zusammenarbeit mit ihm versprach interessant zu werden.

Drettner, der von ihren Gedanken nichts ahnte, reagierte angesichts der knappen Ausführungen seines Oberkommissars mit einem unwilligen Schnauben.

»Na, nicht so bescheiden. Vielleicht sollte man noch erwähnen, dass dieser Schuppen schon lange abgerissen war. Antonin kam ihm durch ein vergilbtes Foto in einem alten Familienalbum auf die Schliche, was dem Fall endgültig die Wende gab.« Er blickte ihn anerkennend an. »Und ich weiß ehrlich gesagt bis heute nicht, wie du darauf gestoßen bist.«

»Wie gesagt: reines Glück.« Antonin Schultkas zuckte leichthin mit den Schultern und beäugte stattdessen Sarah neugierig. »Dafür waren Sie an der Aufklärung der Witwen-Morde im Spremberg beteiligt? Sie waren dafür sogar in Thailand, wie ich hörte.«

»Wow!« Sarah hob überrascht eine Augenbraue. »Das ist jetzt aber etwas unfair. Offenbar sind Sie über mich schon ganz gut informiert.«

»Ich weiß halt gern, mit wem ich zusammenarbeite.«

»Ich schlage vor«, ging Drettner dazwischen, »dass Sie beide später Anekdoten austauschen. Ich will wieder zurück nach Hoyerswerda und vertraue darauf, dass Sie beide den Mist hier rasch aufklären.« Er nahm die Brille ab und wischte sich den Schweiß mit einem Taschentuch von der Stirn, bevor er wieder zu Sarah aufsah.

»Werner ... also Ihr Chef und ich sind kurzfristig übereingekommen, dass wir das alles hier auf dem kleinen Dienstweg regeln. Zum Glück habe ich gerade gestern erst mit ihm telefoniert und wusste daher von Ihrem Fall am Erikasee bei Großkoschen. Als wir dann heute morgen mit dem Toten auf unserer Seite der Landesgrenze konfrontiert wurden«, er sah sich zu dem hohen Getreidefeld um, »brauchte ich bloß eins und eins zusammenzuzählen, um zu wissen, dass wir es mit ein und demselben Täter zu tun haben. Wir hoffen daher, dass die länderübergreifende Sonderkommission dazu beiträgt, Zeit und Ressourcen einzusparen. Kurz: Sie und Antonin arbeiten ab heute zusammen. Ich hoffe, das ist auch für Sie okay?«

»Selbstverständlich.« Sarah wischte sich kurz über die Stirn und blickte ihren neuen Kollegen an. »Fehlt der Kopf des Toten auch hier?«

»Alles exakt so wie bei Ihnen, soweit ich weiß.« Schultkas musterte sie ausdruckslos. »Ein in der Tatnacht entstandener Kornkreis und jeweils ein Enthaupteter in unmittelbarer Nähe.«

»Ich empfehle Ihnen beiden, sich mal diese Kornkreisgänger genauer anzusehen«, mischte sich Drettner mit Blick zur Absperrung ein. »Wird ja wohl kein Zufall sein, dass diese Trampeleien in den Feldern genau in den Nächten entstanden sind, in denen es auch zu diesen bizarren Todesfällen kam. Ausführung und Umstände ...

könnten vielleicht auf das Werk irgendwelcher Satanisten hindeuten.«

Sarah musterte Schultkas, der skeptisch das Getreidefeld anstarrte.

»Machen wir natürlich«, erklärte sie, als der Sorbe nicht reagierte.

»Gut.« Der Kriminaldirektor nickte zufrieden. »Sie beide kommen zurecht?«

»Sicher.« Sarah lächelte, und auch ihr sorbischer Kollege nickte.

»Dann überlasse ich den Rest Antonin.« Drettner berührte mit unglücklicher Miene seine rote Halbglatze und spähte kurz zum blauen Augusthimmel. »Seien Sie beide klüger als ich und besorgen sich Sonnencreme. Wenn Sie etwas brauchen, wissen Sie ja, wo Sie mich finden. Den Jungen bringe ich dann auch gleich mal nach Hause. Viel Glück.«

Sarah hatte keine Ahnung, wovon Drettner sprach, doch sie sah ihm dabei zu, wie er in Richtung Sprinter marschierte und dort von zwei Polizisten in Empfang genommen wurde, unter ihnen auch der, der sie aufgehalten hatte.

»Also, wo wollen wir anfangen?«

»Ich schlage vor«, antwortete Schultkas, »wir beginnen mit dem Toten. Bei der Gelegenheit könnten Sie mich vielleicht auch in Details Ihres Falls in Brandenburg einweihen, die nicht in der Akte stehen.«

»Ach, die Akte haben Sie auch schon?« Sarah nahm sich vor, nach ihrer Rückkehr in Cottbus ein ernstes Wort mit ihrem Chef zu wechseln. Sie blieb dennoch freundlich. »Klar, gern. Wenn Sie mir noch eine Sekunde geben würden.«

Sarah trat unter den gespannten Blicken ihres Kollegen an den Kofferraum ihres Wagens heran, denn ihr war soeben eingefallen, dass darin immer noch ihre grün-weiße Schirmmütze lag.

Schultkas sah sie fragend an, als sie sich die Mütze aufsetzte und er das Emblem darauf bemerkte. »TCC?«

»Tennisclub Cottbus.« Sie war froh, dass die Sonne dank der

Mütze nicht mehr so stach. »Ich spiele da zweimal die Woche, um mich fit zu halten.«

»Nicht schlecht. Ich bin eher der Typ Tischfußballer.«

Sarah musste unwillkürlich schmunzeln. »Na, dann hoffe ich auf ein Match. In unserem Pausenraum haben wir nämlich ebenfalls einen Kicker.«

Sie schnappte sich wieder ihre Tasche, und gemeinsam marschierten sie an den Polizeifahrzeugen vorbei den Feldweg entlang. Ein Stück entfernt scherte ein BMW mit Drettner am Steuer aus und kam ihnen entgegen. Neben ihm auf dem Beifahrersitz hockte ein blonder Teenager, den Sarah auf siebzehn oder achtzehn Jahre schätzte.

»Wer ist der Junge?«, fragte sie ihren Begleiter, kaum dass der Wagen an ihnen vorbeigefahren war.

»Tim Opitz. Er wohnt hier in der Nähe. Gewissermaßen ein Zeuge«, antwortete Schultkas. »Unser Opfer«, er blickte zum Faltzelt, das über den Ähren aufragte, »war hier letzte Nacht nämlich nicht allein unterwegs, sondern mit einem Freund, der seit letzter Nacht spurlos verschwunden ist.«

»Und? Hat der Junge etwas beobachtet?«

»Nein, das leider nicht.« Ihr Kollege wandte sich der alten Bushaltestelle am Feldweg hinter dem Polizeisprinter zu und deutete auf eine blaue Enduro und ein Fahrrad. »Tim ist der Bruder des Vermissten. Er hat sich heute Morgen auf die Suche nach ihm begeben und hier dann die fahrbaren Untersätze der beiden Freunde aufgespürt. Bedauerlicherweise war er es auch, der dann den Toten im Feld entdeckt hat. Der Notruf kam von ihm. Warten Sie, das hier sind die beiden.« Schultkas zückte ein Smartphone und präsentierte ihr das Foto eines jungen Mannes mit Lockenmähne, der grinsend in Bikerkluft an der Seite eines blonden Teenagers stand. Letzterer hielt stolz eine Digicam und ein Mikro in Händen, auf dem ein gut sichtbares Logo prangte: *XFacts*.

»Der mit der Mähne ist nach allem, was wir wissen, der Tote:

Philipp Uhlig, zwanzig Jahre alt. Wohnhaft in einer Bauwagenkommune, etwa fünfzehn Kilometer von hier entfernt. Der Junge neben ihm ist Tims vermisster Bruder Luca Opitz, siebzehn Jahre.«

Überrascht nahm ihm Sarah das Smartphone aus der Hand. »Dieser Tim und sein Bruder sehen sich aber ganz schön ...«

»Zwillinge«, ergänzte Schultkas.

»Das erklärt es. Haben Sie schon versucht, das Handy von Luca Opitz zu orten? Die Jugendlichen haben doch alle eins.«

»Ja, sicher«, antwortete ihr Kollege. »Wir haben es schon vor zwei Stunden gefunden. In der Nähe dieses Piktogramms hier im Feld. Wir haben das Gerät wegen des Sperrcodes der Technik überstellt.«

Sarah gab Schultkas dessen Handy zurück und blickte wieder zu dem Bushäuschen. »Fährt hier noch ein Bus?«

»Nein, schon lange nicht mehr.« Schultkas folgte ihrem Blick. »Ein Überrest aus DDR-Zeiten. Die Linie wurde kurz nach der Wiedervereinigung eingestellt.«

»Na gut, werfen wir einen Blick auf den Toten.« Sarah wandte sich dem hohen Feld zu. »Übrigens gilt bei unserem Enthauptungsfall in Brandenburg streng genommen ebenfalls eine weitere Person als abgängig.«

Antonin Schultkas sah sie überrascht an. »Tatsächlich? Das ging aus der Akte gar nicht hervor.« Der Sorbe übernahm die Führung und lotste Sarah zu einem ausgetrampelten Pfad aus umgeknickten Halmen, der tiefer in das Feld hineinführte.

»Das wissen wir auch erst seit gestern Abend«, erklärte Sarah mit leiser Genugtuung. So akribisch, wie sich Schultkas in der Kürze der Zeit in den Fall eingearbeitet hatte, war sie sich bereits etwas nutzlos vorgekommen.

Sie tauchte hinter ihm in das Meer aus Getreideähren ein, und ihre Sinne wurden sofort von einem fast berauschenden Strohgeruch umhüllt. Das Zirpen der Grillen wurde etwas lauter, und irgendwie war es in dem Feld unangenehm schwül und stickig.

»Bei unserem Toten«, fuhr sie fort, während sie sich hinter Schultkas einen Weg durch das Dickicht aus Halmen bahnte, »handelte es sich um einen Landarbeiter namens Peter Stöpel. Er wurde ausgerechnet von Kornkreisgängern entdeckt, die vormittags eine Drohne gestartet hatten, um damit nach weiteren Piktogrammen Ausschau zu halten.«

»Ja, habe ich gelesen«, kam es von vorn.

»Dann wissen Sie auch, dass bereits tags zuvor im Gebiet der Schwarzen Elster, diesem Nebenlauf der Elbe, ein weiterer Kornkreis entdeckt wurde?«, fragte sie ihn gespannt. »Wobei die da offenbar kein Getreide, sondern Flachs anbauen. Mit dem Feld hier wären es schon insgesamt drei – und das in drei aufeinanderfolgenden Nächten. Dem Interesse der UFO-Jünger da hinten nach zu urteilen, scheint das auch die Eso-Szene für außergewöhnlich zu halten.«

»Ja, auch von der Formation weiß ich«, antwortete ihr Kollege, der sich vor ihr weiter raschelnd durch die Halme bewegte. »Der ist ja auch auf sächsischem Gebiet aufgetaucht.«

»Ihre Detailkenntnis überrascht mich.« Sarah kämpfte sich weiter vor und betrachtete den Sorben gespannt. »Ich dachte, Sie sind erst heute Vormittag mit dem Fall hier betraut worden?«

»Na ja«, antwortete Schultkas, »wir mussten vorhin ein paar dieser Kornkreisgänger mit Nachdruck aus dem Feld vertreiben. Die Szene scheint gut vernetzt zu sein, und ich habe mir daher gleich mal die Webseite eines der Typen genauer angesehen. Luca Opitz, unser vermisster Teenager, scheint dieser Gemeinschaft übrigens auch anzugehören. Zumindest betreibt er einen entsprechenden YouTube-Kanal.«

»Dieses *XFacts?*« Sarah dachte an das Emblem auf dem Mikro, das Opitz auf dem Foto in die Kamera gehalten hatte.

Schultkas brummte zustimmend.

»Was meinen Brandenburger Fall angeht«, fuhr Sarah fort, »können wir nur mutmaßen, was Stöpel in dem Feld zu suchen hatte, in dem er tot aufgefunden wurde. Auch sein Kopf ist bis jetzt verschwunden. Gestern Abend konnten wir aber einen Tankstellen-besitzer ausfindig machen, bei dem Stöpel spätnachmittags Alkoholika gekauft hat. Er plante wohl, abends mit einem Freund ein privates Saufgelage abzuhalten.«

»Und dieser Freund wird jetzt vermisst?« Ihr Kollege hielt kurz inne und sah sie fragend an.

»Ja. Ein gewisser Kevin Koslowski. Ich erwähne das nur der Vollständigkeit halber, da Koslowski vielleicht auch einfach nur untergetaucht ist. Zumindest halten wir ihn für hinreichend tatverdächtig, was den Mord an Stöpel anbelangt.«

»Gibt es Hinweise darauf?«

Sarah seufzte und wischte eine vorwitzige Heuschrecke von ihrer Kleidung. Sie hasste diese Krabbelviecher. »Koslowski ist kein Unbekannter bei den Leuten, die wir nach ihm befragt haben. Bekannte bezeichnen ihn, sagen wir mal, als arbeitsscheu. Außerdem ist er aktenkundig. Gegen ihn läuft eine Anzeige wegen Sozialhilfebetrugs.« Sarah hielt kurz inne, um sich den Schweiß von der Stirn zu wischen. Gott, war das hier schwül. Dann marschierte sie weiter. »Die beiden scheinen an dem Abend tatsächlich zusammen losgezogen zu sein«, fuhr sie fort. »Außerdem haben wir in der Nähe des Tatortes eine Einkaufstüte mit den Flaschen gefunden, die Stöpel an der Tankstelle gekauft hat. So weit stimmt das also alles. Was dann passiert ist, wissen wir nicht. Möglich, dass die beiden sich gestritten haben. Auf jeden Fall hat diesen Koslowski bis heute Morgen keiner mehr gesehen. Auch zu Hause ist er nach Aussage seines Vaters nicht aufgekreuzt.«

»Wäre ihm denn ein Mord zuzutrauen?«

»Weiß ich nicht. Wir sind da ja erst seit gestern dran. Wir haben ihn trotzdem zur Fahndung ausgeschrieben. Und so weit weg von hier ist unser Tatort ja nun auch nicht.«

Schultkas blickte kurz zur Sonne auf, die am Himmel brannte. Ungnädig brummte er. »Sie geben Bescheid, wenn Sie Kreislaufprobleme bekommen?«

»Sagt der trainierte Tischfußballer.« Sarah grinste.

»Punkt für Sie.« Ihr Kollege grinste ebenfalls, und sein ausladender Schnurrbart folgte der Bewegung seiner Lippen. Dann marschierte er weiter, und endlich erreichten sie das große Faltzelt.

Der komplette Bereich um das Zelt und der Boden darunter waren sorgsam von Ähren befreit, und Sarah erblickte sofort den Toten in Bikerkluft, der vor ihnen auf dem Acker lag.

Oder besser, was von ihm noch übrig war, nämlich sein kopfloser Torso.

Sarah atmete scharf ein und war froh, durch den gestrigen Fall auf den Anblick vorbereitet gewesen zu sein. Denn dort, wo eigentlich der Kopf hätte sein müssen, erblickte sie nur einen brandig wirkenden Halsstumpf, dessen markanteste Auffälligkeit die durchtrennte Speiseröhre und ein etwas heller schimmernder Wirbelknochen im umgebenden Rot war.

Angesichts der dunkel verkrusteten und wie gebacken wirkenden Matte aus geknickten Getreidehalmen, die unter dem Hals hervorlugte, war zu erkennen, dass aus dem Stumpf viel Blut zu Boden gespritzt war.

Die beiden Kriminaltechniker in ihren weißen Schutzanzügen, die neben dem Leichnam knieten und ihn gerade fotografierten, blickten auf. Hinter ihnen standen große Taschen mit forensischem Equipment, und auf einer davon schwirrte ein batteriebetriebener Ventilator, der die beiden während der Arbeit kühlte. Clever.

»Max, darf ich vorstellen?«, sprach Schultkas den größeren der beiden an. »Das hier ist Oberkommissarin Sarah Richter aus Cottbus.«

»Ah, hallo! Ich hab schon gehört, dass Sie in Brandenburg an einem ähnlichen Fall arbeiten.«

Der Forensiker, ein Mittvierziger mit krausem, dunklem Haar und leicht eingesunkenen Augen, erhob sich mit knackenden Gliedern und verzichtete angesichts seiner Handschuhe darauf, sie per Handschlag zu begrüßen. »Allzu viel haben wir noch nicht herausfinden können.«

»Uns reicht, was Sie haben«, meinte Sarah.

»Na gut.« Der Mann fuhr sich mit dem Handrücken über die schweißnasse Stirn. »Der Kleidung nach ist das hier Philipp Uhlig. Letzte Zweifel können wir natürlich erst dann ausräumen, sobald wir die Fingerabdrücke überprüft haben. Das Kennzeichen der Enduro da hinten«, er nickte in Richtung Bushäuschen, »lässt da aber nur wenig Spielräume für Irrtümer zu.«

»Und der Kopf?«, wollte Sarah wissen.

»Fehlanzeige.« Der Forensiker zuckte hilflos mit den Schultern. »Selbst eine intensive Suche hat ihn bislang nicht zutage gefördert. Der Kopf wurde ihm aber unzweifelhaft hier abgetrennt, darauf deutet das viele Blut hin. Ich nehme daher an, dass der Täter ihn mitgenommen hat. Vielleicht als eine makabre Trophäe.« Er wandte sich zur Feldmitte um. »Außerdem gehen wir davon aus, dass er von dort hinten kam und sich in Richtung Feldweg bewegt hat, als es zu dem tragischen Ereignis kam. Darauf deutet die Sturzrichtung hin. Außerdem haben wir weiter hinten, zwischen den Halmen, Fußabdrücke gefunden. Leider nicht so viele, wie wir uns erhofft haben, aber nimmt man die Abstände zwischen ihnen als Maß, bedenkt die Hindernisse hier im Feld und die schlechten Sichtverhältnisse letzte Nacht, gehen wir davon aus, dass er gerannt ist.«

»Gerannt?« Sarah verengte die Augen. »Das heißt, er ist vor etwas oder jemandem davongelaufen?«

»Vielleicht. Die abschließende Beurteilung überlasse ich Ihnen beiden.«

Schultkas fuhr sich ernst durch seine Haarmähne. »Habt ihr bloß Schuhabdrücke des Toten gefunden?«

»Du zielst auf den verschwundenen Jungen ab? Nein. Da sind auch Spuren von einer zweiten Person. Er hier«, der Forensiker nickte bedauernd dem Toten zu, »und der Vermisste haben sich ganz sicher gemeinsam im Feld aufgehalten.« Der Mann zögerte. »Allerdings, und das ist etwas eigenartig, finden wir nicht so viele

Spuren, wie wir hier eigentlich erwartet hätten. Abgesehen von der Kornkreisformation weiter hinten im Feld konnten wir auch nirgendwo Schneisen oder geknickte Halme auf dem Acker finden, die die beiden eigentlich hinterlassen haben müssten. Andererseits sind sie vielleicht auch sehr vorsichtig vorgegangen, falls sie selbst den Kornkreis erstellt haben.«

»Wie kommen Sie darauf?«, hakte Sarah nach. »Haben Sie irgendwelche Werkzeuge gefunden? Bretter? Seile?«

»Nein, nichts dergleichen. Aber das liegt doch nahe. Hat Antonin Ihnen nicht erzählt, dass die beiden dieser Eso-Szene angehören?«

»Schon …«

»Vielleicht wollten sie so für etwas Publicity sorgen?«, mutmaßte der Kriminaltechniker. »Irgendjemand muss dieses Piktogramm doch angefertigt haben. Die Kollegen sollten daher nachher noch einmal die Ackerfurchen genauer überprüfen. Nach allem, was man so hört, werden die von diesen Kornkreiskünstlern«, er betonte das Wort auf leicht abfällige Weise, »gern dazu benutzt, um die Felder möglichst unbemerkt zu betreten und nach getaner Arbeit auch wieder zu verlassen.«

»Sie kennen sich ja gut aus«, merkte Sarah erstaunt an.

»Ach Gott.« Ihr Gegenüber winkte ab. »Darüber gab es doch in den letzten Jahren so viele Dokus. Die Erstellung solcher Kornkreise scheint in der Szene ja ein regelrechter Sport zu sein.«

»Haben Sie denn schon eine Vermutung, womit unserem Opfer der Kopf abgetrennt wurde?« Sarah betrachtete unbehaglich den Halsstumpf der Leiche.

»Na ja …«, antwortete der Mann gedehnt. »Das muss ein verdammt scharfer Gegenstand gewesen sein. Ein Schwert? Ein Katana? Leider ist das alles reine Spekulation. Ich tippe trotzdem auf eine derartige Waffe, weil es so wirkt, als wäre dem Jungen der Kopf während des Laufens abgeschlagen worden. Zumindest gibt es hier keinerlei Anzeichen für so etwas wie eine … Hinrichtung.«

»Wann genau ist der Tod eingetreten?«

»Schwer zu sagen bei der Hitze.« Er sah missmutig zur brennenden Mittagssonne auf. »Wir schätzen, vor etwa zwölf Stunden. Plus minus zwei Stunden.«

»Also mitten in der letzten Nacht?«

»Ja, darauf deutet auch die da hin.« Erstmals meldete sich der andere Mediziner zu Wort, ein bärtiger Mittdreißiger mit roten Haaren. Er zeigte auf eine Taschenlampe, die bereits markiert auf einer Plane schräg hinter ihm lag.

Sarah warf der Lampe einen knappen Blick zu und musterte auch die übrigen Objekte, die offenbar allesamt von dem Toten stammten: ein Schlüsselbund, eine Packung Kaugummis, ein zerknülltes Papiertaschentuch, ein Portemonnaie, ein Handy, eine Fahrradluftpumpe … außerdem ein tragbarer Audiorekorder inklusive des Mikros mit dem markanten *XFacts*-Emblem, das sie bereits von dem Foto kannte.

Auch Antonin Schultkas fixierte den Rekorder überrascht. »Das Aufnahmegerät hattet ihr vorhin aber noch nicht hier liegen.«

»Stimmt«, bestätigte der Forensiker. »Es lag samt dem Mikro unter dem Toten begraben. Wir haben es bislang nicht weiter angerührt. Übrigens war die Kleidung auf der Unterseite des Toten ungewöhnlich feucht.«

»Feucht?« Sarah sah ihn verwundert an, gesellte sich dann aber zu ihrem neuen Kollegen, als sie sah, wie sich Schultkas Latexhandschuhe überstreifte, um den Audiorekorder an sich zu nehmen.

»Ja, so als wäre unser Opfer vor seinem Tod Nässe ausgesetzt gewesen. Ist jetzt leider wegen der Hitze nicht mehr festzustellen, ich wollte es nur angemerkt haben.«

»Ist was drauf?«, fragte Sarah Schultkas neugierig.

Der drückte einen Knopf, und aus dem Lautsprecher des Geräts schallte unvermittelt eine aufgeregte Jungenstimme.

Spinnst du? … Ausgerechnet jetzt, wo hier was passiert? Genau deswegen sind wir doch hier. Jetzt komm schon.

Ein unangenehmes Rascheln und Knistern war zu hören, dann ertönte eine dunklere Stimme.

»*Luca, ich halte das für eine total beschissene Idee! Lass uns hier raus, bevor ...*«

Das Knistern steigerte sich zu einem regelrechten Prasseln. Fast so, als wäre das Gerät Elektrostatik ausgesetzt gewesen. Undeutlich war unter den Störgeräuschen ein »*Fuck! Ich glaub's nicht!*« herauszuhören.

Die andere Stimme rief etwas Unverständliches, dann erklang ein panisches »*Weg hier!*«, und es folgten erneut eine Weile lang knackende Stör- und Knisterlaute. Unerbittlich setzte wieder das unangenehme Prasseln, Rauschen und Brausen ein, als die Laute von einem Moment zum anderen abbrachen und eine geisterhafte Flüsterstimme aus dem Lautsprecher schallte:

»*Luuuucaaaa ...*«

Die Aufnahme endete, und sie und Schultkas sahen einander verwirrt an.

Erst jetzt bemerkte Sarah, dass auch die beiden Forensiker der Tonaufnahme gelauscht hatten.

»Gespenstisch«, sprach der Rothaarige aus, was sie vermutlich alle dachten.

Sarah musterte den Audiorekorder nachdenklich. »Das zum Schluss klang für mich wie eine Frauenstimme, oder?«

»Möglich«, brummte der Sorbe. »Ich kann nur hoffen, dass die Techniker da noch etwas mehr herausholen. Mich wundert auch, dass die Aufnahme so schlecht ist. Denn das Equipment der beiden«, er blickte kurz zu dem Mikro, »wirkt auf mich eigentlich recht professionell.«

Er legte das Gerät wieder zurück, als Sarah ein Glas am Boden neben der Leiche ins Auge stach. Darin lagen einige grüne Insekten.

»Was hat es damit auf sich?«, wollte sie von dem Rothaarigen wissen.

Der Mann seufzte und hob das Glas an. »Das sind alles tote Heuschrecken. Die haben wir an der Kleidung des Toten gefunden.«

Sarah bückte sich und betrachtete den Inhalt mit leichtem Abscheu. Sie zählte gleich sieben der Viecher. Darunter drei große Heupferde. »Und die hingen alle an der Kleidung?«

»Ja. Verrückt, oder?« Schultkas' Bekannter trat an ihre Seite. »Die Tiere kamen vermutlich alle durch Gewaltanwendung ums Leben. Oder anders ausgedrückt: Sie wurden erschlagen. Wären wir hier in Somalia, würde ich sagen, der Tote hat sich gegen einen Heuschreckenschwarm zur Wehr gesetzt.«

»Das ist doch völlig verrückt.« Sarah schüttelte den Kopf.

»Sag ich doch. Das hier ist schließlich die Lausitz, nicht Afrika. Und Wanderheuschrecken gibt es bei uns nicht. Außerdem wäre das Feld dann wohl auch nicht in einem so guten Zustand.«

Auch Schultkas musterte den Insektenfund mit steinerner Miene. »Ist da sonst noch was, das wir wissen sollten?«

»Nein, das ist erst einmal alles«, erklärte sein Bekannter. »Wir würden den Leichnam jetzt abtransportieren lassen.«

Sarah bemerkte, dass Schultkas sie fragend ansah, und nickte. »Tun Sie das. Ich gehe davon aus, dass Sie uns zügig benachrichtigen, sollten sich weitere Erkenntnisse ergeben.«

»Selbstverständlich.« Der Forensiker trat wieder an die Seite seines Kollegen.

»Wollen Sie den Kornkreis noch sehen?«, fragte der Sorbe Sarah.

»Unbedingt. Wo ist er?«

»Kommen Sie.«

Mit Gewalt bahnte er sich wieder einen Weg durch die hohen Getreidehalme, und Sarah wunderte sich ein weiteres Mal über den üppigen Wuchs des Feldes.

»Was ist das hier eigentlich? Weizen ist das nicht.«

»Roggen!«, antwortete Schultkas.

»Ah, ja … natürlich.« Sarah musterte die Ähren interessiert. »Dabei dachte ich, dass sie wegen der Windanfälligkeit nur noch Sorten anbauen, die nicht mehr so hoch wachsen. Ist eigentlich der Bauer verständigt, dem das Feld gehört?«

»Mussten wir nicht«, kam es von vorn. »Er war heute Vormittag hier und war ›not amused‹, wie es so schön heißt. Er befürchtet natürlich, dass wir ihm hier seinen Ertrag zunichtemachen.«

»Verständlich.« Sarah lupfte kurz ihre Schirmmütze und wischte sich den Schweiß von der Stirn, während sie weiter hinter Schultkas herstapfte. Abermals sprang ihr aus den Halmen ein Grashüpfer entgegen, und sie fegte ihn mit einer Handbewegung fort.

»Die Aufnahme eben liefert jedenfalls keinen Hinweis darauf, dass die beiden Jungs für den Kornkreis verantwortlich sind«, meinte sie schließlich. »Sie könnten hier also tatsächlich auf den oder die Urheber gestoßen sein. Ich hoffe, Ihre Leute machen Fotos von den Schaulustigen da hinten. Vielleicht befindet sich der Täter unter ihnen.«

»Sicher, das passiert routinemäßig.« Antonin Schultkas wischte einige Halme beiseite, und unvermittelt erreichten sie einen gebogenen, scharf umrissenen Gang im Feld, dessen Untergrund aus platt getretenen Getreidehalmen bestand.

»So, da ist er«, erklärte der Sorbe unnötigerweise.

Sarah trat neben ihn, beäugte die Wände aus Ähren und den Untergrund. »Was stellt das Muster im Getreide genau dar?«

»Na ja, es ist etwas aufwendiger als das Piktogramm bei Ihnen. Das sah ja bloß aus wie eine in sich verschlungene Schlaufe.« Schultkas zückte abermals sein Handy und rief eine Bilddatei auf. »Hier, ein Foto unserer Drohne, die wir vorhin hochgeschickt haben. Je nachdem, von welcher Seite aus man die hiesige Formation betrachtet, könnte man sie für ein auf dem Kopf stehendes Männchen halten.«

»Eher für einen runden Kopf mit Hut, Krone oder Geweih«, murmelte Sarah. »Ein Kreis, darauf drei breite Gänge wie bei einem Dreieck ohne Spitze – und darin weitere schmale Quergänge. Angesichts der aufwendigen Kornkreise, die ich aus dem Netz kenne, müssten Profis so was wie das hier doch recht schnell hinkriegen.«

»Kommt darauf an, was Sie unter schn…«

Ihr Kollege kam nicht dazu, seinen Satz zu beenden, weil sie weiter hinten im Feld plötzlich laute Rufe hörten: »Hey, Sie da! Stehen bleiben!«

Jenseits der hohen Ähren war jetzt Bewegung auszumachen. Alarmiert sahen sich Sarah und Schultkas an, dann stürmten sie los.

So schnell wie möglich kämpften sie sich durch das Meer aus Ähren, während vor ihnen wieder aufgeregte Rufe ertönten. Auch links von ihnen lief ein Beamter durch das Feld auf die Geräuschquelle zu.

Wenige Augenblicke später durchbrachen sie das Dickicht aus Getreidehalmen und erreichten eine kreisrunde Fläche aus platt gedrückten Halmen, von der weitere Gänge abzweigten. Zwei Männer standen sich auf der Fläche gegenüber. Sie wirkten so, als stünden sie kurz vor einer tätlichen Auseinandersetzung: ein Polizeibeamter und ein leicht korpulenter Kerl in beigefarbenem Leinenhemd und mit verschwitztem braunem Haar, dessen fleischige rote Hängewangen in deutlichem Kontrast zu der hellen Jutetasche standen, die er sich über die Schulter geworfen hatte.

»Halten Sie gefälligst Abstand!«, keifte der Mollige den Polizisten an. »Ihretwegen habe ich gerade meine Brille verloren.«

»Ich sagte Ihnen doch, dass Sie stehen bleiben sollen.«

»Ich stehe doch! Sind Sie blind?«

Aus der Wand aus Ähren brach eine weitere junge Beamtin hervor, die sich kurz orientierte.

Schultkas mischte sich in den Disput ein. »Was ist hier los?«

»Wir haben hier einen Kornkreisgänger, der sich nicht an unsere Anweisungen halten wollte«, antwortete der Beamte, der direkt vor dem Mann stand. »Er hat hier rumgeschnüffelt.« Er bückte sich verärgert und hob eine Hornbrille auf, die er dem Mann reichte.

»Na, geht doch!«, blaffte der.

»Wer sind Sie, und was suchen Sie hier?« Schultkas musterte den Fremden aufgebracht, und auch Sarah sah jetzt, dass er eine Kamera in der Linken hielt.

»Meine Güte«, murrte der Unbekannte und setzte sich die Brille wieder auf. »Seit wann ist das arglose Betreten eines Feldes verboten?«

»Wollen Sie uns auf den Arm nehmen?«, fauchte der Sorbe. »Hier läuft ein Polizeieinsatz. Beide Seiten des Feldweges sind abgesperrt.«

»Mag ja sein, nur kam ich von da hinten und habe davon nichts mitbekommen.« Der Mann deutete in die entsprechende Richtung, wo das Getreidefeld allein von einem weiteren Acker begrenzt wurde. »Ich wollte mir bloß mal den Kornkreis hier ansehen.«

»Ihren Ausweis, bitte!«, forderte der Sorbe hartnäckig.

»Ich hab meine Papiere im Wagen gelassen. Aber wenn ...«

»Warten Sie mal«, meldete sich Sarah zu Wort. Jetzt, da der Mann seine Brille trug, kam er ihr bekannt vor. Sie trat näher, musterte ihn von Kopf bis Fuß ... und erinnerte sich unvermittelt. »Sie sind doch dieser Reporter, der gestern auch bei dem Tatort am Erikasee war? Die Kollegen mussten Sie da schon des Platzes verweisen.«

Überrascht stierte sie der Mann durch seine Hornbrille an. »Und? Ein Missverständnis. Es würde Ihnen und Ihren Kollegen gut zu Gesicht stehen, die Bevölkerung mehr in Ihre Ermittlungen einzubinden. Es stimmt doch, dass dem Toten gestern der Kopf abgeschlagen wurde, oder? Sie könnten mir ja mal verraten, wie der Tote in diesem Feld umkam.«

»Ihr Name!«, hakte Schultkas ungeduldig nach.

»Richard Kern.« Der Dicke schnaubte. »Und ja, ich arbeite für den *Lausitzer Boten*. Ist das jetzt ein Verbrechen? Im Übrigen berufe ich mich hiermit auf die Pressefreiheit. Statt hier einen auf Polizeistaat zu machen, sollten Sie lieber ...«

»Das heißt, Sie wussten von unserem Polizeieinsatz?«, konfrontierte ihn Sarah.

»Nein, das haben Sie dann wohl missverstanden.« Respektlos lächelte Kern.

»Er hat hier rumgeschnüffelt?«, wandte sich Schultkas an den Beamten, der den Reporter gestellt hatte.

»Ja. Sah ganz so aus.«

»Halten Sie es für möglich, dass er Beweismittel entfernt hat?«

Der Polizist beäugte den Journalisten vielsagend. »Ja, das halte ich sogar für sehr gut möglich.« Ganz eindeutig eine Lüge, doch niemand widersprach ihm.

Der Sorbe wandte sich wieder dem Reporter zu. »Ihre Tasche bitte!«

Kern presste wütend die Lippen aufeinander. »Hören Sie mal, was sind denn das für Methoden? Gar nichts werde ich. Wenn Sie so weitermachen, dann ...«

Antonin Schultkas gab den Beamten ein Zeichen. Die traten kurzerhand an den Reporter heran und nahmen ihm die Tasche mit sanfter Gewalt ab.

»Das ist ein ungeheuerlicher Vorgang!«, wütete Kern los. »Nur damit das klar ist: Ich werde Sie alle verklagen. Und die Sache in meinem nächsten Artikel publik machen.«

»Schauen wir doch mal, was wir da haben.«

Ungerührt öffnete der Sorbe den Jutebeutel und fischte nach dem Inhalt.

Zu Sarahs Erstaunen zog er tatsächlich etwas hervor: ein eigentümliches Strohpüppchen.

Die Puppe maß vielleicht zwanzig Zentimeter in der Länge und bestand komplett aus verdrehten und zusammengebundenen Halmen. Der strohige Kopf besaß Augen aus schwarzen Körnern und einen grässlich lächelnden Mund, der durch einen festgesteckten Stoffstreifen mit vielen Nähten angedeutet wurde. Sonderbar war ebenfalls, dass die Figur mit einer winzigen Hose aus Jeansstoff und einem weißen Oberteil bekleidet war, das einem T-Shirt ähnelte.

Irritiert sahen sich die Beamten an.

»Und die haben Sie hier gefunden?«, wollte Sarah von dem Reporter wissen.

»Solange Sie der Öffentlichkeit nicht endlich reinen Wein einschenken, erfahren Sie von mir gar nichts!«, blaffte Kern sie wütend an. »Das Volk hat ein Recht darauf, umfassend informiert zu werden. Ihre Aufgabe sollte es sein, uns zu schützen – und nicht, uns im Ungewissen zu lassen. Zwei Tote und drei Vermisste in nur drei Tagen! Sagen Sie mir jetzt nicht, dass es da keinen Grund zur Panik gäbe.«

»Wie kommen Sie auf *drei* Vermisste?«, fragte Sarah ihn misstrauisch.

»Wollen Sie testen, ob ich mein Handwerk verstehe? Ja, tue ich.« Der Reporter grinste überlegen, während er sich mürrisch von der Polizistin losmachte. Schultkas bedeutete der Beamtin, dass es reichte, in Kerns Nähe zu bleiben.

»Beantworten Sie die Frage!«, fuhr der Sorbe ihn an.

»Wollen Sie etwa abstreiten, dass hier nicht bloß jemand ermordet wurde, sondern auch noch ein Junge vermisst wird?« Der mollige Reporter leckte sich über die trockenen Lippen. »Zusammen mit dem vermissten Arbeiter auf dem Feld am Erikasee bei Großkoschen und dem verschwundenen Mädchen beim Kornkreis an der Schwarzen Elster sind das schon drei. Oder hab ich mich da verzählt?« Kern blickte Schultkas provozierend an. »An Ihrer Stelle würde ich die Mitarbeit der Presse daher nicht so einfach ausschlagen, wenn Sie nicht für den nächsten Keller-Leichenfund verantwortlich sein wollen ...«

Sarah sah den Reporter ungläubig an. Wenn die letzte Bemerkung auf die Kartoffelkeller-Morde anspielte, dann wusste der Kerl sogar, wem er mit Schultkas gegenüberstand.

»Schaffen Sie ihn hier weg und nehmen Sie seine Personalien auf«, kommandierte der Sorbe mit bösem Blick.

Die beiden Beamten machten Anstalten, Kern zu ergreifen, doch der beschloss, nun endlich zu kooperieren.

»Ist ja gut. Ich folge Ihnen ja.« Wütend betrat er mit den beiden das Kornfeld. »Sie lesen noch von mir!«, rief er, ehe er endgültig außer Sicht verschwand.

»Wenn diese Strohpuppe tatsächlich von hier stammt, dann könnten wir ihn wegen möglicher Strafvereitelung drankriegen.« Sarah nahm Schultkas die präparierte Puppe aus der Hand und betrachtete sie von allen Seiten.

»Ich weiß«, knurrte der Sorbe. »Dafür winken im schlimmsten Fall fünf Jahre Knast. In jedem Fall aber eine saftige Geldstrafe. Interessanter ist allerdings, warum der Kerl so gut über all das hier informiert ist.«

»Vermutlich wie immer«, seufzte Sarah, die das Strohpüppchen weiter untersuchte. »Ganz offensichtlich verfügt er über Kontakte bei uns, die ihn hin und wieder informieren.«

»Ich frage nachher Drettner, wem er alles gesagt hat, dass er mich mit dem Fall hier betraut«, grollte Schultkas. »Noch mehr besorgt mich aber, dass an der Sache mit diesem Mädchen etwas dran sein könnte.« Aufgebracht zückte er sein Handy und tippte eine Nummer.

Sarah sah, wie seine Kiefermuskulatur arbeitete, während er die bizarre Strohpuppe in ihrer Hand musterte.

»Ja, hier Oberkommissar Schultkas aus Hoyerswerda«, sprach er in das Gerät. »Sagen Sie mal, liegt bei Ihnen eine Vermisstenmeldung vor? Vor zwei Tagen … genau: in der Nacht, als dieser Kornkreis bei ihnen aufgetaucht ist …« Erwartungsvoll sah er sie an und lauschte. »Ach? Und warum wurde das nicht …? Verstehe. Gut, leiten Sie bitte alles über die Teenagerin an mich weiter.«

Er gab seine Dienststelle durch und drückte das Gespräch weg.

»Ich fasse es nicht, der Kerl hat womöglich recht.« Ungläubig spähte er in die Richtung, in die die Beamten den Reporter fortschafften. »Offenbar wird seit vorgestern eine Neunzehnjährige aus Geierswalde vermisst. Eine Sindy Nowak. Die soll zuletzt in der Nähe dieser Formation am Ufer der Schwarzen Elster gesehen worden sein. Dieses Flachsfeld, von dem Sie gesprochen haben.«

»Aber?«

Er seufzte. »Die Vermisstenmeldung ist erst seit gestern aktenkundig. Die Mutter hat sich zwar schon vorgestern bei der Wache gemeldet, aber das Mädchen ist volljährig. Für Leib und Leben schien keine Gefahr zu bestehen. Die Einschätzung hat sich jedoch inzwischen geändert, da gestern ein Abschiedsbrief gefunden wurde.«

»Ach je.« Sarah presste bekümmert die Lippen aufeinander. »Traurig. Und das in dem Alter.«

»Trotzdem ...« Zweifelnd wog Schultkas sein Haupt. »Irgendwie passt das nicht. Da oben wurde schließlich kein Toter gefunden.«

»Ja, sehe ich ähnlich. Wenn wir ...« Sarah hielt inne, da ihre Finger plötzlich einen härteren Gegenstand im Brustbereich der Strohpuppe ertasteten. Sie musterte das diabolisch grinsende Strohmännchen genauer, hob den Stoff des Hemdes an, mit dem die Puppe bekleidet war, und fischte mit ihren Fingerspitzen vorsichtig nach dem Objekt.

Schultkas trat argwöhnend an ihre Seite. »Sie haben da was?«

Sarah zog das Objekt zwischen den zusammengebundenen Halmen hervor, und beide blickten sie auf ein kleines Holztäfelchen von der Breite eines Eisstiels. Darin waren Buchstaben eingeritzt: X F A C T S.

Überrascht starrten sie das Holzstück an.

»Sagen Sie mal«, murmelte Sarah nachdenklich, »was trug der Vermisste eigentlich zuletzt?«

Der Sorbe verengte die Augen. »Nach allem, was wir wissen ... Jeans, T-Shirt und Sportschuhe.«

»Und jetzt das hier.« Sie drehte das Holztäfelchen zwischen den Fingern. »Soll diese Strohpuppe etwa Luca Opitz darstellen?«

Ihr Kollege sog scharf den Atem ein.

»Eine Puppe wie diese anzufertigen und entsprechend zu präparieren, macht man nicht mal so eben«, erklärte sie düster. »Wenn der Reporter die also nicht aus irgendwelchen kruden Gründen selbst gebastelt, sondern tatsächlich hier gefunden hat, ändert das den Fokus auf die Fälle komplett.« Sie blickte sich misstrauisch in dem Kornkreis um, in dem sie standen. »In diesem Fall stecken da in Wahrheit Planung und eine Absicht hinter. Und diese Figur ist dann vielleicht auch so etwas wie eine Botschaft. Was also«, sie sah zu ihrem Kollegen auf, »wenn die Toten bloß Kollateralschäden waren? Könnte es sein, dass es hier in Wahrheit um die Vermissten geht?«

»In dem Fall haben wir ein noch viel größeres Problem als gedacht.« Schultkas nahm ihr die Strohpuppe ab und betrachtete sie eisig. »Das waren jetzt drei Tage und Nächte hintereinander, die uns zwei Tote und drei mutmaßlich Entführte beschert haben. Was, wenn das so weitergeht?«

BOTSCHAFTEN
AUS DEM NICHTS

Die Grillen zirpten, und die Nachmittagssonne brannte am Himmel.

Tim saß erschöpft auf der alten Gartenbank und betrachtete die Bilder auf seinem Handy, die er vorgestern beim Festessen geschossen hatte. Seine Großmutter hatte anlässlich seiner Rückkehr groß aufgetischt und offenbar wirklich geglaubt, dass er im letzten Jahr ausschließlich am Hungertuch genagt hätte: erst eine deftige Pilzsuppe, dann ihr berühmter Sauerbraten mit Klößen und Preiselbeermarmelade und zum Abschluss natürlich Quarkkeulchen mit Rosinen und Puderzucker.

Luca hatte sich mit Letzteren so vollgestopft, dass ihm noch eine Stunde nach dem Essen schlecht gewesen war. Und auch Tim war danach so pappsatt gewesen, dass er fast eingeschlafen war, statt den anderen von seinen Erlebnissen in den USA zu erzählen.

Mit bitterem Lächeln wischte er durch die Bildergalerie und betrachtete die Fotos, die ihn und Luca vorwiegend lachend zeigten. Trotz ihrer großen Ähnlichkeit hatte er selbst nie Probleme damit gehabt, sie beide auf Aufnahmen auseinanderzuhalten. Auch nicht auf alten Bildern, von denen er nicht einmal mehr wusste, zu welchem Anlass sie gemacht worden waren. Und doch fiel ihm erstmals auf, dass sich Lucas und seine Gesichtszüge in dem Jahr, in dem er fort gewesen war, leicht verändert hatten. Die von Luca wirkten irgendwie weicher als seine eigenen. Eine Folge des Auslandsjahres und der neuen Erfahrungen, die er in Kalifornien gesammelt hatte?

Unwillkürlich füllten sich seine Augen mit Tränen, denn schlagartig wurde ihm bewusst, dass das vielleicht die letzten Aufnahmen waren, die ihn zusammen mit seinem Bruder zeigten.

Er konnte sich das selbst nicht erklären, aber bereits heute Morgen, kurz nach dem Wachwerden, hatte ihn diese Sorge um Luca geplagt. Als hätte er gewusst, dass Luca etwas Schlimmes widerfahren war. So ein unbestimmtes Gefühl, wie vor fünf Jahren beim Autounfall ihrer Eltern, den Luca als Einziger der drei überlebt hatte – oder sogar wie früher, als sein Bruder im Kindesalter ins Eis eingebrochen war. Hätte Tim damals nicht darauf bestanden, nach ihm zu suchen, hätte sein Vater ihn vielleicht gar nicht rechtzeitig entdeckt. Und auch Luca ging es umgekehrt mit ihm so. Tim erinnerte sich noch gut an den Vorfall mit Kevin und Ludolf, diesen strunzdummen Schulhofbullis, die ihn in der Siebten vermöbelt hatten. Plötzlich war Luca da gewesen, und sie beide hatten den Spieß umgedreht. Okay, sie hatten dabei auch ordentlich etwas abbekommen, aber die zwei Idioten hatten ebenfalls Federn gelassen. Luca hatte Ludolf derart in die Eier getreten, dass der Arsch noch eine halbe Woche nur gegrätscht rumlaufen konnte. Danach hatten die beiden sie nie wieder angerührt. Aber, und das war viel entscheidender: Luca hatte damals nur deswegen nach ihm Ausschau gehalten, weil er instinktiv gespürt hatte, dass er in Schwierigkeiten steckte.

Dieses unbestimmte Gefühl war wirklich seltsam.

Und dennoch, sie beide hatten irgendwie diese Verbindung.

Im Augenblick jedoch fühlte er …

Er wusste nicht, was er empfand.

Nur eine seltsame Unruhe. Wie die Ruhe vor einem Sturm, der sich am fernen Horizont zusammenbraute.

Er wusste nur eines. Sollte Luca tot sein, dann würde ihn das vermutlich weit mehr aus der Bahn werfen als damals, als sie beide von einem Tag auf den anderen zu Waisen geworden waren. Eine schlimme Zeit, die er ohne Luca vermutlich nie überstanden hätte.

Tief atmete Tim ein und blinzelte die Tränen weg. Sein Blick schweifte über den verkrauteten Vorgarten, um sich schließlich bei den ausladenden Getreidefeldern südlich des alten Bauernhofs zu verlieren, auf dem sie lebten.

Irgendwo dort draußen musste er sein. Lebend oder tot.

Nur wo?

Gedankenverloren lauschte er dem Grillenzirpen und stierte das Meer aus Ähren an, das sich vor der prallen Sonne wegzuducken schien.

In der Ferne flirrte die Hitze.

Kein Windzug war zu spüren.

Auch hier im Schatten des Baums, der vor dem Haus wuchs, war es unerträglich warm.

Und unentwegt zirpten die Feldgrillen.

Seine Lider wurden ihm schwer.

Zrrrrrp ... Zrrrrrp ... Zrrrrrp ...

Dieses Zirpen ...

Zrrrrrp... Zrrrrrp ... Zrrrrrp ...

In dem monotonen Geräusch lag etwas ...

Zrrrrrp ... Zrrrrrp ... Zrrrrrp ...

Etwas, das ihn schläfrig machte.

Etwas, das ihn ...

»Tim?«, schreckte ihn der Ruf seiner Großmutter hinter der Hausecke hoch.

»Ich bin hier!« Verwirrt blinzelte er und wollte gerade das Handy wegstecken, als er bemerkte, dass die Bildergalerie nicht mehr zu sehen war. Stattdessen hatte er, ohne es zu bemerken, eine Messenger-App geöffnet.

Und die Dialogzeile war mit Buchstaben gefüllt:

Hiiiillllffffeeee!!!!!!!!!

Ruckartig stand er auf und starrte verstört das Display an.

Hatte er das eben eingetippt? Wie konnte das sein?

In diesem Moment kam seine Großmutter mit einem Tablett um die Ecke, auf dem ein Glas und ein Limonadenkrug mit Eiswürfeln standen. Sie war inzwischen dreiundsiebzig Jahre alt, ihre Haare waren grau, und selbst bei dieser Wärme trug sie ihren blauen Küchenkittel. Tatsächlich konnte sich Tim kaum daran erinnern, sie jemals in einem anderen Aufzug erblickt zu haben.

Sie lächelte schmal, als sie ihn entdeckte. Doch er sah sofort, dass ihre Zuversicht nur aufgesetzt war. Außerdem waren ihre Augen leicht gerötet.

»Es ist nicht gut, dass du hier draußen in der Hitze rumsitzt«, ermahnte sie ihn. »Du musst wenigstens etwas trinken.«

»Ja, äh …« Tim starrte wieder den Eintrag im Eingabefeld des Messengers an, schaltete das Handy rasch aus und steckte es weg. »Ich weiß. Danke.«

Er wischte sich eine blonde Strähne aus der Stirn, nahm ihr das Tablett ab und stellte es auf einen wackeligen Tisch neben der Gartenbank. Tatsächlich war hier alles irgendwie wackelig. Haus und Hof wurden schon lange nicht mehr bewirtschaftet, und er und Luca taten ehrlich gesagt auch nur das Nötigste, um alles in Schuss zu halten.

Beschämt beschloss er, sich zusammenzureißen. Seine Oma war zwar eine starke Frau, doch sie hatte in ihrem Leben mehr Verluste verkraften müssen als er. Nach ihrem Mann, ihrem Sohn und dessen Frau würde es ihr vermutlich den Rest geben, wenn sie auch noch einen Enkel verlor.

Tim räusperte sich. »Sven und Lea kommen gleich noch. Wir wollen uns was überlegen, um der Polizei bei der Suche nach Luca zu helfen.«

»Ah, gut.« Seine Großmutter lächelte gezwungen. »Ich wollte eh noch einen Aprikosenkuchen machen.«

»Oma!«, hielt er sie auf, und die alte Frau drehte sich freudlos zu ihm um. »Wir werden Luca finden. Ich verspreche es dir!«

Seine Großmutter betrachtete ihn eine Weile, berührte ihn zärtlich an der Wange und nickte. Wortlos verschwand sie wieder um die Hausecke. Und diesmal wirkte es tatsächlich so, als stünde sie kurz davor, in Tränen auszubrechen.

Ein Anblick, der ihm schier das Herz brach.

Tim wollte sich gerade wieder seinem Handy widmen, als er auf dem Feldweg vor dem Hof ein Fahrradklingeln hörte: Sven und Lea.

Seine ältesten Freunde – abgesehen von Luca.

Er erhob sich und sah, wie die beiden vom Feldweg auf die Zufahrt einbogen und ihm entgegenradelten, Sven auf seinem silbernen Sportbike, Lea auf ihrem Hollandrad. Und natürlich kam auch Charly hechelnd hinter den beiden angelaufen, Svens Golden Retriever.

Tim freute sich, sie zu sehen. Auch darüber, dass sie den Weg hierher auf sich genommen hatten. Denn der alte Bauernhof, auf dem sie lebten, lag etwas abgelegen vor Lauta-Dorf. Hier draußen gab es eigentlich nur Felder und einige andere Gehöfte.

Der Hund schoss auf Tim zu und sabberte regelrecht, was bei der Hitze auch kein Wunder war. Und doch tat es irgendwie gut, als Charly an ihm emporsprang, um sich von ihm das Fell kraulen zu lassen.

»Ist ja gut!« Unwillkürlich musste er lächeln.

Seine Freunde hatten die Fahrräder inzwischen vor der alten Fachwerkscheune des Hofs abgestellt und kamen zu ihm. Sofort wurde er wieder ernst.

»Hi, Mann!« Sven begrüßte ihn mit einem hilflosen Gesichtsausdruck, dem ein kumpelhaftes Schulterklopfen folgte. Er sah aus wie immer: sportlich, dunkler Kurzhaarschnitt und mit einem weit ausgeschnittenen Kurzarmshirt bekleidet, das seine muskulösen Oberarme betonte, die er sich im zurückliegenden Jahr antrainiert hatte. Sven war in seinem Alter, und er schätzte an ihm seine Unternehmungslust. Zumindest hatte er stets schräge Ideen, und man konnte verdammt gut mit ihm abhängen. Ebenfalls von Vorteil war, dass er als Erster von ihnen allen eine PS4 besessen hatte und seinen Eltern in Lauta-Dorf ein Getränkeladen gehörte, aus dem er hin und wieder Alkoholika mitgehen ließ.

»O Mann, Tim!« Lea drängte Sven beiseite und nahm ihn kurzerhand in den Arm. Eine Geste, die Tim zu schätzen wusste, ihn aber zugleich auch etwas verlegen machte.

Lea war im Gegensatz zu ihnen Westdeutsche und mit ihren sechzehn Jahren ein Jahr jünger als Tim. Ihr Vater arbeitete bei der Stadtverwaltung Lauta als Rechtsberater, und aus diesem Grund war sie mit ihrer Familie vor etwa vier Jahren von Nordrhein-Westfalen nach Sachsen gezogen. Ihr Vater war ganz in Ordnung, nur Leas Mutter war schwer erträglich. Die zweimalige einstige Weinkönigin hatte sich ihr späteres Leben wohl glamouröser vorgestellt. Jedenfalls konnte man ihr kaum etwas recht machen, was sie gern auch an ihrer Tochter ausließ.

Kennengelernt hatten er und Lea sich in der achten Schulklasse. Denn natürlich hatten Kevin und Ludolf sie als Wessi erst recht schikaniert. Er, Luca und Sven waren irgendwann dazwischengegangen – und seitdem war sie Teil ihrer Clique. Schon gestern, als sie sich erstmals seit einem knappen Jahr wiedergesehen hatten, war ihm aufgefallen, dass sich Lea verändert hatte. Sie war irgendwie … erwachsener geworden. In ihrem luftigen weiß-roten Sommerkleid, das ihr bis zu den Knien reichte, sah sie jedenfalls verdammt hübsch aus. Sie trug ihr dunkles Haar nicht wie früher zu einem Pferdeschwanz gebunden, sondern halblang, wobei sie zwei Strähnen auf der rechten Seite zu Zöpfen geflochten hatte. Ihre leicht mandelförmigen Augen waren dezent geschminkt, und ihre Zehennägel, die aus ihren Sandalen hervorlugten, waren rot lackiert. Allerdings war sie deutlich magerer, als er sie in Erinnerung behalten hatte.

»Ich hoffe, es ist okay, dass wir einfach beschlossen haben, vorbeizukommen?« Lea löste sich von ihm und sah ihn unsicher an.

»Ich hätte schon was gesagt, wenn nicht«, antwortete Tim befangen.

»Ich kann das immer noch nicht glauben«, meinte sie betroffen. »Stimmt es, dass dieser Philipp tot ist?«

»Ja, aber … ich kannte ihn gar nicht persönlich.«

Tim musste unwillkürlich wieder an den grausamen Fund im Feld zurückdenken, den er, so gut es eben ging, verdrängt hatte. Bei der Erinnerung an den schrecklichen Anblick der Leiche wurde ihm schlagartig der Hals trocken.

»Und *du* hast seine Leiche gefunden?« Sven sah ihn mit großen Augen an. »Die Leute erzählen, der Mörder hat ihm den Kopf abgeschlagen.«

»Mann!« Lea schlug ihm gegen den Oberarm. »Sei doch nicht so unsensibel.«

»Was denn?« Sven blickte sie verwirrt an. »Das erzählen die wirklich.«

»Ja, war so«, meinte Tim mit heiserer Stimme.

»Fuck, Alter! Ich glaub's nicht.« Sven bückte sich und kraulte Charly. Der Golden Retriever hechelte und schoss plötzlich ins Gestrüpp des Vorgartens, wo er irgendeine Bewegung ausgemacht hatte.

»Und Luca?«, fragte Lea behutsam.

»Keine Ahnung. Verschwunden. Einfach weg.« Tim zuckte unglücklich mit den Schultern. »Die Polizei hat zwar sein Handy gefunden, aber sonst keine Spur von ihm.«

Unwillkürlich musste er wieder an sein eigenes Smartphone denken, das hinten in der Hosentasche steckte. Aber er schüttelte den Gedanken an die unheimliche Textbotschaft ab.

»Im Zweifel«, meinte Sven, »ist das doch ein gutes Zeichen, oder? Ich meine, besser, als wenn er … na, du weißt schon.«

Lea starrte ihn abermals böse an, und Tim wusste nicht, was er erwidern sollte.

»Wir sind auf jeden Fall hier, um dir zu helfen«, meinte sie mitfühlend. »Wir haben auch schon eine Idee. Also Sven.«

»Und die wäre?«, fragte Tim überrascht.

Sven blickte hinüber zu seinem Golden Retriever, der gerade an einem Strauch schnüffelte. »Wir könnten noch mal raus zu dem

Feld und Charly als Suchhund einsetzen. Also, wenn die Bullen weg sind.«

»Du meinst, der kann das?« Tim betrachtete den Hund skeptisch.

»Wir können es doch versuchen. Allerdings brauchen wir dafür wohl ...«

In diesem Moment näherte sich vom Feldweg ein Auto dem Gehöft, und als Tim zur Einfahrt blickte, erblickte er einen blauen VW Polo, der vor der Kulisse der Getreidefelder auf die Zufahrt einscherte und neben dem verwilderten Vorgarten hielt.

»Wer ist das?«, fragte Sven misstrauisch.

Tim trat vor und erblickte auf dem Beifahrersitz den Kommissar mit dem ausladenden dunklen Schnurrbart, den er vorhin schon beim Tatort kennengelernt hatte. So wie ihn hatte er sich früher immer einen Kosaken vorgestellt. Oder einen Hippie. Der Typ war jedenfalls 'ne Nummer. Der trug sogar Westernstiefel im Dienst. Hinter dem Steuer saß die Frau mit den schulterlangen blonden Haaren und der grünen Bluse, die er ebenfalls vor zwei Stunden kurz gesehen hatte, als der Kriminaldirektor ihn nach Hause gefahren hatte. So adrett, wie sie aussah, wirkte sie wie das komplette Gegenstück zu ihrem Kollegen.

»Das ist die Polizei«, sagte er leise.

Lea berührte ihn besorgt am Arm. »Ist das ein gutes oder ein schlechtes Zeichen?«

»Weiß nicht.«

Die beiden Polizisten stiegen aus, fassten sie ins Auge und kamen auf sie zu.

Sofort stürmte Charly ihnen aus dem Vorgarten entgegen, um sich von ihnen kraulen zu lassen. Als Wachhund war er jedenfalls eine Niete.

»Du bist Tim Opitz, richtig?«, sprach ihn die Blonde freundlich an.

»Ja. Sieht man doch«, antwortete Tim etwas patziger, als er eigentlich vorgehabt hatte. Sie schien es ihm aber nicht krummzunehmen, denn sie lächelte nachsichtig.

»Meinen Kollegen kennst du ja schon. Ich bin Kriminaloberkommissarin Sarah Richter. Mordkommission.«

»Scheiße!«, entfuhr es Sven, der Charly nun wieder am Halsband ergriff. »Heißt das …?«

»Alles gut, Junge«, mischte sich der schnauzbärtige Beamte ein, dessen Name Tim entfallen war. »Wir sind bloß hier, um die Familie wegen Luca zu befragen.« Er wandte sich jetzt ebenfalls an Tim. »Ich hoffe, du und deine Großmutter haben ein paar Minuten für uns?«

»Ja. Klar.«

Tim hörte, wie sich hinter ihnen die Haustür öffnete und seine Oma den Vorplatz zwischen Haus, Scheune und dem halb verfallenen Schuppen betrat, der den Eingang zum Obstgarten markierte.

»Sie sind von der Polizei?«, fragte sie angespannt.

»Reiner Routinebesuch, Frau Opitz«, erklärte die blonde Polizistin eilig. »Hätten Sie und Ihr Enkel vielleicht ein paar Minuten, um uns ein paar Fragen zu beantworten?«

»Aber ja. Bitte, kommen Sie herein.«

Tim sah, dass seine Oma hilflos zu ihm herüberblickte, und so schenkte er ihr ein aufbauendes Lächeln.

»Könnt ihr kurz warten?«, wandte er sich an seine Freunde. »Da hinten steht Limo.«

»Ist da Zucker drin?«, wollte Lea wissen.

»Keine Ahnung, schätze schon. Bin gleich wieder da.«

Er führte die Polizisten zum Eingang ihres Wohnhauses.

Hübsch sah das zweigeschossige Gebäude mit dem schlichten Dachgiebel nicht aus. Die alte Bauernkate hatte seines Wissens nach über hundertfünfzig Jahre auf dem Buckel. Die Außenfassade war inzwischen leicht grünstichig, und vor den Fenstern hingen Ranken, die zurückgeschnitten gehörten, ebenso an großen Teilen der

Außenmauern. Ebenfalls etwas, um das seine Oma ihn und Luca schon vor Langem gebeten hatte.

»Möchten Sie vielleicht einen Kaffee oder einen Tee?«, wandte sich seine Großmutter mit brüchiger Stimme an die Beamten. »Ich hätte auch Limonade da.«

»Limonade wäre nicht schlecht«, antwortete der Hippiekommissar.

Seine Oma führte die Polizisten in die geräumige Wohnküche, und Tim deutete auf die Sitzbank beim Esstisch in der Zimmerecke, wo sie vorgestern noch unbekümmert gespeist hatten.

Er rutschte auf die Bank und beobachtete die Beamten aufmerksam, die sich Holzstühle heranzogen und anerkennend den alten Glasschrank mit dem Porzellangeschirr beim Kamin beäugten. Er war der ganze Stolz seiner Großmutter.

Die füllte drüben in der Küchenzeile Limonade in Gläser ab und stellte sie dann auf den Tisch. Ächzend setzte auch sie sich.

Die Polizisten bedankten sich und tranken einige Schlucke.

»Ich vermute, seit heute Vormittag gibt es noch nicht viel Neues, oder?«, fragte seine Oma besorgt.

»Nein, leider nicht.« Die Kommissarin streifte eine Tasche von ihrer Schulter ab und kramte ein Notebook hervor. »Trotzdem müssen wir uns über einige Dinge Klarheit verschaffen.«

»Fragen Sie. Alles, was hilft, Luca …« Seine Oma schien einen Moment lang mit den Tränen zu kämpfen, bevor sie sich wieder fasste. »Wie gesagt, fragen Sie einfach.«

»Danke.«

Zu Tims Überraschung blickte die Beamtin zunächst ihn an.

Sie lächelte aufbauend. »Mein Kollege berichtete mir, dass du zuletzt ein Jahr in den Staaten warst?«

Tim runzelte die Stirn. »Ja.«

»War bestimmt eine tolle Erfahrung. Ich hoffe, es hat dir dort gefallen?«

Wollte sie ihn ein bisschen auflockern? Er schürzte die Lippen.

»Na ja, zuerst drei Monate Arizona. Dann, nach einigen Beschwerdeanrufen bei der Gesellschaft, die alles organisiert hat, den Rest der Zeit in Kalifornien. Da wurde es dann doch noch ganz cool.«

»Was ist passiert?«

»Kennen Sie den Film *Footloose*?«

Verwundert blickte sie ihn an. »Du meinst den aus den Achtzigern? Ich bin überrascht, dass du ihn kennst.«

»Stellen Sie sich das Kaff in Arizona genauso vor wie im Film. Mitten im Biblebelt. Nur, dass es dort keinen Kevin Bacon gab, der einen rettet.«

Die Lippen des Hippiebeamten kräuselten sich, die Polizistin nickte nur.

»Na gut«, fuhr sie fort. »Mein Kollege berichtete mir, dass du dich heute Morgen auf die Suche nach deinem Bruder gemacht hast? Gab es dafür einen bestimmten Grund?«

Tim ließ die Kiefermuskeln spielen. »Er war halt nicht da, was ich ungewöhnlich fand.«

»Wusstest du, wo er nachts hinwollte?«

»Nein, nicht wirklich. Ich bin ja erst seit vorgestern wieder zurück, und gestern Nachmittag habe ich meine Freunde besucht. Sie haben sie gerade draußen kennengelernt.« Tim blickte verstohlen zum Küchenfenster, weil er hinter den Gardinen eine kurze Bewegung auszumachen glaubte. Garantiert lauschten Sven und Lea dem Gespräch. »Ich wusste nur, dass er noch wegwollte, wegen seines YouTube-Kanals *XFacts*. Mit dem Kanal hat Luca angefangen, kurz nachdem ich in den Staaten war. Sie wissen schon, Geister, UFOs und so 'n Kram. Er hat auch schon über zweihundert Abonnenten. Das alles hat ihn schon immer interessiert.«

»Dich nicht?«

»Nee, nicht wirklich. Ich interessiere mich eher für Computer und Games. Aber das habe ich Ihren Kollegen schon erzählt.«

Sarah Richters schnauzbärtiger Kollege mit dem ungepflegten Haar nickte unmerklich.

»Zurück bin ich gestern kurz vor Mitternacht gewesen«, fuhr er fort. »Da war Luca aber noch weg. Ich wollte eigentlich noch ein bisschen auf meiner Konsole zocken und auf ihn warten, bin dann aber eingepennt. Tja, und heute Morgen … da war sein Zimmer immer noch leer. Und da habe ich mir halt Sorgen gemacht.«

Seine Großmutter betrachtete ihn aufmerksam.

»Und wie hast du ihn gefunden?«, fragte die blonde Polizistin.

»Na ja. Vor allem durch Glück, schätze ich.« Tim schluckte. »Ich wusste, dass er wegen irgendwelcher Kornkreise rauswollte. Zusammen mit seinem Kumpel. Offenbar ist schon neulich so ein Kornkreis hier in der Gegend aufgetaucht. Ich hab mir jedenfalls das Fahrrad meiner Oma geschnappt und bin damit die Bundesstraßen abgefahren, um die Felder abzusuchen. Blöderweise hatte ich dann einen Platten. Zum Glück kam einer unserer Nachbarn mit seinem Pick-up vorbei, der es dann hinten aufgeladen hat. Und da kamen wir ins Gespräch. Von ihm erfuhr ich dann, dass er Luca nachts auf der Straße bei den Feldern gesehen hatte. In der Nähe dieser alten Bushaltestelle. Da das nicht allzu weit von hier entfernt ist, bat ich ihn, mich dort rauszulassen. Hat dann nicht lange gedauert, bis ich Lucas Fahrrad und die Enduro entdeckt habe.«

»Die Maschine von Philipp Uhlig?«

»Ja. Luca hat Philipp vor einem halben Jahr kennengelernt, während einer seiner Dokus. Ich selbst kenne ihn nur von den Filmen, die die beiden gedreht haben.«

Die Polizisten blickten sich an, und der Schnauzbärtige räusperte sich. »Sag mal, weißt du, ob Luca einen gewissen Kevin Koslowski kannte? Oder eine Sindy Nowak?«

Stirnrunzelnd betrachtete Tim ihn. »Nein. Die Namen sind mir völlig unbekannt.«

»Sie vielleicht?« Der Kommissar wandte sich an seine Oma.

»Tut mir leid«, erwiderte sie. »Ich wüsste nicht, dass diese Namen je gefallen wären. Wer sind die beiden?«

»Das tut erst einmal nichts zur Sache«, mischte sich die Polizistin wieder ein. »Wir überprüfen da nur ein paar mögliche Zusammenhänge mit anderen Vermisstenfällen.«

»Luca fühlte sich neulich verfolgt«, erklärte seine Großmutter plötzlich.

»Wie meinen Sie das?« Die beiden Beamten sahen sie ebenso überrascht an wie Tim selbst.

Seine Großmutter nahm nun selbst einen Schluck Limonade. »Das ... war an einem der letzten Schultage vor den Sommerferien. Also vor etwa zwei Wochen. Luca erzählte mir, dass er auf dem Rückweg von der Schule das Gefühl hatte, von einem Wagen verfolgt zu werden.«

»Davon hast du gar nichts gesagt, Oma.«

»Nein, warum auch?« Bekümmert sah sie ihn an. »Du warst da ja noch in den Staaten. Und bis eben hatte ich das selbst fast vergessen.«

»Hat Ihr Enkel Ihnen erzählt, was das für ein Fahrzeug war?«, fragte die blonde Kommissarin.

Die alte Frau schüttelte den Kopf. »Nur, dass das Auto ein hiesiges Kennzeichen hatte und da wohl ein Mann am Steuer saß. Luca fand es seltsam, dass er ihn nicht überholt hat. Sie wissen von den Fahrraddiebstählen hier in der Gegend in letzter Zeit?«

Die Polizistin blickte ihren Kollegen fragend an, der lediglich den Kopf schüttelte.

»Er hat mir nur davon erzählt, weil er sich zuvor ein brandneues Sportfahrrad gekauft hatte. Zusammen mit seinem Freund Sven. Luca hatte den Verdacht, dass das einer dieser Fahrraddiebe sein könnte, die hier in der Gegend nach Beute Ausschau halten. Zwei Tage später hat er sich jedenfalls ein Fahrradschloss besorgt.«

Die Kommissarin tippte etwas in ihr Notebook ein. Ihr Kollege hingegen schob Tims Oma eine Visitenkarte über den Tisch, und bei einem Blick darauf erinnerte sich Tim auch wieder an dessen Namen: Oberkommissar Antonin Schultkas.

»Wenn Ihnen dazu noch etwas einfällt«, brummte Schultkas, »wäre es nett, wenn Sie uns anriefen.«

Tims Großmutter nahm die Karte entgegen, betrachtete sie und blickte den Kommissar böse an. »Hier weiß man schon, wer wahrscheinlich dafür verantwortlich ist. Kennen Sie dieses Sorbendorf hier in der Nähe? Dieses Kutzlarnitz?«

»Sollte ich?«, fragte Schultkas ohne eine Gefühlsregung.

Die Großmutter schnaubte verächtlich. »Liegt gar nicht so weit weg von hier. Nach allem, was man so hört, leben die da gewissermaßen noch im Mittelalter. Wenn das nicht eh so eine halbe Sekte ist.«

»Und Sie meinen, dass die für die Fahrraddiebstähle verantwortlich sind?«

»Das – und vielleicht Schlimmeres.« Tims Großmutter beugte sich mit verschwörerischer Miene vor, und Tim seufzte innerlich, da er ahnte, was folgen würde. Der komplette Familienzweig seiner Oma hatte Vorbehalte gegen die Sorben.

Einer ihrer Onkel war während der NS-Diktatur sogar ein hohes Tier bei den Nationalsozialisten gewesen und hatte für die sogenannte ›Germanisierung‹ der Sorben Verantwortung getragen – was damals alle möglichen Schikanen einschloss: Verbot des Sorbischen in der Öffentlichkeit, Schul- und Institutionsschließungen aller Art und noch einiges mehr.

Tim und Luca hatten von den Verwicklungen ihrer Familie ausgerechnet während des Schulunterrichts erfahren. Denn natürlich sprach seine Oma nicht über all das in der Öffentlichkeit. Aus ihren Vorurteilen gegenüber den Sorben hatte sie dennoch nie einen Hehl gemacht. Nur wog sie sich soeben in trügerischer Sicherheit, denn Tim war überzeugt davon, dass dieser Antonin Schultkas selbst Sorbe war.

»Es heißt, die in Kutzlarnitz sprechen bis heute ausschließlich Sorbisch!«, brach es aus seiner Großmutter heraus. »Das muss man sich mal vorstellen. So etwas Ignorantes und Rückständiges gab es zuletzt vor einhundert Jahren. Jeder hier weiß, dass die sich bis heute gegen alles Deutsche wehren.«

»Oma ...«, ging Tim leicht verzweifelt dazwischen, doch die winkte ab.

»Keiner weiß, was die da drüben eigentlich treiben«, fuhr sie verbittert fort. »Da lebt bis heute kein einziger gebürtiger Deutscher. Die bleiben ständig unter sich. Sicher nicht ohne Grund. Es heißt sogar, dass die nur untereinander heiraten. Der Cousin die Cousine. Und das schon immer. Sie verstehen schon ... Und niemand weiß, womit die eigentlich ihr Geld verdienen. Würde also niemanden wundern, wenn die ...«

»Oma!«, herrschte Tim seine Großmutter deutlich lauter an.

Die brach ab und sah ihn verzweifelt an.

»Nun, wir kümmern uns darum«, versprach Schultkas, und Tim bemerkte sehr wohl, wie er die Mundwinkel etwas gequält verzog.

»Sagen Sie«, durchbrach seine Kollegin die unangenehme Stille, die folgte, »dürfen wir uns das Zimmer von Luca mal ansehen?«

»Ja. Sicher ...« Seine Großmutter saß leicht zusammengesunken da und starrte das Limonadenglas in ihrer Hand an. »Tim, bist du so lieb?«

Tim nickte und führte die Beamten hastig zurück in den Vorraum und dort die Treppe ins erste Obergeschoss hoch, wo ihre Zimmer lagen.

»Hier.«

Er öffnete Lucas Zimmertür, und die beiden Polizeibeamten betraten den Raum. An den Wänden hingen Filmplakate von Stephen Kings *ES*, *Conjuring*, dem alten Klassiker *Poltergeist* und natürlich von *Krabat*. Den deutschen Kinofilm um den berühmten Müllerjungen, der von seinem Meister in den schwarzen Künsten unterrichtet wurde, und von dem sogar Teile hier in der Nähe gedreht worden waren. Denn immerhin basierte die Buchvorlage von Otfried Preußler auf einer lokalen sorbischen Volkssage.

Leider war das Zimmer unaufgeräumt.

Noch immer lagen Lucas Klamotten auf und vor dem Bett, vor der Musikanlage stapelten sich ältere CDs, unter einem Bildschirm auf der Eckkommode lag eine Spielekonsole am Boden, während auf dem Schreibtisch Schulbücher gestapelt waren. Ähnlich chaotisch sah es in den Regalen und im Kleiderschrank aus. Kurz: Es war wie immer.

Die Polizisten sahen sich um und öffneten Schubladen und Schranktüren.

»Fällt dir etwas Ungewöhnliches auf?«, fragte ihn Schultkas.

Tim sah sich um und bemerkte tatsächlich eine Auffälligkeit. »Na ja ...« Er betrat selbst das Zimmer. »Luca besitzt eine ganze Menge Bücher über paranormale Themen. Sie wissen schon, so was wie das Bermudadreieck, UFOs und Bücher von diesem Schweizer. Diesem Erich von Däniken. Aber ich sehe sie hier nicht. Die standen in den Regalen da vorn.«

»Wo könnten die hin sein?«, fragte der Sorbe.

Tim schüttelte nachdenklich den Kopf. »Ich weiß es nicht.«

»Wo ist eigentlich Lucas Computer?«, wollte die Polizistin wissen. »Er betreibt doch diesen YouTube-Kanal.«

Tatsächlich entdeckte Tim auch den Rechner nirgends im Raum. »Keine Ahnung. Wie schon gesagt, ich bin erst seit vorgestern wieder hier.«

Er seufzte.

»Okay, bitte gib uns Bescheid, wenn du ihn findest.« Sarah Richter reichte ihm ihre Visitenkarte. »Überhaupt: Wenn dir noch etwas einfällt, dann melde dich bitte.«

Erstmals sah Tim, dass die Kommissarin aus Cottbus stammte. Nur lag die Stadt nicht in Sachsen, sondern im Bundesland Brandenburg.

Er begleitete die Beamten nach unten und hörte, dass seine Oma wieder in der Küche herumwerkelte. Gemeinsam mit den Polizisten trat er ins Sonnenlicht, und an der Seite von Sven und Lea, die sich inzwischen an der Limonade bedient hatten und sofort zu ihm kamen, sah er dabei zu, wie die Kommissare in ihr Fahrzeug stiegen und den Hof wieder verließen.

»Und, was Neues?«, fragte Lea.

»Tut nicht so«, antwortete Tim. »Ich weiß, dass ihr heimlich gelauscht habt.«

Sven zuckte mit den Schultern. »Alles haben wir aber leider nicht verstanden.«

Tim musterte kurz Charly, der hechelnd im Schatten des Hauses lag.

»Abgesehen von Luca, sind da in letzter Zeit offenbar noch ein paar andere Leute verschwunden«, erklärte er schließlich. »Ein Kevin Koslowski und eine Sindy Nowak. Ich frage mich, wer die beiden sind? Oder habt ihr die Namen schon mal gehört?«

»Nee. Aber finden wir's doch raus.« Lea zückte ihr Smartphone. »Wenn die vermisst werden, dann findet man dazu doch sicher was auf der Webseite der Polizei.«

Gespannt sahen ihr Tim und Sven dabei zu, wie sie einige Sucheinträge eingab.

»Hier, ich habe diese Sindy Nowak gefunden«, meinte Lea aufgeregt. »War ganz leicht.«

Sie hielt ihnen das Smartphone hin, auf dem sogar ein Bild der Vermissten zu sehen war: eine blasse Teenagerin mit schwarz gefärbtem kurzem Haar und dunkel geschminkten Augen.

»Die wird offenbar seit Sonntagmittag vermisst«, fuhr Lea fort. »Sie stammt … aus Geierswalde. Den anderen Typen hab ich leider nicht gefunden.«

Tim nahm ihr das Handy ab. »Du hast jetzt aber nur auf der Seite der Polizei Sachsen gesucht, oder?«

»Ja. Wieso?«

Einer Eingebung folgend, rief er auch die Seite der Polizei Brandenburgs auf.

Es überraschte ihn nicht, dort diesen Kevin Koslowski zu finden – allerdings unter den Fahndungen. Sein Foto war wenig schmeichelhaft, denn es zeigte einen verkniffen dreinblickenden Mittdreißiger mit ungepflegtem Dreitagebart.

»Hier, das ist der andere.« Er präsentierte seinen Freunden den Eintrag. »Und der ist auch nicht einfach nur weg, sondern auch tatverdächtig im Fall eines Mordes vorletzte Nacht am Erikasee bei Großkoschen.«

»Wartet mal«, meinte Lea aufgewühlt, »ich glaube, der Mord wurde gestern in den Nachrichten erwähnt. Wenn das wirklich der Tote ist, wegen dem dieser Koslowski gesucht wird, dann ...« Sie presste kurz die Lippen aufeinander. »Also ... der wurde auch ge-köpft.«

Überrascht blickten die Jungs Lea an.

»Fuck!«, entfuhr es Sven. »Also genauso wie Philipp?«

Misstrauisch geworden, gab Tim einige weitere Suchbegriffe ein.

»Schaut mal.« Er präsentierte ihnen eine grenzwissenschaftliche Webseite. »Am Erikasee ist an dem Abend ein Kornkreis aufge-taucht. Und wie ich gerade lese, einen Tag zuvor auch oben am Ufer der Schwarzen Elster bei Geierswalde.«

»Und?«, fragte Lea.

»Na ja, auch bei dem Feld, wo Luca verschwunden ist, wurde heute so eine Formation im Feld gefunden«, erklärte er. »Ich war selbst dabei, als die Polizei das Feld mit einer Drohne abgesucht hat. Das ist doch unmöglich Zufall, oder?«

»Du meinst, dieser Koslowski steckt mit den Kornkreismachern unter einer Decke?«, fragte Lea unsicher.

»Keine Ahnung.« Tim betrachtete grübelnd das Fahndungsfoto. »Wäre doch aber möglich, oder? UFOs als Urheber für diese For-mationen schließe ich jedenfalls aus.«

»Philipp wurde also deswegen umgebracht«, hakte Sven nach, »weil die Typen, die diese Kreise machen, nicht entdeckt werden wollten? Das ist doch total krank.«

»Ehrlich, ich weiß es nicht.« Tim schüttelte traurig den Kopf. »Kanntet ihr Philipp eigentlich? Ich selbst bin ihm ja nie begegnet –

bis auf …« Er schluckte, da abermals die Bilder des grauenvollen Fundes vor seinem inneren Auge aufstiegen.

»Ja, wir haben uns zweimal getroffen«, meinte Sven. »Er war eigentlich ganz nett. Luca und ich haben ihn und seine Freundin Paula im April kennengelernt. Luca hat mit ihr nämlich 'ne Folge für *XFacts* gedreht. Philipp und sie leben am Stadtrand von Hoyerswerda. So als Alternative in einer Bauwagenkommune. Paula pendelt, liest Auren und macht auf Geisterseherin.«

»Ja, ich glaube, ich erinnere mich sogar an die Folge.« Tim nickte nachdenklich.

»Na ja«, fuhr Sven fort. »Philipp konnte sich dann irgendwie mehr für Lucas Kanal begeistern als ich. Die meisten seiner Touren waren ehrlich gesagt ziemlich langweilig. Da ist fast nie was Aufregendes passiert.«

Tim warf Lea einen Blick zu, doch die zuckte lediglich mit den Schultern. »Tut mir leid, ich kenne ihn ebenso wenig wie du. Seit Luca in *XFacts* macht, haben wir uns deutlich seltener gesehen.«

»Sagt mal«, fragte Tim grübelnd. »Oben in seinem Zimmer fehlt Lucas ganze Para-Literatur. Sein Computer ist auch weg. Wo kann das Zeug hin sein?«

»Na, das ist hier, wo sonst?« Sven drehte sich zu der alten Fachwerkscheune um, vor der die Fahrräder standen. »Er hat da oben auf dem Heuboden sein *XFacts*-Studio eingerichtet. Ist ganz cool geworden.«

»Echt?« Überrascht folgte Tim seinem Fingerzeig. Warum war er nicht gleich darauf gekommen, seine Freunde zu fragen? »Wisst ihr was?« Er ballte entschlossen die Faust. »Da sehen wir uns jetzt mal um. Die ganze Zeit über frage ich mich nämlich schon, was Luca und Philipp in dem Feld eigentlich zu suchen hatten.«

»Du sagst es doch selbst: so einen Kornkreis!«

»Ja, aber wenn der erst letzte Nacht entstanden ist, wieso wussten die beiden davon?«

Überrumpelt blickten Lea und Sven ihn an.

Entschlossen marschierte Tim hinüber zu dem alten Wirtschafts-gebäude, und seine Freunde folgten ihm. Mühsam öffnete er einen der beiden hölzernen Torflügel und passierte die geziegelte Schwel-le. Im Innern war es warm und roch nach Holz, Lehm und Reifen. Er war zwar schon länger nicht mehr hier gewesen, doch der Anblick, der sich ihm hinter der Einfahrt bot, war vertraut. Noch immer stand in der hohen Tenne der alte Trecker seines Großvaters. Ein rostroter MTS-50 Super, der aus den Siebzigern stammte. Die Fami-lie seines Vaters hatte die Landwirtschaft zwar schon in den Neun-zigern aufgegeben, doch er erinnerte sich gut daran, dass sein Vater davon gesprochen hatte, den Oldtimer verkaufen zu wollen. Mit dessen Tod war dieses Vorhaben jedoch unerledigt geblieben. Von ihm wusste er auch, dass im hinteren Teil früher eine Dreschma-schine gestanden hatte. Der Platz war schon lange verwaist. Dort verstaubten nun einige ausrangierte Möbel und Werkzeuge.

Die Leiter jedoch, die hinten an der Wand gehangen hatte, lehn-te jetzt unweit des Traktors am großen Durchlass des Heubodens über ihren Köpfen.

»Keine schlechte Idee, den Boden zu nutzen«, murmelte er mit Blick nach oben.

Sven stöhnte. »Du hast ja auch nicht dabei helfen müssen, den ganzen Kram raufzuschleppen. Wir haben allein einen ganzen Tag damit zugebracht, Strom nach da oben zu verlegen. Die Verlänge-rungskabel bei euch im Haus haben dafür nicht gereicht. Wir ha-ben schließlich 'ne Kabeltrommel gekauft.«

Tim ließ Lea den Vortritt, und gemeinsam mit Sven sah er dabei zu, wie sie vor ihnen die knarrende Leiter hinaufkletterte, wobei sie angesichts ihres luftigen Sommerkleides unverhoffte Aus- und Ein-sichten bot, was Sven ein debiles Grinsen entlockte. Tim schlug ihm unmerklich gegen die Schulter und warf ihm einen bösen Blick zu.

Irgendwie störte ihn Svens Gehabe.

Rasch folgte er ihr nach oben.

»Wow! Nicht schlecht!«, sagte Lea, die sich über ihnen bereits einen Überblick verschaffte.

Tim kletterte hinter ihr ebenfalls ins Halbdunkel, und sofort umfing ihn eine bleierne Hitze, die sich unter den Dachgiebeln staute. Er sah auf Anhieb, was sie meinte. Tatsächlich war der Heuboden schon lange weitgehend freigeräumt. Unter dem Dachfirst hing zwar noch ein uralter Strick, und an einem der Stützbalken lehnte eine alte Forke, doch die komplette hintere Hälfte des Bodens in Richtung Hofzufahrt, unweit eines kleinen Fensters, war neu eingerichtet. Unter den Dachschrägen standen jetzt Regale mit all den Büchern, die er in Lucas Zimmer vermisst hatte. Außerdem hatte Luca da hinten einen Arbeitstisch mit seinem Rechner und seiner Stereoanlage aufgebaut. Daneben standen sogar zwei Stühle sowie ein Kasten mit Sprudelflaschen, die jetzt vermutlich eklig warm waren.

Den eigentlichen Blickfang bildete indes eine große, hellgrau gestrichene Stellwand, auf der in fetten blauen Lettern *XFacts* prangte. Einige Schritte davor war ein Stativ für eine Kamera aufgebaut, die jedoch fehlte. Tim näherte sich dem Bereich und entdeckte jetzt auch die Lampen, die Luca überall montiert hatte.

Anerkennend stieß er einen Pfiff aus, denn das Areal ähnelte tatsächlich einem Aufnahmestudio.

»Luca hat seinen Kanal wirklich ernst genommen«, stellte Lea beeindruckt fest.

»Ganz offensichtlich.« Tim musterte das Stativ, das definitiv neu war, und sah sich um. »Das muss 'ne Stange Geld gekostet haben. Woher hatte er das?«

»Er hat es so wie du gemacht«, brummte Sven hinter ihm. »Deine Großeltern haben doch für euch beide bei eurer Geburt so ein Ausbildungskonto eingerichtet. Du hast damit dein Jahr in den Staaten finanziert, und Luca hat deine Oma beschwatzt, damit er sich hier oben einrichten konnte.« Er seufzte. »Es war sogar noch Kohle für ein Sportbike drin.«

»Glaubt er wirklich, als Influencer Karriere machen zu können?« Tim schüttelte den Kopf. »Egal. Seht euch um und schaut, ob ihr irgendwas findet, was erklärt, warum er sich gestern bei diesem Kornfeld rumgetrieben hat.«

Gemeinsam sahen sie sich auf dem Heuboden um. Lea suchte im Zwielicht die Regale mit den Büchern ab, während Sven eine alte Bauerntruhe öffnete, in der Unmengen an Kabeln und anderes technisches Equipment lagen. Tim hingegen nahm sich den Schreibtisch vor, auf dem einige Bildbände über Kornkreise herumlagen. Er blätterte sie unentschlossen durch und fand schließlich einen Schreibblock, auf dem Zahlenfolgen vermerkt waren: 1643, 1706 und 1771.

»Ich hab hier ein paar Kekse gefunden«, sage Sven hinter ihm. »Will jemand?«

»Du weißt doch, dass ich auf Diät bin«, meinte Lea.

»Ja, gib her.« Tim nahm die Packung entgegen und schob sich einen Butterkeks in den Mund, während er sich vor Lucas Rechner setzte, der überraschenderweise noch immer an war. Allerdings war der Laptop mit einem Passwort geschützt.

Er überlegte kurz, versuchte es – und hatte Erfolg.

Denn wie erhofft hatte Luca daran nichts verändert. Er benutzte noch immer das alte Passwort, nämlich Tims Namen plus das Geburtsjahr von ihnen beiden. Er selbst hielt es umgekehrt bei seinem Rechner ebenso, und irgendwie wurde ihm ob dieser Vertrautheit wehmütig zumute.

Der virtuelle Schreibtisch, der sich ihm offenbarte, war mit unzähligen Videodateien gefüllt. Es handelte sich dabei um Aufnahmen, die Luca mit einem speziellen Programm für seinen Kanal bearbeitet hatte. Tim klickte zwei, drei von ihnen an.

In einem Video schlich Luca Ghostbuster-mäßig nachts durch einen verlassenen Stall, in dem seit 1956 angeblich ein Selbstmörder herumgeisterte. Ein anderes zeigte ihn beim Interview mit einer Einheimischen, die von ihrem Nahtoderlebnis berichtete. Auf dem dritten Video hingegen war Lucas Kumpel Philipp zu sehen. Es handelte sich dabei um den zweiten Teil eines Berichts über die Sagengestalten Krabat und Martin Pumphut, die weit über Sachsen hinaus bekannt waren.

Während den Müllerjungen Krabat vermutlich jeder kannte, referierte Philipp in diesem Beitrag über Martin Pumphut mit seinem riesigen Spitzhut. Der Legende nach, und ähnlich wie sein deutlich berühmterer Kollege, hatte es sich bei ihm ebenfalls um einen Müllerjungen und Zauberer gehandelt, was ihm den Beinamen ›Hexenmeister der Oberlausitz‹ eintrug. Etwas gelangweilt spulte Tim vor, und er erfuhr, dass Pumphut in Papierkähnen Flüsse überquert hatte, angeblich auf einer großen Heuschrecke durch die Luft geflogen war und Windmühlen in Betrieb gesetzt hatte, indem er durch ein Nasenloch den Atem ausblies.

Tim wollte das Video schon wegklicken, als aus dem Halbdunkel des Heubodens ein Grashüpfer auf die Tastatur sprang.

Tim schreckte zurück und wischte das Insekt beiseite – und im selben Moment fror der Bildschirm ein. Und das an jener Stelle, an der eine Zeichnung eingeblendet wurde, die Pumphut bei seinem märchenhaften Ritt auf der Riesenheuschrecke zeigte.

»O Mann, was ist denn jetzt?«

Verärgert hämmerte Tim auf die Tastatur, wischte mehrfach über das Touchpad, doch es war vergebens. Das Gerät reagierte auf keine Eingabe. Er suchte schon nach dem Ein- und Ausschaltknopf, als das Video unvermittelt den kompletten Bildschirm ausfüllte und die Riesenheuschrecke ruckartig immer größer wurde.

Dann brach der Film ab. Und obwohl Tim den Laptop nicht einmal mehr berührte, ploppte plötzlich selbsttätig ein ganzer Stapel mit Audiodateien auf.

»Ist was?«, vernahm er hinter sich Leas Stimme.

»Ja, das scheiß Gerät spinnt«, murrte er. »Offenbar hat ihm die Wärme hier oben nicht gutgetan.«

Auch Sven trat näher und betrachtete die Audiodateien.

»Sieh an, Lucas EVPs.«

»Seine Geisterstimmen?«, kommentierte Tim spitz.

»Ja, sein eigentliches Steckenpferd.«

»Was sind EVPs?«, fragte Lea.

»Electronic Voice Phenomenons. Tonbandstimmen«, meinte Tim gequält.

Er wusste natürlich, dass sein Bruder zu diesem Thema ein paar Beiträge gemacht hatte. Nicht aber, dass das eines seiner Hauptinteressensfelder war. Vielleicht hatte ihm Luca davon auch bloß deswegen nichts erzählt, weil er wusste, wie seine Reaktion darauf ausgefallen wäre. Er selbst hielt das alles für verschwendete Lebenszeit.

»Und was sollen das für Tonbandstimmen sein?«, wollte Lea wissen.

»Du suchst dir irgendeine Radiofrequenz, die nicht belegt ist«, erwiderte Tim, »stellst Fragen und nimmst das Ganze auf. Und auf der Aufnahme hoffst du dann, dass zwischen den Fragen Antworten zu hören sind.«

»Aus dem Geisterreich …«, raunte Sven und hob die Hände.

Lea verschränkte trotz der Hitze die Arme, als ob sie fröre. »Und das funktioniert?«

»Luca hat da offenbar dran geglaubt«, antwortete Tim diplomatisch und betrachtete den Stapel Audiofiles erstmals genauer. »Mann, das müssen über hundert sein. Und wenn ich das richtig sehe, sind die alle akribisch mit Datum und Zeitstempel versehen.«

»Ich sag doch, dass das voll sein Ding ist«, meinte Sven.

»Zeitverschwendung. Habt ihr irgendwas Sinnvolleres gefunden?« Tim wollte bereits das Audioprogramm beenden, um dem Dateienstapel Herr zu werden, als Lea ihm unvermittelt die Hand auf die Schulter legte.

»Sieh mal!« Sie beugte sich vor. »Die Tondatei ganz oben. Sie trägt das Datum von gestern Nachmittag.«

Tim runzelte die Stirn. Tatsächlich. Die übrigen Aufnahmen waren mehrere Tage älter.

»Mach schon«, forderte Sven ihn neugierig auf. »Hören wir sie uns an.«

»Und was soll uns das bringen?«

Tim klickte die Audiodatei lustlos an, und plötzlich tönte die von elektronischen Störgeräuschen überlagerte Stimme seines Bruders aus dem Lautsprecher.

»*Freunde aus der Zwischenwelt*«, raunte Lucas Stimme. »*Was wird uns heute Nacht erwarten? … Wenn einer von euch anwesend ist, dann bitte sag mir, was uns bevorsteht?*«

Luca wiederholte die Frage einige Male, und Tim wollte bereits einen entsprechenden Kommentar abgeben – als ihnen, inmitten der Störgeräusche, und wie als Antwort, ein geisterhaftes Raunen entgegenschlug, das zunehmend lauter und verständlicher wurde:

Komm ins Feld! … Komm ins Feld! … KOMM INS FELD! …

Die Aufnahme endete, und entgeistert starrte Tim den Bildschirm an.

Auch seine Freunde blickten sich betreten an.

»Das ist ja total gruselig«, entfuhr es Lea schließlich.

Sven fuhr sich verlegen durchs Haar. »Vielleicht hat Luca die Aufnahme ja auch bloß bearbeitet. Du weißt schon … so ein bisschen Show für seinen Kanal.«

Tim starrte den Screen stumm an.

War Luca eine solche Zuschauerverarsche zuzutrauen?

Er erwog, die Aufnahme ein weiteres Mal abzuspielen, doch aus einem unerfindlichen Grund schreckte er davor zurück.

Das eben war mindestens so unheimlich gewesen wie der seltsame Eintrag vorhin auf seinem Handy. Nur traute er sich nicht, den seinen Freunden zu zeigen. Auf keinen Fall wollte er sich vor ihnen lächerlich machen. Und doch spürte er, dass hier irgendetwas zutiefst Verstörendes vor sich ging.

Oder begann er bereits verrückt zu werden?

Scheiße.

»Und, habt ihr irgendwas gefunden, das uns weiterhilft?«, fragte Tim mit rauer Stimme. Er wandte sich von dem Laptop ab und blickte seine Freunde an.

Beide zuckten resigniert mit den Schultern.

»Nein«, meinte Sven, der jetzt nach einer der Flaschen mit dem lauwarmen Sprudel griff. »Aber Lucas Kamera ist weg. Außerdem sein Rekorder. Die Geräte wird er wohl mitgenommen haben.«

Tim erhob sich vom Stuhl, blickte sich wieder in dem kleinen Studio unter den Dachschrägen um, und seine Gedanken rotierten.

Irgendwas mussten sie doch tun können.

Irgendetwas.

Sein Blick fiel auf Lea, die ihn erwartungsvoll ansah. »Sagt mal«, fragte er schließlich. »Steht euer Angebot mit Charly noch?«

*

»Erleben Sie so was wie vorhin eigentlich häufiger?« Sarah steuerte ihren Polo am Ortsschild von Geierswalde vorbei, und beiläufig nahm sie wahr, dass der Ort auf Sorbisch als Lejno ausgewiesen wurde.

»Was meinen Sie?« Schultkas, der neben ihr auf dem Beifahrersitz saß und mit dem Daumen über das Display seines Smartphones wischte, sah kurz auf.

»Na ja, solche Ressentiments gegen die Sorben wie vorhin bei Luca Opitz' Großmutter?«

Ihr Kollege brummte unwillig und blickte wieder auf sein Handy. »Ja, kommt vor. Ist aber alles kein Vergleich zu dem, was meine Vorfahren erlebt haben, nicht zuletzt nach der nationalsozialistischen Machtergreifung. Die derzeitige politische Situation bei uns in Sachsen sehe ich zwar auch mit Sorge, aber es gibt ja auch Gutes zu berichten. Immerhin hatten wir bis 2017 einen sorbischen Ministerpräsidenten, was ein echtes Novum war. Und das Vereinsleben blüht auch. Nicht, dass ich da sonderlich aktiv wäre. Insofern alles entspannt. Hat mich früher als Jugendlicher mehr gestört als heute.« Er lächelte schmal. »Wie viel wissen Sie denn über unsereins?«

»Vermutlich weniger, als ich sollte«, gestand Sarah ein. »Ich kenne leider kaum Sorben.«

»Na ja, wenn Sie sorbische Identitätspflege mal in Aktion erleben wollen, nehme ich Sie gern mal zu einem traditionellen Osterritt mit«, meinte Schultkas augenzwinkernd. »Ist eh ein Touristenmagnet.«

»Ja, davon habe ich schon gehört«, erwiderte Sarah. »Ein sorbisch-katholischer Brauch am Ostersonntag, richtig?«

»So ist es. Die Kreuzreiter verkünden da die frohe Botschaft von der Auferstehung Christi. Ein hübsches Spektakel. Insbesondere, wenn man auf Pferde, Lieder und Fahnen steht.«

»Das vorhin tut mir trotzdem leid.«

»Ja nun, es wird wohl immer ein paar Ewiggestrige geben. Darüber rege ich mich schon lange nicht mehr auf. Und was Frau Opitz anbelangt, ich sehe es ihr nach. Die ist ja vor allem mal eines: verzweifelt.«

»Ich bewundere Sie, dass Sie das so sehen können.« Sarah blickte auf die Uhr. »Übrigens frage ich mich noch immer, ob es nicht besser gewesen wäre, erst einmal dieser Bauwagensiedlung einen Besuch abzustatten. Wenn unser Opfer und seine Freundin so gut mit Luca Opitz befreundet waren, dann weiß die junge Frau vielleicht mehr über diesen ominösen Verfolger, von dem Lucas Großmutter gesprochen hat.«

»Das läuft uns ja nicht weg«, murmelte Antonin Schultkas, der wieder auf sein Smartphone blickte. »Im Zweifel machen wir das morgen. Für heute, denke ich, tun wir gut daran, erst einmal zu klären, ob diese Vermisstenfälle wirklich irgendwie zusammenhängen. Es ist eh schon peinlich genug, dass uns dieser Reporter da womöglich zuvorgekommen ist. Ich will in den nächsten Tagen nicht lesen müssen, dass wir der Sache nicht nachgegangen wären.«

Sarah nickte stumm.

Linker Hand, und nur wenige Hundert Meter voraus, kam eine gepflegte rot-weiße Hotelanlage mit beeindruckendem Leuchtturm in Sicht, hinter dem sich das satte Blau des Geierswalder Sees aufspannte.

Ein Leuchtturm? Hier?

Sarah runzelte die Stirn, musste jedoch zugeben, dass das ungewöhnliche Bauwerk vor den in der Nachmittagssonne glitzernden Fluten ein hübsches Bild abgab. Dem großen See sahen vermutlich nur Eingeweihte an, dass er das Überbleibsel eines Braunkohletagebaus war. Heute war er Teil des Lausitzer Seenlandes und wurde schon seit Längerem für touristische Zwecke genutzt. Ein Stück weiter war sogar der Hafen eines Wassersportvereins auszumachen. Dort tummelten sich Erholungssuchende, und Sarah entdeckte einige Angler, die das warme Wetter genossen.

Angetan von dem Ausblick, drosselte sie die Geschwindigkeit ihres Wagens. Da das Seitenfester heruntergelassen war, hielt sie ihre Nase leicht in den Fahrtwind und genoss die lauwarme Sommerbrise.

Die Luft roch nach See und Feldern – ein Anflug von Normalität, den sie angesichts des seltsamen Falls, den sie bearbeiteten, umso mehr begrüßte.

Geierswalde war überhaupt in eine grüne Landschaft eingebettet. Die Dächer der eigentlichen Ortschaft, die sie bei einem Blick über die Felder rechter Hand erblickte, hoben sich markant vor dem strahlend blauen Augusthimmel ab, und alles hier wirkte überaus idyllisch. Definitiv nicht wie ein Ort, in dem man eine mögliche Selbstmörderin erwartete.

Aber wo tat man so etwas schon?

»Woher wusste der Reporter, dass Sie mit dem Fall betraut sind?« Sie bog nach rechts ab, um zum Ortskern zu gelangen. Zwei Jugendliche auf Fahrrädern kamen ihnen entgegen, deren Strandtaschen vermuten ließen, dass auch sie den Restnachmittag am See verbringen wollten.

»Keine Ahnung.« Schultkas blickte auf. »Bei der kurzen Einsatzbesprechung heute Vormittag waren drei, vier Kollegen zugegen. Aber für die lege ich meine Hand ins Feuer. Andererseits ... vielleicht interpretieren wir in Kerns Äußerung auch zu viel hinein. Drettner hat mir jedenfalls zugesagt, auch frühere Fälle zu überprüfen, bei denen gegebenenfalls Informationen an den Kerl durchgestochen wurden. Das wäre dann ein Fall für die interne Ermittlung. Das dürfte allerdings Zeit verschlingen, die wir nicht haben. Bis dahin verlassen wir uns am besten nur auf uns beide.«

»Einverstanden.« Sarah nickte, während sie weiter über die rätselhaften Geschehnisse der letzten Tage nachdachte. »Sollten wir es hier wirklich mit Entführungen zu tun haben, wäre es vielleicht sinnvoll die Blitzen in der Nähe dieser Felder auszuwerten.«

»Sie meinen etwaige Radarfallen?« Schultkas hob eine Augenbraue. »Wieso?«

»Na ja, wenn die Vermissten tatsächlich entführt wurden, mussten die doch irgendwie abtransportiert werden. Das wird voraussichtlich mit einem Fahrzeug geschehen sein. Es wäre doch möglich, dass unsere Entführer nicht aufgepasst haben.«

»Okay.«

»Außerdem geben mir die beiden Enthaupteten noch immer zu denken«, fuhr Sarah fort, während sie einen Trecker überholte. »Ich bin inzwischen davon überzeugt, dass es unter den Tätern mindestens einen Kampfsportler gibt. Denn wenn dem jungen Mann letzte Nacht tatsächlich der Kopf im Laufen abgeschlagen wurde, dann spricht das für jemanden, der mit seiner Waffe verdammt gut umgehen kann. Und bei dem Toten auf Brandenburger Seite war es vermutlich ebenso. Ein Laie wird so etwas doch unmöglich hinbekommen. Zweimal hintereinander das gleiche Vorgehen und beide Male mit derselben Präzision? Dazu würde ein Katana oder ein sonstiges Schwert als Tatwaffe passen.«

»Warten wir die Untersuchung ab.«

Schultkas blickte weiter auf sein Handy, während engreihige Winkel-, Drei- und Vierseithöfe in meist eingeschossiger Klinkerbauweise an ihnen vorüberzogen, die in Dorfauen entlang der Hauptstraße standen.

»Natürlich. Wobei ich definitiv von mehreren Tätern ausgehe«, mutmaßte sie weiter. Sie sah linker Hand die Kirche Geierswaldes auf sie zukommen und blickte aufs Navi. »Zumindest glaube ich nicht, dass ein Einzelner allein diese Kornkreise erstellen kann.«

Schultkas brummte etwas Unverständliches und starrte weiter auf sein Smartphone.

»Jetzt sagen Sie schon«, forderte Sarah ihn mit Blick auf dessen Handy auf. »Was hat die Auswertung von Lucas Telefon ergeben?«

Antonin Schultkas streckte kurz den Rücken durch. »Die Mühlen bei uns in Hoyerswerda mahlen leider auch nicht viel schneller als die bei Ihnen in Cottbus. Die Kollegen haben mir immerhin schon mal die Historie seines Internetbrowsers übermittelt. Lucas fehlender Computer und sein Smartphone sind offenbar via Cloud verbunden, was von Vorteil ist. Wir können also nachverfolgen, wo sich der Junge in den letzten Tagen so im Internet herumgetrieben hat. Ich bin gerade dabei, mir die Webseiten anzusehen, auf denen er zuletzt aktiv war: Sein *XFacts*-Kanal bei YouTube, natürlich, aber auch eine ganze Menge grenzwissenschaftlicher Chatrooms und Foren. Das eigentlich Interessante ist jedoch, dass er gestern Nachmittag GPS-Daten bei Google Maps eingegeben hat. Und zwar jene, die zu dem Feld führen, auf dem er und sein Freund sich letzte Nacht herumgetrieben haben.«

»GPS-Daten?« Erstaunt sah Sarah ihren Kollegen an. »Woher stammen die?«

»Ich weiß es nicht.« Schultkas zuckte mit den Schultern. »Die wird er ganz sicher nicht einfach so eingegeben haben. Ich habe den Kollegen daher gerade mal eine Nachricht geschrieben, dass sie bitte die Foren checken sollen, auf denen Luca zuvor unterwegs war.«

»Sie glauben, jemand hat ihm die GPS-Daten übermittelt?«

»Wäre doch möglich, oder?«

»Okay ...« Sarah musterte das Smartphone in Schultkas' Hand knapp. »Sollte das zutreffen, wäre das ein Hinweis darauf, dass jemand die Jungs ganz gezielt zu dem Feld gelockt hat.«

»Genau das.« Schultkas fuhr sich über seinen ausladenden Schnurrbart und steckte das Handy weg. »Nur ist das erst einmal bloß eine These. Wenn da aber doch etwas dran ist, dann wäre das zusammen mit dieser Strohpuppe ein weiterer Hinweis darauf, dass unsere Täter das alles von langer Hand geplant haben.«

»Sie haben Ihren Kriminaltechnikern gesteckt, dass die Untersuchung dieser Puppe Vorrang hat? Die ist immerhin der einzige haptische Beleg, den wir für all das haben.«

Schultkas räusperte sich. »Sicher.«

»Gut.« Sarah setzte den Blinker, um in eine Seitenstraße einzuscheren. »Dann sollten wir auch bei dieser Sindy Nowak die Augen aufhalten. Bei ihr passt bislang schließlich nur dieser Kornkreis ins Muster.«

»Klar.« Schultkas blickte kurz auf die Uhr. »Ach so, wissen Sie eigentlich schon, wo Sie unterkommen? Oder fahren Sie nachher wieder zurück nach Cottbus? Wir können Sie gern auch in Hoyerswerda unterbringen, in Reviernähe.«

»Ich hab schon eine Unterkunft.« Sarah zwinkerte ihm zu. »Ich habe mir noch vor meiner Abreise ein Zimmer in Lauta gebucht. Ich habe mich nämlich auch schon auf den Seiten dieser Kornkreisfans schlaugemacht. Also auf denen, bei denen die Formationen hier in der Nähe erwähnt werden. Die kleine Gemeinde ist nach den Vorfällen der letzten Tage ganz euphorisch. Die ist überzeugt davon, dass wir es hier mit einem Hotspot zu tun haben und sich hier noch mehr von diesen Piktogrammen auftun werden.

Deshalb hab ich mich für einen Gasthof entschieden, in dem sich einige dieser Kornkreisfans treffen wollen.«

»Sieh an.« Der Sorbe nickte anerkennend. »Sie wollen herausfinden, ob die vielleicht mehr über die Urheber wissen?«

»Einen Versuch ist es doch wert, oder?« Sie sah ihn kurz an. »Vielleicht kennt jemand von denen diese Spaßvögel, die für die Piktogramme der letzten Tage verantwortlich sind. Von selbst werden die sich wohl nicht zu erkennen geben, aber wenn die zum gleichen Zeitpunkt da waren, kommen die natürlich als mögliche Zeugen infrage. Sofern es sich bei denen nicht um die Täter handelt.«

Schultkas fuhr sich grübelnd über das Kinn. »Wäre es für Sie in Ordnung, wenn ich Sie begleite? Vielleicht auf ein Abendessen?«

»Gern.«

»Sie müssten mich bloß vorher noch in Hoyerswerda vorbeibringen, damit ich mein Motorrad abholen kann, um wieder zurückzukommen.«

»Ich habe mir schon gedacht, dass Sie Biker sind. Passt zu Ihnen.« Schultkas schmunzelte. »Was hat mich verraten?«

»Ihre Sonnenbrille.« Sarah blickte zu seiner Bikerbrille, die jetzt auf dem Armaturenbrett lag. »Wir sind übrigens da. Da vorn lebt das Mädchen mit seiner Mutter.« Sie deutete schräg voraus zu einem Gehöft mit überbauter Toreinfahrt, durch die sie ihren Polo lenkte. Hinter der Einfahrt erstreckte sich der Innenhof eines alten Landgutes mit Flügelbauten, der von einer stattlichen Holzblockscheune abgeschlossen wurde. Gleich vier Autos parkten vor dem Holzbau. Wie die unterschiedlichen Fahrzeuge deuteten auch die verschiedenfarbigen Haustüren darauf hin, dass auf dem Anwesen heute mehrere Parteien lebten.

Sarah parkte neben den anderen Wagen und marschierte mit ihrem Kollegen zu der Wohnadresse, die bei der Vermisstenanzeige angegeben war.

»Hoffentlich ist jemand da.« Sie klingelte.

Ganz wie erhofft dauerte es nicht lange, und Ihnen wurde von einer hageren Mittvierzigerin mit dunklem Haar geöffnet, die wegen der Wärme ein rot-weißes Kleid mit kurzen Ärmeln trug.

»Štó sće?«,[1] begrüßte Sie sie misstrauisch auf Sorbisch.

Überrumpelt blickte Sarah zu Schultkas, der seinen Dienstausweis zückte und seinerseits auf Sorbisch antwortete.

»Smy wot policije. Móžemy němsce rěčeć?«[2]

»Ja, natürlich«, antwortete die Frau gleich, damit auch Sarah sie verstehen konnte.

»Sie sind Lubina Nowak, die Mutter von Sindy?«, fragte Schultkas.

»Ja, bin ich.« Die Frau betrachtete die Polizisten verunsichert. »Haben Sie Sindy etwa …?«

»Machen Sie sich bitte keine Sorgen«, beruhigte Sarah sie. »Wir sind bloß hier, weil wir weitere Auskünfte bräuchten.«

»Dann … bitte, kommen Sie rein.« Sindys Mutter machte ihnen Platz. »Ich habe schon zweimal beim Revier angerufen. Ich dachte schon, dass sich keiner wirklich um die Anzeige kümmert.«

Sarah folgte Schultkas und ihr durch einen kurzen Gang zum Wohnzimmer und erhaschte dabei einen Blick in die angrenzende Küche, die unaufgeräumt wirkte. Außerdem roch es in der warmen Wohnung unangenehm nach Haustieren.

Im Wohnzimmer entdeckte sie eine mit Streu ausgelegte, gut einen mal einen Meter große Meerschweinchenwiese mit Puppenhäusern und Topfpflanzen. Drei der Tiere liefen frei herum, und eines kaute gerade an einem Salatblatt.

»Das sind Sindys Meerschweinchen«, erklärte ihre Gastgeberin traurig. »Ich kümmere mich jetzt um sie. Aber bitte … lassen Sie uns doch im Garten Platz nehmen.«

Sie deutete zu einer offenen Terrassentür, hinter der sich eine hübsche, mit Hecken, Bäumen und Zierpflanzen begrünte Garten-

1 Wer sind Sie?
2 Wir sind von der Polizei. Können wir Deutsch sprechen?

parzelle erstreckte, die hinten von einer grün gestrichenen Laube abgeschlossen wurde.

Sarah und ihr Kollege setzten sich an einen runden Tisch unter einen aufgespannten Sonnenschirm. Lubina Nowak beeilte sich, Gläser und eine kalte Flasche Cola aus der Küche zu holen.

»Wie kann ich Ihnen helfen?«, fragte sie, kaum dass sie ebenfalls Platz genommen hatte. »Ich habe Ihren Kollegen eigentlich schon alles erzählt.«

Antonin Schultkas legte sein Handy auf den Tisch und rief das Vermisstenprotokoll der Teenagerin auf.

Tatsächlich hatten Sarah und er nach dem Besuch bei Tim Opitz und seiner Großmutter noch einmal das zuständige Revier aufgesucht. Sarah wusste daher ebenfalls, dass Sindy Nowak am Sonntag verschwunden war und zuletzt gegen Mittag von einer aufmerksamen Frau hier im Ort gesehen worden war. Der Zeugin zufolge war die Teenagerin in südlicher Richtung unterwegs gewesen, wo die Flachsfelder unweit der Schwarzen Elster lagen und man abends den ersten Kornkreis entdeckt hatte. Die Formation war vom Ort aus nur einen guten Kilometer entfernt, was wohl auch der Grund war, warum der Reporter so rasch einen Zusammenhang gewittert hatte.

»Wenn Sie erlauben, würden wir uns nachher gern noch einmal Sindys Zimmer ansehen«, sagte Antonin Schultkas.

»Selbstverständlich.«

»Zuvor möchten wir noch einmal auf den Abschiedsbrief zu sprechen kommen. Den haben Sie gestern erst gefunden?«

»Ja.« Sindys Mutter nickte. »Oben, vor dem Spiegel auf meiner Schminkkommode. Den hatte ich erst gar nicht bemerkt. Den haben jetzt aber Ihre Kollegen.«

»Wissen wir.« Schultkas wischte über sein Smartphone, um ein Foto des Schreibens aufzurufen. »Leider geht aus dem Brief nicht hervor, was das für ein Kummer ist, den Ihre Tochter nicht mehr erträgt.«

»Sie leidet sehr unter dem Tod ihres Vaters«, antwortete Lubina

Nowak niedergeschlagen. »Mein Mann ist vor einem Jahr an Krebs gestorben. Jurij und Sindy waren immer sehr eng. Für ihn war sie seine kleine Prinzessin, und er hat sie zeit seines Lebens sehr verwöhnt. Von ihm hat sie auch die Meerschweinchen.« Sie blickte in Richtung Wohnzimmer. »Seit seinem Tod ist sie jedenfalls völlig durch den Wind. Sie trifft sich nur noch selten mit Freunden, und in der Schule geht es seitdem auch bergab. Nur die Tiere, um die hat sie sich weiter liebevoll gekümmert.«

»Hat sie denn früher schon Spaziergänge raus zu den Feldern unternommen?«, fragte Sarah.

»Ja, das kam häufiger vor.« Lubina Nowak lächelte wehmütig. »Zusammen mit meinem Mann. Draußen in der Natur blühten die beiden so richtig auf.«

»Haben sich die beiden eigentlich für Kornkreise interessiert?«

»Sie meinen so was wie diese Trampelei auf dem Feld da draußen am Tag ihres Verschwindens?« Die Frau zuckte mit den Schultern. »Nicht, dass ich wüsste. Hat es damit etwas auf sich? Denn gestern Nachmittag war so ein Journalist hier, der mich das auch gefragt hat.«

»Richard Kern?«, fragte Schultkas argwöhnend.

»Ja, ich glaube, das war sein Name.«

»Sagen Sie«, ergriff Sarah wieder das Wort, »ist Ihre Tochter zufällig mit einem Luca Opitz befreundet?«

»Nein, der Name ist mir unbekannt.« Die Frau sah sie verwundert an.

»Ist Ihnen denn ein Kevin Koslowski bekannt?«

»Auch nicht.« Sie schüttelte den Kopf. »Wer sind die beiden?«

»Reine Routine«, wiegelte Sarah ab. »Wir versuchen bloß, mögliche Verbindungen auszuschließen.«

Schultkas hielt ihr das Display seines Smartphones hin. »Wissen Sie vielleicht, was sie hiermit gemeint haben könnte?« Er präsentierte Sindys Mutter die Aufnahme des Abschiedsschreibens. Wenige dürre Zeilen in einer hübschen Mädchenhandschrift. »Ihre

Tochter schreibt hier nicht nur, dass sie ›allem ein Ende machen‹ will, sondern nur eine Zeile vorher auch, dass sie ›dem Ruf folgen‹ will. Was meint sie damit?«

Sarah und er beobachteten Nowak aufmerksam.

»Darüber habe ich mich auch etwas gewundert«, erklärte die Frau. »Ich weiß nicht, was sie damit gemeint hat. Meinen Mann?« Hilflos sah sie sie an. »Sie hat zuletzt Albträume gehabt, konnte nicht schlafen, saß manchmal apathisch herum oder hat Selbstgespräche geführt.«

»Selbstgespräche?« Schultkas runzelte die Stirn.

»Ja. Mit meinem verstorbenen Mann, nehme ich an. Sorgen habe ich mir natürlich schon gemacht, denn sie war wegen alledem ja nicht umsonst in Therapie.«

»Sie war in Therapie?«, fragte Sarah interessiert.

»Ja, bei einer Trauertherapeutin in Hoyerswerda. Ich hab sie da einmal die Woche hingefahren. Schon deswegen hätte ich nie gedacht …« Sie verstummte, und plötzlich liefen ihr Tränen über die Wangen.

»Haben Sie mit der Therapeutin über Ihre Tochter gesprochen?«, fragte Sarah. »Gab es da vielleicht etwas, über das sie nur mit ihr geredet hat?«

»Natürlich habe ich mit der Therapeutin gesprochen.« Lubina Nowak wischte die Tränen mit dem Handrücken ab und sah sie an. »Schließlich meinte sie noch vor wenigen Wochen, dass es mit Sindy voranginge. Na ja, bis dann diese Albträume losgingen.«

»Was waren das für Albträume?«, hakte Schultkas nach.

»Sindy hat nie wirklich darüber gesprochen. Sie meinte nur einmal, dass wir alle nicht allein seien.«

Sarah und ihr Kollege warfen sich kurze Blicke zu.

»Haben Sie vielleicht die Adresse dieser Therapeutin?«, fragte Sarah.

»Ja, natürlich.« Sindys Mutter erhob sich von ihrem Gartenstuhl – und blickte erschrocken auf ihre Armbanduhr. »Ach Gott.

Ich habe ganz vergessen, ihr über Sindy Bescheid zu geben. Heute wäre eigentlich wieder Sitzung gewesen.« Betroffen sah sie sie an. »Sie hat mit Sindy zuletzt eine Maltherapie begonnen. Sindy sollte die Bilder heute eigentlich mitbringen.«

»Ihre Tochter hat gemalt?« Schultkas richtete sich unmerklich auf. »Was genau?«

»Na ja, ich schätze, alles was sie quält. Ich hab Sindy dafür extra einige Zeichenblöcke, Stifte und Farben gekauft.« Sie deutete hinüber zum Gartenhäuschen. »Um sie zu bestärken, hab ich ihr sogar die Laube freigeräumt, damit sie ungestört ist. Gewissermaßen als Atelier. Mein Mann hat den Verschlag früher immer als Werkstatt benutzt. Aber so richtig ernst genommen hat sie die Therapie wohl nicht. Denn viel ist dabei nicht herausgekommen.«

Sarah und ihr Kollege wandten die Köpfe.

»Dürfen wir uns das vielleicht mal ansehen?«, fragte Sarah.

»Ja, sicher. Wenn das dabei hilft, Sindy zu finden. Aber erwarten Sie bitte nicht zu viel. Kommen Sie.«

Die Frau marschierte an ihnen vorbei in den Garten, auf den die inzwischen deutlich tiefer stehende Sonne schwarze Baumschatten malte. Sarah und ihr Kollege folgten ihr nach hinten zu der grünen Laube, die ein breites Vordach und auf zwei Seiten verschmutzte Fenster mit aufgeklappten Fensterläden aufwies.

Sindys Mutter öffnete den Sperrriegel der Schuppentür, während Sarah einen kurzen Blick durch die Fenster warf und in einen dämmrigen Raum sah, der mit einer hölzernen Werkbank ausgestattet war. An der Wand darüber hingen noch immer Sägen, Hämmer und Schraubenzieher.

Wie ihre Begleiter zog auch Sarah beim Eintreten den Kopf ein. Drinnen war es warm und stickig, und soeben sprang ihr vom Fensterbrett eine aufgeschreckte Heuschrecke entgegen.

Sarah verscheuchte sie.

»Da, sehen Sie.« Nowak deutete zu einer Staffelei in der Raumecke, an der ein Zeichenblock lehnte. Auf dem Tisch daneben lagen unzählige Wachsmalstifte, außerdem ein Farbkasten samt verschmutztem Wasserglas, in dem mehrere Pinsel standen.

Mit einem Seufzer hob Sindys Mutter das heruntergeklappte Frontblatt des Zeichenblocks an und offenbarte ein buntes Bild, das dem Garten ähnelte, wie er sich durch eines der Laubenfenster präsentierte.

»Daran saß sie eine ganze Weile«, merkte die Frau resigniert an. »Wäre daran etwas auffällig gewesen, hätte ich das Ihren Kollegen schon mitgeteilt. Hier hatte ich ja auch als Erstes nachgesehen, als Sindy nicht heimkam.«

»Das ist alles, was sie gemalt hat?«, fragte Sarah verwundert.

Sie trat an die Staffelei heran und betrachtete das Bild eingehender. Unvermittelt fiel ihr etwas an dem Zeichenblock auf. Misstrauisch suchte sie nach einem Abfalleimer, fand jedoch keinen. »Sagen Sie mal, Frau Nowak, hatten Sie eben nicht mehrere Zeichenblöcke erwähnt?«

»Ja, ich habe ihr zwei besorgt.« Verwundert sah sich die Frau um.

»Könnten Sie vielleicht noch einmal in Sindys Zimmer nachsehen, ob dort der andere liegt?«

»Ja … ja, klar. Ich bin gleich wieder da.«

Die Frau eilte nach draußen, und Schultkas sah Sarah fragend an. »Was ist?«

»Schauen Sie mal.« Sie deutete auf die ausgefranste Abrisskante des Blocks und blätterte das bemalte Blatt um, sodass der kartonierte Rücken zum Vorschein kam. »Das hier ist das einzige Bild. Wo sind die restlichen Blätter des Blocks hin?«

Schultkas beugte sich vor. »Sie haben recht.«

Sarah untersuchte die Wachsstifte und den Farbkasten, die allesamt deutliche Gebrauchsspuren aufwiesen. Besonders die Farben Gelb, Orange und Schwarz. Und das sowohl bei den Stiften als auch bei der Tusche. Außerdem waren auf dem Tisch zahllose eingetrocknete Farbflecken zu sehen.

»Das hier wirkt eher so, als hätte sie sich in einen regelrechten

Malrausch hineingesteigert. Aber wo sind die restlichen Bilder hin? Sehen Sie hier irgendwo einen Abfalleimer?«

»Nein.« Schultkas suchte erfolglos die Laube ab, während Sarah die Werkbank beäugte. Was war das?

Hinter der Tischkante, unmittelbar an der Wand, lugte die Ecke eines weiteren Zeichenblocks hervor.

»Da! Ich glaube, Sindy hat hier etwas versteckt.«

Sarah zog den Block mühsam aus dem Zwischenraum und bemerkte sofort, dass er gewissermaßen zu einer Sammelmappe umfunktioniert worden war. Enthalten waren weit mehr Bilder, als ein Block allein an Zeichenblättern fasste.

Unter Schultkas' Blicken legte sie den Fund auf die Werkbank und klappte den Schutzumschlag hoch.

Beunruhigt atmeten sie ein.

Sindys Mal- und Zeichenversuche wirkten laienhaft, aber gleich das oberste Bild zeigte ein weizengelbes Kornfeld, über dem grell die Sonne brannte. Interessant war jedoch etwas anderes. Denn im Hintergrund, zwischen den Ähren, stand eine geisterhafte weiße Gestalt, die seltsam bedrohlich zum Betrachter blickte. Ihre Konturen waren menschlich, und doch war nicht genau zu erkennen, wen oder was sie darstellen sollte.

Sie schien eine Art Umhang zu tragen und hielt etwas in der Hand. Waren das gebogene Ähren?

Rasch breitete Sarah die übrigen Bilder der Mappe vor ihnen aus, und das Motiv wiederholte sich in unzähliger Weise. Alle Werke zeigten reife Kornfelder samt der beängstigenden fahlen Gestalt inmitten der Ähren. Immerzu stand sie im grellen Sonnenlicht, und nur zwei Bilder gaben eine Nachtszene samt Mond und dunklen Wolken wieder. Und auf diesen beiden Bildern waren auch die Augen der geisterhaften Figur zu erkennen.

Sie waren blutrot.

Sarah betrachtete die Gestalt beklommen. »Wenn Sindy von so was hier geträumt hat, verstehe ich ihre Albträume.«

»Nicht nur das«, knurrte Schultkas unheilvoll. »Das Mädchen scheint auch irgendeine Vorahnung gehabt zu haben.«

»Eine Vorahnung?«

Er deutete besorgt auf eines der Bilder. Genauer: auf das Kornfeld neben der geisterhaften Gestalt. Sarah beugte sich vor und erblickte an der Stelle ... eine Kornkreisformation. Ein Piktogramm.

Es ähnelte der Darstellung eines wulstigen Bootes mit Segel.

Schultkas zückte sein Handy, öffnete eine Fotodatenbank und präsentierte ihr die Aufnahme eines Kornkreises, dessen Umriss jenem auf dem Bild glich.

»Hier, das ist das Piktogramm auf dem Flachsfeld. Das unten bei der Schwarzen Elster, wo Sindy Nowak zuletzt gesehen wurde.«

»Das gibt es doch nicht.« Sarah betrachtete die Aufnahme ungläubig. »Die Ähnlichkeit ist doch unmöglich Zufall.«

»Eben.«

Sie atmete tief ein und präsentierte ihm das Bild, das sie in der Hand hielt.

»Vielleicht sollten wir die Kriminaltechniker auch mal fragen, ob so etwas hier als Tatwaffe ebenfalls infrage kommt. Erkennen Sie das Werkzeug dieses Schnitters?«

»Schnitter?«

»Was soll das sonst für eine Gestalt sein?« Sie deutete auf den krummen Gegenstand, den die spukhafte Figur in der Hand hielt. Deutlich war zu erkennen, dass das keine gebogenen Ähren waren.

»Auf mich wirkt das wie eine Sichel!«

MENETEKEL

»Sind wir uns sicher, dass die inzwischen alle weg sind?«

Tim trat vor das rot-weiße Absperrband, das noch immer schlaff über dem Feldweg baumelte, und spähte hinüber zu den orange-goldenen Kornfeldern, die sich im Licht der tief stehenden Sonne bis zum Waldrand in einigen Kilometern Entfernung erstreckten. Es war zwar noch immer warm, doch im Vergleich zu der brüten-den Mittagshitze war die Temperatur jetzt regelrecht angenehm.

»Ich sehe von den Spacken keinen mehr.« Sven führte Charly an der kurzen Leine, und der Hund sah mit wedelndem Schwanz zu ihm auf. »Irgendwann müssen die ja auch mal zu Abend essen.«

Auch Lea trat vor die Absperrung und stellte sich auf die Zehen-spitzen, um Ausschau zu halten.

Die Polizei war zwar schon vor einigen Stunden abgezogen, den-noch stellte das Flatterband klar, dass Weg und Felder nicht für den Publikumsverkehr freigegeben waren. Zumindest theoretisch. Praktisch hatte sich hier noch bis vor zwanzig Minuten ein halbes Dutzend Typen von außerhalb herumgetrieben, die aus dem Um-feld der Kornkreisszene stammten. Eine von ihnen hatte sogar eine Drohne gestartet, mit der sie die Formation im Feld überflogen hat-te. Von Tims Standpunkt aus war das seltsame Kunstwerk jedoch nur vage zu erkennen.

Er und seine Freunde hatten kurz überlegt, sich dem Treiben anzuschließen, dann aber doch lieber gewartet, um keine Fragen beantworten zu müssen. Inzwischen war auch das letzte Auto ver-schwunden, und es wirkte so, als wären sie auf den Feldern nun endlich alleine.

»Okay, lasst uns loslegen«, meinte Lea mit Blick zu dem tief über dem Horizont hängenden Sonnenball. »In einer halben Stunde wird es nämlich dunkel.«

Tim hob das Flatterband an, und seine Freunde schoben ihre Fahrräder drunter durch. Da das Rad seiner Großmutter noch immer einen Platten hatte, hatte ihn Lea auf dem Herweg auf dem Gepäckträger mitgenommen. Für den Rückweg hatte er eigentlich Lucas Fahrrad nutzen wollen. Doch schon von hier aus konnte er sehen, dass an der einsamen Bushaltestation beim Feldweg kein Rad mehr stand. Auch Philipps Enduro war fort.

Vermutlich hatte die Polizei beides beschlagnahmt.

Sie traten wieder in die Pedale und fuhren den Feldweg entlang, bis sie das wurmstichige Bushäuschen erreicht hatten. Wie bereits Luca und Philipp in der Nacht zuvor, stellten sie die Räder bei dem Unterstand ab.

Grillen zirpten ihre Melodie, und ein schwerer Strohgeruch umfing sie.

Tim betrachtete missmutig die erstaunlich hohe Wand aus Getreidehalmen links des alten Feldweges. Trotz des Einfalls von Polizei und Kornkreisgängern standen die Halme noch immer dicht an dicht. Lediglich an drei Stellen längs des Weges verrieten geknickte Ähren, dass dort Polizisten und Sensationshungrige ein und aus gegangen waren.

Charly hechelte, die anderen musterten Feld und Weg schweigend und lauschten dem Konzert der Insekten. Schließlich löste Sven die rote Wasserflasche unter der Querstange seines Rennrades und trank einen Schluck. Dann reichte er sie an Lea und Tim weiter.

»Also, wie gehen wir jetzt vor?«, fragte Lea, nachdem auch sie ihren Durst gestillt hatte.

»Na ja, wir müssen da wohl wieder rein«, meinte Tim leicht beklommen. »Und dann muss Charly zeigen, was er draufhat. Nur ist er leider kein ausgebildeter Suchhund.«

»Hey, wenn da was ist, wird uns Charly schon nicht enttäuschen!« Sven verstaute die Flasche wieder und trat vor den Korb, der an der Lenkstange von Leas Hollandrad befestigt war. Er fischte das darin liegende T-Shirt heraus, das sie aus Lucas Zimmer mitgenommen hatten.

»Charly und ich machen schon seit zwei Jahren immer mal wieder Suchspiele«, fuhr er zuversichtlich fort. »Außerdem kennt er Luca. Das wird schon.«

Tim nickte, mehr aus Hoffnung denn aus Überzeugung.

Sven wandte sich mit dem Shirt dem Golden Retriever zu, der mit hoch aufgerichtetem Schwanz neben ihnen auf dem Feldweg stand und die Wand aus Kornähren fixierte.

Plötzlich fletschte der Hund die Zähne, und ein dumpfes Knurren entfuhr seiner Kehle.

»Was ist mit ihm?«, fragte Lea besorgt.

»Keine Ahnung.« Sven musterte das Tier irritiert. »Ruhig, Charly! Alles gut.«

Tim starrte ebenfalls zum Feld und musste schaudernd an die kopflose Leiche denken, die er darin gefunden hatte. Obwohl er wusste, dass die Polizei Philipps Körper längst abtransportiert hatte, beschlich ihn bei dem Anblick der dicht stehenden Ähren ein ungutes Gefühl. Er konnte sich nicht helfen, aber ihm war fast so, als wären sie hier doch nicht allein.

Als würde sie jemand ... beobachten.

»Vielleicht ist das alles ja doch keine so gute Idee«, wandte Lea ein, die offenbar ebenfalls etwas Muffensausen hatte.

»Quatsch.« Sven griff Charly am Halsband und kraulte ihn beruhigend am Nacken. Endlich hielt er ihm Lucas T-Shirt vor die Schnauze. »Komm, Charly, du musst jetzt die Witterung aufnehmen.«

Der Hund schnüffelte an dem T-Shirt und starrte Sven fragend an. Der blickte zum Feld.

»Ich schlage vor, dass wir eine der Schneisen nehmen, die die anderen ins Feld getrampelt haben. So kommen wir vermutlich am einfachsten zum Kornkreis.« Er musterte Tim. »Letztlich musst du das aber entscheiden.«

»Der beschissene Kornkreis interessiert mich nicht«, murrte Tim. »Aber meinetwegen. Probieren wir unser Glück tiefer im Feld.«

Sven wandte sich der Bresche aus platt getretenen Halmen zu, die der alten Bushaltestelle am nächsten lag.

Tim legte ihm die Hand auf die Schulter. »Warte! Wenn wir da reingehen, kommen wir zu der Stelle, wo … Philipp lag.«

Befangen sah Lea ihn an.

»Hey, wird schon nicht so schlimm sein wie heute Morgen«, meinte Sven. »Die Polizei hat da sicher aufgeräumt. Denke ich mal …«

Mit einem etwas zu enthusiastischen Gesichtsausdruck stiefelte sein Kumpel zum Feld, stoppte dann aber wieder, da Charly abermals wie auf dem Sprung wirkte und sich nicht rührte.

»Charly, komm schon!« Sven zog an der Leine, und widerwillig trottete der Golden Retriever hinter ihm her.

Tim gab sich ebenfalls einen Ruck, und Lea folgte ihnen mit blassem Gesicht.

Auch sie tauchten in das Dickicht aus hohen Halmen ein, und wie schon am Vormittag wunderte sich Tim darüber, wie üppig das Feld in Blüte stand. Auf dem Acker war es schwül, und einige der fetten Ähren baumelten mehrere Zentimeter über seinem Stirnansatz, sodass es kaum möglich war, die Fläche zu überblicken. Selbst in guten Jahren wuchs das Getreide hier in der Gegend kaum so hoch. Jedenfalls konnte er sich nicht daran erinnern. Der strohige Bewuchs ringsum erinnerte ihn mehr an Schilf als an Getreide. Zudem erschienen ihm die Halme ungewöhnlich hartnäckig. Was war das überhaupt für eine Sorte?

Normaler Weizen jedenfalls nicht.

Sven bewegte sich raschelnd vor ihnen durch die Halme, und hin und wieder war auch das Hecheln von Charly zu hören. Bei alledem achtete Tim darauf, dass Lea nicht den Anschluss verlor.

Jetzt, da sie tatsächlich hier waren, kam ihm ihr Vorhaben überaus dämlich vor. Charly war bloß ein Haushund. Und die Polizei hatte den Acker garantiert akribisch durchkämmt. Ganz abgesehen von den UFO-Spinnern, die vorhin hier eingefallen waren.

Dass ausgerechnet sie hier noch etwas finden sollten, das den anderen entgangen war, schien ihm daher vollkommen aussichtslos. Aber ... irgendetwas mussten sie schließlich tun.

Unvermittelt blieb Sven stehen. Tim und Lea, die rasch zu ihm aufschlossen, sahen nun ebenfalls, dass vor ihnen ein rechteckiges Areal lag, das bis zu den Knöcheln abgemäht worden war. Ein sachter Wind brachte die Halme ringsum zum Rascheln.

»War das hier der Leichenfundort?« Ehrfürchtig bückte Sven sich zu einer Stelle, an der Charly schnüffelte.

Tim nickte nur.

»Scheiße, Alter!«, entfuhr es seinem Kumpel. »Ich glaube, hier ist sogar noch etwas eingetrocknetes Blut. Wie hast du Philipp überhaupt gefunden, so dicht, wie das Getreide hier wächst?«

»Am Feldrand waren umgeknickte Halme«, meinte Tim lahm. »Außerdem so etwas wie eine Schleifspur, die sich im Feld verlor. Ich bin ihr einfach gefolgt, und dann ... bin ich fast über seinen Körper gestolpert.«

»Wollt ihr noch lange hierbleiben?«, fragte Lea mit kläglicher Stimme.

Aus den Halmen sprang sie eine fette Heuschrecke an, und sie verscheuchte sie angewidert.

»Nein. Bestimmt nicht.« Tim bemerkte, wie blass sie war. Im Gegensatz zu ihr hatten Sven und er vorhin noch einige Stücke Kuchen seiner Oma verputzt. Er fragte sich, wann Lea zum letzten Mal etwas gegessen hatte. Nicht, dass sie bei der Wärme mit dem Kreislauf Probleme bekam. »Sag Bescheid, wenn du lieber wieder rauswillst.«

»Geht schon.« Sie lächelte verkniffen und nieste plötzlich. »Aber ich fänd's ganz gut, wenn wir das hier schnell hinter uns bringen könnten.«

»Musst du um 'ne bestimmte Uhrzeit zu Hause sein?«

»Nein, meine Eltern sind noch bis Sonntag bei meiner Tante«, schniefte sie. »Aber mein Heuschnupfen macht sich gerade bemerkbar, und es wird bald dunkel. Ich finde es hier drinnen jetzt schon etwas unheimlich.«

Tatsächlich stand die Sonne im Osten besorgniserregend tief und tauchte das Kornfeld mittlerweile in einen blutroten Schein.

»Okay.« Sven erhob sich, zog Charly von der Stelle weg, die dieser noch immer beschnüffelte, und drückte ihm wieder Lucas T-Shirt vor die Schnauze.

»Komm, Charly. Es geht weiter. Such Luca. Such!«

Er löste die Leine, und Charly blickte erst hechelnd zu ihm, dann zu den Wänden aus Getreidehalmen auf.

»Ich sag doch«, seufzte Tim. »Charly hat keine Ahnung, was er ...«

Unvermittelt stellte der Hund wieder den Schwanz auf und spannte sich an. Es wirkte fast so, als lausche er der unermüdlichen Abendmelodie der Feldgrillen. Ansatzlos trottete er los und verschwand mit einem Satz zwischen den Halmen.

Überrascht blickten die Freunde einander an.

»Hinterher!«, kommandierte Sven und kämpfte sich hinter Charly durch das Feld. Tim und Lea folgten ihm eilig, und ihnen schlugen unentwegt Halme und Ähren ins Gesicht, während sie sich tapfer durch den hohen Bewuchs quälten.

Lea nieste gelegentlich, und immerzu scheuchten sie im Dickicht fette grüne Grashüpfer auf, die vor ihnen die Flucht antraten. Tim überlegte bereits, ob sie ihr Vorhaben nicht besser auf morgen verschieben sollten, als sich Sven lautstark bemerkbar machte.

»Hey, Leute. Charly scheint was gefunden zu haben.«

Tim wartete, bis Lea aufgeschlossen hatte, und zu ihrer beider Überraschung betraten sie einen breiten Gang aus platt getretenen Halmen und dichten Ährenwänden, die im roten Abendlicht wie mit Blut übergossen wirkten. Ein zweiter Gang kreuzte ihn etwas weiter links. Zweifellos hatten sie einen Ausläufer der Kornkreisformation erreicht.

Sven stand längst neben Charly und bückte sich, da der Hund unmittelbar auf der Gangkreuzung aufgeregt nach etwas zwischen den geknickten Halmen am Ackerboden scharrte.

»Was ist da?« Tim lief zu den beiden hinüber, und als auch Lea die Stelle erreichte, schob Sven den Golden Retriever beiseite, um ein Stück Stoff aus dem strohigen Untergrund zu zerren.

»Hilf mir doch mal«, forderte er Tim auf.

Sie zogen zu zweit, und kurz darauf entrissen sie dem Boden ein verschmutztes blaues T-Shirt.

»Was ist das denn?«, fragte Sven verwundert.

»Erkennst du es nicht?«, erwiderte Lea erschrocken. »Das gehört Luca! Ich bin mir sicher.«

Bestürzt schüttelte Tim das Kleidungsstück aus, und zwei, drei tote Heuschrecken fielen zu Boden. Lea hatte recht. Das war definitiv das T-Shirt, das Luca gestern getragen hatte.

Ungläubig starrte er auf die Mulde im Acker, da dort noch etwas zwischen den platt getretenen Halmen aufblitzte. Etwas Metallisches.

Aufgewühlt schoben er und Sven die Matte aus geknicktem Getreide beiseite, dann buddelten sie weiter, und Tim bemerkte erstaunt, dass das Erdreich feuchter wurde, je tiefer sie vorstießen. Zusammen mit viel losem Ackerboden entrissen sie dem Untergrund eine Hose. Eine Jeans.

Die Schließe der Gürtelschnalle stellte eindeutig ein UFO dar. Tim erkannte sofort, dass auch sie Luca gehörte. Und das war nicht alles. Denn im Innern der Jeans steckte noch eine karierte Boxershorts der Marke, die sein Bruder gern trug.

»Scheiße, das gibt es doch nicht.« Erschrocken starrte Tim die Sachen an. »Warum … vergräbt hier jemand Lucas Klamotten?«

»Das ist noch nicht alles.« Sven wühlte weiter im Untergrund, und Tim half ihm.

Während es um sie herum zunehmend dämmriger wurde, beförderten sie ein Paar Sportschuhe aus dem Erdreich, in dem sogar noch die Socken steckten. Außerdem Lucas Armbanduhr, eine Stirnlampe und … eine Digicam!

»Scheiße, das gehört alles Luca«, ächzte Tim.

»Das ist doch nicht normal.« Lea schlang die Arme um ihren Oberkörper und sah sich ängstlich zu den tief verschatteten Gangausläufern des Kornkreises um. »Die Unterhose in der Jeans und die Strümpfe in den Schuhen … das wirkt ja fast so, als wäre er hier im Boden versunken.«

»Und dann hat er sich aufgelöst, oder wie?«, wandte Sven ein.

»Das ist … so was gibt es nicht.« Tim schüttelte verstört den Kopf. Er hatte für das seltsame Arrangement der Kleidungsstücke auch keine Erklärung.

»Gehen wir jetzt?«, fragte Lea. »Bitte!«

»Okay.« Tim sammelte soeben Lucas Habseligkeiten auf, als ihn Sven an der Schulter berührte. »Hört ihr das?«

»Was?«

»Eben. Gar nichts.«

Sven hatte recht. Das Zirpen der Feldgrillen war schlagartig verstummt.

Stattdessen strich ein feiner Abendwind über die Ähren, der das Meer aus Getreide rings um sie herum zum Rascheln brachte. Und doch blieb die erhoffte kühlende Brise aus. Die Luft war so schwül wie schon auf dem Hinweg.

Nur dass jetzt noch etwas anderes in der Luft lag.

Kaum wahrnehmbar.

Ein leises Knistern, überall um sie herum.

»Leute, das gefällt mir nicht«, entfuhr es Tim. »Lasst uns verschwinden.«

Sie wollten sich schon auf den Rückweg machen, als ihnen auffiel, dass Charly reglos auf eine Stelle an der strohigen Gangwand starrte und leise knurrte.

»Charly, was ist?« Sven hielt bereits die Leine in der Hand, um sie ihm anzulegen.

Unvermittelt zog der Hund die Lefzen hoch und bleckte die Zähne. Sein Knurren wurde lauter.

Lea gab einen erschrockenen Laut von sich, und auch Tim bemerkte überall um sie herum plötzlich ein Springen, Hüpfen und Schwirren. Aus dem hohen Getreide drangen Aberdutzende Grashüpfer und Heuschrecken, die sich über die geknickten Halme am Boden in Richtung Feldmitte bewegten.

»Scheiße, was geht denn hier ab?«, entfuhr es Sven angewidert.

Weiter hinten auf dem großen Feld war ein Rascheln zu hören. Wie von einem Tier, das sich auf den Acker verirrt hatte.

Charly kläffte laut. Mit einem Satz sprang er vor und stürzte sich ins Getreide.

»Charly!«, schrie Sven und wollte dem Hund bereits hinterherstürmen. Doch Tim, dem das alles nicht geheuer war, hielt ihn fest.

»Nein, Sven. Weg hier! Was auch immer das ist, Charly kommt schon damit klar.«

Widerstrebend folgte ihm sein Kumpel.

Während tiefer im Feld das laute Gebell des Golden Retriever erklang, schlugen sie rasch den Weg in Richtung Feldweg ein. Zumindest nahm Tim das an, denn es war selbst mit ein, zwei beherzten Sprüngen so gut wie unmöglich, über das Meer der Ähren hinwegzublicken.

Dieses verdammte Gestrüpp stand hier drinnen sogar noch höher in Blüte als am Feldrand. Er verließ sich daher auf den Orientierungssinn Leas, die sich nun entschlossen in die Getreidehalme warf.

Zunehmend panisch bahnten sie sich einen Weg durchs Feld, während sich hinter ihnen das Kläffen Charlys zu einem aggressiven Bellen und Knurren steigerte.

Was auch immer der Golden Retriever aufgescheucht hatte, der Hund gebärdete sich da drüben gerade wie wahnsinnig. Plötzlich vernahmen sie ein lautes Heulen. Tim fuhr herum und sah fassungslos mit an, wie der Hund etwa zehn oder fünfzehn Meter von ihnen entfernt hoch durch die Luft geschleudert wurde, um irgendwo außerhalb ihrer Sichtweite zwischen den Ähren niederzugehen. Ein klagendes Winseln und Fiepen folgte.

»Chaaarlyyyyyy!!!!«

Sven, der die Szene ebenfalls mit angesehen hatte, schrie entgeistert auf. Doch Tim packte ihn und riss ihn weiter mit sich, da tiefer im Feld wieder dieses Rascheln erklang, das sich zunehmend schneller zu nähern schien.

»Raus hier, Sven. Mach schon!«

Trotz der Dunkelheit, die sich allmählich über das Kornfeld senkte, stürmten sie voran. Lea trampelte vor ihnen durch die hohen Halme, und Tim sah, wie sie immer wieder um sich schlug, da sie beständig von Heuschrecken angesprungen wurde. Endlich begriff er, dass sie sich an dem roten Sonnenlicht am Horizont orientierte, um aus dem Feld zu gelangen. Unvermittelt stürzte Lea, doch sofort war er bei ihr und half ihr auf. Es war ihm egal, dass er dabei einen von Lucas Schuhen verlor. Sie stürmten weiter – bis sich die Kornähren vor ihnen lichteten und sie gemeinsam auf den Feldweg hinausstolperten.

Keuchend brachten sie Abstand zwischen sich und den Acker und starrten ängstlich zurück.

Tim, der Lucas Sachen noch immer verkrampft umklammert hielt, sah, dass die alte Bushaltestelle fast zwanzig Meter von ihnen entfernt lag. Er hatte gar nicht bemerkt, wie weit sie in das Feld vorgedrungen waren.

Erschöpft sank Lea zu Boden, und sofort war er an ihrer Seite. »Alles gut, wir haben es geschafft.«

Sven hingegen fuhr herum und starrte verzweifelt auf die Wand aus Kornähren. »Charly! Charly!«

»Du gehst da auf gar keinen Fall wieder rein, hast du mich verstanden«, herrschte Tim ihn an.

»Hast du nicht gesehen, was Charly passiert ist?!«, greinte sein Kumpel.

»Doch, habe ich.«

»Scheiße, Scheiße, Scheiße!« Zornig packte Sven einen kleinen Stein, der am Wegesrand lag, und schleuderte ihn in hohem Bogen ins Feld, das still und unbewegt vor ihnen lag. Abermals brüllte er: »Charlyyy!«

Gemeinsam mit Lea, die zittrig auf die Beine kam, sah Tim dem Treiben seines Freundes unentschlossen zu, dann ging er zu ihm und berührte ihn am Arm.

»Lass uns rüber zu den Fahrrädern und 'nen Abflug machen.«

»Aber wir können Charly doch nicht …«

»Sven«, unterbrach Lea ihn eindringlich. »Was auch immer da im Feld ist, das könnte auch uns anfallen. Wir wissen ja nicht mal, ob wir *hier* sicher sind.«

Sven verstummte, doch in seiner Miene lag ein gequälter Ausdruck.

Tim zog ihn grob auf die alte Bushaltestelle zu – als sie ein klägliches Fiepen und Winseln vernahmen.

»Charly?« Sofort riss Sven sich los. »Charly! Hierher!«

Das Winseln und Fiepen wurde allmählich lauter und näherte sich ihnen.

Aufgeregt rannte Sven zurück zum Feldrand. Tim glaubte erkennen zu können, wie sich dort etwas durch den Wald aus Ähren zum Feldweg schleppte.

Kurz wechselte er einen Blick mit Lea, dann liefen sie Sven hinterher, der plötzlich aufheulte. »Charly, wer hat dir das angetan?«

Sven sprang vor, zog seinen Hund vorsichtig aus dem Feld und fiel neben ihm auf die Knie. Ihrem Freund liefen Tränen über das Gesicht. Ohne zu ihnen aufzusehen, fischte er sein Handy aus der Tasche und drückte fahrig eine Rufnummer.

Charly, der auf seinem Schoß lag, winselte kläglich.

Tim sah jetzt ebenfalls, dass das Fell des Hundes an der rechten Flanke über und über mit Blut besudelt war.

»Mama, du musst sofort herkommen«, sagte Sven verzweifelt. »Ja, jetzt! …. Jemand hat Charly verletzt, und wir müssen ihn zum Tierarzt bringen.«

Tim starrte betroffen Charlys blutiges Fell an, und Lea schlug sich schockiert die Hand vor den Mund.

Denn das waren keine gewöhnlichen Verletzungen.

Das waren Buchstaben, die jemand in die Haut des Hundes geschnitten hatte:

DEINE ZEIT NAHT!

*

Sarah verriegelte ihren Polo und zog den kleinen Rollkoffer zum Eingang ihrer Herberge: ein Gasthaus mit gelbbraun gestrichener Außenfassade, an der in dunklen Lettern der Name des Etablissements prangte: *Beim alten Mühlhof.*

Da die Sonne bereits untergegangen war, wirkte die Beleuchtung, die durch die weiß gestrichenen Fenster nach draußen drang, umso heimeliger. Viel Zeit hatte sie heute Morgen nicht gehabt, die Webseite des historischen Gasthofs am Ortsrand von Lauta zu durchforsten. Doch erweckte er einen durchaus gastfreundlichen Eindruck. Und das war nach dem strapaziösen Tag der erste echte Lichtblick.

Leider hatte sich der Aufenthalt in Hoyerswerda nach dem Besuch bei Sindy Nowaks Mutter etwas hingezogen. Denn natürlich war es nicht dabei geblieben, Schultkas einfach abzusetzen. Er hatte sie durch das dortige Präsidium geführt und ihr bei der Gelegenheit auch einige Kollegen vorgestellt. Sogar bei der Kriminaltechnik hatten sie noch einmal vorbeigesehen, nur hatte Schultkas' Bekannter bereits Feierabend gemacht, und neue Erkenntnisse gab es leider nicht. Umso mehr kreisten ihre Gedanken um die befremdlichen Entdeckungen des heutigen Tages.

Klar, es war ein Erfolg, herauszufinden, dass die drei Vermissten im Umfeld dieser Kornkreise mutmaßlich alle entführt worden waren. Insbesondere, da es bislang keinerlei Bekenntnis- oder Lösegeldschreiben gab. Davon abgesehen, blieben alle übrigen Erkenntnisse rätselhaft. Angefangen mit diesem seltsamen Strohpüppchen, das nach allem, was sie sich zusammenreimen konnten, Luca Opitz darstellte, bis hin zu den befremdlichen Malereien Sindy Nowaks. Die eigentümliche Beschaffenheit des Piktogramms auf ihrem Bild stellte jedenfalls klar, dass das Mädchen unmöglich bloß irgendwelche Albträume verarbeitet hatte. Vielmehr musste sie ihren späteren Entführer bereits gekannt haben. Anders war es nicht zu erklären, dass sie den Kornkreis vom Tag ihres Verschwindens künstlerisch vorweggenommen hatte. Das Gleiche galt für Luca Opitz und dessen ermordeten Freund, zumindest wenn Schultkas' Annahme stimmte, dass ihm vorher jemand die GPS-Daten für das Feld gesteckt hatte.

Blieb die Frage, warum sich jemand solche Mühe gab?

Gehörte das alles – ebenso wie diese Kornkreise – zu einer Art von krankem Kunstprojekt?

Egal. Der Magen hing ihr bereits in den Kniekehlen, außerdem hatte sie Durst. Und sie war froh, wenn sie nachher die Füße hochlegen konnte. Zumindest, wenn sie mit dem durch war, was sie noch vorhatte. Hoffnungsfroh stimmte sie jedenfalls, dass einige Autos auf dem Parkplatz fremde Kennzeichen trugen. Eines der Fahrzeuge kam ihr sogar bekannt vor. Ihrer Erinnerung nach hatte sie es bei der Zufahrt zum heutigen Tatort erblickt. Mit etwas Glück fand hier also tatsächlich das Treffen der Kornkreisszene statt.

Stellte sich bloß die Frage, wo Antonin Schultkas blieb? Eigentlich hätte er mit seiner Maschine fast zeitgleich mit ihr eintreffen müssen. Sarah blickte die Straße vor dem Gasthof in Richtung Ortskern hinunter, doch abgesehen von einem Pkw, der vorbeibrauste, und einem Passanten mit Hund weiter hinten war niemand zu sehen.

Sie drückte die Eingangstür der Herberge auf, und sofort umfing sie geschäftiges Treiben. Gelächter und Gespräche waren zu hören, außerdem roch es nach warmem Essen.

Sarah stiefelte auf den Empfangstresen zu und schlug dort eine Schelle an, während sie einen Blick auf den benachbarten Restaurantbereich mit den runden Tischen warf, an denen etwa zwei Dutzend Gäste aßen und schwatzten. Es war warm, und einen Außenbereich samt Biergarten schien es hier leider nicht zu geben. Dafür einen großen Ventilator unter der Decke, der etwas Kühlung verschaffte.

Der Gastraum war geschmackvoll eingerichtet. Unweit des Deckenventilators hing ein großes Kutschrad, das zu einem Kronleuchter umfunktioniert worden war, und die halb getäfelten Wände waren mit Gemälden geschmückt, die historische Mühlen und Dorfansichten zeigten. Eine Servierkraft in hellblau-schwarzem Trachtenkleid brachte soeben Fleischspieße und Schnitzel an einen Tisch mit drei Einheimischen, die Sorbisch sprachen.

»Guten Abend.«

Durch einen Vorhang hinter dem Empfang trat eine etwa sechzigjährige Frau mit gewelltem Haar, die an einer Kette eine Lesebrille um den Hals trug. Sie war ähnlich traditionell wie die deutlich jüngere Bedienung gekleidet und erweckte auf Sarah den Eindruck, die hiesige Chefin zu sein.

»Sarah Richter. Ich habe bei Ihnen bis übermorgen ein Zimmer gebucht.«

»Einen Moment.« Die Dame schlug eine ledergebundene Kladde auf. »Richtig. Wir hatten Sie schon am Nachmittag erwartet.«

»Tut mir leid, aber ich konnte leider nicht früher einchecken.«

»Aber das macht doch nichts.« Die Frau schob ihr einen Auskunftsbogen zu, in dem sich Sarah eintrug, und drückte ihr dann einen Zimmerschlüssel mit Holztäfelchen in die Hand, auf der eine Neun eingebrannt war.

»Ihr Zimmer finden Sie im ersten Stock.« Sie deutete zu einer Treppe linker Hand. »WLAN-Code liegt oben, außerdem haben

Sie Kabelfernsehen. Frühstück von sechs Uhr dreißig bis zehn Uhr. Ab Mittag hat unser Restaurant regulär geöffnet. Bis dreiundzwanzig Uhr.«

»Danke.« Sarah wollte bereits zur Treppe gehen, als die Dame sie noch einmal aufhielt.

»Ach so, Ihre Post können Sie morgen hier an der Rezeption abholen. Wenn Sie möchten, bringen wir Ihnen die aber auch gern aufs Zimmer.«

»Welche Post?«, fragte Sarah irritiert.

»Sie sind doch die Polizistin aus Cottbus, oder?«

»Ja?« Misstrauisch blickte Sarah die Frau an.

»Heute Nachmittag rief einer Ihrer Kollegen an, der Ihnen etwas nachsenden wollte.«

»Ein Kollege?« Sarah überlegte kurz, wem außer ihrem Chef sie mitgeteilt hatte, wo sie unterkommen würde. »Wissen Sie zufällig, wer das war?«

»Nein. Aber ich glaube, es ging eher darum, sicherzustellen, dass die Sendung Sie auch erreicht.«

Sarah starrte die Dame noch immer nachdenklich an, als auf der Treppe nach oben Gelächter ertönte und eine brünette Mittzwanzigerin mit ihrer rothaarigen Freundin nach unten kam. Erstere hielt ein Tablet in der Hand, auf das beide blickten.

»... ist ja eigentlich egal. Hauptsache, die Drohnenaufnahmen sind okay«, meinte sie an ihre Freundin gewandt. »Aber bevor ich die im Forum einstelle, will ich die noch mit Musik unterlegen.«

Die beiden gingen an ihr vorbei, hinüber zu einem größeren Tisch in der Ecke der Gaststube, an dem drei Männer zwischen Anfang zwanzig und Mitte dreißig bei Bier und Softgetränken vor einem Laptop saßen. Die jungen Frauen wurden herzlich begrüßt und setzten sich.

Ohne Zweifel gehörten die fünf zu dieser Kornkreisszene. Viele waren das ja nicht, aber dafür sahen sie bei Weitem nicht so nerdig aus, wie sie befürchtet hatte.

Die Gasthaustür öffnete sich, doch statt Schultkas traten zwei Einheimische ein, die hier offenbar einkehren wollten. Angesichts der gut gefüllten Gaststube disponierte Sarah kurzerhand um und wandte sich an die Dame hinter der Rezeption.

»Ich hole die Post morgen hier ab. Darf ich den kurz hier abstellen?«

Sie schob ihren kleinen Rollkoffer neben den Tresen, und die Frau nahm ihn freundlich entgegen.

Rasch schlüpfte sie in den Nachbarraum und setzte sich an den letzten freien Tisch, bevor die Neuankömmlinge ihr diesen wegschnappen konnten. Mindestens ebenso wichtig war jedoch, dass er neben dem Tisch der fünf Cerealogen lag, wie sich diese Kornkreisforscher gern selbst bezeichneten.

»Ich sollte mich dann wohl ooch noch vorstellen«, meinte der Jüngste an die beiden jungen Frauen gewandt. »Ihr kennt mich vielleicht unter ›MowingDevil666‹. Mein richtiger Name ist Peter. Ich hab das hier übrigens organisiert, weil ich von hier bin.«

»Nice. Ich bin Vanessa.« Die Brünette mit dem Tablet nickte ihm kurz zu. »Ich poste im Forum unter VanDamm. Außerdem habe ich die Fotoserie ›Paranormale Sichtungen‹ bei Insta, die ich mit Julia betreibe.« Sie deutete auf ihre Freundin. »Ach so, wir beide sind aus Wittenberg angereist.«

Auch die Rothaarige meldete sich zu Wort. »Ich glaube, wir kennen uns sogar. Ich bin ›Catbeast97‹.«

Sarah lauschte weiter, doch ärgerlicherweise kreisten die Gespräche jetzt um einen Serverausfall vor einem Monat. Sie griff daher zur Speisekarte, während sich die beiden Neuankömmlinge enttäuscht im Raum umsahen und schließlich an den Tresen setzten.

Endlich erschien auch Sarahs neuer Kollege auf der Bildfläche.

Schultkas trug jetzt eine dunkle Motorradkombination, deren Lederjacke er soeben öffnete. Er fuhr sich mit der Hand durchs struppige Haar und lächelte knapp, als er sie erblickte. Dann nahm er Platz und legte die Jacke endgültig ab.

»Perfekt. Hier ist ja einiges los.«

»Wir hatten Glück, das hier war der letzte freie Tisch.« Sarah deutete mit dem Kopf unmerklich zum Nachbartisch. »Und zwar in interessanter Gesellschaft.«

Schultkas beäugte die fünf neben ihnen unauffällig.

»Entschuldigen Sie die Verspätung«, meinte er etwas leiser, »aber ich habe noch mit den Kollegen von der Technik telefoniert. Wegen der GPS-Daten.«

»Und?«

»Tja, die Kollegen haben die Quelle tatsächlich gefunden. Die Daten erhielt Luca Opitz von einem dieser Grenzwissenschaftsforen. Und zwar via PrivatChat. Von einem User, der sich erst vor drei Wochen angemeldet hat und ansonsten eher durch nichtssagende Posts hervorsticht – aber alle zum Thema Kornkreise.«

Verblüfft sah Sarah ihren Kollegen an. »Scheiße, dann hat also tatsächlich jemand die Jungs zu dem Feld gelockt? Meine Kollegen in Brandenburg müssen unbedingt noch mal die Wohnung von Kevin Koslowski nach ähnlichen Hinweisen checken. Vielleicht haben sich er und sein Freund ebenfalls nicht zufällig bei dem Feld mit dem Kornkreis getroffen.«

Der Sorbe seufzte. »Wir haben jedenfalls schon mit der Staatsanwaltschaft Kontakt aufgenommen, um an die IP-Adresse des Unbekannten heranzukommen.«

Die Bedienung kam zu ihnen, und nach einem kurzen Blick auf die Karte bestellten sie Bier und Radler, außerdem beide ein Schnitzel. Überraschend schnell kamen die Getränke.

»Wenn Sie möchten«, schlug Sarah vor, »können wir übrigens gern du sagen.«

»Gern. Antonin!«

»Sarah!«

Sie stießen an, und Sarah beschloss, einstweilen das Thema zu wechseln. »Darf ich fragen, wie lange du schon dabei bist?«

»In Hoyerswerda?« Antonin strich über seinen Schnurrbart.

»Seit drei Jahren. Eigentlich wollte ich mal Musiker werden. Und als das nicht klappte, wollte ich irgendwie anderweitig rauskommen und die Welt kennenlernen. Was ich dann auch zwei Jahre lang gemacht habe. Bis ich dann in Puerto Rico beklaut wurde. Aber«, er schürzte die Lippen, »innerhalb von zwei Tagen hatte ich es geschafft, den Dieb ausfindig zu machen und mir meine Brieftasche zurückzuholen. Und irgendwie hat mich das auf die Idee gebracht, dass ich vielleicht Talent für so was habe. Und ja, ich gebe zu, die Aussicht, bei der Polizei zu arbeiten, hat mich auch gereizt, weil ich als Jugendlicher zweimal mit rechten Schlägertrupps zu tun hatte, die uns Sorben aufmischen wollten. Bei uns im Raum Hoyerswerda suchen sie eh gezielt sorbische Muttersprachler für den Polizeidienst. Danach dann duales Studium, und jetzt sitze ich hier. Und wie bist du Polizistin geworden?«

»Ach Gott«, sie seufzte. »Sehr viel langweiliger. Preußische Familientradition, gewissermaßen. Ich stamme eigentlich aus Finsterwalde.«

»Was ja auch nicht so weit von hier weg ist.«

»Stimmt. Mein Vater war Polizist, mein Großvater war Polizist, mein Urgroßvater auch und so fort. Alles Polizisten, Aktuare und sogar Richter. Irgendjemand in meiner Familie hat da mal Stammbaumforschung betrieben. Steckt bei mir ja sogar im Namen.« Sie lächelte. »Nur dass meine Eltern eben keinen Sohn bekamen. Also erschien es mir irgendwie logisch, diesen Beruf als erste Frau in unserer Familie zu ergreifen. In Cottbus bin ich jetzt seit knapp vier Jahren.«

»Nicht schlecht«, sagte Antonin anerkennend, »das ist fast mehr Tradition, als meine Familie sie pflegt.«

»Immerhin, meine Schwester hat den Absprung geschafft«, fuhr Sarah fort. »Fast, jedenfalls. Sie ist Lehrerin. Verheiratet jedoch ...«

»... mit einem Polizisten?«

Sie nickte, und beide lachten.

Ihr Essen kam, und sie langten zu, während am Nachbartisch

das Thema endlich auf den heutigen Kornkreis kam. Auch Antonin lauschte, und Sarah verdrehte kurz die Augen, als sich ihre Tischnachbarn damit brüsteten, ›die Bullen‹ am Ende ausgetrickst und das Feld doch noch betreten zu haben.

»Und wie willst du jetzt deren Vertrauen gewinnen?«, fragte Antonin sie leise.

»Versuchen wir es doch mit einer gewissen Dreistigkeit.« Sarah zwinkerte ihm zu.

Sie drehte sich zu dem Nachbartisch um und lächelte in gespielter Befangenheit. »Entschuldigung, ich wollte nicht lauschen, aber seid ihr zufällig von ParanormalCity.de?«

Verblüfft drehten sich die fünf zu ihr um.

»Ich bin Sarah. Ich bin relativ neu dabei. Scully77?« Sie sah sie fragend an, erwartete aber kein großes Hallo, da sie sich den Usernamen soeben ausgedacht hatte. »Okay, so viele Beiträge habe ich noch nicht verfasst. Aber ich habe von eurem Treffen hier gelesen. Und da mein Bruder und ich gerade familiär in der Gegend sind, dachten wir uns, wir schauen mal vorbei. Wir kommen aus Cottbus.«

Der Typ hinter dem Rechner, ein schlaksiger blonder Endzwanziger mit markantem Adamsapfel, lächelte breit. »Det is ja cool. Ick bin der Micha und komm aus Berlin. Denn sind wa ja doch 'n paar mehr.«

»Setzt euch doch zu uns«, schlug die Frau namens Vanessa vor.

Sarah und Antonin warfen sich kurze Blicke zu, schnappten sich ihre Teller und Gläser und nahmen die Einladung an.

»Danke. Ich dachte schon, wir wären hier alleine.« Sarah setzte sich neben Vanessa, während Antonin seinen Stuhl heranschob und sich nun ebenfalls vorstellte.

»Nu ja, war ja alles bissel kurzfristich geplant«, entschuldigte sich Peter, der sich vorhin als ›MowingDevil666‹ vorgestellt hatte. Dem Dialekt nach stammte er aus der Gegend. »Dass wir so viele sind, hätt ich nich gedacht.«

»Ihr reist also auch die Kornkreise ab?«, fragte die Rothaarige.

»Ehrlich gesagt, ist das für mich alles absolutes Neuland«, antwortete Sarah, während sie weiter ihr Schnitzel vertilgte. »Meine Interessensgebiete sind eher Schutzengel und Schamanismus. Aber ich wollte schon immer mal einen Kornkreis in echt sehen.«

»Und du?«, fragte Peter Antonin.

»Ich war mal ein paar Wochen in Tibet«, erklärte der Sorbe ruhig, und es klang sogar glaubwürdig. »Sagen wir mal so: Ich bin schon seit Längerem auf der Suche.«

Sarah warf ihm einen scheelen Blick zu.

»Verstehe ich absolut«, pflichtete ihm die Rothaarige bei. »Dann musst du dich unbedingt mal in einen Kornkreis setzen. Am besten, wenn da nicht so viel los ist. Dort ist es immer absolut ruhig. Eine wirklich angenehme meditative Energie.«

»Ihr habt den Kornkreis hier in der Nähe schon gesehen?«, fragte Sarah in der Absicht, das Gespräch in die richtige Richtung zu lenken.

»Jenau«, meinte dieser Michael mit Verschwörermiene. Der Blondschopf klappte endlich seinen Laptop zu. »Und nich nur den. Ooch den jestern drüben, jenseits vonne Landesgrenze bei Großkoschen. Und beede Male war die Polizei vor Ort, weil det da jeweils 'nen Toten gegeben hat. Zufall?«

»Also eher nicht so eine positive meditative Energie«, entfuhr es Antonin trocken.

»Es gibt da ja auch noch eine dritte Formation, oben bei Geierswalde«, erklärte Vanessa. »Julia und ich waren vermutlich die Ersten, die von ihr Drohnenaufnahmen gemacht haben. Und die Formation ist sogar einen Tag älter als die bei Großkoschen.«

»Ja, habe ich im Forum gelesen«, murmelte Sarah. »Was meint ihr, wer für die Kreise verantwortlich ist? Denn ganz ehrlich, an UFOs glaube ich eher nicht so.«

»Muss ja auch nicht«, meldete sich erstmals der Forist neben Michael zu Wort.

Der Mittdreißiger war der älteste der fünf, und leider hatte er sich bislang noch nicht namentlich vorgestellt. Er saß etwas steif da, und mit seinem karierten Hemd und der Brille, hinter der wache Augen blitzten, erweckte er einen altklugen Eindruck.

»Die meisten Kreise sind ohne Zweifel menschengemacht«, erklärte er sachkundig. »Gab ja auch schon eine Reihe Spaßvögel, die sich dazu bekannt haben. Angefangen mit den Engländern Doug Bower und Dave Chorley, Anfang der Neunziger.«

»Es heißt aber, dass die ihre Künste nie öffentlich vorführen konnten«, widersprach Vanessa.

Der Brillenträger sah sie etwas mitleidig an. »Gab ja auch noch andere. Darunter auch eine Reihe Landwirte, die mit den Künstlern unter einer Decke steckten, um dann Eintritt auf ihren Feldern verlangen zu können.« Er hob einen Finger. »Und doch sind einige dieser Formationen unbedingt einer näheren Betrachtung wert. Die, die hier gerade in der Lausitz auftauchen, gehören ohne Zweifel dazu.«

»Was gibt dir diese Sicherheit?«, fragte Antonin.

»Das sieht man ganz klar an ihrer Beschaffenheit.« Ihr Gegenüber zückte überlegen lächelnd ein Smartphone und rief eine Fotogalerie auf. »Ich habe alle drei Kornkreise genauestens inspiziert. Auch die Drohnenbilder von Vanessa und Julia.« Er nickte den jungen Frauen kurz zu. »Betrachtet man die Formationen aus der Luft, lässt sich schon auf den ersten Blick die scharfe und vor allem gerade Symmetrie der Linien erkennen. Menschengemachte Kornkreise weisen in der Regel Unregelmäßigkeiten in der Linienführung auf. Das ist bei den Piktogrammen hier in der Lausitz aber nicht der Fall.«

»Kompasse spielen uff die Felder übrijens ebenfalls verrückt«, ergänzte Michael konspirativ. »Bei meene elektromagnetischen Messungen jestern und heute hat meen Messjerät jedenfalls deutlich höher als jewöhnlich ausjeschlagen. Zufall?«

»Es gibt auch noch weitere Indizien, die für die Besonderheit der hiesigen Kornkreise sprechen«, fuhr sein Banknachbar fort.

Er präsentierte auf seinem Handy einige Fotos, die er offensichtlich innerhalb der Getreideformationen aufgenommen hatte. Sie zeigten Detailaufnahmen von Halmen, Ähren und Getreidematten am Ackerboden. »Bei menschengemachten Kornkreisen«, dozierte er, »sind die Halme meist gebrochen – was an den mechanischen Hilfsmitteln liegt, mit denen sie erstellt werden. Die Halme bei den Piktogrammen hier in der Gegend sind jedoch alle in einem 90-Grad-Winkel knapp über dem Boden gebeugt. So was passiert eigentlich nur dann, wenn die Halme einer kurzen, aber intensiven Hitze oder Energie ausgesetzt werden. Das macht sie weich und biegsam, ohne sie zu beeinträchtigen. Und da ist noch etwas: Gräbt man bei den Feldern tiefer im Boden, merkt man, dass der Ackerboden trotz der derzeitigen Hitzewelle überraschend feucht ist.«

»Jau, is mir ooch uffjefallen«, meinte Michael. »Zufall?«

Sarah, die sich wieder an die ähnlich anmutende Bemerkung des Kriminaltechnikers am heutigen Leichenfundort zurückerinnerte, warf Antonin einen knappen Blick zu. Doch der betrachtete den Brillenträger ausdruckslos.

»Du bist Biologe?«, wollte Sarah von ihm wissen.

»Nein, Religionswissenschaftler und Altphilologe.« Ihr Gegenüber lächelte leicht überheblich. »Aber ich beschäftige mich mit Kornkreisen schon seit meiner Teenagerzeit.«

»Das heißt, du kennst auch ein paar von den Typen, die solche Formationen selbst machen?«

»Blieb nicht aus. Schon, um deren Methoden zu studieren. Allerdings nur via Mail.« Er rückte sich die Brille zurecht. »Wer sich ernsthaft mit dem Phänomen beschäftigt, hält sich mit so was nicht auf. Ich hab ja nicht umsonst schon Hunderte Kornkreise untersucht. In ganz Europa. Und wer weiß, vielleicht komme ich ihrem Rätsel diesmal auf die Spur. Zumindest glaube ich, dicht dran zu sein.«

»Und was steckt dahinter?«, hakte Antonin nach.

Der Brillenträger lehnte sich zurück und lächelte schmal. »Das kann ich noch nicht verraten. Ich bin Autor und möchte meine Recherchen nicht vorwegnehmen. Nur so viel: Die Schlichtheit der hiesigen Formationen hat vermutlich ihre Gründe. Sie ist gewissermaßen das entscheidende Kennzeichen für ihre Echtheit.«

»Rainer hat schon en Buch über Kornkreise geschrieben«, meldete sich Peter bewundernd zu Wort, und Sarah war froh, dass endlich der Name des Brillenträgers fiel. »Durte macht er Kraftlinien für diese Phänomene verantwortlich. Ist nu so, oder?«

Rainer lächelte still. »Weit mehr, mein Lieber. Weit mehr. Lass dich überraschen. Es wird unsere Spiritualität und den Blick auf unsere Welt verändern.«

»Kraftlinien?«, fragte Sarah.

»Kraftlinien. Ley-Linien. Drachenadern. Wie auch immer.« Vanessa lächelte angetan. »Gemeint sind damit Meridiane, die vom Erdmagnetfeld gebildet werden. Geomanten haben festgestellt, dass sich zahllose heilige Orte überall auf der Welt auf den Schnittstellen dieser mysteriösen Kraftlinien befinden, darunter übrigens auch Stonehenge. Außerdem eine ganze Reihe alter Kirchen, die ihrerseits auf deutlich älteren heidnischen Kultorten errichtet wurden. Denn die stammen aus Zeiten, als die Menschen noch um dieses Mysterium wussten.«

»Die Kornkreise werden also von den Kraftlinien geformt?«

»Das Phänomen ist natürlich deutlich komplexer«, ergänzte Vanessas rothaarige Freundin Julia eifrig. »Es heißt, dass die Kraftorte Feinstoffwesen anziehen. Also Wesen, die wir als Engel oder Feen kennen. Man kann diese Energie spüren, wenn man sich an einem dieser Orte in so einen Kreis stellt.« Sie lächelte leicht verklärt. »Das fängt mit einem Kribbeln in den Füßen an und breitet sich dann über den ganzen Körper aus. Meine Tante ist Heilpraktikerin und auch schon lange von Kornkreisen fasziniert. Mit ihr zusammen habe ich schon zwei- oder dreimal in einem Kornkreis meditiert. Sie ist davon überzeugt, dass diese Wesen uns Menschen mit den Kornkreisen auf sich aufmerksam machen wollen. Dass also all die Zeichen und Piktogramme verschlüsselte Botschaften an die Menschheit sind, um uns so in das Wassermannzeitalter zu geleiten.«

»Verstehe.« Sarah versuchte, sich nicht anmerken zu lassen, was sie von dem esoterischen Feel-good-Geschwätz hielt, sondern kam wieder auf den Kern ihres Anliegens zurück. »Trotzdem, ist es nicht eigenartig, dass jetzt so viele von diesen Kornkreisen ausgerechnet hier bei uns auftauchen? So kurz hintereinander? Ich weiß nicht, aber was, wenn hier in der Gegend doch so eine Truppe Kornkreismacher unterwegs ist? Ihr habt die Todesfälle bei den Feldern ja schon erwähnt. Was, wenn die Truppe unliebsame Zeugen ihrer nächtlichen Aktionen einfach beseitigt?«

Einen Augenblick lang herrschte am Tisch betretenes Schweigen.

»Ich muss schun sagn, das wär ganz schön heftig.« Peter sah bedrückt in die Runde. »Bei der Formation gestern in Großkoschen meinten die Leute sogar, dass der Tote geköpft worden is. In den Zeitungen stand aber nischt.«

»Zufall?« Michael blickte in die Runde.

»Wenn das stimmt …« Peter atmete tief ein. »Ey, das muss man sich mal vorstelln.«

»Wenn das alles überhaupt miteinander zu tun hat«, versuchte Vanessa zu beschwichtigen. »Ich kann mir das jedenfalls nicht vorstellen.«

»Ich bleibe dabei«, erklärte Rainer. »Die Formationen der letzten Tage sind echt. Und ich würde auch erst mal die offiziellen Verlautbarungen der Polizei abwarten, bevor wir uns da in Spekulationen verrennen.«

»Ist so was denn in den letzten achtzig Jahren schon mal vorgekommen?«, fragte ihn Julia leicht verunsichert. »Also, ich meine, irgendwelche Todesfälle.«

»In den letzten achtzig Jahren?«, meinte Peter skeptisch.

»Na gut«, die Rothaarige überlegte kurz. »Neunzig Jahre? Der erste Kornkreis wurde doch irgendwann in den Dreißigern fotografiert, oder nicht?«

»Das ist richtig, aber zugleich auch falsch.« Rainer nestelte wieder an seiner Brille. »Das Phänomen ist sehr viel älter. Es ist bloß erst im zwanzigsten Jahrhundert in den allgemeinen Fokus der Aufmerksamkeit gerückt.«

»Da hat Rainer recht«, erklärte Michael, der wieder seinen Laptop aufklappte. »Wirf mal 'nen Blick in det Forum, uff die Rubrik ›Historischet‹. Da tragen wa schon seit zwee Jahre alle dokumentierten Fälle von diese Kornkreissichtungen in Europa zusammen. Hier«, er deutete auf den Bildschirm, »den ältesten dokumentierten Fall finden wa bereits im Jahr 1590. Da kam in Frankreich eene Jruppe vor Jericht, weil se in nem Kornkreis, ick zitiere mal kurz: ›bocks-hu-fi-ge Wesen‹ anriefen. Und von 1678 is eene Flugschrift aus England bekannt, die vorm ›Mowing Devil‹, dem mä-hen-den Teufel, warnt.«

»Mein Nick ›MowingDevil666‹ stammt von da«, erklärte Peter grinsend.

Rainer seufzte lang gezogen und nahm einen Schluck Bier. »Es hat vermutlich schon seine Gründe, warum Kornkreise in England lange unter dem Begriff ›Devils Circle‹ oder ›Devils Twist‹ bekannt waren. Die deutschstämmigen Amischen nennen sie noch heute ›Hexendanz‹ oder ›Deiwelskreis‹. Mag also sein, dass es da schon mal entsprechende Vorfälle gegeben hat. Leider gibt es viel zu wenige dokumentierte Fälle aus den letzten Jahrhunderten.«

Peter zog Michaels Laptop zu sich und stutzte. »Wartet mal, habt ihr denn kein einzichen der Kornkreise gelistet, die hier bei uns in der Gegend ufgetaucht sind?«

»Watt meinste denn damit?«, fragte Michael ihn irritiert. »Et jab hier schon früher Kornkreise?«

Peter lachte. »Ernsthaft? Ich dachte, das weeß jeder. Ich hab ja nich umsonst diese Kneipe als Treffpunkt vorgeschlagen. Guckt amal da vorne.«

Er drehte sich leicht und deutete auf eins der historischen Gemälde an der Wand, auf denen Windmühlen und alte Dorfszenen zu sehen waren. Das Bild, auf das er wies, zeigte weite Kornfelder in hellem Sonnenschein vor dem Hintergrund eines kleinen düsteren Dorfes samt Windmühle.

Sarah beäugte das Bild und stutzte, als sie feststellte, dass inmitten der Ähren tatsächlich ein Piktogramm zu erkennen war. Man hätte es auf den ersten Blick für das Kürzel des Künstlers halten können, hätte das Symbol nicht irgendwie deplatziert gewirkt.

»Wow, das ist ja irre!«, entfuhr es Vanessa.

Sie ergriff ihr Tablet und trat ebenso wie Sarah, Antonin und der Rest des Tisches vor die Wand mit den Gemälden und studierte das Ölbild genauer. Dann präsentierte sie ihnen aufgeregt eine ihrer Drohnenaufnahmen, die eine schlaufenförmige Kornkreisformation zeigte.

Sarah hatte die Ähnlichkeit selbst schon bemerkt.

»Schaut mal«, meinte das Mädchen begeistert, »die Formation gleicht dem auf dem Feld drüben bei Großkoschen vorletzte Nacht. Der Kornkreis auf Brandenburger Seite.«

Sarah blickte Antonin verwirrt an, doch der musterte das Gemälde konzentriert. Als er ihren Blick bemerkte, räusperte er sich und wandte sich an Peter. »Weißt du mehr über das Bild?«

»Nö. Nur dass es aus dem siebzehnten Jahrhundert stammen muss.« Er drängte sich stolz vor. »Hier, da unten links steht was. Demzufolge sind hier die Felder um Kutzlarnitz dargestellt. Das is so en kleines sorbisches Dorf südlich von hier, das auch immer noch existiert. Es heeßt, dass es da bis heute ziemlich traditionell zugeht.« Er schniefte. »Wenn die Jahresangabe stimmt, is der Kornkreis da wohl 1772 aufgetreten. Also vor exakt zweihundertfünfzig Jahren.«

Sarahs Gedanken überschlugen sich. Kannten die Kornkreismacher das Bild? Stammten sie womöglich aus dieser Gegend?

»Seltsam«, brummte Rainer, der seine Brille festhielt, während er jedes Detail des kleinen Gemäldes studierte. »Denn das waren die Hungerjahre.«

»Watt 'n für Hungerjahre?«, fragte Michael.

»1771/72«, erwiderte der Ältere, während er ein paar Handyaufnahmen von dem Bild erstellte, »kam es in Sachsen und in der Lausitz zu einer Hungersnot. Ausgelöst durch eine nasskalte Witterung mit Überschwemmungen. Allerdings zeigt sich davon auf dem Bild nichts. Andererseits …« Er verengte die Augen und wandte sich wieder an Peter. »Eine tolle Entdeckung. Seit wann weißt du davon?«

»Nu ja«, meinte der Jüngere geschmeichelt. »Die Kneipe hier ist ja schon bissel älter. Mein Opa hat mich das letztes Jahr gesagt, als wir hier essen warn und ich ihm erzählt hab, für was ich mich interessiere. Fand ich natürlich irre, schon weil hier sonst nie so richtich was passiert. Er meinte auch, dass in der Gegend früher immer ma wieder Kornkreise aufgetreten sind. Deswegen dachte ich ja ooch, dass ihr das schon wisst.«

»Ick wiederhol ma nich jerne, aber: Zufall?« Michael sah sie der Reihe nach an. »Ick sage euch: Wir sind hier jenau richtig: Det hier is offenbar so 'n richtiger Hotspot.«

Sarah bemerkte, dass Antonin die Bedienung aufhielt, die gerade mit einem Tablett mit leeren Gläsern vorbeikam.

»Entschuldigung.« Nach kurzem Zögern wechselte er auf Sorbisch, und die beiden unterhielten sich in dieser Sprache. Die junge Frau deutete mit dem Kinn auf den Raum. Mit freundlichem Lächeln ging sie schließlich weiter.

»Und?« Sarah trat an seine Seite.

»Ich hab sie gefragt, woher die Bilder stammen«, meinte Antonin leise. »Sie meinte, dass vieles von dem Inventar hier noch aus dem alten Mühlhof stammt, auf den sich der Name des Gasthofs bezieht. Die Mühle existiert zwar schon seit den Vierzigern nicht mehr, aber das Gebäude hier gehörte dazu.«

»Hast du sie gefragt, ob sich jemand auffallend für das Gemälde da interessiert hat?«

»Ja. Nur konnte sie sich an niemanden erinnern. Ihrer Aussage nach hängt es hier schon seit Ewigkeiten. Ebenso wie die anderen Bilder.«

Sarah warf Michael einen scheelen Blick zu. »Ich glaube da langsam ebenfalls nicht mehr an ... Zufälle.«

»Nein, ich auch nicht.« Antonin musterte aufmerksam die fünf Foristen, die noch immer vor dem Bild standen und aufgeregt diskutierten. »Allerdings glaube ich auch nicht, dass einer von denen etwas damit zu tun hat.«

»Kann ich mir ehrlich gesagt auch nicht vorstellen.« Sarah seufzte. »Machen wir 'nen Abflug?«

Antonin nickte, und Sarah trat vor, verabschiedete sich von der kleinen Runde und erfuhr so, dass abgesehen von ihr nur die Mädchen in der Pension abgestiegen waren. Michael hatte sich bei Peter privat einquartiert, während sich Rainer ein Ferienhäuschen angemietet hatte. Sie verabredete sich mit ihnen lose für einen Rundgang auf dem Kornfeld von letzter Nacht. Nur dass die Gruppe längst überzeugt davon war, dass sich schon bald neue Kornkreise in der Gegend auftun würden.

Eine Begeisterung, die weder sie noch Antonin teilten.

Sie verließen den Gastraum, und Sarah schnappte sich ihren Koffer, der hinter der Rezeption stand.

»Okay, machen wir morgen weiter. Wann soll ich im Präsidium sein?«

»Schlaf aus«, meinte ihr sorbischer Kollege augenzwinkernd. »Ich habe für uns um elf Uhr einen Termin bei der Kriminaltechnik ausgemacht. Zumindest hoffe ich, dass die uns bis dahin etwas mehr über die Tatwaffe verraten können.«

»Okay.« Sarah nickte. »Danach sollten wir uns noch einmal die möglichen Verbindungen zwischen den Verschwundenen vorknöpfen. Vielleicht nehmen wir uns Koslowskis Wohnung auch noch mal selbst vor. Und vielleicht finden wir da ja so etwas Ähnliches wie bei Luca Opitz und Sindy Nowak?«

»Alles klar, bis morgen.«

Antonin streifte sich wieder seine Motorradjacke über, sie verabschiedeten sich, und Sarah stiefelte mit ihrem kleinen Koffer die Treppe hinauf in den ersten Stock, um endlich ihr Zimmer aufzusuchen. Inzwischen war es fast 22.45 Uhr, und sie spürte nun überdeutlich ihre Erschöpfung.

Müde öffnete sie die Tür und suchte nach dem Lichtschalter. Doch zu ihrem Ärger summte die Wandlampe weiter hinten im Raum bloß und verbreitete ein unruhiges Flackerlicht. Ein technischer Defekt. Das hatte ihr gerade noch gefehlt. Mit einem Seufzer trug sie ihren Koffer an der Badezimmertür vorbei in den Schlafraum – als ihr Blick das Bett streifte.

Sofort ließ sie den Koffer fallen und wich erschrocken zur Wand mit dem Fernseher zurück. Denn das Flackerlicht riss ein Objekt aus dem Dunkeln, das inmitten einer kleinen Lache aus geronnenem Blut auf dem Bett lag. Sie sah lockiges Haar und eine leicht heraushängende violette Zunge: den Kopf von Philipp Uhlig.

Fahrig fischte Sarah nach ihrem Handy, in der Hoffnung, dass Antonin noch nicht weg war, und hielt wie gelähmt inne. Denn in diesem Augenblick öffnete der abgeschlagene Schädel die Lider und starrte sie mit gebrochenen Augen an.

Entsetzt schrie Sarah auf, stolperte fast über ihren Koffer und rannte aus dem Zimmer.

*

»Wir sollten leise sein«, flüsterte Tim, während er Svens Sportrad vor dem Haus abstellte. »Ich schätze, meine Oma ist schon schlafen gegangen.«

Er blickte hinüber zum Fenster der Wohnküche, durch das der einsame Lichtschein einer kleinen Lampe auf den Vorplatz fiel.

Angesichts der fortgeschrittenen Stunde war der alte Bauernhof in Dunkelheit gehüllt, und nur der Mond spendete ihnen etwas

Licht. Eigentlich sollte mit ihrem Eintreffen ein Strahler über dem Eingang zur Scheune anspringen, doch aus irgendeinem Grund reagierte der Bewegungsmelder nicht auf sie. Das beruhigte ihn eingedenk der zurückliegenden Geschehnisse ebenfalls nicht gerade.

Lea schob ihr Hollandrad neben das Bike.

»Ich hoffe, deine Oma hat nichts dagegen, wenn ich heute hier übernachte?«

»Nein, mach dir da mal keine Gedanken«, antwortete Tim. »Nach dem, was vorhin vorgefallen ist, lasse ich auch nicht zu, dass du heute alleine bleibst.«

»Dank dir.« Sie lächelte schüchtern, und Tim, der sie kurz im Licht des Küchenfensters betrachtete, fand, dass sie wirklich hübsch aussah.

Aber das war sie eigentlich schon immer gewesen. Seltsam war bloß, dass ihm das erst jetzt so richtig auffiel. Hätte es in ihrer Region die Möglichkeit gegeben, eine Weinkönigin zu krönen, dann hätte Lea diese Wahl sicher genauso problemlos gewonnen wie einst ihre Mutter.

Ihm wurde bewusst, dass er zum ersten Mal ein Mädchen mit nach Hause brachte. Zwar waren die Gründe dafür durchaus etwas ungewöhnlich, trotzdem schämte er sich fast für diesen Gedanken. Luca war verschwunden, das Erlebnis im Kornfeld war absolut verstörend gewesen, und er hatte nichts Besseres zu tun, als jetzt an so etwas zu denken.

»Ich frage mich, wie es Charly mittlerweile geht«, sagte Lea.

»Ja, ich auch.« Tim war fast froh drum, dass sie ihn wieder in die Wirklichkeit zurückholte. Rasch löste er den Korb mit Lucas Klamotten von ihrem Lenker. »Ich bin mir sicher, Sven ruft nachher noch an.«

Tatsächlich hatte es fast eine halbe Stunde gedauert, bis Svens Mutter sie aufgespürt hatte. In der Zwischenzeit hatte Sven sein T-Shirt auf Charlys Wunden gepresst, und sie hatten den Hund bestmöglich versorgt. Dennoch hatte der Golden Retriever am Ende sehr geschwächt gewirkt. Sein elender Anblick ging Tim noch immer nahe, und er hoffte, dass der Tierarzt etwas für ihn tun konnte. Und doch verängstigten ihn die unheimlichen Erlebnisse *im* Kornfeld fast noch mehr. Insbesondere die Vorstellung, was vielleicht passiert wäre, wenn sie nicht rechtzeitig aus dem Feld herausgefunden hätten.

Dass sie Charly schnellstmöglich zur Bundesstraße am Rand der Getreidefelder geschafft hatten, hatte nicht bloß den Grund gehabt, es Svens Mutter zu erleichtern, sie zu finden. Sie waren schlicht vor dem Feld geflüchtet. Umso enttäuschter waren sie gewesen, als Svens Mutter dann schließlich mit ihrem kleinen Fiat Cinquecento aufgekreuzt war. Ein Fahrzeug, in dem außer ihr, Sven und dem Hund sonst niemand Platz gefunden hatte. Lea und er waren daher gezwungen gewesen, im Dunkeln an den übrigen Feldern vorbei nach Hause zu radeln. Selten zuvor hatten sie so kräftig in die Pedale getreten.

Tim blickte besorgt zu den Getreidefeldern unmittelbar vor ihrem alten Hof hinüber, deren Ähren fahl vom Mondlicht erhellt wurden. Inzwischen gruselte es ihn angesichts ihrer Nähe.

»Lass uns erst mal rein.«

Er zückte den Haustürschlüssel, öffnete die Tür, und gemeinsam betraten sie die im Halbdämmer liegende Wohnküche. Wie schon draußen zu sehen gewesen war, brannte dort auf der Blumenbank unterm Fenster nur die kleine Leuchte, die schummriges Licht spendete. Seine Oma hielt es immer so, wenn Luca und er später nach Hause kamen. Sie war also tatsächlich schon schlafen gegangen. Im Raum staute sich noch die Tageshitze, doch zugleich roch es lecker nach lauwarmer Hühnersuppe. Tim merkte erst jetzt, wie hungrig er war.

»Komm, setz dich.« Er stellte den Korb ab, schaltete die Lampe über dem Esstisch an und rückte Lea den Stuhl zurecht, auf dem am Nachmittag noch die Polizistin gesessen hatte. Anschließend marschierte er zur Küchenzeile, um den Topf mit Suppe anzufeuern, den seine Oma dort für ihn zurückgelassen hatte.

»Ich wundere mich, dass deine Oma schlafen kann«, meinte Lea leise. »An ihrer Stelle würde ich vermutlich kein Auge zubekommen.«

»Sie ist halt schon älter.« Tim kramte zwei Teller aus dem Schrank und stellte Lea eine Karaffe mit Limonade auf den Tisch. »Es bringt ja auch nichts, darauf zu warten, dass plötzlich ein Polizist auftaucht, der dann vielleicht …«

Er brach ab und rührte stattdessen im Topf herum.

Sie schwiegen eine Weile, bis Tim die Suppe für warm genug hielt, um sie zu servieren. Nun nahm auch er Platz. Lea starrte ihren Suppenteller nur skeptisch an.

»Was ist?«, fragte er.

»Hast du überhaupt Appetit, nach allem, was heute vorgefallen ist?«

»Ändert ja nichts.« Tim fischte nachdenklich ein Stück Hühnerfleisch aus der Suppe. »Und ja, habe ich. Und jetzt iss was. Du hast schon heute Nachmittag nichts gegessen. Zumindest *du* müsstest eigentlich einen Mordshunger haben. Also komm.« Er zwinkerte ihr zu. »Das erlaube ich dir als Lucas Zwillingsbruder. Glaub mir, wenn *ich* verschwunden wäre, hätte er keine Skrupel, den ganzen Topf da hinten allein in sich reinzulöffeln.«

Erstmals lächelte Lea und probierte die Suppe zögernd. Erst nur einen Löffel, dann hielt sie es wie er, und es dauerte nicht lange, bis sie den Teller verputzt hatte.

»Willst du noch was?«, fragte er.

»Nein. Danke.« Sie schob den Teller von sich und sah ihn an. »Hat dir das vorhin keine Angst gemacht?«

»Doch. Hat es. Das war absolut spooky.« Tim lehnte sich zurück. »Ich check absolut nicht, was da abgegangen ist. Ist dir aufgefallen, wie präzise Charlys Wunden waren?«

»Wie meinst du das?«

»Na ja. Sie waren gerade so tief, dass sie ihn nicht umgebracht haben. Und dann auch noch in Buchstabenform. Ganz ehrlich, wie schafft man so was in der kurzen Zeit, die wir im Feld waren? Und womit? Mit einem Skalpell? Wer zum Teufel rennt mit einem Skalpell rum?«

»Ich finde die Botschaft viel gruseliger«, sagte Lea. »›Deine Zeit naht!‹ Wessen Zeit? Unsere? Aber dann hätte es doch ›Eure Zeit naht!‹ oder so heißen müssen.«

»Keine Ahnung.« Tim presste nachdenklich die Lippen aufeinander. »Wirkte jedenfalls wie eine Warnung.«

»Eine Warnung, wovor? Luca nicht weiter zu suchen?«

Tim zuckte mit den Schultern.

»Meinst du«, begann Lea aufs Neue, »der Schlitzer, der Charly so zugerichtet hat, war derselbe, der Philipp geköpft hat?«

Tim sah ernst auf. »Möglich. Und das bereitet mir auch die größte Sorge. Jedenfalls halte ich es für keinen Zufall, dass uns der Typ in dem Feld aufgelauert hat. Wir können echt froh sein, dass Charly den aufgehalten hat, bis wir da raus waren.«

Lea biss sich leicht auf die Unterlippe und blickte zu dem Korb mit Lucas Sachen hinüber. »Was ist damit? Müssten wir nicht eigentlich die Polizei verständigen, dass wir die gefunden haben?«

Tim folgte ihrem Blick. »Ja, schätze schon. Allerdings müssten wir dann auch zugeben, dass wir uns in dem Feld herumgetrieben haben.«

»Ich denke, das kommt eh raus.« Lea sah ihn wieder an. »Spätestens, wenn Svens Mutter rausfindet, was das für ein Ort war, an dem das mit Charly passiert ist. Sie meinte doch schon, dass wir eine Anzeige wegen Tierquälerei aufgeben müssen.«

»Lass uns erst mal abwarten, was Sven sagt.«

Lea nickte bekümmert. »Und wie geht es dir jetzt?«

Tim atmete tief ein. »Wie soll es mir schon gehen? Scheiße natürlich.«

»Glaubst du, dass Luca …?« Lea verstummte und sah ihn traurig an.

»Dass er tot ist?« Tim horchte in sich hinein. »Weiß nicht. Vielleicht will ich das auch einfach nur nicht wahrhaben, aber wenn ich an ihn denke, dann … dann ist da noch immer diese Verbundenheit, die wir schon immer hatten. Ansonsten ist da ein großes schwarzes Loch. Ich kann dir das nicht so richtig erklären. Aber was ich fühle, tief in mir, ist, dass ihm mit Sicherheit etwas ziemlich Schlimmes passiert sein muss. Und dass hier irgendwas absolut Merkwürdiges vor sich geht.«

»Ja, finde ich auch.« Lea nickte. »Ich muss noch immer an diese unheimliche Stimme zurückdenken, die Luca gestern aufgenommen hat. Also, wenn die echt war …«

»Ja, ich raff das auch immer noch nicht. Und das … war auch noch nicht alles.«

Widerwillig kramte Tim nach seinem Handy, auf dem noch immer die Messenger-App mit der seltsamen Texteingabe offen war.

Irgendwie hatte er es nicht fertiggebracht, sie wegzudrücken und die App zu schließen.

»Schau mal, das hier habe ich heute Nachmittag in den Messenger eingegeben, ohne es selbst mitzubekommen. Das war kurz bevor ihr hier aufgeschlagen seid. So, als wäre ich einen Moment komplett weggetreten gewesen.«

Er zeigte ihr den Eintrag:

Hiiiilllffffeeee!!!!!!!!!

»Das hast du geschrieben?«, fragte Lea verwirrt. »Warum?«

»Sag ich doch: Weiß ich nicht. Das ist es ja gerade. Das habe ich getippt, als ich an Luca dachte.« Verzweifelt rang er um Worte. »Ich hatte den Messenger nicht mal aufgerufen. Ich hatte mir eigentlich Fotos von uns beiden angeschaut. Und dann … das hier. Ich schwör dir, ich hab keine Ahnung, wann ich das eingegeben haben soll.«

Lea schluckte. »Das ist auch ganz schön gruselig.«

»Ja. Und von dem irren Scheiß vorhin auf dem Feld will ich gar nicht erst reden.«

»Und du meinst jetzt«, Lea blickte nach wie vor aufs Handy, »dass das ebenfalls eine Botschaft aus dem Geisterreich sein könnte? So wie diese EVP?«

»Mal abgesehen davon, dass ich an den Scheiß immer noch nicht glaube: Dir ist schon klar, was das in letzter Konsequenz bedeuten würde? Nämlich, dass Luca tot ist.«

Lea schlug die Augen nieder.

»Und genau das akzeptiere ich nicht«, fuhr er mit bitterer Stimme fort. »Ich weiß nicht, warum, aber ich kann es einfach nicht.«

Sie schwiegen – bis Tims Handy überraschend klingelte und Svens grinsendes Konterfei auf dem Display erschien.

»Sven ruft an«, erklärte er unnötigerweise.

»Grüß ihn von mir. Ich geh mal eben aufs Klo, okay?«

»Findest du oben. Einfach die Treppe rauf. Zweite Tür links.« Tim wunderte sich darüber, dass Lea den Anruf nicht abwartete, ging jedoch ran, während seine Freundin den Weg ins Obergeschoss einschlug.

»Hi«, begrüßte er Sven. »Sag schon, wie geht es Charly?«

»Beschissen«, schlug ihm Svens unglückliche Stimme entgegen. »Charly hat ganz schön viel Blut verloren. Die Nacht wird zeigen, ob er das übersteht. Aber ich bin zuversichtlich. Doktor Lischke hat die Wunden behandelt und ihm eine Bluttransfusion verpasst. Wusstest du, dass Hunde gut zwanzig verschiedene Blutgruppen haben, aber nur ...«

»Ist doch egal«, unterbrach ihn Tim. »Hauptsache, er kommt wieder auf die Beine.«

»Ja, hast recht«, stöhnte sein Kumpel. »Nur gehen die hier auch gerade wegen dieser Botschaft im Fell steil. Das mit dem Feld konnte ich ihnen leider nicht verschweigen. Aber noch weiß keiner, wo genau wir uns eigentlich herumgetrieben haben. Nur ist meine Mutter nicht doof. Irgendwann wird die schon dahinterkommen.«

»Belass es am besten dabei«, meinte Tim. »Dein Fahrrad steht jedenfalls hier.«

»Alles klar. Ich melde mich dann morgen wieder.«

»Okay. Ich drücke alle Daumen.«

»Ja. Bye.«

Tim legte das Handy mit gemischten Gefühlen beiseite und räumte den Tisch ab. Dabei fiel sein Blick wieder auf den Korb mit Lucas Sachen.

Wie hatte er das in der Aufregung vergessen können?

Ohne weiter nachzudenken, stellte er den Korb auf den Tisch und wühlte zwischen Lucas verschmutzten Kleidungsstücken nach der Digicam.

Lea hatte vermutlich recht. Sie würden nicht umhinkommen, die Sachen der Polizei auszuhändigen und zu erklären, wo sie das alles gefunden hatten. Nur würden die Beamten die Fundstücke garantiert als Beweisstücke einbehalten. Vorher wollte er aber unbedingt selbst einen Blick auf die Cam werfen. Denn wenn Luca in der Tatnacht etwas Relevantes aufgenommen hatte, das sie vielleicht auf die Spur dieses Schlitzers brachte, wollte er der Erste sein, der davon erfuhr.

Er überprüfte die leicht verschmutzte Kamera kurz, dann schaltete er sie an und sah, dass der Akku noch halb voll war. Auf dem Display konnte er sehen, dass auf dem Gerät tatsächlich eine Aufnahme war. Aufgewühlt drückte er auf Play, und im selben Moment flackerten die Birnen der Lampen im Zimmer.

Irritiert blickte Tim auf, doch die elektrische Störung endete, kaum dass aus dem Lautsprecher der Digicam Lucas dünne Stimme drang:

»Wir schreiben heute Geschichte!«

Auch Philipp war im Hintergrund zu hören, doch Tim verstand ihn kaum. Das Display zeigte einen scharf gebündelten Lichtkreis, der auf eine Wand aus Getreidehalmen gerichtet war. Und dort herrschte seltsame Bewegung: ein hektisches Hüpfen, Springen und Schwirren.

Aufgeregt beugte sich Tim vor.

Das waren Heuschrecken.

Unzählige. So, als wäre Luca auf eine Art Nest von ihnen gestoßen. Fast so wie vorhin auf dem Feld.

Das Bild wackelte, der Lichtschein von Lucas Lampe wanderte hektisch über Getreidehalme, und im Hintergrund war wieder Philipp zu hören.

Er wirkte beunruhigt, und dann erklang Lucas dünne Stimme abermals.

»... jetzt, wo hier was passiert? Genau deswegen sind wir doch hier. Jetzt komm schon.«

Was passierte da?

Die Aufnahme wackelte, und die Stimmen der beiden gingen im Geraschel des Feldes unter, durch das sie liefen. Plötzlich zeigte das Bild Schlieren und flackerte. Auch der Ton wurde immer unverständlicher.

Das Bild begann zu ruckeln. Ähren waren zu sehen, dann Schatten, die sich mit Helligkeit mischten, dann fror das Bild kurz ein – als unvermittelt wieder die Lampen in der Wohnküche summten und flackerten.

Tim schreckte hoch, denn an der Deckenlampe über ihm brannte in diesem Moment eine Birne mit lautem Knall durch. Die Lampe erlosch, und die Wohnküche lag wieder im Halbdunkeln. Einzig die kleine Leuchte auf der Blumenbank unter dem Fenster summte und flackerte noch. Als er hinsah, fiel sein Blick unwillkürlich auch auf die spiegelnden Scheiben.

Erschrocken japste er auf. Denn außen war die komplette Fensterfront mit Insekten bedeckt, die auf dem Glas herumkrabbelten.

Das waren Heuschrecken.

Unzählige flatternde und raschelnde Heuschrecken.

Tim sprang von seinem Stuhl auf und fasste alarmiert die übrigen Fenster der Wohnküche ins Auge.

Überall um ihn herum bot sich das gleiche Bild.

Auf allen Scheiben ringsum klebten in dichten Trauben diese krabbelnden Viecher.

Aus dem kleinen Lautsprecher der Digitalkamera ertönte derweil ein Rauschen und Knistern, und von einem Augenblick zum anderen zeichneten sich auf dem Display keine Getreidehalme mehr ab, sondern ... ein Ausschnitt des Bades oben im ersten Stock.

Fassungslos starrte Tim auf die Bildeinstellung, denn sie wirkte so, als sei oben im Bad eine Überwachungskamera angebracht, die mit dem Gerät verbunden war. Und zwar in Echtzeit. Auf dem kleinen Bildschirm sah er Lea, die über dem Klo hing, sich die Finger in den Rachen schob und sich erbrach.

Mit offenem Mund starrte er die Aufnahme an, und sein Blick fiel auf das Badezimmerfenster im Hintergrund.

Die Vorhänge waren zurückgezogen und boten freie Sicht auf die Scheiben. Auch dort hatte sich ein dichter Schwarm Heuschrecken niedergelassen. Das Fenster war regelrecht übersät mit den Krabbelviechern. Und das war nicht alles. Die brummenden und heftig flatternden Insektenleiber führten einen bizarren Tanz auf, rückten auseinander und ballten sich. Ungläubig stierte er das Schauspiel an, denn im Zusammenspiel von Licht und Schatten sahen sie zunehmend aus wie ein Gesicht. Wie ein hohlwangiges Gesicht mit eingefallenen Zügen und tückisch dreinblickenden Augen, das bösartig durch die Scheibe ins Zimmerinnere glotzte.

»Lea!«

Mit einem Aufschrei ließ Tim die Digicam fallen und rannte in den Vorraum zur Treppe. Mit nur vier gewaltigen Sätzen stürmte er die Stufen hoch, eilte den Flur zum Badezimmer entlang und riss die Tür auf.

Lea, die tatsächlich vor der Kloschüssel kniete, fuhr bei seinem Erscheinen erschrocken hoch und sah ihn mit leicht geröteten Augen an.

»Was ... machst du hier?«, keuchte sie.

Eilig erhob sie sich und drückte auf die Spülung. Doch Tim stürmte an ihr vorbei und fixierte alarmiert das Badezimmerfenster.

Doch da war nichts.

Alles, was er entdeckte, waren sein und Leas Spiegelbild in der Scheibe.

»Das gibt es doch nicht«, ächzte er. »Ich schwöre dir ...«

»Was gibt dir das Recht, hier einfach reinzukommen?«, fuhr Lea ihn böse an.

Beschämt trat sie ans Waschbecken, wusch sich verärgert die Hände und bückte sich kurz, um einen Schluck Wasser aus dem Hahn zu trinken. »Es ist wohl besser, wenn ich jetzt gehe.«

Sie wollte das Badezimmer schon verlassen, doch Tim hielt sie verzweifelt auf.

»Lea«, beschwor er sie. »Glaubst du wirklich, ich komme hier einfach ungefragt rein, wenn es dafür nicht einen triftigen Grund gäbe? Da vorn, auf diesem beschissenen Fenster, da ... war eben was! Da hat irgendetwas hereingestarrt.«

»Was?« Verunsichert folgte sie seinem Blick. »Wie soll das möglich sein? Das hier ist das Obergeschoss. Und woher willst du überhaupt wissen, dass ...?«

»Weil du und das Bad plötzlich auf dem Display von Lucas Digicam aufgetaucht seid.« Tim suchte hektisch Decke und Raumecken ab, ob es hier wirklich eine verborgene Kamera gab.

Er fand keine.

Natürlich nicht.

Lea starrte ihn verwirrt an, und er zog die alten Vorhänge vor dem Badezimmerfenster zu. Dann schob er sie aus dem Raum und schloss die Tür hinter ihnen.

»Was meinst du damit, du hast mich gesehen?«, fragte Lea eingeschüchtert, als sie wieder im Flur standen.

Stockend berichtete er ihr, was er unten erlebt hatte, seit sie nach oben gegangen war.

»Du willst mich veräppeln, oder?«

»Nein. Komm mit.« Er führte sie vorsichtig über die Treppe nach unten in die dämmrige Wohnküche, blickte zu den Fensterscheiben, die jetzt ebenso insektenfrei wie oben waren, und las wütend die Digicam vom Boden auf.

Abermals brachte er das Video zum Laufen, doch diesmal endete es einfach an der Stelle, als die Einstellung vom Bad oben aufgetaucht war.

»Scheiße. Ich verstehe das nicht.« Tim schüttelte den Kopf. »Ich schwöre dir, alles, was ich dir eben gesagt habe, entspricht der Wahrheit. Ich lüge dich nicht an.«

Er drehte sich zu der Lampe über dem Esstisch um und blickte unter den Schirm. »Hier. Die Birne ist durchgebrannt. Siehst du?« Er richtete sich leicht verzweifelt auf. »Okay, das ist kein Beweis, aber es zeigt dir, dass wenigstens dieser Teil der Geschichte stimmt.«

Lea beachtete ihn nicht weiter, sondern ging stattdessen auf das im Halbdunkeln liegende Fenster neben der Küchenzeile zu. Wenige Schritte davor blieb sie stehen und umklammerte ihren Oberkörper mit den Armen.

»Bitte«, meinte er verzweifelt. »Du musst mir einfach glauben.«

»Vielleicht … tue ich das ja.« Sie deutete nach vorn.

Erstmals sah er, dass das Fenster gekippt war. Auch er entdeckte jetzt im Zwielicht das gute Dutzend Heuschrecken, die es hereingeschafft hatten und auf dem Fensterbrett krabbelten. Eine von ihnen sprang soeben mit einem großen Satz auf den Boden vor dem Herd.

Tim starrte die Grille lauernd an. Beherzt trat er vor, verscheuchte die Heuschrecken angewidert und schloss das Fenster. Dann musterte er Lea, die noch immer wie angewurzelt dastand.

»Willst du da wirklich noch mal raus?«, fragte er unglücklich.

Blass schüttelte Lea den Kopf.

Tim atmete tief ein. »Komm, gehen wir nach oben. Du kannst in meinem Bett schlafen … Ich hole mir Lucas Bettzeug aus dem Zimmer und halte Wache, okay?«

Lea nickte nur.

Tim warf Lucas Sachen zurück in den Korb, und nachdem er überprüft hatte, dass die Haustür abgeschlossen war, eilten sie zurück ins Obergeschoss, wo er Lea in sein Zimmer führte.

Zum Glück hatte er noch nicht so viel Zeit gehabt, dort für Unordnung zu sorgen.

Trotzdem räumte er verlegen ein paar Klamotten beiseite und kramte dann ein langes Football-Shirt der *Los Angeles Rams* aus dem noch halb gefüllten Koffer.

»Hier, falls du dich umziehen möchtest. Ich penne auf dem Boden, okay? Ich bin nur kurz nebenan und hole mir Lucas Schlafsachen. Ich glaube, der hat drüben auch einen Ventilator stehen. Die Fenster werde ich heute garantiert nicht öffnen.«

»Okay.« Lea nahm das lange Shirt entgegen.

Tim verließ den Raum und holte sich aus Lucas Zimmer, was er brauchte. Auch den Ventilator fand er nach kurzer Suche.

Er wartete, bis ihm Lea signalisierte, dass er wieder reinkommen konnte, und sah, dass sie sich trotz der Wärme im Zimmer unter der Decke auf seinem Bett zusammengekauert hatte.

Er selbst breitete am Boden seine Isomatte aus, auf die er Lucas Bettzeug warf, und stellte den Ventilator an, der nun für einen kühlen Luftzug im Zimmer sorgte. Schließlich löschte er das Licht und machte es sich in T-Shirt und Boxershorts am Boden bequem.

Aufgewühlt starrte er zu den dunklen Fenstern, die er ärgerlicherweise nicht zugezogen hatte. Eine Weile war nur das Schwirren des Lüfters zu hören.

»Tut mir leid, dass ich dich vorhin angefahren habe«, meinte Lea vom Bett aus.

»Schon gut«, antwortete Tim und blickte zu ihrer Silhouette hinüber, die sich dunkel auf dem Bett abzeichnete.

Eine Weile schwiegen sie.

»Hast du dir wirklich vorhin den Finger in den Hals gesteckt?«, wollte er irgendwann wissen.

Es dauerte, bis sie antwortete. »Ja. Ich weiß selbst nicht, warum ich das mache, aber … es ist wie ein Zwang. Es hat mit einer Diät angefangen, die irgendwie nichts brachte.«

»Eine Diät? Du?«

Lea seufzte. »Ja. Es gibt in Hoyerswerda eine Agentur für Casting und Komparserie. Da wollten Bine und ich uns vor einem halben Jahr vorstellen.«

Tim kannte Leas Schulfreundin, nur hatte er sie schon seit über einem Jahr nicht mehr gesehen.

»Meine Mutter meinte dann aber, dass ich zu dick dafür sei«, fuhr Lea geknickt fort. »Du weißt doch, sie hat Erfahrungen im Modeln und so. Deswegen. Und irgendwie …« Sie seufzte abermals. »Ich weiß auch nicht.«

»Du weißt schon, dass mit Bulimie nicht zu spaßen ist?«

Lea schwieg.

Tim richtete sich leicht auf. »Ich sag dir mal was: Deine Mutter ist eine blöde Kuh, der du eh nie was recht machen kannst. In Wahrheit beneidet sie dich darum, dass du dein ganzes Leben noch vor dir hast, während sie jetzt in Lauta-Dorf steckt und hier versauert.«

Lea schwieg noch immer, und eine Weile war bloß das Schwirren des Ventilators zu hören.

Tim legte sich wieder zurück. »Ganz ehrlich: Du bist das hübscheste Mädchen, das ich kenne. In den Staaten wärst du vermutlich schon lange bei den Cheerleaderinnen und hättest drei Typen an jedem Finger. Mindestens.«

Lea lachte unglücklich. »Du spinnst.«

»Nee, ehrlich.«

Es dauerte wieder eine Weile, bis Lea antwortete, und sie klang nun sehr ernst. »Tut mir leid. Du hast gerade selbst Probleme. Ich wollte nicht, dass du davon erfährst.«

»Aber jetzt weiß ich es.« Er musste an die unerklärliche Aufnahme auf der Digicam denken, durch die er auf all das überhaupt aufmerksam geworden war. Und auch an das fürchterliche Heuschreckengesicht am Fenster.

»Außerdem mache ich mir Sorgen um dich«, fügte er leiser hinzu.

Lea drehte sich im Dunkeln zu ihm um.

»Ich habe noch nie so etwas Gruseliges erlebt wie heute schon den ganzen Tag über«, hauchte sie ansatzlos.

»Ich auch nicht.«

Lea erhob sich plötzlich, und Tim sah im Zwielicht, wie sie sich die Bettdecke schnappte und sich zu ihm auf den Boden legte.

»Darf ich heute neben dir schlafen?«, fragte sie leise. »Irgendwie habe ich ganz fürchterliche Angst.«

»Klar.« Tim räusperte sich und legte überrumpelt den Arm um sie.

Lea kuschelte sich an ihn, und er spürte ihre Wärme. Eigentlich hätte er jetzt jubeln müssen. Sie vielleicht sogar küssen oder so. Aber in Wahrheit fürchtete auch er sich. Lauernd fixierte er wieder die dunklen Fenster seines Zimmers, bereit, sofort aufzuspringen, falls sich dort … etwas tun sollte.

»Tim?«

»Ja?« Er spürte Leas klopfenden Herzschlag.

»Was, wenn es wirklich Geister und so gibt?«

Tim schluckte. Er wusste auf die Frage keine Antwort.

»Irgendwas müssen wir doch tun können?«, murmelte Lea, während sie sich weiter an ihn presste.

»Was wir bräuchten, wäre Hilfe«, meinte Tim geistesabwesend. »Aber ich weiß nicht, wo wir die herbekommen sollen.«

»Die Polizei?«

»Die wird uns bloß für verrückt halten, wenn wir denen erzählen, was heute passiert ist.«

»Was ist mit Philipps Freundin?«

Tim drehte überrascht den Kopf. »Diese Paula?«

»Ja. Sven sagte doch, dass die sich mit dem Übernatürlichen beschäftigt. Die will doch bestimmt auch wissen, wer ihren Freund umgebracht hat. Wenn uns jemand helfen kann, dann vielleicht sie.«

KAPITEL 2

WACHSTUM

BETT IM KORNFELD

Doreen senkte die Geschwindigkeit ihres Renault, als im Licht der Autoscheinwerfer der Jagdstand in Sicht kam, der am Waldrand vor dem Acker stand.

Aufgeregt blickte sie in den Rückspiegel. Weniger, um ihr Aussehen zu überprüfen, denn ihr Antlitz mit dem kurzen Pony war in der Dunkelheit ohnehin kaum zu erkennen, als vielmehr, um sicherzustellen, dass nicht zufällig ein Bekannter hinter ihr herfuhr, der sich wunderte, was sie hier trieb.

Aber natürlich war das Unsinn.

Um diese Uhrzeit fuhr hier kaum ein Mensch entlang.

Trotzdem, sie musste vorsichtig bleiben.

Ohne den Blinker zu setzen, scherte sie auf den Feldweg rechts der Straße ein, der unmittelbar am dunklen Waldrand entlangführte. Rechts des Weges spannten sich weite Getreidefelder auf, dahinter waren vage die Lichter Schwarzkollms zu erkennen.

Sie fragte sich, was Paul bewogen hatte, ausgerechnet diesen Ort als Treffpunkt vorzuschlagen. Andererseits, abgelegen genug war er.

Langsam fuhr sie zwischen Wald und Feld entlang, und hin und wieder ächzten die Achsen ihres Wagens unter einer Bodenwelle, was dafür sorgte, dass der herzförmige Aufhänger mit den Porträts ihrer beiden Töchter unter dem Rückspiegel heftig hin und her schwang.

Energisch löste sie den Aufhänger vom Rückspiegel und warf ihn ins Seitenfach der Fahrertür. Wenn sie jetzt eines wollte, dann sicher nicht, an ihre Familie erinnert zu werden. Schon gar nicht an ihren Mann Dirk.

Denn die nächste Stunde würde allein Paul gehören.

Unwillkürlich leckte sie sich über die Lippen und schmeckte den Lippenstift, den sie aufgetragen hatte. Das mit ihm und ihr ging jetzt schon seit einem Jahr. Seit sie sich damals auf der Feier der Versicherung kennengelernt hatten, für die sie halbtags arbeitete. Hätte sie früher jemand gefragt, ob sie sich je eine außereheliche Affäre hätte vorstellen können, hätte sie das vehement abgestritten. Doch seit sie Paul kannte, wusste sie, was ihr in ihrer Ehe fehlte. Dirk trug sie zwar noch immer auf Händen, aber er war auch träge und bequem geworden. Schon lange achtete er nicht mehr auf seine Figur.

Paul hingegen war das komplette Gegenstück. Sportlich und muskulös. Außerdem witzig, charmant und aufmerksam. Und sexuell …

Sie biss sich unwillkürlich auf die Unterlippe und lächelte, als sie daran dachte, was er vermutlich gleich wieder mit ihr anstellen würde. Die Stunden mit ihm waren reines Verlangen. Wie der Ritt auf einem Vulkan. Vor ihm hatte sie so etwas noch nie erlebt. Hätte er ihr ein Zeichen gegeben, nur ein winziges, hätte sie Dirk vermutlich für ihn verlassen. Aber Paul war kein Mann für Beziehungen. Und mit Kindern konnte er schon gar nichts anfangen. Wahrscheinlich hatte er noch andere Frauen neben ihr, nur war ihr das egal. Das, und auch die Heimlichkeit ihrer Treffen, steigerte irgendwie sogar den Reiz.

Der Hochsitz kam in Sicht, und kurz war das Aufflammen von Scheinwerfern zu sehen. Pauls Audi.

Doreen stellte den Motor ab, griff rasch noch einmal zum Handschuhfach, um etwas Parfum nachzulegen, und checkte ihr Handy. Nicht, dass in der Zwischenzeit eine Nachricht von Dirk oder ihren Töchtern reingekommen war.

Aber da war nichts.

Sie verließ den Renault und musterte das mondbeschienene Getreide zu ihrer Rechten. Die Grillen zirpten ihre Melodie, und die laue Sommernachtsbrise wiegte die Weizenähren sanft auf dem Feld. Seltsam, trotz des Mondlichts lag über allem ein verheißungsvoller güldener Schimmer. Die Felder boten überhaupt ein Bild wie in einem Traum. Irgendwie weich und verlockend.

Wie ein Meer goldener Daunen.

Kopfschüttelnd huschte sie hinüber zu Paul, der bereits die Beifahrertür geöffnet hatte. Erwartungsvoll grinste er ihr vom Fahrersitz aus entgegen. Sein halblanges braunes Haar fiel ihm lässig in der Stirn, und zusammen mit seinem Blick und dem muskulösen Oberkörper, der nur von einem engen T-Shirt verhüllt wurde, bot er einen Anblick zum Schwachwerden.

Und genau das hatte sie auch vor.

Leise Schlagermusik schallte ihr aus dem Audi entgegen.

Sie lächelte, denn sein Faible für deutsche Schlager war das einzig Skurrile an ihm. Aber irgendwie auch süß.

Was Typen wie er sonst auch immer hören mochten – Helene Fischer, die gerade zu ihrem Refrain *Atemlos durch die Nacht* ansetzte, passte sehr gut zu dem, was sie gleich vorhatten.

»Hi!«

Rasch stieg sie ein, schlug die Tür zu, und noch während das Innenraumlicht erlosch, lag sie bereits in seinen Armen. Sie spürte seine Lippen auf den ihren, und ihre Zungen berührten sich in wildem Verlangen, als seine Hand bei ihren Brüsten beginnend über ihren Körper glitt.

»Ich musste schon den ganzen Tag über an uns denken«, keuchte sie, als seine Hand zärtlich über ihren Oberschenkel strich. »Du machst mich süchtig.«

»Wie viel Zeit hast du?« Paul knabberte an ihrem Ohrläppchen, während er wieder ihre Brüste liebkoste.

»Offiziell bin ich beim Sport.« Sie vergrub ihren Mund an seinem Hals und ließ ihre Hand über seinen muskulösen Oberkörper wandern. »Anja deckt mich«, seufzte sie atemlos, da Paul ihre Brustwarzen streichelte, die sich hart unter ihrem Sommerkleid hervorhoben. »Anschließend gehen wir meist noch was trinken. Also zwei Stunden mindestens.«

»Na, das mit dem Sport passt ja.« Paul präsentierte ihr im Dunkeln ein wölfisches Lächeln. Seine Hand glitt endlich zwischen ihre

Schenkel, was ihr ein wohliges Stöhnen entlockte – als Helene Fischers Song unvermittelt abbrach und aus den Lautsprechern des Wagens ein unangenehmes Brummen und Blubbern ertönte.

»Mist.« Paul löste sich von ihr, um einige Tasten der Anlage zu drücken. »Dem alten CD-Player ist die Hitze wohl nicht so gut bekommen.«

Unvermittelt trällerte wieder Musik los. *Ein Bett im Kornfeld.* Der Siebzigerjahrehit des westdeutschen Schlagersängers Jürgen Drews, den sie nur aus den Mallorca-Berichterstattungen in der Boulevardpresse kannte.

Paul versuchte erfolglos, das Lied auszuschalten, doch Doreen stoppte sein Bemühen, als sie den Refrain vernahm:

Ein Bett im Kornfeld, das ist immer frei
Denn es ist Sommer und was ist schon dabei?
Die Grillen singen und es duftet nach Heu
Wenn ich träume …

Sie wusste selbst nicht so recht, warum. Aber irgendetwas triggerte der Liedtext in ihr. Irgendwie traf er genau ihre Stimmung.

»Hast du schon mal?«, flüsterte sie aufgeregt.

Paul sah sie fragend an. »Was?«

»Na, Sex im Freien gehabt? Also … in einem Kornfeld!« Sehnsüchtig blickte sie durch die Scheiben zum benachbarten Feld, dessen Ähren ihr jetzt wirklich wie ein güldenes Bett erschienen.

»Rrrrr. Ich seh schon, dir ist heute nach Abenteuer.« Paul grinste.

Sie hatte gewusst, dass er darauf anspringen würde. Auch so etwas Verrücktes war nur mit ihm möglich.

»Ich hab hinten eine Decke«, meinte er verheißungsvoll.

»Okay, hol sie!«

Gott, was war heute nur mit ihr los? Sie fühlte eine seltsame Erregung, die nach unbedingter Erlösung verlangte.

Paul zwinkerte ihr zu, und sie verließen das Fahrzeug. Während er tatsächlich eine weiße Decke aus dem Kofferraum kramte und Jürgen Drews wieder von Blumen, Stroh und Sternen sang, betrachtete sie das nächtliche Kornfeld, in dem wie in dem Lied die Grillen zirpten. Einen winzigen Moment schreckte sie vor ihrem Vorhaben zurück und bekam ... Gewissensbisse.

Dirk und den Kindern gegenüber.

Doch die Ähren rauschten sachte im warmen Wind und schienen fast zu flüstern. Als wollten sie sie in Empfang nehmen. Dabei hatte sie bis eben selbst nicht gewusst, dass so was zu ihren geheimen Fantasien gehörte.

Ihre Familie war ihr nun völlig gleichgültig. Dirk, ihre Kinder, alle.

Sie würden es da drinnen wie die Karnickel treiben. Geil. Hemmungslos. Und bar jeder Konsequenzen. Es war ihr egal. Scheißegal. Alles, was zählte, war sie.

Sie und nur sie. Und wenn sie nachher nach Hause kam, dann ...

Himmel, was war nur los mit ihr?

Sie führte sich auf wie eine rollige Katze.

Erschrocken blickte sie auf, als Paul mit der Decke zu ihr kam und sie an der Hand nahm. »Komm!«

Ihre Entscheidung war längst gefallen.

Er zog sie mit sich ins Feld, und gemeinsam marschierten sie durch die Ähren, die ihr bis zur Brust reichten und sie an Armen und Beinen kitzelten. Zwischen ihnen sprangen gelegentlich Grashüpfer beiseite, doch das alles verblasste angesichts des Ausblicks, der sich ihr hier draußen bot.

Um sie herum erstreckte sich das Meer aus Ähren, und über ihnen am Nachthimmel strahlten tatsächlich die Sterne. Hinzu kam dieser schwere Strohgeruch, der sie umhüllte und benebelte.

Das alles war wie ein sündiger Traum.

Wie im Rausch bekam sie mit, wie Paul stoppte, die Halme niedertrampelte und die Decke im Feld ausbreitete, die sich wie weißer Tau über das geknickte Getreide legte. Dann packte er sie an der Taille und zog sie mit sich zu Boden.

»Gib's zu«, raunte er ihr zu. »Das hier war der Grund, warum du mich herbestellt hast?«

»Ich dich?« Doreen stöhnte, während er ihr die Träger des Kleides abstreifte, ihre Brüste streichelte und ihre Brustwarzen mit der Zunge umkreiste. »Du warst es doch, der mich hier treffen wollte.«

»Ich?« Paul blickte kurz von ihren Brüsten zu ihr auf und lachte. »Du kannst es ruhig zugeben. Ich erfülle dir jeden Wunsch.«

Sie verstand nicht, was er meinte. Doch das war ihr im Augenblick auch egal. Das konnte sie später klären. Aufgewühlt befreite sie ihn von seinem T-Shirt, sodass seine Bauchmuskeln sichtbar wurden. Abermals küssten sie sich. Wild. Verlangend.

Sie schloss die Augen, während er ihren Körper liebkoste, und lauschte dem Rauschen der Ähren ringsum. Und ... dem Knistern.

Doreen ignorierte es und ächzte wohlig.

Gott, sie war so verrucht. Und verdorben. Und ... schmutzig.

Ja, das war sie: *schmutzig!*

Es war, als würde eine Stimme in ihrem Kopf erklingen. *Ehebrecherin. Hure. Flittchen. Du bist eine, die für jeden die Beine breit macht ...*

Irritiert keuchte sie auf.

Dachte sie wirklich so über sich?

Waren das überhaupt ihre Gedanken?

Was ... was war heute nur los mit ihr?

Willig gab sie sich weiter Pauls Fingern hin, der längst ihren Slip abgestreift hatte – als sie in der sanften Brise, die über das Feld strich, ein leises Wispern zu hören glaubte. Diesmal schien es echt.

Doreeeeeennnn ...

Und neben Pauls Händen auf ihrer nackten Haut spürte sie plötzlich ... kühle Wassertröpfchen. Verwirrt schlug sie die Augen auf und sah, dass inzwischen Wolken die Sterne verdunkelten. Wolken?

Überall um sie herum war jetzt ein hektisches Hüpfen, Springen und Schwirren zwischen den Halmen auszumachen. Grashüpfer. Heuschrecken.

Ihr war, als würde das wuchernde Korngestrüpp schier brodeln. Einige der Insekten landeten mit hohen Sprüngen auf ihrem nackten Leib, und sie zuckte zusammen.

»Paul?«, ächzte sie erschrocken und wischte die Tiere hastig von sich.

Ihr Geliebter war längst dabei, sie mit der Zunge zu verwöhnen. Sie packte ihn grob an den Haaren. »Paul!«

Erstmals sah er auf und wurde nun ebenfalls auf das befremdliche Treiben im Feld ringsum aufmerksam. »Scheiße, was ist das denn?«

Mit nacktem Oberkörper erhob er sich, während sich das Knistern um sie herum und das Flattern der Insekten zu einem Brausen steigerte. Ein Brausen, dem jetzt Schleier feinsten Sprühregens folgten, der ihre Leiber benetzte.

Paul hatte sich inzwischen ganz erhoben und blickte erstaunt über die Ähren hinweg übers Feld.

»Das gibt es doch nicht! Das musst du dir ansehen …«

Ohne sie weiter zu beachten, marschierte er an ihr vorbei und verschwand in den Ähren.

»Paul?« Was tat er da?

Doreen, die sich noch immer wie benebelt fühlte, versuchte nun ebenfalls aufzustehen. Doch ihr linker Arm ließ sich nicht vom Untergrund lösen. Lange Ähren hatten ihr Handgelenk umschlungen.

Alarmiert riss sie an der unheimlichen Fessel und sah mit weit aufgerissenen Augen, wie sich die Halme ringsum langsam bogen, als wollten sie nach ihr greifen.

»PAUL!«, schrie sie entsetzt.

Mit aller Gewalt versuchte sie sich von dem geisterhaften Gestrüpp loszureißen, das wie dürre Tentakel ihre Gliedmaßen zu umklammern begann, während irgendwo hinter ihr, jenseits der hohen Wand aus Halmen, ein Schwirren, Flattern und Brummen zu hören war, dem Pauls erschrockener Ruf folgte.

»Weg! Weg, ihr verdammten Biester!«

Abermals erklang von irgendwoher die seltsame Wisperstimme:

Doreeeeeennnn …

Doreen achtete nicht mehr auf ihren Geliebten. Der unentwegte Sprühregen hatte sie längst am ganzen Körper durchfeuchtet, und alles, was sie jetzt noch wollte, war von hier fortzukommen. Kreischend schaffte sie es, ihren Arm aus der Umklammerung der Getreidehalme zu reißen, als die langen, gebogenen Halme um sie herum wie dünne Schlangen mit Ährenköpfen auf sie niederstießen.

Der spukhafte Anblick des Geschehens ließ sie panisch aufschreien. Doch ihr Furchtgebrüll erstickte in hilflosem Schluchzen, als sich die Halme plötzlich von hinten um ihren Hals wickelten und sie wieder auf den Ackerboden niederzwangen.

Wie aus weiter Ferne vernahm sie die fortwährenden Schreie Pauls, während sie an ihren Kornfesseln zerrte und um Atem rang. Sie glaubte zu hören, wie er hinter ihr durch die Ähren rannte – als ein sausendes Geräusch erklang, ähnlich einem straff gespannten Seil, das die Luft durchschnitt.

Pauls Gebrüll verstummte schlagartig. Stattdessen hörte sie, wie er unweit von ihr ins Feld stürzte, dann kullerte etwas durch die Getreidehalme und berührte sie an der Schulter.

Doreen schaute japsend zur Seite – und sah unmittelbar neben sich Pauls abgetrennten Kopf, der sie anklagend und mit gebrochenen Augen anstarrte. Sie war derart starr vor Entsetzen, dass sie außer einem Wimmern nichts von sich geben konnte.

Plötzlich waren Geräusche im Feld zu hören, die wie ein näher kommendes Schreiten klangen. Ein monströser Schatten beugte sich über sie, und abermals schlug ihr die lauernde Flüsterstimme entgegen:

Doreeeeeennnn …

Verzweifelt verdrehte sie die Augen, sah, was erbarmungslos auf sie herabblickte, und erstarrte vor Grauen.

Etwas packte sie am Haar, die Ährenfesseln platzten, und mit einem brutalen Ruck wurde sie aufs Feld hinausgeschleift.

Doreen schrie.

BLUTIGE ÄHREN

»Leider haben die Kollegen keinerlei Hinweise gefunden, warum Peter Stöpel und Kevin Koslowski ihr Besäufnis ausgerechnet in der Nähe dieses Weizenfeldes abgehalten haben«, drang die Stimme von Sarahs Cottbuser Kollegen Andreas aus dem Hörer. »Aber du hast schon recht, der Acker liegt tatsächlich etwas ab vom Schuss, und es hätte in der Gegend vermutlich einige Orte gegeben, von wo aus der Heimweg für einen Betrunkenen leichter gewesen wäre. Andererseits«, ihr junger Kollege seufzte, »es war warm, und vielleicht hatten die beiden Lust auf eine kleine Nachtexkursion?«

Sarah schüttelte den Kopf, denn irgendwie glaubte sie das nicht. Nicht, nach allem, was sie inzwischen über die beiden anderen Kornkreisfälle zusammengetragen hatten.

Müde und leicht zerschlagen saß sie an dem Schreibtisch, den ihr ihre Hoyerswerder Kollegen freigeräumt hatten. Sie klickte sich durch die Fotodateien mit den Aufnahmen, die die Schaulustigen während der Polizeieinsätze an den letzten beiden Tatorten geschossen hatten.

Schlaf hatte sie letzte Nacht kaum gefunden. Und natürlich hatte sich der Vorfall mit dem grausigen Zimmerfund längst im Präsidium herumgesprochen. Sie nickte daher ergeben, wenn einer der hiesigen Beamten vorbeikam und ihr einen wahlweise mitleidigen, besorgten oder einfach nur interessierten Blick zuwarf.

Immerhin, zumindest war es ihr gelungen, Antonin noch rechtzeitig abzupassen, bevor er sich wieder auf den Rückweg nach Hoyerswerda hatte begeben können.

Die folgenden zwei Stunden waren mit so viel Polizeiroutine ausgefüllt gewesen, dass sie eine Weile lang sogar den Schreck hatte ignorieren können, den ihr der grausige Fund auf ihrem Bett eingejagt hatte. Nach wie vor ging ihr nicht aus dem Kopf, wie sich die

Augen des Toten scheinbar geöffnet hatten, um sie mit leblosem Blick anzustarren.

Bei der Erinnerung an diesen Moment schüttelte es sie jetzt noch vor Grausen.

Dabei war das alles natürlich Unfug. Das Flackerlicht im Zimmer und ihre überreizten Nerven hatten ihr da offenbar einen bösen Streich gespielt. So ein Phänomen war selbstverständlich unmöglich, weshalb sie davon bislang nicht einmal Antonin erzählt hatte.

Und doch war ihr in jenem Moment der Schreck durch Mark und Bein gefahren.

Fast tat ihr auch der Umstand leid, dass sie daraufhin den Betrieb der Gaststätte lahmgelegt hatte. Denn natürlich hatten sie die Personalien aller Gäste aufnehmen müssen, von denen sich zuvor theoretisch jeder heimlich in ihr Hotelzimmer hätte schleichen können. Unter ihnen auch ihre fünf Hobby-Kornkreisforscher, die nun wussten, welcher Tätigkeit sie und Antonin in Wahrheit nachgingen. Sarah erkannte eines der beiden Mädchen auf einer Aufnahme.

Sie hielt die fünf noch immer für harmlos. Dennoch hatte sie ihnen die Enttäuschung ob ihrer kleinen Scharade deutlich angesehen.

Sarahs Entsetzen über den schaurigen Zimmerfund war rasch zurückgekehrt, kaum dass sich die Aufregung gelegt hatte und die Spurensicherung wieder abgerückt war. Noch immer ärgerte sie sich über ihre überreizten Nerven und das damit einhergehende Gefühl der Verunsicherung, das sich in ihr breitgemacht hatte. Das war nun wirklich nicht die erste Leiche gewesen, mit der sie in ihrem Berufsleben konfrontiert worden war, oder besser: das erste Leichenteil. Aber dass ihr jemand, dem sie nachjagte, so nahe gekommen war, das war neu. Und die Botschaft war klar, nämlich, dass er oder sie wussten, wer sie war. Und natürlich drohte die Gefahr, dass sie vielleicht die Nächste wäre, die auf diese Weise zu Tode kam.

Erstmals seit Langem verspürte sie daher so etwas wie Angst.

Und das, obwohl sie sich als Vertreterin der Exekutive bislang stets als unangreifbar gewähnt hatte. Zugleich schürte die Dreistigkeit dieses Einschüchterungsversuchs ihre Wut auf die Unbekannten. Wenn es deren Ziel gewesen war, sie davon abzubringen, den Fall weiter zu verfolgen, dann hatten sie sich geschnitten. Die ganze Sache war jetzt vielmehr zu etwas Persönlichem geworden. Sie würde erst recht nicht innehalten, bis diese Arschlöcher hinter Gittern saßen.

»Nein, verdammt noch mal!«, tat sie den Nachtausflug-Einwurf ihres Kollegen barsch ab, während sie sich wütend weiter durch die Fotodateien klickte. »Da muss es etwas geben, Andreas. Im Zweifel müsst ihr eben noch mal suchen.«

»Ehrlich, Sarah, die Sache hat spätestens nach letzter Nacht höchste Priorität. Unsere Suche war gründlich. Verlass dich darauf. Aber ... zwei Sachen habe ich trotzdem für euch. Du schriebst doch, dass dieser Luca Opitz einige Tage vor seinem Verschwinden den Eindruck hatte, verfolgt zu werden.«

»Ja, laut Aussage seiner Großmutter. Was ist damit?«

»Dieser Kevin Koslowski hat nach Aussage einer Nachbarin eine ähnliche Bemerkung gemacht. Sie ist seine Hausmeisterin.«

»Was genau hat sie ausgesagt?« Gespannt hielt sie inne.

»Die Frau meinte, dass Koslowski sie vor etwa drei Wochen gefragt habe, ob sich in seiner Abwesenheit jemand über ihn erkundigt hätte. Oder ob sie jemanden gesehen habe, der unerlaubt im Treppenhaus gewesen wäre.«

»Und?«

»Sie hat niemanden bemerkt. Was aber nichts daran ändert, dass der Mann sich das vielleicht nicht aus den Fingern gesogen hat. Genauer nachgehakt hat sie leider nicht, da bei dem Typen wohl in den letzten Jahren schon zweimal Vertreter irgendwelcher Inkassounternehmen vorstellig geworden sind.«

»Okay.« Sarah betrachtete eine weitere Aufnahme. »Und das andere?«

»Nun, die Kriminaltechnik hat etwas herausgefunden. An Stöpels Torso, also am Hals, ist ein winziges Metallfragment gefunden worden, das vielleicht Rückschlüsse auf die Tatwaffe zulässt. Es ist nur ein wenig sonderbar, dass es sich dabei um Bronze handelt.«

»Um Bronze?«

»Ich kann dir nur sagen, was die Metallurgie herausgefunden hat«, seufzte ihr Kollege. »Ich hab den Bericht bereits an die Kriminaltechnik in Hoyerswerda weitergeleitet. Du stehst im CC.«

»Okay. Dank dir.« Sie seufzte. »Und … tut mir leid, wenn ich eben etwas schroff war.«

»Absolut verständlich. Wie geht es dir jetzt?«

»Wie soll's mir schon gehen?« Sarah versuchte verzweifelt, das Bild von Uhligs starrendem Schädel zu verdrängen, während sie drei weitere Fotos im Schnelldurchgang sichtete. »Ab heute habe ich ein neues Zimmer in Hoyerswerda. Und letzte Nacht hat mich mein Kollege bei sich im Wohnzimmer schlafen lassen. Die Nacht war trotzdem kurz.«

»Kann ich mir vorstellen. So oder so: Passt auf euch auf. Denn wenn diese Arschlöcher wissen, wer du bist, kann das auch für deinen Kollegen zutreffen.«

»Ist uns klar …« Moment mal, was war das? Sie beugte sich vor. »Ich melde mich, okay?«

»Alles klar, bis dann.«

Sarah drückte das Gespräch weg und vergrößerte das Foto auf ihrem Bildschirm.

Es war vorgestern am Brandenburger Tatort aufgenommen worden, beim Kornkreisfeld nahe Großkoschen, und es zeigte eine Gruppe Schaulustiger am Feldrand, von denen ihr einer bekannt vorkam: ein grobschlächtiger Kerl in kariertem Hemd, der hinter den anderen stand.

Hatte sie den nicht gestern gesehen?

Noch einmal klickte sie die Fotos vom gestrigen Tatort durch, ohne ihn zu entdecken. Und doch schien er ihr irgendwie vertraut.

In diesem Moment betrat Antonin mit einer Zeitung in der Hand das Büro und hielt geradewegs auf ihren Schreibtisch zu.

»Ich habe Neuigkeiten«, begrüßte sie ihn.

»Ich leider auch.« Er breitete die aktuelle Ausgabe des *Lausitzer Boten* vor ihr aus:

POLIZEI AUF DER JAGD
NACH DEM STROHPUPPENMÖRDER

»Scheiße! Ist der Artikel von diesem Richard Kern?«

»Ja, ganz so, wie er es angekündigt hat. Schlag mal Seite vier und fünf auf.«

Sarah folgte der Bitte und fand einen reißerisch aufgemachten und mit Kornkreisfotos gespickten Artikel, dessen Besonderheit die Aufnahmen dreier Strohpüppchen waren. Eine davon kannte sie schon von gestern, nämlich die, deren Merkmale auf Luca Opitz verwiesen.

Erstaunt betrachtete sie die übrigen beiden.

Die eine war in ein altertümliches schwarzes Kleid samt Trauerflor gehüllt, und auch die langen Haare aus Stroh stellten klar, dass sie eine Frau symbolisierte. Die andere Puppe steckte in einer grob genähten Lederhose und trug ein Hemd. Dem Eintrag unter den Abbildungen nach stammten sie aus den Feldern nahe der Schwarzen Elster und Großkoschen.

»Sollen das etwa Sindy Nowak und Kevin Koslowski sein?«, fragte sie bestürzt.

»Ist jedenfalls nicht auszuschließen.« Antonin strich sich mit dem Daumen wütend über den Schnurrbart. »Was besonders dreist ist: Die Puppen wurden vorhin in einem Karton unten beim Pförtner abgegeben, womit Kern offenbar dem Vorwurf entgehen will, Beweismittel zurückgehalten zu haben.«

»Das wird ihm nur hoffentlich nichts nutzen«, sagte Sarah verärgert.

»Lass uns das unterwegs diskutieren. Denn es kommt leider noch schlimmer: Eben gerade kam die Meldung rein, dass Landarbeiter eine weitere Leiche mit abgeschlagenem Kopf gefunden haben. Und zwar in einem Feld westlich von Schwarzkolm.«

»O Mann. Wieder mit Kornkreis?«

»Ja. Inzwischen also der vierte.«

Sarah erhob sich und streifte trotz der Wärme ihr leichtes Sommerjackett über. Grund dafür war die Dienstwaffe an ihrem Gürtel, die sich so etwas besser vor der Öffentlichkeit verbergen ließ. Seit dem Zwischenfall letzte Nacht hätte sie auf die Waffe ohnehin nicht verzichtet. Inzwischen hatte sie sogar eine offizielle Weisung von ganz oben erhalten, sie fortan bei sich zu tragen. Antonin schien es ähnlich ergangen zu sein, wie die Ausbeulung unter seiner Jeansjacke verriet.

Sie verließen das Präsidium und steuerten auf dem Parkplatz ihren Polo an, mit dem sie aus der Stadt in westliche Richtung fuhren. Sarah kannte Schwarzkollm. Vor drei Jahren hatte sie mit ihren Eltern und ihrer Schwester das dortige Krabat-Museum besucht. Ein als Kulturzentrum genutzter Nachbau der legendären »Schwarzen Mühle«, die durch die Krabat-Sage berühmt geworden war und jedes Jahr, landauf, landab, zahllose Touristen anzog. Sie wusste daher, dass es sich bei Schwarzkollm um eine der ältesten Ortschaften der Gegend handelte. Was sie nicht geahnt hatte, war, dass es sie einmal beruflich dorthin verschlagen würde.

Während sie Hoyerswerda verließen, brachte Sarah ihren Kollegen auf den neuesten Stand.

»Na gut, das mit Koslowski passt. Aber Bronze?« Antonin wirkte wenig überzeugt.

»Die eigentliche Frage ist doch«, meinte Sarah, »ob man aus Bronze etwas so Scharfes herstellen kann, dass man damit einem Menschen den Kopf abschlagen kann.«

»Vielleicht sollten wir uns mal bei einem Museum erkundigen«, schlug ihr Kollege vor. »Ist ja nicht das modernste Material. In früheren Zeiten wurden sogar Schwerter aus Bronze gefertigt.«

»Ich weiß, aber … erinnerst du dich an die Bilder von Sindy Nowak?«

»Natürlich.«

»Wurden früher nicht auch Sicheln und Sensen aus dieser Legierung gefertigt?«

Antonin schwieg nachdenklich. »Okay«, meinte er und blickte auf die Uhr. »Ich wollte Max eh bitten, zu überprüfen, ob auch ein derartiges Werkzeug als Tatwaffe infrage kommt. Wir drei waren ja eigentlich gleich in der Kriminaltechnik verabredet, aber ich gehe davon aus, dass wir ihn am Tatort treffen.«

»Da ist übrigens noch was«, erklärte Sarah stockend. »Mir ist das bei all der Aufregung gestern Abend vollkommen durchgerutscht. Aber die Wirtin gestern hat mir beim Einchecken gesagt, sie sei nachmittags von einem meiner Kollegen aus Brandenburg angerufen worden, der mir etwas an die Hoteladresse nachsenden wollte. Als ich mich aber vorhin bei den Kollegen erkundigt habe, um was es ging, konnte sich niemand an einen solchen Anruf erinnern. Ehrlich gesagt wusste außer meinem Chef auch niemand, wo ich unterkommen würde, weil ich das ziemlich kurzfristig entschieden hatte.«

Antonin sah sie bestürzt an. »Du glaubst also, dass das der Unbekannte gewesen sein könnte, der dir Philipp Uhligs Kopf ins Zimmer gelegt hat?«

Sarah musste unwillkürlich wieder daran denken, wie der Kopf plötzlich die Augen aufgeschlagen hatte, und seufzte. »Ja. Vielleicht hat der Kerl so meine Zimmernummer in Erfahrung gebracht. Sorry. Ich weiß, dass es absolut unprofessionell ist, dass ich erst jetzt damit komme. Ich hätte da sofort eins und eins zusammenzählen müssen. Aber ich war gestern …«

»Hey, du musst dich dafür nicht entschuldigen«, unterbrach Antonin sie. »Du warst geschockt. In deiner Situation wäre es mir vermutlich ebenso ergangen. Aber der Sache müssen wir unbedingt nachgehen. Insbesondere müssen wir rausfinden, woher der Kerl überhaupt wusste, dass du da absteigen wolltest.«

»Ich weiß.« Sarah war das Ganze noch immer unangenehm. »Ich habe meinen Chef schon gefragt, ob er jemandem davon erzählt hat. Hat er aber nicht. Allerdings hatte er sich die Hoteladresse notiert. Und die lag in seinem Büro. Die Frage lautet also, wer da gegebenenfalls Zugang hatte.« Sie atmete tief durch. »Übrigens lag da auch ein Fax von deinem Chef.«

»Von Drettner? Wieso, was stand drin?«

»Na ja, nicht viel. Unter anderem aber dein Name. Zur Kenntnisnahme, damit ich weiß, mit wem ich bei dieser SOKO zusammenarbeite. Wenn es da also jemanden gibt, der Informationen aus den Behörden durchsticht, wie wir es ja gestern schon bei dem Reporter vermutet haben, dann könnte die undichte Stelle also auch bei uns in Cottbus liegen.«

Antonin seufzte. »Neben den Puppen ein weiterer Grund, Richard Kern einen Besuch abzustatten. Denn wenn jemand weiß, wer das sein könnte, dann vermutlich er. Und ich muss Drettner darüber in Kenntnis setzen.«

»Das macht mein Chef schon. Ist ihm mindestens ebenso peinlich wie mir.«

»Okay.« Antonin nickte. »Ach so, wegen der Sache mit dem Gemälde gestern: Ich hab ein Foto davon einem Bekannten zugeschickt, der Kunstsachverständiger ist. Er hat mir versprochen, nach Werken des Malers Ausschau zu halten. Vielleicht gibt es noch mehr Gemälde mit ähnlichen Motiven, an denen sich unser Unbekannter vielleicht orientiert.«

»Ja, gute Idee.«

Ihr Weg führte sie über verschlungene Alleen aus der Stadt. Sie kamen an Kirchtürmen, Wegkreuzen, Wäldern und Feldern vorbei, die sich schachbrettartig vor ihnen in der Landschaft aufspannten. Selbst ein Laie konnte erkennen, dass ihnen die Dürre stark zusetzte.

»Es ist schon traurig, wie hier der Klimawandel durchschlägt«, murmelte Sarah nach einer Weile. »Ich hab gelesen, der Niederschlag in der Lausitz geht schon seit Jahren kontinuierlich zurück. Die Landwirte haben zwar auch in Brandenburg zu kämpfen, aber ich glaube nicht ganz so stark wie hier.«

»Ja, die Bauern haben es gerade nicht einfach«, bestätigte sie Antonin, der nun ebenfalls einen Blick aus dem Fenster warf. »Nur ist dafür wohl nicht allein der Klimawandel verantwortlich. Auch das Sümpfen der Braunkohletagebaue.«

»Sümpfen?«

»So nennt man das Entwässern der Bergwerke. Ich persönlich bin froh, dass das alles bald ein Ende hat.« Er schnaubte. »Seit 1949 sind über zweihundertfünfzig Dörfer durch den Kohleabbau verschwunden, darunter zahllose sorbische. Über achtzigtausend Menschen mussten umgesiedelt werden.«

»In der Hochzeit der Braunkohleförderung war wohl auch Cottbus ziemlich bedroht«, meinte Sarah. »Fast einem Drittel des Bezirks drohte die Abbaggerung.«

»Wir sind übrigens bald da«, unterbrach Antonin sie nach einem Blick auf das Navi. »Du musst da hinten nach rechts.« Sarah fuhr durch ein Waldgebiet, und es dauert nicht lange, bis sie zwischen den Bäumen ein Polizeifahrzeug erblickte, unmittelbar am jenseitigen Waldrand.

Dahinter, längs der Straße, die aus dem Wald herausführte, spannten sich goldgelbe Weizenfelder auf. Der hübsche Anblick wurde zum einen von einer großen Erntemaschine gestört, die links im Feld stand. Zum anderen von einem weiteren Streifenwagen weiter hinten an der Straße, dessen Fahrzeugbesatzung das halbe Dutzend Neugieriger davon abhielt, unerlaubt den Acker zu betreten. Dort fuhr auch soeben ein Wagen mit Abgewiesenen fort.

Ob sich unter den Verbliebenen ihre fünf Kornkreisfreunde von gestern befanden, vermochte Sarah auf die Entfernung nicht zu sagen.

Sie wurde langsamer, scherte am Waldrand auf einen Feldweg ein, und ein weiterer Beamter in Uniform prüfte kurz ihre Ausweise. Anschließend ging es an dem hohen Weizenfeld entlang hinüber zu einem Jagdstand, in dessen Umgebung sich ihnen ein ähnlicher Anblick wie gestern am Roggenfeld bot. Denn auch hier standen zahllose Autos, darunter wieder der markante Polizeisprinter samt Blaulicht, zwei Streifenwagen sowie einige Zivilfahrzeuge. Was fehlte, war der Leichenwagen. Aber der kam sicher noch.

Sie stoppten, stiegen aus, und wie schon gestern erwartete sie im Freien eine bullige Wärme. Die Mittagssonne brannte am blauen Himmel, und der Strohgeruch, der dem Feld entstieg, war intensiv und schwer. Sarah griff zur Rückbank, wo noch ihre grün-weiße TCC-Schirmmütze lag, und setzte sie auf.

Von weiter hinten, bei einem gelben Renault, kam jetzt ein dunkelhaariger Beamter in schwarz-blauer Sommeruniform auf sie zu, der Antonin mit Handschlag begrüßte. Antonin stellte sie beide einander vor, und Sarah erfuhr, dass der Mittvierziger Mike mit Vornamen hieß. Sie erkannte ihn sogar wieder. Er gehörte zu den Beamten, die gestern das Roggenfeld abgesucht hatten.

»Das alles hier ähnelt fatal dem Fall von gestern«, klärte Schultkas' Kollege sie auf. »Ein Toter mit abgeschlagenem Kopf, außerdem eine Vermisste. Nur hat es diesmal offenbar ein Liebespaar erwischt, das sich hier zum heimlichen Stelldichein getroffen hat.«

»Wer sind die beiden?«, wollte Antonin wissen.

»Dem Kennzeichen des Wagens nach zu urteilen«, der Mann drehte sich zu einem blauen Audi hinter dem Hochsitz um, »heißt der Tote Paul Ahrendt. Versicherungsvertreter. Wir überprüfen das aber noch. Die Vermisste hingegen«, er wies reserviert zu dem gelben Renault, neben dem ein molliger Mann mit Halbglatze, weißem Hemd und leerem Blick stand, der von einer weiteren Beamtin befragt wurde, »hört auf den Namen Doreen Wagner. Der Renault gehört ihr. Der Mann bei meiner Kollegin ist übrigens ihr Ehemann Dirk Wagner.«

»Oje«, entfuhr es Sarah.

»Er ist eben erst eingetroffen und entsprechend aus allen Wolken gefallen.« Mike seufzte. »Allerdings sind die Indizien ziemlich eindeutig. Decke auf dem Feld, überall Kleidungsstücke ... na ja, was man halt so von einem Liebesnest erwartet.«

»Wie lange vermisst er seine Frau schon?«

»Die ist gestern Abend wohl nicht vom Sport zurückgekehrt. Nur war sie offenbar gar nicht in ihrem Sportstudio.«

»Ihr habt da schon angerufen?«, fragte Antonin erstaunt.

»Nein, nicht wir. Das war er selbst. Heute Morgen. Nachdem er die Nacht über vergeblich auf ihre Rückkehr gewartet hat. Erschwerend kommt hinzu, dass die Vermisste offenbar von ihrer Freundin gedeckt wurde. Die wusste offenbar von der Affäre.«

»Und der Tote?«

»Liegt da hinten im Feld. Die Kriminaltechniker kümmern sich gerade um ihn. Schrecklicher Anblick. Übrigens können wir den Kopf auch in diesem Fall nicht finden.«

»Wer hat die Leiche entdeckt?«, wollte Sarah wissen.

»Zwei Feldarbeiter.« Schultkas' Bekannter wies mit dem Kinn zum Sprinter, neben dessen geöffneter Seitentür zwei Mittdreißiger mit Kakihosen und T-Shirt standen, deren Aussagen gerade aufgenommen wurden. »Die beiden sind vorhin mit dem Mähdrescher hergekommen.«

»Sie waren es, die euch verständigt haben?«, fragte Antonin.

»Ja. Meine Kollegin und ich waren auch als Erste am Tatort. Wollt ihr die Leiche sehen oder selbst erst einmal die Zeugen befragen?«

»Ich würde gern als Erstes einen Blick auf den Kornkreis werfen«, antwortete Sarah nachdenklich, die bereits das hohe Getreidefeld überblickte, dessen Ähren ihr bis über die Brust reichten. Vage konnte sie schon vom Feldweg aus die Formation erkennen. Sie deutete zum Jagdstand.

»Ich schätze, von da oben aus hat man einen besseren Blick.«

Ohne auf ihre Kollegen zu warten, marschierte sie hinüber, kletterte die Leiter hinauf und trat an die vermooste Brüstung des Hochsitzes. Interessiert sah sie, dass das Piktogramm auf dem Feld diesmal einem riesigen Säbel ähnelte. Oder dem leicht verschnörkelten Buchstaben P. So genau war das nicht zu erkennen.

Antonin war in der Zwischenzeit zu den beiden Feldarbeitern getreten. Sarah machte ein paar Aufnahmen von der Kornkreisformation, verließ den Hochsitz wieder und schloss sich ihrem Kollegen an.

»Nu nee«, hörte sie einen der Arbeiter sagen. »Ährlisch gesacht, hammor das Rumgedrambl ärsdemma gor ni so rischdisch midgegriggd, bevor mir mid de Maschine uffs Feld nei sin. Däs Gedreide is hier ja ooch viel höher, als mir angäsüschts der Dürre dieses Jahr erwartet ham.«

»Mir sin dann ersdemma neingelaadscht und wolldn uns das genauer anguggn«, ergänzte der andere aufgeregt. »Weesde, so was findesde ja nu ooch ni jedn Daach, nu? Mir sin dann abor weeschn der zwee Audos am Waldrand schon ä bissl missdrauisch gewordn. Dor Ronny un ich mussdn ja ooch sichorschdelln, dass uns hier nüsch noch irgenden Neugierscher vor dn Mähdreschor laadscht. Nu ja… un dabei … hammor dann dor vorne dä Leiche gefundn.«

»Okay, leider können wir Ihnen nicht sagen, wann Sie hier weitermachen können«, erklärte Antonin. »Heute vermutlich nicht mehr.«

Er wandte sich an den Beamten im Sprinter. »Nehmen Sie die Zeugenaussage der beiden noch zu Ende auf, danach können Sie gehen.«

Gemeinsam marschierten Sarah und er zum Feldrand, und sie zeigte Antonin die Aufnahmen der Formation, die sie eben gemacht hatte.

»Diese Dinger müssen doch irgendeine Bedeutung haben«, murmelte sie.

»Sehe ich genauso«, brummte Antonin. »Auffällig ist auch, dass bislang keine Formation der vorherigen gleicht. Was auch immer es damit auf sich hat.« Er seufzte. »Jetzt die Leiche? Ich sehe da hinten Max.«

Er winkte dem hageren Kriminaltechniker im weißen Schutzanzug zu, der gemeinsam mit seinem Kollegen im Feld stand und nun ebenfalls die Hand hob.

»Geh ruhig, ich komme später«, meinte Sarah mit Blick auf das stattliche Meer aus goldgelben Ähren. »Nach diesem Zeitungsartikel will ich lieber mal Ausschau halten, ob hier nicht irgendwo eine ähnliche Strohpuppe herumliegt wie auf den anderen Feldern.«

»Okay, dann komme ich gleich und helfe dir.«

Antonin stiefelte zu einem Trampelpfad im Getreide, der zu dem Leichenfundort führte, während sich Sarah ihrerseits einen Weg ins Feld bahnte, um den Kornkreis zu erreichen.

Ähnlich wie gestern kämpfte sie sich raschelnd durch die hohen Halme, und ihr fiel die unangenehme Schwüle auf, die über dem Feld lastete. Sie war nur froh, dass sie an ihre Schirmmütze gedacht hatte, denn die Sonne stach unerbittlich. Und trotz des Umstandes, dass das Getreide nicht ganz so hoch stand wie auf dem Feld gestern, war jeder Schritt anstrengend und schweißtreibend. Sie hatte überhaupt das Gefühl, als würde ihr das Gestrüpp hartnäckig Widerstand leisten. Hinzu kam dieser seltsam starke Strohgeruch, der ihr das Atmen erschwerte.

Entschlossen kämpfte sie sich weiter durch die Ähren zur Feldmitte durch, und nach einer Weile erreichte sie die Formation aus platt getretenen Halmen.

Schwitzend blickte sie sich zu den hohen Getreidewänden um, die den breiten Gang im Feld begrenzten. Unwillkürlich musste sie diesem Rainer beipflichten. Die Akkuratesse der Ausführung war schon irgendwie … unheimlich.

Mit welchen Werkzeugen konnte man ein derartiges Piktogramm so sauber erschaffen? Und das ohne Tageslicht?

Und auch die Rothaarige aus der Gruppe behielt recht. Denn abgesehen von den leisen Stimmen ihrer Kollegen, die vom Feldrand zu ihr durchdrangen, war es hier drinnen auffallend still. Nur empfand sie diese Stille weniger meditativ, sondern vielmehr ... bleiern.

Eine Heuschrecke sprang sie aus den Ähren an, und angewidert wischte Sarah das Insekt weg. Hinzu kam der intensive Strohgeruch, der zunehmend unangenehmer wurde.

Sarah wedelte sich mit der Hand etwas Luft zu, schritt den Gang im Feld ab und suchte den strohigen Untergrund ab. Aber hier lag nichts. Kurzerhand entschloss sie sich dazu, die Gangkreuzung im Mittelteil der Formation zu inspizieren. Denn auch gestern hatte sich der Fundort der Puppe eher in der Mitte des Kornkreises befunden.

Sie betrat die Kreuzung, und ihre Augen weiteten sich. Ihre Mutmaßung war schlagartig zur Gewissheit geworden. Denn jetzt, da sie wusste, wonach sie zu suchen hatte, erblickte sie das Strohpüppchen bereits auf drei Meter Entfernung.

Es lag im Zentrum der Gangkreuzung.

Rasch lief sie hinüber und hob die Puppe mit den langen Strohhaaren auf.

Sie wirkte ... verstörend.

Sie ähnelte von der Machart her den übrigen Strohpuppen, nur war diese in ein schlichtes, weit ausgeschnittenes Puppenkleid gehüllt, während das Strohgesicht mit roter Farbe verunziert war, die von einem fettigen Lippenstift stammen konnte.

Sollten die Schmierereien Augen und eine Art Kussmund darstellen?

Falls ja, dann wirkte es anzüglich. Und irgendwie boshaft.

Sie zückte ihr Handy, um Antonin anzuklingeln, doch unglücklicherweise hatte sie so tief im Feld kaum Empfang.

Sie schob zwei Finger in den Mund und ließ einen energischen Pfiff erklingen, der ihn und den Kriminaltechniker dazu brachte, sich kurz zu ihr umzudrehen.

Triumphierend hob sie die Strohpuppe über die Ähren.

Als sie weiter den Untergrund absuchte, in der Hoffnung, dass der Täter vielleicht noch mehr Spuren hinterlassen hatte, bemerkte sie an der Stelle, an der die Puppe gelegen hatte, noch etwas anderes.

Etwas Dunkles. Inmitten der umgeknickten Halme.

Sarah hockte sich hin, zupfte die Matte aus Halmen beiseite und hielt überrascht das lose Ende eines Lederbands zwischen den Fingerspitzen. Sie zerrte an dem Band, doch es hing an etwas fest, das tiefer im Untergrund steckte.

Aufgewühlt riss sie den strohigen Belag zu ihren Füßen weiter auf und wühlte in dem warmen, überraschend feuchten Erdreich. Unvermittelt verspürte sie einen Schmerz.

»Autsch!« Mit einem kräftigen Fluch auf den Lippen zog sie die Hand zurück und sah Blut von ihrem Zeigefinger auf die Ähren am Boden tropfen. Verärgert starrte sie die Wunde an, denn einer der ebenso widerspenstigen wie spitzen Halme war ihr an der Stelle tief in die Haut gedrungen.

Offenkundig war an dem Band etwas Größeres befestigt. Ungestüm zerrte sie weiter daran, während in der Ferne das Anlaufen eines schweren Motors zu hören war. Endlich entriss sie dem Boden einen handtellergroßen Lederbeutel, der oben verknotet war.

Was war das denn?

Sarah lutschte an der Fingerwunde und versuchte umständlich, den Knoten des Beutels zu öffnen, als sie trotz des allmählich lauter werdenden Motorenlärms ein Rascheln zwischen den Halmen bemerkte. Ungläubig sah sie auf. Ringsum lösten sich jetzt Heuschrecken aus den hohen Ährenwänden und hüpften schwirrend auf sie zu.

Erschrocken stand Sarah auf, wischte einige der Biester angewidert von ihrem Körper und stellte verblüfft fest, dass die Insekten sogar die Sprungrichtung änderten, wenn sie ihre Position wechselte.

Fast sekündlich wurden es mehr.

Das war doch unmöglich.

Es wurde immer offensichtlicher, dass der seltsame Insekten-schwarm niemand Geringeres als sie zum Ziel hatte.

Was, zum Teufel ging hier vor sich?

Sarah sprang einige Schritte zur Seite, doch die zahllosen Gras-hüpfer und Heuschrecken folgten ihr, während der Motorenlärm im Hintergrund allmählich zu einem lauten Dröhnen anschwoll.

Sich eines der fast schon aggressiven Viecher aus dem Haar schüt-telnd, blickte sie erstmals auf und sah über die Ähren hinweg zum Feldrand, wo sich Antonin gerade in ihre Richtung vorkämpfte und ihr erschrocken zuwinkte. Hektisch deutete er an ihr vorbei aufs Feld.

Sarah fuhr herum und keuchte entsetzt auf.

Der Motorenlärm stammte nicht etwa von einem der Autos, sondern von dem großen, grünen Mähdrescher, der von der Stra-ße kommend mit rotierendem Schneidwerk auf sie zuhielt. Hinter ihm trieb eine staubige Fahne über das Feld, und fassungslos starr-te Sarah zur abgedunkelten Kanzel über dem breiten Mahlwerk.

Sahen die Arbeiter denn nicht, dass hier jemand stand?

»Hey! Stopp!«

Hektisch winkte sie – als sie begriff, dass der Führerstand ver-waist war.

Die beiden Arbeiter standen in Wahrheit noch immer hinten beim Polizeisprinter und stürmten nun ihrerseits alarmiert ins Feld.

Sie musste hier weg. Sofort!

Die verdammten Heuschrecken ignorierend, die noch von allen Seiten auf sie zusprangen, fuhr Sarah herum und nahm zwischen den hohen Ähren Reißaus vor der Erntemaschine.

Anfangs kam sie gut voran, doch plötzlich verhedderte sich ihr Fuß im Untergrund, und sie stürzte fast zu Boden.

Sofort riss sie sich los und lief weiter. Panisch fegte sie die hohen Halme beiseite und änderte kurzerhand die Laufrichtung um neunzig Grad, um nicht weiter aufs Feld, sondern im schrägen Winkel zum Feldweg zu gelangen. Doch der verdammte Mähdrescher hinter ihr veränderte jetzt sogar leicht die Fahrtrichtung, um sie zu erreichen.

Er kam mit seinen rotierenden Messerbalken immer näher.

Das alles konnte doch verdammt noch mal nicht wahr sein!

Verzweifelt stürmte sie weiter, stürzte abermals fast und griff in ihrer Not schließlich zur Pistole, mit der sie panisch einige Schüsse auf die Fahrerkanzel abgab. Sie sah die Einschläge ihrer Kugeln in der Kanzel, doch die Maschine stoppte nicht.

Stattdessen kam der Mähdrescher immer näher, mähte rücksichtslos und auf großer Breite die Ähren nieder und schien sogar zu beschleunigen.

Schreiend nahm sie die Beine in die Hand und bemerkte aus den Augenwinkeln, dass Antonin nun ebenfalls anlegte und sein komplettes Magazin auf den Mähdrescher abfeuerte. Nur visierte er nicht den Fahrerstand an, sondern den Motor unter dem Korntank.

Die Feldmaschine war bereits auf sechs oder sieben Meter heran. Sarah vernahm das überlaute Schwirren und Knirschen des Schneidwerks, das sich unerbittlich durch die Ähren fräste, als der Motor unvermittelt stotterte und unter der rechten Seitenverkleidung schwarzer Rauch aufstieg.

Die Maschine bockte leicht und wurde abrupt langsamer, was Sarah ausnutzte, um noch mehr Abstand zwischen sich und das Fahrzeug zu bringen. Erneut röhrte der Motor auf. Gleich einem schnaubenden Ungetüm, das sich um seine Beute betrogen fühlte, nahm die Erntemaschine wieder Fahrt auf, und ihr breites Schneidwerk häckselte und fräste sich zornig durchs Getreide.

Sarah fiel in ihrer Not nicht viel mehr ein, als schräg auf den Feldweg zuzuhalten, von dem aus längst weitere Kollegen ins Feld gelaufen kamen, in der Absicht, den Abstand zwischen sich und dem Mähdrescher zu verringern. Und tatsächlich sah sie aus den Augenwinkeln, dass Antonin, der bislang am tiefsten auf den Acker vorgedrungen war, seitlich zur Fahrerkanzel der Erntemaschine vorstieß. Doch angesichts all des Rauchs und Staubs, den das metallene Ungetüm hinter sich herzog, verlor sie ihn rasch aus den Augen.

Und die Maschine kam immer näher.

Keuchend rannte Sarah weiter, strauchelte einige Male, erhob sich mit tränenden Augen wieder und kämpfte sich verzweifelt durch das Meer aus Ähren, als etwas sie am Fußgelenk packte und sie nun endgültig der Länge nach auf den Ackergrund stürzte.

Ihr Fuß war in eine Schlaufe aus Halmen geraten.

Verzweifelt versuchte sie, sich daraus zu befreien, doch es war zu spät.

Die rotierende Walze des Messerwerks wuchs unmittelbar vor ihr empor, und ein brausender Windzug stob durch die Ähren, als ein unangenehm quietschender Laut ertönte und die Erntemaschine von einem Moment zum anderen stoppte.

Auch das Schneidwerk, das keinen Meter mehr von ihr entfernt war, rotierte aus und kam endlich zum Stillstand.

Statt des Motorenlärms waren jetzt alarmierte Rufe zu hören, unter denen sie lediglich die Stimme Antonins heraushörte: »Sarah!«

Schwer atmend schaffte sie es, ihren Fuß aus der Halmschlinge zu befreien. Währenddessen sprang Antonin aus der Fahrerkanzel ins Freie und schlug sich durchs Feld zu ihr durch.

»Scheiße!«, entfuhr es ihm. »Bist du verletzt?«

Er stützte sie, als sie leicht schwankend aufstand.

»Nein. Aber verdammt, wie konnte das passieren?« Aufgebracht musterte sie den Mähdrescher, der unmittelbar vor ihnen im Feld aufragte. »Dieses Scheißteil hat mich doch förmlich über den Acker gejagt. Das Ding hat vorhin sogar die Fahrtrichtung geändert.«

Antonin sah wütend zu der Landmaschine. »Ich hab keine Ahnung, wie das möglich war, aber wir werden es herausfinden. In der Fahrerkabine war jedenfalls niemand. Völlig rätselhaft. Vielleicht eine Fernsteuerung? Aber die werden wir finden.«

Die beiden Feldarbeiter und zwei der Polizisten erreichten sie nun ebenfalls.

»Ach herrje, is alles in Ordnung?«, sprach sie einer der Arbeiter mit blassem Gesicht an. »Gloobn 'ses mir bidde, ich hab geene Ahnung, wie das hier bassierd is.«

Er präsentierte ihnen hilflos ein Kunststoffetui. »Üch hab sogar de Zündschlüssel noch bei mür.«

»Alles gut. Ist ja nichts passiert«, wiegelte Sarah mit zittrigen Beinen ab.

Antonin wies die Beamten an, sich um den Mähdrescher zu kümmern, und gemeinsam marschierten sie durch die Ähren zurück zum Feldweg, wo sie von den aufgebrachten Kriminaltechnikern und den übrigen Kollegen erwartet wurden. Mit einem Blick über die Schulter sah Sarah erstmals, welch breite Schneise die Maschine ins Feld gefräst hatte. Selbst die Kornkreisformation war der Mitte nach durchschnitten.

Sarah beruhigte sie alle und setzte sich schließlich auf die Sprossen des Jagdstandes im Schatten der nahen Bäume. Antonin brachte ihr eine Flasche mit Wasser, und sie trank einige Schlucke.

»Ich verspreche dir«, sagte er besorgt, »dass niemand den Zwischenfall hier auf die leichte Schulter nimmt. Wir werden herausfinden, was da vorgefallen ist.«

»Ich weiß.« Sie schüttelte nachdenklich den Kopf. »Seit der Sache gestern im Hotelzimmer hätte ich vermutlich gewarnt sein müssen. Irgendwie hat mich da jemand auf dem Kieker. Nur frage ich mich, warum?«

»Auch das werden wir herausfinden.«

Verächtlich schürzte sie die Lippen. »Vielleicht wollte er oder sie verhindern, dass ich das hier finde. Nur ist der Versuch fehlgeschlagen.«

Sie präsentierte Antonin Strohpuppe und Ledersäckchen, die sie im Feld gefunden hatte. Er nahm beide Objekte interessiert entgegen und untersuchte sie kurz. Schließlich knüpfte er das Ledersäckchen auf und kippte den Inhalt vorsichtig auf der ausgebreiteten Handfläche aus.

Ähren, kleine Tierknochen, Halbedelsteine und Asche kamen zum Vorschein, ebenso einige kaum identifizierbare Objekte und eine grau-grün angelaufene Medaille, die auf ein Sportereignis von 1934 verwies. Antonin kratzte die Patina ab und legte gülden schimmernde Bronze darunter frei.

Verblüfft sahen sie einander an.

»Was ist das alles, bitte?«, flüsterte Sarah.

»Das wirkt auf mich wie … ein Mojo-Beutel«, murmelte Antonin.

»Ein was?«

»Ein Zauberbeutel. Auch Hexenbeutel genannt.« Nachdenklich presste er die Lippen aufeinander. »In der Esoterikszene benutzt man so etwas wohl für Schutzzauber und Flüche. Früher in England hat man dafür meines Wissens auch Flaschen verwendet. Üblicherweise werden sie mit Heilsteinen, Kräutern und so 'nem Zeug gefüllt. Also ähnlich wie der hier.«

»Üblicherweise?«

Er seufzte, während er den Inhalt zurück in den Beutel füllte. »Viel mehr weiß ich darüber auch nicht. Trotzdem, das alles hier wirkt auf mich wie die Komponenten eines Rituals.«

»Ein Ritual?« Sarah sah ihn zweifelnd an. »Dann sind diese Strohpüppchen so etwas wie Voodoo-Figuren?«

Ihr Kollege zuckte mit den Schultern.

»Dann haben wir es hier tatsächlich mit irgendwelchen Satanisten zu tun, wie Drettner gestern gemutmaßt hat?« Unwillkürlich musste sie wieder an den bizarren Zwischenfall mit Uhligs Schädel in ihrem Hotelzimmer zurückdenken, auch wenn da ihre Fantasie mit ihr durchgegangen war. Und jetzt die rätselhafte Sache mit diesem Mähdrescher. Wer auch immer es auf sie abgesehen hatte: Er oder sie wollte sie offenbar zermürben.

Vielleicht sogar umbringen.

»Womöglich mit etwas Ähnlichem«, murmelte Antonin.

»Irgendjemand muss das alles hier doch deponiert haben.« Einer Eingebung folgend, sah sich Sarah zu den uniformierten Beamten um. »Ich hoffe, hier wurden ebenfalls Aufnahmen von den Schaulustigen gemacht.«

»Ich denke schon.«

»Gut, die will ich sehen.«

Sie marschierte entschlossen zu Antonins Bekanntem Mike, der soeben eine Rolle rot-weißes Absperrband aus einem Streifenwagen kramte.

»Entschuldigen Sie«, sprach sie ihn an. »Ich hoffe, Sie haben hier auch Fotos von den Zivilisten gemacht, die sich seit dem Leichenfund eingefunden haben.«

»Sicher.« Der Mann wandte sich seiner Kollegin zu. »Monika, bringst du mal kurz die Kamera?«

Die Beamtin brachte das Gewünschte, und Sarah und Antonin ließen sich die Aufnahmen der letzten zwei Stunden zeigen. Erstmals erblickte sie nun auch Fotos des enthaupteten, halb nackten Versicherungsvertreters im Feld. Doch die interessierten sie im Augenblick nicht.

»Was genau suchst du?«, wollte Antonin wissen.

Sarah brummte leise. »Nur so ein Verdacht. Mir ist da bei der Begutachtung der Tatortfotos von dem Feld bei Großkoschen ein Typ aufgefallen, der mir irgendwie bekannt … Scheiße, da ist er. Hier! Der hier!«

Sie präsentierte den Kollegen eine Aufnahme des grobschlächtig wirkenden Kerls, der ihr bereits vorhin im Präsidium ins Auge gesprungen war. Auch heute stand er halb verborgen hinter zwei Neugierigen am Straßenrand. Und wie die Tage zuvor trug er das karierte Hemd.

»Gerade fällt mir auch wieder ein, woher ich den kenne.« Wütend blickte sie in Richtung Straße. »Und zwar von gestern, als ich am Tatort ankam. Dieses Arschloch hat sogar die Dreistigkeit besessen, mit dem Handy Fotos von mir zu machen. Der gleiche Kerl, dreimal hintereinander? Sag mir nicht, dass du das für Zufall hältst.«

*

»Wir sollten vielleicht nicht gleich mit der Tür ins Haus fallen«, erklärte Sven, während der Bus neben ihnen wieder anfuhr, um zur Altstadt Hoyerswerdas zu fahren. »Denkt dran, sie ist bestimmt in Trauer ... wenn sie überhaupt da ist.«

»Ist mir schon klar.« Tim rückte sich seinen kleinen Rucksack über der Schulter zurecht. »Aber wir sind jetzt auch nicht hergefahren, um ihr bloß einen Höflichkeitsbesuch abzustatten.«

Er schirmte die Augen gegen die Sonne ab und betrachtete ebenso wie Lea und Sven die Bauwagensiedlung auf der gegenüberliegenden Straßenseite. Sie bestand aus einem guten Dutzend bunt bemalter Wagen, Lkw- und Campinganhängern, die sich ein mit Bäumen und dichten Brombeerbüschen verwildertes Grundstück nahe einer Bahntrasse teilten.

Wie erwartet lag der Platz abseits der üblichen Wohnviertel. Hinter ihnen befand sich ein verlassener Garagenstellplatz, und entlang der Straße waren lediglich ein Hundesportverein sowie ein einsamer Bauhof auszumachen. Gerade die abgeschiedene Lage trug erheblich zur Faszination dieses Ortes bei.

Tim hatte von solch alternativen Wohnkonzepten schon gehört, aber noch nie ein Wagendorf mit eigenen Augen gesehen. Jetzt, da er im Begriff stand, eines zu betreten, musste er zugeben, dass ihn ein wenig die Aufregung packte. Denn irgendwie roch die Kommune da drüben nach Abenteuer und Freiheit. Und zwar einer Freiheit, die er nicht einmal in den Staaten kennengelernt hatte.

Sein Blick erfasste zwei blaue Dixiklos nahe der Straße, und unwillkürlich fragte er sich, ob er sich vorstellen konnte, an so einem Ort zu leben.

»Kommt, wir werden ja sehen, wie Paula drauf ist«, meinte Lea und winkte sie mit sich. Sie querten die Straße und marschierten auf das große, aus Latten und bunt bemalten Brettern bestehende Tor der Wagensiedlung zu, über dem in farbenfrohen und an Graffiti erinnernden Lettern *Lutki Bauwagensiedlung* stand.

Der Schriftzug wurde von kleinen Gestalten umrahmt, die grüne und schwarze Zipfelmützen sowie graue Kittel trugen. Zweifelsohne waren das die legendären Zwerge der Lausitz, deren Name für die Siedlung Pate gestanden hatte.

Und irgendwie passte er. Denn auch die Lutki oder Ludki waren den Märchen nach handwerklich geschickt gewesen, letztlich aber vertrieben worden. Ein Schicksal, das den hiesigen Bewohnern ebenfalls regelmäßig zu widerfahren schien. Zumindest hatte Sven ihnen auf der Herfahrt erzählt, dass die Wagen hier erst seit etwa einem Jahr standen. Bei dem Stellplatz davor hatte es wohl Ärger mit Anwohnern gegeben, die sich im Winter über den Rauchgeruch der Holzöfen aufgeregt hatten.

In diesem Moment ratterte ein Güterzug vorbei, und als sie das Tor durchschritten, erblickten sie erstmals einige der Bewohner. Darunter ein Pärchen mit Rastalocken, das in der mittäglichen Hitze an einem Sonnensegel für einen Bauwagen mit Blumendekor baute. Außerdem ein auffällig an den Armen tätowierter Mittdreißiger, der am Motor eines Traktors schraubte, der als Zugmaschine für einen der Wagen diente. Sie erblickten sogar kleine Kinder, die lachend in einem aufblasbaren Becken planschten, neben einem Wagen, den Tim angesichts des riesigen Wassertanks für eine Art Badewagen hielt.

Faszinierend. Umso mehr kam er sich auf dem Platz wie ein Fremdkörper vor. Seinen Freunden schien es ähnlich zu ergehen, denn etwas eingeschüchtert verlangsamten sie ihre Schritte.

»Sag schon«, fragte Tim seinen Kumpel. »Welcher Wagen ist der von Philipp und Paula?«

»Der alte Zirkuswagen da hinten«, meinte Sven und deutete auf einen grün-weiß bemalten Wagen mit auffallendem Dachreiter am Ende des Platzes.

Eine junge rothaarige Frau, die Wäsche aufhängte, wandte sich ihnen misstrauisch zu, und Lea gab sich einen Ruck.

»Ich frage mal, ob Paula da ist und wir sie besuchen dürfen.« Beherzt eilte sie zu der Frau hinüber.

»Und?« Sven wandte sich verschwörerisch an Tim, der seinen Rucksack zu Boden sinken ließ. »Ist was gelaufen?«

»Wie, was gelaufen?«

»Na, komm schon.« Sein Kumpel grinste anzüglich. »Ich sehe doch die Blicke, die ihr euch die ganze Zeit zuwerft. Lea hat doch bei dir gepennt. Nach diesem ganzen gruseligen Scheiß gestern, habt ihr beide doch sicher …?«

»Mann, nimmst du das alles immer noch nicht ernst?«, fuhr Tim ihn an. »Im Augenblick interessiert mich nur Luca. Und gestern Nacht hatten wir echt andere Sorgen. Sei einfach froh, dass Charly noch lebt.«

»Bin ich ja auch«, gab Sven verschnupft zurück.

Tim seufzte innerlich, denn in Wahrheit lag sein Kumpel gar nicht so daneben. Seit letzter Nacht waren er und Lea vermutlich wirklich nicht mehr bloß Freunde. Die halbe Zeit hatte er mit klopfendem Herzen wach gelegen. Und das hatte nicht nur mit seiner Sorge um Luca oder der Furcht vor einem neuerlichen Erscheinen des gespenstischen Heuschreckengesichts an einem Zimmerfenster zu tun gehabt, sondern mindestens ebenso mit ihr, die sie irgendwann in seinen Armen eingeschlafen war. Entsprechend verlegen waren sie nach dem Aufwachen gewesen.

Seitdem lag eine Spannung zwischen ihnen in der Luft, die sich beim besten Willen nicht verdrängen ließ. Nur schien auch Lea zu spüren, dass im Augenblick nicht der rechte Zeitpunkt war, darüber zu sprechen.

Und was ihn ebenfalls nicht glücklich stimmte: Sie hatte heute Morgen schon wieder kaum etwas gegessen.

»Kommt!« Lea winkte sie mit sich. »Wir haben Glück. Paula scheint da zu sein. Aber sie ist wohl ziemlich fertig.«

Tim nahm seinen kleinen Rucksack wieder auf, und sie folgten ihr hinüber zu dem Zirkuswagen. Nach kurzem Zögern klopfte er. Es dauerte eine Weile, bis sie von drinnen Geräusche vernahmen.

Eine blasse junge Frau Anfang zwanzig öffnete ihnen, und Tim kam sich bei ihrem Anblick sofort wie ein Landei vor. Denn mit ihrem grün, gelb und rot gefärbten Haar, dem Nasenpiercing und den großen Sicherheitsnadeln im linken Ohrläppchen wirkte sie ebenso punkig wie einschüchternd. Auch ihr übriges Outfit war außergewöhnlich. Angesichts der Wärme trug sie einen schwarzen Minilederrock und ein lilafarbenes Netzshirt über einem schwarz-weiß gemusterten Top. Hinzu kam eine schwarze Holzperlenkette am Hals, an der ein metallener Anhänger mit Widderkopf baumelte. Allein das verschmierte Kajal ihrer Augen verriet, dass ihre zur Schau getragene Stärke Grenzen hatte. Offensichtlich hatte sie erst kürzlich geweint.

Und doch weiteten sich ihre Augen überrascht, als sie ihn erblickte.

»Luca?«

»Äh, nein. Ich bin Tim. Lucas Zwillingsbruder. Du bist Paula, richtig?«

Resigniert rang sie sich ein Lächeln ab. »Natürlich ... er hat von dir erzählt.«

»Äh, das hier ist Lea«, sagte er in dem Versuch, das Eis zu brechen. »Und Sven kennst du glaube ich schon. Wir ... also ... dürfen wir reinkommen?«

Paula nickte niedergeschlagen. »Sicher. Setzt euch.«

Tim und seine Freunde betraten einen überraschend geräumigen Wohnwagen, der erstaunlich wohnlich wirkte – sah man von der Wärme ab, die sich hier trotz der offenen Fenster staute. Von der Decke hing eine Lampe, die mit Tierkreissymbolen bemalt war, und der Wagen verfügte über einen Ofen samt Kochnische.

Beim Plateaubett unter der erhöhten Wagendecke gab es eine Sitzecke mit Flickenkissen und Weinkistentisch, in den Regalen standen und lagen zahllose Bücher, Kerzen und Tarotkarten, und Tims Blick fiel auf gleich zwei schmale Metallständer mit esoterisch anmutenden Pendeln und Amuletten. Lea betrachtete derweil eine Gitarre an der Wand gegenüber der Küchenzeile. Im Wagen roch es leicht nach abgebrannten Rauchkräutern.

»Du siehst deinem Bruder wirklich ähnlich.« Paula musterte Tim traurig.

Der nickte nur.

»Tee?« Paula griff zu einer Teekanne samt Stövchen auf der Küchenzeile. »Zu essen habe ich leider kaum was da. Mir war nicht nach einkaufen. Es sei denn«, sie zog eine Plastiktüte aus dem Regal und schürzte spöttisch die Lippen, »ihr mögt so was?«

Sie präsentierte ihnen gefriergetrocknete Heuschrecken.

»Oh, Gott! Was ist das denn?«, entfuhr es Lea entgeistert.

»Stammt aus 'nem Asia-Laden in Dresden. In Erdnussöl geröstet und mit ein paar Chiliflocken sollen die ganz gut schmecken. Wenn wir unsere Erde bewahren wollen, ist so eine Proteinquelle die Zukunft.« Traurig legte sie die Tüte wieder zurück. »Tut mir leid. Ich hab sonst wirklich nichts anderes mehr da.«

»Macht nichts. Tee ist toll.«

Lea und Sven nahmen stumm Platz, während Tim die Bücher in den Regalen beäugte. Es gab hier unzählige esoterische Werke, die sich mit Dingen wie Handlesen, Astrologie und Pendeln beschäftigten. Unter ihnen auch zahllose alte Geschichtsbände, die sich, soweit er erkennen konnte, mit Sagen, Märchen und Geschehnissen aus dem Erzgebirge und der Lausitz befassten. Alle schienen nach Themen geordnet zu sein. Es gab darunter auch Sagenbände über Krabat und Martin Pumphut. Überrascht bemerkte er, dass die Bibliothek ein gutes Dutzend Bücher zum Thema Kornkreise enthielt.

»Darf ich?«

Paula nickte, und er zog einen der Bildbände aus dem Regal.

Während er das Buch durchblätterte, setzte sich Philipps Freundin müde zu Lea und Sven und schenkte ihnen Kräutertee ein.

»Das waren alles Phillips Bücher«, erklärte sie niedergeschlagen. »Wenn er nicht irgendwie gearbeitet hat, hat er sich für Geschichte, Sagen und alte Mythen interessiert. Speziell Kornkreise waren sein Ding.« Sie lächelte bitter. »Welche Ironie …«

»Ich bedaure es wirklich, dass ich Philipp nie persönlich kennengelernt habe«, murmelte Tim.

»Trotzdem warst du es, der ihn gefunden hat, richtig?« Paula blickte ihn gespannt an. Tim stellte das Buch weg und nickte betrübt.

»Wo?«

»Auf einem Kornfeld, nur ein paar Kilometer von unserem Hof entfernt.«

»Und wo genau?«

Tim runzelte die Stirn. »Hat dir die Polizei nichts gesagt?«

»Die Bullen?« Paula schnaubte wütend. »Die sagen mir gerade so viel, wie nötig ist. Ich bin ja bloß die beschissene Freundin von Philipp. Aber da wir nicht verheiratet oder sonst wie verwandt sind, haben sie mir nicht mal die Enduro zurückgebracht. Die darf jetzt sein abgefuckter Vater abholen, wenn der Arsch irgendwann mal nüchtern ist. Nur müsste er dafür aus dem Erzgebirge anreisen. Und das dürfte dauern.«

Lea sah sie fassungslos an. »Aber die müssen doch wenigstens ein bisschen Verständnis für dich haben?«

»Oh«, meinte Paula verbittert, »sie haben mir immerhin einige seiner Kleidungsstücke vorbeigebracht. Aber auch nur, damit ich sie identifiziere. Und danach haben sie sich dann die Freiheit genommen, ein paar seiner hiesigen Sachen mitzunehmen. Ich schätze, wegen seiner Fingerabdrücke oder so. Dafür war ich gut genug. Davon ab…«

Ihr schossen Tränen in die Augen, die sie rasch wegblinzelte.

Sie schaute wieder zu Tim. »Philipp wurde tatsächlich enthauptet?«

Tim nickte stumm. Er legte den Rucksack ab, setzte sich ebenfalls, und eine Weile schwiegen sie.

»Keine Ahnung, ob ich den Wagen allein halten kann«, meinte Paula schließlich. »Weder habe ich Philipps handwerkliches Geschick, noch weiß ich, ob ich Stellplatzmiete, Strom, Müllabfuhr und den ganzen Scheiß allein zahlen kann. Mein Geschäft läuft leider noch nicht so richtig.«

»Das tut mir leid.« Lea sah sie betroffen an. »Du pendelst und so, richtig?«

Paula blickte mit einem stolzen Gesichtsausdruck auf. »Ich pendle nicht einfach nur so. Ich bin eine Wicca. Bei uns in der Familie hatten die Frauen schon immer die Gabe. Die Leute sind deswegen schon zu meiner Mutter gekommen. Und zu meiner Großmutter.«

»Und was hat Philipp so gemacht?«, fragte Sven. »Ich … habe ihn das ehrlich gesagt nie gefragt.«

»Der hat immer irgendwo einen Job gefunden.« Paula presste unglücklich die Lippen aufeinander. »Er war ziemlich geschickt in allem. Es gab nichts, was er nicht irgendwie reparieren oder bauen konnte. Das mochte ich so an ihm.« Sie schniefte. »Ich hatte ihn noch gewarnt, wegen dieses Kornkreises rauszufahren«, fuhr sie mit leerem Blick fort. »Ich wusste, dass das diesmal gefährlich werden könnte. Nur wollte er nicht auf mich hören.«

»Was meinst du damit, dass du das gewusst hast?«, fragte Sven. Paula atmete tief ein. »Ich wusste es von meinem Geistführer.«

Sven blickte zu Tim und Lea – und Tim runzelte die Stirn.

»Die sind wegen dieses Kornkreises rausgefahren?«

»Ja, das hat Philipp gesagt.«

»Okaaay. Die Polizei meinte nämlich, der sei wohl erst morgens entdeckt worden.« Tim schüttelte den Kopf. »Egal. Ehrlich gesagt sind wir hier, weil wir rausfinden wollen, wo Luca hin sein könnte.

Nach dem, was die Polizei angedeutet hat, sieht es nämlich ganz so aus, als wäre er nicht der Einzige, der in den letzten Tagen verschwunden ist. Die suchen offenbar nach zwei weiteren Vermissten im Zusammenhang mit einigen kürzlich entstandenen Kornkreisen. Außerdem wurde da offenbar noch jemand anderes außer Philipp umgebracht.«

Paula wischte sich eine Träne von der Wange. »Ich weiß. Das mit dem Toten hatten sie vorgestern schon im Radio gebracht. Was ich nicht wusste, ist, dass außer Luca noch andere verschwunden sind.«

»Ja. Und das ist leider noch nicht alles. Eigentlich sind wir nämlich hier, weil ...« Hilflos blickte Tim zu Lea.

»Tim glaubt«, ergriff die Sechzehnjährige das Wort, »dass Luca vielleicht Kontakt mit ihm aufgenommen hat.«

»Wovon redet ihr?« Irritiert blickte Paula sie beide an.

»Ich kann das selbst nicht so richtig erklären«, druckste Tim herum, in dem nun wieder die Angst aufstieg, sich lächerlich zu machen. »Aber gestern sind den ganzen Tag über einige verdammt gruselige Dinge passiert. Mehr unheimliche Dinge, als wir uns erklären können.«

»Jetzt zeig ihr schon, was du ins Handy getippt hast!«, forderte Lea ihn auf.

Tim zückte sein Smartphone und zeigte Paula den Screenshot jener Textnachricht, die er unbewusst eingegeben hatte, was Sven, der davon noch nichts wusste, einen erstaunten Blick entlockte.

»Leider war das erst der Anfang.« Er berichtete von der seltsamen EVP in Lucas Studio, den unheimlichen Geschehnissen und Funden im Roggenfeld, dem Angriff auf Charly und natürlich auch von dem Spuk nachts bei ihnen auf dem Hof.

»Ich würde es verstehen, wenn du uns jetzt für komplett durchgeknallt hältst«, schloss er die Zusammenfassung. »Ich kann das alles ja selbst kaum glauben. Keiner von uns. Aber wenn du die seltsamen Verletzungen von Charly sehen willst, Sven hat Fotos gemacht.«

Sven hielt Paula das Display seines Smartphones hin, als hätte er nur auf das Stichwort gewartet. Paula warf einen bestürzten Blick auf die Bilder des verletzten Hundes inklusive der gespenstischen Botschaft:

DEINE ZEIT NAHT!

»Wir wissen einfach nicht mehr weiter«, fuhr Tim fort. »Und obwohl wir wissen, dass das für dich wohl alles gerade noch viel schrecklicher ist, bist du doch die Einzige, die uns vielleicht helfen könnte. Und sei es auch nur, weil du selbst wissen möchtest, wer Philipp das angetan hat.«

Starr blickte Paula ihn an. »Du sagst, dass du und Luca schon immer diese Verbindung hattet?«

Tim nickte zögernd.

Paula griff nach seiner Hand, musterte seine Finger, drückte auf den Handballen herum und betrachtete dann die Linien seiner Handfläche.

»Es ist wirklich erstaunlich«, murmelte sie. »Du und Luca, ihr beide besitzt die gleichen Lebens- und Schicksalslinien. Das ist, nach allem, was ich weiß, selbst bei eineiigen Zwillingen selten so ausgeprägt. Und dein Mondberg«, sie musterte eine Stelle unten an der Handfläche, in der Verlängerung seines kleinen Fingers, »deutet auf eine ausgeprägte Anima hin.«

»Und was heißt das?«, fragte Tim verunsichert.

»Er repräsentiert die archaischen Kräfte der Seele. Die Impulse des Unbewussten. Fantasie, Traum, Kreativität. Kurz: auch die Möglichkeit des Hellsehens und deine mögliche Begabung zum Medium.« Sie betrachtete ihn interessiert. »Es würde mich daher nicht wundern, wenn ihr beide wirklich diese spezielle Verbindung habt.«

»Heißt das jetzt, sein Geist kommuniziert mit mir, und … er ist tot?« Erschrocken sah Tim sie an.

»Nicht zwingend. Du könntest auch eine besondere Verbindung zu seinem Unterbewusstsein haben. Es gibt einige gut dokumentierte Fälle, die ganz ähnlich sind. Stets waren sie von traumatischen Umständen begleitet. Etwa Mütter, die in Träumen Hinweise bekamen, mit deren Hilfe man ihre Kinder finden konnte, die sich verlaufen hatten. Und zuletzt habe ich von einem Fall in Kanada gehört, bei dem es auf diese Weise möglich war, einen abgestürzten Piloten aufzuspüren. Alles Sachen, die sonst nur echte Wahrsager können.«

»Also könnte Luca tatsächlich entführt worden sein?«, fragte Lea.

»Zumindest muss es einen Grund geben, warum er noch nicht gefunden wurde«, wich Paula aus. Sie wandte sich wieder Tim zu. »Was fühlst du, wenn du an ihn denkst?«

Tim blickte hilflos zu Lea, die ihm aufbauend zunickte.

»Ich weiß es nicht.« Er seufzte. »Da ist schon was. Aber ... es fühlt sich irgendwie merkwürdig an. Irgendwie nah und fern zugleich.«

»Ich kann dir nicht sagen, was das genau bedeutet«, sagte Paula ernst. »Nicht im Augenblick. Aber das könnte auch an dieser anderen Macht liegen. Jene, die Luca offenbar ins Kornfeld gelockt hat – und die auch euch bedroht. Möglicherweise stört sie eure Verbindung.«

»Du meinst, da ist wirklich etwas Übernatürliches?«, fragte Sven beunruhigt.

»Hast du eine andere Erklärung?«, antwortete ihm Paula unwirsch. »Oder denkst du, Tim saugt sich das alles aus den Fingern? Mal davon abgesehen, dass Charly offenbar dein Hund ist, richtig? »Deine Zeit naht!« Wer glaubst du, könnte mit dieser Botschaft gemeint sein?«

»Scheiße!« Sven wurde blass. »Etwa ich?«

Paula blickte ihn vielsagend an, bevor sie sich wieder Tim und Lea zuwandte.

»Ihr alle solltet vorsichtig sein. Denn diese Macht ist auf euch aufmerksam geworden. Es gibt eben nicht bloß Engel und Feen. Wo Licht ist, ist immer auch Schatten. Es gibt Dämonen und andere bösartige Entitäten, die uns versuchen, und deren Ziel es ist, uns alle ins Verderben zu stürzen. Unsere Altvorderen wussten das. Unsere Mythen sind voll von diesen Wesen. Leider tut man all diese Gestalten heutzutage bloß als schnöde Märchenfiguren ab. Aber das sind sie nicht. Sie lauern noch immer unter uns.«

»Dann war das gestern so eine Art Poltergeist?«, fragte Tim zögernd.

»Nein, kein Poltergeist«, widersprach Paula. »Ich hatte zwar noch mit keinem zu tun, aber alles, was ich über Poltergeister weiß, klingt anders. Die beschränken sich auf tote Objekte. Ich befürchte, die Macht, mit der ihr es zu tun bekommen habt, ist deutlich älter und vor allem: stärker und grausamer.« Zornig ballte sie eine Faust. »So stark und grausam, dass sie sogar Lebende umbringen kann. Wenn wir gegen sie ankommen wollen, müssen wir unbedingt herausfinden, mit was wir es da eigentlich zu tun haben.«

»Und wie soll uns das gelingen?« Tim sah sie fragend an.

Paula atmete tief ein. »Du könntest versuchen, deine Gabe aktiv zu nutzen. Um selbst Verbindung zu deinem Bruder aufzunehmen.«

»Echt?« Tim lehnte sich zurück und betrachtete seine still vor sich hin dampfende Teetasse. »Ich sag's ganz ehrlich: Luca ist für so was viel offener als ich. Ich bin von uns beiden der absolute Skeptiker.«

»Das ist irrelevant.« Paula musterte ihn mitleidslos. »Denkst du, andere Empfängliche haben sich ihre Gabe ausgesucht? So etwas ist Teil deiner Bestimmung.«

Lea fasste nach Tims Hand. »Wir sind doch hier, um herauszufinden, was mit Luca passiert ist«, meinte sie eindringlich. »Und natürlich auch, um einen Weg zu finden, diese gruseligen Sachen zu unterbinden. Ich finde, es wäre einen Versuch wert.«

»Außerdem bist du mir das schuldig«, ergänzte Paula mit harter Stimme. »Denn für Luca gibt es wenigstens noch Hoffnung. Für Philipp gibt es die nicht mehr.« Sie beugte sich vor. »Ich möchte wirklich gern wissen, wer oder was Philipp das angetan hat.«

»Na gut.« Tim richtete sich wieder auf. »Und was muss ich dafür tun?«

»Eine Möglichkeit wäre es, zu versuchen, dich in Trance zu versetzen«, erklärte Paula nachdenklich. »Am besten wäre dafür ein Kraftort in freier Natur geeignet. Ich kenne einen. Drei oder vier Kilometer von hier. Der wäre auch sehr aktivierend. Da wachsen sogar Hollunder und Brennnessel. Das sind alles Strahlungssucher. Nur ...«

»Nur, was?«, fragte Lea.

»Na ja, da sind leider auch Getreidefelder in der Nähe. Und ich weiß noch nicht so recht, ob wir die meiden oder sogar explizit aufsuchen sollten ...« Sie berührte nachdenklich ihre Lippen. »Und da ist noch etwas: Wir haben es hier mit einer sehr machtvollen Entität zu tun. Wenn die Sonne im Zenit steht, dann schwinden die Kräfte solcher Wesen für gewöhnlich. Ganz so, wie sie um Mitternacht am stärksten ausgeprägt sind. In einem Fall wie diesem sollte man das vermutlich ausnutzen.«

»Also müssten wir das eigentlich jetzt machen, oder wie?« Sven blickte auf seine Uhr.

»Schon. Mein Kraftplatz liegt etwa eine Dreiviertelstunde entfernt. Wenn wir gleich aufbrechen, dann ...«

»Wieso nicht einfach hier. Jetzt!«, meinte Tim bestimmt. »Das hier war Philipps Zuhause. Luca hat sich bei euch offenbar auch wohlgefühlt. Mir reicht das, um mich irgendwie ... in Stimmung zu bringen.«

Paula seufzte. »Na gut. Wir können es zumindest versuchen. Habt ihr zufällig etwas von Luca dabei, was wir als Fokus verwenden könnten?«

Tim griff zu seinem Rucksack. »Wir haben uns schon gedacht,

dass du nach so was fragen würdest. Bis auf die Schuhe haben wir hier alle Klamotten von Luca aus dem Feld dabei.«

Überrascht nahm Paula den Rucksack entgegen, zog die Kleidungsstücke heraus und musterte schließlich die Digicam. »Ist da Philipp drauf?«

Tim nickte. »Aber nur kurz.«

»Das würde ich mir nachher gern ansehen.«

»Klar.«

Paula legte die Cam beiseite, entschied sich für Lucas T-Shirt und räumte das Teegeschirr ab. Anschließend stand sie auf und kramte einen alten Faltplan der Region aus einer der Schubladen, den sie auf der Kiste ausbreitete.

»Zeigt mir endlich, wo dieses Feld liegt.«

»Hier!« Lea beugte sich vor und tippte auf die Stelle südlich von Lauta-Dorf.

Paula schürzte wütend die Lippen. Dann stellte sie einen Bergkristall auf die markierte Stelle und legte Lucas verschmutztes T-Shirt in einem Halbring um den Kistenrand. Sie zog die Vorhänge vor den Fenstern zu, sodass nur noch Dämmerlicht den Wagen erfüllte, entzündete einige Räucherstäbchen und Kerzen und schob schließlich eine CD in ihre kleine Musikanlage. Kurz darauf drangen die monotonen Klänge einer Trommel aus den Lautsprechern. Paula stellte die Lautstärke so ein, dass der Rhythmus gerade noch zu hören war, und setzte sich wieder.

»Okay. Ihr alle könnt helfen.« Paula ließ ihre Nackenwirbel knacken und breitete die Arme aus. »Lasst uns einander an den Händen fassen und so einen Kreis bilden. Fokussiert den Bergkristall. Und dann denkt an Luca.«

Sven und Lea kamen der Aufforderung nach, und auch Tim starrte den Bergkristall an. Irgendwie kam er sich noch immer wie im falschen Film vor. Wenn da nur gestern nicht dieser ganze unerklärliche Mist passiert wäre …

»Tim, du schließt die Augen«, kommandierte Paula. »Konzentriere dich auf die Trommelschläge. Wenn es dir hilft, lass ein bisschen den Oberkörper hin und her wiegen. Wichtig ist, dass du alles auszublenden versuchst, was nicht mit Luca zu tun hat. Stell ihn dir vor wie ein Licht, auf das du am Ende einer langen dunklen Straße zugehst. Du kannst ihn gern auch rufen. Aber bleib konzentriert!«

»Okay.« Tim schloss die Augen, schmeckte den Rauch der Räucherstäbchen auf der Zunge und lauschte dem einschläfernden Rhythmus der Trommel.

Von dem Instrument abgesehen, war es im Wagen mucksmäuschenstill. Nicht einmal mehr die Kinder draußen waren noch zu hören, und Tim versuchte, sich tatsächlich auf Luca zu konzentrieren.

Er begann mit Erinnerungen an gemeinsame Geburtstagsfeiern, bei denen sie viel Spaß gehabt hatten, dachte an die glückliche Zeit zurück, als ihre Eltern noch gelebt hatten, an zahllose Schulszenen und sogar an Streitereien zwischen ihnen beiden. Als er bei ihrem letzten Skype-Gespräch von vor zwei Wochen angekommen war, stellte Tim schläfrig fest, dass er tatsächlich mit dem Oberkörper leicht vor und zurück wiegte.

Schließlich folgte er Paulas Vorschlag und stellte sich eine dunkle Straße samt einer einsamen Laterne am hinteren Ende vor, in deren Lichtinsel Luca stand.

In Gedanken rief er seinen Namen und versuchte, Schritt um Schritt auf ihn zuzugehen. Doch der Versuch erwies sich als zäh. Irgendwie bereitete es ihm Mühe, überhaupt vom Fleck zu kommen. Die Straße verwandelte sich zunehmend in einen dunklen Tunnel, an dessen Ende ein trübes Licht brannte.

Luca?

Unvermittelt bewegte er sich doch vom Fleck. Langsam, dann schneller.

Seine Schritte klangen wie Trommelschläge. Plötzlich veränderte sich das Licht der Laterne. Luca wirkte jetzt krank und fahl und schien in sich zusammenzusinken, je näher er ihm kam. Zudem war auch ein Rauschen zu hören. Wie von Wind, der über Ähren fuhr. Ja, Ähren. Denn die verdammten Tunnelwände, das waren in Wahrheit riesige Halmwände wie in dem Kornkreis, den er aufgesucht hatte.

Beklommen wollte Tim innehalten, doch zu seinem Schrecken war das nicht möglich. Stattdessen drehte sich rings um ihn herum plötzlich alles. Er schaffte es nicht einmal, erschrocken aufzustöhnen. Dafür spürte er jetzt so etwas wie einen Sog, der ihn zunehmend heftiger packte und immerzu weiter auf den trüben Lichtkreis zuzog. Aber wo war Luca?

Lucaaaaa???

Von einem Moment zum anderen überschlugen sich die Bilder. Tim sah Halme wie Baumstämme um sich herum rotieren, während er gleichzeitig an ihnen vorbeiraste. Jäh senkten sich gewaltige Ähren auf ihn nieder. Und von überallher tropfte dickflüssiger Saft von den Kornfrüchten und zog gelblich braune Fäden. Eklig. Klebrig.

Stränge wie von einem riesigen Spinnennetz.

Stränge, wie ... geronnenes Blut!

Und dazwischen ... gelblich braune Blasen. Nein, vielmehr Kokons, in denen es pulsierte.

Dunkle Larven, die sich darin wanden und zuckten.

Tim schrie bei ihrem Anblick auf ...

... und fand sich auf dem Heuboden ihres Hofs wieder.

Das war Lucas *XFacts*-Studio.

Doch jetzt war der Holzboden übersät mit Grashüpfern, Grillen und Heuschrecken.

Die Masse der springenden und hüpfenden Insekten steuerte auf die Bauerntruhe unweit von Lucas Computertisch zu, sammelte sich dort, schwirrte, brummte und flatterte. Und plötzlich begriff er ...

Doch schon im nächsten Moment änderte sich das seltsame Gebaren des Insektenschwarms. Unvermittelt stob er auf, und aus der Vielzahl an Insektenleibern formte sich wieder dieses grausame, zornige Gesicht, das er schon von dem Badfenster her kannte.

Geifernd riss die Gestalt ihr Maul auf und jagte brüllend auf ihn zu ...

Tim japste verzweifelt, schien zu stürzen und spürte, wie er mit dem Hinterkopf gegen etwas Hartes schlug ...

... und er erwachte.

Er erblickte wieder das Innere des Bauwagens. Er hatte sich offenbar von Paula und Lea losgerissen und sich den Kopf schmerzhaft an der Wand angestoßen. Außerdem war er völlig durchgeschwitzt.

Und endlich begriff er, dass die Schreie echt waren.

Sie stammten nicht von dieser Schreckgestalt, sondern in Wahrheit von Paula, die neben ihm am Boden lag und sich dort in spastisch anmutenden Zuckungen wand. Auch Lea und Sven wirkten seltsam verändert. Sie saßen starr und mit weit geöffneten Augen da und rührten sich nicht.

Was, zum Teufel, geschah hier?

»Paula?« Tim packte sie ungestüm und schüttelte sie. Doch ihre Augen waren verdreht, und sie hörte einfach nicht auf zu schreien.

»Lea, Sven, kommt zu euch!«

Er wollte sie schon wach rütteln, als er begriff, dass ihre aufgerissenen Augen auf etwas weiter hinten im Wagen gerichtet waren.

Etwas, das seltsam raschelnde und brummende Geräusche verursachte.

Sein entgeisterter Blick fiel auf die Packung gefriergetrockneter Heuschrecken. Sie war aus dem Regal zu Boden gefallen und bewegte sich, als würde der Untergrund vibrieren.

Erschrocken keuchte er auf.

Denn nicht der Boden vibrierte, es war die Packung selbst.

Die darin eingeschlossenen Insekten waren auf gespenstische Weise zum Leben erwacht und gebärdeten sich unter dem Plastik wie rasend.

Instinktiv sprang er auf, lief hinüber und trampelte wütend so lange auf dem Plastikbeutel herum, bis darin auch die letzte Regung erstarb.

Schlagartig verstummten Paulas Schreie.

Im nächsten Moment war ein energisches Klopfen an der Wagentür zu hören, dem der besorgte Ruf eines Mannes folgte.

»Paula?«

Die Tür wurde aufgerissen, und der Tätowierte, der vorhin an dem Trecker geschraubt hatte, drang mit einem Schraubschlüssel in der Hand in den Wagen ein.

»Scheiße, was ist denn hier los?«, fuhr er sie an.

Paula erhob sich ächzend. Sie sah so blass aus, als wäre sie aus einem Albtraum erwacht. Vermutlich war sie das auch.

Lea und Sven waren inzwischen ebenfalls aus ihrer Starre aufgeschreckt und warfen sich verstörte Blicke zu.

»Alles gut, Axel«, krächzte Paula. »Das war ... eine Meditationsübung.«

»Willst du mich verarschen?«, blaffte ihr Nachbar sie an. »Das klang, als würde dich jemand abstechen. Ich verstehe ja, dass es dir gerade mies geht. Aber wenn du wieder diese Pilze gegessen hast, kriegen wir beide Ärger.«

»Nein. Habe ich nicht.«

Der Mann betrachtete Tim und seine Freunde ungnädig, bevor er sich wieder an Paula wandte. »Mann, deine Besucher sind vermutlich nicht mal volljährig. Wir haben hier schon genug Ärger. Verschlimmere es nicht.« Er schaute wütend zu Tim. »Ihr seht ja, was mit ihr los ist. Verabschiedet euch, und dann macht 'nen Abflug. Verstanden?«

Tim nickte nur.

Mit einem misstrauischen Blick verließ der Tätowierte den Wagen, und sofort stürmte Tim zu Paula und seinen Freunden hinüber.

»Alles in Ordnung mit euch?«

»Scheiße, nein.« Sven atmete stoßweise. »Du hast plötzlich so seltsame Geräusche von dir gegeben, und dann war ich wie gelähmt. Als … wäre ich aus einem Traum erwacht, könnte mich aber einfach nicht bewegen.«

Auch in Leas Zügen lag nackte Angst. »Sind diese verdammten Heuschrecken da hinten eben wirklich zum Leben erwacht?«

»Ja, aber jetzt sind sie alle wieder tot.« Tim berührte Paula am Arm, die ebenfalls noch verstört dreinblickte. »Und bei dir? Alles in Ordnung?«

Paula richtete sich leicht schwankend auf. Ihre Miene verdüsterte sich. »Sie hat mit mir gespielt.«

»Sie?«

»Ja. Sie!«, zischte Paula zornig. Ihre Augen schimmerten plötzlich feucht, und ihre Lippen bebten, nur war nicht ganz klar, ob vor Schmerz oder Wut. »Ein grässliches altes Weib! Sie … sie hat mir immer und immer wieder gezeigt, wie Philipp zu Tode kam. So, als wollte sie mich verhöhnen.«

»Ich hab gesagt, ihr sollt euch verabschieden!«, ertönte draußen der ungeduldige Ruf des Tätowierten. »Keine Abschiedsfeier veranstalten.«

»Ja, verdammt, wir kommen ja!«, rief Tim wütend zurück und wandte sich dann an Lea und Sven. »Los, macht schon: Packt Lucas Sachen ein.«

Die beiden kamen seiner Aufforderung hektisch nach und stopften alles wieder in den Rucksack. Er selbst schnappte sich einen Zettel vom Tisch und notierte darauf seine Mobilnummer, die er Paula reichte.

»Hier, wir telefonieren, okay?«

Paula nahm den Zettel wie betäubt entgegen und starrte die Nummer an.

Er wollte schon nach draußen eilen, als sie ihn am Arm festhielt.

»Tim!« Paula sah blass zu ihm auf. »Ich hab keine Ahnung, wer diese Vettel ist. Und ich begreife auch nicht, warum sie uns trotz aller Vorsichtsmaßnahmen so überrumpeln konnte. Aber sie ist die personifizierte Bosheit. Und sie ist uns allen über. Vergiss deinen Bruder, sonst wirst auch du sterben.«

»Das kann ich nicht. Und das weißt du auch.«

Tim löste sich von ihr und folgte Lea und Sven nach draußen.

Obwohl es noch immer heiß war, kam ihm die Luft überraschend kühl und angenehm vor, so verschwitzt wie er war. Tief atmete er ein und sah, dass der Tätowierte sie unverändert misstrauisch beäugte.

Schweigend zogen sie von dannen und blieben erst stehen, als sie das bunt bemalte Tor der *Lutki Bauwagensiedlung* passiert hatten.

»Euch geht es wieder gut?«, fragte er Lea und Sven.

Die beiden sahen sich befangen an.

»Nein, das wäre gelogen«, sagte Lea auffallend ernst. »Das eben war ehrlich gesagt fast noch schlimmer als gestern.«

»Ja, eine total beschissene Idee«, schnaubte Sven. »Ich schlage vor, wir hauen einfach ab. Wir könnten unseren Eltern was von ein paar Tagen Zelten erzählen und …«

»Nein, dafür ist es zu spät!«, widersprach Lea ihm. »Ich glaube nicht, dass wir diesem … Etwas damit entgehen würden. Und Luca finden wir so auch nicht.«

»Hast du Paula nicht gehört?«, fuhr Sven sie verärgert an. »Mit dieser Warnung gestern könnte ich gemeint sein.«

»Dann müssen wir etwas dagegen tun.« Ebenso verängstigt wie entschlossen sah sie ihn an. »Dieses … Etwas ist auf uns aufmerksam geworden. Wenn wir jetzt klein beigeben, dann war's das. Und zwar endgültig. Das konnte ich fühlen. Du nicht?«

Sven wollte etwas erwidern, doch schließlich schüttelte er hilflos den Kopf.

»Was sollen wir denn sonst machen?«, fragte er leicht verzweifelt.

Lea wandte sich an Tim. »Sag schon: Ist es dir irgendwie gelungen, Kontakt mit Luca aufzunehmen?«

Tim presste die Lippen zusammen und seufzte. »Möglich. Nur war das alles ziemlich heftig. Aber ich glaube, ich weiß, was wir tun müssen.«

Sven trat aufgebracht vor ihn. »Mann, dann spuck's endlich aus!«

»Ich schätze, wir müssen noch einmal hoch auf den Heuboden. Ich glaube, Luca hat da etwas versteckt.«

RÄTSEL DER VERGANGENHEIT

»Der beobachtet uns doch von da oben und lacht uns aus!«

Sarah beließ ihren Finger etwas länger auf der Wohnungsklingel von Richard Kern, trat einige Schritte zurück und beäugte wütend die graue Fassade des mehrstöckigen Wohnhauses.

Doch hinter den Gardinen des dritten Stocks tat sich nichts.

Dabei war sie sich sicher, dass der Reporter des *Lausitzer Boten* zu Hause war. Zumindest hatte sein Verlag sie mit dieser Auskunft hergeschickt, wobei ›vertröstet‹ vermutlich der bessere Ausdruck dafür war. Garantiert hatte ihn jemand vorgewarnt, dass sie kommen würden.

Kern hatte die Strohpuppen zwar inzwischen bei ihnen abgegeben, doch brauchte er schon eine sehr gute Begründung dafür, dass er die Beweisstücke der Polizei so lange vorenthalten hatte, um straffrei auszugehen.

Und jetzt entzog er sich ihnen einfach.

»Im Augenblick können wir nichts tun«, murrte Antonin in ihrem Rücken. »Schicken wir ihm 'ne Vorladung.«

»Und wie lange dauert es, bis er der nachkommt?«, erwiderte Sarah. »Der Kerl weiß doch mehr, als er zugibt.«

Gott, sie brauchte unbedingt einen Erfolg!

Am liebsten hätte sie die Tür dieses arroganten Journalisten eingetreten.

Dass sie so zornig war, lag auch daran, dass ihr noch immer der Schreck über den Zwischenfall vorhin auf dem Feld in den Gliedern steckte. Sie versuchte zwar, sich nichts anmerken zu lassen, aber ihr war nur zu bewusst, dass sie dabei durchaus hätte umkommen können.

Und nach wie vor begriff sie nicht, warum bislang keiner der eilig hinzugezogenen Experten klären konnte, warum die führerlose Erntemaschine sie vorhin einmal quer durchs Feld gejagt hatte. Es war bereits von ›technischem Versagen‹ die Rede. Nur schien ihr so etwas erst recht unmöglich. Sie hatte doch gesehen, wie dieser verdammte Mähdrescher die Richtung geändert hatte. Ganz gezielt. Und spätestens seit letzter Nacht musste auch den Kollegen klar sein, dass es jemand auf sie abgesehen hatte. Leider blieb ihr im Moment nichts anderes übrig, als sich an den offiziellen Dienstweg zu halten.

Verärgert strich sie sich ihr blondes Haar hinters Ohr, und gemeinsam mit Antonin marschierte sie zurück zum Parkplatz vor dem Wohnblock, wo sie ihren Polo abgestellt hatte.

»Na gut«, sagte sie, kaum dass sie beim Wagen angekommen waren. »Dann schlage ich vor, dass wir selbst noch mal zu diesem Roggenfeld fahren und nachsehen, ob wir vielleicht noch einen dieser komischen Beutel finden.«

»Das machen die Kollegen schon. Verlass dich drauf«, versuchte Antonin sie zu besänftigen. »Ich habe ihnen beschrieben, wo die Puppe lag. Und ich hab sie auch zu dem Flachsfeld an der Schwarzen Elster geschickt. Allerdings wird das dort schwieriger, weil wir nicht wissen, wo genau die Puppe dort gelegen haben könnte. Alles natürlich unter der Voraussetzung, dass diese Beutel tatsächlich darunter platziert wurden.«

»Aber irgendwas muss ich tun, sonst platze ich!«, schnaubte sie.

»Da wir wieder in Hoyerswerda sind, könnten wir der Gerichtsmedizin einen Besuch abstatten.«

»Die würden uns doch sicher informieren, wenn sie neue Erkenntnisse hätten.« Gereizt sah Sarah den Sorben an. »Aber vielleicht hatten die ja in Brandenburg Erfolg?«

Sie griff nach ihrem Handy und rief in Cottbus an, wo sie sich zu ihrem Kollegen Andreas durchstellen ließ. Es dauerte eine Weile, bis er ranging.

»Ah, Sarah«, begrüßte er sie. »Dich wollte ich auch gerade anrufen.«

»Ich hoffe wirklich, dass ihr etwas für uns habt.«

»Tja«, seufzte er. »Mit dem Feld in Großkoschen gibt es ein Problem. Es wurde gestern abgeerntet.«

»Wie bitte?«

»Ja, es gibt da praktisch keinerlei Orientierungspunkte mehr. Wir müssten den ganzen Acker umgraben, um …«

»Verdammt noch mal, der war doch unmöglich schon freigegeben«, unterbrach sie ihn.

»Ich befürchte doch.«

»Scheiße. Sonst irgendwas Neues?«

»Nein. Was ich hatte, hab ich dir schon heute Vormittag mitgeteilt.«

Sarah verabschiedete sich kurzerhand, da unvermittelt Antonins Handy klingelte.

Der Sorbe nahm den Anruf entgegen. »Ja? … Sieh an!« Seine Augen weiteten sich. »Ihr seid euch sicher? … Und wo ist der gemeldet? … Leute, der ist dazu verpflichtet. Nötigenfalls fragt seinen Bewährungshelf… Alles klar …« Antonin sah zu ihr auf. »Nein, wir kümmern uns selbst drum. Danke.«

Ihr Kollege schürzte triumphierend die Lippen, während er das Handy wegsteckte. »Sieht so aus, als hätten wir den Typen auf den Tatortfotos identifiziert. Der, der dich geknipst hat.«

»Und? Sag schon.«

»Gemäß INPOL lautet sein Name Křešćan Glowik. Einunddreißig Jahre. Hat bis vor drei Monaten eine Haftstrafe wegen Totschlags abgesessen. Meldeadresse ist aus irgendeinem Grund nicht bekannt, aber zu seinen Bewährungsauflagen gehört, dass er sich eine Arbeitsstelle sucht. Wenigstens die ist gemeldet. Ein Großbetrieb etwas nördlich von hier. Die Landwirtschaftliche Produktions GmbH Krahl.«

»Okay.« Sarah öffnete ungeduldig die Wagentür. »Dann lass uns diesem Betrieb doch gleich mal einen Besuch abstatten.«

Antonin gab die Adresse der Krahl GmbH ins Navi ein – ein Ort unweit des Dorfes Bergen, nördlich von Hoyerswerda. Die Route führte sie zunächst durch die Stadt, vorbei am Schloss Hoyerswerda und dem bedeutenden Stadtmuseum. Sie ließen das Häusermeer hinter sich und fuhren schließlich wieder an riesigen Feldern vorbei, die unter der Sonnenglut ächzten. Antonin hatte die Seitenscheibe inzwischen etwas heruntergefahren und wischte konzentriert auf seinem Smartphone herum.

»Als was ist dieser Glowik da eigentlich beschäftigt?«, wollte Sarah wissen.

»Vermutlich als Feldarbeiter oder Erntehelfer«, murmelte ihr Kollege. »Zumindest wüsste ich nicht, dass er eine besondere Ausbildung hat. Diese Krahl GmbH ist hier in der Gegend jedenfalls nicht unbekannt. Ich hab da gerade noch mal recherchiert, aber meine Erinnerung hat mich nicht getrogen. Der Besitzer, Holger Krahl, ist Westdeutscher. Er hat hier in der Lausitz vor circa zwei Jahrzehnten erstmals Flächen gepachtet. Das Ganze hat sich dann offenbar verselbstständigt. Inzwischen gehört er zu den größten Arbeitgebern in der Region. Nur dass sein Betrieb in den vergangenen Jahren schon ein paarmal in der Kritik stand, die dürrebedingte Notlage der kleineren Landwirte in der Gegend auszunutzen. Inzwischen pachtet die Krahl GmbH die Äcker nicht bloß, die kaufen die Flächen gleich ganz auf. Und zwar im großen Stil und wohl auch eher für ein Ei und ein Butterbrot.«

»Sympathisch.« Sarah beäugte die Felder, die an ihnen vorbeizogen. Sie passierten ein heruntergekommenes altes Trafogebäude, das inmitten der Landschaft stand. In einiger Entfernung waren auch die Silos und Gewerbegebäude der Krahl GmbH auszumachen, wie unzweifelhaft ein riesiges Firmenschild auf einem Gebäudedach verkündete.

Sarah beschleunigte und steuerte schließlich die Zufahrt des Firmengeländes an, aus dem ein großer Traktor samt Anhänger rollte. Interessiert sahen sie sich um. Einige Gebäude waren aus roten Porotonsteinen gebaut und zweifellos älteren Datums. Auf dem hinteren Teil des Firmengeländes ragten moderne Melk- und Biogas-anlagen sowie die metallischen Hochsilos der Getreideanlagen in die Höhe, von deren Schrägen die Sonne blendete.

Trotz der Wärme herrschte hier reger Betrieb. Eine Zugmaschine brauste soeben an einer Maschinenhalle vorbei, Arbeiter entluden Kisten von einem Lkw, und vom Parkplatz vor dem Hauptgebäude aus kam ihnen ein Pkw entgegen.

Sie und Antonin suchten sich einen Stellplatz und marschierten anschließend auf das Empfangsgebäude zu, das man durch eine schlichte Glastür betreten konnte.

Dort erwartete sie eine nüchtern eingerichtete Eingangshalle samt Empfangstresen, in dem zentral ein blau lackierter alter Traktor aus DDR-Zeiten ausgestellt war. Außerdem gab es hier Stellwände mit Fotos und Grafiken, die die Firmengeschichte dokumentierten. Sarah beäugte kurz die beiden Flure, die zu den Büroräumlichkeiten führten, und hielt auf die junge Frau mit blondem Pagenschnitt zu, die hinter dem Tresen saß und soeben ein Telefonat beendete.

»Hallo.« Sie zückte ihren Dienstausweis. »Wir würden gern Ihren Personalchef sprechen.«

»Polizei?« Ihr Gegenüber musterte den Ausweis überrascht. »Um was geht es, wenn ich fragen darf?«

»Das würden wir ihm gern selbst erklären.«

»Wenn Sie sich bitte einen Augenblick gedulden würden.« Die Blondine lächelte schüchtern. »Ich bin hier bloß Auszubildende. Ich hole kurz Frau Roscher, die ich gerade vertrete.«

Sarah nickte ergeben und trat an die Seite Antonins, der vor den Schauwänden mit den Texttafeln und Bildern stand.

»Und, bildest du dich weiter, falls sich das mit der Polizei doch als Irrtum entpuppt?«, witzelte sie freudlos.

»Man sollte immer mehrere Eisen im Feuer haben.« Antonin lächelte schmal, und sein Schnurrbart folgte der Bewegung seiner Lippen. »Ist durchaus interessant. Der Betrieb gehört mit über dreitausend Hektar Land zu den ganz großen. Nicht nur hier in der Lausitz. Die bewirtschaften Flächen von Leipzig bis rauf nach Brandenburg.«

Er wies auf eine Karte, auf der ein Flickenteppich schraffierter Flurregionen zu sehen war, die unter der Ägide der Krahl GmbH standen.

»Alles in allem also ein idealer Ort, um unterzutauchen.«

Sie wollten sich schon wieder dem Tresen zuwenden, da dort Schritte zu hören waren, als Antonin innehielt und noch einmal vor die Karte trat.

»Schau dir das mal an.« Er deutete auf zwei Stellen. »Sind diese Flächen bloß zu grob markiert, oder liegen die Tatorte der letzten Tage tatsächlich alle auf Feldern, die dem Betrieb gehören?«

Sarah beugte sich vor und runzelte die Stirn. »Tatsächlich. Auch das Feld heute. Wir müssen diesen Glowik unbedingt finden.«

Vom Tresen aus ertönte ein Räuspern. Neben der blonden Auszubildenden stand jetzt eine Mittfünfzigerin mit Halbbrille und strengem Blick.

»Sie sind von der Polizei?«

»Richtig.« Sarah wies sich erneut aus und wiederholte ihre Bitte.

»Das Problem ist«, entgegnete ihr die Ältere kühl, »dass Frau Schütz leider nicht im Haus weilt. Sie hat Urlaub.«

Auch Antonin trat vor den Tresen. »Wir geben uns auch gern mit ihrem Stellvertreter zufrieden.«

Die Frau griff skeptisch zu einer Telefonliste und drückte eine Kurzwahltaste, als aus einem Flur die sonore Stimme eines Mannes erklang, der sich offenbar mit jemandem unterhielt.

»Als wir die ersten tausend Hektar zusammenhatten, haben wir die Flächen noch von einem alten Pfarrhof hier in der Gegend bewirtschaftet, wo wir damals eingemietet waren. War 'ne schwierige Zeit, denn alles lag weit verteilt, und man braucht ja auch Saatgut, Dünger und die Technik, um die Felder zu bestellen.«

Ein athletisch gebauter Mittfünfziger mit kantiger Brille, Anzug und beginnender Halbglatze betrat in Begleitung einer Frau und zweier Männer die Eingangshalle. Einer der Männer hielt ein Diktafon in der Hand und schien den Vortrag aufzunehmen.

»Aber diese Zeiten liegen ganz offensichtlich hinter Ihnen«, sagte die Frau.

»Zum Glück«, meinte der Brillenträger lächelnd. »Der Standort hier war ein echter Glücksgriff. Hier befand sich früher der Sitz der LPG Brigade Günther Schilling. Das Nachbargebäude war früher deren Kantine.«

Die Empfangsdame hinter dem Tresen legte wieder auf. »Tut mir leid, aber da geht gerade keiner ran.«

»Macht nichts.« Antonin marschierte kurzerhand auf den Brillenträger zu.

»Holger Krahl?«

Überrascht wandte sich ihm der Angesprochene zu, und Sarah hob angesichts des Namens eine Augenbraue. »Was kann ich für Sie tun?«

Antonin präsentierte dem Betriebschef seinen Dienstausweis. »Wir sind wegen einem Ihrer Mitarbeiter hier. Nur ist Ihre Personalabteilung offenbar unterbesetzt.«

Krahl wandte sich der Dame und ihrem Begleiter mit dem Diktafon zu. »Wenn Sie mich kurz entschuldigen würden, aber es sieht ganz so aus, als läuft hier ohne mich nichts.«

Die beiden lachten höflich, während Krahl dem Vierten in der Gruppe zunickte.

»Herr Kuhn wird mit der Betriebsführung weitermachen. Ich schließe mich Ihnen dann in Kürze wieder an, in Ordnung?«

»Aber sicher.« Die Frau warf Antonin und Sarah einen neugierigen Blick zu, dann eilte sie mit den Männern am ausgestellten Traktor vorbei zum Ausgang.

»Das sind Journalisten des MDR, die einen Bericht über uns drehen wollen.« Krahl fasste nun auch Sarah interessiert ins Auge.

»Wir wagen bald den Schritt an die Börse und können daher ein bisschen PR gut gebrauchen. Also, wie kann ich Ihnen helfen?«

»Wie gesagt, wir suchen einen Ihrer Mitarbeiter«, antwortete Antonin. »Er hört auf den Namen Křešćan Glowik.«

»Unser Betrieb ist inzwischen etwas zu groß, als dass ich über jeden unserer Mitarbeiter informiert wäre.« Einladend deutete Krahl zum Flur, aus dem er gekommen war. »Aber gut. Folgen Sie mir bitte.«

Er begleitete sie zu einer Treppe, die er mit federndem Gang hinaufschritt.

»Darf ich erfahren, was Herrn Glowik zur Last gelegt wird?«, fragte er, kaum dass sie das Obergeschoss erreicht hatten. »Unsere Belegschaft wächst zwar beständig, aber ich sehe den Betrieb trotzdem noch immer als eine Art Familie.«

»Aus Ermittlungsgründen können wir Ihnen darüber keine Auskunft geben«, wiegelte Antonin ab. »Aber es würde uns helfen, wenn Sie uns sagen könnten, wo wir ihn finden. Und vielleicht auch, ob seine Wohnadresse in Ihren Akten vermerkt ist. Er ist auf Bewährung und dürfte noch nicht allzu lange in Ihrem Betrieb arbeiten.«

Krahl blieb stehen. »Wie gesagt, ich helfe Ihnen gern. Aber für so etwas benötigen Sie eigentlich ein formales Auskunftsersuchen. Hier geht es immer noch um einen Mitarbeiter unseres Betriebs. Falls Sie so etwas also nicht vorweisen können, wäre ich Ihnen dankbar, wenn Sie mir wenigstens ein paar Anhaltspunkte geben könnten, warum die Sache so dringlich ist, dass Sie bei uns so unverblümt hereinspazieren.«

Sarah und Antonin wechselten einen Blick, denn natürlich hätten sie ein solches Dokument erst anfordern müssen.

»Wir ermitteln in einigen Mordfällen«, erklärte Sarah, um die Sache abzukürzen. »Und wie sich inzwischen herausgestellt hat, liegen die Tatorte allesamt auf Feldern, die von der Krahl GmbH bewirtschaftet werden – was sicher kein Zufall ist. Wir wären Ihnen daher dankbar, wenn wir die Formalitäten auf später verschieben könnten. Die Sache drängt nämlich.«

Krahl sah sie bestürzt an. »Doch nicht etwa dieser Strohpuppenmörder, von dem die Presse heute berichtet hat? Warum sagen Sie das nicht gleich?« Er führte sie ans Ende des Flurs. »Unfassbar, dass dafür jemand aus unserem Betrieb verantwortlich sein soll«, schnaubte er verärgert. »So was ist im Augenblick auch das Letzte, was wir gebrauchen können. Über die Krahl GMBH wurden in den letzten Jahren eh schon genug Lügen und Unwahrheiten ausgekübelt. Vermutlich, weil hier einige immer noch nicht verwunden haben, dass ich Westdeutscher bin.«

»Sie meinen die Vorwürfe, dass Ihr Betrieb die Notlage der kleinen Bauern ausnutzt?«, meinte Sarah spitz.

»Da gibt es immer mehrere Sichtweisen«, erklärte Krahl kühl. »Ich bin Unternehmer und kein grüner Sozialromantiker. Wer in diesem Geschäft bestehen will – und das ist angesichts der Probleme, die wir hier in der Region seit einigen Jahren haben, schwer genug –, muss wachsen, um mit der Konkurrenz mithalten zu können. So oder so, meine Sekretärin sollte Ihnen eigentlich helfen können. Bitte sehr.«

Er öffnete eine Tür und führte sie in einen großzügig geschnittenen Vorraum, in dem es leicht nach Parfum roch. Eine auffallend gutaussehende Brünette mit knappem Minirock und etwas zu weit ausgeschnittener Sommerbluse saß hinter einem Rechner.

»Annett«, sprach Krahl sie an. »Das hier ist die Polizei. Du hast doch sicher Zugriff auf die Personalakten.«

»Ja, sicher.« Krahls Sekretärin blickte auf.

»Dann such doch bitte mal nach einem Křešćan Glowik. Der ist angeblich auf Bewährung und arbeitet hier bei uns im Betrieb.«

Antonin blieb bei der Sekretärin, was Sarah ein leichtes Augenrollen entlockte, während sie Krahl in dessen Büro folgte, das im Gegensatz zum Vorraum einen überraschend gediegenen Eindruck erweckte.

Angetan sah sie sich um: geschmackvolle Ledersessel, Wände mit Ölgemälden und sogar eine antike Vitrine, in der Kostbarkeiten aus Meißner Porzellan sowie filigrane Glasskulpturen ausgestellt waren, die zweifelsohne aus dem Erzgebirge stammten.

»Ich bin Sammler«, erklärte Krahl knapp, während er zum Telefon auf seinem ausladenden Nussbaumschreibtisch griff. »Meine Großeltern stammen aus der Lausitz. Und ich liebe alles, was Sachsens Historie betrifft.« Er wählte eine Nummer. »Ich rufe mal den Chef unserer Betriebssicherheit an, um Ihre Suche etwas zu beschleunigen.«

Sarah betrachtete die Ausstellungsstücke in der Vitrine, schritt die Bilder an der Wand ab, die allesamt romantische Naturszenen der Lausitz zeigten, und stutzte, als sie unter ihnen unvermittelt ein kleines Ölgemälde erblickte, das in seiner Machart erstaunlich jenem aus dem Gasthof ähnelte. Auch dieses zeigte weite Kornfelder unter einer grell leuchtenden Sonne. Und auch hier waren im Hintergrund die dunklen Häuser eines Dorfes samt Windmühle auszumachen.

Wieder dieses Kutzlarnitz?

Weitaus interessanter war jedoch der Kornkreis: ein Piktogramm inmitten des Meers aus Ähren, das man erst erkannte, wenn man genauer hinsah. Das Symbol indes war Sarah unbekannt. »Antonin, kommst du bitte mal«, rief sie zum Nachbarraum.

Ihr Kollege betrat das Zimmer, während im Hintergrund Krahls Stimme zu hören war.

»Hier ist Holger. Die Polizei ist gerade hier und sucht nach einem Křešćan Glowik. Frag doch bitte mal nach, ob den jemand von den Kollegen kennt. Es ist möglich, dass er in ein Kapitalverbrechen verwickelt ist.«

»Sieh an!«, murmelte Antonin, der nun ebenfalls das Gemälde betrachtete. »Zweifellos der gleiche Künstler.«

»Ja, genau«, knurrte Krahl hinter ihnen. »Und das bitte möglichst zügig.«

Er legte wieder auf und seufzte. »Also, wenn der Mann bei uns arbeitet, finden wir ihn.«

»Woher haben Sie das?« Sarah deutete auf das Bild.

»Ich sagte ja schon, ich bin Sammler.« Krahl kam zu ihnen und betrachtete das Bild ebenfalls. »Das stammt aus dem Verwaltungsgebäude der einstigen LPG hier. Ich fand es ganz hübsch. Darf ich fragen, was daran Ihr Interesse weckt?«

Ehe Sarah sich eine Antwort überlegen konnte, betrat Krahls freizügig gekleidete Sekretärin den Raum, einen Ausdruck in der Hand.

»Herr Glowik arbeitet bei uns als Fahrer«, erklärte die Brünette. »Offenbar im Rahmen unseres Sozialprogramms zur Eingliederung Straffälliger. Ich weiß nur leider nicht, wo genau er im Betrieb eingesetzt wird.«

»Haben Sie seine Wohnadresse?«, fragte Antonin, der rasch ein paar Aufnahmen des Ölgemäldes machte.

»Nein, ist keine eingetragen.« Sie zuckte bedauernd mit den Schultern, hob dann aber einen Finger. »Aber warten Sie: Für Fälle wie ihn gibt es auf dem Gelände kleine Betriebswohnungen. Ex-Knackis wie er haben ja oft Probleme, selbst eine zu finden.«

»Was die fehlende Meldeadresse erklären könnte«, knurrte Antonin, der ihr zurück in den Vorraum folgte, während Sarah weiter das Bild betrachtete.

»Bitte hängen Sie das nicht um«, bat sie Krahl. »Könnte sein, dass wir deswegen noch einmal auf Sie zukommen.«

Der Betriebschef nickte.

»Wusste ich es doch. Er wohnt hier bei uns auf dem Betriebsgelände!«, ertönte drüben die Stimme der Brünetten. »Hier, die Baracken neben dem Getreidesilo. Soweit ich sehe, ist er da derzeit auch der einzige Bewohner.«

»Soll ich der Betriebssicherheit Bescheid geben?«, fragte Krahl. »Ich begleite Sie auch gern.«

»Ja, tun Sie das«, antwortete Sarah im Hinausgehen. »Die sollen die Ausfahrt im Blick behalten. Und nein, den Rest übernehmen wir.«

Sie eilte mit Antonin wieder nach unten auf den Vorplatz mit den Parkplätzen.

»Ich hoffe, du findest diese Baracken.«

»Verlass dich drauf«, antwortete der Sorbe und führte sie an einigen offenen Maschinenhallen mit aufgestapelten Reifen für Erntemaschinen vorbei zum rückwärtigen Gelände des Großbetriebes, wo nun auch der hohe Getreidesilo in Sicht kam. Eine gelbe Erntemaschine fuhr an ihnen vorbei, die Sarah unangenehm an den Mähdrescher erinnerte, der sie vor ein paar Stunden über das Feld gejagt hatte. Schließlich erblickte auch sie die Barackenzeile weiter hinten. Sie lag zwischen hohen Hallen, in der Nähe zweier Dixiklos, und erweckte den Eindruck, ebenfalls noch aus LPG-Zeiten zu stammen.

Es gab dort vier Fronttüren, auf denen in abgeblätterter weißer Farbe kleine Zahlen von Eins bis Vier standen. Neben den Türen waren sogar Postkästen befestigt.

Antonin überprüfte den Sitz seiner Dienstwaffe unter der Jeansjacke. »Er wohnt in der Zwei. Lass uns vorsichtig sein.«

»Wenn er überhaupt da ist.«

Sarah postierte sich leicht versetzt zu ihm, während Antonin an die Tür klopfte.

»Herr Glowik, sind Sie da?«

Obwohl in der Ferne Maschinenlärm zu hören war, nahmen sie aus der Baracke ein leises Rumpeln wahr. Nur kurz, aber unüberhörbar.

»Herr Glowik. Hier ist die Polizei!« Antonin klopfte energischer an, doch nun blieb es drinnen still. »Scheiße, was jetzt?«, fluchte er.

Sarah sah ihn eindringlich an. »Hast du auch so was wie einen Hilferuf gehört?« Sie zog ihre Dienstwaffe.

Antonin folgte ihrem Beispiel. »Herr Glowik! Wir kommen jetzt rein!« Ansatzlos rammte er mit der Schulter die alte Barackentür, und tatsächlich gelang es ihm, sie aufzubrechen.

Sofort schlüpfte er ins Innere, und Sarah deckte ihn mit der Waffe.

Sie betraten einen unaufgeräumten Raum, der im Halbdunkeln lag. Licht fiel nur durch ein hoch liegendes Fenster in die Baracke, und die warme Luft roch nach Schweiß, Bier … und Stroh.

Rechts stand ein ungemachtes Bett, vor dem einige leere Bierflaschen lagen, an den Wänden lehnten Regale, in die der Besitzer scheinbar wahllos Kleidungsstücke gestopft hatte, und es gab sogar ein einfaches Waschbecken samt Spiegel.

Interessanter war die verschlossene Tür gegenüber.

Sie huschten hinüber und versuchten, sie zu öffnen, doch etwas war auf der anderen Seite unter die Klinke geklemmt, sodass Antonin sich gezwungen sah, auch diese Tür mit Gewalt aufzustemmen.

Ein Spaten kippte auf der Innenseite um, und sie betraten einen weiteren schummrigen Raum, in dem sich der Strohgeruch intensivierte.

Es handelte sich um eine Art Werkstatt, die jemand in großer Hast geräumt hatte.

Ein dickes Strohbündel lehnte in einer Raumecke, auf einem Tisch stand eine alte Nähmaschine, an der Wand links von ihnen waren zahllose Fotos angepinnt, außerdem gab es ein Regal und eine alte Kommode. Ihre Schubladen waren aufgezogen, der Boden hingegen mit Pappschachteln übersät, die offenbar aus dem Regal stammten. Sarah blickte verärgert auf eine halb fertig gepackte Tasche. Sie stand vor einem Stuhl, gleich vor einem schmalen Fenster mit gelöster Klappe.

»Scheiße, der hat uns bemerkt! Sichre den Kram hier, ich versuche ihn noch zu kriegen!« Bevor Sarah Einwände erheben konnte, stürzte Antonin wieder nach draußen.

Sie erwog, ihm nachzulaufen, steckte dann jedoch die Waffe weg und musterte zunächst Strohbündel und Nähmaschine. Auf dem Tisch lagen Rollen mit Garn sowie ein Stapel Stoff- und Lederreste. Das alles erweckte den Eindruck, dass Glowik tatsächlich die Strohpuppen angefertigt hatte.

Beunruhigt trat sie vor die Wand mit den angepinnten Fotos. Es waren etwa zwei Dutzend. Zwischen ihnen klafften große Lücken, und die vielen Nadeln, an denen zum Teil noch Papierfetzen hingen, machten deutlich, dass Glowik einige Aufnahmen kurz vor seiner Flucht abgerissen hatte. Umso bestürzter war sie, als sie die übrigen Fotos betrachtete. Denn sie alle zeigten die bisherigen Vermissten in unterschiedlichen Alltagssituationen: Sindy Nowak, Kevin Koslowski, Luca Opitz und auch Doreen Wagner, die heute auf dem Feld bei Schwarzkollm verschwunden war.

Glowik musste die Vermissten tage- oder sogar wochenlang heimlich observiert haben.

Aber warum?

Immerhin, wenn es noch einen Zweifel gegeben hatte, dass der Kerl es vor allem auf sie und nicht die Ermordeten abgesehen hatte, waren diese hiermit ausgeräumt. Nur klärte das nicht die Frage, was er mit den vieren gemacht hatte.

Sarah schaltete wegen des im Raum herrschenden Zwielichts ihr Handylicht an und wollte sich gerade den herumliegenden Pappschachteln zuwenden, als ihr ein Foto ins Auge stach, das hinter einem abgedeckten Karton unter der Fotowand hervorlugte. Offenbar war es heruntergefallen, als Glowik die Aufnahmen abgerissen hatte.

Sie fischte es hinter dem Karton hervor … und riss ungläubig die Augen auf.

Denn das Foto zeigte sie.

Und zwar mit einem Einkaufswagen vor einem Discounter in Cottbus, in dem sie üblicherweise einkaufen ging.

Sarah starrte es entgeistert an und bemerkte, dass sie auf der Aufnahme ihre blauen Ohrclips trug, von denen sie einen vor drei Wochen verloren hatte.

Verdammte Scheiße!

Wie lange beschattete der Kerl sie schon?

Und vor allem: warum?

Zornig öffnete sie den Karton, hinter den das Foto gerutscht war, und entdeckte darin noch viel mehr heimlich gemachte Aufnahmen von Unbekannten. Die Fremden waren zum Teil in sensiblen Situationen zu sehen. Ein älterer Mann, weinend auf einem Friedhof; eine Frau mit Kinderwagen, die einen athletischen Rothaarigen auf einer Parkbank küsste; Bilder eines arabischstämmigen Mannes, der von rechten Schlägern bedrängt wurde; eine Geschäftsfrau um die vierzig mit schickem Hosenanzug und teurem Schmuck, die vor einem schwarzen Porsche telefonierte; und schließlich sogar eine Person, die Sarah kannte: ein in Sachsen bekannter Politiker, der mit Mikro in der Hand auf einer Tribüne stand. Aufgenommen offenbar während einer Wahlkampfveranstaltung.

Sarah wühlte die übrigen Fotos durch, fand jedoch unter den übrigen Abgelichteten niemanden mehr, den sie kannte. Die Bilder zeigten mindestens zwei Dutzend Personen, nur war nicht ersichtlich, was sie gegebenenfalls verband. Waren das hier bloß die Aussortierten oder potenzielle Zielpersonen, die Glowik verfolgt hatte?

Aufgewühlt betrachtete sie wieder ihr Foto, dann suchte sie die im Raum herumliegenden Schachteln und die Regale ab. Was auch immer Glowik hier deponiert gehabt hatte, das meiste davon war fort. In einem der Pappbehälter lagen Halbedelsteine, in einem anderen Wachsreste. Zudem fand sie vereinzelte Werkzeuge, Nadeln, ein halb fertiges Ledersäckchen sowie weitere Stoffstreifen im Raum. Schließlich fiel ihr Blick auf einen gülden schimmernden Schrankgriff. Und unter einem der Regale lag ein älteres metallenes Schlagzeugbecken. Beides erinnerte sie unwillkürlich an die Bronzemedaille aus dem Mojo-Beutel.

Gewiss war das kein Zufall.

Sie wollte sich schon der Sporttasche zuwenden, als ihr Blick zwei zugeschraubte Marmeladengläser streifte, die offenbar aus einer der Schachteln gerollt waren. Das eine enthielt getrocknete Pflanzenteile, das andere war zur Hälfte mit toten Grashüpfern und großen Heupferden gefüllt.

Sarah verzog leicht angewidert ihr Gesicht. Und doch erinnerte die merkwürdige Insektensammlung sie an die, die ihr die Kriminaltechniker gestern gezeigt hatten. Und plötzlich kam ihr auch wieder das eigenartige Verhalten der Insekten heute Mittag in den Sinn, kurz bevor der Mähdrescher die Jagd auf sie eröffnet hatte.

Irgendetwas entging ihr hier.

Sie wusste bloß nicht, was.

In diesem Moment waren Schritte am Eingang zu hören, und Sarah richtete sich alarmiert auf. Doch es handelte sich nicht etwa um Glowik, sondern um Antonin, der verschwitzt hereinkam und eine enttäuschte Miene zur Schau stellte.

»Scheiße!«, fauchte er. »Glowik ist weg. Der muss uns gesehen haben. Ich habe die Betriebssicherheit gebeten, die Augen aufzuhalten. Und die Kollegen habe ich auch schon verständigt.«

»Es hat sich trotzdem gelohnt«, erklärte Sarah und zeigte ihm ihre Funde.

Ihr Kollege musterte alles und nahm zuletzt das Foto in die Hand, auf dem sie zu sehen war.

Seine Augen verengten sich. »Wieso du?«

»Ich habe keine Ahnung.« Sarah seufzte schwer. »Aber das alles hier ist irgendwie … verstörend. Glowik scheint nicht nur für diese Puppen verantwortlich zu sein, offenbar hat er hier auch diese komischen Hexenbeutel angefertigt. Hält der sich selbst für so eine Art Hexer?«

Antonin antwortete nicht, sondern sah weiter ihr Bild an. »Sag mal, kann ich mal dein Handy sehen?«

»Mein Handy? Wieso?« Sarah zog es unten aus der Tasche hervor, entsperrte es und reichte es ihm zögernd.

»Nur so ein Gedanke«, murmelte er und wischte eine Weile darauf herum.

Sarah wusste nicht, wonach er suchte, doch schließlich entfuhr ihm ein verärgerter Laut.

»Dieser Dreckskerl! Schau dir das an.« Er präsentierte ihr das Smartphone. »Du hast eine Spy-App auf dem Gerät.«

»Wie bitte?« Alarmiert nahm ihm Sarah das Handy ab.

»Du musst diese Apps schon gezielt in den Eingeweiden des Smartphones suchen«, erklärte er. »Wenn man nicht weiß, wonach man Ausschau halten muss, kann man ihnen eigentlich nur anhand des erhöhten Datenverbrauchs auf die Spur kommen. Oder mit einem guten Virenscanner. Aber sie übermitteln nicht bloß deine Standortdaten, sondern auch einiges andere mehr: Telefonaktivitäten, Messages, Browserverläufe und so fort.«

»Das gibt es doch nicht!« Sprachlos hielt Sarah das Gerät in der Hand. »Wie bist du darauf gekommen?«

»Weil so was vor einem Dreivierteljahr auch einem Kollegen passiert ist. Mafia. Die waren über jeden seiner Schritte informiert.« Antonin musterte sie, und Sarah sah, wie seine Kiefermuskulatur arbeitete. »Wir haben uns doch gefragt, wie dein ominöser Anrufer gestern wissen konnte, wo du absteigen wolltest? Wenn Glowik dich tatsächlich schon seit Wochen ausspäht, dann hat er vielleicht eine Gelegenheit genutzt, dein Handy zu manipulieren, als du irgendwann mal unvorsichtig warst.«

Sarah wurde blass. »Ich begreife das nicht. Wieso ich? Und wieso schon so lange?«

»Das kann ich dir auch nicht sagen.« Er zuckte ratlos mit den Schultern. »Ich schlage vor, wir entfernen die App. Es lässt sich eh kaum ermitteln, wohin die Daten gingen. Trotzdem mache ich mir um dich Sorgen. Solange Glowik nicht gefasst ist, kann er jederzeit wieder zuschlagen. Wenn du also nichts dagegen hast, aktiviere ich bei deiner Internet-Suchmaschine die Standortfreigabe in Echtzeit. Mache ich bei mir auch, okay? Sollte einem von uns etwas passieren, dann haben wir mit etwas Glück die Chance, einander aufzuspüren. Nur befürchte ich, er hat es vor allem auf dich abgesehen.«

Sarah nickte fassungslos, während Antonin ihre Smartphones

entsprechend konfigurierte. Schließlich siegte ihr Ärger. »Es muss hier doch irgendeinen Hinweis geben, was dieser ganze Aufriss eigentlich soll!« Wütend steckte sie ihr Handy wieder ein.

Gemeinsam machten sie sich auf die Suche. Während Antonin belanglose Kleidungsstücke aus der Sporttasche zog, kehrte Sarah in den Schlafraum zurück und durchsuchte die dortigen Regale. Zu ihrer Überraschung fand sie unter der Wäsche drei Bücher.

Interessiert nahm sie sie zur Hand. Es handelte sich bei ihnen um ältere Werke, die sich mit slawischen Religionen und Mythologien beschäftigten.

Seltsam.

Kopfschüttelnd legte sie die Bücher beiseite und untersuchte das Bett des Mannes. Es roch nach Schweiß. Schließlich hob sie die Matratze an und stieß einen leisen Pfiff aus. Denn auf dem Rost lag ein Büchlein mit blauem Kunststoffeinband. Sie klappte es auf. Die Seiten waren mit krakeliger Handschrift eng in sorbischer Sprache beschrieben, die sie leider nicht entziffern konnte. Als sie weiter nach hinten blätterte, fiel zwischen den Seiten ein offenbar älteres Foto heraus. Es handelte sich um eine verblasste Farbfotografie, die einen kleinen Jungen an der Hand einer gutaussehenden jungen Frau mit längeren schwarzen Haaren zeigte, vor ländlicher Kulisse. Im Hintergrund waren Felder und etwas entfernt auch die Häuser einer kleinen Ortschaft zu erkennen.

Sarah betrachtete die Abgebildeten eingehend und verglich die Züge des Jungen mit denen von Glowik. Das war er. Ohne Zweifel.

Nur eben als Fünf- oder Sechsjähriger.

Antonin erschien im Vorraum, eine Mappe in Händen, deren Inhalt er studierte. »Sarah, es wird noch ominöser. Die hier habe ich drüben gefunden. Mit Klebestreifen unter der Tischplatte befestigt. Schau dir das mal an.«

Er reichte sie ihr, und Sarah ging zunehmend verwirrt die darin befindlichen Unterlagen durch.

Es handelte sich um Ahnentafeln, alte Stammbäume, Geburtsurkunden und Auszüge aus Kirchenbüchern. Den Briefköpfen mancher Begleitschreiben zufolge fast alles Dokumente, die von einem Ahnenforschungsinstitut in Leipzig stammten. Doch Glowik schien auch selbst Nachforschungen angestellt zu haben. Und immer wieder sprang ihr bei alledem ein Familienname ins Auge: Richter.

»Das ist doch alles nicht wahr«, murmelte sie konsterniert. »Der Kerl hat allen Ernstes meine komplette Familiengeschichte durchforstet? Die meisten Namen sind mir nur vom Hörensagen bekannt – wenn überhaupt.« Sie blätterte wieder zurück. »Und das alles reicht bis zu einem gewissen ... Conrad August Richter und seiner Frau Clara Margret, geborene Fromm. Er hat von 1734 bis 1798 gelebt, sie von 1741 bis 1803.« Sie las einige Zeilen. »Er war offenbar Oberamtmann bei der Kurfürstlichen Polizeikommission, die 1765 in Dresden gegründet wurde. Ich glaube, das war der Vorläufer der einstigen Gendarmerie.«

»Ja«, meinte Antonin nachdenklich. »Es ist überhaupt auffallend, dass Glowik allein deiner männlichen Abstammungslinie gefolgt ist. Sieh nur, es ist ganz so, wie du schon erwähnt hast. Die standen alle irgendwie im Polizei- und Justizdienst. Wirklich erstaunlich.«

»Na ja, es wird auch andere Familien mit solchen Berufstraditionen geben«, erwiderte Sarah. »Aber ... warum ist meine Ahnenreihe für Glowik überhaupt von Interesse?«

Sie sah irritiert auf. Irgendwie fühlte sie sich beschmutzt.

Vor der Baracke hielt soeben ein Fahrzeug, und Sarah nahm sofort das Blaulicht auf dem Dach wahr. Die Kollegen waren eingetroffen. Ein uniformierter Beamter trat kurz darauf ein.

»Sind Sie Oberkommissar Schultkas?«, sprach er Antonin an.

»Ja, der bin ich.« Er drehte sich zu ihm um und wies sich aus.

»Ein Wagen steht jetzt am Betriebstor«, informierte ihn der Beamte. »Allerdings haben wir eben erfahren, dass es noch eine

Zufahrt gibt, auf einer der Feldseiten. Leider könnte es sein, dass der Gesuchte dort abgehauen ist. Zumindest glaubt einer der hiesigen Arbeiter, ihn in einem weißen Mercedes erkannt zu haben.«

»Haben Sie das Kennzeichen?«, fragte Antonin.

»Nein. Finden wir aber heraus, da das offenbar ein Betriebsfahrzeug ist, das ihm schon länger zur Verfügung steht.« Er blickte sich skeptisch um. »Offenbar, um ihm ein wenig Mobilität zu ermöglichen.«

»Gut. Sobald Sie es haben, Ringfahndung einleiten.«

Der Beamte nickte auch Sarah kurz zu und verließ die Baracke wieder.

»Okay, vielleicht hilft uns das hier, zu verstehen, was den Kerl antreibt«, nahm Sarah den Faden wieder auf. Sie drückte Antonin das Büchlein in die Hand, das sie unter dem Bett gefunden hatte. »Ist leider in sorbischer Sprache. Ich hoffe, du kannst es übersetzen.«

Anton blätterte durch die Seiten und seufzte. »Was für eine Handschrift ...«

Sarah nickte. »Außerdem habe ich so eine Ahnung, wo er hin sein könnte.« Sie präsentierte ihm das Foto. »Hier, erkennst du den Jungen? Meiner Meinung nach ist das Glowik. Und jetzt sich dir mal das Dorf im Hintergrund an. Speziell diese Windmühle. Wenn du mich fragst, ist das die gleiche, die auch auf den beiden Gemälden zu sehen ist. In dieser Häufung finde ich das inzwischen mehr als nur eigenartig.«

Antonin betrachtete die Fotografie stumm.

»Vielleicht hatte Luca Opitz' Großmutter ja doch auf gewisse Weise recht mit diesem Dorf?«, meinte Sarah zögernd. »Auf mich wirkt die Aufnahme jedenfalls so, als stamme dieser Glowik aus Kutzlarnitz.«

*

»Nun pack schon mit an!«, forderte Tim Sven auf, der neben dem Computertisch in Lucas *XFacts*-Studio stand und ihm untätig dabei zusah, wie er die alte Bauerntruhe zu verschieben versuchte.

Leider war das verdammte Mistding samt dem darin verstauten Kabel- und Elektronikgewirr viel schwerer als gedacht. Und die aufgestaute Wärme auf dem Heuboden erleichterte die Sache nicht gerade. Und doch war Tim sich sicher, dass sich darunter etwas verbarg. Zumindest, wenn ihn der schreckliche Albtraum vorhin bei Paula nicht genarrt hatte.

»Vielleicht sollten wir den Scheiß erst mal ausräumen?« Sven kam seufzend zu ihm und packte nun ebenfalls mit an.

»Zu zweit schaffen wir das auch so.«

Tim musterte kurz Lea. Sie saß erschöpft von ihrem Ausflug nach Hoyerswerda auf Lucas Arbeitsstuhl und sah den beiden Jungs müde mit einer Flasche Sprudel in der Hand zu. Wenigstens hatte er sie vorhin zu einem Eis überreden können. Aber wenn sie so weitermachte, würde sie bei der Wärme irgendwann umkippen.

Sven schob, während Tim an der Truhe zerrte, und endlich bewegte sich das Mistding mit schabendem Geräusch über die Dielen.

Sven stöhnte enttäuscht auf. »Sorry, aber da ist nichts.« Er blickte auf den Boden und zuckte mit den Schultern. »Wie auch? Das hier oben ist ein gewöhnlicher Bretterboden, völlig ohne Zwischenräume.«

»Aber da muss etwas sein.« Tim trat zu ihm, aber da war tatsächlich nichts. »Das verstehe ich nicht. Ich hab in dieser …. Vision gesehen, wie sich all diese Heuschrecken um die Truhe gesammelt hatten.«

»Vielleicht sollten wir doch noch mal *in* der Truhe suchen?«, schlug Lea vor. »Luca hätte das Ding doch alleine auch kaum wegbekommen.«

»Das hab ich doch gestern schon«, meinte Sven. »Außer Lucas Elektrokram ist da nichts drin.«

»Aber vielleicht hat Lea recht.« Tim seufzte. »Du könntest was übersehen haben.«

»Ja, oder deine komische Vision stimmte nicht.«

»Das glaubst du, nach allem, was bis jetzt geschehen ist?«

Tim blickte ihn gereizt an und kramte dann alle Kabel, Steckleisten und elektronischen Bauteile aus der Kiste. Als er einige Batterien aus einem speziellen Seitenfach nahm, bemerkte er plötzlich, dass sich der Boden an der Stelle leicht bewegte.

»Wartet mal!«, sagte er aufgeregt. »Ich glaube, hier ist was. So was wie ein doppelter Boden.«

Lea erhob sich und kam neugierig zu ihnen. »Würde Sinn ergeben. Diese alten Kisten ließen sich zwar abschließen, aber so sicher waren die auch nicht.«

Tatsächlich war es nicht allzu schwer, den Trickboden aufzuklappen, und überrascht blickten sie auf eine Vertiefung, in der zwei Bücher steckten.

Sven stieß einen leisen Pfiff aus und zog die Bände ins Freie. »Sieh mal einer an.«

Die Bücher waren unterschiedlich groß und zweifellos ziemlich alt, was man sowohl an der Machart als auch an den Einbänden erkannte. Dementsprechend waren sie in antiquierter Druckschrift abgefasst.

Der Titel des größeren Bandes ließ sich dennoch rasch als *Historie der ersten Ermittlungen der Gendarmerie Sachsens* entziffern. Offenbar war er im Jahr 1853 aufgelegt worden, anlässlich der Gründung der königlichen Polizeidirektion Dresdens.

Das andere Buch stammte aus dem Jahr 1884, war in Leipzig erschienen und beschäftigte sich mit alten sächsischen Volkssagen. Ein Dr. Rasmus Hahn versuchte darin, deren lokale Ursprünge und historische Hintergründe aufzudecken.

Das Einzige, was beide Bände gemein hatten, war, dass sie im

Einband ein vergilbtes, eingeklebtes Namensetikett mit einer unidentifizierbaren Signatur trugen, aus der hervorging, dass beide Bücher einst im Besitz derselben Person gewesen waren.

»Meinst du, dass du die hier finden solltest?«, fragte Lea, die die Bände entgegennahm.

»Na ja. Wenn dieser Albtraum vorhin wirklich so etwas wie eine Botschaft war, dann ...« Tim atmete tief durch und blickte seine Freunde an. »Ich meine, wir haben hiermit ja wirklich etwas gefunden, was uns gestern entgangen ist.«

»Okay.« Sven seufzte. »Dann schlage ich vor, dass ihr Streber euch die Bücher anseht. Ich gehe inzwischen neue Getränke von deiner Oma holen. Ich muss eh mal bei meiner Mutter anrufen, die ist nämlich seit gestern Abend etwas beunruhigt und will, dass ich mich regelmäßig melde.«

»Lass uns ebenfalls runtergehen«, schlug Tim Lea vor. »Da ist es nicht so heiß.«

Sie marschierten an Lucas Stellwand mit den fetten blauen *XFacts*-Lettern vorbei zur Bodenluke mit der Leiter, und Tim musste wieder daran denken, wie verrückt es war, was sie hier eigentlich taten.

Wenn ihm vorgestern jemand erzählt hätte, dass eine unheimliche Macht seinen Bruder entführen würde und er schon bald wie Luca irgendwelchen paranormalen Spuren nachjagen würde, dann hätte er ihn oder sie reif für die Klapsmühle erklärt.

Nur taten sie im Augenblick genau das.

Und praktisch alles, was sie seit gestern erlebten, trug dazu bei, sein Weltbild weiter zu erschüttern. Das Schlimmste daran war, dass egal, was sie unternahmen, alles immer unerklärlicher und rätselhafter wurde.

Was, wenn sie sich mit alledem übernahmen?

Was, wenn sie dieser Hexe, oder wem auch immer Paula bei dieser Séance begegnet war, plötzlich direkt gegenüberstünden?

Bei dem Gedanken daran wurde ihm flau zumute. Nur war seine

Sorge um Luca mindestens ebenso groß. Und unvermittelt wurde ihm bewusst, wie dankbar er dafür sein durfte, Freunde zu haben, die diesen Weg mit ihm gingen.

Sven eilte bereits zum Wohnhaus, und so setzten er und Lea sich neben dem rostroten Trecker seines Großvaters auf einige Kisten.

»Danke«, meinte er an Lea gewandt. »Dafür, dass ihr mich nicht allein mit dem Scheiß lasst.«

Lea lächelte mitfühlend und drückte seine Hand. »Komm. Lass uns rausfinden, was es mit diesen Büchern auf sich hat. Welches willst du? Das große oder das kleine?«

Sie hielt die Bände hoch.

Tim schnappte sich das Werk über die sächsische Polizeiarbeit, nicht zuletzt, weil es nicht so dick war. Es zeigte sich, dass es ihm mit jeder Seite, die er las, leichter fiel, die antiquierten Buchstaben zu entziffern.

Wider Erwarten war der Inhalt auch einigermaßen interessant. Er erfuhr, dass in Dresden 1765 erstmals eine ›Kurfürstliche Polizeikommission‹ gegründet worden war. Später hatte es sogenannte Landgendarmeriekorps gegeben, die nach Ämtern aufgeteilt waren, und ab 1814 war das Polizeiwesen von den Franzosen gänzlich neu organisiert worden. Schautafeln zeigten honorige Porträts einstiger Polizeibeamter, außerdem die Epauletten diverser Schutzmannschaften. Auch auf die Oberlausitz wurde eingegangen, die als Markgrafentum seit Mitte des sechzehnten Jahrhunderts an das Kurfürstentum Sachsen gebunden war, wenngleich dort wohl auch nicht immer zwingend sächsisches Recht gegolten hatte.

Sven kam inzwischen wieder zurück und brachte ihnen kalte Getränke, die sie durstig hinunterspülten. Als Tim zu Lea blickte, sah er, dass sie bereits überraschend weit hinten in ihrem Buch angekommen war. Sven setzte sich nun ebenfalls zu ihnen und spielte irgendein Game auf seinem Smartphone.

Immerhin, Tims Band beschrieb zwischendrin sogar einige Fälle, mit denen die damaligen Staatsdiener befasst gewesen waren. Darunter die Aushebung einer Schmugglerfamilie, die Ergreifung einer Räuberbande, die eine Landstraße bis nach Hoyerswerda unsicher gemacht hatte, sowie einen Fall von Brandstiftung in Meißen.

Tim blätterte die Seite um und richtete sich gespannt auf. Denn das nächste Kapitel befasste sich mit Fällen von Hexerei und der Rolle, die die weltlichen Behörden einst bei der Verfolgung vermeintlicher Hexen und Hexer gespielt hatten. Der Autor versuchte zu belegen, dass die Hexenjagden in Sachsen nicht etwa von Landesherren und kirchlichen Obrigkeiten angetrieben worden waren, sondern vielmehr von deren Untertanen, die nur allzu gern selbst auf die Jagd gegangen wären.

Die letzte Hexe Sachsens wurde auf diese Weise 1689 auf dem Rittergut Ostrau im Amt Delitzsch verbrannt, auch wenn einzelne Inquisitionsverfahren wohl noch bis in die späten Jahrzehnte des siebzehnten Jahrhunderts hinein stattfanden. Allerdings wurden diese durchgängig mit geringen Strafen geahndet, sofern die Angeklagten nicht ohnehin freigesprochen worden waren.

Interessant war, dass sich an der weltlichen Aufklärung vieler Fälle offenbar auch Polizeibeamte beteiligt hatten, die – so legte es der Text nahe – Aberglaube und religiöse Eiferei durch ihre Ermittlungstätigkeiten eingehegt hatten. Als Beispiel wurde ein Oberamtmann der Kurfürstlichen Polizeikommission namens C. A. Richter genannt. Er hatte 1772, während der damaligen Hungersnot in der Lausitz, einige Mordfälle in Verbindung mit ›Deiwelskreisen‹ in Kornfeldern aufgeklärt und so einer jungen Frau zur Freiheit verholfen, die fälschlicherweise der Hexerei angeklagt worden war.

Tims Interesse wuchs schlagartig.

Im Text waren nicht bloß einige Dörfer in der Oberlausitz aufgelistet, in deren Nähe diese ›Deiwelskreise‹ aufgetreten waren, der Chronist sprach bei den Ermordeten auch explizit von Enthaupteten.

Irgendwie schien Luca diese Passage interessiert zu haben, denn zwischen den Seiten klemmte ein Zettel mit seinem Gekrakel, darunter Spiralen und Kreise. Außerdem hatte er dort die Ortsnamen aus dem Buch notiert. Dass der Zettel von ihm stammte, war eindeutig, denn dazwischen befanden sich weitere Begriffe in seiner Handschrift: *Kornkreise ... Lausitz ... Dürre 1772!*

»Leute, ich hab hier was«, sagte Tim.

Sven blickte von seinem Handy auf, und auch Lea sah zu ihm.

Tim berichtete ihnen aufgeregt, auf was er gestoßen war.

»Werden da auch irgendwelche Vermissten erwähnt?«, wollte Sven wissen.

»Na ja«, Tim seufzte. »Nur am Rande. Hier steht, dass die Zahl der Toten vermutlich sogar höher war. Das ist aber etwas, über das man eigentlich nur spekulieren kann, wenn da noch weitere Leute vermisst wurden ... Aber Geköpfte in der Nähe von solchen Teufelskreisen, das ist doch schon ziemlich auffällig, findet ihr nicht? Zumindest gehe ich mal stark davon aus, dass mit diesen Teufelskreisen eigentlich Kornkreise gemeint sind. Ich meine ... was denn sonst, wenn die damals in Feldern aufgetaucht sind?«

»Steht da, wen dieser Polizist dafür dingfest gemacht hat?«, fragte Lea.

»Nee, leider nicht.« Tim schüttelte den Kopf. »Wie gesagt: Nur dass er eine Unschuldige vor dem Inquisitionsprozess bewahren konnte und – Zitat – dem Morden ein Ende bereitete. Ist eh nur ein kurzer Abschnitt. Danach scheint es wohl auch zu keinen weiteren Taten gekommen zu sein. Und auch zu keinen weiteren Kornkreisen.«

Sven sah ihn fragend an. »Also eher ein normaler Kriminalfall?«

»Wie könnten solche Parallelen normal sein?« Tim maß ihn mit einem befremdeten Blick. »Wenn es damals ebenfalls zu übernatürlichen Ereignissen gekommen ist, würde das hier sicher nicht erwähnt werden. Jedenfalls hätte ich hübsch den Mund gehalten, wenn ich dieser Polizist gewesen wäre.«

»Mein Buch geht mit der Thematik deutlich offener um«, meinte Lea.

Tim sah sie gespannt an. »Du hast auch etwas Interessantes gefunden?«

»Ja. War nicht so schwer, denn hier war ein Lesezeichen von Luca drin.« Lea hob einen Pappstreifen, der mit dem *XFacts*-Logo bedruckt war.

»Und für was hat sich Luca interessiert?«

»Für ein Kapitel, das um die wohl bekannteste Sage aus unserer Region kreist: um Krabat!«

»Da gab es doch vor ein paar Jahren so einen Film«, wandte Sven kleinlaut ein.

»Echt, du kennst die Krabat-Sage nicht?« Tim sah seinen Kumpel ungläubig an.

»Doch, schon … also so ungefähr.« Er räusperte sich verlegen. »So ein Müllerlehrling, der von seinem Meister in die Schwarzen Künste eingeweiht wird, richtig? Meine Eltern wollten immer mal mit mir nach Schwarzkollm zu der Krabat-Mühle fahren. Aber ich hatte irgendwie nie Bock.«

»Bei der handelt es sich eh bloß um einen Nachbau«, erklärte Tim sachkundig. »Ist aber ziemlich hübsch geworden.«

»Die Sage«, erklärte Lea mit ruhiger Stimme, »stammt aus dem Sorbischen und kreist tatsächlich um einen Müllerjungen namens Krabat. Das alles spielt sich zwischen Hoyerswerda und Königswartha ab. Krabat tritt da mit einem Dutzend anderer Lehrlinge eine Ausbildung zum Müller an, nur dass sich die Mühle dann als ›schwarze Schule‹ entpuppt, in der die Gesellen in der ›Kunst der Künste‹, also in der schwarzen Magie unterrichtet werden. Und von diesen Zauberschulen soll es damals in der Lausitz einige gegeben haben. Die Schüler lernen, wie man einen Brunnen zum Versiegen bringt, wie man den Mehlstaub aus der Mahlstube wehen lässt, wie man sich in ein Tier verwandelt, wie man Pilze wachsen lässt, wie man Bretter verlängern kann, wie man es schneien lässt, wie man ›aus sich hinausgeht‹ und so weiter. Krabat findet das anfangs auch ziemlich cool, nur verwandelt der ›Schwarze Müller‹ die

Jungs nachts immer in Raben und sperrt sie ein. Außerdem stirbt ständig einer der Gesellen. Irgendwann stellt sich dann heraus, dass der Müller jedes Jahr einen von ihnen opfern muss, um nicht in die Hölle zu fahren. Krabat lernt schließlich ein Mädchen kennen, in das er sich verliebt. Andere Versionen sprechen davon, dass er sich an seine Mutter wandte. Auf jeden Fall kommt es noch zu einigen weiteren Verwicklungen, aber schließlich trickst Krabat den Müller aus, indem ihm mal seine Mutter, mal seine große Liebe die Möglichkeit verschafft, sich aus den Fängen des Müllers zu befreien. Am Ende besiegt er ihn dann in einem magischen Zweikampf, und die Mühle brennt ab.«

»Okay …« Sven nickte beeindruckt. »Vielleicht sehe ich mir den Film doch mal an.«

»Solltest du. Noch wichtiger ist aber, dass die Krabat-Legende offenbar einen wahren Kern hat.« Lea warf Tim einen Blick zu. »Hier steht, dass es wirklich einen Krabat gab. Nur war das in Wahrheit offenbar ein kroatischer Obrist, der auf den Namen Johannes von Schadowitz hörte. Die Bauern nannten ihn ursprünglich Chorwat, was das sorbische Wort für Kroate ist. Und daraus entwickelte sich dann Krabat.« Kurz warf sie einen Blick in das Buch. »Gelebt hat er von 1624 bis 1704, und ihm wurde tatsächlich nachgesagt, dass er ein Schwarzkünstler war.«

»Ein Hexenmeister?« Sven blies die Backen auf. »Und wieso wurde ihm das nachgesagt?«

»Na ja, angeblich konnte er zaubern. Es gibt dazu mehrere Sagenversionen, und die sind alle auch ein bisschen unterschiedlich. Aber in denen heißt es, dass dieser Johannes von Schadowitz für den sächsischen Kurfürst August den Starken zum Beispiel einen Soldatenzauber gewirkt habe, durch den der Fürst eine Schlacht gewinnen konnte. Außerdem soll er ihn aus der Gefangenschaft der Türken befreit haben. Für all das wurde der echte Krabat später mit einem Gut in Groß-Särchen belohnt. Auch magisch hatte er angeblich einiges drauf: Krabat konnte sich in Tiere verwandeln,

Schweine tanzen lassen, und einmal soll er sogar mit einem Wagen durch die Luft gereist sein, bis er damit gegen die Spitze des Kamenzer Kirchturms geknallt ist. Vor allem aber heißt es, dass er seine Zauberkunst tatsächlich in einer alten Mühle erlernt hat. Und zwar in keiner geringeren als in der ursprünglichen Krabat-Mühle in Schwarzkollm.«

»Wow! Aber warum ist das für uns interessant?«

»Sag ich dir«, antwortete Lea. »Weil es in den alten Texten immer wieder heißt, dass die Macht der Zauberer von einem uralten Zauberbuch herrühre: dem sogenannten Koraktor! Dem Höllenzwang. Ein Buch mit schwarzen Seiten und weißer Schrift.«

»Stimmt, den Namen habe ich schon mal gehört«, murmelte Tim.

»Genau. Und da wird es interessant«, fuhr Lea fort. »Denn der Autor hier glaubt, dass es so ein Buch wirklich gegeben haben könnte.«

»Ernsthaft?« Sven sah sie skeptisch an. »Und was wurde aus dem Ding?«

»Dazu gibt es mehrere Überlieferungen«, antwortete Lea. »Einem Theologiestudenten namens Jan Golc zufolge konnte Krabat angeblich erst sterben, nachdem der Koraktor vernichtet war. Mutmaßlich waren darin nämlich einige Zauberrituale enthalten, die so gefährlich waren, dass er stets befürchtete, jemand könnte die Macht des Buches missbrauchen. Nur bezweifeln andere, dass er das wirklich getan hat.«

»Zu sterben?« Sven sah sie kritisch an.

Lea verdrehte leicht die Augen. »Nein, den Koraktor zu vernichten, natürlich. Irgendwo heißt es sogar, das sei gar nicht möglich, weil das eben ein Zauberbuch ist. Entsprechend gibt es weitere Erzählungen, nach denen Krabat das Buch im Schwarzwasser versenkt hat, um beruhigt abtreten zu können. Am interessantesten ist aber eine Überlieferung, nach der Schadowitz das Zauberbuch am Ende seines Lebens versteckt hat. Und da heißt es, dass er sichergestellt habe, dass nur jene das Buch finden können, die ›seine Sprache sprechen‹. Was hier so gedeutet wird, dass Krabat zu Lebzeiten vergebens einen Erben gesucht hat, der moralisch so gefestigt war wie er selbst. Er galt ja schließlich als Wohltäter und guter Zauberer. Krabat soll am Ende sogar ein guter Christ gewesen sein.«

»Okay«, meinte Tim. »Ich verstehe nur immer noch nicht, was dieser Koraktor für uns …«

»Dann sieh dir das hier mal an«, unterbrach Lea ihn und drehte ihr Buch um, sodass ihre Freunde die bedruckten Seiten sehen konnten.

Auf der rechten Seite war ein alter Holzdruck aus dem Jahr 1749 abgebildet. Er zeigte einen dunklen Schwarm Heuschrecken, der eine Ebene mit Kornfeldern verwüstete. Leider ließ sich der Text kaum entziffern, da ausgerechnet dort der Druck zu schlecht war.

»Die Abbildung ist als altes Flugblatt aus der Lausitz ausgewiesen, das vor dunkler Zauberei warnt«, erklärte Lea. »1749 kam es in Europa wohl zu einer ziemlich schlimmen Heuschreckenplage. Und jetzt schaut euch mal den Hintergrund an.«

Tim und Sven traten gebannt näher, und nun konnten sie es ebenfalls erkennen. Weiter hinten war eine kleine dunkle Gestalt mit Spitzhut und Buch in der Hand eingezeichnet, die – so wirkte es – den Schwarm dirigierte.

»Soll das ein Hexer sein?«, fragte Sven.

»Sieht so aus«, meinte Lea. »In dem Flugblatt wird das Zauberbuch sogar explizit als Koraktor benannt. Aber das allein meinte ich nicht. Schaut euch mal die linke Bildhälfte an.«

Tim und sein Kumpel folgten dem Hinweis, und Sven riss die Augen auf. »Fuck! Da ist ja so ein Kornkreis!«

Tim hatte dieses Detail bislang wegen des Gewimmels an Heuschrecken auf dem Bild übersehen. Beunruhigenderweise ähnelte die Gestalt der Geoglyphe sehr dem Piktogramm aus dem Roggenfeld, in dem sie sich gestern herumgetrieben hatten.

»Ich glaub's nicht!«, entfuhr es ihm. »Willst du damit andeuten, dass diese Kornkreise irgendwie ... auf magische Weise entstehen?«

Lea zog das Buch zurück und seufzte.

»Zauber. Ritual. Nenn es, wie du willst.« Sie atmete tief ein. »Damals waren die Leute jedenfalls davon überzeugt, dass in dem Koraktor Wege beschrieben sind, mit denen man Naturgewalten kontrollieren kann. Und wenn ich mir überlege, was jetzt gerade bei uns so abgeht ... Wer weiß? Vielleicht ist das ja tatsächlich so.«

Tim schüttelte den Kopf.

»Bedeutet das, dass jemand heute diesen Koraktor benutzt? Um ... eine Heuschreckenplage heraufzubeschwören?«

»Ich hab keine Ahnung, was das Ziel ist.« Lea schien trotz der Wärme leicht zu frösteln. »Aber überlegt mal: Die Viecher verhalten sich doch schon die ganze Zeit über total seltsam. Wenn ich nur an die Sache vorhin bei Paula denke ...« Sie schüttelte sich. »Und denk an das Phänomen gestern an den Fenstern drüben. Oder schon davor im Feld. Diese Biester haben mich regelrecht angesprungen.«

»Okay, und was sollen wir jetzt tun?«, fragte er. »Das hilft uns doch irgendwie alles nicht weiter.«

»Na ja.« Lea seufzte. »Vielleicht verhält es sich mit alledem ja ganz anders, als wir denken. Vielleicht kann man mit dem Zauberbuch auch gegen diese Macht ankämpfen.«

»Und wie, wenn wir diesen Koraktor nicht haben?«

»Ich sagte es doch«, meinte Lea verschwörerisch. »Dieser Johannes Schadowitz soll das Buch kurz vor seinem Tod versteckt haben. Der Autor mutmaßt auch, wo.«

»Etwa in der Krabat-Mühle in Schwarzkollm?«

»Nein, die Originalmühle steht ja auch schon lange nicht mehr. Aber so ganz falsch liegst du nicht. Denn Schadowitz soll wohl zu Lebzeiten den Bau zweier weiterer Mühlen finanziert haben. Zunächst eine in der Nähe des Dubringer Moors, aber die ist dann wohl bei einer Mehlstaubexplosion in die Luft geflogen. Später noch eine weitere. Und zwar in Kutzlarnitz!«

»Echt, du sprichst von diesem seltsamen Sorbendorf hier in der Nähe?«, fragte Sven skeptisch.

»Ja. Meines Wissens steht da wirklich so eine alte Mühle.«

»Dir ist schon klar, dass die Kutzlarnitzer als Eigenbrötler gelten, die mit der Außenwelt lieber nichts zu tun haben wollen?«

»Ich war da bislang noch nicht«, meinte Lea.

»Aber warum hat Schadowitz das getan?«, hakte Tim nach. »Sagtest du nicht eben, dass der Typ ausgesorgt hatte? Der lebte doch am Ende sogar auf einem Gut in Groß-Särchen.«

»Ja, aber hier schließt sich der Kreis: Er tat das offenbar, weil er angeblich einen würdigen Erben für seine Zaubermacht gesucht hat.«

»Du willst damit sagen, Krabat hat zuletzt selbst so eine Art Zauberschule gegründet?«

»Läge das nicht nahe, wenn er geplant hätte, das Buch irgendwann an jemand Würdigen zu übergeben?«

Skeptisch sahen sich die Jungen an.

»Das ist die einzige Spur, die wir haben«, meinte Lea bestimmt. »Denkt doch mal an all die seltsamen Umstände, durch die wir auf all das hier aufmerksam geworden sind. Was, wenn an alledem was dran ist?«

Tim seufzte. »Zumindest mit einem hast du recht: Diese Mühle steht da wirklich. Und so, wie ich die in Erinnerung habe, ist die tatsächlich ziemlich alt. Aber ob es wirklich Zauberbücher gibt?«

»Hast du vorher schon mal gesehen, dass tote Heuschrecken zum Leben erwachen?« Lea sah ihm blass in die Augen.

»Okay.« Tim räusperte sich. »Da ... ist auch noch etwas anderes merkwürdig.«

»Was?«

»Na ja, diese Angeklagte, von der ich erzählt hatte. Die, die dieser Polizist einige Jahrzehnte später vor dem Inquisitionsprozess bewahrt hat. Ich muss zugeben, dass das jetzt auch etwas seltsam ist, aber die stammte wohl angeblich auch aus diesem Dorf.«

»Aus Kutzlarnitz?« Erstaunt blickte ihn Lea an.

»Ja.«

»Das ist doch unmöglich Zufall.«

Tim starrte nachdenklich das Buch in seiner Hand an.

»Komm schon, was schlägst du vor?«, wollte Sven wissen. »Ich sehe doch, dass du was ausbrütest.«

»Na ja. Vielleicht sollten wir uns in dem Dorf mal umsehen.« Tim warf seinen Freunden einen verschwörerischen Blick zu. »Heimlich natürlich. Und sei es auch nur, um so vielleicht rauszufinden, wer diesen Koraktor heute besitzt.«

Er legte die Hand auf das Polizeibuch. »Und etwas Hoffnung gibt uns der Fall hier drin ja auch. Denn sollte sich so was wie heute auch während der Hungersnot 1772 zugetragen haben, dann wissen wir jetzt, dass man mit dieser Gefahr auch fertigwerden kann.«

»Wie kommst du darauf?«, wollte Sven wissen.

»Na, weil das dieser Polizist damals doch auch irgendwie geschafft haben muss. Dieser C. A. Richter.«

KUTZLARNITZ

»Ich begreife nicht, was in Glowik vor sich geht«, sagte Sarah.

Rätselnd saß sie auf dem Beifahrersitz ihres Polo und sichtete die drei Bücher aus der Baracke.

Der Flüchtige war definitiv kein Intellektueller. Dass Glowik überhaupt Bücher besaß, war schon bemerkenswert. Die hier mussten für ihn daher von größerem Interesse gewesen sein, da sie zu den wenigen persönlichen Besitztümern zählten, die sie in seiner Unterkunft gefunden hatten. Umso mehr verwunderte es sie, dass ausgerechnet er sich für alte slawische Religionen und Mythologien interessierte.

Erstmals seit sie in Sachsen war, hatte sie daher Antonin das Steuer ihres Wagens überlassen, um die Werke in Ruhe begutachten zu können.

»Ich hatte ja gehofft, dass ich in einem der Werke irgendeinen Hinweis auf diese komischen Mojo-Beutel finden würde«, fuhr sie fort, während sie an Feldern und Fluren vorbeikamen, zwischen denen wie Perlschnüre aufgereihte Baumreihen von entfernten Landstraßen und Feldwegen kündeten. »Aber leider Pustekuchen. Die Bücher sind allesamt populärwissenschaftlich, soweit ich das beurteilen kann. Wobei ich zugeben muss, dass ich bislang keine Ahnung hatte, wie vielfältig die vorchristlichen Glaubensvorstellungen der Slawen waren. Und auch wie bizarr: mehrköpfige Gottheiten, seltsame Naturgeister, Wahrsage- und Prophezeiungskulte …« Sie schüttelte leicht den Kopf. »Nur steht darin leider rein gar nichts, was erklären könnte, welche Absichten Glowik verfolgt.«

Antonin, der sich schon eine Weile wortkarg auf die Landstraße konzentrierte, brummte leise. »Auch das gehört halt zu den uralten sorbischen Traditionen«, meinte er irgendwann.

Sarah blickte ihn an. »Und das soll was heißen?«

»Nichts. Ich wollte es nur erwähnt haben.«

»Komm schon. Irgendwie liegt doch der Verdacht nahe, dass Glowik nicht gerade strenggläubiger Katholik ist. Was, wenn der sein Heil in so was hier gefunden hat?« Sarah hob eines der Bücher an. »Die Leute flüchten sich doch heutzutage zunehmend in irgendwelche Ersatzreligionen. Und irgendwie macht der Typ auf mich den Eindruck eines Getriebenen. Was, wenn der sich in so was hier reingesteigert hat? Ihr Sorben habt doch slawische Wurzeln. Oder nicht?«

»Sicher.« Antonin rieb sich mit einem Finger über die Stirn.

»Wie lange seid ihr eigentlich schon Katholiken?«

Etwas überrumpelt blickte Antonin sie an. »Du wirst es kaum glauben, aber ursprünglich waren die meisten Sorben Protestanten. Dass die meisten von uns heute katholischen Glaubens sind, wird unter anderem darauf zurückgeführt, dass katholische Messen eben auch in sorbischer Sprache abgehalten werden. Anders als bei den Protestanten.« Antonin schnaubte. »Wenn du aber die christlichen Missionierungen meinst, gingen die wohl so im zehnten Jahrhundert los. Unsereins war damals über Jahrhunderte in zahllose Kriege verwickelt. Gegen die Deutschen, die Polen, überhaupt gegen alle Anrainer um die damaligen *Wenden*gebiete herum, wie es so schön in den Geschichtsbüchern heißt. Teils wurden gegen meine Vorfahren regelrechte Ausrottungskriege geführt. Tausende von uns sind damals umgekommen oder wurden in die Sklaverei geführt. Wusstest du, dass das Wort Sklave von Slawe herrührt?«

»Ernsthaft?«

»Ja, denn die Slawen galten nach damaligen Vorstellungen als Menschen, die, nun ja, versklavt werden durften. In der Zeit kam es jedenfalls auch gezielt zu militärischen Missionierungen. Wir wurden nach und nach von neu angesiedelten deutschen Zuwanderern auf unser heutiges Siedlungsgebiet zurückgedrängt. Wann genau die heidnischen Vorstellungen dann ausgemerzt waren, lässt sich wohl nicht mehr genau datieren. Ich schätze mal, irgendwann so gegen Ende der Kolonisation im zwölften Jahrhundert.«

»Bist *du* Katholik?«, fragte Sarah gespannt. »Oder ist die Frage zu privat?«

»Ja, ich bin katholisch.« Antonin musterte sie. »Und wie sieht es bei dir aus?«

»Ehemals evangelisch, aber seit drei Jahren aus der Kirche ausgetreten.« Sarah ließ sich in den Sitz zurücksinken. »Spart auch 'ne ganze Menge Kohle. Privat würde ich mich eher als Agnostikerin bezeichnen. Und du?«

Antonin wog sein Haupt. »Ich will es mal frei nach Shakespeare ausdrücken: Ich bin davon überzeugt, dass es mehr Dinge zwischen Himmel und Erde gibt, als sich unsere Schulweisheit erträumen lässt.«

»Diplomatische Antwort.« Sarah lächelte und verstaute die Bücher im Handschuhfach, als Antonin nach vorn deutete.

»Wir sind übrigens gleich da.«

In der Ferne, zwischen weizengelben Feldern, kam Kutzlarnitz in Sicht. Das Dorf erweckte samt dem Grün zwischen den Bauten den Eindruck einer abgeschiedenen Insel inmitten weiter Flur. Ein Schwarm Krähen zog über der Ortschaft seine Kreise, und vor dem Blau des Himmels hob sich am Dorfrand eine düstere alte Mühle mit vier Flügeln ab.

Sarah hob interessiert eine Augenbraue. »Der Ort ähnelt erstaunlich den alten Abbildungen auf den Ölgemälden.«

Sie fuhren an einem Getreidefeld mit auffallend viel rotem Klatschmohn am Straßenrand vorbei, in dessen Mitte eine ebenso hässliche wie altmodisch wirkende Vogelscheuche mit weit ausgebreiteten Armen stand. Sie trug einen schwarzen Hut und eine ausgeleierte Jacke, und irgendwie beschlich Sarah für einen Moment der Eindruck, als würde sie ihnen hinterherblicken.

Unbehaglich schüttelte sie den Kopf. »Ich hoffe, ich irre mich nicht. Vielleicht wäre es doch besser gewesen, mit dem Besuch hier zu warten, bis du dieses Notizbuch entziffert hast. Nicht, dass Glowiks Foto bloß bei einem Ausflug entstanden ist.«

»Glaube ich nicht«, antwortete Antonin mit merkwürdiger Gewissheit. »Ach so: Ich habe übrigens Rückmeldung von meinem Bekannten erhalten. Dem Kunstexperten, den ich auf das Bild im Hotel angesetzt hatte. Ich hab ihm vorhin auch das Foto von dem Gemälde aus Krahls Büro zugeschickt. Die Signatur passt offenbar zu einem Bild, das im Schloss Hoyerswerda hängt. Im dortigen Stadtmuseum.«

»Und?«

»Demnach war der Maler ein gewisser Johann Caspar Zelenka. Ein Einheimischer, der von 1701 bis 1788 lebte. Leider ist von ihm nicht viel mehr bekannt, als dass er im Hauptberuf Pfarrer war. Von ihm gibt es offenbar noch eine Handvoll weiterer Bilder. Allerdings ausschließlich christliche Motive.«

»Wenn das so ist, vielleicht stammte der ja ebenfalls von hier?«, mutmaßte Sarah mit Blick auf das Dorf, das rasch näher rückte. Allerdings entdeckte sie in Kutzlarnitz keinen Kirchturm, der auf ein einstiges Pfarramt schließen ließ.

Die spitzgiebeligen Schiefer- und Strohdächer der Ortschaft wurden – abgesehen von der hohen Krone eines Baums in der Dorfmitte – allein von der alten Windmühle überragt.

»Nein, hier wirst du vergeblich suchen.« Antonin schüttelte den Kopf. »Zelenka hat sein Amt damals wohl in einem Dorf namens Wolteroda ausgeübt. Ist nur leider schon lange wegen des Braunkohletagebaus weggebaggert worden.«

»Ärgerlich.« Sarah verlangsamte ihren Polo, denn inzwischen hatten sie Kutzlarnitz erreicht.

Der Ort wirkte auch von Nahem völlig aus der Zeit gefallen.

Sie fuhren jetzt über eine enge Kopfsteinpflasterstraße in Richtung Dorfmitte und kamen dabei an erstaunlich vielen Umgebindehäusern vorbei, wie Sarah sie vereinzelt auch aus der Niederlausitz kannte.

Die markante sorbische Bauweise hatte sich ihrer Kenntnis nach aus der deutschen Fachwerk- und der slawischen Blockbauweise entwickelt, bei der eine erdgeschossige Blockstube mit einer Fachwerkkonstruktion überbaut wurde. Letztere stützte sich auf hölzerne Säulenkonstruktionen, die auf Höhe des Obergeschosses in Bögen ausliefen. Dazwischen schimmerten gardinenverhangene Sprossenfenster, vor denen zuweilen Blumenkästen mit blauen Kornblumen und roten Begonien hingen.

Doch auch der Blumenschmuck vor den Fenstern konnte nicht darüber hinwegtäuschen, dass das Dorf irgendwie verwinkelt und gedrungen wirkte. Sarahs Blick fiel auf verschattete Obergeschosslauben, prächtig verzierte Tragesäulen und die markanten Gauben von Giebelkammern, während jenseits der Straße – durchbrochen von düsteren Seitengassen – Stallungen für Kühe und Kleinvieh sowie hölzerne Schuppen auszumachen waren. Darunter ein niedriger Bau, den Sarah für ein einstiges Weberhäuschen hielt, in dem man vermutlich nur gebückt gehen konnte.

Doch nicht alles im Ort bestand aus Holz. Sie kamen auch an zwei Torhäusern mit hohen Durchfahrten und alten Speichern vorbei, die auf steinernen Fundamenten ruhten. Vereinzelt waren dort verwitterte Bildsteine im Mauerwerk auszumachen, von denen Sarah nicht so recht wusste, was sie darstellen sollten. Heilige? Helden der Vergangenheit?

Sie mussten jedenfalls uralt sein.

Überhaupt entdeckte sie im Ort nur wenige Autos, stattdessen aber gleich mehrere Pferdefuhrwerke. An einigen Stellen liefen Hühner frei herum. Und auch die ländlich wirkenden Einwohner, die dem Polo hinterherblickten, waren eher altertümlich gekleidet. Auffallend viele Frauen trugen weiße Kopftücher, Hauben sowie schwarze Kleider mit Unterröcken und weißen Schürzen. Auch die finster dreinblickenden Männer in ihren schwarzen Hosen und ärmellosen Joppen wirkten modischen Neuerungen gegenüber nicht unbedingt aufgeschlossen.

»Meine Güte«, murmelte sie. »Wo sind wir denn hier gelandet? Als wäre man ins Mittelalter zurückversetzt.«

Antonin steuerte einen von Fachwerk umgrenzten Platz an, auf dem sich eine prachtvolle grüne Dorflinde gut dreißig Meter hoch erhob, und hielt schließlich vor einem größeren Doppelstubenhaus mit gepflegtem Strohdach, auf dessen First einige Krähen hockten. Dort parkte bereits ein älterer Škoda.

Dass das Gebäude eine herausgehobene Funktion im Ort erfüllte, erkannte man an der prachtvoll geschnitzten Eingangstür, deren Ornamente an Strahlenbündel oder Ähren erinnerten.

»Verrate mir mal, wen du hier eigentlich um Hilfe bitten willst?«, fragte Sarah missmutig. »Die Leute hier machen auf mich nicht gerade den gastfreundlichsten Eindruck.«

»Den Bürgermeister«, erklärte ihr Kollege kurz angebunden.

Sarah nickte nur.

Sie verließen das Fahrzeug, und Sarah sah zum Himmel auf, aus dem das Gekrächze des seltsamen Krähenschwarms herabschallte. Und natürlich bemerkte sie die Einheimischen, die sie vom Rand des Dorfplatzes aus misstrauisch beäugten.

Sarah nickte freundlich, erntete jedoch keine Reaktion. Sah man von einem Dörfler ab, der sich zu einem etwa zehnjährigen Jungen herabbeugte, der kurz darauf in eine Seitengasse flitzte.

Ihr Blick erfasste eine verwitterte Kalksteinsäule am nördlichen Platzrand, die sie wegen des Baumschattens fast übersehen hätte. Sie war etwa zweieinhalb Meter hoch und auf allen vier Seiten mit altertümlichen Reliefdarstellungen von Personen und Tieren verziert. Oben endete sie in vier gemeißelten Köpfen, die in alle Himmelsrichtungen blickten, wobei die Spitze der Säule nach Art eines Spitzhutes gestaltet war, der alle vier Köpfe umschloss.

Überrascht hob sie eine Augenbraue.

Es war keine Viertelstunde her, dass sie in einem von Glowiks Büchern ein Foto gesehen hatte, auf dem eine ähnliche Stele abgebildet war, nur dass die irgendwo in Polen stand und aus der Zeit vor der ersten Jahrtausendwende stammte. Sie war im Text als ›Idol‹ bezeichnet worden, und die Erläuterungen besagten, dass die figürlichen Abbildungen auf den Seiten angeblich uralte Slawengötter darstellten.

Wie alt war dieses Kutzlarnitz?

»Am besten, du überlässt das Reden mir«, meinte Antonin leise. »Hier geht es ziemlich traditionell zu.«

»Traditionell?«, antwortete Sarah lakonisch. »Ich bin schon froh, wenn wir nicht gleich mit Mistgabeln aus dem Ort gejagt werden.«

Sie folgte Antonin zur Tür mit den Schnitzereien, und er betätigte einen eisernen Klopfer.

Es dauerte nicht lang, und ihnen wurde geöffnet. Vor ihnen stand ein auffallend schmaler Mittzwanziger. Sein dunkles Haar hatte er zu einem strengen Mittelscheitel gekämmt, außerdem trug er ein weißes Hemd und trotz der Wärme eine zugeknöpfte schwarze Joppe.

»Što móžemy za Was činić?«,[3] sprach er sie auf Sorbisch an.

»Mje wočakuja«,[4] erklärte Antonin und zückte seinen Ausweis.

Der junge Mann musterte diesen, betrachtete Sarah ausdruckslos und führte sie schließlich herein.

Sarah und Antonin betraten einen mit Parkett ausgelegten Flur, an dessen Wänden ölgemalte Porträts gewichtig dreinblickender Männer mit schwarzen Hüten hingen.

Der junge Mann führte sie linker Hand durch eine Tür in eine große, holzgetäfelte Blockstube, in der ein prachtvoller Kachelofen stand. Zwischen den Fenstern zum Vorplatz mit der Linde erhoben sich Regale mit alten ledergebundenen Büchern. In einer der gegenüberliegenden Raumecken tickte eine Standuhr, an den Wänden unter der Stubendecke waren Tellerbretter angebracht, auf denen hübsch bemaltes Porzellangeschirr ausgestellt war, doch wurde

---

3 Was können wir für Sie tun?
4 Ich werde erwartet.

der Raum von einem großen Tisch dominiert, um den herum acht prachtvoll geschnitzte Stühle mit rot-blauen Sitzpolstern gruppiert waren.

Weitere Stühle dieser Art standen an den Wänden, unmittelbar unter einem großen alten Gemälde, das das historische Kutzlarnitz samt der Windmühle zeigte.

Der junge Mann schloss die Tür hinter ihnen, sodass sie kurz allein waren.

»Man kommt sich hier wie ein Bittsteller vor«, meinte Sarah schlecht gelaunt.

»Sind wir das nicht irgendwie?«, erwiderte Antonin seltsam angespannt.

In diesem Moment öffnete sich weiter hinten eine Tür, und ein hochgewachsener älterer Mann betrat den Raum. Er trug eine runde Brille, ein graues Hemd, einen schwarzen Hut und ebenso schwarzen Mantel mit rotem Saum. Er kam in Begleitung eines Endvierzigers, der ähnlich gekleidet war wie er. Nur dass Letzterer einen dichten Vollbart trug und der Blick seiner dunklen Augen leicht stechend wirkte.

Die beiden nahmen ihre Hüte ab, und der Brillenträger nickte ihnen zu.

»Antonino, njebych sej myslił, zo so tak bórze zaso widźimoj.«[5]

»Naš wopyt ma přičiny«,[6] antwortete Antonin reserviert.

Sarah warf ihrem Kollegen einen unmerklichen Seitenblick zu, während die Neuankömmlinge sie an den Tisch baten und sich setzten.

Der Brillenträger wechselte einige Worte mit Antonin, der sich seine Antworten scheinbar gut überlegte. Einmal fiel ihr Name, nur verstand Sarah den Rest ebenfalls nicht. Schließlich hatte sie genug und räusperte sich.

---

5 Antonin, ich hätte nicht gedacht, dass wir uns so bald wiedersehen.
6 Unser Besuch hat Gründe.

»Wäre es möglich, dass wir uns auf Deutsch unterhalten?«, fragte sie bemüht freundlich.

Erstmals würdigten die Männer sie mit Blicken.

»Natürlich«, erwiderte der Ältere. »Entschuldigen Sie. Vielleicht sollten wir uns kurz vorstellen: Ich bin Wjacław Tschernik, der hiesige Dorfvorsteher. Mein Begleiter hört auf den Namen Handrej und ist gewissermaßen meine rechte Hand.«

Der Bärtige musterte leicht abfällig ihre Kleidung.

»Sehr schön. Ich hoffe, mein Kollege hat Ihnen erklärt, warum wir hier sind?«, fuhr Sarah kühl fort, nicht ohne Antonin einen strafenden Blick zuzuwerfen.

Sie zückte ihr Handy und rief das Bild des Gesuchten aus den Polizeiakten auf.

»Wir suchen einen Flüchtigen namens Křešćan Glowik.« Sie schob den Sorben das Smartphone zu. »Er ist dreier Morde, außerdem einiger mutmaßlicher Entführungen verdächtig. Wir haben Grund zur Annahme, dass er von hier stammt.«

Die beiden betrachteten das Foto aufmerksam, und Sarah sah, wie sich die Augen des Bärtigen kurz verengten.

Antonin beugte sich zu ihr. »Warte einfach kurz. Bürgermeister Tschernik will noch das Eintreffen der Dorfweisen abwarten.«

»Dorfweise?« Sarah blickte ihren Kollegen erstaunt an. Allmählich fragte sie sich, was mit diesem Dorf sonst noch nicht stimmte. Stattdessen nickte sie und lehnte sich betont gleichmütig zurück. »Gut, wenn das so ist, dann warten wir eben auf Ihre ... Weisen.«

Die Männer lächelten, ohne dass dieses Lächeln ihre Augen erreichte, und die Minuten zogen sich hin wie Sirup.

Endlich waren vor der Tür, durch die sie eingetreten waren, Geräusche zu hören. Sie öffnete sich, und als sich Sarah umdrehte, erblickte sie zu ihrem Erstaunen drei Frauen in sorgfältig bestickten schwarz-grünen Trachtenkleidern und auffälligen schwarzen Hauben, die ihre Häupter wie Flügel umrahmten.

Die Jüngste von ihnen mochte Anfang zwanzig sein. Sie hatte rötliches Haar, und ihr Gesicht war etwas pausbackig, dennoch schien sie von einem fast feierlichen Ernst erfüllt. Die Zweite schätzte Sarah auf Mitte vierzig. Sie war schwarzhaarig und schlank, ihre Lippen jedoch voll und sinnlich. Ihr stolzer Blick war fest auf sie und Antonin gerichtet, und man sah ihr an, dass sie in jüngeren Jahren eine Schönheit gewesen war.

Ganz anders die Dritte, die von den beiden leicht gestützt wurde.

Sarah schätzte die Frau auf siebzig oder achtzig Jahre. Sie hatte ein faltiges Gesicht mit hervorstechenden Wangenknochen und scharfer Hakennase. Unter der schwarzen Haube lugten weißgraue Haare hervor, und ihre Lippen wirkten verkniffen und blutleer. Am befremdlichsten jedoch war der Ausdruck ihrer Augen, denn die Alte war halb blind. Einer ihrer Augäpfel ähnelte einer marmornen Murmel, die wie ein trüber Spiegel ihrer Seele wirkte. Ihr zweites Auge zuckte hingegen unruhig und erfasste einen jeden Anwesenden.

Ehrfurchtsvoll erhoben sich die Sorben am Tisch, und auch Antonin tat es ihnen nach.

Sarah folgte ihrem Beispiel zögernd und sah dabei zu, wie die jüngeren Frauen die Greisin zum Tisch führten, während Wjacław Tschernik und sein Begleiter Handrej hastig die Plätze räumten, sodass sich die Weisen ans Tischende setzen konnten. Erst als die Alte hocherhobenen Hauptes auf dem Stuhl des Vorstehers saß, nahmen auch ihre Begleiterinnen rechts und links von ihr Platz.

Mit ihren breiten schwarzen Hauben und den ernsten Gesichtern erweckten sie einen durchaus Ehrfurcht gebietenden Eindruck. Was auch daran lag, dass Sarah das starrende Auge der Alten unangenehm auf sich ruhen fühlte.

Auf ihr unmerkliches Nicken hin setzten sich die Sorben hinter ihnen auf die Stühle an der Wand, und Antonin und sie ließen sich nun ebenfalls wieder nieder.

»Tónraz njejsy tu, zo by nas wo pomoc prosyl?«,[7] sprach die Schwarzhaarige mit dunkler Stimme Antonin an.

»Snano tola«,[8] antwortete er ernst.

»Könnten wir uns vielleicht darauf einigen«, ging Sarah wieder dazwischen, »dass wir Deutsch ...?«

Die drei Weiber unterbrachen sie, indem sie erbost mit den Fingerknöcheln auf den Tisch trommelten.

»Rěčimy z twojim kolegom!«,[9] fauchte die Greisin.

Empört wandte sich Sarah an Antonin, der einen eher hilflosen Eindruck erweckte.

»Sarah, vielleicht solltest du ...«

»Gar nichts werde ich!«, zischte sie gereizt. »Es reicht!«

Sie zückte ihren Polizeiausweis und legte ihn auf den Tisch.

»Ich bin nicht hier«, fuhr sie die Frauen an, »um mich auf irgendwelche Spielchen einzulassen, sondern wegen eines Mörders, der mutmaßlich aus diesem Ort stammt. Das können wir freundlich regeln oder auf die harte Tour. Weise ...«, sie betonte das Wort, »wäre vermutlich Ersteres. Denn wenn sich unser Verdacht bestätigt und der Kerl hier vielleicht sogar Verwandte hat, die ihn decken, dann können wir die Befragung auch ganz offiziell auf dem Revier fortsetzen.«

Die Frauen blickten sie weiter aufgebracht an, insbesondere die halb blinde Alte. »Wir sprechen üblicherweise nicht mit Auswärtigen«, schnaubte die Jüngste. Immerhin auf Deutsch.

»Nun, Frau ...?«

»Ich bin Lenka«, erklärte ihr Gegenüber ausdruckslos. »Meine Schwurschwester«, ihr Blick fiel auf die Schwarzhaarige, die vom Alter her ihre Mutter sein konnte, »hört auf den Namen Mječisława. Die Weiseste und Erste unter uns ist jedoch baba Borbora.«

---

7 Diesmal bist du nicht hier, um uns um Hilfe zu bitten?
8 Vielleicht doch.
9 Wir sprechen mit deinem Kollegen!

Die Greisin legte den Kopf leicht schief, als sie ihren Namen hörte, fixierte Sarah jedoch immer noch mit ihrem einen Auge.

»Schön.« Sarah wandte sich Lenka zu. »Dann schlage ich vor, dass Sie heute eine Ausnahme machen. Sie werden sehen, dann sind wir schneller wieder weg, als Sie Ihre Haube binden können.«

»Ein Männerberuf schickt sich für keine Frau!«, zischte Borbora ungnädig.

»Tatsächlich?«, antwortete Sarah spitz. »Tja, da offenbar *Sie* und nicht Ihr Bürgermeister die Geschicke dieses Dorfes lenken, kennen Sie sich mit so etwas ja gut aus.«

Empört wollten Lenka und Mječisława erneut zu dieser Trommelei ansetzen, doch die Greisin hielt sie mit jäh erhobener Hand davon ab. Abermals starrte sie sie mit ihrem einen Auge an. »Warum sollten wir einer anmaßenden Person wie Ihnen trauen?«

»Weil das die Gepflogenheiten außerhalb Ihres kleinen Gemeinwesens so vorsehen«, antwortete Sarah beherrscht und folgte nun ihrer Eingebung. »Im Übrigen gibt es ja durchaus Dinge, die man Männern allein nicht überlassen sollte.« Der kleine Seitenhieb musste einfach sein. Denn Antonin neben ihr schwieg ebenso betreten wie die beiden Sorben hinter ihr im Raum. Irgendwie schien sie damit einen Nerv bei den seltsamen Weibern zu treffen, denn sie wechselten jetzt untereinander Blicke.

»Also, wie wäre es?«, setzte Sarah erneut an. »Betrachten wir das Ganze doch einfach als klärendes Gespräch unter Frauen.«

Die Jüngere und die Schwarzhaarige warfen der Greisin einen knappen Blick zu, die Sarah noch immer verärgert anstierte.

»Was wollen Sie?«, fragte die alte Borbora lauernd.

»Ich schätze, Sie wissen das bereits. Wir suchen einen gewissen Křešćan Glowik.« Sarah entsperrte ihr Smartphone, damit das Foto von ihm wieder zu sehen war. Zusätzlich schob sie den Frauen das Bild aus dem Notizbuch zu.

»Er und seine Mutter haben hier im Ort gelebt«, bluffte sie in der Hoffnung, richtigzuliegen.

Lenka und ihre seltsame Schwurschwester Mječisława betrachteten die Fotos ausdruckslos, selbst Borbora heftete ihren Blick kurz auf das Bild.

»Rejza war ein Flittchen!«, fauchte sie unvermittelt.

»Wie bitte?«

»Křešćans Mutter.«

Antonin verengte interessiert die Augen.

»Erzählen Sie uns bitte mehr von ihr«, hakte Sarah nach.

»Rejza ist die Tochter von Borboras jüngerer Schwester«, erklärte Mječisława zögernd. »Křešćan ist somit Borboras Großneffe.«

»Ein Flittchen war sie!«, wiederholte die Greisin böse. »Ihre Mutter, sei das Schicksal ihrer armen Seele gnädig, hat sich für sie in Grund und Boden geschämt. Rejza hat nichts auf die Traditionen gegeben. Für ein bisschen Tand hat sie sich als Hure wildfremden Männern hingegeben. Kein Wunder, dass Křešćan auf Abwege geraten ist. Ehrlos gezeugt, fehlte ihm der Vater.«

»Wo lebt Rejza jetzt?«

»Sie ist tot«, schnaubte die Greisin. »Schon seit vielen Jahren. Am Ende war es zu spät, sie wieder auf den Weg der Tugend zu führen. Als die Blüte ihrer Jugend aufgezehrt war, wollte sie keiner mehr. Alleinerziehend und verbraucht, wie sie war. Gestorben ist sie einsam und verlassen.«

»Und ihr Sohn?«

»Auch er war verloren«, erklärte die Schwarzhaarige frostig. »Ein Trunkenbold und Tunichtgut. Verdorben von der Welt da draußen. Es war ihm unmöglich, sich noch in eine Gemeinschaft mit festen Regeln einzufügen.«

Sarah atmete tief durch und warf Antonin einen kurzen Blick zu.

Der strich sich grüblerisch über den Schnurrbart. »Wann hatten Sie das letzte Mal Kontakt zu ihm?«

»Bevor er ins Gefängnis musste«, erklärte Lenka. »Es ist nicht so, dass wir nicht versucht hätten, ihm zu helfen. Letztlich ist er noch immer einer von uns.«

»Und seitdem war er nicht mehr hier?«, fragte Sarah.

»Nein.«

Antonin wollte etwas sagen, doch unvermittelt schlug sein Handy an. Nach kurzem Zögern ging er ran. »Ja?« Er beäugte das Gerät missmutig. »Gibt es hier irgendwo einen Platz mit etwas besserem Empfang?«

»Auf dem Dorfplatz«, meinte hinter ihm der Ortsvorsteher. »Wir haben hier keine Mobilfunkmasten. Aber da geht es. Manchmal.«

»Entschuldigung.« Antonin stand auf und wandte sich kurz an Sarah. »Die Zentrale.«

Er ließ sich von Wjacław Tschernik nach draußen begleiten, während Sarah den Faden wieder aufnahm.

»Hat ihn irgendwann mal jemand von Ihnen im Gefängnis besucht?«

Lenka schüttelte leicht den Kopf. »Sie suchen an der falschen Stelle.«

»Und es gab keine Anzeichen dafür, dass er vielleicht doch nach so etwas wie einem neuen Sinn im Leben gesucht hat? Vielleicht so etwas wie ... eine neu entdeckte Religiosität?« Sarah präsentierte den Frauen die Aufnahmen der bisherigen Kornkreise – und diesmal war ihr, als spannten sich Lenka und ihre schwarzhaarige Schwurschwester unmerklich an. »Diese Formationen haben wir jeweils in unmittelbarer Nähe der Tatorte gefunden. Wir gehen davon aus, dass Křešćan Glowik auch dafür verantwortlich ist.«

»Wie gesagt, er war vollkommen verloren«, murmelte Mječisława eine Spur zu hastig. »Nicht jeder, der Hilfe benötigt, nimmt sie auch an. So etwas sollten Sie doch kennen?«

»Durchaus.« Misstrauisch beäugte Sarah die Frau, deren Blick ebenfalls seltsam interessiert auf ihr ruhte.

»Darf ich?« Die schwarzhaarige Sorbin griff unvermittelt nach Sarahs Hand.

Leicht überrumpelt ließ Sarah sie gewähren und sah dabei zu, wie sie ihre Handfläche betrachtete und mit ihren verblüffend langen Fingernägeln über die Rillen darin strich.

Was tat sie da?

»Sie besitzen eine alte Seele«, meinte sie unvermittelt.

»Eine alte Seele?« Sarah hob amüsiert eine Augenbraue. »Wenn man an das Konzept der Seelenwanderung glaubt, müsste dann nicht eigentlich jeder von uns über eine alte Seele verfügen?«

»Ja, aber nicht jedem von uns ist eine besondere Aufgabe im Leben bestimmt«, antwortete ihr Gegenüber ernst. Mječislawa ließ Sarahs Hand wieder los, und die drei Frauen starrten sie mit neu erwachtem Interesse an.

Selbst die alte Borbora verengte misstrauisch die Augen.

»Vielleicht ist Ihnen ja doch eine gewisse Dienlichkeit bestimmt?«, krächzte die Greisin plötzlich.

Sarah schürzte die Lippen. »Na, das erklären Sie mal meinem Arbeitgeber. Ich ...«

Sie kam nicht dazu, den Satz zu vollenden, da Antonin wieder hereinkam.

»Sarah, Zeit zum Verabschieden!«, meinte er ernst.

Offenbar war irgendetwas vorgefallen.

Sarah erhob sich und sammelte ihre Sachen auf dem Tisch wieder ein.

Die seltsamen Weiber mit ihren schwarzen Hauben starrten sie derweil an.

»Gut. Ich danke Ihnen und hoffe, dass wir Sie alle hier nicht weiter behelligen müssen.«

»Wir werden uns wiedersehen«, widersprach die Jüngste kryptisch.

»Niemand entgeht seiner Bestimmung«, ergänzte die Schwarzhaarige.

»Sei es zum Guten oder zum Schlechten ...«, knurrte die halb blinde Borbora.

Sarah verzichtete auf eine Antwort, verließ den Raum und atmete erst einmal befreit durch, als sie wieder auf dem Dorfplatz stand.

Antonin, der bereits bei ihrem Polo wartete, öffnete die Fahrertür.

»Willst du fahren?«, wollte er wissen, als sie zu ihm kam.

Sie schnappte sich die Schlüssel. »Was ist?«

»Die Ringfahndung hatte Erfolg«, sagte er leise. »Wir wissen, wo Glowik steckt.«

*

»Gott, was war das denn eben?«, entfuhr es Sarah, kaum dass sie die Dorfgrenze von Kutzlarnitz passiert hatten. Fassungslos stierte sie in den Rückspiegel und sah dabei zu, wie Kutzlarnitz jenseits der Felder hinter ihnen samt der schwarzen Mühle kleiner wurde. »Halten sich diese Grazien etwa für die drei Nornen? Oder was stimmt mit denen nicht?«

Antonin seufzte. »Ich sagte doch, dass es in dem Ort etwas traditioneller zugeht.«

»Traditioneller?«, schnaubte Sarah, während sie einen Gang höher schaltete. »Du meinst wohl hinterwäldlischer! Was für Leute sind das bitte? Ist das 'ne Sekte? Und wieso hast du dich vor diesen Weibern eben so kleingemacht?«

»Ich habe mich nicht kleingemacht, ich war bloß höflich«, antwortete Anton fuchsig.

»Doch, hast du.« Sarah erhöhte die Geschwindigkeit, während sie weiter über die Landstraße brauste. »Auf jeden Fall wissen die drei mehr, als sie zugeben wollten. Aber ich krieg schon noch raus, was das ist. Und jetzt greif unter deinen Sitz, da liegt ein mobiles Blaulicht. Wie lange brauchen wir nach Elsterheide?«

»Wenn wir uns beeilen, keine zwölf Minuten.« Antonin kramte die bereitliegende Ledertasche hervor, öffnete das Seitenfenster und befestigte die Signalleuchte auf dem Dach des Wagens. Kurz darauf schrillte das Martinshorn, und Sarah überholte mit hoher Geschwindigkeit zwei Pkws, die rasch rechts ranfuhren.

»Die Kollegen wurden angewiesen, auf uns zu warten«, erklärte Antonin. »Außerdem sind noch zwei weitere Streifenwagen unterwegs, um uns bei dem Zugriff zu helfen.«

»Ich will nur hoffen, dass die sich unauffällig verhalten«, murrte Sarah. »Weiß man, was Glowik da sucht?«

»Nein. Die Parzelle scheint schon eine Weile verlassen zu sein. Aber die Kollegen sind noch dabei, das zu überprüfen. Ist nur nicht ganz leicht, weil das Grundstück in unmittelbarer Nähe zu einer Wohngegend liegt.«

»Okay.«

»Da ist übrigens noch etwas«, sagte Antonin. »Die Techniker haben inzwischen die Handys unseres Liebespaares von heute Morgen untersucht. Auf beiden befanden sich Messenger-Nachrichten, mit denen beide sich gegenseitig zu dem Schäferstündchen am Waldrand bestellt haben. Die Kollegen wissen noch nicht genau, wie Glowik das hingekriegt hat, aber auch das deutet darauf hin, dass er die Tatorte nicht zufällig auswählt.«

»Umso mehr wird es Zeit, dass wir uns diesen Kerl vorknöpfen.«

Sarah folgte den Anweisungen ihres Navis und raste mit hoher Geschwindigkeit nach Norden. Es dauerte nicht lange, und sie gelangten in ein Heidegebiet mit viel zu trockenen Wiesen, über dem die Sonne brannte. Am Horizont war ein rauchendes Kohlekraftwerk zu erkennen. Schließlich entfernte Antonin das Martinshorn vom Autodach, und Sarah fuhr in hohem Tempo über eine gut asphaltierte Dammstraße, neben der sich zwei große Seen ausbreiteten. Jenseits der Bäume vor ihnen kamen die Häuser einer kleinen Ortschaft in Sicht, und Antonin dirigierte sie zu einem abgelegenen Straßenzug am südlichen Ortsrand, der von hübschen Einfamilienhäusern gesäumt wurde. Am Ende der Straße war ein verwildertes Grundstück mit Bäumen zu erkennen, auf dem sich ein altes Ziegelhaus mit verschmutzten Mauern und Efeubewuchs erhob.

In einer Seitenstraße zwischen den Wohnhäusern, etwa achtzig Meter entfernt, stand ein Streifenwagen mit zwei Beamten. Sarah setzte den Polo neben das Einsatzfahrzeug, fuhr die Scheibe herunter, und sie und Antonin wiesen sich aus.

»Sie haben das Fahrzeug aufgespürt?«, wollte Sarah wissen.

»Ja«, antwortete einer der beiden Polizisten, ein blonder junger Mann, der recht athletisch wirkte. »Wir haben einige Kilometer südlich von hier Geschwindigkeitsmessungen durchgeführt, und da ist uns der Wagen aufgefallen. Ein älterer weißer Mercedes. Auch das übermittelte Kennzeichen passt.«

»Wo ist der Flüchtige jetzt?«

»Auf dem Grundstück mit der alten Schmiede da hinten.«

»Eine Schmiede?«, fragte Antonin überrascht.

»Ja. Gebäude und Grundstück befinden sich meines Wissens in kommunaler Hand«, erklärte der Polizist. »Die Kommune würde den Bau gern abreißen und etwas Neues bauen, aber ein hiesiger Heimatverein würde daraus gern ein Museum machen. Seitdem schwelt der Streit, und das Gebäude rottet ungenutzt vor sich hin.«

»Ich hoffe, Sie wurden nicht bemerkt?«

»Wir haben uns bemüht. Unser Fahrzeug war bei der Messung gut hinter einer Baumreihe versteckt, und wir haben bei der Verfolgung Abstand gehalten.«

»Okay, gehen wir es an«, erklärte Sarah. »Aber möglichst unauffällig. Haben Sie ein Brecheisen?«

»Ja.«

»Gut, dann kommen Sie mit, und vergessen Sie auch Ihr Funkgerät nicht. Ihr Kollege bleibt bitte hier und hält sich bereit.« In einiger Entfernung war eine Polizeisirene zu hören. »Und die übrigen Streifenwagenbesatzungen sollen verdammt noch mal ihre Sirenen abstellen und dann die Ausfallstraßen absperren.«

»Alles klar.« Der Beamte gab die Order per Funk durch und besprach sich kurz mit seinem Kollegen. Antonin tat es Sarah nach und stieg ebenfalls aus.

Ein letzter Waffencheck, dann überblickten sie die Querstraße in Richtung der Schmiede und liefen – als sich dort nichts rührte – zu dritt die Straße hinunter, bis sie die Zufahrt zu dem verwilderten Grundstück erreichten.

Das alte Ziegelgebäude befand sich in einem noch verwahrloseteren Zustand, als Sarah angenommen hatte. Die meisten Fenster waren zugemauert, manche der überwachsenen Mauerbereiche rußgeschwärzt. Ein hoffnungslos verkrauteter Weg führte zwischen dichten Büschen und Bäumen hindurch zu einem kleinen Vorplatz samt Anbau, bei dem es sich um einen verrotteten alten Schuppen oder eine Garage handeln mochte.

Auf dem Vorplatz jedoch, in unmittelbarer Nähe zum Eingang der Schmiede, stand ein weißer Mercedes älteren Baujahrs. Der Bewuchs am Grundstücksrand verdeckte ihn fast vollständig.

»Wissen Sie, ob es hier in den letzten Wochen Aktivitäten gab?«, fragte Sarah den Beamten leise.

»Tut mir leid. Wir sind noch nicht dazu gekommen, die Anwohner zu fragen.«

»Gut, sichern Sie die Zufahrt, wir gehen rein!«, kommandierte Antonin, der jetzt das Stemmeisen an sich nahm.

Der Beamte stellte sich leicht versetzt hinter einen Busch, während Sarah und Antonin geduckt und mit gesenkten Waffen auf das Grundstück vorrückten.

Zügig passierten sie den Fluchtwagen, in den sie kurz einen Blick warfen, doch er war leer. Schließlich erreichten sie den Haupteingang und lauschten. Da im Innern nichts zu hören war, versuchte Antonin vorsichtig, die Tür zu öffnen. Sie war verschlossen. Auf sein Nicken hin sicherte Sarah ihn, während er das Brecheisen am Türschloss ansetzte und das Hindernis mit einem Ruck aufbrach.

Mit gezückten Waffen drangen sie ins Halbdunkel vor.

Vor ihnen offenbarte sich eine alte Schmiede mit halb blinden und vermauerten Fenstern, in der außer einer Schmiedeesse samt Rauchabzug unter der Decke eine Vielzahl an Gerümpel deponiert war. Darunter ein Amboss, Tische, Stühle, Kisten, abgesägte Baumstümpfe und verrostete Werkzeuge, die an den Wänden hingen oder einfach so herumlagen.

Drei Kohlesäcke indes waren definitiv jüngeren Datums und verrieten ebenso wie der leichte Schlackegeruch im Raum, dass hier vor nicht allzu langer Zeit gearbeitet worden war.

Antonin rückte weiter vor, als Sarah den Draht bemerkte, der quer über den Boden gespannt war. Sie konnte zwar nicht verhindern, dass er hineinlief, doch riss sie ihn augenblicklich zurück. »Runter!«

Schräg über ihnen ertönte ein Schnappen, und während sie gemeinsam zu Boden stürzten, jagte ein Pfeil dicht über sie hinweg und schlug mit einem Knall in einen der Türflügel ein.

Entsetzt entdeckte nun auch Antonin die schräg unter der Decke montierte Sportarmbrust, die auf den Eingang gerichtet war.

Im gleichen Moment war draußen gedämpfter Motorlärm zu hören.

Sie kamen gerade wieder auf die Beine, als auf dem verkrauteten Vorplatz ein schwarzes Motorrad mit großer Wucht durch die marode Tür des angrenzenden Schuppens brach. Holz splitterte, und kurz kam die Maschine ins Schlingern.

Sarah stürzte vor und erkannte, dass es sich bei dem Fahrer um Křešćan Glowik handelte, der einen Rucksack trug und die Maschine rasch wieder unter Kontrolle brachte. Mit dreckigem Grinsen hielt er frontal auf sie zu, kaum dass sie im Freien stand.

Sie riss die Waffe hoch, doch Glowik hieb mit einer gülden im Sonnenlicht blitzenden Sichel zu, deren Klinge ihr vermutlich die Waffenhand abgetrennt hätte, wenn Antonin sie nicht seinerseits zurückgerissen hätte.

Ohne Zweifel war das Metall Bronze gewesen!

Glowik brauste an dem Mercedes vorbei und raste auf den blonden Beamten zu, der mit der Waffe in der Hand in die Einfahrt sprang und Glowik lauthals zum Halten aufforderte.

Rücksichtslos rammte Glowik ihn mit der schweren Maschine und schlug abermals mit der Sichel zu, ehe der Kollege abdrücken konnte. Der blonde Polizist kippte schreiend hintenüber, dann verschwand Glowik auf der Straße.

Sarah und Antonin rannten los, und während sich Antonin um den Verletzten kümmerte, visierte Sarah den Flüchtenden mit der Waffe an. Doch Glowik gab weiter Vollgas und beschrieb auf der Straße leichte Schlenker, die ihr das Zielen erschwerten. Mit aufheulender Sirene schoss der Streifenwagen aus der Seitenstraße hervor, um ihm den Weg abzuschneiden. Glowik jedoch schien mit so etwas gerechnet zu haben. Rücksichtslos schleuderte er etwas auf den Wagen, und im nächsten Moment brannte das Fahrzeug lichterloh.

Ein Molotowcocktail!

Schon raste er an dem Einsatzwagen vorbei und jagte auf der Straße davon.

»Verfluchte Scheiße!« Sarah fuhr zu Antonin und dem verletzten Kollegen herum, der stark am rechten Oberarm blutete.

»Ich komm schon zurecht!«, rief der Beamte schmerzerfüllt. »Schnappen Sie sich dieses Arschloch!«

Sarah und Antonin rannten die Straße zurück, während der andere Beamte fluchtartig sein Fahrzeug verließ und dem Brand mit einem Feuerlöscher zu Leibe rückte.

Endlich saßen sie wieder in ihrem Polo. Sarah ließ den Motor aufheulen und nahm die Verfolgung auf, während Antonin erneut das Blaulicht auf dem Dach befestigte.

»An alle Streifenwagenbesatzungen«, sagte er ins Funkgerät des Kollegen, »flüchtiger Motorradfahrer in Elsterheide versucht, auf einer schwarzen BMW aus dem Ort zu flüchten. Vorsicht: Der Mann ist bewaffnet. Ich wiederhole: Der Mann ist bewaffnet!«

Aus der Richtung, aus der sie vorhin gekommen waren, nahte ein weiterer Streifenwagen mit Blaulicht. Sarah wählte die Bundesstraße, die zur Ortsmitte führte, da Glowik nur dort entlanggefahren sein konnte. Mit heulender Sirene raste sie durch den Ort, während aus einer Nebenstraße ein zweiter Streifenwagen heranbrauste, um sie bei der Verfolgung zu unterstützen.

Sie fuhren gerade an einer Pension vorbei, als sie ein Stück voraus ein aufgeschrecktes junges Pärchen entdeckten, das ein demoliertes Fahrrad von der Straße aufhob. Beide blickten empört zu einer abzweigenden Landstraße, die an einigen Höfen vorbei nach Norden führte.

Ohne weiter nachzudenken, folgte sie dem Fingerzeig und scherte, dicht gefolgt von den beiden Streifenwagen, ebenfalls auf die Landstraße ein.

Es dauerte nicht lange, und sie ließen die Ortschaft hinter sich und brausten an großen Rapsfeldern vorbei, die satt und gelb in der Sonne leuchteten.

»Gleich sind wir auf Brandenburger Gebiet«, knurrte Antonin. »Wo will der hin?«

»Egal, sag auch den dortigen Kollegen Bescheid, dass wir Hilfe benötigen.« Sarah beschleunigte den Polo auf Höchstgeschwindigkeit. »Wir müssen diesen Dreckskerl schnappen!«

Antonin betätigte das Funkgerät, und erstmals erblickte Sarah das schwarze Motorrad in der Ferne. Glowik war durch einen Stau, ausgelöst durch einen Traktor, aufgehalten worden, dem er angesichts zahlreicher entgegenkommender Fahrzeuge nicht hatte entgehen können.

Doch ausgerechnet dank der herannahenden Polizeifahrzeuge öffnete sich da hinten nun eine Lücke, und er gab wieder Gas und stieß hindurch. Wütend und unter Sirenengeheul raste Sarah ebenfalls auf die Wagenkolonne zu, ignorierte den Gegenverkehr und setzte zu einem waghalsigen Überholmanöver an.

»Sarah!«, ächzte Antonin erschrocken, denn ein Lkw donnerte auf sie zu, dessen Fahrer nur mit einem raschen Schlenker zum Straßenrand eine Kollision verhinderte.

Leider hatte der Streifenwagen hinter ihnen nicht so viel Glück. Während sie rechts und links mit wenigen Millimetern Abstand zwischen Traktor und Lkw hindurchrauschten, sah Sarah im Rückspiegel, wie der Lkw den linken Seitenspiegel der nachfolgenden Streife zertrümmerte. Beide Fahrzeuge schrammten funkensprühend aneinander vorbei.

Sarah schwenkte hinter dem Traktor wieder auf die rechte Fahrbahn ein. Sie erreichten ein zum Teil bewaldetes Gebiet. Die Streifenwagen hatten sie verloren – sie steckten irgendwo hinter ihnen bei den Fahrzeugen fest.

»Du denkst dran, dass das dein Privatfahrzeug ist?«, stöhnte Antonin, der sich wieder an das Funkgerät hängte.

»Das ist mir gerade scheißegal!« Sarah schnaubte triumphierend, denn weiter voraus, zwischen Bäumen und Rapsfeldern, entdeckte sie wieder Glowik auf seiner schwarzen BMW. Er blickte sich kurz zu ihnen um und hob seine verdammte Sichel weit über den Kopf, um anschließend erneut zu beschleunigen. »Gott, ist der Kerl irre?«, fauchte sie. »Sag schon, was ist mit den Brandenburger Kollegen?«

»Sind unterwegs.«

Sarah trat das Gaspedal voll durch, doch Glowik gewann auf dem Motorrad rasch wieder an Vorsprung. Er näherte sich einer Querstraße in der Nähe kleinerer Ortschaften, wo von links endlich ein weiterer Einsatzwagen nahte.

Das Blaulicht des Fahrzeugs war gut zu erkennen, da trotz des heißen Sommertages überraschend Wolken aufgezogen waren, die sich rasch vor die Sonne schoben und das Gelb der umliegenden Rapsfelder noch heller leuchten ließen.

Glowik, der das Polizeifahrzeug offenbar ebenfalls entdeckt hatte, scherte kurzerhand nach rechts aus und beschleunigte wieder. Sarah folgte ihm mit quietschenden Reifen. Im Polo stank es leicht nach verbranntem Gummi, während sich Antonin am Türgriff festhielt und Funkkontakt mit den nahenden Kollegen aufzunehmen versuchte.

Wo zum Teufel wollte Glowik jetzt noch hin?

Sie gab weiter Vollgas, und sie kamen bereits an Schildern der Lausitz Energie Bergbau AG vorbei, die den Braunkohletagebau Welzow-Süd ankündigten, zu dem es Sahra vor ein paar Monaten wegen eines anderen Falls verschlagen hatte. Das riesige Gebiet klaffte wie eine schwärende Wunde in der Lausitzer Landschaft und maß in Länge und Breite gute acht Kilometer. Hier gab es nicht mehr viele Örtlichkeiten, zu denen Glowik noch Reißaus nehmen konnte. Und in Kürze würde es hier von Streifenwagen nur so wimmeln. Trotzdem gab der Mistkerl einfach nicht auf.

Sarah folgte dem Motorrad mühsam und sah fassungslos mit an, wie es vor ihnen plötzlich wieder nach links ausbrach und auf eines der riesigen Werktore des Tagebaus zuhielt, das sich soeben öffnete, um einen schweren Lkw hindurchzulassen.

»Das ist doch nicht sein Ernst!«, entfuhr es Antonin.

Ohne nachzudenken, nahm Sarah die Verfolgung auf, schoss nun ihrerseits an heftig winkenden Mitarbeitern der Baugesellschaft vorbei, und fand sich, kaum dass sie das Tor passiert hatte, in einer völlig anderen Welt wieder.

Nichts auf dieser Seite des Tors erinnerte mehr an die bezaubernde, sanft geschwungene Landschaft aus Feldern, Wäldern und kleineren Ortschaften, durch die sie eben noch gefahren waren.

Stattdessen braustsen sie jetzt über eine öde, künstlich terrassierte Ebene hinweg, die von Reifenspuren zernarbt war und hinter der sich bis zum Horizont ein unwirkliches Gebiet ausdehnte wie eine öde, zunehmend von dunklen Wolken verschattete Mondlandschaft.

Unwillkürlich musste Sarah an das bekannte sorbische Sprichwort denken: ›Gott hat die Lausitz erschaffen, aber der Teufel die Kohle darunter.‹ Leider blieb ihr keine Zeit, weiter über den menschengemachten Raubbau an der hiesigen Natur nachzudenken, denn Glowik raste inzwischen mit abermals hocherhobener Sichel an der südlichen Tagebaukante entlang, und seine Maschine zog dabei eine Wolke aus aufgewirbeltem Staub hinter sich her. Nur käme er nicht viel weiter, denn linker Hand gähnte jetzt ein gewaltiger Abgrund, an dem es gut einhundert Meter steil in die Tiefe ging. Angesichts der endlos erscheinenden Kraterlandschaft, die sich über viele Kilometer in die Ferne erstreckte, verringerte Sarah unwillkürlich ihre Geschwindigkeit.

Der jähe Ausblick auf die künstliche Ebene vor ihnen war ebenso beeindruckend wie furchterregend. Die oberen Sandschichten des Tagebaus leuchteten in der untergehenden Sonne goldgelb, darunter jedoch wurde das aufgewühlte Erdreich rasch dunkler. Längst kamen weiter hinten auch die riesigen Absetzer, die lange Abraumförderbrücke und die monströsen Schaufelradbagger in Sicht, stählerne Ungetüme, die sich in einigen Kilometern Entfernung unbarmherzig durch die freigelegten Flöze fraßen.

Sarah versuchte, sich trotz des spektakulären Ausblicks auf die Verfolgung Glowiks zu konzentrieren, doch fast sekündlich wurde die Sicht auf den Tagebau schlechter. Denn zunehmend schoben sich mehr und mehr Wolken vor die Sonne.

Ein aufziehendes Sommergewitter?

Sie hatte die unversehens aufkommende Wetterveränderung bis eben gar nicht bemerkt.

Der Himmel verfinsterte sich zunehmend. Umso mehr drückte sie wieder aufs Gas, um Glowik nicht aus den Augen zu verlieren, der vor ihnen davonbrauste. Erste Regentropfen zerplatzten auf der verstaubten Windschutzscheibe und zogen schmutzige Schlieren.

Sie betätigte den Scheibenwischer, sah, wie Glowik vor ihnen an einer Planierraupe vorbeiraste, deren Fahrer ihm erstaunt hinterherblickte, als aus den gelegentlichen Tropfen ein beständiger Nieselregen wurde, der in feinen Schleiern auf die aufgewühlte Ebene herabfiel.

Das hatte ihr gerade noch gefehlt.

Überhaupt war es um sie herum inzwischen so düster geworden, dass sie sogar kurz überlegte, die Scheinwerfer anzumachen. Sie sah einen kleineren Erdhügel auf sich zukommen, den sie im

Zwielicht fast übersehen hätte. Scharf bremste sie ab, doch der Wagen rutschte über den zunehmend rutschiger werdenden Untergrund, und unsanft rumpelten sie über ihn hinweg.

Umgehend gab sie Gas, der Polo machte einen Sprung und gewann kurz wieder an Geschwindigkeit, als sich die feinen Wasserschleier zu einem regelrechten Platzregen steigerten, der die Ebene zunehmend durchnässte und aufweichte. Die Reifen griffen kaum noch.

»Scheiße, das kann doch nicht wahr sein!«, fluchte Antonin neben ihr, während unter ihnen die Räder durchdrehten und der Wagen nun endgültig zum Stehen kam.

Sarah kuppelte verzweifelt und sah durch den herabprasselnden Regen, wie sich Glowik weiter vorn kurz zu ihnen umdrehte. Im selben Moment verloren jedoch auch die Räder seines Motorrades die Haftung. Jäh kippte er zur Seite, und Glowik schlitterte samt der Maschine ein Stück weit über den schlammigen Untergrund.

»Schnappen wir uns den Mistkerl!«, zürnte Sarah.

Hastig verließen sie den Wagen und rannten los.

Sofort wurden sie von warmem Regen durchnässt und mussten sich darauf konzentrieren, nicht selbst auf dem schlüpfrigen Untergrund auszurutschen.

»Er läuft zu dem Bagger da hinten!«, rief Antonin verärgert, und Sarah sah nun ebenfalls, wie Glowik etwa fünfzig Meter vor ihnen davonlief und dabei nach wie vor seine seltsame Bronzesichel hocherhoben hielt. Sie fragte sich, was er bei dem herrenlosen Bagger vorhatte.

Wollte er ihn kapern und kurzschließen?

Mühsam kämpften sie sich durch den stärker werdenden Regen voran, als sie begriff, dass Glowik nicht etwa hinter das Steuer der Baumaschine zu gelangen suchte, sondern auf das Dach der Kanzel stieg, wo er sich mit ausgebreiteten Armen und Beinen aufstellte und, die Sichel noch immer in der Hand, zum Himmel aufblickte und irgendetwas schrie, das sie nicht verstand.

Sie waren inzwischen auf etwa dreißig Meter an ihn heran, als er auf sie herabblickte und sich unvermittelt mit der Sichel zwei kreuzförmige Schnitte auf der Brust zufügte, die seine Kleidung rot färbten.

Gott! Verlor der Kerl jetzt endgültig den Verstand?

Ungläubig sah sie, dass der Blutende sie trotz der starken Schmerzen höhnisch angrinste.

Sie setzte gerade zum Spurt an, als ihr ein jäher Windzug entgegenfegte. Die Wolken am Himmel ballten sich regelrecht zusammen, dann hallte der laute Donnerschlag eines Gewitters über die riesige Braunkohle-Talsenke. Sarah zuckte erschrocken zusammen, und als habe der Himmel endgültig seine Schleusen geöffnet, versank die Welt um sie herum im Prasseln eines Starkregens, wie sie ihn noch nie zuvor erlebt hatte. Die Tropfen waren schwer und schmerzten regelrecht auf Haut und Kopf.

Mühsam versuchte sie, sich gegen den Platzregen abzuschirmen, und wenn es noch eine trockene Stelle an ihrem Körper gegeben hatte, war auch diese jetzt völlig durchnässt.

Antonin kämpfte sich trotz der Wassermassen, die vom Himmel stürzten, weiter zum Bagger vor. Doch der Regen schüttete mit einer derartigen Macht, dass sie kaum noch die Hand vor Augen sahen. Ein greller Blitz entflammte die Wolken über ihnen, und beim unmittelbar nachfolgenden Donnerhall glaubte Sarah, für einen unwirklichen, fast bizarren Moment doch etwas zu erkennen.

Über sich.

Inmitten des herabfallenden Regens.

Für einen winzigen Moment schien es, als formte der Wind aus den Regenschleiern eine riesige humanoide Gestalt. Ein Schemen, der einem garstigen dunklen Weib mit wehenden Haaren und Kleidern glich, das unbarmherzig auf sie herabstarrte.

Sarah rieb sich konsterniert das Wasser aus den Augen, doch schon endete der Spuk. Alles, was jetzt noch ihre Sinne erfüllte, war der herabprasselnde Sturzregen, der die ausgetrocknete Ebene weiter in eine schlammige Wüste verwandelte.

Ungläubig schüttelte sie den Kopf. Was war nur los mit ihr?

Erst der Kopf im Hotel, jetzt das hier.

Mühsam stolperte sie weiter voran, doch es schien eine Ewigkeit zu dauern, bis sie den Bagger erreicht hatte.

»Siehst du ihn irgendwo?«, brüllte Antonin, dessen Gestalt sich inmitten des Sturzregens nur vage abzeichnete.

»Nein!«

Verunsichert blickte Sarah zum Himmel auf.

Schließlich konzentrierte sie sich wieder auf den Flüchtigen, doch von Glowik war nichts zu sehen.

Unvermittelt endete der schwere Regenguss.

Er ließ nicht einfach allmählich nach, sondern endete schlicht von einem Moment zum anderen. Auch Antonin blickte überrascht auf, nutzte jedoch die Gunst des Augenblicks, um sich auf die große Baumaschine zu schwingen.

Über ihnen riss die Wolkendecke jäh auf, und erstmals brach sich die Sonne wieder Bahn. Ihr Licht fiel an mehreren Stellen über dem Tagebau schräg in die Tiefe und tauchte die gewaltige Grube samt ihren monströsen Maschinen und Baggern in einen imposanten Schein.

Auch die übrigen Wolken verflüchtigten sich nach und nach, als würden sie einfach verdunsten. So rasch, dass Sarah ihnen fast dabei zuschauen konnte.

Keine zehn Minuten später trieben lediglich noch einige Schäfchenwolken dahin, und die von großen Pfützen und Schlammmulden übersäte Mondlandschaft ringsum begann, im warmen Schein der Nachmittagssonne zu dampfen.

»Er ist weg!«, rief Antonin ihr vom Dach des großen Baggers aus zu, während er sich auf der zunehmend von Schwaden umnebelten Ebene umblickte. »Spurlos verschwunden. Ich hab keine Ahnung, wohin.«

Sarah umrundete den großen Bagger mit der Waffe in der Hand, doch irgendwie wusste sie, dass sie Glowik nicht finden würde.

Antonin kletterte zu ihr herab. So durchnässt und verdreckt, wie er war, schien er geradewegs einer schlammigen Grube entstiegen zu sein.

Einen sprachlosen Augenblick lang dachte Sarah darüber nach, ihn auf das unheimliche Himmelsgeschehen anzusprechen. Nur hätte sie sich danach vermutlich selbst für verrückt erklärt.

Und doch …

Inzwischen wusste sie nicht einmal, welche Möglichkeit ihr mehr Angst einjagte: dass ihre Nerven bereits derart blank lagen, dass sie schon Gespenster sah, oder dass das Phänomen eben vielleicht doch real gewesen sein könnte.

»Irgendwas hier stimmt nicht«, sagte sie mit belegter Stimme. »Und zwar ganz und gar nicht.«

Seltsamerweise widersprach Antonin ihr nicht.

Er starrte nur in die Umgebung und nickte.

DIE ALTE MÜHLE

Das Mondlicht fiel auf die weite Flur und hüllte die Dächer von Kutzlarnitz und die umgebenden Felder in einen kalten silbernen Schein, über dem sich schwarz und abweisend der Nachthimmel ausbreitete. Tim, Sven und Lea hielten auf ihren Fahrrädern inne und lauschten beklommen der Melodie der Grillen, die sie von allen Seiten umfing. Misstrauisch blickten sie über das dichte Meer der Ähren hinweg zu der Mühle mit ihren vier Flügeln, die sich finster am Rande der unheimlichen Ortschaft abzeichnete.

»Wir sind uns sicher, dass wir das durchziehen?«, fragte Sven etwas kleinlaut. »Euch sollte schon klar sein, dass wir so was von Ärger kriegen, wenn wir bei dem Einbruch erwischt werden. Ihr wisst ja, wie die hier drauf sein sollen.«

»Wir machen das für Luca«, erklärte Lea bestimmt.

Tim warf ihr einen dankbaren Blick zu. »Um diese Zeit wird in der Mühle eh nichts mehr los sein. Ist ja nicht mal klar, ob die heute überhaupt noch in Betrieb ist.«

»Und wenn wir da am völlig falschen Ort suchen?«, murrte Sven. »Wenn es dieses Zauberbuch wirklich gibt, wer sagt dir, dass es nicht längst einen neuen Besitzer hat?«

»Ich weiß es doch auch nicht«, gab Tim etwas gereizt zurück. »Aber eine andere Spur haben wir nicht. Alles, was wir wissen, ist, dass die Mühle da hinten auf diesen Johannes Schadowitz zurückgehen soll. Also liegt es nahe, dort als Erstes nachzuschauen. Wenn wir damit durch sind, sehen wir weiter.«

Sven musterte ihn skeptisch.

»Was sollen wir denn sonst tun?« Tim blickte ihn niedergeschlagen an. »Letztlich ist es so, wie Lea gesagt hat. All die seltsamen Ereignisse gestern und heute haben uns genau zu diesem Punkt geführt. Ich kann jetzt einfach nicht mehr zurück.«

»Ich weiß.« Sven stöhnte. »Aber auf gar keinen Fall fahren wir einfach offen auf der Landstraße weiter. Ein kleines Stück geht vielleicht noch, aber wenn wir nicht entdeckt werden wollen, schlage ich vor, dass wir die Fahrräder am Feldrand verstecken und uns dann schräg durchs Feld zur Mühle durchschlagen.«

Lea betrachtete das große Getreidefeld neben der Straße missmutig, dessen Ähren sich leicht im warmen Nachtwind bewegten.

»Echt, ihr wollt wirklich noch mal durch so ein Feld laufen?«

»Nicht wirklich. Aber Sven hat recht.« Tim seufzte. »So hell, wie der Mond leuchtet, kann man uns selbst aus der Ferne viel zu gut ausmachen. Uns bleibt gar nichts anderes übrig, als uns an die Mühle anzuschleichen.«

»Das ist ein verdammtes Kornfeld!«, sagte Lea. »Ich hatte mir eigentlich vorgenommen, nie wieder in meinem Leben eins zu betreten.«

Tim und Sven sahen einander beklommen an, schließlich winkte Lea ab und trat wieder in die Pedale. Sie radelten ihr ein Stück hinterher, bis Sven das Kommando gab, stehen zu bleiben.

»Wir sind nahe genug«, sagte er leise, während er die düstere Silhouette von Kutzlarnitz im Auge behielt. Im Dorf war keine Regung auszumachen. »Ab jetzt geht es zu Fuß weiter.«

Er kippte sein Sportrad in ein Klatschmohnfeld, und Tim und Lea folgten seinem Beispiel.

Tim visierte die Windmühle an und rechnete kurz. Er schätzte die Strecke zu ihr von hier aus auf etwa dreihundert Meter Luftlinie. Ihre abgelegene Position am Dorfrand war durchaus von Vorteil, denn das nächste Gebäude von Kutzlarnitz war vermutlich gute dreißig Meter entfernt. Das Getreide wuchs so hoch, dass niemand sie sehen würde, sobald sie sich geduckt quer über den Acker zu ihr durchschlugen. Außerdem reichte das Feld recht nah an die Mühle heran, sodass sie diese auch danach rasch erreichen konnten.

Alles Weitere würde man dann sehen.

»Ihr habt eure Taschenlampen dabei?«, fragte er. »Und hoffentlich auch das Werkzeug?«

»Logo!« Sven klopfte auf die Ledertasche, die er sich um den Hals gehängt hatte.

Lea fluchte leise hinter ihnen. »Toll, die Batterien meiner Lampe haben gerade den Geist aufgegeben. Egal. Ich hab ja noch mein Handy.«

Tim nickte. »Also, dann los!«

Kühn marschierte er runter ins Feld, dessen Ähren ihm etwa bis zum Kinn reichten, und sofort umfing ihn der vertraute Strohgeruch. Er wartete, bis seine Freunde zu ihm aufschlossen hatten, dann schob er die Halme vor sich beiseite und kämpfte sich geduckt auf die Mühle zu, die unübersehbar am jenseitigen Ende des Feldes vor dem Nachthimmel aufragte.

Bei alledem gab er sich Mühe, leise zu sein, doch unentwegt raschelten die Halme, und irgendwann hörte er hinter sich sogar ein leises Schmatzen.

Irritiert wandte er sich um und sah im Mondlicht Sven, der einen Schokoriegel verspeiste, während er durchs Feld stapfte.

»Was?«, wisperte sein Kumpel angesichts seines Blicks. »Nervennahrung! Willst du auch?«

Er reichte ihm einen Riegel, und zögernd nahm Tim ihn entgegen. Zwar war es jetzt wirklich nicht an der Zeit, an Essen zu denken, aber er merkte durchaus, dass er vor Nervosität ebenfalls schon wieder Hunger bekam.

Lea hingegen lehnte Svens Angebot ab, dabei hatten sie vor Aufregung eingedenk ihrer nächtlichen Unternehmung vorhin alle nicht viel zu Abend gegessen. Immerhin hatte Tim diesmal dafür gesorgt, dass sie wenigstens ein paar Bissen zu sich nahm. Und er hatte Lea anschließend auch beschäftigt gehalten, sodass sie nicht noch heimlich im Bad verschwinden konnte, um sich dort wieder den Finger in den Hals zu stecken.

Er verstand sie immer noch nicht. Aber er wusste, wenn all das

hier vorbei wäre, müsste er sich dringend um sie kümmern. *Falls*
dieser ganze Albtraum irgendwann vorbei war.

Jetzt hatten sie erst einmal andere Probleme.

Beherzt kämpfte er sich weiter durch die hohen Halme in Richtung Mühle vor, als Lea einen erschrockenen Ruf ausstieß.

»Runter!«

Sofort tauchten sie ab, und Tim wandte sich aufgeregt zu ihr um.

»Was ist?«

»Da hinten steht jemand!«, zischte sie alarmiert.

Zu ihrem Erstaunen deutete sie nicht etwa in Richtung Dorf, sondern aufs Feld hinaus.

Vorsichtig erhob sich Tim, linste zwischen den hohen Halmen aufgeregt in die Richtung, in die Lea wies, und sah die dunkle Gestalt ebenfalls.

Erschrocken tauchte er wieder ab. »Scheiße, da ist wirklich jemand.«

»Sag ich doch«, wisperte Lea ängstlich.

Sven folgte ihrem Beispiel, spähte ebenfalls über die Ähren und schnaubte verächtlich.

»Leute, seid ihr Panne? Das ist 'ne blöde Vogelscheuche!«

Gemeinsam erhoben sie sich wieder, und Tim begriff, dass Sven recht hatte. Etwa dreißig oder vierzig Meter entfernt ragte tatsächlich eine Vogelscheuche mit weit ausgebreiteten Armen zwischen den Ähren auf. Vor lauter Aufregung hatte er sie vorhin gar nicht bemerkt.

Sie trug einen schwarzen Hut und war mit einem abgerissenen dunklen Mantel bekleidet, aus dem das Stroh der Auspolsterung hervorlugte. Am befremdlichsten jedoch war der sackartige Kopf der Scheuche, bei dem sich die Dörfler anscheinend einen schlechten Scherz erlaubt hatten. Denn neben übergroßen schwarzen Flicken, die ihr als Augen dienten, besaß sie ein grob mit dicken Fäden vernähtes Maul, das ihr auf die Ferne ein grässlich lächelndes und irgendwie tückisch wirkendes Antlitz verlieh.

Unwillkürlich schauderte ihn. »Los, weiter!«

Erneut mühte er sich damit ab, sich geduckt einen Weg quer über den Acker zu bahnen. Und sie hatten etwa die Hälfte der Strecke zurückgelegt, als er ein leises Rascheln zu vernehmen glaubte, dem ein Gurren folgte.

Alarmiert ließ er seine Freunde innehalten, dann linste er über die Ähren hinaus aufs Feld. Doch da war nichts.

Abgesehen von dieser komischen Vogelscheuche, die nach wie vor zwischen den Ähren stand.

Nein, Moment. Da war sogar noch eine zweite.

Schräg hinter ihr, sodass er sie fast übersehen hätte.

Auch diese Schreckgestalt stand mit weit ausgebreiteten Armen inmitten des Kornfeldes und blickte scheinbar in ihre Richtung.

»Leute, da sind sogar zwei Vogelscheuchen!«, flüsterte er irritiert.

Sven und Lea hoben nun ebenfalls die Köpfe.

»Egal, lass uns weiter!«, forderte Sven ihn unruhig auf. »Zur Mühle ist es nicht mehr weit.«

Tim verdoppelte sein Tempo. Zwei weitere Male glaubte er, tiefer im Feld das ungewöhnliche Rascheln und Gurren zu hören.

Doch wann immer er sich umblickte, sah er nur das Meer aus Ähren, das sich im Mondlicht bis zum dunklen Horizont erstreckte – und die beiden Vogelscheuchen hinter ihnen.

Dennoch spürte er fast körperlich, dass sie hier nicht alleine waren.

Irgendwas war da.

Ein Tier?

Nur hatte er das schon gestern geglaubt.

Beunruhigt beschloss er, die elende Schleicherei sein zu lassen. Stattdessen begann er tief gebeugt zu laufen. Rücksichtslos trampelte er die hohen Getreidehalme vor sich nieder und fegte die Ähren beiseite, die ihm hin und wieder ins Gesicht schlugen, während seine Freunde ihm keuchend durch die geschaffene Schneise folgten.

Endlich lichteten sich die Ähren. Der Feldrand war erreicht.

Erleichtert stürzte er aus dem Acker ins Freie und sah dabei zu, wie Sven und Lea ebenfalls aus dem Getreidefeld stolperten. Dann blickte er wieder aufs riesige Feld zurück, da er da draußen schon wieder das eigenartige Rascheln vernahm.

Doch da war nichts. Alles, was er auf dem Kornfeld erkennen konnte, waren diese verdammten zwei Vogelscheuchen.

Misstrauisch verengte er die Augen.

Mussten diese Strohmänner mit ihren ausgebreiteten Armen und den makabren Köpfen nicht eigentlich deutlich weiter hinten auf dem Feld stehen? Tatsächlich schienen sie ihm kaum weiter entfernt als beim ersten Mal, als sie sie entdeckt hatten.

Andererseits war es Nacht, und vermutlich trog ihn die Perspektive.

»Okay, was jetzt?«, fragte Sven atemlos.

Kopfschüttelnd wandte sich Tim vom Anblick des Feldes ab und betrachtete die imposante alte Windmühle, die gut fünfzehn Meter in den Nachthimmel aufragte und sich finster vor der Dorfkulisse abhob. Sie war keine zwanzig Schritte von ihnen entfernt und thronte auf einem wuchtigen, kreuzförmigen Holzgestell.

Kurz vor seiner USA-Reise hatten er und Luca in der Schule mal einen Vortrag über die diversen Mühlentypen hier in der Lausitz halten müssen. Daher wusste er, dass vor ihnen eine sogenannte Bockwindmühle stand, die zu den ältesten Windmühlentypen überhaupt in Europa zählte.

Angeblich waren diese Mühlen im zwölften Jahrhundert erfunden worden. Das Besondere an ihnen war, dass sie die ersten waren, die man komplett in den Wind drehen konnte. Das Einzige, was an ihnen fest verankert war, war das Holzkreuz auf den Fundamentsockeln, der sogenannte Bock mitsamt dem senkrechten Hausbaum im Innern. Das Mühlenhaus mit Trieb- und Mahlwerk war drehbar darauf gelagert und konnte mittels eines gewaltigen Holzbalkens, dem Steert, und mithilfe einer Winde gegen den Wind gedreht werden.

Eigentlich hatte Tim sich so eine Bockwindmühle immer mal

aus der Nähe ansehen wollen. Doch jetzt, da er direkt vor einer stand, schwand sein Interesse zunehmend. Und das lag nicht nur an den Umständen ihres Besuchs, sondern schlicht an ihrem gespenstischen Anblick.

Irgendwie gab es an dieser verdammten Mühle nichts Heimeliges.

Bock und Mühlenhaus zeichneten sich selbst im Mondlicht rabenschwarz vor ihnen ab. Weiter oben gähnten ihnen halb blinde Fenster entgegen, die vier großen Flügel mit ihren durchlöcherten Streben und Lamellen wirkten fast wie skelettiert, und sie hörten das leise Krächzen von Krähen, die jetzt vereinzelt unter dem Satteldach zum Nachthimmel aufstoben.

Sogar eine Art Rutsche für Mehlsäcke war unter der Mühle zu erkennen, nur dass diese von ihrer Warte aus wie eine überlange Zunge wirkte, die sich nach ihnen streckte.

»Ganz ehrlich«, wisperte Lea, »wenn ihr jemanden braucht, der hier unten Wache hält, dann biete ich mich freiwillig an.«

»Irgendwie habe ich noch im Ohr, dass du uns vorhin einen Vortrag über Mut und Einsatzwillen gehalten hast«, grummelte Sven.

»Lass gut sein«, stand Tim seiner Freundin bei. Er verstand Leas Angst nur zu gut. »Wir sollten hier unten wirklich eine Wache aufstellen. Die Frage ist bloß, wie wir uns gegebenenfalls warnen wollen. Rufen geht ja aus naheliegenden Gründen nicht.«

»Ich kann ein Käuzchen imitieren!«, meinte Sven triumphierend.

Schon formte er seine Hände zu einer Muschel, und verblüffenderweise ließ er einige Laute erklingen, die Käuzchenrufen erstaunlich nahekamen.

Tim schenkte Lea einen unglücklichen Blick.

Eigentlich hatte er dafür sorgen wollen, dass sie hierbleiben konnte. Und am liebsten hätte er Sven gesagt, wie feige er es fand, sich hinter einem Mädchen zu verstecken. Nur war er sich nicht so sicher, ob Lea das nicht irgendwie als Abwertung aufgefasst hätte. Zudem fiel ihm auch keine Alternative zu Svens Käuzchenruf ein.

»Okay«, seufzte Lea ergeben. »Dann hält Sven Wache, und ich komm mit. Hauptsache, wir ziehen das schnell durch.«

»Mein Wort drauf.« Tim berührte sie liebevoll am Arm. »Los!«

Sven reichte Tim die Tasche mit den Werkzeugen und suchte sich im Dunkeln ein Versteck. Tim und Lea huschten indes unter dem wuchtigen Steert hindurch, hinüber zu der rückwärtig angebrachten Holztreppe, die zu einem überdachten Anbau vor dem Mühleneingang hochführte.

Leise knarrten die Stufen unter ihrem Gewicht, und sie hörten das Säuseln des Abendwindes, der sich über ihnen in den Mühlenflügeln brach.

Lea sah sich ängstlich zu den Häusern des nahen Dorfes um, während Tim sich gegen das Türblatt lehnte und lauschte. Wie erwartet, war es im Innern still.

Er betätigte den Türgriff, doch natürlich war der Zugang verschlossen.

Rasch kramte er das Stemmeisen aus den Werkzeugen hervor, setzte es zwischen Schloss und Holm an und warf sich dagegen.

Mit einem hässlichen Knirschen brach die Tür auf, und im Mühleninnern erwartete sie eine Dunkelheit wie schwarze Tinte. Die warme, fast stickige Luft, die ihnen hier entgegenschlug, roch nach Getreide, Stroh und altem Holz.

Vom Feld her waren wieder die seltsamen Gurrlaute zu hören.

Doch Tim ignorierte sie. Gemeinsam mit Lea betrat er den knarzenden Boden des finsteren Innenraums. Endlich schaltete er seine Taschenlampe an, während Lea hinter ihm die Tür wieder schloss.

Der Lichtschein seiner Lampe strich über den wuchtigen Hausbaum in der Mitte, wanderte über aufgestapelte Säcke und Kisten an den Wänden, huschte kurz über die Klappe zur Mehlrutsche am Boden und blieb schließlich an einer großen trichterförmigen Vorrichtung hängen, die fast bis zur Decke aufragte.

»Offenbar wird die Mühle immer noch benutzt«, flüsterte er, während um sie herum das Holz knarrte.

»Wo genau sind wir hier?«, fragte Lea gedämpft.

»Das hier dürfte der Sackboden sein«, antwortete Tim. »Das Mühlwerk dürfte sich auf dem Stockwerk über uns befinden.«

Befangen trat Lea vor und musterte skeptisch die große Vorrichtung am Raumende. »Sieht aus wie dieses Ding, in dem zum Schluss Max und Moritz geschreddert wurden.«

»Ich glaube, das ist bloß ein Sinter, mit dem man das Korn nach dem Mahlen aussiebt«, meinte Tim.

»Okay.« Lea trat an die Säcke neben der Klappe zur Rutsche. »Was glaubst du, wonach wir suchen müssen?«

»Ich weiß es nicht.« Tim leuchtete weiter den Innenraum ab. »Hier unten werden wir vermutlich kaum was Wichtiges finden. Das hier ist wie gesagt bloß der ... Moment, was ist das da?«

Er leuchtete schräg nach oben, sodass auch Lea die ungewöhnlichen, alten Schnitzereien an den Balken unter der Decke sehen konnte, die allesamt menschliche Gestalten zeigten.

Drei auf jeder Raumseite.

Einige von ihnen stellten ohne Zweifel Müllergesellen dar, gut erkennbar an den Säcken auf dem Rücken. Die Tätigkeiten der übrigen Figuren gaben jedoch Rätsel auf, da sie entweder mit ausgebreiteten Händen dastanden oder seltsame Gesten zu vollführen schienen, die keinen Sinn ergaben.

Und doch stach eine der plastisch herausgearbeiteten Gestalten deutlicher hervor: die dreizehnte Figur am Deckenbalken auf der Stirnseite des Raums, unmittelbar über dem dortigen Figurenensemble. Sie war nicht nur etwas größer und trug einen spitz zulaufenden Hut, sie hielt auch ein aufgeschlagenes Buch in den Händen.

»O Mann!« Lea kramte ihr Handy hervor und sorgte für zusätzliches Licht. »Die Gestalt da oben ist doch wohl ziemlich eindeutig, oder?«

Sie drehte sich aufgeregt, und Tim erkannte, dass sie nicht nur leuchtete, sondern auch filmte.

»Außer ihr zähle ich noch zwölf Gestalten. Wie in der Krabat-

Erzählung. Vielleicht war das hier ja tatsächlich mal so eine schwarze Schule?«

»Keine Ahnung«, flüsterte Tim. »Wie gesagt, vielleicht sollten wir uns besser mal weiter oben umschauen. Da hinten ist eine Treppe.« Er leuchtete hinüber zu einer steilen hölzernen Stiege, die zu einem Durchlass an der Decke führte.

»Hier gibt es noch mehr Schnitzereien«, flüsterte Lea und deutete auf den mächtigen Hausbaum, der lotrecht vor ihnen aufragte.

Tim sah nun ebenfalls, dass an dem mächtigen Stamm ein halbes Dutzend Abbildungen von Windmühlen eingeritzt war.

Er seufzte. »Bringt uns nur leider nicht weiter.«

Er marschierte über die knarzenden Dielen zu den Treppenstufen hinter den Säcken und Kisten, klemmte sich die Taschenlampe in den Mund und kletterte vorsichtig hinauf in die Dunkelheit, um seinen Kopf durch die Luke zu schieben.

Wie erwartet, blickte er auf den höher liegenden Steinboden der Mühle, unzweifelhaft erkennbar am schweren Mahlwerk, das sich weiter hinten zwischen Stützbalken und Streben aus der Düsternis schälte. Dabei tanzte sein Lichtschein über die dicken Bohlen, die so etwas wie eine Raumdecke bildeten und zwischen denen die imposante Mühlentechnik im Dachgeschoss zu sehen war: darunter die mächtige Flügelwelle und schwere Zahnräder. Kurz zuckte er zusammen, denn von dort oben drang das aufgeschreckte Flattern und Krächzen von Vögeln in die Tiefe, die durch Spalten im Gebälk hinaus in die Nacht flohen.

Die Krähen, die er vorhin schon bemerkt hatte.

Rasch kehrte wieder Ruhe ein, die lediglich von dem unentwegten Knarren des Holzes und dem Säuseln des Windes draußen am Flügelkreuz durchbrochen wurde.

Tim kletterte gänzlich nach oben, und sein Lichtstrahl riss weitere mechanische Apparaturen und Gerätschaften aus der Düsternis, von deren Zweck er keine Ahnung hatte. Doch sie alle verblassten angesichts des altertümlichen Mahlwerks mit den schweren

Mühlsteinen und der darunter liegenden großen Holzwanne, mit der das Mahlgut aufgefangen wurde. Aus der Raumdecke ragten schräg über der Apparatur Teile des mächtigen Kammrades, das die Drehbewegungen des Mühlenkreuzes mittels Gewindestangen und schwerer Zahnräder zu den Mühlsteinen übertrug.

Lea krabbelte jetzt ebenfalls aus der Luke, und er wollte schon tiefer in das Stockwerk vordringen, als ihm etwas Eigenartiges auffiel.

Verblüfft beleuchtete er den Holzboden, auf dem sich eine feine Schicht fahlweißen Mehlstaubs abgesetzt hatte.

Der Staub verhielt sich seltsam.

»Spürst du hier irgendwo einen Luftzug?«, wisperte er erstaunt.

»Nein, wieso?«

»Sieh doch!«

Ganz so, als würde ein geisterhafter Wind durch die Kammer streichen, wirbelte die weiße Mehlschicht an einigen Stellen immer wieder zu feinen rauchförmigen Schleiern auf, die spukhaft über den Boden schwebten und dabei seltsame geometrische Figuren bildeten. Die Staubgebilde sanken zwar beständig wieder in sich zusammen, jedoch nur, um aus einer anderen Richtung von einer neuerlichen Welle feinsten Staubes überspült zu werden, der sich ebenso eigenartig verhielt. Der komplette Untergrund war ständig von Bewegung erfüllt.

»Gott, was ist das denn?«, hauchte Lea ungläubig.

Tim bückte sich, um das Phänomen aus der Nähe zu studieren, als vom Dachboden jenseits der Balken ein hässliches Knarren ertönte, fast wie ein Knirschen. Wie schweres Holz, das sich bog.

Oder Kiefer, die malmten.

Ruckartig erhob Tim sich wieder, als das Licht seiner Lampe zu flackern begann – und plötzlich ganz erlosch.

»O Mann, ausgerechnet jetzt!«

Hektisch schüttelte er die Taschenlampe. Doch es tat sich nichts.

Auch das Licht an Leas Handy trübte sich zusehends, und von einem Moment zum anderen standen sie im Dunkeln.

»Tim, was passiert hier?«, wisperte Lea ängstlich.

Wie erstarrt lauschten sie in die Düsternis und wagten es kaum, sich zu rühren, als die Balken und Bretter rings um sie herum abermals knarrten. Fast so, als wäre die Mühle in Bewegung.

Als wäre sie auf sie aufmerksam geworden ...

Das einzige Licht, das jetzt noch auf den Mahlboden fiel, stammte von einem schmalen Fenster neben dem mächtigen Kammrad unter der Decke, hinter dem kalt und klar der Mond am nächtlichen Firmament leuchtete. Sein Lichtschein stach wie ein silbriger Finger schräg in den Raum, und Tim sah, wie darin zahllose Staubpartikel tanzten.

Allmählich wurde ihm mulmig zumute.

Eigentlich drängte alles in ihm, die Mühle weiter zu erkunden. Doch aus irgendeinem Grund stellten sich jetzt seine Nackenhaare auf.

»Scheiße«, flüsterte er beunruhigt. »Irgendetwas stimmt hier oben nicht.«

»Du spürst es ebenfalls?«, meinte Lea besorgt.

»Ja, ich denke, wir sollten vielleicht doch lieber ...«

»Tim! Tim!« Lea packte ihn am Arm und deutete aufgeregt auf den hellen quadratischen Fleck hinter ihnen an der Wand, den das durchs Fenster einfallende Mondlicht zeichnete. Verwundert riss Tim die Augen auf, denn inmitten des Lichtflecks hob sich deutlich sichtbar der Schattenwurf eines fünfzackigen Sterns ab: ein Pentagramm.

Aber das konnte nicht sein.

Verwirrt blickte Tim hinüber zum Fenster, doch es war so, wie er es in Erinnerung hatte. Dort gab es kein Pentagramm. Die Scheiben wurden von einem gewöhnlichen Fensterkreuz eingefasst.

Unvermittelt lief ein leises Zittern durch den Boden, und ängstlich fassten sich Tim und Lea bei den Händen. Denn das spukhafte Geschehen im Mehlstaub zu ihren Füßen endete fast abrupt. Stattdessen zeichneten sich dort jetzt überall weitere Pentagramme ab. Im

Gebälk über ihnen rumorte es vernehmlich, und Tim japste, als ihn Schwindel überkam. Zugleich sah er, wie der befremdliche Mondscheinfleck samt dem falschen Schattenwurf über die rückwärtige Wand wanderte, ganz so, als ob sich die komplette Mühle langsam drehen würde. Auch die Schlagschatten der Stützbalken folgten der Bewegung und glitten über Boden, Mühlsteine und Wände.

»Scheiße!«, entfuhr es ihm alarmiert. »Machte sich da draußen etwa gerade jemand an dem Steert zu schaffen? Sven sollte uns doch warnen, wenn …«

»Das ist es nicht!«, wisperte Lea und deutete zittrig zum Fenster. »Sieh doch!«

Tim folgte ihrem Fingerzeig und blinzelte ungläubig.

Denn da draußen, jenseits des Fensterkreuzes, stand nach wie vor der Mond am Himmel. Seine Position am nächtlichen Firmament hatte sich nicht um einen Zoll verändert. Hell und klar warf er sein Licht in die Kammer.

Fassungslos blickte Tim sich wieder zu den wandernden Schatten im Raum um.

Das konnte doch nicht wahr sein. Nicht die Mühle drehte sich, Licht und Schatten selbst trieben hier oben ein unheimliches Spiel.

»Tim, hier geht es nicht mit rechten Dingen zu!«, ächzte Lea.

»Raus hier!«, flüsterte er entsetzt.

Panisch schlüpften sie zurück durch die Einstiegsluke in die dunkle Tiefe, als ihre Lampen ebenso plötzlich, wie sie erloschen waren, wieder zu leuchten begannen.

Tim keuchte erleichtert auf – als außerhalb der Mühle Svens Käuzchenruf zu hören war. Das vereinbarte Signal drang nur gedämpft an ihre Ohren, doch stammte es unverkennbar von ihm.

»Oh nein. Nicht auch das noch!«, klagte Lea.

»Schnell, mach das Handylicht aus!«, kommandierte Tim und deckte seine Lampe rasch mit der Hand ab, sodass nur noch Dämmerlicht den Sackboden erfüllte.

Schon stürmten sie zur Eingangstür. Als sie sie leicht aufzogen und nach draußen spähten, sahen sie, wie aus dem Dorf eine Gruppe Männer auf die Bockwindmühle zueilte. Sie hielten Lampen und Mistgabeln in den Händen und hatten sich dem unheimlichen Bauwerk bereits bis auf fünfzehn oder zwanzig Meter genähert.

Keinesfalls kamen sie hier unentdeckt raus.

»Verdammt, woher wissen die, dass wir hier sind?«, fluchte Tim. »Wir sind doch noch keine zehn Minuten hier.«

»Ich sag dir, das ist diese verdammte Mühle!«, jammerte Lea. »Was machen wir denn jetzt?«

»Erst mal diese scheiß Tür verbarrikadieren«, antwortete Tim, in dessen Kopf es fieberhaft arbeitete. »Komm, hilf mir. Ich hab eine Idee!«

Hastig lief er zu dem Stapel schwerer Mehl- oder Kornsäcke und wies Lea an, sie mit ihm zum Eingang zu schleifen, um die Tür zu versperren. Angestrengt mühten sie sich mit weiteren Säcken ab und hatten gerade den sechsten gegen die Tür gewuchtet, als sie draußen auf der Treppe Stiefelschritte und Wortfetzen in sorbischer Sprache vernahmen.

Im nächsten Moment rüttelte jemand an der Klinke, und verärgerte Männerrufe wurden laut.

»Was jetzt?« Lea sah ihn aufgelöst an.

»Wir hauen durch die Rutsche da hinten ab. Und dann laufen wir, alles klar?«

Tim deutete zu der Bodenluke schräg gegenüber, während hinter der Tür mehrere Männer zu hören waren, die sich gemeinsam gegen das Türblatt stemmten.

Hektisch riss er die Luke auf und wies auf die hölzerne Rutsche, die von hier aus in die Tiefe führte.

»Los. Schnell!«

Lea ließ sich nicht lange bitten, sondern schlüpfte sofort durch das Loch und verschwand in der Düsternis unter ihnen. Im selben Moment rammten ihre Häscher die Außentür mit vereinter Kraft auf, und im Türspalt wurde bereits ein Arm sichtbar. Tim folgte

seiner Freundin, nicht jedoch, ohne die Luke über sich wieder zu-
zuziehen.

Angelangt am Boden, wurde er zu seiner Erleichterung direkt
von Lea und Sven empfangen, die sich neben der Rutsche versteckt
gehalten hatten. Keine sechs oder sieben Meter entfernt, etwas über
ihnen, drangen jetzt die Kutzlarnitzer erbost auf den Sackboden
der Bockwindmühle vor.

»Mann, hattet ihr was an den Ohren?«, fauchte Sven leise.

»Keine Zeit. Weg hier!«, zischte Tim wütend. Und das weniger
wegen der Anmache seines Freundes, sondern weil ihm schlagartig
bewusst wurde, dass sie mit ihrer Aktion nichts erreicht hatten.
Stattdessen mussten sie jetzt zusehen, dass man sie nicht erwischte.

Gemeinsam hetzten sie durch die Dunkelheit zurück ins Kornfeld, und Tim warf sich förmlich in die hohen Ähren, um nur ja
rasch Abstand zwischen sich und die Männer zu bringen. Denn lange konnte es nicht dauern, bis die durchschauten, auf welche Weise
sie entkommen waren.

»Köpfe runter!«, herrschte er Sven und Lea an, die eilig hinter
ihm herstolperten.

Rücksichtslos bahnte er sich einen Weg zurück zur fernen Straße, als er wieder das Rascheln auf dem Feld vernahm. Und ebenso
wie vorhin auch diese eigentümlich gurrenden Laute.

Alarmiert hielt er inne und linste vorsichtig über die Wand aus
Halmen, die vom Mond in kaltes Silberlicht getaucht wurden.

Doch da draußen war nichts – nur die beiden grässlichen Vogel-
scheuchen etwa dreißig Meter entfernt, die bekleidet mit Hut,
Flickenmantel und ausgebreiteten Armen inmitten des Meers aus
Ähren aufragten und scheinbar in ihre Richtung starrten.

»Weiter!«

Tim kämpfte sich mühsam durch die dichte Wand aus Halmen
und hörte hinter sich, von der Mühle, erboste Rufe. Dort waren
auch Lichter zu sehen, die sich rasch dem Feldrand näherten.

Offenbar hatten die Männer herausgefunden, auf welche Weise

sie geflüchtet waren. Abermals war das Rascheln auf dem Feld vor ihnen zu hören.

Irgendwie lauter und deutlicher.

Und auch dieses eigentümliche Gurren.

Erneut hielt Tim inne und versuchte, sich einen Überblick zu verschaffen. Doch das einzig Markante, das er inmitten der vielen Ähren erblickte, waren die beiden Vogelscheuchen.

»Verdammt noch mal, was bleibst du ständig stehen?«, fuhr Sven ihn leise an. »Wir müssen weg hier!«

»Ich weiß!«

Tim hetzte geduckt weiter. Immerzu schlugen ihm Halme ins Gesicht, und wieder hörte er dieses Rascheln im Feld. Diesmal war er sich sicher, dass ihnen etwas folgte.

Verzweifelt richtete er sich wieder auf, spähte über die Ähren hinweg und erblickte abermals eine der Vogelscheuchen. Sie ragte leicht schräg aus dem Feld und schien ihn mit ihrem schrecklich verunstalteten Sackgesicht anzustarren. Diesmal jedoch keine zehn Meter von ihnen entfernt.

Wie konnte das sein?

Waren sie irgendwie ... weiter ins Feld hineingeraten?

Aber das war nicht der Fall. Stattdessen konnte er sehen, dass sie bereits gut die Hälfte des Weges zu ihren Fahrrädern an der Straße zurückgelegt hatten.

Sie mussten nur noch dorthin gelangen.

»Mann! Weiter!«, fauchte Sven gereizt.

Sofort duckte Tim sich wieder, da weiter hinten, nahe der Mühle, bereits laute Rufe durch die Nacht schallten und der Lichtschein ihrer Häscher am Feldrand entlangwanderte. Die Männer liefen offenbar ebenfalls in Richtung Straße.

Aufgescheucht stolperte er durch die hohen Halme – immerzu begleitet von dem seltsamen Rascheln und Gurren hinter ihnen im Feld. Und das war nicht alles, denn die komischen Laute steigerten sich jetzt zu einem bizarren Keckern.

Lea erhob sich im Laufen, um ihrerseits über die Ähren zu spähen, und stieß sogleich einen spitzen Schrei aus.

»Mensch, sei lei…!« Sven keuchte jetzt selbst erschrocken auf.

»Was?« Aufgeschreckt fuhr Tim zu seinen Freunden herum.

»Die Vogelscheuche!«, japste Lea und stürmte zu ihm, um sich hinter ihn zu stellen. »Sieh doch, wo sie jetzt ist!«

Tim entdeckte den grässlichen Strohmann keine fünf Meter schräg vor ihnen.

Mit seinen ausgebreiteten Armen erweckte er den Eindruck, sie aufhalten zu wollen. Und jetzt erblickte er auch die zweite Scheuche. Sie stand etwas weiter hinten und schien sie ebenfalls böse anzugrinsen.

»Los, weg!« Tim nahm Lea an der Hand und stürmte mit ihr über den Acker, während Sven eilig hinter ihnen herlief.

Doch das unentwegte Rascheln und Gurren blieb ihr ständiger Begleiter.

Gehetzt blickte er zurück – und jetzt war es eindeutig. Die verdammten Vogelscheuchen standen nicht mehr an ihrem Platz. Ganz im Gegenteil. Vielmehr ragten beide Schreckgestalten schräg vor ihnen aus dem Kornfeld und schienen diabolisch zu grinsen.

»Das ist doch unmöglich wahr«, keuchte Sven verstört. »Die creepy Dinger bewegen sich! Checkt ihr das? Wann immer wir laufen, bewegen sich die Dinger ebenfalls!«

Tim ächzte angsterfüllt, doch konnte er die rettende Straße jenseits des Feldes bereits erkennen. »Verdammt, das sind nur noch knapp zwanzig Meter. Wir schaffen das. Lauft!«

Sie rannten los, als ginge es um ihr Leben. Unerbittlich schlugen und trampelten sie das Korn nieder, und keiner von ihnen sorgte sich jetzt noch darum, ob sie unbemerkt blieben. Alles, woran sie dachten, war, aus dem verdammten Feld rauszukommen. Doch unvermittelt stießen Tim und Lea frontal mit einer der Vogelscheuchen zusammen, die ansatzlos vor ihnen zwischen den Halmen auftauchte.

Mit einem Aufschrei wichen sie vor der grässlichen Gestalt zurück und stürzten ins Feld. Sven stolperte der Länge nach über sie.

Ungläubig sahen sie zu der Vogelscheuche auf, und Tim begriff, dass die tiefschwarzen Flickenaugen über dem hässlich vernähten Maul direkt auf sie gerichtet waren, während sie ihnen mit ihren ausgebreiteten Armen ziemlich offensichtlich den Weg versperrte.

Waren das überhaupt Flicken? Die Augen dieses Dings wirkten aus der Nähe betrachtet vielmehr wie tiefe dunkle Krater, in denen irgendeine Schwärze waberte.

Und auch die andere Scheuche war nicht weit.

Sie stand nahe der Straße.

Lauernd. Tückisch.

Fast so, als warte sie bloß darauf, sie auf den letzten Metern zu ergreifen.

Starr vor Furcht mühten sie sich wieder auf die Beine.

»Ansehen! Ich glaube … ihr müsst sie ansehen«, stammelte Lea.

»Was?«, keuchte Sven.

»Merkt ihr das nicht? Diese fiesen Dinger bewegen sich immer dann, wenn wir sie nicht im Blick behalten.«

Entgeistert glotzten Tim und Sven ihre Freundin an, doch die erhob sich tapfer, behielt den unheimlichen Strohmann vor ihnen fest im Blick und griff zögernd nach Tims Hand. Dann zog sie ihn an der Scheuche vorbei in Richtung Straße.

Er und Sven folgten ihr aufgewühlt, und gemeinsam rannten sie weiter durch das Feld, während sie die beiden bedrohlichen Vogelscheuchen misstrauisch im Auge behielten. Und Lea hatte recht. Die Strohmänner bewegten sich nicht, fast so, als wären sie durch ihre Blicke gebannt.

Gehetzt erreichten sie das Ende des Kornfeldes und stürzten schnaufend ins Freie.

Panisch sah sich Tim nach ihren Fahrrädern um, die etwa sieben Meter entfernt im Klatschmohn lagen, doch er begriff sofort, dass sie verloren hatten.

Denn auf der Straße vor ihnen hatten sich fünf kräftige Gestalten unbemerkt zu einer Art Kette aufgebaut, um jeden abzufangen, der aus dem Feld hervorbrach.

Sie waren den Männern direkt in die Falle gegangen.

Laternen flammten auf, und Tim hielt sich geblendet die Hand vor die Augen.

Lea versteckte sich hinter ihm, und auch Sven hob die Hand, um sich vor dem grellen Licht abzuschirmen.

Die Männer umringten sie mit finsteren Blicken, und er hörte aufgewühlte Stimmen in sorbischer Sprache. Nur wirkten einige der Kerle leicht irritiert. Fast so, als hätten sie mit jemand anderem gerechnet als ausgerechnet mit drei Teenagern.

»Wer zum Teufel seid ihr?«, fragte einer von ihnen, ein kräftiger Kerl mit dunklem Vollbart und grauem Hemd, in verständlichem Deutsch. Zornig stellte er sich vor sie und maß sie mit stechendem Blick. Einen nach dem anderen.

»Wir, äh, wir wollten bloß eine Mutprobe ablegen«, meinte Tim mit spröder Stimme.

»Eine Mutprobe?« Der verärgerte Ausdruck in den Augen des Mannes wich nicht. »Das habe ich euch aber nicht gefragt. Ich will wissen, wer ihr seid?«

»Sie können uns nichts!«, begehrte Sven auf. »Wenn Sie oder Ihre Freunde uns was tun, erzählen wir jedem, was für Dinger Sie hinter uns im Kornfeld verstecken. Dann wird jeder erfahren, dass es in Ihrem Dorf nicht mit rechten Dingen zugeht!«

Tim seufzte innerlich, und am liebsten hätte er seinen Kumpel getreten.

Tatsächlich warfen sich ihre Häscher alarmierte Blicke zu, doch der Bärtige verzog amüsiert die Lippen unter seinem strohigen Bart.

»Ach ja?« Drohend baute er sich vor Sven auf und musterte ihn geringschätzig. »Und du denkst, das schreckt uns?«

Sven warf Tim einen hilflosen Blick zu, der stumm den Kopf schüttelte.

»Weißt du, was dann passiert?«, grollte ihr Gegenüber kalt. »Man wird dich auslachen. Du wirst dich zum Gespött aller machen. Bestenfalls. Niemand, wirklich niemand wird dir glauben. Du wärst nämlich nicht der Erste, der so was versucht. Aber wir zwei«, er tippte Sven grob auf die Brust, »du und ich … wir beide wissen es natürlich besser. Und da kommen wir zum bitteren Teil dieser Geschichte. Denn anschließend stehst du völlig allein da. Und du wirst dir sicherlich denken können, zu was wir uns dann gezwungen sehen? Mit dir und deinen beiden Freunden …?«

»Ich heiße Lea Schmidt«, brach es ängstlich aus Lea heraus. »Mein Vater arbeitet bei der Stadtverwaltung in Lauta. Ich verspreche, wir werden niemandem etwas erzählen. Ehrenwort!«

»Geht doch.« Der Mann richtete sich wieder auf, gab seinen Kumpanen einen kurzen Wink. »Přepytajće jich!«[10]

Die übrigen Männer umringten sie und durchsuchten jetzt ihre Kleider und Taschen, was Tim, Sven und Lea widerstandslos über sich ergehen ließen.

Was sie fanden, brachten sie dem Bärtigen, der sich nun seinerseits ihre Handys, Taschenlampen, Werkzeuge und Börsen vornahm.

Er schien vor allem an Ausweispapieren interessiert zu sein. Er fand Tims amerikanischen Schülerausweis und ihre Buskarten.

Ernst studierte er sie, und auf sein Nicken hin gaben die Männer ihnen ihre Besitztümer wieder zurück.

»Ich sag euch, wie das jetzt abläuft, Lea Schmidt, Tim Opitz und Sven Jurisch«, erklärte der Mann gefährlich leise. »Denn wir wissen jetzt, wer ihr seid. Es wird uns fortan ein Leichtes sein, euch jederzeit aufzuspüren. Egal, was ihr tut. Egal, wo ihr euch versteckt. Wir kriegen euch.« Er sah sie mit seinem stechenden Blick an. »Solltet ihr also irgendwann geschwätzig werden oder es noch mal wagen, in unser Dorf zu kommen oder in unsere Mühle einzubrechen,

10 Durchsucht sie!

273

dann wird euch nichts mehr retten. Wir werden euch schnappen und spurlos verschwinden lassen. Es wird fast so sein, als hätte sich der Boden zu euren Füßen aufgetan und euch einfach verschluckt. Haben wir uns verstanden?«

Verängstigt nickten sie.

Ihr Gegenüber lächelte freudlos. Dann wurde sein Gesichtsausdruck wieder ernst. »Gut. Verpisst euch und lasst euch hier niemals wieder blicken. Fordert uns kein zweites Mal heraus. Ihr würdet es bereuen.«

Tim nickte heftig.

Zögernd lösten sie sich aus dem Kordon, liefen zu ihren Fahrrädern und traten unter den finsteren Blicken der Männer die Flucht an.

Während sie verzweifelt in die Pedale traten, um so schnell wie möglich von Kutzlarnitz wegzukommen, war beständig dieses unheimliche Rascheln im Feld neben ihnen zu hören.

Tim blickte sich erst um, als sie gehörigen Abstand zwischen sich und die Männer gebracht hatten. Die Finsternis hatte die fünf längst verschluckt. Auch die dunkle Mühle war kaum mehr auszumachen. Alles, was er im Mondlicht noch erkennen konnte, waren die Felder, die das Dorf umgaben – und die beiden grässlichen Vogelscheuchen darin.

Reglos und mit bedrohlich ausgebreiteten Armen standen sie unmittelbar am Feldrand. Doch auch sie wurden kleiner, und allmählich fühlte er sich wieder in Sicherheit. Tim wusste, dass dieser Eindruck trog.

Denn noch immer spürte er ihr Starren.

KAPITEL 3

BLÜTE

SPREU VOM WEIZEN

Richard Kern saß in seinem silbergrauen Mazda, trank angesichts der noch immer anhaltenden Wärme einen Energydrink und überblickte von der waldigen Anhöhe aus das vor ihm liegende Kornfeld. Es erstreckte sich bis zum gegenüberliegenden Waldrand, und die vielen Ähren schimmerten im Silberschein des Mondes grau.

Die Parzelle mochte gute fünftausend Quadratmeter messen. Und angesichts des verlassenen Gebäudes am Feldrand mit dem Schild der Krahl GmbH, das in der Düsternis geradeso zu erkennen war, hielt er die abgelegene Ackerfläche für ein Versuchsfeld.

Vermutlich wurde hier irgendeine neue Roggensorte getestet. Falls das so war, stand das Getreide angesichts der allgegenwärtigen Dürre erstaunlich gut in Blüte.

Andererseits war ihm das alles auch egal. Denn er war nicht aus landwirtschaftlichem Interesse hier, sondern weil er dringend neuen Stoff für seine Story benötigte.

Richard rückte sich die Brille zurecht, kippte sich den Rest seines Energydrinks in den Rachen und betrachtete zufrieden die aktuelle Ausgabe des *Lausitzer Boten* mit dem Aufmacherartikel vom Strohpuppenmörder, die im Dunkeln neben ihm auf dem Beifahrersitz lag.

Ein Knaller wie dieser war ihm bislang noch nie gelungen. Und es war ganz eindeutig, dass er seinen Job einfach falsch angegangen war.

Seit der Schlagzeile heute Morgen standen die Telefone in der Redaktion nicht mehr still. Alle größeren Fernsehsender und die renommierten Nachrichtenmagazine des Landes hatten sich beim *Lausitzer Boten* gemeldet, weil sie mehr über die Vorgänge in der Gegend wissen wollten. Und natürlich auch, wie er die wesentlichen Indizien zusammenzutragen vermochte, während die Polizei offensichtlich noch immer im Dunkeln tappte. Die stand schon jetzt in der Kritik, die Dramatik der Geschehnisse erst durch seinen Artikel begriffen zu haben.

Sogar sein Chefredakteur hatte heute vor ihm den Kotau gemacht. Blöderweise stand da noch die Sache mit den Strohpuppen im Raum, die er in den letzten Tagen auf den Feldern eingesammelt und zurückgehalten hatte. Aber darum sollten sich die Juristen des Verlages kümmern.

Alles, was in seinem Geschäft zählte, war Auflage. Das sah sein Chef ebenfalls so, ansonsten hätte er ihn heute Morgen vermutlich nicht davor gewarnt, dass die Polizeibeamten im Verlag aufgelaufen waren.

Dankbarkeit empfand Richard ihm gegenüber deswegen trotzdem nicht. Martin sollte froh sein, dass die komplette Auflage des Boten heute abverkauft werden konnte. Dabei betrachtete Richard das Ganze ohnehin nur als Sprungbrett. Denn natürlich würde er dieses Provinzblatt verlassen, sobald er sein Profil als Investigativjournalist geschärft hatte und Angebote von anderen Medienhäusern reinkamen.

Nur musste er dazu nachlegen. Dringend.

Deshalb setzte er, wie schon in den letzten Tagen, alles auf seinen unbekannten Informanten. Dass es sich bei dem Kerl um den mutmaßlichen Entführer und Mörder selbst handelte, war ihm inzwischen klar.

Er war ja nicht bescheuert.

Wer sonst hätte ihn so zielsicher zu den Tatorten führen können? Auch den Tipp mit den Püppchen inmitten der Kornkreise hatte er von dem Unbekannten erhalten.

Reue darüber, dass er sich irgendwie zu seinem Erfüllungsgehilfen machte, empfand er nicht. Er war Reporter und kein Pfarrer. Hier ging es um Schlagzeilen, nicht um moralische Erwägungen. Seine Aufgabe bestand darin, die Welt abzubilden, wie sie war – und nicht, wie sie sein könnte. Und wer auch immer das war, der seit über einer halben Woche die Lausitz heimsuchte, er oder sie hatte offenbar ein dringendes Sendungsbewusstsein. Wenn er nicht darüber berichtet hätte, dann hätte sich eben ein Kollege auf die Story gestürzt.

So war das eben. *Life is a bitch.*

Und für heute hatte ihm der Unbekannte etwas ganz Besonderes versprochen, nämlich sein Motiv!

Richard blickte wieder auf sein Handy.

Gleich war es Mitternacht, und vereinbarungsgemäß wollte sich der Unbekannte hier mit ihm treffen, um ihm neue Informationen zukommen zu lassen.

Ein kleines bisschen mulmig war ihm schon zumute. Immerhin war der Typ eindeutig irre. Doch er war vorbereitet. Er trug nicht bloß ein Pfefferspray bei sich, sondern auch einen Taser, mit dem er vermutlich einen Ochsen abservieren konnte.

Und da ihm der Unbekannte dankenswerterweise bereits die GPS-Daten des Feldes mitgeteilt hatte, war er hier schon eine Stunde früher erschienen, um die Umgebung zu sondieren.

Allerdings rührte sich vor ihm in der Dunkelheit nichts.

Blieb es also dabei?

In diesem Moment summte sein Handy. Eine neue SMS:

Gefunden?

Misstrauisch verengte er die Augen. Was meinte der Kerl damit?

Verärgert tippte er:

Ich warte. Wo sind Sie?

Die Antwort erfolgte wenige Sekunden später:

Sie haben alles. Es wird Zeit, die Spreu vom Weizen zu trennen. Suchen Sie!

Richard runzelte die Stirn, scrollte etwas höher und blickte auf den letzten Eintrag vor dem Dialog. Meinte der Kerl die übermittelten GPS-Daten? Er war doch längst da.

Oder ... war damit gar nicht das Feld selbst gemeint, sondern die exakten Koordinaten? Denn die führten mitten ins Feld hinein.

Scheiße.

Richard blickte durch die Windschutzscheibe aufs nächtlich vom Mond erhellte Feld, und hinter seiner Stirn arbeitete es fieberhaft.

Glaubte der Unbekannte wirklich, er würde da rausgehen und sich zum möglichen Ziel machen?

Der Typ war unberechenbar. Was, wenn das eine Falle war?

Andererseits konnte er nicht ausschließen, dass sein Informant da unten tatsächlich etwas deponiert hatte wie beim Geocaching.

Kurz haderte er mit sich und versuchte, die Risiken einzuschätzen.

Na gut.

Richard zerknüllte die leere Dose mit dem Energydrink und warf sie hinter sich auf den Rücksitz. Wenn der Kerl wollte, dass er das Feld schutzlos aufsuchte, hatte er sich geschnitten. Er besaß ja nicht ohne Grund einen SUV. Sollte der Wagen mal zeigen, was in ihm steckte.

Er rief die übermittelten GPS-Positionsdaten mit einer speziellen App auf, startete den Wagen, und sogleich flammten die Scheinwerfer auf.

Der Mazda fuhr an, und er lenkte ihn den kleinen Abhang bis zum Feldrand hinunter. Gleißend hell rissen die Scheinwerfer die hohe Wand aus Getreide aus der Dunkelheit. Dann gab er Gas.

Rücksichtslos brauste er hinaus auf den Acker und mähte mit dem wuchtigen Kühler das Meer aus Halmen und Ähren nieder. Richard grinste, während er mit seinem SUV eine breite Schneise ins Feld schlug und sich zügig jenem Punkt annäherte, den die GPS-Daten vorgaben.

Schließlich erreichte er die Stelle mitten auf dem Feld und stoppte. Tatsächlich entdeckte er etwas voraus, zwischen den Halmen, ein kleines freies Areal, das er vom Wagen aus nicht genau einsehen konnte. Eher eine Art Loch inmitten des hohen Bewuchses.

Aufgewühlt sah er sich um, doch außer ihm konnte er hier draußen niemanden ausmachen.

Er würde es also wagen.

Richard versicherte sich noch einmal, dass er Pfefferspray und Taser griffbereit hatte, ließ den Motor laufen und stemmte die Fahrertür auf. Er sprang aus dem Fahrzeug, und ein schwerer Strohgeruch umfing ihn, während ringsum das Konzert der Grillen im Roggenfeld sogar seinen Motor übertönte. Ständig blickte er sich um, doch alles, was er sah, war, wie der sanfte warme Nachtwind sein Muster auf den Ähren zeichnete.

Ohne Zeit zu verlieren, kämpfte er sich zu der von den Scheinwerfern angestrahlten freien Stelle vor. Er durchbrach den strohigen Bewuchs und betrat eine kreisrunde Fläche von vielleicht einem Meter Durchmesser, deren Untergrund aus platt gedrückten Halmen bestand.

Sollte hier wieder einer dieser seltsamen Kornkreise entstehen? War der Unbekannte vielleicht doch in der Nähe?

Richard sah sich misstrauisch um und suchte den Platz mit seinen Blicken ab.

Ja, da war etwas.

Wieder so ein verdammtes Strohpüppchen.

Er sammelte die Strohfigur auf und sah sie zunehmend entgeistert an. Die angedeutete Strickjacke, die kleine Drahtbrille und der unter einem Ärmchen klemmende Zettel mit der winzigen Aufschrift *Lausitzer Bote* ... die Puppe stellte ganz offensichtlich ihn dar.

Verdammt. Doch eine Falle?

Alarmiert hetzte Richard durch den hohen Bewuchs zurück zum Wagen, als es auf dem Feld um ihn herum plötzlich zu knistern begann. Und das war nicht alles, denn zwischen den Halmen war Bewegung auszumachen.

Da waren Insekten. Heuschrecken.

Hunderte und Aberhunderte von ihnen.

Als hätte eine unbekannte Macht sie aufgescheucht, sprangen und hüpften die Viecher durch die Halme ins Scheinwerferlicht. Die kleinen Biester gebärdeten sich wie irre. Fast schien es, als würden sie ihn gezielt anspringen.

»Ksch! Weg mit euch!«

Richard schlug wüst um sich, kämpfte sich zur Fahrertür vor und zwängte sich in den Wagen.

Weiter auf die lästigen Heuschrecken einschlagend, die mit ihm ins Fahrzeug gelangt waren, verriegelte er das Fahrzeug mit der automatischen Türsicherung und sah nach draußen, in der Sorge, dass zwischen den hohen Halmen vielleicht doch noch eine verborgene Gestalt aufsprang, um ihn anzugreifen.

Nicht mit ihm. Wenn der Unbekannte glaubte, er könne ihn einfach so erwischen, dann hatte er sich geschnitten. Wütend legte Richard den ersten Gang ein und gab Gas.

Der Mazda röhrte auf und walzte direkt über die Stelle hinweg, wo er eben die Puppe aufgesammelt hatte. Aufgebracht kurbelte er am Steuer, beschrieb einen Bogen auf dem Feld und brauste mit aufheulendem Motor durch die hohen Ähren zurück zum Feldrand – als unvermittelt ein leichter Sprühregen einsetzte, der die Windschutzscheibe benetzte.

Verärgert stellte er die Scheibenwischer an und blickte kurz in den Rückspiegel, während er weiter durch das Meer aus Getreide brach. Und jetzt glaubte er, in der Dunkelheit hinter sich doch etwas zu erkennen.

»Meine Güte, was ist das …?«

Das waren Heuschrecken!

Ein riesiger Schwarm, der gleich einer schwarzen Wolke über die Ähren hinter ihm hinwegbrauste und sich nun von oben auf seinen Wagen stürzte. Das Prasseln Tausender aufschlagender Insektenleiber erfüllte die Karosserie, und die Scheiben ringsum verdunkelten sich zunehmend unter dem Gewirr Hunderter Tiere.

Was zum Teufel geschah hier?

Richard gab erschrocken Vollgas und wurde von einem heftigen Ruck gegen Steuer und Armaturenbrett geworfen.

Der Mazda war irgendwo im Feld hängen geblieben.

Während die Heuschrecken weiter in dichten Schwärmen auf den Scheiben herumkrabbelten, trat er aufs Gaspedal, doch unter ihm drehten die Reifen durch.

Wie konnte das sein?

Richard kuppelte verzweifelt, versuchte es mit dem Rückwärtsgang, doch auch das half nicht. Stattdessen soff der Motor plötzlich ab, und er saß nun gänzlich im Dunkeln, während es außerhalb des Wagens brummte, schwirrte und raschelte.

Selbst die Scheibenwischer kämpften vergeblich gegen den dichten Insektenteppich an.

»Scheiße! Scheiße! Scheiße!«

Richard schlug wüst auf das Steuerrad ein, versuchte, den Wagen erfolglos neu zu starten und schaltete schließlich die Innenraumbeleuchtung an. Fassungslos starrte er auf die unzähligen krabbelnden Heuschrecken auf den Scheiben, als sich die erste von ihnen aus einem der Lüftungsschlitze zwängte.

Zornig rollte er den *Lausitzer Boten* zusammen und schlug zu.

Doch immer mehr Tiere arbeiteten sich in den Wagen vor.

Panisch hämmerte er mit der Zeitung auf die Vielzahl der eindringenden Biester ein, als er draußen eine Stimme zu hören glaubte:

Riiiiiichaaaaaard!

Gehetzt sah er auf, doch konnte er wegen der vielen Insekten nichts sehen.

Erneut ertönte die Stimme.

Riiiiiichaaaaaard!

Das … das klang gar nicht gut.

Ein-, zweimal schlug er noch zu, um der eindringenden Insekten Herr zu werden, und begann schließlich verängstigt zu jammern.

Irgendwie spürte er, dass da draußen etwas nahte.

Etwas, das eine Präsenz ausstrahlte, bei der sich ihm unwillkürlich die Nackenhaare aufstellten.

Unvermittelt erlosch die Innenraumbeleuchtung wieder, und im selben Moment barst die Seitenscheibe unter dem Aufschlag eines harten Gegenstandes. Unzählige Scherben ergossen sich auf seinen Schoß.

Diesmal gelangten keine weiteren Heuschrecken ins Fahrzeug. Stattdessen erblickte er durch die Öffnung eine albtraumhafte Gestalt.

Groß. Dunkel. Unheilvoll.

Selbst die Ähren schienen demutsvoll die Köpfe vor ihr zu beugen.

Richard wimmerte und nässte sich ein.

Schon beugte sich die monströse Gestalt vor, packte ihn am Haar und zerrte ihn mit einem brutalen Ruck vom Fahrersitz.

Richard schrie.

MÜHLENSPRACHE

»Wir wissen leider nicht, was aus dem Besitzer des Wagens wurde«, erklärte der Polizist, der mit Sarah durch das Versuchsfeld der Krahl GmbH stapfte und sie zu dem silbergrauen Mazda CX-5 führte, der herrenlos inmitten der hohen Ähren stand. Das Fahrzeug war keine sieben Meter vom Feldrand entfernt, und es gab keinerlei Anzeichen, wie es dorthin gelangt war. Angesichts des dichten Bewuchses aus Halmen ringsum konnte man fast den Eindruck gewinnen, als habe eine titanische Macht den Wagen angehoben und auf den Acker geschleudert.

Ein wesentliches Merkmal des Fundortes stellte wieder ein großer Kornkreis weiter hinten auf dem Feld dar, samt einem dieser seltsamen Piktogramme.

Sarah wischte die Halme vor sich beiseite und trat an die Fahrertür heran. Sie sah sofort, dass die Scheibe eingeschlagen worden war. Kleinere Splitter lugten noch aus der Einfassung hervor, und an einzelnen von ihnen klebte Blut.

»Wie gesagt«, fuhr ihr Begleiter fort, »dem Kennzeichen nach gehört der Wagen diesem Richard Kern. Wir haben schon versucht, ihn zu erreichen. Leider erfolglos. Wenn Sie mich fragen, wurde der Mann ziemlich brutal aus dem Fenster gerissen, kaum dass er … hierhergelangt ist. Nur fragen Sie mich bitte nicht, wie.«

Sarah rückte sich die Schirmmütze zurecht, die sie vor der blendenden Vormittagssonne schützte, und warf einen misstrauischen Blick ins Fahrzeuginnere.

Vor und auf dem Fahrersitz glitzerten Scherben, neben der Kupplung lag eine aufgerollte Zeitung des *Lausitzer Boten,* und auf dem Armaturenbrett, Beifahrersitz und im Fußraum lagen auffällig viele tote Heuschrecken verstreut.

Die Insekten erinnerten sie unwillkürlich an die Funde bei der

Leiche von Philipp Uhlig. Und natürlich auch an das seltsame Erlebnis, das sie selbst gestern gehabt hatte, im Feld mit dem toten Liebespärchen, kurz bevor der Mähdrescher die Jagd auf sie eröffnet hatte.

Allerdings stach ihr in diesem Moment noch etwas anderes ins Auge. Ein Strohpüppchen. Es lag im Fußraum des Fahrzeugs. Sofort zog sie sich Handschuhe an, öffnete die Wagentür und griff nach dem Objekt, das sie besorgt ins Licht hob.

Die kleine Metallbrille und der zusammengefaltete Zettel unter dem Arm, der eine Zeitung darstellen sollte … sie ahnte, wen das Männchen darstellte.

Richard Kern.

»Gab es hier noch andere Funde?«, fragte sie tonlos.

»Ja, zum Beispiel das Handy des Besitzers.« Der Mann räusperte sich. »Wir haben es vorsichtshalber gleich eingetütet. Es ist leider durch einen Sperrcode gesichert. Allerdings ist das alles hier etwas seltsam. Wenn Sie einen Blick unter den Wagen werfen, werden Sie erkennen, dass die Achsen des Fahrzeugs hoffnungslos in Halmen verheddert sind. Keine Ahnung, wie es dazu gekommen ist. Merkwürdig ist auch der Bereich hinter dem Fahrzeug. Wenn man den Acker genauer untersucht, sieht man im Erdreich Reifenspuren. Die führen hier einmal quer über das Feld. Der Wagen ist also definitiv irgendwo von außerhalb ins Feld reingefahren, bis er dann hier gestoppt hat. Nur ist davon im Getreide nichts zu sehen. An keiner einzigen Stelle finden Sie platt gewalzte Halme. Absolut skurril. Keine Ahnung, wie das möglich ist.«

Sarah runzelte die Stirn, verzichtete jedoch darauf, die Feststellungen zu überprüfen, da hinter ihnen ein vertrauter Polizeisprinter durch den Wald gefahren kam. Er parkte am Feldrand neben dem Einsatzwagen ihres Begleiters und ihrem Polo, und Kriminaltechniker stiegen aus, die ihr ebenfalls vertraut waren.

Antonins hagerer Bekannter Max und sein rothaariger Kollege.

Nur Antonin selbst war nirgends zu sehen.

Trotzdem war Sarah froh, dass sich die beiden der Sache hier persönlich annahmen.

Die zwei unterhielten sich kurz mit dem jüngeren Kollegen von Sarahs Begleiter, verzichteten diesmal auf ihre weißen Schutzanzüge und stapften lediglich mit einem Einsatzkoffer in der Hand durch die hohen Halme auf sie zu.

»Ah, Oberkommissarin Richter!« Antonins Bekannter zwinkerte ihr zu. »Was haben wir denn heute?«

»Keine Leiche, aber wieder einen Vermissten.« Sie seufzte. »So wie es aussieht, niemand Geringeren als diesen Reporter vom *Lausitzer Boten*, der gestern den Presserummel in Gang gesetzt hat.«

»Sieh an.« Der Mann hob eine Augenbraue, während sein Kollege an die Fahrertür herantrat und die Blutflecken an den Scherben ins Auge fasste.

»Haben Sie hier irgendetwas angerührt?«, wollte der Rothaarige von Sarah und dem Streifenbeamten wissen.

»Bloß das hier!« Sie reichte ihm das Strohpüppchen, das er interessiert musterte und in einen Plastikbeutel steckte.

»Es gab noch ein Handy im Auto«, erklärte der Beamte neben ihnen. »Wir haben es vorsichtshalber sichergestellt. Ob die Mitarbeiter des Landwirtschaftsunternehmens da hinten irgendwas angefasst haben, weiß ich natürlich nicht.«

Er deutete zum Ackerrand, in Richtung des weiß getünchten Gebäudes der Krahl GmbH, dessen Fensterfronten in der Sonne blitzten. Dort hatten sich zwei Männer und eine Frau versammelt, die neugierig zu ihnen herüberblickten.

»Sie waren es, die uns wegen der Verwüstung hier im Feld hergerufen hatten.«

»Gut.« Sarah seufzte. »Wären Sie so freundlich und könnten Sie die drei fragen, ob sie hier etwas angerührt haben?«

»Sicher.« Der Mann stapfte quer durch das Feld zu ihnen.

»Hm. Alles recht mysteriös. Aber sehen wir mal.« Der hagere Kriminaltechniker streifte sich wie sein Kollege Handschuhe über und blickte Sarah neugierig an. »Wo ist eigentlich Antonin? Sie beide sind doch seit zwei Tagen unzertrennlich.«

»Ich dachte eigentlich, er sei bei Ihnen«, antwortete Sarah leicht verwundert. »Jedenfalls sagte er mir vorhin am Telefon, dass er dem Labor einen Besuch abstatten wollte.«

»Nein, bei uns war er nicht.« Max öffnete den Einsatzkoffer samt dem forensischen Equipment.

»Dann weiß ich es auch nicht.« Sarah schüttelte irritiert den Kopf. »Ich musste heute Vormittag leider auf einen Sprung nach Cottbus, um dort Bericht zu erstatten. Die Meldung von dem Kornkreis und dem Wagenfund hier kam auf der Rückfahrt rein. Ich bin dann gleich hergefahren.«

»Ja, hat sich schon rumgesprochen«, seufzte der Kriminaltechniker. »Der mutmaßliche Täter ist Ihnen gestern entwischt, richtig?«

Sarah nickte missmutig. »Ja, und das nicht nur einmal, sondern gleich zweimal.«

»Das passiert den Besten«, erklärte der Rothaarige freundlich. »Sie schnappen den Mistkerl schon.«

»Danke.« Sarah trat zurück und ließ die beiden ihre Arbeit machen.

Der Rückschlag nach der Verfolgung Glowiks zu dem Braunkohletagebau steckte ihr noch in den Gliedern. Ebenso die gleichermaßen rätselhaften wie unheimlichen Umstände, denen der Kerl überhaupt seine Flucht zu verdanken hatte. Nach wie vor begriff sie nicht, wie ihm das auf der weiten Ebene möglich gewesen war. Und das trotz des Starkregens.

Den Rest des Nachmittags hatten sie und Antonin damit verbracht, sich genauer bei der Schmiede umzusehen, bevor sie wieder nach Hoyerswerda zurückgekehrt waren. Dort hatten sie beide sich erst einmal eine heiße Dusche gegönnt und sich umgezogen, bevor sie ihre Berichte geschrieben hatten.

Klar, sie hatten auch noch einige Hinweise überprüft, die inzwischen reingekommen waren, doch das hatte wie erwartet zu nichts geführt. Ehrlich gesagt, war nach dieser Niederlage bei ihnen beiden die Luft raus gewesen. Ihr sorbischer Kollege hatte sich recht wortkarg gezeigt, fast so, als würde er sich den Rückschlag gestern persönlich anlasten. Dabei hatte sie es mindestens ebenso zu verantworten wie er, dass sie versagt hatten.

Es war einfach ein Scheißgefühl, nur darauf warten zu müssen, dass die Ermittlungsmaschinerie neu anlief.

Sarah blickte sich wieder zum Feldrand um, da dort jetzt ein zweiter Streifenwagen auftauchte. Nur Antonin war noch immer nirgends zu sehen.

»Sagen Sie mal«, wollte sie von den Kriminaltechnikern wissen, »hat die Untersuchung der Schmiede gestern eigentlich noch etwas Neues ergeben?«

»Hat Ihnen Antonin noch nichts gesagt?«, fragte der hagere Beamte. »Ich habe ihm den Bericht heute Morgen zugeschickt. Ich bin davon ausgegangen, dass er ihn Ihnen weiterleitet.«

»Wie gesagt, ich musste leider nach Cottbus.«

»Nun, wir haben dort sogenannte Gesenkformen gefunden. Außerdem Bronzereste.«

»Gesenkformen?«

»Ja, das ist eine alte Schmiedetechnologie, die schon aus dem Altertum bekannt ist. Das sind hohle Formen, in die ein Rohling gelegt wird, der dann mit dem Hammer in Form geschlagen wird.« Max schniefte. »Ihr Gesuchter hat dort ganz offensichtlich Sicheln hergestellt.«

Sarah nickte nur, da sie sich so was schon gedacht hatte. Sie hatte noch nicht vergessen, wie seltsam sich Glowik mit diesem Ding aufgeführt hatte.

»Sie haben es ja schon vermutet«, fuhr Max fort, »aber damit ist eigentlich auch ziemlich klar, womit die zurückliegenden Enthauptungen ausgeführt wurden. Ich meine, das ist schon ziemlich krude, aber was an alledem hier ist das nicht?«

»Und die Strohpuppen?«

»Nichts Auffälliges. Leider auch keine Fingerabdrücke. Sind aber alle von ähnlicher Machart. Die, die Sie hier gefunden haben, reiht sich lediglich in die Sammlung ein. Aber wir werden sie natürlich ebenfalls genauer unter die Lupe nehmen.«

»Schon klar. Und was hat die Untersuchung dieses Mojo-Beutels ergeben?«

»Welcher Mojo-Beutel?« Der Kriminaltechniker erhob sich aus dem Fahrzeug und blickte sie irritiert an.

»Hat Ihnen denn Antonin nicht diesen Lederbeutel übergeben, den wir gestern auf dem Feld bei Schwarzkollm gefunden haben?«

»Nein. Was für ein Beutel?« Der Mann zuckte bedauernd mit den Schultern. »Ich weiß von nichts.«

Sarah runzelte die Stirn und blickte hinüber zum Kornkreis, der sich im Feld abzeichnete. »Na gut, ist wohl im Trubel gestern untergegangen. Nur sollten wir nach so einem Objekt vielleicht auch hier Ausschau halten. Außerdem frage ich mich, wo Antonin bleibt.«

Sie zückte ihr Handy, drückte die Rufnummer ihres Kollegen und marschierte mit dem Gerät am Ohr durchs hohe Getreide zurück zum Feldrand.

Seltsamerweise vernahm sie weder einen Signalton, noch sprang der Anrufbeantworter an. Befand er sich in einem Funkloch? Seltsam.

Die neu eingetroffenen Beamten kamen jetzt auf sie zu.

»Sie sind Oberkommissarin Richter?«

Sie nickte.

»Wir wurden angewiesen, Ihnen hier gegebenenfalls zu helfen.«

»Sehr gut. Danke.« Sie blickte zum SUV und zum Kornkreis zurück, bat die beiden, Aufnahmen der Formation zu machen, und erklärte ihnen, wo sie noch einmal suchen sollten, um vielleicht einen dieser Beutel aufzuspüren.

Die Polizisten marschierten los, und abermals musste sie an den Lederbeutel denken, den sie gestern gefunden hatte. Wieso hatte Antonin den nicht im Labor abgegeben?

Überhaupt. Was war eigentlich mit diesem Büchlein im blauen Kunststoffeinband, das sie gestern in Glowiks Unterkunft sichergestellt hatten? Das mit den sorbischen Notizen.

Zumindest das sollte er doch inzwischen gesichtet haben.

Abermals versuchte sie, den Sorben zu erreichen, und diesmal war ein schwaches Freizeichen zu hören. Schließlich sprang Antonins Mailbox an.

Sie bat ihn um einen Rückruf.

Verdammt noch mal, wo steckte er?

Sie betrachtete das Smartphone mit einer Mischung aus Verärgerung und Besorgnis und erinnerte sich nun wieder an die Einstellungen, die Antonin gestern an ihren Geräten vorgenommen hatte. Die Standortfreigabe in Echtzeit.

Sarah rief kurzerhand die Google-Maps-App auf und versuchte herauszufinden, wo ihr Kollege steckte. Tatsächlich baute sich allmählich eine Karte der Gegend auf, und ihre Augen weiteten sich, als sein Standort angezeigt wurde:

In Kutzlarnitz?

Wenn das stimmte, erklärte das auch, warum er so schlecht zu erreichen war.

Was, zum Teufel, trieb er in diesem seltsamen Dorf?

Sarah stand eine Weile grübelnd da und blickte sich wieder zum Feld um, das die Beamten inzwischen absuchten. Sie bemerkte, wie sich Antonins Standortsymbol leicht veränderte.

Offenbar verließ er den Ort gerade wieder.

Überraschend klingelte wenig später ihr Smartphone. Er rief an.

»Hi, hier Antonin«, vernahm sie seine Stimme.

»Sag mal, was treibst du gerade?«, meinte sie kühl. »Wir haben hier einen neuen Kornkreis, und diesmal hat es Kern erwischt. Den Reporter!«

»Ja, tut mir leid. Ich hab die Nachricht gerade gefunden.« Er räusperte sich. »Ich hatte mein Handy nicht im Blick. Ich war gerade im Schloss Hoyerswerda, um mit diesem Kunstsachverständigen wegen der Gemälde zu sprechen.«

»Im Schloss?«

»Ja. Aber ich sollte in spätestens einer Stunde bei euch sein.«

Sarah verengte die Augen, denn ganz offensichtlich log Antonin sie gerade an.

Aber warum?

»Okay«, antwortete sie gedehnt. »Eigentlich sind hier auch genug Leute. Und mehr, als das Feld absuchen, können wir derzeit eh nicht.«

»Alles klar. Dann melde ich mich, sobald ich fertig bin.«

»Ja, tu das. Bis nachher.«

Antonin verabschiedete sich, und grübelnd starrte Sarah wieder auf die interaktive Karte, auf der sein wahrer Standort zu sehen war. Immerhin schien er jetzt tatsächlich in Richtung Hoyerswerda zu fahren.

Sie atmete tief durch. Ihr Misstrauen war geweckt. Sie wollte Antonin nichts Übles unterstellen, trotzdem fragte sie sich, was diese Geheimnistuerei sollte?

Sie fasste einen Entschluss.

Mit der Ausrede, dass Kriminaldirektor Drettner sie zu sehen verlangte, verabschiedete sie sich bei den Kriminaltechnikern und den übrigen Beamten, stieg in ihren Polo, der von der gestrigen Verfolgungsjagd durch den Braunkohletagebau noch immer verschmutzt war, und verließ das Waldgebiet mit dem Versuchsfeld.

Sie klemmte das Handy in die dafür vorgesehene Halterung, behielt die Map mit Antonins Standortanzeige im Blick und stieg aufs Gas.

Rasant folgte sie dem Straßenverlauf an Wiesen, Feldern und kleineren Ortschaften vorbei und erreichte zügig die Stadtgrenze Hoyerswerdas, wo sie über eine Brücke die Schwarze Elster überquerte, um sich durch den Verkehr weiter nach Südwesten durchzuschlagen. Auch Antonin war längst in der Stadt angekommen, bog aber plötzlich über die B 97 nach Süden ab, wo er nun offenbar am Amtsgericht vorbeifuhr.

Sarah erreichte ebenfalls die Kreuzung, erhöhte ihre Geschwindigkeit, überquerte eine Bahntrasse und hoffte, irgendwo zwischen den Fahrzeugen voraus Antonins Motorrad auszumachen. Leider vergeblich.

Wo wollte er hin?

Links und rechts zog die Kulisse der Stadt an ihr vorbei, und sie blickte zu der Beschilderung auf. Der zufolge ging es hier weiter durch das südliche Stadtgebiet Richtung Dörgenhausen. Tatsächlich aber war auf der Map zu erkennen, dass Antonin hinter einem großen Baumarkt von der Bundesstraße abfuhr und links in ein grünes Wohngebiet einscherte, um wieder in dieselbe Richtung zu fahren, aus der sie gerade kamen.

Sie spähte aus dem Seitenfenster, und erstmals erblickte sie seine Maschine.

Auch Sarah verließ die Bundesstraße, folgte ihm und sah nun ein gutes Stück voraus, dass er vor einem verwilderten Grundstück samt Einfamilienhäuschen hielt und das Motorrad aufbockte.

Rasch stoppte sie am Fahrbahnrand, denn erst jetzt begriff sie, dass Antonin nicht allein unterwegs war. Unmittelbar hinter ihm parkte ein dunkler Škoda, der ihm schon eine Weile gefolgt war und den sie nach kurzem Nachdenken einzuordnen wusste.

Natürlich. Sie hatte den Wagen auf dem Dorfplatz in Kutzlarnitz gesehen!

Das war doch wohl bitte nicht wahr.

Hektisch kramte Sarah im Handschuhfach nach ihrem kleinen Feldstecher, den sie für Observationen stets griffbereit hatte, und stellte ihn scharf.

Fassungslos sah sie mit an, wie dem Wagen drei Männer entstiegen, von denen sie einen angesichts seines Bartes sofort wiedererkannte. Das war die rechte Hand des Kutzlarnitzer Bürgermeisters, den Letzterer unter dem Namen Handrej vorgestellt hatte.

Der Kerl marschierte zu Antonin, und die beiden unterhielten sich. Dieser Handrej legte ihrem Kollegen vertraut die Hand auf die Schulter, und nicht, ohne sich mehrfach misstrauisch zur Straße umzudrehen, marschierten die vier jetzt auf das Grundstück.

Sarah senkte ungläubig den Feldstecher.

Was trieben die da hinten?

Sie hatte gestern den Verdacht gehabt, dass ihr Kollege das seltsame Dorf besser kannte, als er einzugestehen bereit war. Nicht bloß wegen seines fast schon devoten Verhaltens diesen drei merkwürdigen Grazien gegenüber. Nach wie vor war sie sich sicher, dass der Bürgermeister ihn sogar mit Vornamen angesprochen hatte.

Was, bitte, verbarg Antonin vor ihr?

Verärgert schnaubte sie.

Sie musste um jeden Preis herausfinden, was da hinten vor sich ging.

Rasch fuhr sie wieder an und passierte das Grundstück samt dem Häuschen.

Antonin, Handrej und ein weiterer ihrer Begleiter waren längst im Hausinnern verschwunden, doch einer der Kerle hielt offensichtlich vor dem Hauseingang Wache.

Schon war sie mit ihrem Polo vorbei und sich auch sicher, nicht bemerkt worden zu sein. Angesichts des heruntergekommenen Zustands des Häuschens wusste sie jedoch nicht genau, ob das Haus überhaupt bewohnt war. Zumindest hatte sie die Hausnummer identifizieren können.

Sarah parkte kurzerhand in einer Nebenstraße, ließ sich zu einer Kollegin durchstellen und gab die Adresse durch, um ermitteln zu lassen, wer dort gemeldet war. Es dauerte etwas, dann meldete die Frau sich wieder.

»Oberkommissarin Richter?«

»Ja, noch dran.«

»Also, zuletzt gemeldet ist dort eine gewisse Rejza Glowik.«

Sarah versteifte sich. Das war der Name von Křešćan Glowiks Mutter.

Lebte die Frau etwa noch?

»Sie sind sich sicher?«, hakte sie aufgewühlt nach.

»So lautet der Eintrag.«

»Danke.«

Sarah drückte das Gespräch weg und atmete tief ein.

Das war es also, was Antonin vor ihr verbarg.

Wollten er und seine sauberen Freunde Glowik irgendwie aus der Schusslinie schaffen? Oder welchen Grund gab es sonst, dass Antonin den Männern half?

Plötzlich fiel ihr auf, dass sie fast nichts über ihn wusste.

Stammte ihr Kollege gar selbst aus Kutzlarnitz? Das würde sein auffälliges Verhalten gestern im Ort erklären. Handelte er vielleicht aus falsch verstandenem Pflichtgefühl seinem ursprünglichen Heimatdorf gegenüber?

Sarah war so fassungslos, dass sie eine Weile brauchte, um sich wieder zu beruhigen. Wenn das so war, dann verriet Antonin gerade nicht nur sie, sondern auch alle Prinzipien, für die die Polizei stand.

Und doch … immerhin hatte er ihr in der kurzen Zeit, seit sie sich kannten, gleich zweimal das Leben gerettet. Einmal, als er den Mähdrescher aufgehalten hatte, und das zweite Mal wenige Stunden später, als Glowik sie fast mit der Sichel erwischt hätte.

Trotzdem. Sie wusste einfach nicht, ob sie ihm noch trauen konnte.

Sarah überlegte eine Weile, was sie tun sollte, insbesondere, ob sie deswegen Drettner verständigen müsste.

Unvermittelt schlug ihr Handy an.

Eine ihr unbekannte Nummer des Präsidiums.

»Oberkommissarin Richter«, meldete sie sich gereizt.

»Schön, dass ich Sie gleich erreiche. Hier Polizeiobermeister Dehn. Von der Technik.«

»Sie haben etwas für uns?«

»Ja. Ich wollte Ihnen bloß Bescheid sagen, dass wir die Untersuchung des Mercedes abgeschlossen haben«, sprach der Beamte. »Sie wissen schon, der Wagen, den Ihr Flüchtiger gestern bei der Schmiede zurückgelassen hat.«

Überrascht richtete Sarah sich auf. »Und?«

»Nun, im Fahrzeug ist ein Navi verbaut, dessen Daten wir inzwischen ausgewertet haben. Ich verschone Sie mit Details, aber bei diesem Gerät werden ständig im Hintergrund Bewegungsdaten gesammelt und abgespeichert. Und da wird es interessant. Denn Ihr Verdächtiger war in den letzten Tagen offenbar an allen fünf Tatorten.«

»Hervorragend.« Sarah schnaubte. »Noch was?«

»Ja. Denn abgesehen von dem Betriebsgelände dieser Landwirtschafts-GmbH, für die Ihr Mann arbeitet, gab es da noch zwei Orte, die er mit dem Fahrzeug in den letzten Wochen häufiger angesteuert hat. Zum einen die Schmiede. Aber das haben Sie sich vermutlich schon gedacht. Die anderen Koordinaten verweisen auf einen Ort, an dem heute eigentlich nichts mehr zu finden sein sollte. Ich weiß aber, dass da noch zu DDR-Zeiten ein Dorf stand, das wegen des Braunkohletagebaus abgebrochen wurde: Wolteroda.«

»Wolteroda?« Sarah merkte auf. Das war der Ort, in dem der Pfarrer gelebt hatte, der im siebzehnten Jahrhundert die Kornkreisgemälde angefertigt hatte. Dieser Johann Caspar Zelenka. »Sie sind sich sicher?«

»Ja. Meine Großeltern stammten von dort und wurden damals umgesiedelt. Das Dorf wurde kurz vor der Wiedervereinigung abgerissen, nur kam es dann gar nicht mehr zu dem geplanten Tagebau.« Der Beamte seufzte. »Egal. Ich dachte mir, ich rufe Sie deswegen gleich mal an, bevor wir Ihnen und Oberkommissar Schultkas den Abschlussbericht zuschicken.«

»Danke, das war die richtige Entscheidung«, sagte Sarah aufgeregt. »Können Sie mir die GPS-Daten vielleicht via SMS zukommen lassen? Dann können wir die Sache gleich überprüfen.«

»Selbstverständlich, Ihre Nummer habe ich ja.«

Sarah behielt das Gerät im Auge, bis ein Summen das Eintreffen der SMS mit den GPS-Daten ankündigte.

Kurz zögerte sie, denn noch immer fühlte es sich falsch an, Antonin nicht zu informieren. Aber solange sie nicht wusste, was ihr Kollege für ein Spiel trieb, konnte sie das nicht riskieren. Sie konfigurierte ihr Navi und fuhr los.

Was auch immer für Glowik dort von Interesse gewesen war, sie würde herausfinden, um was es sich dabei handelte.

*

Tim saß gemeinsam mit Lea und Sven am Esstisch, und schweigend löffelten sie ihre Schüsseln mit Müsli aus, während von draußen das Licht der Vormittagssonne in die Wohnküche fiel. Obwohl ... eigentlich aßen nur er und Sven etwas, da Lea eher lustlos in der Milch herumstocherte. Nur war Tim im Augenblick nicht danach, sie auf ihr Verhalten anzusprechen.

Dafür kämpfte er noch immer zu sehr mit den Eindrücken von letzter Nacht.

Diesmal hatte auch Sven bei ihm übernachtet, gleichwohl waren sie nach ihrer Rückkehr alle viel zu geschockt von dem Erlebten gewesen, als dass sie sich gründlich darüber ausgetauscht hätten. Bis auf eine Sache natürlich, die ihnen jetzt klar geworden war. Nämlich, dass es da draußen wirklich Dinge gab, die sich mit dem Verstand allein nicht erklären ließen.

Sicher, das war ihnen vorher schon irgendwie bewusst gewesen. Doch spätestens seit dem offenen Bekenntnis des bärtigen Kutzlarnitzers, der nicht einmal abgestritten hatte, mit alledem zu tun zu haben, schien das Böse plötzlich sehr viel realer und greifbarer.

Seufzend schob Tim seine Müslischale von sich. »Scheiße, ich kriege diese fiesen Dinger aus dem Feld nicht aus dem Kopf.«

»Du meinst die Vogelscheuchen?«, fragte Sven.

»Nein, die Tauben ...« Tim verdrehte genervt die Augen. »Ja, Mann. Natürlich die Vogelscheuchen! Was denn sonst?«

»Hey, ist ja gut.« Sven sah ihn blass an.

»Abgesehen von dem Gesicht am Fenster und der Sache vorgestern im Feld mit Charly, war das die krasseste Scheiße, die ich je erlebt habe«, stöhnte Tim. »Ehrlich, was waren das für Dinger? So was wie die dürfte es doch überhaupt nicht geben. Wie ist es möglich, dass die sich bewegen konnten?«

»Zauberei«, antwortete Lea bedrückt. »Du warst doch auch in der Mühle. Das, was wir da erlebt haben, ging doch ebenfalls nicht mit rechten Dingen zu. Das muss wirklich mal so eine Schwarze Schule gewesen sein. Vielleicht ist sie das heute noch. Und das bedeutet, dass die Kutzlarnitzer über Dinge Bescheid wissen, die sich andere nicht mal im Entferntesten vorstellen können. Ich schätze, das ist auch der Grund, warum die da so isoliert leben.«

»Ja, und wir können uns wohl glücklich schätzen«, brummte Sven, »dass die uns überhaupt haben gehen lassen. Denn mal im Ernst: Hätte doch keiner mitbekommen, wenn die uns einfach eingesackt hätten, oder? Man kennt das doch aus den Filmen. Wenn es schwarze Magie wirklich gibt, dann brauchen die sicher auch Menschenopfer. Ihr wisst schon«, unheilvoll sah er Lea an, »Jungfrauenblut und so.«

»Soll ja auch männliche Jungfrauen geben«, konterte Lea spitz. »Frag dich lieber mal, ob die nicht auch für Lucas Verschwinden verantwortlich sind. Und Philipps Tod! Aber wie sollen wir das beweisen? Das alles glaubt uns doch niemand.«

»Ich weiß nicht, Leute.« Tim stützte seine Stirn grübelnd auf die Hände. »Ich bin mir zwar sicher, dass die mehr darüber wissen, was hier in der Gegend gerade abgeht. Aber hätten die dann gestern bei meinem Anblick nicht irgendwie ... auffälliger reagieren müssen?«

Er sah zu seinen Freunden auf. »Ich meine, Luca und ich werden doch sonst dauernd darauf angesprochen, dass wir Zwillinge sind. Wenn die ihn wirklich entführt haben ... oder Schlimmeres ..., hätten die dann auf mich nicht irgendwie anders reagieren müssen? Stattdessen haben sie uns sogar ziehen lassen. Wäre *ich* der Entführer, hätte ich das garantiert nicht getan.«

»Vielleicht haben die dich im Dunkeln nicht richtig erkannt?«, meinte Sven.

»Glaubst du das wirklich?«, konterte Tim. »Die haben Blendlaternen dabeigehabt, mit denen sie uns alle angeleuchtet haben. Die haben jeden Einzelnen von uns ganz genau überprüft. Nein, ich bleib dabei: Irgendwie passt das alles nicht zusammen. Dabei sind diese Typen garantiert gefährlich.«

»Und was ist dann mit diesem Koraktor? Auf mich wirkt das so, als hätten die das Buch – und benutzen es auch.«

»Gut möglich«, seufzte Tim. »Die Mühle gehört denen ja. Wie sonst, außer mit Hexerei, sollen diese übernatürlichen Dinge im Feld erklärbar sein? Die *müssen* von denen erschaffen worden sein.«

»Trotzdem hast du recht«, meinte Lea nachdenklich. »Es ist wirklich komisch, dass die Männer gestern nicht auf deine Ähnlichkeit mit Luca angesprungen sind. Die haben ja nicht mal reagiert, als sie deinen Namen herausgefunden haben.«

»Verstehe ich euch richtig?«, meinte Sven irritiert. »Ihr glaubt jetzt doch nicht mehr daran, dass die etwas mit Philipps Ermordung und Lucas Verschwinden zu tun haben?«

Lea zögerte. »Ich bin mir da jedenfalls nicht so sicher. Das alles passt ja auch irgendwie nicht zu den anderen Umständen.«

»Welche anderen Umstände?«

»Na, all die Hinweise, die uns bis zu dieser Mühle geführt haben, natürlich.« Lea sah ihn an. »Ich weiß ja nicht, wie ihr das seht, aber irgendwie scheint es da zwei entgegengesetzte Seiten zu geben: eine, die für all den Schrecken hier verantwortlich ist, aber auch noch eine andere, bei der es irgendwie den Eindruck hat, als würde sie uns … leiten.«

Tim und Sven sahen einander an, und keiner von ihnen widersprach.

»Und was machen wir jetzt?«, fragte Tim. »Die Aktion gestern hat doch leider zu nichts geführt. Ich meine, außer dass die Kutzlarnitzer auf uns aufmerksam geworden sind.«

Lea presste die Lippen aufeinander, und Tim konnte sehen, dass ihre Gedanken rotierten. »Was, wenn wir was in der Mühle übersehen haben?«

»Übersehen?« Tim starrte sie überrascht an. »Was denn? Wir sind ja nicht mal dazu gekommen, das Mühlwerk zu sichten, weil da oben plötzlich dieser Spuk losging.«

»Ja, und doch war uns unten schon irgendwie klar, dass die Mühle mal so eine Schwarze Schule gewesen sein könnte.« Lea zückte ihr Handy. »Erinnerst du dich an die Schnitzereien von den zwölf Schülern und ihrem Meister? Sehen wir uns das doch noch mal an.«

»Ernsthaft?« Sven riss die Augen auf, als Lea ihre Videodateien aufrief. »Du hast ein Filmchen von eurem Einbruch gedreht?«

»Ja, habe ich. Hier.«

Tim rückte ebenso wie Sven neben sie und betrachtete die Aufnahme. Sie hörten ihrer beider leise Stimmen, während das Licht des Handys über die Schnitzereien unter den Deckenbalken und schließlich zum Hausbaum mit den Mühlenabbildungen wanderte.

»Warte mal«, meinte Sven. »Spul noch mal zu der Schnitzerei des Meisters zurück. Ist das tatsächlich ein aufgeschlagenes Buch, das er in Händen hält?«

»Ja, ist es.« Lea tat, um was er sie gebeten hatte, und stoppte die Aufnahme, als die spitzhütige Gestalt samt Buch in den Fokus rückte.

»Seht mal«, meinte Sven. »Da ist doch was. Auf den Buchseiten.«

Tim und Lea beugten sich über das Display, und Tim runzelte

die Stirn. »Ja, stimmt. Auf den Buchseiten steht tatsächlich was. Das rechts wirkt wie drei ineinander verschachtelte Quadrate.«

»Das ist eindeutig die Abbildung eines Mühlespiels!«, meinte Sven.

»Stimmt.« Lea zoomte die linke Buchseite heran, und sie sahen undeutlich sechs Buchstaben. Gemeinsam versuchten sie sie zu identifizieren, doch heraus kam ein Begriff, den sie nicht kannten:

Iz
re
ka.

»Izreka? Was soll das sein?«, fragte Lea.

Auch rückwärts gesprochen, oder wenn man die Buchstaben umstellte, ergab das Wort keinen Sinn.

Schließlich gab Tim den Begriff bei Google ein und hob eine Augenbraue.

»Oh, sieht so aus, als wäre das ein Wort aus dem Kroatischen. Übersetzt bedeutet der Begriff so viel wie ›Sprichwort‹, ›Redensart‹ oder ›geflügeltes Wort‹.«

»War der historische Krabat nicht Kroate?«, fragte Sven.

»Ja, war er«, antwortete Lea aufgeregt. »Davon leitet sich Krabat ja sogar ab. Was ein Hinweis darauf sein könnte, dass er wirklich etwas mit dieser Mühle zu tun hat.«

»Was sind geflügelte Worte?«, wollte Sven wissen.

»Na ja«, sagte Tim. »Ich glaube, darunter versteht man literarische Zitate, die wir heute als Sprichwörter benutzen. So was wie ›Abwarten und Tee trinken‹, ›Viel Feind, viel Ehr!‹ oder ›Alles neu macht der Mai‹. Letzteres hatten wir doch mal in Deutsch. Hättest vielleicht besser aufgepasst. Stammt aus einem Gedicht aus dem achtzehnten Jahrhundert. Frag mich jetzt aber bitte nicht, wie das noch hieß.«

Lea war bereits dabei, ihren Film zurück- und vorzuspulen, um die übrigen Müllerfiguren im Raum zu begutachten. Als Letztes vergrößerte sie den Hausbaum mit den fünf Mühlenabbildungen – als sich hinter ihnen überraschend die Tür zur Wohnküche öffnete und Tims Großmutter hereinkam.

Sie hielt einen Korb mit Eiern in der Hand, die von ihren Hühnern im Garten stammten, und Tim und seine Freunde drehten sich verlegen zu ihr um.

Traurig nickte sie den Jugendlichen zu.

»Wenigstens esst ihr etwas«, sagte sie. »Ihr wisst, dass in der Thermoskanne da hinten noch Kaffee ist?«

Sie trug die Eier zur Küchenzeile, und Tim sprang auf, um ihr zu helfen.

»Wir haben alles, Oma.«

Sie nickte, schenkte sich selbst eine Tasse ein und setzte sich zu ihnen an den Tisch, wo sie nach der Dose mit dem Zucker griff. Die Jugendlichen warfen sich betretene Blicke zu, und eine Weile schwiegen alle, während die Großmutter einen Schluck trank.

»Es ist sehr lieb von euch, dass ihr Tim nicht alleine lasst«, durchbrach die alte Frau irgendwann die Stille.

»Ehrensache.« Sven räusperte sich. »Außerdem, na ja, ist ja auch noch gar nicht sicher, ob Luca .. also, Sie, äh, wissen schon …«

Tim sah, wie sich seine Großmutter ein Lächeln abnötigte. »Nein, ist es auch nicht«, sagte sie mit fester Stimme. »Ich habe gerade heute Morgen mit der Polizei telefoniert. Es ist immer noch möglich, dass ein Erpresserschreiben kommt. Gerade, wenn es postalisch zugestellt wird, kann das dauern …«

Betrübt blickten Lea und Sven Tim an.

»Ich treffe mich heute Nachmittag übrigens noch mit dem Pfarrer«, fuhr Tims Großmutter fort. »Er hat mir zugesagt, uns dabei zu helfen, die Lösegeldsumme zusammenzubekommen, sobald das Schreiben eingeht.«

Tim verkniff sich einen Einwand – offenbar klammerte sie sich an diese Hoffnung. »Klar, Oma. Schätze, das ist eine gute Idee.«

»Und deswegen möchte ich auch, dass ihr den Briefkasten im Auge behaltet, solange ihr hier seid. Das ist sehr wichtig.«

»Machen wir natürlich, Frau Opitz«, versicherte Lea ihr höflich.

Tims Oma nickte und blickte zum Handy in ihrer Hand.

»Seht ihr euch gerade Fotos von Luca an?« Mit wehmütigem Lächeln streckte sie ihre Hand aus. »Darf ich?«

»Äh«, etwas überrumpelt reichte Lea ihr das Smartphone. »Eigentlich ... schauen wir uns gerade Bilder ... aus einer Mühle an.«

»Ach, tatsächlich?«

Tim wollte ihr das Gerät schon wieder abnehmen, als er sah, dass seine Großmutter verblüffend routiniert das Bild des Hausbaums mit den eingeritzten Mühlen vergrößerte. Da sie ihre Lesebrille nicht trug, betrachtete sie die Aufnahme angestrengt.

»Oh, da hat wohl jemand seine Trauer verewigt.«

Tim verharrte in der Bewegung. »Was meinst du damit?«

»Na, das hier.« Sie deutete auf die Mühle. »Das sagt mir die Stellung der vier Mühlenflügel. Sind die vier Flügel leicht nach links geneigt, ist das eine sogenannte Trauerschere. Das nennt man Mühlensprache.«

»Mühlensprache?« Tim richtete sich gespannt auf.

»Ja«, meinte seine Oma. »Ich erinnere mich noch gut daran, dass ich meinen Vater damals als kleines Mädchen häufig zu der alten Windmühle nördlich von Lauta-Dorf begleitet habe. Wir haben da früher unser Korn gemahlen. Die ist zwar schon lange weg, aber so haben die Müller damals kommuniziert.«

»Wie genau kommuniziert?«, fragte Lea.

Tims Großmutter seufzte. »Durch die Stellung der Windmühlenflügel. Damit haben die Müller schon von Ferne angezeigt, ob sie gerade ausgelastet waren, ob bei ihnen ein freudiges Ereignis wie eine Hochzeit ins Haus stand, angeblich sogar, ob Gefahr drohte.«

Interessiert blickten sich die drei Freunde an.

»Weißt du mehr darüber?«, wollte Tim wissen.

»Nein, das nun auch nicht. Das ist lange her, und heute interessiert das ja auch niemanden mehr.« Sie gab Lea ihr Handy zurück und trank wieder von ihrem Kaffee. »Ehrlich gesagt, erinnere ich mich auch nur an dieses eine Zeichen, weil der Müller tags zuvor seinen Sohn bei einem Unfall verloren hatte. Das fand ich damals sehr traurig.«

Sie sah zur Wanduhr auf und seufzte.

»Ach Gott, gleich schon neun Uhr. Frau Walther wollte uns besuchen kommen, und ich muss mich noch etwas frisch machen. Wärt ihr so lieb, abzuräumen und nach oben zu gehen, damit wir hier Platz haben?«

»Ja, klar.«

Tim sah ihr grübelnd nach, als seine Oma aufstand und in Richtung des unteren Bads ging. Auf sein Nicken hin räumten sie den Tisch leer und zogen sich auf sein Zimmer zurück.

»Darf ich noch mal?« Aufgeregt lieh er sich Leas Handy aus, um noch einmal die abgelichteten Mühlenschnitzereien auf dem Hausbaum zu studieren. »Habt *ihr* schon mal von dieser Mühlensprache gehört?«

»Nö.« Sven zuckte mit den Schultern.

»Ich auch nicht«, meinte Lea, die neben ihm stand und ebenfalls die Aufnahme betrachtete. »Aber es ist schon auffallend, dass die Stellung der Mühlenflügel bei allen fünf Mühlen anders ist.«

»Nicht ganz.« Sven beugte sich vor. »Die erste und die vierte Windmühle sind gleich.«

»Sag mal«, meinte Tim an Lea gewandt. »Stand in deinem Buch nicht, dass nur der das Zauberbuch findet, der Krabats Sprache spricht?«

Lea sah ihn überrascht an. »Du meinst, damit ist diese Mühlensprache gemeint?«

»Wäre doch möglich.« Tim verengte die Augen. »Gott, dazu würden auch die Hinweise auf dem Buch dieser Meisterfigur in der Mühle passen. ›Geflügeltes Wort‹ und dazu die Abbildung des Mühlespiels. Lasst uns unbedingt mehr darüber herausfinden!«

Sie setzten sich aufs Bett, und er und Sven suchten mit ihren Smartphones im Internet nach dem Begriff.

Tatsächlich wurden sie rasch fündig.

Ganz so, wie es ihnen seine Großmutter erklärt hatte, positionierten die Müller die Mühlenflügel ihrer Mühlen nie zufällig.

»Deine Oma hat recht«, meinte Sven. »Weisen die vier Flügel auf zwei Uhr, fünf Uhr, acht Uhr und elf Uhr, steht bei der Müllerfamilie eine Beerdigung an. Weisen sie jedoch auf ein Uhr, vier Uhr, sieben Uhr und zehn Uhr, dann findet da 'ne Hochzeit statt. Statt Trauerschere heißt das dann Freudenschere.«

»Das ist wirklich abgefahren«, murmelte Lea.

Sie hielt ihr Gerät mit der eingefrorenen Aufnahme noch immer in der Hand und verfolgte Tims Internetrecherche, der auf eine weitere interessante Seite zu dem Thema gestoßen war.

»Sieh an: Ein X steht für Feierabend«, meinte sie. »Ein aufgerichtetes Flügelkreuz für Pause. Außerdem gibt es da noch einige weitere Zeichen, bei denen dann offenbar auch die Art der Bespannung wichtig ist. Etwa für Gefahr, Schleifen der Mühlsteine, dass die Mühle außer Betrieb ist und so weiter.«

»Hier steht sogar«, ergänzte Tim, »dass die Mühlensprache wegen der guten Sichtbarkeit der Mühlen auch im Krieg verwendet wurde. Da gab es offenbar eigene Sonderzeichen, für die dann auch die Art der Bespannung oder die Stellung der Lamellen wichtig waren.«

»Okay, aber was bedeuten jetzt die Flügelstellungen der fünf Mühlen auf dem Hausbaum?«, fragte Sven. »Wenn man die von oben nach unten durchgeht, lässt sich irgendwie nur die Flügelstellung der Mühle in der Mitte identifizieren. Und das ist diese Trauerschere.«

»Ich schau mal, ob ich noch andere Seiten mit Flügelstellungen finde«, erklärte Lea hoffnungsfroh. Sie nahm Tim das Smartphone ab, und er sah ihr dabei zu, wie sie eine Zeit lang mit der Suchmaschine das Internet durchkämmte, aber keine besseren Seiten zu dem Thema fand.

Etwas überraschend machte Sven plötzlich mit einem triumphierenden Laut auf sich aufmerksam. »Tja, man muss halt Internet können.« Er grinste zufrieden. »Hier, ich hab da so eine Diplomarbeit als PDF gefunden. Da geht es allerdings nur am Rande um Mühlen. Mehr um Militärhistorie. Aber da sind einige weitere historische Mühlenzeichen aufgeführt. Der echte Krabat war doch Soldat, oder?«

Tim und sie setzten sich neben ihren Freund.

»Ja. Johannes von Schadowitz war kroatischer Obrist«, bestätigte Lea. »Und der hat angeblich auch gegen die Türken gekämpft.«

»Wow, das passt!« Aufgeregt verglich Tim die Schnitzereien auf dem Hausbaum mit den Abbildungen aus der Diplomarbeit. »Die Flügelstellung der Mühle ganz oben bedeutet offenbar Angriff oder Attacke. Und wenn ich das richtig sehe, ist das die gleiche Abbildung wie die vierte unten?«

»Sagte ich doch«, meinte Sven.

»Die fünfte Flügelstellung ganz unten, also die ganz ohne Bespannung, steht dann für Rückzug«, murmelte Lea.

Sven tippte auf eine weitere Abbildung aus der Diplomarbeit. »Und die hier deckt sich mit der zweiten Abbildung von oben. Das steht für linke Flanke. Oder Flanke links.« Gemeinsam gingen sie die Bedeutungen der Flügelstellungen von oben nach unten noch einmal durch:

Angriff
Linke Flanke
Trauerschere
Angriff
Rückzug

»Erkennt ihr darin einen Sinn?«, fragte Sven.

Tim und Lea schüttelten die Köpfe, doch Tim runzelte unvermittelt die Stirn.

»Wartet!«, rief er aufgeregt. »Wenn man nur die Anfangsbuchstaben nimmt, dann ergeben die zusammen ein Wort: ›ALTAR‹!«

»Du hast recht«, meinte Lea verblüfft.

»Ihr meint nicht, dass das vielleicht bloß Zufall ist?«, murmelte Sven skeptisch.

»Theoretisch schon«, erwiderte Lea, »allerdings war in dem Buch gestern ebenfalls von einem Altar die Rede.«

»Echt?« Tim sah sie überrascht an. »Ich kann mich nicht daran erinnern, dass du etwas von einem Altar erzählt hättest.«

»Warte. Wo ist das Buch?«

»Hier!« Er sprang auf und zog es aus einem Regal, wo er es zusammen mit dem anderen Werk aus Lucas Kiste abgelegt hatte.

Lea schlug es hastig auf, las und nickte.

»Hier! Wusst ich's doch.« Sie sah zu ihnen auf. »Ich sagte doch gestern, der Verfasser vertritt die Ansicht, dass Krabat am Ende ein guter Christ geworden ist. Ob das wirklich so war, weiß ich nicht. Aber in jedem Fall hat er am Ende seines Lebens einen Altar gespendet. Und zwar der Kirche in Wolteroda.«

Sven sah sie fragend an. »Und wo liegt das?«

»Wartet!« Lea drückte die Aufnahme des Hausbaums weg und suchte bei Google Maps nach dem Ort. »Seltsam. Findet die App nicht.«

Auch Tim und Sven warfen ihre Suchmaschinen an, und diesmal war es Tim, der fündig wurde.

»Oh, das ist mies.« Er sah enttäuscht auf. »Hier, da ist 'ne Wikipedia-Liste mit abgebaggerten Ortschaften. Dieses Wolteroda wurde offenbar schon in den Sechzigern wegen des Braunkohletagebaus plattgemacht.«

»Echt? Scheiße.« Lea beugte sich zu ihm. »Und wo lag das Dorf?«

Tim rief eine alte Karte auf. »Es lag etwas nördlich von Hoyerswerda.«

»Ernsthaft?« Sven runzelte die Stirn. »Da gibt es doch gar keinen Tagebau.«

»Ja, du hast recht. Komisch. Steht hier aber.«

Sven nahm ihm das Smartphone aus der Hand, zog die Map auf und stieß einen überraschten Laut aus.

»Warte mal. Da? Ich glaube, den Ort kenne ich. Meine Eltern und ich haben in der Gegend vor zwei Jahren mal 'ne Fahrradtour gemacht. Da ist wirklich bloß Pampa. Nur Felder, weit und breit. Bis auf eine Sache. Nämlich eine einsame Kirche mitten in der Landschaft.«

UNHEILIG

Allmählich rückte der alte Kirchturm näher, der einsam zwischen den Feldern aufragte. Zunehmend erinnerte er Tim an einen mahnenden Finger vor dem strahlend blauen Himmel.

Die Gegend hier wirkte in ihrer Abgeschiedenheit irgendwie unwirklich. Abgesehen von einem einsamen Silo in einiger Entfernung, war nirgends ein weiteres Zeichen von Zivilisation auszumachen. Stattdessen erstreckten sich um sie herum kilometerweit weizengelbe Felder, und die einzigen Farbtupfer in der Landschaft boten gelegentlich blaue Kornblumen und roter Klatschmohn an den Ackerrändern.

Hinzu kam die brütende Hitze, und das, obwohl die Sonne noch nicht einmal ihren Zenit erreicht hatte. Vom Fahrrad aus konnte man zwar sehen, wie sich die Ähren in der Ferne leicht bewegten, hier bei ihnen stand die warme Luft jedoch regelrecht. Allein der Fahrtwind verschaffte etwas Kühlung.

Gemeinsam mit Sven und Lea radelte Tim weiter am hohen Getreide beiderseits der holprigen Landstraße vorbei. Inzwischen war zu erkennen, dass der Turm tatsächlich zu einer kompletten Kirche gehörte, die samt einem kleinen Anbau hinter dem Hauptschiff verloren inmitten weiter Flur aufragte. Er verfügte sogar über eine alte Turmuhr, die noch funktionierte. Sie stand wie seine Handyanzeige auf 11.24 Uhr, und Tim fragte sich unwillkürlich, wie es kam, dass einzig die Kirche den Abbruch des Dorfes überstanden hatte.

Ob es hier noch Gottesdienste gab?

Er konnte sich das kaum vorstellen. Und doch bewies die Turmuhr, dass sich noch immer jemand um die Kirche kümmerte.

Sie hatten sich dem Sakralbau bis auf fünfzig Meter genähert, als er anhielt. Sven und Lea taten es ihm gleich. Das einzige Geräusch, das die stickige Luft ringsum durchdrang, war das unentwegte Konzert der Grillen.

»Mann, ist das heiß hier!« Sven, der wie seine Freunde eine Baseball-Cap gegen die stechende Sonne trug, wischte sich den Schweiß von der Stirn.

Mit Blick auf die alte Kirche löste er seine Wasserflasche vom Fahrrad, trank einen Schluck und reichte sie an Lea weiter, die irgendwie erschöpft und blass wirkte.

Kein Wunder. Tim fragte sich inzwischen ohnehin, woher sie die Energie nahm, um die Anstrengung durchzustehen.

Als sie die Wasserflasche an ihn weiterreichte, schüttelte er den Kopf.

»Trink ruhig.« Er reichte ihr einen Müsliriegel, den er in weiser Voraussicht vor ihrem Aufbruch eingepackt hatte. »Iss auch was, bevor du uns wegklappst!«

Lea betrachtete den Riegel unglücklich. »Ich weiß nicht, bei der Hitze …«

»Wenn du nicht willst, nehm ich den.« Sven beugte sich grinsend vor.

»Kommt nicht infrage«, ging Tim dazwischen. »Der ist für Lea.«

Sven sah sie beide irritiert an, doch zum Glück nahm Lea den Riegel an sich und riss ihn widerwillig auf, bevor ihr Freund weitere Fragen stellen konnte.

»Sieht so aus, als wäre da hinten wirklich nicht viel los«, wechselte Tim rasch das Thema.

»Ja, nicht viel anders als damals«, seufzte Sven, der jetzt neben ihn rollte.

Tim ließ den Blick über die umliegenden Felder schweifen und versuchte, sich vorzustellen, wie dieses Wolteroda einst ausgesehen hatte. Vermutlich wie einige andere Ortschaften hier in der Gegend. Hübsche Wege, die von jahrhundertealten Bäumen gesäumt wurden. Dazu Häuser aus rotem Klinker. Und in den Gärten hatten sie sicher Kartoffeln, Tomaten oder Salat angebaut. Vermutlich hatte es hier auch Kühe, Schweine und Schafe gegeben. Doch all das war Geschichte. Niedergerissen für den angeblichen Fortschritt. Jetzt gab es hier nichts mehr außer dieser verwaisten Kirche.

Es war eine Schande.

»Dir ist klar, dass die bestimmt zu ist?«, meinte Sven. »Dürfte nicht leicht werden, den Altar zu inspizieren, um den Koraktor zu finden.«

»Da es um Luca geht«, meinte Tim entschlossen, »ist mir das egal. Ich hab ja nicht umsonst das Brecheisen aus unserer Scheune mitgenommen.« Er deutete kurz auf den Rucksack, der auf seinem Gepäckträger klemmte, und vergewisserte sich, ob Lea den Riegel wirklich aß. Tat sie. »Ich steige da in jedem Fall ein. Wirkt ja auch nicht gerade so, als ob es irgendjemanden kümmert, was hier draußen vor sich geht.«

Sven brummte unbehaglich und nickte. »Okay. Dann mal los.«

Er verstaute die Wasserflasche, die Lea bis auf den letzten Tropfen geleert hatte, und begleitet vom Zirpen der Grillen ringsum überwanden sie die restliche Wegstrecke.

Es dauerte nicht lange, bis sie die Kirche erreichten. Bei ihr handelte es sich um einen einschiffigen Bau mit hohem Glockenturm, der oben in einem vierseitigen Helm auslief. Neben dem Chor gab es eine Sakristei, die wie das Hauptgebäude aus Feldsteinen errichtet worden war. Somit war beides offenbar deutlich älteren Datums als das geziegelte Pfarrhaus mit dem Schindeldach, das sich unmittelbar hinter der Kirche an die Mauern des Kirchenschiffs schmiegte. Auch dieses wirkte verlassen.

Dass sich dennoch jemand um das Gotteshaus kümmerte, war – abgesehen von der Turmuhr über ihnen – auch an den hohen Butzenglasfenstern des Kirchenschiffs zu erkennen, die insgesamt nur zwei Löcher aufwiesen. Vermutlich waren dafür irgendwelche Spaßvögel verantwortlich, die hier gelegentlich vorbeikamen. Tim tippte auf Jugendliche wie sie, angesichts der leeren Tequila-Flasche vor den Mauern. Außerdem waren vor dem Eingangsportal an der Turmseite Reifenabdrücke auszumachen, die klarstellten, dass dort regelmäßig ein Fahrzeug parkte.

Von alledem abgesehen, umgab die Kirche ein etwa sechs oder sieben Meter breiter, unbewachsener Saum, der bis ans ungewöhnlich hohe Getreide heranreichte, das die Kirche wie einen Fremdkörper umschloss.

»Ich hoffe, tagsüber ist hier nicht so viel los«, meinte Lea, die die Reifenspuren ebenfalls bemerkt hatte.

»Tja«, seufzte Sven. »Vorsichtshalber sollten wir unsere Fahrräder wohl am Feldrand verstecken. Nicht, dass die noch jemand sieht, der hier zufällig vorbeikommt, und sich fragt, was wir hier treiben.«

Ihnen war zwar auf dem gesamten Herweg kein Fahrzeug begegnet, aber man konnte ja nie wissen. Tim nickte. »Meinetwegen.«

Sie schoben die Fahrräder in der mittäglichen Hitze hinter die Kirche, wo das Pfarrhaus lag, und versteckten sie zwischen den Halmen im Feld.

»Ksch! Haut ab!« Lea wischte ein, zwei Grashüpfer fort, die sie ansprangen, und unwillkürlich beäugte Tim die strohige Ährenwand misstrauisch.

»Kommt!«

Den Rucksack in der Hand, marschierte er mit seinen Freunden zurück zum alten Kirchenportal auf der Turmseite, wo sie an der Tür lauschten. Nichts.

Tim rüttelte vergeblich an den Portalflügeln, schirmte seinen Blick gegen die Sonne ab und musterte Schloss und Holz skeptisch.

»Das dürfte solide Eiche sein«, murrte er. »Das wird schwierig.«

»Probier's trotzdem!«, forderte Sven ihn mit verschwörerischem Blick auf die Umgebung auf.

Tim packte das Brecheisen aus, rammte es zwischen die Portalflügel und stemmte sich dagegen. Es knirschte leicht, doch so sehr er sich auch anstrengte, er schaffte es nicht, das Schloss aufzubrechen.

»Ich sag's ja. Viel zu stabil.«

»Warum versuchen wir es nicht hinten?«, schlug Lea vor.

Sven blickte sie unbehaglich an. »Willst du etwa die Kirchenfenster einschlagen?«

»Nein, so verzweifelt bin ich noch nicht. Ich dachte an das Pfarrhäuschen. Da dürfte es doch sicher auch einen Zugang zur Kirche geben.«

»Klingt gut!« Tim packte Brecheisen und Rucksack und marschierte mit Lea und Sven hinüber zu dem geziegelten Pfarrhaus. Die Eingangstür war ebenfalls zugesperrt. Und leider wirkte auch sie recht massiv. Allerdings gab es beidseitig des Anbaus Fenster, die mit hölzernen Läden verschlossen waren.

Tim trat an eines von ihnen heran, das nahe am aufragenden Hauptschiff der Kirche lag, und wie erwartet war es ein Leichtes, die Läden aufzubrechen. Angestrengt spähte er durch die verdreckten Scheiben ins Innere. Vor ihm tat sich ein düsterer Raum auf, der rechts an die Außenmauer des Kirchengebäudes grenzte. Darin standen ein alter Kohleherd, ein Tisch samt Petroleumlampe, Campingkocher, schmutziges Campinggeschirr, Bierflaschen und einige leere Raviolibüchsen.

»Seht ihr das?«, meinte er. »Das wirkt so, als wäre das Pfarrhaus doch bewohnt.«

»Vielleicht irgendein Penner?«, fragte Sven.

»Keine Ahnung.«

Lea, die bei der Eingangstür des Pfarrhauses zurückgeblieben war, trat jetzt um die Ecke des Anbaus und zuckte mit den Schultern. »Drinnen ist nichts zu hören.«

Tim seufzte. »Lasst uns trotzdem vorsichtig sein.«

Abermals setzte er das Brecheisen an, warf sich dagegen, und mit einem trockenen Knacken brach der zuvor freigelegte Fensterrahmen auf. Vorsichtig öffnete er die Flügel, lauschte, doch es blieb still.

Dafür roch die Luft, die ihnen entgegenschlug, leicht nach Bier und Zigarettenqualm.

»Los, rein!« Sven drängte sich an ihm vorbei und kletterte ins Innere.

Tim und Lea taten es ihm nach und stießen aus Versehen einige leere Bierflaschen um, die hinter dem Fenster standen. Klirrend kullerten sie über den Boden.

Erschrocken verharrten sie, doch da sich im Hausinnern weiterhin nichts rührte, begann Sven, die Utensilien auf dem Tisch zu untersuchen.

»Die Essensreste sind trotz der Wärme nicht verschimmelt«, sagte er leise. »Kann also noch nicht so lange her sein, dass jemand hier war.«

»Hier ist noch mehr«, meinte Tim, der sich einem Stuhl an der Wand zuwandte. Tatsächlich lag dort eine neuere Ausgabe des *Lausitzer Boten* unter einer Schachtel Kippen samt Feuerzeug.

Irritiert nahm er die Zeitung zur Hand, da als Aufmacher ein Kornkreis zu sehen war.

»Seht euch das an«, murmelte er, kaum dass er den entsprechenden Artikel aufgeschlagen hatte. »Die stammt von gestern. Wie es aussieht, haben die auf allen Kornkreisfeldern Strohpuppen gefunden, die angeblich den Verschwundenen ähneln. Die da«, er deutete angespannt auf eine der Puppen, »soll angeblich Luca darstellen.«

Lea und Sven schüttelten ungläubig die Köpfe.

»Und die Polizei hat euch nichts gesagt?«, fragte Sven.

»Nee. Weißt du doch. Du warst doch quasi die ganze Zeit da.« Lea sah ihn unglücklich an. »Komischer Zufall, oder?«

Tim zuckte mit den Schultern und bemerkte, dass unter dem Stuhl eine Werkzeugkiste stand sowie eine offene Pappschachtel, in der Petroleum für die Lampe und einige unausgepackte Fertiggerichte verstaut waren.

»Wir sollten vorsichtig bleiben.« Er zog die verschmutzten Fenster wieder ein Stück zu, worauf es im Raum dämmrig wurde.

Mit ihren Smartphones sorgten sie für Licht, und Sven öffnete behutsam die Küchentür, hinter der ein Korridor mittig durch das Pfarrhaus führte. Unvermittelt blieb er stehen und blickte sich verdutzt um.

»Leute, ich weiß ja nicht, was das für ein Typ ist, der sich hier eingenistet hat, aber das hier ist ganz schön krank. Schaut mal – aber seid vorsichtig!«

Tim und Lea schlüpften an seine Seite und folgten seinem Fingerzeig.

Auf der rechten Kirchenseite, unter der Decke eines Gangs mit drei weiteren Türen, war eine gespannte Armbrust befestigt, die über Umlenkrollen mit einem straffen Stolperdraht am Boden verbunden war. Der Draht führte vor die Haustür des Pfarrhauses. Und es war klar, dass die Schusswaffe ausgelöst wurde, sobald jemand die Tür öffnete und den Anbau betrat.

»Alter!«, ächzte Tim. »Wären wir von da reingekommen, dann ...«

Er ließ den Rest unausgesprochen.

»Wieso sichert jemand die Bude hier auf so lebensgefährliche Weise?«, flüsterte Lea. »Da stimmt doch was nicht.«

»Ja, und zwar ganz und gar nicht.« Sven starrte die Konstruktion fasziniert an und schob Tim und Lea zurück in den Raum. »Besser, wir lösen die Armbrust aus, bevor wir noch in die Schusslinie geraten.«

»Du willst doch bloß sehen, ob sie funktioniert«, murrte Tim.

»Ja, das auch.«

Gespannt sahen sie dabei zu, wie sich Sven bückte und vorsichtig am Draht zupfte. Die Armbrust löste aus, und mit einem Knall schlug der Bolzen in die Haustür ein.

Sofort eilten sie zu ihr und betrachteten fassungslos den Schaden, den das Geschoss angerichtet hatte.

»Wow!« Sven zerrte mit aller Macht am Bolzen und hielt ihn schließlich in der Hand. »Stahlspitze!«

Lea versuchte vergebens, die Außentür von innen zu öffnen.

»Okay, lasst uns nachsehen, wo es hier in die Kirche geht, damit wir endlich den Altar untersuchen können«, meinte Tim beklommen. Eher der Vollständigkeit halber öffnete er die Tür rechts des Eingangs, doch er entdeckte lediglich ein leicht verschimmeltes Bad, von dessen einstiger Einrichtung nur eine Badewanne samt Kachelwand, das Klo sowie ein Waschbecken mit halb blindem Spiegel übrig geblieben waren. An einer Wand lehnten ein Spaten und eine Schaufel, außerdem hatte hier jemand eine Bierkiste mit leeren Flaschen abgestellt.

Abgestoßen betrat er den Raum, denn in der Badewanne lagen zusammengeknüllte Handtücher, die eindeutig blutdurchtränkt waren.

»Leute, das gefällt mir gar nicht«, wisperte Lea hinter ihm, allerdings hörte nur Tim sie, denn Sven war längst den Korridor zurückgeeilt, kam nun mit dem Stuhl aus der alten Küche und machte sich an der Armbrust unter der Decke zu schaffen.

»Was wird das?«, herrschte Tim ihn verärgert an.

»Lass mich«, antwortete Sven aufgeregt. »Wir wissen ja schließlich nicht, mit wem wir es hier zu tun haben. Und die Armbrust ist bloß mit Federn eingespannt.«

»Du kannst doch gar nicht mit so einem Ding umgehen.«

»Glaubst auch nur du«, schnaubte sein Kumpel. »Ein Freund von meinem Vater besitzt eine Sportarmbrust. Und vor euch steht der Typ, der damit schon mehrfach Büchsen weggeschossen hat.«

Lea beachtete ihn nicht weiter, sondern öffnete vorsichtig die Tür gegenüber dem Badezimmer. Dort ging es zwar nicht Richtung Kirche, doch war das dahinterliegende Zimmer durch einen gemauerten Durchlass mit dem Nachbarraum verbunden. Den wenigen Möbelstücken zufolge – zwei Regale, ein alter Schreibtisch und ein löchriger Ledersessel – handelte es sich bei den ineinander übergehenden Räumlichkeiten um ein einstiges Arbeits- und ein Wohnzimmer.

Und auch diese beiden wurden derzeit bewohnt.

Im Wohnzimmer lag ein ausgerollter Schlafsack auf dem Boden, und dort war auch eine Pforte zu sehen, über die man vermutlich in die Kirche gelangte.

Was Tim jedoch das mögliche Zauberbuch drüben im Gotteshaus einen Moment lang vergessen ließ, waren die eigenartigen Funde unmittelbar vor ihnen: Eine Wand war mit angepinnten Fotos übersät, auf dem Schreibtisch lag eine ausgebreitete Karte, und unter dem verschlossenen Fenster, durch dessen Läden einige Strahlen Sonnenlicht einfielen, stapelten sich Bücher, von denen zwei aufgeschlagen auf der Tischplatte lagen.

Am meisten befremdeten Tim jedoch die vielen Schwarz-Weiß-Ausdrucke, die am Boden verstreut lagen. Ein gutes Dutzend Bilder und Zeichnungen. Von der antiquierten Machart her stammten sie aus alten Märchen- und Sagenbüchern. Alle zeigten Szenen von Kornfeldern, in denen eine verstörende weibliche Gestalt zwischen den Ähren aufragte. Obwohl sie auf manchen Abbildungen mit einem Kopftuch bekleidet, auf anderen in einen düsteren Umhang gehüllt war, lag es auf der Hand, dass immer die gleiche Figur dargestellt wurde.

Tim trat vor und sah, dass die unheimliche Frau auf drei Bildern Kinder am Schopf gepackt hielt. Auf den anderen war sie eher im Hintergrund zwischen den Ähren zu sehen, von wo aus sie lauernd Bauern und Feldarbeiter im Vordergrund beäugte, die den Eindruck erweckten, dem Müßiggang zu frönen. Und auf fast allen Bildern war das furchterregende Weib mit einer Sichel in der Hand dargestellt, die sie drohend erhoben hielt.

»Was ist das hier alles?«, stöhnte Tim.

Vorsichtig stiefelten er und Lea über die am Boden liegenden Bilder hinweg und sahen sich um.

»Tim! Tim!«, hektisch zupfe Lea ihn am T-Shirt. »Sieh doch!«

Sie deutete auf die vielen angepinnten Fotos an der Wand.

Tim richtete das Licht seines Handys darauf und riss die Augen auf. »O mein Gott!«

317

Auf vielen Fotos waren Personen abgelichtet, die sie kannten. Und es war ziemlich eindeutig, dass sie alle heimlich aufgenommen worden waren. Auf dreien von ihnen war die Jugendliche zu sehen, die oben bei der Schwarzen Elster verschwunden war. Soweit Tim sich entsann, lautete ihr Name Sindy Nowak. Vier weitere zeigten diesen Kevin Koslowski aus Brandenburg, von dem sie wussten, dass die Polizei seit einigen Tagen nach ihm fahndete. Am meisten wühlten ihn jedoch jene Bilder auf, auf denen Luca abgelichtet war. Eins zeigte ihn auf seinem Fahrrad, eins in Lauta-Dorf und eins, wie er mit Philipp einen verfallenen Stall erkundete. Offenbar waren sie da für seinen *XFacts*-Kanal unterwegs gewesen. Auch diese Fotos waren ganz eindeutig ohne Wissen der Abgelichteten gemacht worden.

Angesichts der jähen Erkenntnis, wer hier lebte, schossen Tim die Tränen in die Augen. »Scheiße! Der Typ hier hat offenbar etwas mit dem Verschwinden von Luca zu tun!«

»Nicht nur damit.« Lea deutete nach rechts. »Sieh doch, da ist sogar Paula dabei!«

Tatsächlich befand sich unter den Fotografierten auch Philipps Freundin, wie unschwer an ihren grün, gelb und rot gefärbten Haaren und dem Nasenpiercing zu erkennen war. Vier Fotos zeigten sie im Umfeld des Bauwagenplatzes.

Rasch schritten sie die Bilder der übrigen Abgelichteten ab. Da war eine Frau, die es mit irgendeinem Kerl in einem Auto trieb. Ein leicht korpulenter Brillenträger vor einem Gebäude, bei dem es sich offenbar um den Redaktionssitz des *Lausitzer Boten* handelte. Außerdem eine ausgesprochen dicke Frau mit kurzem welligem Haar, die mit Freundinnen vor einem Café saß und Kuchen vertilgte, sowie ein Anzugträger mit beginnender Halbglatze, der mit einem Mikro in der Hand auf einer kleinen Tribüne stand.

Und da war noch ein Foto. Etwas größer als all die anderen. Es zeigte die blonde Polizistin, die vorgestern den Hof seiner Familie aufgesucht hatte. Diese Oberkommissarin Sarah Richter.

Warum sie?

»Dann wurde Luca doch irgendwie ganz weltlich etwas angetan?«
Verunsichert riss Tim eines von Lucas Fotos von der Wand ab. »Ich
raff das nicht. Wie passt das zu dem ganzen unheimlichen Mist, den
wir in den letzten Tagen erlebt haben?«

Er trat an den Schreibtisch heran und beäugte die dort liegende
Karte. Die Nadeln darin markierten offensichtlich die Felder mit
den Kornkreisen, in deren Umfeld Menschen verschwunden oder
geköpft worden waren. Jedenfalls, wenn er mit seiner Vermutung
richtiglag. Denn abgesehen von den Feldern, von denen sie wussten, steckten noch drei weitere Nadeln in der Karte.

»Und wenn das eine das andere nicht ausschließt?« Lea wandte
sich beklommen den Bildern am Boden zu und sammelte eines von
ihnen auf. »Paula hat doch von so einem alten Weib gesprochen.
Und du sagtest auch, dass das Gesicht am Badezimmerfenster zu so
einer Gestalt passen würde.«

»Diese Fratze? Ja.«

Lea drehte das Blatt um und verengte die Augen.

»Tim, das Bild muss aus einem Gedichtband oder so stammen.
Hier ist auch ein Text. Hör mal.«

Lass steh'n die Blume! Geh nicht ins Korn!
Die Roggenmuhme zieht um da vorn!
Bald duckt sie nieder, bald guckt sie wieder.
Sie wird die Kinder fangen, die nach den Blumen langen.

»Die Roggenmuhme?« Tim sah Lea nachdenklich an. »Von wem
stammt das?«

»Das Gedicht? Von einem gewissen August Kopisch«, antwortete Lea. »Der hat im achtzehnten Jahrhundert gelebt.«

Tim blickte sich zu den übrigen Bildern am Boden um, marschierte schließlich auf den Bücherstapel unter dem Fenster zu und
sammelte alle aufgeschlagenen Werke auf.

In ihnen ging es um alte slawische Götter und Religionen, aber auch um Sagenwesen aus dem zugehörigen Mythenkreis. Und auch hier kreisten fast alle Texte um diese Roggenmuhme oder Mittagsfrau, wie die Gestalt mindestens ebenso häufig bezeichnet wurde.

»Und?« Lea trat zögernd neben ihn.

Tim überflog den Text weiter und schüttelte leicht den Kopf. »Wenn du recht hast, handelt es sich bei diesem Weibsbild um eine Korndämonin.«

»Eine Dämonin?« Lea blickte erschrocken die Zeichnung in ihrer Hand an.

»Ja. Und die ist wohl auch eine der wenigen, die tagsüber Macht besitzen. Speziell zur Mittagszeit. Weswegen sie auch als Mittagsfrau bezeichnet wird.«

»Was den Vorfall bei Paula im Bauwagen erklären würde.«

»Ja, möglich.« Tim nickte unbehaglich. »Hier heißt es, dass sie sich von Korn ernährt und die unreifen Ähren ausreißt. Sie kann Felder verdorren, aber auch gedeihen lassen, je nachdem, ob der Bauer sich gut mit ihr zu stellen weiß. Bei der Ernte flieht sie dann angeblich in die letzte Garbe.« Er wechselte das Buch. »In einigen Geschichten wird ihr Äußeres als ganz weiß, in anderen als ganz schwarz beschrieben. Aber sie tritt immer als zerlumpte, runzlige Frau in Erscheinung und hat angeblich lange ausgezehrte Brüste, die mit Teer, giftiger Milch oder Blut gefüllt sind. Ihre Arme sollen auch lang und dürr sein, und ihre Finger laufen angeblich in feurigen oder metallenen Nägeln aus. Meistens trägt sie jedoch eine scharfe Sichel, manchmal auch eine Flachssichel mit langer Stange.«

»Mit der sie dann Menschen köpft?«

Tim zuckte mit den Achseln. »Auf jeden Fall ist sie ein ziemlich rachsüchtiges altes Weib, das die Faulen und Trägen angeblich mit dem Tod bestraft. Vor allem wird sie dafür gefürchtet, Kinder ins Feld zu locken und in ihr Wurzelreich zu verschleppen. Was sie dort dann mit ihnen tut, kannst du dir denken. Hier ist tatsächlich von Köpfen, Zermalmen, Zerhäckseln und schließlich von Verzehren die Rede.«

Lea verzog angewidert ihr Gesicht.

»Allerdings scheint das mit den Kindern erst in jener Zeit Verbreitung gefunden zu haben«, fuhr er fort, »als die Roggenmuhme oder Mittagsfrau bereits zu einer Art Kinderschreck herabgestuft worden war. Davor galt sie wohl als ziemlich reelle Gefahr für jeden. Und es gibt noch unzählige weitere Namen für sie. Unter anderem ist sie auch als Regenmuhme bekannt. Angeblich werden Gewitterwolken ihretwegen auch heute noch als Alte Weiber oder Regenmütter bezeichnet.«

»Liegt hier irgendwo so eine Spannhilfe?«, schallte es von der Tür.

Im Eingang stand Sven, der jetzt tatsächlich Armbrust und Bolzen in der Hand hielt. Verblüfft sah er sich im Zimmer um. »Was ist denn das alles hier?«

Tim und Lea erklärten ihm rasch, was sie gefunden hatten.

»Ernsthaft?« Er sah sich konsterniert um und blickte dann auf die Fotowand. »Wir sollten unbedingt Paula warnen! Sie könnte schließlich die Nächste sein – wenn es sie nicht schon längst erwischt hat. Oder hat einer von euch noch mal mit ihr gesprochen?«

»Oh, Gott, nein«, stöhnte Lea schuldbewusst. »Ich hab ja nicht mal ihre Nummer.«

»Ich schon.« Sven schaltete rasch das Licht seines Handys ab und versuchte, Paula zu erreichen. Ohne Erfolg. »Ich kriege keine Verbindung«, schimpfte er.

Auch Tim probierte es, leider ebenfalls erfolglos. »Scheiße! Keine Ahnung, wo da draußen der nächste Mobilmast steht. Vermutlich Kilometer entfernt. Was machen wir jetzt?«

»Lasst uns abhauen«, schlug Sven vor. »Fahren wir irgendwohin, wo wir Empfang haben. Und dann verständigen wir endlich die Polizei. Schaut euch doch um, wenn die Polizei das hier findet, kriegen die den Mörder im Handumdrehen.«

»Und was ist mit Luca und den anderen, die verschwunden

sind?«, fragte Tim unentschlossen. »Was, wenn der Kerl, der hier lebt, nur so eine Art Gehilfe ist? Schau dir doch die Bilder an. Wirkt das auf dich nicht so, als stünde der irgendwie mit dieser Roggenmuhme in Verbindung?«

»Wenn der Koraktor wirklich in der Kirche versteckt war, könnte das sogar sein«, murmelte Lea. »Dann hat er sie vielleicht damit heraufbeschworen. Das tut man doch so mit Dämonen, oder?«

Sven seufzte. »Okay. Schauen wir, ob wir dieses ominöse Zauberbuch finden. Aber anschließend verduften wir von hier, klar?«

»Klar.«

Tim wollte schon ins benachbarte Wohnzimmer wechseln, als Lea ihn alarmiert aufhielt.

»Warte! Habt ihr das auch gehört?«

Sie hielten inne und lauschten.

»Was?«, flüsterte Tim.

»Das klang wie ein Auto.«

»Ein Auto?« Sven bedachte sie mit einem »Ich hab's euch doch gesagt«-Blick und verschwand alarmiert im Korridor. Tim und Lea eilten ihm nach, bis sie wieder in der Küche waren und hinüber zum Parkplatz vor dem Kirchturm spähten.

Dort stand tatsächlich ein silbergrauer Wagen.

Ein Pick-up mit offener Ladefläche, von der ein grobschlächtiger Mann in Cordhose und Holzfällerhemd einen Sack zerrte, in dem sich etwas bewegte und schrill und verängstigt quiekte. Der Fremde schlug zweimal brutal auf den Sack ein, doch die panischen Laute verstummten nicht.

»Oh, Gott!« Lea schlug die Hände vor den Mund, und auch Sven stieß einen Fluch aus. Rasch zogen sie sich aus der Küche in den Gang zurück.

»Was machen wir jetzt?«, fragte Tim.

»Ich muss diesen verdammten Spannhebel finden!« Sven stürmte in die Wohnräume, während Tim und Lea ängstliche Blicke wechselten.

»Sven hat recht!« Tim schluckte. »Wenn der Kerl so drauf ist, wie wir denken, müssen wir uns bewaffnen!«

»Nein, wir müssen hier raus!«, widersprach Lea.

»Wohin denn? Wenn wir es nicht heimlich zu den Fahrrädern schaffen, bleiben uns nur noch die Felder. Und da gehe ich garantiert nicht noch mal rein. Nicht, nach dem, was wir jetzt wissen.« Verzweifelt überlegte er. »Komm!«

Aufgeregt lief er mit Lea zum Bad, wo er den Spaten packte, der dort an der Wand lehnte und der, abgesehen von der Brechstange, die beste improvisierte Waffe war, die ihm einfiel. Von ihrer Position aus sah er, wie Sven drüben im alten Arbeitszimmer mithilfe seines Handylichts Tisch und Regale absuchte, um sich triumphierend mit einer Art Kurbel in der Hand zu ihnen umzudrehen. Schon stellte er die Armbrust auf den Boden und setzte die Spannhilfe an.

Tim und Lea liefen zu ihm hinüber.

»Was ist dein Plan?«, keuchte Tim. »Willst du ihn abknallen, oder was?«

»Das sag ich dir, wenn es so weit ist.« Sven kurbelte mühsam und spannte die Sehne der Waffe. »Seht lieber nach, was der Kerl treibt.«

Tim rannte zurück ins Bad, ignorierte die blutigen Handtücher in der Wanne und versuchte, durch die Lamellen der Fensterläden einen Blick nach draußen zu werfen.

Es gelang ihm mit einigen Mühen, und er erblickte wieder das Fahrzeug vor dem Kirchturm. Der Sack lag jetzt hinter dem Pickup auf dem Boden, und noch immer bewegte sich etwas darin – nur der Fremde war verschwunden.

Verdammt! Sie hätten ihn im Auge behalten müssen.

Allerdings ahnte er, wo er steckte. Der Wagen stand vor dem Kirchturm mit dem Hauptportal. Vermutlich war der Kerl in der Kirche.

Mit dem Spaten in der Hand lief Tim zurück ins Zimmer mit den Fotos und Büchern und glitt dabei fast auf einem der vielen

Blätter aus. Immerhin sah er, dass Sven die Armbrust inzwischen schussbereit gemacht hatte, während Lea panisch Tisch und Regale absuchte.

»Er ist weg!«, zischte Tim. »Ich vermute, in der Kirche.«

Sven hob die Armbrust und visierte über den Schlafsack im Nachbarzimmer hinweg die Pforte an, die wahrscheinlich die Verbindung zum Kirchenschiff darstellte.

»Mit etwas Glück ist er beschäftigt«, meinte Lea zittrig. »Wir müssten es bloß zu den Fahrrädern schaffen. Nur finde ich den Schlüssel für die Haustür nirgends.«

»Kein Wunder!«, stöhnte Sven. »Den wird er bei sich tragen.«

»Dann lasst uns da raus!« Lea deutete auf das Fenster, vor dem die Bücher lagen.

Sofort hantierte Tim an den Fensterflügeln herum, die leise quietschten, doch unvermittelt hörte er hinter sich einen erschrockenen Aufschrei.

Sven und er fuhren mit ihren Waffen herum und sahen, dass Lea angsterfüllt vor dem Fremden zurückwich, der jetzt im Halbdunkel im Türsturz stand. Trotz der schlechten Lichtverhältnisse erkannte Tim, dass der Mann kräftig gebaut war und ein kantiges Gesicht besaß, das von fettigen Haaren, ungepflegten Bartstoppeln und einer breiten Sattelnase verunziert wurde. In seinem düsteren Blick glomm ein fanatisches Funkeln.

Wie war er unbemerkt in den Anbau gelangt?

»Ihr elenden kleinen Ratten hättet besser auch die Läden vor dem Küchenfenster geschlossen!«, zürnte der Fremde. »Jetzt sitzt ihr in der Falle!«

Mit wildem Blick zog er eine breite, goldene Sichel aus dem Gürtel seiner Cordhose.

»Noch eine Bewegung, und ich schieße!«, schrie Sven.

Wutschnaubend fixierte der Kerl die Armbrust in Svens Armen – und zögerte.

Tim sprang vor und zog Lea mit sich.

Der Unbekannte starrte ihn an, und erstmals huschte über das Antlitz des Fremden so etwas wie Verunsicherung. »Wie ist dir das gelungen?«, fragte er.

Tim dämmerte, dass der Kerl ihn offenbar für Luca hielt. Konnte er aus der Bemerkung schließen, dass sein Bruder noch lebte?

»Finden Sie es doch heraus!«, entfuhr es ihm.

Tim und Lea wichen weiter vor ihm zurück, bis sie hinter Sven standen, der noch immer mit der Armbrust im Anschlag auf den Mann zielte, als der Unbekannte plötzlich Anstalten machte, sie anzuspringen.

Sven schrie auf und drückte den Abzug.

Doch der Fremde hatte offenbar genau damit gerechnet, denn er sprang zur Seite. Der Bolzen streifte ihn dennoch am Oberarm und nagelte ihn samt dem Hemdstoff am Türholm fest. Schmerzerfüllt brüllte er auf, und Tim schrie:

»Weg hier!«

Gemeinsam mit seinen Freunden hetzte er zur Pforte, die in die Kirche führte, und zum Glück war die Tür unverschlossen. Lea rannte hindurch, und Sven folgte ihr, als sich der Fremde von dem Bolzen losriss und hinter ihnen herstürmte.

Tim schleuderte ihm in seiner Panik den Spaten entgegen und nutzte die kurze Zeitspanne, die ihm der Angriff verschaffte, um ebenfalls zu flüchten.

Mit wenigen Schritten durchquerte er die dicke Kirchenmauer und gelangte tatsächlich in die Kirchenhalle, wo ihm Svens entsetzter Aufschrei entgegenhallte. Zu spät bemerkte er, dass seine Freunde mitten im Lauf stehen geblieben waren. Hart kollidierte er mit Sven und riss ihn um. Erstmals bemerkte er auch den ekelerregenden Gestank in der warmen Hallenluft. Süßlich stechend, wie verrottendes Fleisch. Entsetzt versuchte er, sich aufzurappeln, und starrte nun wie gebannt auf das fürchterliche Objekt, das inmitten der Kirchenhalle thronte.

Ihn überkam das kalte Grausen.

Ihr Verfolger zwängte sich nun ebenfalls durch den Türsturz.

Lea schrie auf und versuchte fortzukommen, doch der Fremde packte sie grob am Haar, riss sie zu sich und hielt ihr die scharfe Klinge der Sichel an den Hals.

»Endstation, Freunde!«, höhnte er. Mit wütendem Blick fixierte er Tim. »Und jetzt hoch mit dir, Bursche. Wenn du nicht willst, dass die Kleine stirbt, wirst du mir ein paar Fragen beantworten …«

*

Sarahs Polo rumpelte über die von Schlaglöchern übersäte alte Landstraße hinweg, deren Fahrbahn offenbar seit DDR-Zeiten nicht mehr ausgebessert worden war. Die Sonne stand hoch am Himmel, und inzwischen war es wieder so heiß, dass sie die Lüftung auf vollen Touren laufen ließ.

Schatten gab es hier keine. Die abwechslungsreiche grüne Landschaft aus Wäldern, Auen und kleineren Gehöften, die sie bei der Herfahrt noch bewundert hatte, hatte sich längst gewandelt. Denn wo auch immer sie jetzt hinblickte, erstreckten sich bis zum Horizont weizengelbe Kornfelder, an deren Rändern gelegentlich Klatschmohn und Kornblumen wuchsen.

Zumindest diese Gegend schien von der allgegenwärtigen Dürre verschont geblieben zu sein. Trotz der bulligen Wärme stand das Getreide beidseits des Straßenzugs hoch, und die schweren Ähren erweckten den Eindruck, nur darauf zu warten, endlich abgeerntet zu werden.

Sarahs eigentliches Interesse galt jedoch der alten Kirche, deren Turm weiter vorn verloren inmitten des Meers aus Ähren aufragte. Sie blickte noch einmal auf ihr Navi, doch schon jetzt war offensichtlich, dass das der unbekannte Ort sein musste, den Glowik in der jüngeren Vergangenheit häufiger angesteuert hatte.

Die einsame und auch ziemlich abgelegene Lage der Kirche …

Gott, war das vielleicht das Versteck, in das der Kerl die vielen Entführten geschafft hatte?

Sarah drosselte die Geschwindigkeit und ließ den Wagen am Straßenrand ausrollen.

Wieso zum Teufel kam ihr erst jetzt dieser naheliegende Gedanke? Wie war es möglich, dass sie in ihrem Jagdfieber nicht an das Offensichtlichste gedacht hatte?

Wütend über sich selbst griff sie zu ihrem Handy und überlegte nun doch, Antonin anzurufen. Noch immer zögerte sie.

Die ganze Herfahrt über hatte sie sich das Hirn darüber zermartert, was er mit den Kutzlarnitzern zu schaffen hatte und welches Geheimnis er vor ihr verbarg. Warum hatte er sie angelogen? Und wie lange trieb er dieses Spiel schon mit ihr?

Er brach damit den Eid, den sie beide geleistet hatten. Und das enttäuschte sie maßlos. Aus welchem Grund er sich auch immer den seltsamen Dörflern andiente: Niemand stand über dem Gesetz.

Die Kutzlarnitzer schon gar nicht.

Sie beschloss, Drettner zu informieren. Aufgebracht wählte sie seine Nummer, doch unglücklicherweise zeigte sich, dass sie hier draußen kaum Empfang hatte. Ein-, zweimal hörte sie einen leisen Rufton, dann brach die Verbindung ab.

Sie versuchte es noch mal und bekam diesmal gar kein Freizeichen.

Mist.

Verzweifelt überlegte sie, ob sie vielleicht doch wieder zurückfahren sollte, als ihr klar wurde, dass sie außer Mutmaßungen nichts vorzuweisen hatte.

Die seltsame Kirche da vorn lag noch siebzig oder achtzig Meter entfernt. So kurz vor dem Ziel konnte sie nicht einfach aufgeben. Erst recht hatte sie nicht vor, sich weiter von Glowik einschüchtern zu lassen. Sicher, der Kerl war gefährlich, aber wenn sie das zuließ, dann konnte sie ihren Beruf an den Nagel hängen. Sie würde sich morgens im Spiegel nicht mehr in die Augen sehen können.

Ihr Entschluss stand.

Sie würde die Kirche zumindest inspizieren.

Nur musste sie dabei vorsichtig vorgehen. Und das bedeutete, dass sie sich dem Gebäude keinesfalls weiter mit dem Auto nähern durfte, wenn sie nicht auffallen wollte.

Sarah überprüfte ihre Dienstwaffe, steckte Handschellen ein und verließ das Fahrzeug, nicht ohne sich wieder ihre Schirmmütze aufzusetzen.

Wie erwartet, stach die Sonne vom Himmel, und sie umfing der inzwischen vertraute Geruch von Stroh, der den Feldern entströmte. Doch außer dem ewigen Zirpen der Grillen ringsum war von hier aus nichts zu hören.

Leicht geduckt lief sie die alte Landstraße entlang und näherte sich der einschiffigen Kirche im Laufschritt. Warum sie als einziges Gebäude den Abbruch des Dorfes überstanden hatte, wusste sie nicht. Aber auch heutzutage schien sich jemand für das Gotteshaus verantwortlich zu fühlen. Denn die Zeiger der Turmuhr zeigten auf kurz vor Mittag, was verriet, dass sie noch in Betrieb war. Zudem waren kaum Anzeichen von Vandalismus zu sehen, was natürlich an der abgelegenen Lage liegen konnte. Jenseits der hohen Halme erblickte Sarah ein Fahrzeug vor dem Portal am Kirchturm.

Ein silbergrauer Toyota mit offener Ladefläche.

Sofort duckte sie sich und näherte sich dem Kirchenbau so, dass die Wand aus Getreide neben der Straße sie vor zufälligen Blicken abschirmte. Dann, endlich, hatte sie den halb gepflasterten Vorplatz erreicht. Das Portal war geschlossen, doch hinter dem Pickup lag ein dunkelgrauer Jutesack – in dem sich etwas regte.

Ein weiterer Entführter? Das durfte doch wohl bitte nicht wahr sein.

Sarah zückte ihre Waffe, sah sich lauernd um, huschte hinüber zu dem fremden Fahrzeug und ging neben dem Sack in die Knie.

»Hallo?« Sie berührte den Sack, und sofort bewegte sich der Körper darin. Ihr schlug ein verängstigtes Quieken entgegen.

Das klang ... nach einem jungen Schwein!

Sie hatte keine Ahnung, warum sich das Tier in dem Sack befand, aber darum würde sie sich später kümmern. Interessanter war, dass die Seitenscheibe der Fahrertür des Toyota herabgelassen war. Vorsichtig spähte sie ins Fahrzeuginnere. Der Zündschlüssel steckte, und auf dem Beifahrersitz lagen zwei leere Dosen Bier.

Zu gern hätte sie die Nummer des Wagens überprüfen lassen, doch schon jetzt ahnte sie, dass er gestohlen war. Ebenso, wer dafür die Verantwortung trug.

Trotzdem wirkte das alles hier so, als sei Glowik irgendwie abgelenkt worden.

Sarah huschte zum Kirchenportal und lauschte. Neben dem unentwegten Zirpen der Grillen war noch etwas zu hören: gedämpfte Schreie und eine kaum verständliche dunkle Stimme.

Sie versuchte, die Kirchentür zu öffnen, doch die war wider Erwarten verschlossen.

Einer Eingebung folgend, umrundete Sarah die Kirche, und ihr Blick erfasste einen geziegelten Anbau. Offenbar das einstige Pfarrhäuschen. Dort stand ein doppelflügeliges Fenster offen.

Misstrauisch sah sie sich um und bemerkte plötzlich noch etwas.

Nicht weit von ihr entfernt, inmitten der Wand aus Getreidehalmen, die das Kirchengelände umschlossen, blinkte etwas Metallisches im Sonnenlicht. Sarah kniff die Augen zusammen und sah, dass es sich dabei um Fahrräder handelte, die jemand ins Feld geworfen oder geschoben hatte.

Sie ignorierte die Entdeckung, eilte geduckt zum offen stehenden Fenster und spähte ins Innere. Vor ihr befand sich eine unaufgeräumte Küche, und auf einem Stuhl lag sogar die gestrige Ausgabe des *Lausitzer Boten* mit dem Artikel vom Strohpuppenmörder.

Irgendwie mochte sie nicht an einen Zufall glauben.

Sie zögerte kurz, dann gab sie sich einen Ruck und schlüpfte lautlos ins Innere. Mit der Waffe im Anschlag näherte sie sich der Küchentür, die an einen düsteren Korridor grenzte, der weiter hinten an der Außentür des Pfarrhäuschens endete. Hier war nichts zu hören. Kein Wunder, wenn sich Glowik mit wem auch immer drüben im Kirchenbau aufhielt. Sarah zückte ihre Stifttaschenlampe, leuchtete und entdeckte ein langes Drahtkabel am Boden – und schließlich eine ihr durchaus vertraute Befestigung an der Decke. Das Ganze ähnelte der Vorrichtung für die Armbrust in der Schmiede. Nur dass hier die Waffe fehlte.

Beunruhigt schlich sie den Korridor hinunter zu den beiden offen stehenden Türen, blickte kurz in ein Bad, in dessen Wanne blutdurchtränkte Tücher lagen, und ins gegenüberliegende Zimmer, bei dessen Anblick sie tief durchatmete. Im dortigen Türholm steckte ein Pfeil mit blutigen Stoffresten. Insbesondere alarmierte sie eine Wand im Raum mit vielen angepinnten Fotos, bei denen es sich ziemlich offensichtlich um die Aufnahmen handelte, die Glowik aus seiner Baracke bei der Krahl GmbH entfernt hatte.

Wenn es noch einen Zweifel gegeben hatte, dass er hier war, zerschlug er sich nun endgültig.

Und doch irritierten sie die vielen ausgedruckten Zeichnungen und Drucke am Boden. Sie schienen aus Büchern kopiert oder herausgerissen zu sein und zeigten allesamt eine unheimliche Frauengestalt.

Sarah verengte unwillkürlich die Augen, denn die Abbildungen erinnerten sie fatal an die seltsame Figur, die Sindy Nowak gemalt hatte. Außerdem – und das war noch unheimlicher – an den merkwürdigen Schemen, den sie für einen kurzen Moment inmitten der Regenschleier im Tagebau zu sehen geglaubt hatte.

Widerstrebend schüttelte sie den Kopf.

Was für ein Wahnsinn.

Wenn das hier vorbei war, brauchte sie vermutlich Urlaub.

Sie erwog bereits, einen näheren Blick auf die Funde zu werfen, als abermals ein gedämpfter Schrei zu hören war. Rechts von ihr. Mit der Waffe im Anschlag huschte sie durch einen Durchbruch ins Nachbarzimmer, in dem ein löchriger Ledersessel sowie ein Schlafsack waren. Wichtiger war die offen stehende Pforte am hinteren Ende, über die man offenbar ins Kircheninnere gelangte. Von dort schallte ihr eine wütende Männerstimme entgegen, die sich zunehmend in Rage redete.

»Erzähl mir keinen Scheiß! Keiner, den sie einmal hat, entkommt ihr. Ihre Macht ist grenzenlos. Also sag mir, wie das möglich ist, oder ich bringe selbst zu Ende, wozu du bestimmt bist!«

Geduckt huschte Sarah durch den Durchbruch in der massiven Kirchenwand, und jäh schlug ihr ein widerlicher Geruch entgegen. Süßlich und beißend.

Nach Verwesung.

Beunruhigt gelangte sie ins hohe Kirchenschiff, und ihre Augen weiteten sich in fassungslosem Entsetzen, als sie das große Objekt erblickte, das dort zwischen beiseitegeschobenen Kirchenbänken stand und zur Decke aufragte.

Inmitten der Kirchenhalle, beleuchtet von dem Licht, das durch die Glasfenster des Sakralbaus drang, ragte ein gut zweieinhalb Meter hohes Götzenbild auf, vor dem ein blutbesudelter Mühlstein wie ein Altar aufgebaut war. Das Monstrum war eindeutig einer menschlichen Gestalt nachempfunden samt hocherhobener Axt in der Rechten.

Glowiks aufwendige Konstruktion bestand aus Holz, Stroh und festgezurrten Stoffwickeln, die von eingetrocknetem Blut dunkelrot waren. Sarah dämmerte, wofür das Schwein da draußen bestimmt war.

Da sie die Bücher des Irren gelesen hatte, ahnte sie auch, was – oder besser: wen – das Abbild darstellen sollte. Einen dieser alten Slawengötter.

Vermutlich Perun, den Hauptgott des einstigen Pantheons. Die anderen Namen hatte sie sich nicht merken können.

Das Götzenbild verfügte über das besondere Kennzeichen dieser Göttergruppe: die Mehrköpfigkeit.

Nur dass die Häupter auf den Schultern des Kolosses nicht nachgebildet, sondern echt waren.

Der Wahnsinnige hatte dort oben tatsächlich zwei abgeschlagene Menschenköpfe befestigt, die Sarah von Fotos kannte. Der eine Schädel gehörte zweifellos Kevin Koslowskis Freund Peter Stöpel, dessen Torso sie vor Kurzem auf Brandenburger Seite gefunden hatten. Lange Haare umrahmten ein blasses Antlitz mit geschlossenen Lidern, Hakennase und einem offen stehenden Mund, aus dem eine leicht aufgedunsene Zunge ragte. Der andere Kopf stammte von dem Versicherungsvertreter, den es gestern mit seiner Geliebten auf dem Feld bei Schwarzholm erwischt hatte. Die Augenlider waren halb geschlossen, und auch sein Mund stand leicht auf, sodass die weiß schimmernden Zähne zwischen den ausgedörrten Lippen zu sehen waren. Und irgendwie schien es ihr, als wäre da oben noch Platz für einen dritten Schädel.

Zugleich ging von dem Götzen ein ekelerregender Verwesungsgeruch aus, der es ihr schwer machte, sich zu konzentrieren.

Doch das musste sie, denn vor dem blutbesudelten Mühlstein, die Gesichter zum Götzen gewandt, kauerten drei verängstigte Teenager. Glowik hatte ihnen die Hände mit Kabelbindern auf den Rücken gefesselt: zwei Jungs und ein Mädchen, die sie ebenfalls wiedererkannte. Das waren Luca Opitz' Zwillingsbruder Tim sowie seine beiden Freunde, die sie vorgestern kurz kennengelernt hatte. Und hinter den dreien stand breitbeinig Křešćan Glowik mit seiner verdammten Bronzesichel in der Hand.

Wie, zum Teufel, waren die Jugendlichen in diese Situation geraten?

Kurz sicherte sie zum benachbarten Chorgestühl, wo der alte Altar der Kirche aufragte, doch dort war niemand.

»Ich sage Ihnen alles, wenn Sie meine Freunde freilassen«, wimmerte Tim Opitz.

Angesichts der Situation, in der die Teenager steckten, bewies er eine Tapferkeit, die Sarah durchaus beeindruckte.

Nur war die Lage der drei völlig aussichtslos.

»Du willst Spiele mit mir spielen!?«, brüllte Glowik, der sich jetzt erst recht herausgefordert zu fühlen schien. »Hier, ich hab ein Spiel für dich! Es nennt sich Kopfschlagen!«

Glowik riss das aufschreiende Mädchen an den Haaren zurück und hob die Sichel zum Schlag – als Sarah einen laut hallenden Warnschuss in die Decke des Kirchenschiffs feuerte.

»Keine Bewegung, Glowik!« Sie visierte ihn an. »Sonst trifft die nächste Kugel Sie in die Brust!«

Wutschnaubend fuhr der Kerl zu ihr herum und stierte sie verblüfft an.

Doch die Überraschung währte nicht lange. Als er begriff, wer vor ihm stand, verzogen sich seine Lippen zu einem höhnischen Grinsen.

»Die Bullenschlampe! Natürlich ...« Er lachte rau. »Der Kreis schließt sich allmählich.«

»Ich sagte: Weg mit der Waffe!« Ihn nach wie vor anvisierend, näherte sie sich ihm vorsichtig. »Und weg von den Jugendlichen. Los! Mein nächster Schuss wird kein Warnschuss mehr sein.«

Glowik zögerte, dann ließ er das schluchzende Mädchen los, trat einen Schritt beiseite und ließ widerstrebend auch die Sichel fallen, die klirrend auf dem Boden landete. Noch immer stierte er Sarah wütend an, und ihr fiel auf, dass sich auf der bronzenen Klinge feine Ziselierungen befanden, die den Piktogrammen auf den Feldern ähnelten.

»Weg von den Geiseln!«, befahl sie. »Und dann auf die Knie! Immer schön die Arme über den Kopf halten.«

Mit lauerndem Blick kam Glowik der Aufforderung nach.

Allerdings provozierend langsam, und Sarah konnte sehen, wie es hinter seiner Stirn arbeitete. Widerstrebend ging er auf die Knie, während er die Hände über dem Kopf verschränkte.

»Und ihr kommt her. Schnell!«

Sofort mühten sich die verängstigten Teenager auf die Beine und stolperten zu ihr, während der Hüne lauernd die Mündung ihrer Waffe beäugte.

»Gott sei Dank!«, stöhnte Tim erleichtert.

Sarah wechselte die Pistole in die Rechte und kramte mit der Linken ein Taschenmesser hervor, das sie – ohne Glowik aus den Augen zu lassen –, mit den Zähnen aufklappte, um Tims Kabelbinder zu durchtrennen.

Die Fessel war kaum zu Boden gefallen, als sie dem Jungen das Messer auch schon in die Hand drückte.

»Los, befrei deine Freunde.«

»O Mann, und ich dachte, wir wären erledigt«, ächzte Tims sportlicher Freund erleichtert.

Sarah ignorierte ihn, behielt Glowik weiter im Blick und löste die Handschellen vom Gürtel, die sie ihm nun hinwarf.

»Anlegen! Eine falsche Bewegung, und ich schieße!«

Sarah wusste nicht, woher der Kerl sein Selbstbewusstsein nahm, doch Glowik grinste spöttisch.

»Du kannst nicht gewinnen.« Er leckte sich über die Lippen, ohne die Handschellen auch nur eines Blickes zu würdigen. »*Sie* hat dich längst im Blick. Oder hast du ihre Botschaft vorletzte Nacht nicht verstanden?«

Meinte er das abgeschlagene Haupt, das er ihr aufs Zimmer gelegt hatte? Nichts davon ergab einen Sinn. »Das hier ist also nicht alleine Ihr Werk?«, hakte sie misstrauisch nach, während Tim nach dem Mädchen nun auch seinen Freund befreite.

»Das hier?« Glowik sah zu dem Götzenstandbild auf. »Du scheinst es wirklich nicht zu begreifen, oder? Die Unsterblichen haben sie gesandt, und sie hat mich erwählt. Ich bin nur ihr demütiger Diener, der ihr hilft, sich von den Ketten zu befreien.« Er lächelte verklärt. »Auch du wirst dein Schicksal erfüllen, um ihr den Weg in unsere Welt zu ebnen.«

»Wen zum Teufel meinen Sie?«, herrschte sie ihn an. Der Kerl war verrückt. Ganz eindeutig.

Glowik stierte Sarah bloß an und grinste. Und irgendwie schien es ihr, als wartete er auf etwas.

»Los! Die Handschellen!«, kommandierte sie erneut – als im Kirchenschiff gedämpftes Glockengeläut erklang.

Die Turmuhr.

»Mittag!« Glowik sah triumphierend auf. »Jetzt wirst du ihre Macht am eigenen Leib erfahren!«

Sarah wusste nicht, was er meinte, doch war der zwölfte Glockenschlag kaum verhallt, als sie von irgendwoher ein leises Rauschen oder Brausen zu vernehmen glaubte. Es war so unbestimmt, dass sie es nicht zuordnen konnte.

»Frau Richter«, vernahm sie hinter sich Tims alarmierte Stimme. »Ich glaube, wir sollten die Warnung ernst nehmen.«

»Was meinst du?«, fragte sie, während das Brausen unmerklich anschwoll.

Inzwischen glaubte sie, seine Herkunft verorten zu können. Es kam … von draußen.

Glowik begann schadenfroh zu lachen, als sich im Licht, das schräg auf die alten Kirchenbänke fiel, Bewegungen abzeichneten. Aufgeschreckt blickte Sarah zu den hohen Kirchenfenstern auf. Auf den Außenscheiben krabbelten plötzlich überall Insekten. Heuschrecken.

Ganze Trauben dieser Viecher.

Und irrwitzigerweise wurden es beständig mehr, sodass es allmählich düster in der Halle wurde.

»Verdammt, was geht hier vor sich?«

»Die Mittagsfrau!«, keuchte Tims dunkelhaarige Freundin panisch. »Die Roggenmuhme. Haben Sie denn die Zeichnungen in dem Zimmer nicht gesehen? Das ist ihre Stunde. Ich glaube, sie kommt!«

»Die … was bitte?« Sarah wandte sich ihr entgeistert zu und sah, wie Tims sportlicher Freund aufgeschreckt herumfuhr und zurück zum Pfarrhaus stürmte.

Sie konnte ihm seine Furcht nicht verdenken.

Fast gleichzeitig veränderten sich die seltsamen Laute in der Halle, steigerten sich zu einem gedämpften Rascheln und Knistern. Und als Sarah wieder zu den hohen Kirchenfenstern aufsah, entdeckte sie zu ihrem maßlosen Erstaunen, wie die Insekten hinter den Scheiben von etwas verdrängt wurden, das von unten emporwuchs.

Konsterniert riss sie die Augen auf.

Das waren ... Getreidehalme!

Das war doch völlig unmöglich.

Von ihrem Standpunkt aus wirkte es fast so, als seien die Felder ringsum unmittelbar an die Kirche herangerückt und würden jetzt an den Außenmauern emporwuchern.

Der Bewuchs vor den Scheiben wand sich gleich einem Gewirr dürrer Schlangen mit fetten Ährenköpfen. Das unheimliche Gestrüpp schien sich zugleich auch irgendwie ans Buntglas zu pressen, während es in der Halle immer dunkler wurde.

»Sie kommt! Sie kommt!« Glowik kicherte wie irre.

Von den hohen Fensterfronten ertönte ein leises Bersten und Knacksen – als an mehreren Stellen zugleich Glas splitterte und zu Boden prasselte. Grelles Sonnenlicht stach in langen Lanzen in die Kirchenhalle, und mit ihm drangen Schwärme schwirrender Insekten ein.

Sarah keuchte auf vor Entsetzen und sah hilflos dabei zu, wie von allen Seiten überlange Ähren in den Kirchenbau rankten, sich durch die Luft schraubten und sich zunehmend zu wurzeldicken Tentakeln verdrehten.

»Oh, mein Gott!«

Sarah starrte das beängstigende Phänomen noch immer fassungslos an, als sie aus den Augenwinkeln bemerkte, wie Glowik aufsprang und mit einem Satz bei seiner Sichel war.

»Achtung!«, schrie Tim hinter ihr.

Sarah fuhr zu dem Irren herum und sah noch, wie der bullige Kerl hinter das bizarre Götzenbild rollte.

Sofort feuerte sie ihre Waffe ab, und die Kugel fetzte ein dickes Stück Holz aus einem Standbein des bizarren Götzen. Sie wollte schon ein zweites Mal abdrücken, als ihr Blick die abgeschlagenen Köpfe auf den Schultern des hohen Standbildes erfasste.

Beide Schädel drehten sich in ihre Richtung, schlugen jäh die Lider auf und starrten sie mit glanzlosen, toten Augen an.

Erschüttert schrie Sarah auf und wich zu den beiden Jugendlichen zurück, die das Phänomen ebenfalls mit Grausen verfolgten.

Glowik hingegen sprang hinter dem fürchterlichen Götzenbild hervor und schleuderte die Sichel nach ihr.

Eine Gefahr, die Sarah jäh aus ihrer Erstarrung schreckte. Ruckartig tauchte sie ab, und die blitzende Klinge wirbelte dicht an ihr vorbei. Dann übernahmen ihre Reflexe. Den Wahnsinn um sie herum ignorierend, feuerte sie zweimal. Und diesmal erwischte eine Kugel den bulligen Kerl.

An der Schulter getroffen, schrie Glowik auf und taumelte zurück, während Tim seitlich auf Sarah zustürmte und sie mit aller Kraft zu Boden riss.

»Runter!«

Keinen Augenblick zu spät. Denn kurz darauf wirbelte die rotierende Sichel abermals über sie hinweg und sauste wieder auf Glowik zu, der sie wütend auffing.

Erst jetzt begriff Sarah, dass sich das Ding wie ein Bumerang verhielt.

Nur hatte sie kaum Zeit, sich über die seltsamen Flugeigenschaften der Bronzesichel Gedanken zu machen, denn zahllose Heuschrecken brausten auf sie zu und ließen sich auf ihrem Körper nieder. Und das nicht nur bei ihr, sondern auch bei Tims Freundin, die noch immer hinter ihnen stand und panisch um sich schlug. Allein Tim schien von dem Ansturm der Viecher verschont zu bleiben.

Fluchend erwehrte sich Sarah der Insekten, während die überlangen Halmstränge durch die zerstörten Fensterfronten weiter ins

Kirchenschiff vordrangen, beständig hin und her wiegten und sich nun in ihre Richtung schraubten.

»Raus hier!«, brüllte Sarah in blanker Panik und spürte zugleich, dass der ganze Wahnsinn irgendwie mit Glowik zu tun haben musste. Trotz seiner Wunde stand der Verrückte auf den Beinen und schickte sich abermals an, die Sichel nach ihr zu werfen. Sarah feuerte erneut. Bereits der erste Schuss riss den Sorben von den Füßen, ob der zweite getroffen hatte, konnte sie nicht erkennen, da der Dreckskerl zu Boden gestürzt war.

Was sie jedoch sah, bevor die ersten Heuschrecken ihr Gesicht erreichten, war, wie eine Flut aus Halmen gleich einem Wasserfall durch ein Kirchenfenster stürzte, Glowik umwickelte, anhob und durch eines der Fenster hinter dem Standbild ins Freie zerrte.

Angesichts all des übernatürlichen Grauens um sie herum, sah sich Sarah nicht einmal mehr in der Lage zu schreien. Das Kirchenschiff war von einem lauten Brausen, Flattern, Knistern und Schwirren erfüllt, und sie musste sich immer mehr der vielen Heuschrecken erwehren, die sie zunehmend dichter umschwirrten und ihr die Orientierung erschwerten. Prustend und nach Luft schnappend, stolperte sie über eine der Bänke und entging durch den Sturz nur knapp einem gewundenen Ährenstrang, der jetzt dicht über ihr durch die Luft peitschte.

Mit einem Aufschrei kam sie wieder hoch, als ihr das entsetzte Gebrüll Tims entgegenschlug.

Er und seine Freundin versuchten, sich zur Pforte des angrenzenden Pfarrhäuschens abzusetzen, doch ein durch die Luft mäandernder Ährententakel stieß auf das von Heuschrecken umschwärmte Mädchen herab, packte es und riss es in die Höhe.

Verzweifelt schrie Sarah auf, feuerte mehrere Schüsse auf den dicken Strang ab und traf sogar. Doch wie erwartet richteten Kugeln bei dem unwirklichen Gebilde keinen nennenswerten Schaden an.

»Tiiiiiiimmmmmmm! Hiiiilfeeee!«

Das Mädchen über ihnen schrie gellend und versuchte, sich zu befreien, doch sie hatte keine Chance. Das irreale Halmgespinst schien sich nur noch fester um sie zu schließen. Wie ein zurückfederndes Bungee-Jumping-Seil zog sich das Halmgebilde über ihnen zusammen, und die Kleine wurde wie vorhin Glowik durch eins der Fenster nach draußen gezogen.

»Leaaaa!« Tim schrie vor hilfloser Wut und wollte zurücklaufen, doch Sarah packte ihn trotz der vielen Insekten, die sie bedrängten, und riss ihn mit sich.

»Raus hier! Wir können nichts für sie tun!«

Mit einem kräftigen Stoß trieb sie den widerspenstigen Jungen auf den Türsturz in der Kirchenmauer zu, wo jetzt überraschend dessen Freund samt einer Armbrust in den Armen auftauchte. Mit offenem Mund glotzte er das widernatürliche Treiben in der Halle an.

Sarah kam nicht dazu, sich um ihn zu sorgen, denn die krabbelnden und brummenden Insekten auf ihrem Körper versuchten gezielt, ihr in Mund, Augen, Ohren und Nasenlöcher zur kriechen. Sie schlug sich ins Gesicht und spuckte angewidert eine Heuschrecke aus, als sie spürte, wie sich etwas knisternd um ihre Leibesmitte wickelte.

»Nein!«

Verzweifelt stemmte sie sich gegen die dicke Schlinge aus Halmen und konnte doch nicht verhindern, dass sie ruckartig angehoben wurde.

Gellend schrie auch sie, dann löste sich der Griff um sie herum plötzlich, und sie fiel hart auf den Hallenboden zurück.

Selbst die Heuschrecken auf ihrem Körper stoben auf und umschwirrten sie ziellos.

»Die Köpfe!«, schrie Tims Freund aufgeregt, der noch immer mit seiner Armbrust dastand. »Sie müssen auf die Köpfe zielen!«

Sarah drehte sich am Boden um und sah zu ihrem Erstaunen, dass in einem der beiden Schädel, die auf dem Götzenstandbild thronten, ein Armbrustbolzen steckte. Auf bizarre Weise wirkte der Kopf jetzt auch wieder leblos.

Das Antlitz des anderen Hauptes hingegen, das des Versicherungsvertreters, verzerrte sich in blanker Wut und starrte weiterhin mit seinen toten Augen auf sie herab. Die peitschenden Ährenstränge über ihnen in der Luft gewannen wieder an Zielsicherheit und stießen abermals auf sie nieder.

Sarah rollte beiseite, einer der Kornstränge schmetterte gegen eine Kirchenbank, die beiseitegeschleudert wurde, und sie feuerte ihr halbes Magazin auf den verbliebenen Schädel ab. Zwei Kugeln trafen den Kopf. Knochenfragmente und Hirnmasse platzten heraus, und abermals wiederholte sich das Phänomen, dass die dicken Halmstränge über ihnen irgendwie blind durch die Halle fegten.

Sofort war Sarah wieder auf den Beinen, stürmte zu den Jugendlichen und drängte sie mit aller Kraft zur Pforte.

»Los, raus! Bewegt euch!«

Die Jungs rannten los, und kaum dass sie wieder im Pfarrhäuschen standen, halfen sie ihr dabei, die wuchtige Pforte zur Kirche zu schließen und den alten Ledersessel vor die Tür zu schieben.

»Scheiße! Scheiße! Scheiße! Sie hat Lea!«, heulte Tim.

Sarah schlug wüst auf die verbliebenen Heuschrecken auf ihrem Körper ein, und allmählich glaubte sie, den Verstand zu verlieren. Allein ihr Pflichtgefühl und die Sorge um ihre beiden Schützlinge hielten sie aufrecht. Sie packte Tim am Arm und sah ihn an.

»Was ist das?«, keuchte sie entsetzt. »Los. Ihr wisst doch offenbar mehr über das, was hier vor sich geht!«

Fast gleichzeitig sprudelten die Jungs los, und während sie Sarah dabei halfen, die Regale vor die Fenster im Raum zu wuchten, fielen Begriffe wie »Roggenmuhme«, »Kornkreise«, »Krabat«, »Kutzlarnitz« und »Mühle«. Sarah erkannte, welchem Schrecken die Jugendlichen schon seit Tagen ausgesetzt waren.

Unter anderen Umständen hätte sie die Teenager für verrückt

erklärt, doch nach den gespenstischen Geschehnissen drüben in der Kirche war ihr klar, dass auch sie selbst längst von dieser unheimlichen Macht heimgesucht wurde, von der die beiden berichteten: der Kopf in ihrem Hotelzimmer, der Mähdrescher, der selbsttätig die Jagd auf sie eröffnet hatte, und zuletzt die spukhafte Frauengestalt inmitten des Sturzregens.

Sie hatte das Offensichtliche nicht sehen wollen. Allerdings begriff sie noch immer nicht, warum sich Glowik und die unheimliche Macht auf sie fokussierten.

»Verdammt, das Fenster hinten!«, unterbrach sie die beiden Jungen aufgeschreckt. Sie rannte mit beiden zur Küche, wo sie entsetzt sahen, dass die Kornfelder ringsum tatsächlich an die Kirchenmauern herangerückt und bis zu den zersplitterten Fenstern des Sakralbaus hinaufgewuchert waren. Die Seitenfront der Kirche wirkte aus ihrer Perspektive so, als sei eine große Welle aus Getreidehalmen gegen die Außenmauer gebrandet. Kaum hatten die drei sich bemerkbar gemacht, erfüllte ein Knistern und Rascheln die gewaltige Wand aus Halmen und Ähren. Das Gestrüpp da draußen zog sich jetzt wie eine monströse Zunge aus den Fensteröffnungen, jedoch nur, um zurück auf das Pfarrhäuschen zuzuwalzen.

Verzweifelt gelang es ihnen, Läden und Fenster zu schließen und mit Draht aus dem Werkzeugkasten zu sichern. Das gespenstisch wuchernde Gestrüpp erreichte den Anbau, klatschte gegen die Holzläden und rankte an den Außenmauern empor.

Schockiert lauschten sie dem Knistern und Knacken hinter den Fensterläden, das sich auch über ihnen auf dem Dach fortsetzte.

Sarah wusste nicht, wie lange die verstärkten Fenster dem Ansturm standhielten, doch wenigstens würden sie ihnen etwas Zeit verschaffen. Inzwischen hatte ihr Verstand gänzlich auf Funktionieren umgeschaltet, ansonsten wäre sie vermutlich irre geworden. Den Jungs schien es ähnlich zu ergehen.

»Scheiße, was machen wir denn jetzt?«, fragte der Junge ängstlich, der sich ihr als Sven vorgestellt hatte.

»Und was ist mit Lea?«, fing Tim wieder von dem verschleppten Mädchen an.

»Siehst du das nicht? Wir können im Augenblick nichts für sie tun.« Sarah fuhr sich mit den Händen verzweifelt über den Kopf. »Ihr ist offenbar das Gleiche passiert wie deinem Bruder. Alles, was wir tun können, ist, unseren Verstand zu gebrauchen! Denn was auch immer das da draußen ist, wir haben es immerhin bis hierher geschafft, oder? Und das heißt, dieses Etwas ist nicht allmächtig.«

»Ist sie vielleicht auch nicht«, meinte Tim unglücklich. »In einem der Bücher, die wir gefunden haben, gab es Hinweise, dass so was schon mal passiert sein könnte. Im siebzehnten Jahrhundert. Da scheint die Roggenmuhme auch aufgehalten worden zu sein. Ebenfalls von einem Richter.«

»Von einem Richter?«, irritiert blickte Sarah Tim an.

»Nein, nicht wirklich von einem Richter. Aber von einem Polizisten mit Ihrem Nachnamen.«

»Wie bitte?« Ungläubig starrte Sarah den Jungen an. Unwillkürlich dachte sie an die Bemühungen Glowiks zurück, mehr über ihren Familienstammbaum herauszufinden. »War das zufällig ein gewisser Conrad August Richter? Oberamtmann bei der Kurfürstlichen Polizeikommission?«

»Ja.« Überrascht sah Tim zu ihr auf. »Sie wissen von ihm?«

»Das ist einer meiner Vorfahren«, erwiderte Sarah tonlos, in deren Kopf sich allmählich Dutzende neuer Puzzleteile zusammenfügten, ohne indes ein zusammenhängendes Bild zu ergeben.

»Der Koraktor ist wohl weg, oder?«, wandte Sven ein.

»Der was?«

»Na, das Zauberbuch, das hier angeblich im Kirchenaltar versteckt war«, erklärte Tim.

»Ja, vermutlich«, stöhnte Sarah. »Was auch immer es mit dem Spuk in der Mühle auf sich hatte, von der ihr spracht.«

Tim verengte wütend die Augen. »Die Kutzlarnitzer verbergen was. Vielleicht sind die sogar für all das hier verantwortlich.«

Sarah blickte die Jungs scharf an. »Vielleicht, aber das ist im Moment zweitrangig. Wir müssen einen Weg finden, um hier rauszukommen.«

»Vielleicht müssen wir bloß eine Weile abwarten, bis die Macht der Roggenmuhme nachlässt«, schlug Tim vor. »Man nennt sie ja vermutlich nicht ohne Grund auch Mittagsfrau.«

Über ihnen knackte es im Gebälk, und sie hörten, wie sich draußen weiterhin Halme über die Mauern schoben. Einzelne von ihnen zwängten sich durch die Holzlamellen der Fensterläden und drückten gegen das Glas.

Sarah blickte auf ihre Armbanduhr und schüttelte den Kopf. »Selbst wenn das funktionieren würde, müssten wir hier noch mehr als vierzig Minuten ausharren. Bis dahin ist das Gestrüpp durchgebrochen.« Nachdenklich sah sie die Jungs an. »Aber mir ist was aufgefallen: Wieso seid ihr beide von den Heuschrecken verschont geblieben?«

»Die Heuschrecken? Wieso?«, fragte Sven.

»Habt ihr das nicht gemerkt?« Sarah sah die beiden an. »Diese Viecher haben sich vorhin allein auf mich und eure Freundin Lea gestürzt. Warum nicht auch auf euch?«

Ratlos warfen sich die Teenager Blicke zu.

»Sie haben recht«, murmelte Tim betroffen. »Das war schon vorgestern im Roggenfeld so. Und auch später am Abend scheint diese Roggenmuhme vor allem Lea belauert zu haben.«

»Aber warum? Was haben eure Freundin und ich an uns, das diese Kreatur anlockt?«

»Sie sind beide Frauen?«, meinte Sven zögernd.

Atemlos nagte Sarah an ihrer Unterlippe. »Vermutlich können wir uns darüber lange den Kopf zerbrechen, ohne den Grund dafür zu erfahren. Was im Augenblick viel wichtiger ist: Ihr zwei scheint sie weit weniger zu interessieren. Ihr könntet also vielleicht unter dem Radar agieren.«

»Was meinen Sie damit?«

»Von euch kann nicht zufällig einer Auto fahren?«

Verblüfft sahen sich die Jungs an.

»Doch, ich«, antwortete Tim. »Aber nur Automatik. Hab ich in den Staaten gelernt.«

Sarah nickte zufrieden. »Gut. Denn da draußen vor dem Kirchenportal dürfte noch immer der Toyota von Glowik stehen.«

»Wer?«

»Der Mistkerl eben, dem wir das alles hier zu verdanken haben. Der Pick-up hat ein Automatikgetriebe. Und so wie es aussieht, ist diese Roggenmuhme oder Mittagsfrau hier drinnen irgendwie … blind. Inzwischen kommt es mir auch so vor, als ob sie die Insekten dazu benutzt, um sich an ihre Opfer heranzutasten. Also, mit etwas Glück schafft ihr's zu dem Fahrzeug, wenn ich sie ablenke.«

»Und wie wollen Sie das anstellen?«

Sarahs Blick wanderte zu der Petroleumlampe auf dem Tisch und den Nachfüllbehältern unter dem Stuhl. »Mit Feuer!«

In Svens Augen trat ein kämpferisches Funkeln. »Die Idee ist gut. Wir könnten aus den leeren Bierflaschen hier sogar Molotowcocktails bauen.«

»*Die* Idee ist gut!«, meinte Sarah anerkennend. »Ich glaube, drüben im Bad habe ich Lappen gesehen, die wir dafür verwenden können. Die sind zwar voller eingetrocknetem Blut, aber das muss uns im Augenblick egal sein.«

Sofort schwärmten sie aus, und es gelang ihnen, sechs Flaschen mit Petroleum zu füllen und entsprechend zu präparieren. Den Inhalt der Lampe goss Sarah über einen Lappen, den sie um den Besen wickelte, den sie hinter der Badezimmertür gefunden hatte.

»Leider haben wir nur das Feuerzeug aus der Küche«, knurrte sie.

Sven schüttelte den Kopf. »Stimmt nicht. Ich hab auch eins dabei.«

Er zog ein schwarzes Einwegfeuerzeug aus der Hosentasche.

»Rauchst du etwa immer noch heimlich?«, fragte Tim.

»Ist das nicht gerade scheißegal?«

»Ist es«, ging Sarah dazwischen und drückte den Jungs zwei gefüllte Bierflaschen in die Hände. »Hier, für den Notfall. Wartet, bis ich losgelegt habe. Dann versucht ihr, euch durch die Kirchenhalle zum Portal zu schleichen. Der Wagen steht keine zweieinhalb Meter vom Kircheneingang entfernt auf dem Vorplatz. Steigt ein und haltet euch abfahrbereit.«

»Die Kirchentür war vorhin zu«, erklärte Tim.

Sarah seufzte resigniert.

Der Junge hatte recht. Ihr Plan hatte eine Lücke.

»Na gut. Ich hoffe, du kannst auch mit anderen Waffen so gut umgehen wie vorhin mit der Armbrust.« Kurzerhand drückte sie Sven ihre Dienstwaffe in die Hand, der die Pistole mit großen Augen entgegennahm. Sie erklärte ihm, wie sie funktionierte, und nickte ihm entschlossen zu. »Also, solltet ihr keinen Schlüssel finden, dann weißt du jetzt, wie du die Tür aufbekommst.«

»Alles klar!«

Sven wirkte auf sie irgendwie eine Spur zu begeistert.

»Wenn es hier erst brennt«, fuhr sie fort, »hoffe ich, dass ihr es mit dem Auto zu mir schafft. Allerdings dürft ihr nicht lange stehen bleiben. Wir haben heute Morgen das Fahrzeug eines weiteren Opfers gefunden, bei dem die Achsen von Halmen umschlungen waren. Alternativ versuche ich es durch die Kirche. Und falls das nicht klappt …, dann wartet nicht auf mich, sondern haut ab. Und zwar so schnell wie möglich. Verstanden?«

Beklommen sahen die zwei sie an und nickten.

»Okay, dann los jetzt!«

Gemeinsam liefen sie zurück in den Wohnraum, rückten den Ledersessel weg und lauschten an der Pforte zur Kirche, doch dort war im Augenblick nichts zu hören. Dafür knackste und knisterte es zunehmend lauter bei den Fensterläden im Raum, und über ihnen auf dem Dach rumpelte es jetzt sogar.

»Wartet, bis ich sie auf mich aufmerksam gemacht habe«, ermahnte sie die Freunde. »Und bleibt vorsichtig.«

Sie lief zurück in die Küche, atmete tief ein und hielt die Flaschen bereit, während sie mit dem präparierten Besenstiel zunächst die Scheiben des Küchenfensters und dann die Holzlamellen der Läden durchschlug. Schon zwängten sich die ersten brummenden Heuschrecken durch das Gestrüpp und sausten auf sie zu. Gleichzeitig schraubten sich knisternd überlange Ähren in den Raum, als wollten sie nach ihr greifen.

»Komm nur, du Dreckstück!«, fauchte Sarah wütend.

Sie eilte ins Bad und wiederholte die Prozedur mit dem Fenster. Auch dort drang umgehend das Gestrüpp aus Halmen und Ähren ins Rauminnere vor, und erstmals sprangen sie so viele Heuschrecken an, dass sie sich gezwungen sah, einige von ihnen vom Körper zu wischen.

Drüben in der Küche stürzte der Gaskocher unter dem Ansturm des eindringenden Bewuchses um, und sie hörte, wie sich der Tisch verschob. Auch in die Halme auf dem Dach kam neuerlich Bewegung.

Sarah wartete, bis die ersten mäandernden Halmtentakel durch die offen stehende Küchentür in den Gang züngelten, dann entzündete sie die Lunte und schleuderte die erste mit Petroleum gefüllte Bierflasche in die Küche. Sie zersplitterte, rußende Flammen loderten auf und erfassten die eindringenden Getreidetentakel.

Das in Brand geratene Halmdickicht quietschte und prasselte unter dem sich rasch ausbreitenden Feuer, und irgendwie erschienen ihr die gespenstischen Laute wie schmerzhafte Schreie.

Gleichzeitig ergoss sich im Bad eine regelrechte Sturzwelle aus schlängelnden und sich windenden Halmen durchs Fenster, die jetzt gleich einer Lawine zu ihr vorrückten.

Abermals warf sie einen Molotowcocktail zwischen das heranwuchernde Gestrüpp, und abermals quietschten die Halme fast gepeinigt unter den hochschlagenden Flammen.

Feurige Lohen und dichter Qualm schlugen ihr aus beiden Räumen entgegen, doch noch immer züngelten von allen Seiten brennende Halme heran.

Spätestens jetzt begriff sie, dass ihr Plan, das unnatürliche Getreide einfach abzubrennen und ins Freie zu flüchten, zum Scheitern verurteilt war.

Sie floh daher in das Arbeitszimmer mit den Büchern, Fotos und Zetteln – als das Zimmerfenster splitternd und klirrend aufbrach.

Erschrocken fuhr sie herum, denn eine regelrechte Wand aus Halmen quoll durch die Öffnung in den Raum und walzte ansatzlos auf sie zu.

Erstmals vernahm sie inmitten all des Knackens, Knisterns und Raschelns um sie herum eine lauernde Stimme:

Saraaaaaah!

Entsetzt wich sie ins Wohnzimmer zurück, das die Jungs längst verlassen hatten, und schleuderte ihren vorletzten Molotowcocktail ins heranwuchernde Gesträuch.

Die Flasche barst am Boden, und fauchend stoben Flammen auf, die auch die dortigen Halme in Brand setzten.

Sarah wartete, solange sie es riskieren konnte, dann flüchtete sie durch die Pforte zurück in die Kirche, wo sie die warme Hallenluft mit dem entsetzlichen Verwesungsgestank erwartete.

Immerhin, ihre Ablenkung drüben schien funktioniert zu haben. Abgesehen von dem Chaos, das sie in der Halle zurückgelassen hatten, und zahllosen herumhüpfenden Heuschrecken, hingen unter den hohen Fensterfronten bloß schlaffe strohgelbe Gestrüppbahnen. Das Kirchenportal im Vorraum unter dem Turm stand jedoch offen.

Gott, hoffentlich hatten die Jungs auch draußen Glück gehabt.

Ihres schien sie jetzt zu verlassen. Denn in die herabbaumelnden Getreidezungen unter den Kirchenfenstern kam unvermittelt Bewegung. Ruckartig richteten sie sich auf und fuhren suchend und tastend durch die Halle. Auch die vielen Heuschrecken am Boden hüpften und sprangen plötzlich wie wild von allen Seiten auf sie zu.

Saraaaaaah!

Die Wisperstimme in der Halle klang ebenso wütend wie triumphierend.

Aufgebracht stürmte Sarah auf das grässliche heidnische Standbild zu, entzündete die Lunte und schleuderte ihre letzte Flasche. Sie zerbrach klirrend und setzte eines der Standbeine in Flammen, an denen sie nun auch den Besen anzündete.

Jäh peitschte ein überlanger Ährenstrang durch die Luft auf sie zu.

Sarah wehrte ihn panisch mit dem brennenden Besen ab. Doch das Gewirr der Halme wickelte sich wütend um die improvisierte Waffe und entriss sie ihr, obwohl die Flammen auf das sich windende Etwas übersprangen und die trockenen Halmstränge knisternd in Brand setzten.

Verzweifelt stürmte sie durch die Halle, duckte sich, da von links eine weitere Ährenzunge herbeipeitschte, stieß die Tür des Kirchenvorraums auf und rannte auf das offen stehende Außenportal des Turms zu.

Die Szenerie, die sich ihr draußen bot, glich einem verwüsteten Feld.

Der halbe Vorplatz war von geknickten Halmen übersät, und das gegenüberliegende Feld war auch hier sichtlich an die Kirche herangerückt. Noch immer lag der Sack mit dem quiekenden Schwein vor den Treppen, und die beiden Jungs saßen im Toyota und winkten ihr hektisch zu.

Ohne innezuhalten, stürmte sie zu dem Pick-up, deren Beifahrertür hastig von Sven geöffnet wurde, während Tim den Motor startete. Sie sprang hinein, als sich überall um sie herum die Getreideähren auf geisterhafte Weise aufstellten.

»Fahr, fahr, fahr!«, brüllte sie.

Mit aufheulendem Motor setzte Tim einmal quer durch das unnatürliche Getreide zurück zur alten Straße, wo sich die hohen Halmwände an der benachbarten Feldseite regelrecht aufzubäumen schienen.

Geistesgegenwärtig entzündete Sven einen der verbliebenen Molotowcocktails und warf ihn aus dem Seitenfenster. Die Flasche zerbarst am Straßenrand, und Flammen stoben auf, vor denen die unheimliche Ährenwand kurz zurückwich. Dann gab Tim Gas.

Sarah richtete sich mühsam auf ihrem Sitz auf und sah hilflos dabei zu, wie der Junge den Toyota zunehmend beschleunigte und, die vielen Schlaglöcher in der Fahrbahn ignorierend, in Richtung Zivilisation zurückraste.

Immer wieder schüttelte es den Wagen durch, und Sarah sah die Schweißtropfen auf der Stirn des Jungen. Und doch drückte Tim das Gaspedal noch ein Stück weiter durch. Aus den Feldern zu beiden Seiten klatschten lange Stränge gegen das Fahrzeug, und Sven trieb seinen Freund vom Rücksitz aus panisch an.

»Schneller, Tim. Schneller!«

Tatsächlich schien das bizarre Phänomen in den Feldern auf ein Areal um die Kirche beschränkt zu sein, und irgendwie gelang es ihnen, der Gefahrenzone zu entkommen. Sie rasten soeben an Sarahs Polo vorbei, der noch immer am Straßenrand stand, als sie durch die Heckscheibe sah, dass die weizengelben Felder hinter ihnen nun regelrecht zu kochen begannen. Wüst peitschten die Ähren hin und her, und bei der zunehmend von Rauch geschwängerten Kirche stieg ein riesiger Schwarm Heuschrecken auf. Er verdunkelte den blauen Himmel und setzte sich vor ihren ungläubigen Blicken zu einer übergroßen wolkigen Gestalt zusammen, die das grässliche Äußere einer riesigen alten Vettel in wehendem Lumpengewand annahm.

Sarah keuchte erschüttert auf. Denn wo in der düsteren Fratze des Wesens Augen sein sollten, blitzte grell und diabolisch das Sonnenlicht, und sie erkannte sogar die goldene Sichel, die das Scheusal in einer Pranke hielt.

Zornig setzte ihnen die fürchterliche Schwarmgestalt nach. Wo immer ihre Füße die Ähren berührten, bäumte sich das Getreidemeer auf und wogte ihnen über die Kornfelder hinterher.

Tim blickte kurz in den Seitenspiegel, stöhnte panisch und raste weiter auf der holprigen Landstraße entlang. Endlich kamen Wiesen und der Saum eines Waldes in Sicht.

»Bleib bloß auf dem Gas!«, forderte Sarah den Jungen auf. »Auf keinen Fall bremsen.«

»Ich brems nicht! Ich bin doch nicht bescheuert!«, fuhr Tim sie an, während hinter ihnen die mächtige Woge aus Halmen und Ähren unerbittlich auf sie zurollte. Auch die furchterregende Schreckgestalt schien ihre Anstrengungen zu verdoppeln, um sie einzuholen.

Doch sie schaffte es nicht.

Mit aufheulendem Motor durchstieß der Toyota die Ackergrenze und raste die Landstraße entlang. Sarah sah aus dem nahenden Waldrand in einiger Entfernung ein Motorrad hervorbrechen. Aber leider auch ein weiteres tiefes Schlagloch in der Straße vor ihnen.

»Tim, pass auf!«

Der Junge japste erschrocken, riss das Steuer herum und raste auf einen alten Grenzstein zu, der halb verborgen neben der Straße im Gestrüpp aufragte.

Tim versuchte zu bremsen, doch es war zu spät.

Frontal krachten sie mit dem Pick-up gegen das Hindernis. Sarah spürte noch, wie sich der Wagen aufbäumte und mehrfach überschlug, dann wurde es schwarz um sie.

BUBAK

Sarah erwachte mit leichten Kopfschmerzen.

Sie schlug die Augen auf und fand sich in einem fremden Bett wieder, das zu einem Raum mit niedriger Balkendecke gehörte. Auf einem Tisch mit Häkeldecke standen ein Krug und ein Wasserglas, vor dem leicht offen stehenden Zimmerfenster wehte sanft eine Gardine, und jetzt bemerkte sie auch, dass ihre Schuhe fehlten. Sie standen unter einem Stuhl neben dem Bett, auf dessen Sitzfläche Verbandszeug lag.

Mühsam richtete sie sich auf, das Bettgestell knarrte, und ihr schwindelte leicht. Erstmals spürte sie, dass ihr Kopf von einem Verband umwickelt war. Außerdem schmerzte ihr rechtes Schienbein, und auf ihrem linken Oberarm klebten große Pflaster. Die Haut ringsum war gerötet, und der Arm schien leicht geprellt zu sein.

Mit Macht kamen die Erinnerungen an die zurückliegenden Geschehnisse in der Kirche zurück – und an die letzten Augenblicke im Wagen, bis der sich überschlagen hatte.

Verdammt, wo war sie hier?

Sie kämpfte den Schwindel nieder und setzte sich auf die Bettkante, als gegenüber eine Tür aufging und zu ihrer Überraschung Antonin hereinkam, der sie besorgt ansah.

»Hab ich also richtig gehört.« Unglücklich sah er sie an. »Wie geht es dir?«

Sie starrte ihn an und erinnerte sich jetzt auch wieder daran, dass sie in den letzten Momenten vor dem Unfall ein Motorrad gesehen hatte, das ihnen entgegenkam.

Offenbar seines.

»Scheiße geht's mir!«, ächzte sie. »Was glaubst du denn?«

Sarah berührte ihren Kopfverband und verzog leicht das Gesicht. »Wie geht es den Jungs?«

»Deutlich besser als dir. Obwohl dieser Tim Opitz am Steuer saß, hat er nur einige leichte Prellungen erlitten.« Antonin nahm das Verbandsmaterial vom Stuhl und legte es auf den Tisch, wo er zum Krug griff und ihr etwas Wasser einschenkte, in das er nun eine Kopfschmerztablette warf. »Sein Freund Sven ist völlig unverletzt geblieben«, fuhr er fort. »Wir haben sie derzeit in einem Nachbargebäude untergebracht.«

»Wir?« Sie blickte ihn unruhig an.

Er reichte ihr seufzend das Glas, und sie trank gierig.

Antonin hingegen setzte sich und musterte sie. »Die beiden haben mir berichtet, was in der Kirche vorgefallen ist. Ihr könnt wirklich froh sein, dass ihr diesem Spuk entronnen seid.«

Sarah setzte das Wasserglas ab und starrte ihren Kollegen misstrauisch an.

»Sie haben dir wirklich *alles* erzählt? Den ganzen Wahnsinn, der dort vorgefallen ist?«

Ihr Kollege nickte.

»Ich fass es nicht. Du sagst das in einem Tonfall, als wäre es völlig normal, wenn plötzlich Kornfelder auf dich zuwuchern. Als wäre es normal, wenn Tote die Augen aufschlagen und dich anstarren. Oder als wäre es normal, wenn sich ganze Heuschreckenschwärme zu einer Spukgestalt zusammensetzen, die dich verfolgt. Wieso zum Teufel hab ich das Gefühl, dass du mehr über all das weißt? Was verschweigst du mir?«

»Sarah ...«

Sie ignorierte ihn, marschierte trotz ihrer leichten Schmerzen aufgebracht zum Fenster und riss die Gardine beiseite. Ganz so, wie sie es vermutet hatte, blickte sie über eine schmale, von der Nachmittagssonne beschienene Gasse hinweg auf eins der Umgebindehäuser mit kunstvollem Fachwerkstuhl.

»Kutzlarnitz!« Sie schnaubte wütend. »Dachte ich es mir doch.«

Aufgebracht fuhr sie zu ihrem Kollegen herum.

»Wieso hast du mich hergebracht? Und was ist das für ein grauenvoller Mist, in den ich da geraten bin? Wenn es stimmt, was die Jungs erzählt haben, dann stimmt auch mit diesem seltsamen Dorf so einiges nicht. Und zwar ganz und gar nicht. Vor allem frage ich mich, wie lange du schon von alledem weißt.«

»Es ist anders, als du denkst«, wand sich Antonin.

»Verflucht noch mal! Ich hab dich mit den Kerlen von hier gesehen, als ihr zusammen das Haus von Glowiks Mutter inspiziert habt. Hinter meinem Rücken!« Ihre Stimme zitterte vor unterdrückter Wut. »Dabei hätte mir eigentlich schon seit unserem ersten Besuch hier klar sein müssen, dass du was verbirgst. Also, wie lange lügst du mich schon an?«

Antonin seufzte schwer, massierte sich die Stirn und blickte wieder zu ihr auf.

»Ja, wir waren dort. Und jetzt wird mir auch klar, warum du alleine da rausgefahren bist. Dir hätte eigentlich klar sein müssen, was das für ein Risiko ist. Ganz unabhängig davon, womit du dann tatsächlich konfrontiert wurdest.«

»Weich nicht aus, sondern beantworte endlich meine Frage! Was ist das hier für ein seltsamer Ort?«

Antonin presste kurz die Lippen aufeinander, und sein Schnurrbart folgte der Bewegung. »Wenn du so willst, vermutlich die letzte Enklave in der Lausitz, in der die ursprünglichsten Traditionen meines Volkes überdauert haben.«

»Und das heißt?«

»Das Wissen um Dinge, die neben uns existieren. Um uns herum. Im Verborgenen.« Er atmete tief ein. »Weißt du noch, dass du mich gefragt hast, wie es um meinen Glauben bestellt ist? Ganz ehrlich? Ich hab darauf keine Antwort. Aber ich war ehrlich zu dir, als ich meinte, ich bin davon überzeugt, dass es mehr Dinge zwischen Himmel und Erde gibt, als sich unsere Schulweisheit erträumen lässt.«

»Verschone mich mit deinen Aphorismen. Ich will Antworten!«

»Die sollst du auch kriegen«, antwortete ihr Kollege. »Nur glaub mir bitte, dass ich von alledem bis letztes Jahr auch nichts wusste. Das hat sich erst mit den Kartoffelkeller-Morden geändert.«

»Der Fall letztes Jahr, den du aufgeklärt hast?« Irritiert sah sie ihn an.

»In Wahrheit tappte ich damals völlig im Dunkeln. Bis ... na ja.« Hilflos hob Antonin die Hände. »Bis ich den Rat meines Großvaters annahm, hier in Kutzlarnitz Hilfe zu suchen.«

»Wieso?«

»Weil die Älteren da draußen eben wissen, welche Traditionen man hier noch hütet. Oder besser: Auf welche Künste man sich hier noch versteht. Wahrsagerei, Prophetie ... Zauberei. Ich hab mich damals an die drei Weisen hier in Kutzlarnitz gewandt, weil ich bis dahin wirklich jedes Mittel ausgeschöpft hatte, um den alten Fall aufzuklären. Du hättest die Überreste der Kinder sehen sollen ... Es war grausam. Ich konnte ihr Schicksal einfach nicht auf sich beruhen lassen. Selbst nach der langen Zeit nicht, die seit ihrer Ermordung verstrichen war. Und da ich nichts zu verlieren hatte, bin ich schließlich hier vorstellig geworden. So bin ich zum ersten Mal mit Dingen in Berührung gekommen, für die ich bis heute keine Erklärung habe. Aber wenn die drei Weisen nicht gewesen wären ...«

»Du sprichst von diesen drei Grazien?«

»Ja, sicher. Wenn sie nicht gewesen wären, dann wäre der Tod der Kinder bis heute ungesühnt geblieben. Erst mit ihrer Hilfe konnte ich den Mörder nach über dreißig Jahren stellen.«

Misstrauisch beäugte sie ihn. »Was war das bitte für eine Hilfe?«

Antonin seufzte. »Eine ziemlich blutige Weissagungs- oder Orakeltechnik. Eine sogenannte Opferschau. Die drei haben eine Ziege geschlachtet und dann aus ihren Eingeweiden gelesen. Was ich dabei erlebt habe ...« Er schüttelte den Kopf. »Das Tier war definitiv tot. Trotzdem haben die Eingeweide auf eine Art und Weise reagiert ... mir hat sich damals nicht nur mein Magen, sondern auch mein Verstand umgedreht. Sprechen wir es ruhig offen aus: Das war Hexerei. Nichts, was mit dem Verstand zu erklären ist. Und doch hat mich all das zielsicher zu den Hinweisen geführt, durch die ich dann nach all der Zeit den Täter stellen konnte.«

»Seit wann stehst du wieder in Kontakt mit den Frauen?«

»Erst seit unserem Besuch hier. Es ist nicht gut, in der Schuld der Schwurschwestern zu stehen. Denn irgendwann fordern sie eine Gegenleistung.« Er seufzte. »All die Merkwürdigkeiten rund um unsere Kornkreisfälle hätten mich zwar schon vorher misstrauisch werden lassen müssen, aber es ist ja nun auch nicht so, als würde das Übernatürliche ständig in unser Leben eingreifen – auch wenn ich damals vor dieser Möglichkeit gewarnt wurde. Das hat sich dann aber nach dieser unheimlichen Attacke des Mähdreschers auf dich geändert. Und natürlich dem Fund dieses Mojo-Beutels. Spätestens da hab ich geahnt, dass wir es hier vielleicht doch mit etwas Übernatürlichem zu tun haben könnten. Aber selbst da war ich noch versucht, eine realistische Erklärung heranzuziehen. Aber nachdem uns Glowik im Tagebau entkommen ist und über uns diese Gestalt erschien, da …«

»Du hast die Erscheinung auch gesehen?«, entfuhr es Sarah überrascht. »Wieso hast du nicht schon vorher was gesagt?«

»Was hätte ich denn sagen sollen?«, antwortete er gereizt. »Etwa: ›Sarah, ich glaube, für die Kornkreise und die Entführungen ist etwas Übersinnliches verantwortlich‹? Du hättest mich doch ausgelacht. Manchmal denke ich selbst, ich spinne. Aber das tue ich nicht. Das tun wir beide nicht.«

Sarah blickte wieder auf die Gasse vor dem Gebäude und versuchte Antonins Eröffnung zu verarbeiten.

Er hatte natürlich recht mit allem. Doch ehrlich gesagt waren seine Erlebnisse Pillepalle im Gegensatz zu dem, was sie heute Mittag in der Kirche und dann bei ihrer Flucht durch die Kornfelder gesehen hatte.

Allein die Erinnerung daran erfüllte sie noch immer mit blankem Grausen.

Und selbst jetzt wollte sie sich einreden, bloß einer Halluzination aufgesessen zu sein. Nur wusste sie es besser. Sie würde fortan vermutlich nicht einmal mehr einen schlichten Keller betreten können, ohne sich nicht dreimal zu vergewissern, ob es dort unten spukte.

Sie schauderte.

»Ich weiß, wie schwer das alles zu glauben ist«, fuhr Antonin fort. »Aber wenn du mehr über all das wissen willst, musst du die Schwurschwestern selbst fragen. Ich schätze, sie sind die Einzigen, die dir Antworten geben können.«

»Tja, wenn diese Hexen mit mir als Auswärtige überhaupt reden …«, antwortete Sarah verärgert.

»Ich schätze, ihre Meinung dir gegenüber hat sich inzwischen geändert.« Antonin erhob sich und trat neben sie, um ebenfalls einen Blick auf den Straßenzug vor dem Haus zu werfen. Dort hüpften einige Krähen auf einer Balkonbrüstung herum und starrten mit schief gelegten Köpfen in ihre Richtung.

Misstrauisch starrte Sarah zurück.

»Zumindest was die beiden jüngeren Weisen betrifft«, meinte Antonin.

»Du meinst Hexen!«

Er seufzte. »Eine solche Bezeichnung wird ihnen nicht gerecht. Sie sind weitaus mehr.«

»Doch, wird sie«, meinte Sarah unnachgiebig.

»Was hingegen die alte Borbora betrifft«, fuhr er ungerührt fort, »die scheint es nach wie vor kaum abwarten zu können, dich wieder loszuwerden.«

»Na, das beruht auf Gegenseitigkeit.« Sarah wandte sich ihm zu und sah ihn neugierig an. »Wie hast du mich da draußen überhaupt gefunden?«

»Ehrlich gesagt war das bloß Zufall.« Er zuckte mit den Achseln. »Ich hab den Bericht der Technik wegen Glowiks Navi in meinen Mails gefunden und bin losgefahren, um mir den ominösen Ort anzusehen.«

»Ohne mich?«

»Umgekehrt hast du mich ja auch nicht informiert. Ich wollte dich da halt so lange raushalten, bis ich mir sicher war, mit was wir es zu tun haben.«

Sarah schluckte die Bemerkung hinunter, die ihr auf der Zunge lag. »Was wollten du und die Kutzlarnitzer heute Vormittag eigentlich in dem Haus von Rejza Glowik?«

»Ach, das.« Er rieb sich über den ausladenden Schnurrbart. »Ich hatte mir gestern Abend dieses Büchlein vorgenommen, das du bei Glowik in der Baracke gefunden hast. Das mit dem Foto. Es stammt nicht von ihm, sondern ist in Wahrheit so eine Art Tagebuch seiner Mutter. Anders als es die Schwurschwestern gestern dargestellt haben, war die Frau offenbar eher verzweifelt als leichtlebig. Die Aufzeichnungen deuten jedenfalls darauf hin, dass sie hier in Kutzlarnitz schier erstickt ist in Vorschriften und Traditionen. Sie wollte einfach nur ihre Freiheit.«

»Ist jetzt nicht so überraschend.«

»Klar. Trotzdem hat ihre Flucht von hier dazu geführt, dass sie letztlich an die falschen Männer geriet. Die strengen Regeln hier im Ort haben sie jedenfalls nicht darauf vorbereitet, was sie da draußen erwartete. Křešćan ist offenbar das Ergebnis einer Nacht mit einem Typen, der sie bloß ins Bett kriegen wollte, dann aber nach dem ersten Anzeichen ihrer Schwangerschaft abgehauen ist. Anschließend gab es für sie keinen Weg zurück mehr. Vermutlich wollte sie es auch nicht. Sie hat sich dann eine Zeit lang in Bautzen mit Gelegenheitsjobs durchgeschlagen, später dann in Hoyerswerda, was als Alleinerziehende offenbar nicht einfach war. Ihr Sohn Křešćan scheint wohl schon damals Probleme gemacht zu haben, vermutlich auch, weil sie ihn bereits als Kind so häufig alleine lassen musste. Aus den Aufzeichnungen ging jedoch hervor, dass Rejza in späteren Jahren Trost in den Armen eines Liebhabers fand, der auch Křešćan akzeptierte. Und das, obwohl der Junge so schwierig war. Wobei der Kerl sie wohl doch eher als bequeme Daueraffäre sah. Jedenfalls schien ihm an absoluter Diskretion gelegen zu sein, worunter sie litt. In ihren Notizen äußert sie trotzdem mehrmals die Hoffnung, dass er irgendwann eine Vaterrolle für ihren Sohn ausfüllen könne.«

»Und wer war das?«

»Leider nennt sie keinen Namen.« Antonin zuckte mit den Achseln. »Ob der Kerl nach ihrem Tod noch Kontakt mit Křešćan Glowik hatte, weiß ich daher nicht. Ich hatte es aber gehofft. Das war dann auch der finale Anlass, mich heute Morgen den Kutzlarnitzern anzuvertrauen und sie um Hilfe zu bitten, angesichts all der Rätsel, mit denen wir bei unseren Ermittlungen konfrontiert wurden. Tja«, er stieß einen gequälten Laut aus, »wenig überraschend waren die drei Weisen selbst schon auf die Geschehnisse in unserer Gegend aufmerksam geworden. Aber das sollen sie dir selbst erzählen. Ich hatte jedenfalls die Hoffnung, mehr über den Typen herauszufinden, mit dem Rejza Glowik damals eine Beziehung gehabt hat.«

»Weil du hoffst, dass er und Glowik vielleicht heute noch in Kontakt stehen?«

»Ja. Hätte doch sein können, dass Glowik nach seiner Flucht bei ihm untergetaucht ist. So habe ich jedenfalls von Rejza Glowiks letztem Wohnort erfahren. Sie hat in diesem Haus gelebt, bis sie vor einigen Jahren an Krebs gestorben ist. Unsere Suche dort war aber leider vergebens. Da stehen zwar noch ihre Möbel, aber fast alles Persönliche ist längst ausgeräumt.«

Sarah runzelte die Stirn. »Wieso hat das Haus nicht schon längst neue Bewohner?«

»Weil Rejzas verstorbene Mutter es für sie in ihren letzten Lebensjahren gekauft und ihr dort lebenslanges Wohnrecht eingeräumt hat. Seit jedoch auch Rejza tot ist, konnte sich der hiesige Familienzweig nicht über die weitere Verwendung der Hütte einigen. Leben will darin keiner, das Haus an einen Auswärtigen verkaufen aber auch nicht. Die stehen sich hier ehrlich gesagt alle ein wenig selbst im Weg.«

»Hat diese Borbora nicht behauptet, dass sich ihre Schwester, also Rejzas Mutter, für ihre Tochter in Grund und Boden geschämt hätte?«

»Ja, nur hat sie uns da offenbar nicht alles erzählt. So, wie es aussieht, hat ihre Schwester irgendwann doch wieder mit ihrer Tochter Kontakt aufgenommen. Kam halt nur alles erst nach ihrem Tod heraus.«

Sarah seufzte und grübelte eine Weile. »Die Jugendlichen behaupten, herausgefunden zu haben, mit was wir es da draußen zu tun haben. Und zwar mit einer unheimlichen Macht, die man Roggenmuhme oder Mittagsfrau nennt. Nach allem, was wir in der Kirche erlebt haben, könnte das sogar hinkommen.«

»Ja, ich weiß. Haben sie uns auch erzählt. Weswegen wir auch die Hilfe der Schwurschwestern in Anspruch nehmen sollten. Jedenfalls haben Lenka und Mječisława ihre angeboten. Sie waren es auch, die sich vorhin um dich gekümmert haben.«

»Gut, worauf warten wir dann noch?«

»Bist du so weit auf dem Damm? Ehrlich gesagt hab ich mir am Ende doch einige Vorwürfe gemacht, dich nicht direkt ins Krankenhaus gebracht zu haben.«

Sarah warf ihm einen scheelen Blick zu und schlüpfte unter leichten Schmerzen in ihre Schuhe.

»Kein Grund zur Sorge«, meinte sie lakonisch. »Was hätte da schon schiefgehen können, mich statt zu einem richtigen Arzt zu drei Hexen zu bringen?«

Antonin öffnete ihr augenrollend die Tür und führte sie durch einen verlassenen Wohnraum und einen Korridor hinaus auf die Straße, wo zu ihrer Überraschung Dorfvorsteher Wjacław Tschernik auf sie wartete.

Trotz der Wärme trug der hochgewachsene Brillenträger wieder seinen schwarzen Mantel samt Hut, und er lächelte etwas gequält, als er sie erblickte.

»Ihnen geht es wieder gut?«, sprach er sie bemüht höflich auf

Deutsch an. »Ich hoffe, Sie wissen unsere Gastfreundschaft zu schätzen.«

»Es geht mir den Umständen entsprechend.« Sarah fixierte ihn misstrauisch.

»Natürlich«, meinte er. »Nun, ich soll Sie beide persönlich zu den Weisen bringen.«

Antonin nickte, und gemeinsam marschierten sie über die von schiefwinkligen Fachwerkgebäuden gesäumten Straßen in Richtung Ortsrand. Sarah humpelte leicht, da ihr Schienbein wieder schmerzte. Ein Pferdefuhrwerk mit hohen Heuballen kam ihnen entgegen, dessen Fahrer bei ihrem Anblick kurz nickte. Außerdem waren hinter einigen Vorhängen Bewegungen auszumachen.

Ansonsten schienen die Dörfler jedoch beschlossen zu haben, sie zu ignorieren.

Sarah bemerkte jetzt erst, wie spät am Nachmittag es war. Die Sonne stand tief, und über die Straßen und Gassen zogen sich lange Schatten. Wenn diese Weiber ihr also nicht irgendein Beruhigungsmittel eingeflößt hatten, musste sie stundenlang bewusstlos gewesen sein. Falls Letzteres stimmte, fühlte sie sich erstaunlich gut.

»Was ist eigentlich mit Tim und Sven?«, fragte sie irgendwann.

»Wie schon gesagt«, antwortete Antonin. »Die haben wir derzeit ebenfalls hier im Ort untergebracht. Zum einen, um die beiden aus der Schusslinie zu nehmen, zum anderen, um sie in Ruhe befragen zu können. Hinzu kommt, dass die Kirche im Laufe des Nachmittags abgebrannt ist. Zum Glück ist es uns bei dem anschließenden Chaos gelungen, die Fahrräder der drei Teenager verschwinden zu lassen. Wären sie von den Kollegen gefunden worden, wäre es möglich gewesen, dass sie über sie auf die Namen der drei gekommen wären. Dann hätte man sie am Ende noch der Brandstiftung bezichtigt. Denn danach hätte ein solcher Fund gewirkt.«

»Shit!« Sarah ballte eine Faust. »In dem Pfarrhaus waren übrigens noch Fotos und Bücher, die uns vielleicht hätten weiterhelfen können. Ich bin nur leider nicht dazu gekommen, sie mir anzusehen.«

»Die Jugendlichen schon. Sie haben neben Luca Opitz und dir noch eine weitere der Abgelichteten identifiziert, nämlich Paula Kießling. Das ist die Freundin von Philipp Uhlig, dem ermordeten Freund von Luca.«

»Was? Die hatte Glowik auch auf dem Kieker?«

Antonin nickte. »Ärgerlicherweise können wir sie nicht finden. Eine gute Stunde bevor die Kollegen in der Bauwagensiedlung eingetroffen sind, hat sie die mit einem Rucksack verlassen. Keine Ahnung, wo sie ist.«

»Die ist in jedem Fall in Gefahr.«

»Ich weiß. Sei einfach froh, dass ihr diesen Wahnsinn heil überstanden habt.«

»Ja, die Jungs und ich.« Sarah verzog unglücklich das Gesicht. »Aber nicht dieses Mädchen. Diese Lea. Ich hab keine Ahnung, wie wir ihretwegen verfahren sollen.«

»Auch darum habe ich mich gekümmert«, meinte Antonin. »Leas Eltern wissen noch nichts von ihrem Verschwinden, aber die sind wohl eh bis Ende der Woche fort. Und was Tims Großmutter und Svens Eltern anbelangt, habe ich sie darüber informiert, dass uns die Jungen heute dabei helfen, mögliche Wege und Routen von Luca zu rekonstruieren.«

»Und das haben die geschluckt?«

»Warum nicht? Ich bin schließlich Polizist. Außerdem sieht der Plan eh vor, die beiden später nach Hause zu bringen. Ich will nur hoffen, dass sie dort weiterhin stillhalten. Denn das alles muss für sie eine riesige Belastung sein. Immerhin wissen sie, was in Wahrheit vorgefallen ist.«

Sarah seufzte schwer. »Das kann uns alles noch übel auf die Füße fallen. Spätestens, wenn Leas Eltern begreifen, dass ihre Tochter verschwunden ist.«

»Ja, kann es. Aber etwas Besseres ist mir nicht eingefallen. Hauptsache, wir gewinnen etwas Zeit. Denn es besteht ja immerhin die Hoffnung, dass das Mädchen noch lebt. Und mit ihr vielleicht auch alle anderen Entführten. Und wo wir gerade beim Thema sind«, Antonin sah sie beunruhigt von der Seite an, »heute Mittag ist ein neuer Kornkreis gefunden worden. Wieder mit so einer seltsamen Geoglyphe.«

»Wo?« Sarah blickte ihn überrascht an. »Etwa bei der Kirche?«

»Du spielst auf die Entführung der Kleinen an? Nein. Vielmehr einige Kilometer südöstlich des ersten Feldes. Soweit wir wissen, gibt es dort aber keine Vermissten und zum Glück auch keine Toten. Trotzdem wirkt es so, als sei die Formation während eures Zwischenfalls in der Kirche entstanden. Denn vormittags war da angeblich noch nichts.«

»Und wer hat sie gefunden?«

»Ein Bauer. Erfahren hab ich davon aber durch unsere UFO- und Kornkreisfreunde, die noch immer hier in der Gegend sind. Natürlich behalte ich deren Seiten und Foren im Blick.«

Sie passierten inzwischen ein Fachwerkhaus am Dorfrand samt Vorplatz mit pickenden Hühnern. Sarah sah jetzt, dass sie geradewegs auf eine alte schwarze Mühle mit vier Flügeln zusteuerten, die sich auf einem sanften Grashügel erhob, ganz in der Nähe von ausladenden Kornfeldern.

Über der Mühle drehten einige dieser schwarzen Krähen krächzend ihre Kreise, als der Dorfvorsteher stehen blieb.

»So, da sind wir.« Er räusperte sich und blickte eingeschüchtert zu dem Bau hinüber. »Hier verlasse ich Sie. Sie werden bereits erwartet.«

Er lüpfte seinen schwarzen Hut und verließ sie raschen Schrittes.

Sarah beäugte die Windmühle misstrauisch, die sich düster vor dem rötlichen Frühabendhimmel abhob.

Irgendwie erinnerte sie der unheimliche Anblick an dieses »rot wie Blut und schwarz wie Ebenholz« aus dem Märchen von Schneewittchen.

Normalerweise hätte sie sich für so etwas eine Närrin gescholten. Nicht jedoch heute. Allzumal Tim davon überzeugt war, dass es im Innern der Windmühle nicht mit rechten Dingen zuging.

»Diese Mühle soll allen Ernstes mal eine Schwarze Schule gewesen sein«, erklärte sie tonlos. »Die soll auf den Original-Krabat zurückgehen.«

»Ich weiß, die Jungs haben davon erzählt.« Antonin zögerte. »Sie haben in den letzten Tagen überhaupt so einiges durchgemacht. Ich muss schon sagen, die waren ziemlich clever. Allerdings erscheint es mir wie ein Wunder, dass denen nicht vorher schon etwas passiert ist.«

Sarah schnaubte. »Also gut. Mal sehen, was uns da drinnen erwartet. Schlimmer als das, was heute Mittag passiert ist, kann es ja nicht werden.«

Gemeinsam marschierten sie auf den überdachten Vorbau der Mühle zu. Kaum dass sie die Stiegen der alten Holztreppe betraten, begannen sich plötzlich die Windmühlenflügel zu drehen. Zwar langsam, aber dennoch hörten sie deutlich das Knarren über ihren Köpfen.

Antonin klopfte, die Tür schwang quietschend und ohne sein weiteres Zutun auf, und zögernd betraten sie den düsteren Sackboden der Mühle. Die Luft im Innern war warm und stickig, und es roch nach Holz, Stroh und Mehl.

Sofort stach Sarah der wuchtige Hausbaum in der Mitte dieses Stockwerks ins Auge. Lotrecht ragte er bis zur Decke auf. Weiter hinten, übermannshoch, erhob sich ein trichterförmiger Sinter, während sich an den Wänden Kisten und Jutesäcke stapelten.

Argwöhnisch sahen sie sich um. Sarah erblickte die kaum verborgenen Schnitzereien unter den Balken an der Decke, die einen Müller mit seinen Gesellen zeigten, sowie die am Hausbaum dargestellten Mühlen, die die Teenager letztlich auf die Spur der Kirche geführt hatten.

»Hallo?«

Antonin hatte kaum gerufen, als weiter hinten eine steile Treppe knarrte und Mječisława aus dem Stockwerk über ihnen herunterkam. Trotz der Wärme trug die hübsche Sorbin noch ihr sorgfältig besticktes, schwarz-grünes Trachtenkleid samt der auffällig schwarzen Haube, die ihren Kopf wie Flügel umrahmte. Sie schürzte die vollen Lippen, als ihr dunkler Blick die beiden erfasste.

»Antonin.« Sie nickte ihm zu, dann musterte sie Sarah, und in ihren Augen blitzte eine gewisse Neugier. Auch vor ihr verbeugte sie sich leicht. »Frau Richter. Ich freue mich, dass Sie unsere Einladung angenommen haben.«

»Hatte ich eine Wahl?« Sarah blieb misstrauisch, auch wenn sie wohlwollend zur Kenntnis nahm, dass die Frau sie jetzt wenigstens so ansprach, dass sie sie verstand.

»Man hat immer eine Wahl«, erklärte die Sorbin. »Angesichts der derzeitigen Geschehnisse war es auch weise, herzukommen.«

Sarah schürzte die Lippen. Die kleine Spitze musste wohl sein, eingedenk ihrer eigenen Bemerkung neulich den Frauen gegenüber.

Mječisława trat neben den Hausbaum, und sie beide musterten sich abschätzend.

»Du bist allein?«, fragte Antonin etwas verblüfft.

Die Dunkelhaarige wandte ihren Blick nicht von Sarah ab. »Lenka und Borbora sind mit wichtigen Vorbereitungen beschäftigt, für die wir später noch eure Hilfe brauchen.«

Einige Augenblicke lastete erwartungsvolles Schweigen im Raum, das nur vom Knarren der Mühlenflügel durchbrochen wurde.

»Okay.« Sarah sah sich wieder im Raum um. »Wenn ich das alles richtig verstanden habe, ist das hier so etwas wie eine Schwarze Schule.«

Mječisława wog zögernd ihr Haupt.

»Heute nicht mehr«, meinte sie in seltsamer Offenheit, »aber einst war sie es. Eine von vieren in der Lausitz. Eine jede war einem der vier Elemente geweiht. Feuer, Wasser, Luft und Erde. Eine

Schmiede in Großkoschen. Die legendäre Wassermühle in Schwarz-kollm. Unsere Windmühle hier sowie ein einstiges Bergwerk in Weißwasser. Heute existiert nur noch unsere Mühle.«

»Und die wurde tatsächlich von diesem Krabat erbaut?«

»Ja, nachdem er mit einer anderen Mühle weiter südlich geschei-tert ist.« In Mječisławas Züge schlich ein Ausdruck von Kummer. »Chorwat war ein großer Zauberer. Nach Pumphut vielleicht der größte, der je gelebt hat. Er ließ sich auch von den Mächten, über die er gebot, nicht korrumpieren. Anders als so viele andere seiner Zunft. Gegen Ende seines Lebens hat er versucht, einen Nachfolger für den Koraktor zu finden. Eine uralte Sammlung von Ritualen und das vielleicht größte Werk der Zauberweberei schlechthin. Auch Faust und andere berüchtigte Zauberer sollen im Besitz dieser Sammlung gewesen sein. Doch Chorwat war ein Kind seiner Zeit und unterwies ausschließlich Männer in seinen Künsten. Von die-sen erwies sich jedoch keiner als gefestigt genug. Unter ihnen kam es ... zu Streit und Missgunst. Zu Mord und Totschlag. Ein dunkles Kapitel, das Schande über diesen Ort gebracht hat. Seitdem obliegen die Künste allein uns weisen Frauen, die wir ebenfalls unsere Tra-ditionen hüten. Nur dass uns die mächtigsten und bedeutendsten Rituale stets verwehrt wurden.«

Die Sorbin blickte ihrerseits zu den Schnitzereien auf, und ein wehmütiger Zug schlich sich in ihre Miene.

»Seitdem hüten wir die Mühle und machen uns ihre Kräfte nutz-bar. Chorwat verließ diesen Ort und kam nie wieder. Wir wussten nicht, ob er den Koraktor vernichtet oder versteckt hatte. Es gab Gerüchte zu beidem. Dass jedoch all die Zeit über das Geheimnis zu dem Versteck dieses Buches hier offen vor uns lag, ist ... eine wirklich bittere Erkenntnis. Und noch bitterer ist es, dass drei ge-wöhnliche Jugendliche zu entdecken vermochten, was wir stets für ausgeschlossen hielten.«

»Ich glaub's einfach nicht.« Sarah schüttelte erstaunt den Kopf. »So etwas wie Zauberei gibt es also wirklich.«

»Ich wundere mich über Ihre Feststellung, nach allem, was hinter Ihnen liegt.« Die Sorbin verzog spöttisch ihre Lippen. »Was Sie als Zauberei bezeichnen, ist in letzter Konsequenz die Macht der Elemente, die alles in dieser Welt zusammenhält. Sie durchdringen einen jeden von uns, ein jedes Tier, eine jede Pflanze, überhaupt alles in der Natur. Zugleich auch das Gestern, Heute und Morgen. Sie alle haben ihren eigenen unsterblichen Willen. Aber sie sind launisch und können ins Ungleichgewicht geraten. Wenn das passiert, gebären sie zuweilen Entitäten, die nicht weniger real sind als wir drei, die wir uns hier gegenüberstehen.«

»Nur sieht es ja ganz so aus, als hätte Glowik dieses Zauberbuch schon vorher irgendwie gefunden«, mischte sich Antonin ein. »Oder wie erklären Sie sich das, was da draußen vorgeht?«

»Das ist die Frage.« Mječisława hob mahnend einen Finger. »Nach allem, was wir über Křešćan wissen, besitzt er nicht die geistige Reife, um Rituale wie jene, die wir in der Sammlung vermuten, eigenständig durchzuführen.«

»Aber er tut es, nach allem, was wir wissen«, widersprach er. »Er beschwört diese Roggenmuhme herauf. Oder … zumindest macht er irgendetwas, das sie immer wieder erscheinen lässt.«

»Das ganz sicher.« Die Sorbin nickte. »Aber meine Schwurschwestern und ich haben lange beraten, und wir vermuten eher, dass er einem Dritten dient. Nämlich dem jetzigen Besitzer des Koraktors. Wie auch immer der Unbekannte es vermochte, die Ritualsammlung aufzuspüren.«

»Noch ein Dritter?«, fragte Sarah überrascht. »Wer?«

»Wir wissen es nicht.« Unheilvoll sah Mječisława sie an.

»Na gut.« Sarah seufzte. »Da gibt es allerdings noch etwas, was Sie mir erklären dürfen: Wie kommt es, dass ich plötzlich in all Ihre Geheimnisse eingeweiht werde? Bei unserer letzten Begegnung hatten Sie und Ihre … Mitzauberinnen mir noch ziemlich klar zu verstehen gegeben, dass ich als Auswärtige gerade *nicht* vertrauenswürdig sei. Was hat sich daran geändert?«

»Nichts.« Die Züge der Frau blieben rätselhaft. »Abgesehen davon, dass wir inzwischen etwas mehr über Sie wissen.«

»Und das wäre?«

»Ihre Ahnenlinie.« Mječisława trat beiseite, sammelte vier bernsteinfarbene Kerzen auf, die auf einem der Säcke lagen und von denen ein leichter Geruch nach Bienenwachs ausging. »Ich sagte Ihnen doch bereits, dass Ihnen ein besonderes Schicksal bestimmt ist.«

»Das, wovon Glowik sprach?«

»Vermutlich.« Die dunkelhaarige Sorbin platzierte die Kerzen auf speziellen Halterungen an den vier Ecken des Sackbodens. »Sie müssen wissen, dass es 1772 in Sachsen und in der Lausitz zu einer Hungersnot kam.«

»Ja, davon hören wir ehrlich gesagt nicht zum ersten Mal.«

»Was jedoch heute keiner mehr weiß, ist, dass sie keines natürlichen Ursprungs war. Sie wurde von einem fremden Hexer verursacht. Kein so guter wie Chorwat, aber erfahren genug, um eine Mittagsfrau heraufzubeschwören und in seine Dienste zu zwingen.«

Sie entzündete die Kerzen mit Streichhölzern.

»Genau das dürfte unser Unbekannter heute auch versuchen. Wir wissen nicht, wie genau dies bewerkstelligt werden kann, aber es existiert den Überlieferungen nach ein Ritual, durch das man eine Roggenmuhme in die letzte Garbe bannen kann. Wem das gelingt, der kontrolliert sie und gebietet über ihre elementaren Kräfte. Die sind nicht gut oder böse, sondern liegen im Ermessen des Ritualwirkers. Man kann sie dazu nutzen, Felder verdorren zu lassen, so wie damals. Man kann sie aber auch dazu nutzen, das komplette Gegenteil zu bewirken. Nur sind jene, die eine derartige Mühe auf sich nehmen, nicht gerade dafür bekannt, mit ihrer Macht Gutes zu tun. Ihnen ging es stets um die Mehrung der eigenen Macht.«

»Beschränkt sich die Kraft dieses Wesens nur auf Felder und Ernten oder auch auf anderes?«, hakte Antonin nach.

»Eine Roggenmuhme ist die Ausgeburt elementarer Mächte.«
Die Sorbin entzündete die letzte Kerze, die leicht flackerte, und blies
das Streichholz in ihrer Hand aus. »Wer Kontrolle über ein solches
Wesen erlangt, gewinnt unfassbare Macht. Über Landstriche. Über
Gewerke. Über Menschen. Es heißt, diese gebundenen Kräfte seien
so stark, dass sie den Zaubernden selbst transformieren können. Ihr
erinnert euch an die vielen Sagen und Märchen, in denen sich die
Magier in Tiere verwandeln? In ihnen spiegelt sich dieser Mythos.«

»Wie bitte? So was ist möglich?«, fragte Sarah ungläubig.

»Ehrlich gesagt ... glaube ich das selbst nicht.« Die Sorbin steckte die Schachtel mit Streichhölzern wieder ein, während die Kerzen
im Raum ein geisterhaftes Licht verbreiteten. »Wir können nur
erahnen, über welche Macht jemand verfügt, dem es gelingt, ein
solches Wesen zu binden. Und diese Macht ist immens. Die elementaren Kräfte können vieles bewirken, was dem Laien wie ein
Wunder erscheint. Andererseits haben sie auch ihre Grenzen. Leben zu erschaffen oder zu verändern ist meines Wissens nicht
möglich. Aber eben vieles andere. Schmerz ebenso wie Heilung.«
Sie betrachtete Sarah wieder. »Sie waren ja heute selbst Nutznieße-
rin dieser Kräfte.«

Sarah spannte sich. »Wie verletzt war ich denn, bitte?«

Mječisława und Antonin wechselten kurze Blicke.

»Dein rechtes Bein war gebrochen.« Ihr Kollege seufzte. »Und
du hattest verdammt üble Verletzungen am linken Arm.«

Überrumpelt blickte Sarah an sich herab.

»Unsere Behandlung hat Ihren Heilungsprozess deutlich beschleunigt«, erklärte die Schwurschwester. »Aber das alles wollen
Sie ja eigentlich gar nicht wissen. Sie wollen wissen, warum zumindest ich Ihnen vertraue.«

»Und?« Sarah sah wieder auf.

»Die Antwort liegt in der Vergangenheit. Genau genommen im
Jahr 1772, dem Jahr der Hungersnot. Eine unserer Vorfahrinnen
versuchte damals, den Umtrieben auf den Grund zu kommen –

und geriet dabei selbst in den Ruch, als Hexe die Plage heraufbeschworen zu haben. Doch sie hatte Glück. Während des Prozesses erhielt sie Hilfe durch einen Polizeibeamten wie Sie und Antonin.«

»Etwa Conrad August Richter?«, fragte Sarah überrumpelt. »Oberamtmann bei der Kurfürstlichen Polizeikommission?«

»Ja. Und Ihr Ahne war nicht allein, sondern verteidigte unsere damalige Schwurschwester zusammen mit einem Geistlichen. Bei dem handelte es sich um einen gewissen Johann Caspar Zelenka.«

»Das ist doch der Maler, von dem diese Kornkreisbilder stammen.«

Antonin nickte. »Damals scheint es genau zu den gleichen Vorfällen wie heute gekommen zu sein. Inklusive dieser Kornkreise. Und nicht bloß das. Zelenka war damals Pfarrer in diesem Wolteroda.«

»Gott, ja. Das ist mir sogar selbst aufgefallen«, entfuhr es Sarah. »Aber wenn das so ist, ist das dann ja noch nicht alles.«

»Richtig«, pflichtete Antonin ihr bei. »Denn ganz zufällig war er auch Pfarrer jener Kirche, der Krabat siebzig oder achtzig Jahre zuvor den Altar gestiftet hat. Der Altar, auf den die Teenager aufmerksam geworden sind und in dem mutmaßlich der Koraktor versteckt war.«

»Wir wissen es natürlich nicht mit Sicherheit«, wandte Mječisława ein, »aber wir glauben eher nicht, dass Zelenka Ihrem Vorfahren zufällig beistand. Wir nehmen eher an, dass er den Koraktor zuvor fand und im Besitz sensibler Kenntnisse über die unsichtbare Welt war. Er könnte das Buch im Altar zufällig aufgespürt haben. Vielleicht sogar schon viele Jahre zuvor.« Sie warf Sarah einen bedeutungsschwangeren Blick zu. »Denn 1749, also dreiundzwanzig Jahre vor besagter Hungersnot, kam es in unserem Landstrich zu einer Heuschreckenplage. Auch da wird dieser Pfarrer erwähnt. Er soll angeblich durch die Ortschaften gezogen sein, um Trost zu spenden und die Felder zu segnen. Schon damals gab es Gerüchte, dass für den Einfall der Insekten Hexerei verantwortlich war. Allerdings endete das alles nach einem harten Erntesommer. Vielleicht ebenfalls durch sein Eingreifen. Durch sein Wissen ...«

»Wenn ich mich recht erinnere«, meinte Antonin, »lebte dieser Geistliche von 1701 bis 1788. Im Jahr 1772 war er also einundsiebzig Jahre alt. Etwas betagt, um in den Hungerjahren selbst den Kampf gegen eine solch fürchterliche Entität aufzunehmen.«

»Ja.« Mječisława nickte und sah Sarah wieder an. »Gut möglich, dass ihn das bewogen hat, Ihren Ahnen einzuweihen und ihm zu helfen. Vielleicht sogar, ihn auf die richtige Spur zu bringen. Ich gehe stark davon aus, dass er sich nicht selbst in der Praxis der Zauberei übte, denn dafür bedarf es mehr als nur Aufzeichnungen. Allerdings dürfte er Kenntnisse aus dem Koraktor bezogen haben, die Laien üblicherweise verschlossen sind. Und die dürften dann Ihrem Ahnen dabei geholfen haben, sowohl den Urheber der Beschwörungen als auch die Mittagsfrau selbst aufzuspüren.«

»Sie glauben also«, fragte Sarah zweifelnd, »dass es meinem Ahnen damals gelungen ist, die Mittagsfrau zu vernichten?«

»Mit ›vernichten‹ wäre ich bei Wesen wie ihr vorsichtig«, antwortete die Sorbin. »Er wird sie aber wohl irgendwie gebannt haben.«

»Und wie?«

»Wir wissen es nicht«, seufzte die Dörflerin. »Vielleicht mit einem Kniff, der im Koraktor genannt wird. Vielleicht durch etwas anderes. Nicht einmal in den Aufzeichnungen unserer damaligen Schwurschwester steht ein Hinweis dazu. Vermutlich, weil sie selbst nicht Zeuge der Ereignisse war. Aber, was wir sicher wissen, ist, dass die Gefahr von Ihrem Vorfahren aufgehalten wurde und er auch genug Beweise zusammentrug, um unsere Schwurschwester aus ihrer Haft zu befreien.«

»Ja, gut ...« Sarah sah ihre beiden Begleiter irritiert an. »Aber was hat das alles mit mir zu tun? Das ist doch schon lange Geschichte.«

»Das alles ist genau zweihundertfünfzig Jahre her«, widersprach Mječisława. »Und diese Zahl ist im arkanen Sinne ebenso von Bedeutung wie die Tatsache, dass Ihre Linie seit Conrad August Richters Lebzeiten durchweg Polizeibeamte hervorbringt. Das halten Sie doch hoffentlich nicht für Zufall?«

»Na ja ...« Unsicher sah Sarah sie und Antonin an.

»Solche Zufälle gibt es nicht«, erklärte die Sorbin. »Auf mich wirkt all das so, als stünde da noch ein offener Konflikt vor einer Entscheidung. Wichtig ist allein, dass Sie für die Roggenmuhme irgendeine Bedeutung haben. Sie hat es nicht ohne Grund auf Sie abgesehen.«

»Aber ich bin nicht Conrad August Richter!«

»Aber Sie sind von seinem Blut!« Mječisławas Stimme wurde hart. »Ihr Weg ist vorherbestimmt. Sie können nichts dagegen tun. Absolut nichts! Nur gewinnen – oder untergehen. Entscheiden Sie sich.«

Sarah warf Antonin einen gequälten Blick zu.

Er nickte ihr aufbauend zu. »Wenn es dir hilft: Ich werde bis zum letzten Moment an deiner Seite bleiben. Wir stellen uns dem Schrecken gemeinsam. Egal, wie diese Scheiße ausgeht.«

Sarah fuhr sich unwirsch durchs Haar, blickte die Sorbin unglücklich an und nickte schließlich. »Okay. Wenn das so ist, dann entscheide ich mich dafür, diesem Dreckstück in den Hintern zu treten.«

»Gut.« Mječisława nickte. »Auch wir werden versuchen, Ihnen zu helfen. Fangen wir an. Antonin, bitte stell dich an die Tür.«

Sarahs Kollege folgte der Weisung, und Mječisława griff sich einen der kleineren Mehlsäcke, knotete ihn auf und streute einen weißen, nahezu perfekten Kreis um Sarah. In diesem Kreis zog sie ebenfalls mit Mehl einen fünfzackigen Stern, der sich im Zwielicht umso deutlicher am Boden abzeichnete.

»Ein Pentagramm. Toll.« Sarah ächzte. »Was wird das hier? Wüsste ich es nicht besser, könnte man wirklich denken, ich wäre in einem Horrorfil...«

»Kschsch!«, brachte die Schwurschwester sie erbost zum Schweigen. »Sie erfahren die Gunst eines Orakels. Die Zacken stehen für die vier Elemente und den Geist, der sie zu durchdringen versucht. Sie bleiben da drinnen, egal, was gleich passiert. Verstanden? Und jetzt konzentrierten Sie sich. Denn wir haben nur diesen einen Versuch!«

Ein Orakel? Sarah verstummte und blickte die Frau argwöhnend an.

Mječisława weitete den Sack, krempelte den Stoff so weit herunter, dass das übrige Mehl sichtbar wurde, und stellte ihn unmittelbar vor Sarah auf den Bretterboden.

Sie trat einen Schritt zurück und breitete die Arme aus. In ihrer düsteren Tracht samt der schwarzen Flügelhaube sah sie wirklich beängstigend aus.

Ansatzlos begann Mječisława zu singen. Eindeutig auf Sorbisch, nur dass ihre Stimmlage viel tiefer klang als eben.

Durchdringender. Eindrücklicher.

Und mit jeder Oktave schien es im Raum düsterer zu werden, während die Kerzen in den Raumecken unruhig flackerten.

Selbst die hölzernen Wände um sie herum begannen tief zu knarren, fast so, als reagiere die alte Mühle auf den Gesang.

Draußen war jetzt auch das flappende Geräusch der Windmühlenflügel zu hören, überdies das Knirschen und Rattern des Mühlwerks im Geschoss über ihnen. Schatten geisterten über die hohen Balkenwände.

Sarah wurde flau zumute, als jäh ein geisterhafter Wind aufkam, der ihr sanft über die Beine strich und das Mehl zu ihren Füßen … anhob.

Überrumpelt blickte sie auf den Mehlkreis samt Fünfstern, der jetzt einen guten Zoll hoch über dem Boden schwebte, sie jedoch weiterhin in perfekter Anordnung umringte. Nun wagte Sarah erst recht nicht mehr, sich zu regen, sondern starrte das seltsame Phänomen fasziniert an. Mječisława ließ ihren Gesang sanft ausklingen und sprach sie aus der Düsternis an.

»Stellen Sie Ihre Frage. Aber nur eine!«

Verwirrt blickte Sarah die Sorbin an.

»Beeilen Sie sich!«, ächzte die Frau. »Die Mächte warten.«

Sarah dachte verzweifelt nach. Wonach sollte sie fragen? Wie man diese Roggenmuhme bezwingen konnte? Wo die Entführten steckten? Oder wer heute tatsächlich den Koraktor besaß?

Sie beschloss, ihrem Impuls zu folgen, der all das miteinander verband. »Wie finden wir die Urheber dieser Kornkreismorde?«

Mječisława stöhnte im Halbdunkeln auf. Ihre Augen verdrehten sich, sodass nur noch das Weiße zu sehen war. Ruckartig fiel ihr Kopf zurück, sie starrte an die Decke, und der leise Windzug im Raum wurde kälter.

Frostiger.

Auch die Kerzenflammen zuckten und knisterten unruhig.

Im selben Moment regte sich etwas im offenen Mehlsack. Erst kaum merklich, dann immer deutlicher.

Konsterniert sah Sarah dabei zu, wie sich unzählige Maden aus dem Mehl wanden.

Nein. Mehlwürmer.

Sie kannte sie, weil sie als Teenagerin ein Terrarium gehabt hatte und diese Tiere oft als Futter verwendet wurden.

Plötzlich roch die Luft nach altem Brot und wurde zunehmend muffiger, während aus dem Mehl immer mehr Maden hervorkrochen, bis im Sack nur noch ein einziges ekelerregendes Raupengewimmel zu sehen war.

Und das war nicht alles.

Knisternd begannen die Würmer, sich zu verpuppen und zunehmend dunkler zu werden. Ein Vorgang, der innerhalb weniger Augenblicke vonstattenging. Ungläubig blinzelte Sarah, als sie sah, dass auch das Verpuppungsstadium rasend schnell voranschritt und sich erste schwarze Mehlkäfer aus den Gebilden hervorzwängten. Ein lautes Brummen, Sirren und Schwirren erfüllte die Mühle.

Aus dem Mehlsack quoll jetzt eine regelrechte Flut schwarzer

Käfer, die am Sack entlangkrabbelte und sich schließlich in die Lüfte erhob.

Angeekelt versuchte Sarah, den Instinkt zu unterdrücken, vor dem Gewimmel Reißaus zu nehmen, als sie bemerkte, dass die vielen Käfer außerhalb des Mehlkreises blieben, der noch immer geisterhaft um sie herum über dem Boden schwebte.

Wie auf ein geheimnisvolles Kommando hin stieg der brummende Käferschwarm auf und sammelte sich zwischen ihr und Mječisława zu einer gewaltigen schwirrenden Traube, die sich fortwährend auseinanderzog und wieder ballte.

Die Sorbin hingegen warf ihren Kopf ebenso ruckhaft wie eben nach vorn und starrte das eigentümliche Treiben der Insekten wie in Trance an.

Trotz der Schatten, die über dem Raum lasteten, glaubte Sarah, im Insektengewimmel nun seltsame Figuren und Muster zu erblicken. Doch wann immer sie eine von ihnen erfasste, zerplatzte sie wieder, und die vielen herumschwirrenden Käfer formierten sich zu neuer Gestalt.

»Ein Treffen nach Sonnenuntergang ...«, stammelte Mječisława mit kehliger Stimme. »Namen, die keine Namen sind ... Neugier, die den Schrecken herausfordert ... Ein Kundiger unter lauter Toren ... Ignoriert und ungesehen ... Auch du, Sarah ... Auch du musst deinen Irrtum erkennen.«

Das Schwirren des Käfergewimmels in der Luft steigerte sich jetzt zu einem fast schon verzweifelt wirkenden Summen oder Kreischen, als die unzähligen Tiere jäh wie Knallerbsen zerplatzten und in einer knisternden Kaskade aus Flügeln, Beinen und Chitinleibern zu Boden rieselten.

Sarah ächzte erschrocken.

Der rätselhafte Windzug im Raum kam zum Erliegen, und das Mehlsymbol, das Mječisława gezeichnet hatte, zerstob und rieselte ebenfalls zu Boden.

In der Mühle wurde es wieder etwas heller.

Die Schwurschwester atmete tief ein und blickte sie jetzt mit normalem Blick an. Man sah ihr an, dass sie leicht erschöpft war.

»Ich hoffe, Sie haben erfahren, was Sie wissen wollten.«

»Ich ...« Ratlos drehte sich Sarah zu Antonin um, der sie konsterniert anstarrte und ebenso wie sie um Fassung zu ringen schien. »Ich ... befürchte, ohne Ihre Hilfe verstehe ich nicht, was die Worte zu bedeuten haben.«

Mječisława seufzte. »Ich kann Ihnen nicht helfen. Ich erinnere mich nicht einmal, was ich gesagt habe. Die Worte waren allein für Sie bestimmt.«

Sie trat an die Kerzen heran und blies die Flammen aus. Auf dem Sackboden roch es jetzt aromatisch nach Rauch.

Mječisława verstaute die Kerzen und wandte sich ihr wieder zu.

»Bleibt noch eine letzte Sache, um die ich Sie bitten möchte.«

»Und die wäre?« Sarah starrte die Frau verwirrt an.

»Es gibt da gegebenenfalls etwas, das Ihnen im Kampf gegen die Mittagsfrau helfen könnte. Betrachten Sie es als eine Art Waffe. Nur benötigen wir dafür Ihre Mithilfe.«

»Und was kann ich dafür tun?«

»Wir brauchen Ihr Blut.«

*

»Wie lange wollen die uns hier noch rumhocken lassen?«, fragte Sven, der mit der Gardine in der Hand am einzigen Fenster des Zimmers stand und unglücklich auf die Dorfstraße hinausspähte.

Sie waren von den Kutzlarnitzern im ersten Stock eines Fachwerkhauses untergebracht worden, und inzwischen stand die Abendsonne so tief, dass es draußen schon recht düster war.

Tim sah kurz auf, antwortete jedoch nicht. In Gedanken war er bei Lea und seinem Bruder. Klar, er hatte schon den ganzen Nachmittag über Gelegenheit gehabt, sich über deren Schicksal den Kopf zu zermartern, doch irgendwie hatte sich das vorhin anders angefühlt. Denn nach all dem Schrecken heute Mittag war der Rest des Tages von großer Hektik geprägt gewesen.

Erst hatten sie Oberkommissar Antonin Schultkas dabei geholfen, seine verletzte und bewusstlose Kollegin aus dem Auto zu bergen, dann waren ausgerechnet dessen seltsame Bekannte aus dem unheimlichen Ort beim Unfallort aufgetaucht, um Tim, Sven und die Polizistin nach Kutzlarnitz zu schaffen.

In Sicherheit, wie sie sagten.

Vor allem aber, wie sich rasch gezeigt hatte, um sie über die Geschehnisse in der mittlerweile abgebrannten Kirche auszuquetschen. Und nicht zuletzt, wie sie überhaupt dorthingelangt waren.

Dass bei der Truppe wieder dieser unangenehme bärtige Kerl gewesen war, der ihn, Lea und Sven letzte Nacht am Feld gestellt hatte, hatte das Ganze nicht besser gemacht. Inzwischen hatten sie erfahren, dass sein Name Handrej lautete. Und leider war es auch ausgerechnet sein Haus, in dem sie untergebracht worden waren.

Hätte der Polizist ihnen nicht versichert, dass die Kutzlarnitzer auf ihrer Seite standen, dann … Tim wusste nicht, was er getan hätte.

Denn ehrlich gesagt, stand seine komplette Welt Kopf.

Gerade jetzt, wo die Erwachsenen alles von ihnen erfahren hatten und eine gewisse Ruhe eingekehrt war.

Sie konnten sich zwar nicht beschweren, da die Leute hier ihre Schrammen behandelt und ihnen auch reichlich zu essen und trinken gebracht hatten, nur mangelte es ihm und Sven an Appetit. Und ohne die Ablenkung fing das Kopfkino wieder an zu rattern.

Der ganze Wahnsinn, den sie in der Kirche erlebt hatten, speziell aber das Erscheinen dieser unheimlichen Kreatur über den Feldern, sprengte sein komplettes Vorstellungsvermögen.

Tim fragte sich, wieso ihn das alles noch nicht um den Verstand gebracht hatte. Und irgendwie ahnte er, warum. In erster Linie lag es am schrecklichen Verlust Leas, für die er sich verantwortlich fühlte.

Nach Luca nun auch sie …

Deine Zeit naht! Unvermittelt musste er wieder an die grausige Botschaft zurückdenken, die die Roggenmuhme damals auf Charlys Fell hinterlassen hatte. Nicht er oder Sven war damit gemeint gewesen, sondern Lea.

Gott, er war so dumm gewesen. Eigentlich hätte ihm bereits nach den gespenstischen Geschehnissen später bei ihm zu Hause klar sein müssen, dass die Roggenmuhme es in Wahrheit auf Lea abgesehen hatte.

Nach Luca nun auch sie …

Aber wieso ausgerechnet sie?

Das wollte ihm einfach nicht in den Kopf.

Er war es, der sie in diesen ganzen Wahnsinn mit hineingezogen hatte, und er fühlte sich verpflichtet, sie da auch wieder rauszuholen.

Nur wie?

»Ich schätze, die unternehmen gerade was«, antwortete er mit rauer Stimme.

»Und was?«, fragte Sven sauer. »Ich find's scheiße, dass die uns wie Kinder behandeln. Sieht doch ganz so aus, als wüssten die ohne uns eh bloß die Hälfte.«

»Du vergisst, dass die hier im Dorf offenbar mehr als nur ein Geheimnis wahren.«

Sven ließ die Gardine los. »Trotzdem … sag mir nicht, dass du dich damit so einfach zufriedengibst.«

»Nein. Tue ich nicht«, antwortete Tim zerknirscht.

»Vielleicht sind wir ja doch gefangen. Immerhin haben sie die Zimmertür abgeschlossen und uns die Handys weggenommen.«

»Ja – und irgendwie auch wieder nicht«, meinte Tim nachdenklich. »Ich schätze, die hatten vor allem Angst, dass wir was Dummes anstellen. Etwa ausbüxen oder jemandem telefonisch berichten, was vorhin passiert ist. Außerdem will uns dieser Schultkas doch nachher eh nach Hause bringen. Irgendwie glaub ich ihm.

Dass er noch nicht hier ist, liegt sicher daran, dass es seiner Kollegin so mies geht.«

»Ja, die tut mir wirklich leid. Die war eigentlich ganz cool.«

Tim fragte sich, was sein Freund von dieser Sarah Richter gehalten hätte, wenn ihm die Polizistin nicht ihre Pistole geliehen hätte. Andererseits, vielleicht lenkte sich Sven damit auch bloß ab, um nicht über den ganzen unheimlichen Scheiß von vorhin nachdenken zu müssen.

»Trotzdem«, begehrte sein Kumpel weiter auf. »Halten die uns für bescheuert? Wer sollte uns denn glauben?«

»Niemand natürlich. Aber du hast schon recht: Ich habe mittlerweile auch das Gefühl, das wir ausgebootet werden sollen.«

»Dagegen machen wir doch wohl was, oder?« Sven sah ihn auffordernd an.

Tim gab sich einen Ruck und erhob sich. »Ja, das sind wir Lea und Luca schuldig.«

»Die Zimmertür wäre kein Problem«, meinte Sven zuversichtlich. »Aber ich habe ehrlich gesagt keine Idee, was wir danach tun sollen. Irgendwie haben wir ja alles ausgereizt, oder?«

Tim trat seinerseits ans Fenster und warf einen Blick auf die von ländlichen Fachwerkgebäuden gesäumte Gasse. Er sah, wie dieser Handrej das Gebäude verließ und sich unten mit einem jüngeren Mann unterhielt, der sich nun vor der Haustür postierte.

Die beiden wollten wohl sichergehen, dass Sven und er das Haus nicht doch irgendwie verließen.

»Eine Sache gäb's da vielleicht noch«, meinte Tim zögernd. »Nur müsste ich dazu an meinen Rucksack ran.«

»An deinen Rucksack? Wieso?«

»Ich hab doch vorhin im Pfarrhaus nicht ohne Grund zwei dieser Bücher des Irren eingepackt, bevor wir uns zum Kirchenportal durchgeschlagen haben. Nur hab ich in der Aufregung nicht mehr an sie gedacht. Die Bücher wird der Kerl doch sicher nicht ohne Grund in sein Versteck geschafft haben.«

»Okay.« Sven spähte ebenfalls wieder durchs Fenster. »Wäre wenigstens irgendetwas. Alles besser, als hier oben zu versauern.«

Tim blickte dem Hausbesitzer nachdenklich nach. »Dieser Handrej scheint hier alleine zu wohnen. Wir dürften daher im Augenblick eigentlich safe sein. Suchen wir unsere Sachen. Vielleicht finden wir bei der Gelegenheit auch mehr darüber raus, was hier im Ort eigentlich vor sich geht. Aber dazu müssten wir hier erst mal raus.«

»Ich sagte doch, das ist kein Problem.« Sven grinste tatendurstig.

Er trat ans Schloss der Zimmertür heran, bückte sich und spähte hindurch. »Schlüssel steckt.«

Er griff sich einige der älteren Zeitungen, die die Kutzlarnitzer ihnen zur Zerstreuung gebracht hatten, nahm einige Seiten heraus und faltete sie auseinander. Den Rest der Zeitung drückte er Tim in die Hand, der einen kurzen Blick auf einen Artikel erhaschte. Darin war von einem deutschen Schiffbrüchigen die Rede, der zusammen mit zwei anderen Passagieren völlig unerwartet den Untergang eines Kreuzfahrtschiffes im Bermudadreieck überlebt hatte. Der komplette Rest der Besatzung und Passagiere war offenbar zu Tode gekommen.

Tim hoffte sehnlichst, dass auch ihnen etwas Glück zuteilwürde.

Sven schob die Zeitungsseiten unter der Tür hindurch, und Tim ahnte, welchen Trick er anwenden wollte.

Mit einer Gabel stocherte Sven im Türschloss herum, schaffte es, den Schlüssel herauszustoßen, der nun auf der anderen Seite zu Boden fiel. Dann zog er vorsichtig an der Zeitung und zog den Schlüssel unter dem Türspalt hindurch zu ihnen ins Zimmer.

Triumphierend präsentierte er ihn.

»Ein ziemlich alter Trick«, meinte Tim.

»Aber noch immer gut!« Sven schloss die Tür auf, und sie lauschten.

In dem Gang war es still. Auch von weiter hinten, bei der Treppe nach unten, war kein Mucks zu hören.

»Was jetzt?«, flüsterte Sven.

»Wir fangen hier oben an.« Tim öffnete einige Türen, die von dem Gang abzweigten.

Sie fanden ein im Halbdunkel liegendes und überaus aufgeräumt wirkendes Schlafzimmer, ein weiteres Gästezimmer, ein Bad … und einen Raum samt Balkon, bei dem es sich ganz eindeutig um ein Arbeitszimmer mit altem Sekretär, lederbezogenem Stuhl, Regalen und Vitrine handelte.

Letztere waren mit Büchern und Keramiken gefüllt, und an den Wänden hingen ältere Bilder, die ihren Gastgeber mit einer hageren Frau in typischer Dorftracht zeigten.

Dieser Handrej schien also verheiratet gewesen zu sein. Allerdings verriet ein bereits älterer Trauerflor an einem gerahmten Bild dieser Frau, dass sie verstorben war.

Mitgefühl mit ihm stellte sich dennoch nicht ein.

Sehr viel mehr Interesse erregten hingegen einige Polaroidfotos, die mit Klammern an einer Wäscheleine hingen und die sich von einem Regal bis hinüber zur Glastür hinaus zum Balkon spannte.

Von draußen fiel mittlerweile nur noch dämmrig rotes Abendlicht ins Zimmer, trotzdem erkannten sie, dass alle Fotos einen Kornkreis der letzten Tage zeigte. Sie waren aus einer erhöhten Position aufgenommen worden und ließen deutlich die Kreise samt den Piktogrammen erkennen.

Darunter war auch der Kornkreis aus dem Feld, in dem Luca verschwunden war.

Tim runzelte die Stirn. Das waren alles völlig unterschiedliche Symbole, was selbst bei den Gesprächen mit den Erwachsenen heute Nachmittag nicht klar geworden war.

»Gott, wer benutzt denn heute noch eine Polaroidkamera?«, fragte Sven.

»Typen, die keine Handys haben.« Tim trat neugierig vor die Aufnahmen und studierte sie eingehender.

Die weißen Rahmen waren allesamt mit Angaben zum Fundort sowie dem Datum und der Uhrzeit beschriftet, zu der die Formationen mutmaßlich entstanden waren.

Und noch etwas beunruhigte Tim.

»Sieh mal, das war mir gar nicht klar«, sagte er erstaunt. »Das sind inzwischen sechs Kornkreise. Und der letzte von ihnen ... ist offenbar heute Mittag aufgetaucht. Das bedeutet, dass heute sogar zwei gefunden wurden.«

»Du meinst, dieser Kornkreisprozess beschleunigt sich irgendwie?«, fragte Sven, der sich weiter im Zimmer umschaute.

Tim sah ihn verblüfft an. »Ja, du hast recht. Könnte sein.«

»Egal«, wiegelte sein Freund ab. »Wenn die Dörfler nicht rauskriegen, was die für 'ne Bedeutung haben, dann wir erst recht nicht.«

Er öffnete jetzt die Klappen eines Bücherschranks neben der Eingangstür und schnaubte zufrieden. »Da ist ja alles.« Er zog Tims Rucksack und ihre Handys hervor und reichte seinem Freund dessen Sachen.

Tim öffnete das Behältnis rasch und sah, dass alles noch da war. Auch die Bücher ihres Häschers.

Die Dörfler hatten ihrer Ausrüstung offenbar kein großes Interesse beigemessen. Nicht, nachdem Sven und er vorhin so auskunftsfreudig gewesen waren.

»Und jetzt?«, wollte sein Freund wissen.

»Es sind zwei Bücher, und wir sind zu zweit«, antwortete Tim lakonisch, was Sven einen eher gequälten Gesichtsausdruck entlockte. Den Rucksack geschultert, trat Tim noch einmal an die Leine mit den Polaroidfotos heran.

Dass die Piktogramme alle so unterschiedlich aussahen, war wirklich auffällig.

Er nahm sein Handy und lichtete soeben die Fotos ab, als Sven neben ihm einen verblüfften Laut ausstieß.

»Schau mal, da hinten tut sich was.«

Er stand vor dem Balkonfenster, schob die Gardine beiseite und deutete nach draußen. Tim sah jetzt ebenfalls, dass auf einem kleinen Platz am Ende einer Gasse Männer mit Laternen zusammenkamen. Sie hatten Objekte geschultert, die er für Latten und Säcke hielt. Wenn er das richtig sah, sprachen sie soeben mit einer Frau. Sie trug im Gegensatz zu den Männern Tracht, wobei ihr auffälliger Kopfputz am deutlichsten hervorstach. Auf die Ferne wirkte er wie ein überhoher Kragen.

»Was machen die da?«, fragte er irritiert.

»Keine Ahnung«, antwortete Sven. »Unser Gastgeber scheint die Truppe anzuführen. Vielleicht also das, was du vorhin gemutmaßt hast. Also etwas … vorbereiten?«

Sie beide sahen sich gespannt an, und Tim musste nichts sagen.

Sven öffnete kurzerhand die Balkontür, und sie traten ins Freie. Draußen erwartete sie warme Luft, die nach Heu und Pferden roch.

Die kleine Gruppe setzte sich nun in Bewegung.

»Wenn wir die nicht verlieren wollen, sollten wir schnell hinterher«, meinte Sven aufgeregt. Er blickte über das Geländer in die Tiefe, dann zu den Hauswänden.

»Hier ist ein Rankgitter mit Efeu«, er deutete nach rechts. »Probieren wir's?«

»Auf jeden Fall.«

Sven stieg über die Brüstung, hielt sich inmitten des raschelnden Efeubewuchses fest und kletterte an dem Gitter nach unten. Tim folgte seinem Beispiel.

Sie landeten in einem schmalen Vorgarten mit Jägerzaun, in dem hohe Büsche wuchsen und ein Blumenbeet angelegt war. Da die Eingangstür des Fachwerkhauses hinter der Hausecke lag, war ihr Ausbruch unbemerkt geblieben.

Das im Halbdämmern liegende Nachbarhaus im Auge behaltend, das an einen Seithof mit steinernem Tor grenzte und hinter dessen Fenstern Licht zu sehen war, stiegen sie über den Zaun hinweg.

»Die Luft scheint rein zu sein«, meinte Sven leise.

Sie liefen die gegenüberliegende Gasse hinunter, die an inzwischen tief verschatteten Gebäuden vorbei auf den Platz zuführte, auf dem sie die kleine Gruppe entdeckt hatten.

Dort gab es einen alten Brunnen, außerdem säumten Bäume den Platz, die die Fassaden der umstehenden Häuser verdeckten. Nicht allzu weit entfernt, hinter den Dachgiebeln, war die unheimliche Mühle auszumachen, deren Flügel sich langsam drehten.

Bei dem Anblick beschlich Tim ein komisches Gefühl.

Sven deutete zu einer weiteren Gasse, die von schiefwinkligen Fachwerkbauten mit spitzen Giebeldächern gesäumt wurde, und sie nutzten das Zwielicht, um unbemerkt voranzukommen. Noch immer leicht geduckt, passierten sie einen Pferdestall sowie, dem aromatischen Geruch nach, eine Backstube, als die Lichter der kleinen Menschengruppe vor ihnen wieder auftauchten.

»Wo wollen die hin?«, flüsterte Tim.

»Keine Ahnung«, meinte Sven. »Finden wir es heraus.«

Er wollte schon weiterlaufen, doch rasch zog Tim ihn hinter einen Karren, da sich plötzlich eine Tür in ihrer Nähe öffnete und eine Frau herauskam, die einen Eimer mit Abfällen auf einem Komposthaufen entleerte.

Endlich ging es weiter, und sie konnten nun sehen, dass die Gruppe ein kleines Gehöft am Dorfrand ansteuerte, das aus einem Wohnhaus, einer mächtigen Scheune und einer niedrigen Baracke bestand, die vielleicht als Stall diente. Dahinter spannten sich die Kornfelder auf, die Kutzlarnitz umgaben.

Sie hielten inne und beobachteten, wie die Dörfler geradewegs den Heuschober ansteuerten, wo bereits jemand auf sie wartete. Der Unbekannte schob das Tor ein Stück weit auf, und aus dem Innern drang gedämpfter Lichtschein, der rasch wieder erlosch, kaum dass sich das Tor schloss.

»Toll, das war's dann wohl«, meinte Sven missmutig. »Der Kerl hält da hinten weiter Wache.«

»Abwarten!« Tim deutete zu der Baracke. Dort lehnte eine Leiter, die ein Stück über die Dachkante hinausragte.

»Siehst du die? Ich wette mit dir, so lang wie die ist, gehört die eigentlich zur Scheune. Und wenn das so wie bei uns zu Hause ist, könnte es da irgendwo noch eine Heubodenluke geben.«

Sven seufzte. »Okay, versuchen wir, ungesehen zu bleiben.«

Sie nutzten die aufkommende Dunkelheit, um das Gehöft einmal zu umrunden und hinter die Scheune zu gelangen. Tatsächlich entdeckten sie auf der Rückseite, in einigen Metern Höhe, eine große verschlossene Heubodenluke. Direkt darüber war sogar ein Lastenbaum für einen Heuaufzug zu erkennen.

»Ich hoffe, die Luke ist nicht abgeschlossen«, seufzte Sven leise. »Ansonsten war's das.«

»Das finden wir erst raus, wenn wir uns die Leiter organisieren«, meinte Tim.

Sie huschten zu der Baracke, die den Geräuschen nach offenbar als Schweinestall fungierte, und traten an die Leiter heran. Zum Glück waren sie vom Schiebetor des Heuschobers aus nicht zu erkennen. Wenn sie sich nicht allzu dämlich anstellten, sollte die Wache da vorn sie nicht bemerken.

Vorsichtig packten sie die Holzleiter und brachten sie lautlos zum Kippen. Anschließend trugen sie sie zur Rückseite der Scheue und stellten sie unter der Luke ab.

Rasch war Tim oben und sah trotz der Düsternis, dass die Heubodenluke nur mit einem rostigen Schieberiegel verschlossen war. Es dauerte etwas, bis er ihn endlich aufbekam und die große Klappe aufgedrückt hatte.

Sven, der wie auf dem Sprung wirkte, kletterte eilig hinter ihm her, folgte ihm ins Innere und drückte die Luke vorsichtshalber wieder zu.

Vor ihnen auf dem düsteren Heuboden, gestützt von dicken Holzpfeilern, stapelten sich zahllose Heuballen auf dem Bretterboden. Der Heuboden selbst war so konstruiert, dass er die mittige Tenne wie ein liegendes U umgab. Einzig ein niedriges Geländer sicherte den zur Mitte hin offenen Bereich.

Von dort unten drang Lampenschein nach oben. Gelegentlich waren Hammerschläge und Wortfetzen auf Sorbisch zu hören.

Tim und Sven pressten sich auf den Boden und robbten durchs Stroh und an Heuballen vorbei bis zur Tenne, um nach unten zu spähen.

Wie erwartet, erblickten sie unter sich die kleine Gruppe Dörfler, im Licht von vier großen Laternen, deren Glasflächen seltsam bemalt waren. Der bärtige Handrej unterhielt sich gerade spürbar ehrerbietig mit zwei Frauen in grün-schwarzer Tracht und seltsamen schwarzen Hauben, die ihre Häupter wie Flügel umrahmten.

Die jüngere der beiden Frauen war rothaarig, etwas mollig und mochte nur einige Jahre älter sein als Tim. Die ältere hingegen wirkte auf ihn wie der Inbegriff einer Hexe.

Wie alt die Greisin mit dem runzeligen Gesicht und der scharfen Hakennase war, wusste er nicht. Vielleicht siebzig oder achtzig Jahre. Sie war halb blind. Doch so trüb ihr eines Auge auch war, der ungnädige Blick des zweiten erweckte den Eindruck, dass ihm nichts entgehen würde.

Dass es sich bei den beiden tatsächlich um Zauberinnen handelte, stellte das unheimliche Objekt neben ihnen klar. Denn zu Tims Entsetzen bauten die Männer dort soeben eine dieser schrecklichen Vogelscheuchen zusammen, mit denen sie letzte Nacht schon eine unliebsame Begegnung gehabt hatten.

»O Scheiße!«

Tim spürte Svens erschrockenen Griff an seinem Unterarm und musste an sich halten, um keinen Schmerzenslaut auszustoßen.

Das schrecklich grinsende Sackgesicht mit den schwarzen Flickenaugen und dem grässlich vernähten Maul thronte bereits auf dem kreuzförmigen Gerüst. Doch das war nicht das eigentlich Schlimme. Denn der Brustkorb der Gestalt bestand eindeutig aus Rippenbögen. Selbst Teile des Gestells schienen aus einer aufgerichteten Wirbelsäule zu bestehen. Ob menschlich oder nicht, war nicht zu erkennen. Ihnen blieb dafür auch keine Zeit, denn soeben hüllten die Männer die Vogelscheuche in einen langen schwarzen Mantel, den sie mit Stroh ausstopften.

Am Ende setzten sie ihr einen schwarzen Hut auf, der irgendwie zu schief saß und das fratzenhafte Grinsen der Schreckgestalt noch bedrohlicher wirken ließ.

Tim starrte verängstigt nach unten und bereute seine Neugier inzwischen.

Handrej und die jüngere der beiden Frauen begutachteten die Vogelscheuche, dann gab der Mann das Zeichen zum Aufbruch und verließ mit seinen Begleitern die Scheune.

Zurück blieben allein die beiden Frauen.

Bangen Blickes sahen Tim und Sven dabei zu, wie sie an der mannshohen Puppe herumnestelten, vorbereitete Säckchen in die Auspolsterung stopften und die Kleidung glatt zogen. Unvermittelt wurde die Scheunentür abermals aufgezogen, und zu ihrer Über- raschung kamen Antonin Schultkas und seine blonde Kollegin in Begleitung einer schwarzhaarigen Frau herein. Letztere hätte vom Alter her die Mutter der Jüngeren sein können – oder die Tochter der Alten. Entscheidend war, dass sie die gleiche Tracht wie die üb- rigen Frauen trug.

Wie viele von diesen seltsamen Weibern gab es hier bitte im Ort?

»Es freut mich, dass Sie Mječisławas Bitte gefolgt und hergekom- men sind«, sprach die Rothaarige die beiden Polizisten an, die sich in der Scheune argwöhnend umsahen. Insbesondere die gruselige Vogelscheuche fand ihre Aufmerksamkeit.

Erstmals wurde Tim des Umstandes gewahr, dass sich Sarah Richter recht normal bewegte. War ihr Bein nicht gebrochen gewe- sen?

»Vor allem hoffen wir, dass Sie Antworten auf Ihre Fragen erhal- ten haben«, fuhr die junge Sorbin fort.

»Durchaus«, antwortete die blonde Oberkommissarin abwar- tend, »auch wenn ich dieses … Orakel noch nicht zu deuten weiß.«

»Es mag eben nicht jedem Einsicht bringen!«, meldete sich die halb blinde Greisin harsch zu Wort. Ihr Tonfall klang unnachgiebig und kalt. »Ich habe es meinen Schwurschwestern schon gesagt, aber ich wiederhole mich gern: Auswärtige sind für die unsichtbare Welt blind. Und das, obwohl ihr hier«, sie fixierte Sarah abfällig, »das Augenlicht sogar noch gegeben ist ...«

»Borbora!«

Mječisława maß die Alte mit einem mahnenden Blick.

Doch die Greisin ignorierte sie. »Waren wir nicht übereingekommen, offen mit unseren Gästen umzugehen?«, ätzte sie weiter. »Also lasst mich auch offen sein. Denn *ich* wusste, dass all die Mühen Zeitverschwendung waren.«

Sie schnaubte verächtlich, während sie sich wieder der Kommissarin zuwandte.

»Im Gegensatz zu Lenka und Mječisława halte ich Sie für weit weniger bedeutend. Leider wurde ich überstimmt.«

»Und doch ist meine Kollegin hier, weil Sie etwas von ihr wollen«, mischte sich Antonin Schutkas ungefragt ein. »Vielleicht konzentrieren wir uns besser auf unseren gemeinsamen Gegner?«

»Genau darum haben wir Sie hergebeten«, erklärte Lenka mäßigend.

»Ja, du!« Borbora wandte sich der Jüngeren verärgert zu. »Doch ich sage: Das ist ein Fehler! Ihr setzt auf eine Fremde. Eine Auswärtige! Sie teilt weder unseren Glauben noch unsere Traditionen.«

»Wir haben gemeinsam so entschieden!«, mischte sich Mječisława ein.

»*Ihr* hattet so entschieden. Wir waren uns *nicht* einig. Und deswegen werdet ihr auch allein zu Ende bringen, was ihr angefangen habt! Ich trage diese Entscheidung nicht mit. Diese Frau ist ein schwerer Fehler und widerspricht allem, für das wir stehen!«

»Borbora, bitte ...«

Lenka blickte die Greisin sichtlich betroffen an, doch die Alte wandte sich böse von ihren Mitschwestern ab, ignorierte Sarah

Richter und ihren Kollegen und humpelte zur Seitentür in der Scheunenwand, die Tim und Sven kurz zuvor erst entdeckt hatten.

Die Rothaarige wollte ihr schon nacheilen, doch Mječisława hielt sie zurück.

»Lass gut sein, Lenka. Ob Fehler oder nicht, eine jede von uns muss zu ihren Überzeugungen stehen.«

»Tut mir leid.« Die Kommissarin seufzte und warf ihrem Kollegen einen knappen Blick zu. »Es war nicht meine Absicht, Streit zu verursachen.«

»Das ist nicht Ihre Schuld«, meinte die Schwarzhaarige. »Wir haben uns noch nie einer Gefahr wie der jetzigen ausgesetzt gesehen, und Borbora hat jedes Recht auf ihre eigenen Entscheidungen. Doch auch Lenka und ich haben entschieden.«

Die Jüngere nickte.

»In der Tat sind wir in großer Sorge. Ihnen ist bewusst, dass heute zwei Kornkreise gefunden wurden?«

»Ja«, antwortete die Polizistin. »Eine Formation heute Morgen. Die andere ist offenbar um die Mittagszeit entstanden.«

»So ist es!«, pflichtete Lenka ihr bei. »Bis letzte Nacht scheint die Roggenmuhme durch spezielle Rituale heraufbeschworen worden zu sein. Das wissen wir durch die Funde, die Sie auf den Feldern gemacht haben. Und für die trug unseres Wissens Křešćan Glowik die Verantwortung. Womöglich aber nicht alleine ...«

»Das erwähnte Ihre Schwurschwester schon.«

»Die zweite Formation ist aber eindeutig in der Zeit entstanden, als Sie Ihre Begegnung mit ihr hatten. Mječisława und ich haben uns das Feld heute Nachmittag angesehen. Nichts deutet auf ein Ritual hin. Dort lag keine Puppe, überhaupt nichts, was auf die Einwirkung Dritter hindeutet. Außerdem hat die Muhme heute Mittag die Freundin der beiden Buben entführt, was wir ebenfalls für keinen Zufall halten.«

Tim lauschte gespannt.

Die junge Sorbin sah Antonin Schultkas an. »Wir befürchten daher, dass unsere gemeinsame Gegnerin die Ereignisse zu beschleunigen sucht. Sie erweckt auf uns den Eindruck ..., zunehmend eigenständiger zu agieren.«

»Und das heißt was?«, fragte Schultkas.

»Das heißt, wir befürchten, dass uns die Zeit davonläuft. Was auch immer Křešćans Absichten sind – oder wer auch immer ihm hilft –, vergessen wir besser nicht, dass die Muhme ein eigenständiges Wesen ist. Solche Entitäten lassen sich nur ungern in die Dienste von Menschen zwingen. Sollte sie inzwischen stark genug sein, könnte sie versuchen, selbst auf alles Kommende einzuwirken. Speziell jetzt, da sie weiß, dass hier draußen Feinde lauern, die sie bekämpfen wollen.«

»Sagen Sie schon, welchen Verdacht Sie haben«, meinte die blonde Polizistin angespannt.

»Sie wird Ihnen und uns – und vielleicht auch jenen, die sich ihrer zu bedienen suchen – womöglich zuvorkommen wollen«, erklärte Mječisława ernst. »Die Roggenmuhme wird nicht umsonst auch Mittagsfrau genannt. Angesichts der Vielzahl an Vermissten mag es sein, dass sie uns vielleicht schon morgen eine Entscheidung aufzuzwingen versucht. Zur Mittagsstunde. Denn das ist ihre Zeit!«

»Genau wissen Sie das aber nicht?«

»Nein. Wir sollten nur darauf vorbereitet sein.«

Sarah Richter seufzte. »Na gut, sagen Sie schon: Was ist das für eine Waffe? Und wofür zum Teufel brauchen Sie mein Blut?«

Die beiden Sorbinnen warfen einander bedeutungsvolle Blicke zu.

»Wir wollen einen weiteren Bubak erschaffen«, antwortete Lenka. Die junge Frau löste ihren Blick von den Polizisten und wandte sich der Vogelscheuche zu.

»Meine Güte, endlich begreife ich.« Antonin deutete fassungslos auf die Strohpuppe. »Sie wollen dieses Ding hier beleben? Ernsthaft?«

»Könnte mich bitte mal jemand aufklären, was Antonin meint?«, fragte die Beamtin verwirrt.

»Ein Bubak ist eine weitere Manifestation der elementaren Kräfte«, erklärte Mječisława mit ernster Stimme. »Zugleich die stärkste, die wir heraufbeschwören können. Oder dachten Sie, die Roggenmuhme sei die einzige dieser Entitäten?«

»Feuer bekämpft man üblicherweise mit Feuer!«, ergänzte die Rothaarige entschlossen. »Zum Schutz des Ortes haben wir bereits zwei von ihnen erschaffen. Doch nach allem, was wir wissen, sind Bubaks schwächer als Mittagsfrauen. Wir wollen daher einen Dritten beleben. Allerdings ist die Stärke eines Bubaks vom Blut jenes Spenders abhängig, der ihm durch sein Opfer Leben einhaucht. Sie erinnern sich an Ihre Blutlinie? Einer Ihrer Ahnen hat bereits eine Roggenmuhme besiegt. Und zwar nicht nur irgendeine, sondern jene, mit der wir es heute zu tun haben. Wir wüssten also nicht, wer als Spender geeigneter wäre als Sie!«

Sarah starrte die Vogelscheuche und die Frauen wechselweise an, und Tim konnte sehen, wie es hinter ihrer Stirn arbeitete.

»Was für ein Wahnsinn!«, hauchte die Polizistin kaum hörbar. Sie atmete tief ein, schließlich krempelte sie den Stoff an ihrem rechten Arm zurück. »Okay, tun Sie, was Sie für nötig halten. Ich habe inzwischen eh aufgegeben, diesen ganzen Irrsinn zu hinterfragen.«

»Danke.« Die schwarzhaarige Sorbin wirkte ehrlich erleichtert.

Lenka trat zu einem bereitstehenden Weidenkorb und entnahm ihm eine Tonschale und ein kleines Messer. Mječisława kramte indes aus einem anderen Korb Verbandsmaterialien.

Tim hielt den Atem an, während er von ihrem Versteck aus dabei zusah, wie die jüngere der Frauen den Arm der Polizistin ritzte. Die verzog schmerzhaft ihr Gesicht. Blut quoll aus der Wunde, und die junge Sorbin fing es mit der Schale auf.

Antonin berührte seine Kollegin mitfühlend an der Schulter und beäugte den Prozess angespannt, dann trat Lenka mit der Schale zurück, und Mječisława versorgte die Wunde sorgfältig.

»Sie sind tapfer«, murmelte sie. »Stärker, als Sie vielleicht selbst wissen.«

Sarah Richter schnaubte bloß und überprüfte den Verband. »Und jetzt?«

»Jetzt gehen Sie!«, meinte die Rothaarige. »Wir müssen zu Ende bringen, was wir begonnen haben.«

»Können wir bei diesem Ritual zusehen?«, fragte die Polizistin forsch.

»Nein, so sehr ich Ihre Neugierde auch verstehe«, antwortete Lenka. »Was Sie tun konnten, haben Sie getan.«

Mječisława sah sie mit einem um Verständnis heischenden Blick an.

»Wir müssen Sorge dafür tragen, die Kontrolle über den Bubak zu bewahren. Nicht allein das Ritual ist entscheidend, sondern auch der letzte Blick in der kommenden halben Stunde.«

»Der letzte Blick?«

»Ja. Mit ihm gewinnen wir Kontrolle über den Bubak. Deswegen müssen Sie jetzt gehen.«

Man sah der Polizistin an, wie sie mit sich rang. Schließlich wandte sie sich an ihren Kollegen. »Na gut, verschwinden wir. Wo ist eigentlich mein Polo?«

»Wjacław Tschernik hat mir zugesagt, dass er bei der Schmiede steht. Der Wagen hat leider ein bisschen was abgekriegt, aber ich hoffe, dass sie ihn inzwischen repariert haben.«

»Gut, dann lass uns sehen, ob sie fertig sind. Und vorher auch noch meine Sachen holen. Anschließend bringen wir die Jungs nach Hause und überlegen uns dann, was wir noch tun können.«

Die beiden nickten den Sorbinnen kurz zu und verließen die Scheune.

Tim und Sven warfen sich stumme Blicke zu. Weder er noch sein Kumpel wollten sich das anstehende Spektakel entgehen lassen.

Tatsächlich bauten sich die Frauen unter ihnen auf entgegengesetzten Seiten der Vogelscheuche auf, und kaum hatte sich das

Scheunentor geschlossen, stimmten sie einen kehligen Gesang an, der befremdlich und disharmonisch klang.

Irgendwann hob Lenka ihre Schale an, und ohne den Gesang abzubrechen, schritten beide Frauen um die Vogelscheuche herum. Fortwährend tauchte die Rothaarige ihre Finger in das Blut der Polizistin und bespritzte die Puppe damit.

Die Flammen in den Laternen begannen jetzt unruhig zu flackern.

Die beiden blieben unvermittelt stehen, ließen ihren Gesang verklingen und starrten die Scheuche fast eine Minute lang intensiv an.

Dann wandten sie sich von ihr ab, nahmen ihre Körbe auf und verließen die Scheune auf dem gleichen Weg wie die beiden Polizisten.

In der Tenne wurde es still, während die gruselige Vogelscheuche weiterhin reglos im Licht der Laternen dastand.

»Meine Fresse!«, wisperte Sven. »Lass uns weg, bevor das Ding da unten wirklich noch erwacht. Außerdem ist es wohl auch klüger, wenn wir wieder im Haus sind, bevor die uns abholen kommen.«

»Ja«, hauchte Tim, noch beeindruckt von dem Ritual.

Sie schlichen vorsichtig zurück zur Heubodenluke, Sven spähte nach draußen in die Dunkelheit, nickte ihm zu und kletterte hinab.

Tim wollte ihm schon nachfolgen, als er hinter sich in der Tenne ein leises Geräusch hörte. Etwa dieser Bubak?

Kurz haderte er mit sich, signalisierte Sven, dass er auf ihn warten sollte, und huschte noch einmal lautlos zurück zum Geländer des Heubodens. Seine Augen weiteten sich überrascht.

Unten in der Tenne stand jetzt die alte Borbora vor der Vogelscheuche und fixierte die Schreckgestalt reglos.

Warum war sie nun doch zurückgekehrt?

Auch sie verharrte eine Weile, schnaubte zufrieden und wandte sich lautlos von der Gestalt ab, um die Scheune auf dem gleichen Weg wie vorhin zu verlassen.

Abermals wurde es still.

Die Vogelscheuche rührte sich noch immer nicht.

Tim kniff die Augen zusammen, betrachtete sie argwöhnisch und wollte sich bereits der Heubodenluke zuwenden, als das grässliche Ding ruckhaft den Kopf hob und ihn mit seinen schwarzen Flickenaugen anstarrte.

Erschrocken japste Tim auf. Die groben Nähte am Mund der Scheuche zogen sich jetzt wie Spinnweben auseinander, und der Bubak stieß jammernde Klagelaute aus.

Wie ein Babyschrei kurz nach der Geburt.

Panisch fuhr Tim herum, und jetzt war es ihm egal, ob ihn jemand hörte. In Todesangst rannte er zur Heubodenluke, unfähig, noch an irgendetwas anderes zu denken als an: Raus hier!

KAPITEL 4

ERNTE

KIND DES ZORNS

Paula hielt ihren Rucksack in der Hand und betrachtete wütend das Kornfeld, das sich vor ihr in die Nacht erstreckte. Im Mondlicht schimmerten die Ähren silbergrau, und das hohe Getreide reichte bis zu einem glitzernden See in einiger Entfernung.

Nichts deutete darauf hin, dass sich ihre Feindin ausgerechnet hier verbarg.

Der warme Nachtwind strich sanft über die Halme und zwang ihnen sein Muster auf, und immerzu ertönte aus dem Feld das einlullende Konzert der Grillen.

Doch sie ließ sich davon nicht täuschen.

Sie spürte, dass diese grässliche Vettel hier irgendwo lauerte.

Der Schmerz über Philipps Tod war längst einem brennenden Zorn gewichen. Und dem Verlangen, es dieser Dämonin heimzuzahlen, die sie vorgestern während der Séance mit Tim Opitz heimgesucht, gequält und verhöhnt hatte.

Paula hatte seitdem kaum geschlafen, sondern fieberhaft versucht herauszufinden, mit was für einem Wesen sie es zu tun hatte.

Längst berichteten mehrere Zeitungen von den Kornkreisvorfällen hier in der Gegend, und auch online waren entsprechende Meldungen aufgetaucht. Gestern erst hatte es irgendein Liebespaar erwischt, und auch heute Morgen war es, wie im Internet zu lesen war, angeblich an einem neuen Kornkreis zu einem weiteren Zwischenfall gekommen. Gerüchteweise war dort niemand Geringeres verschwunden als der Reporter, der zuerst über die Kornkreismorde und -entführungen berichtet hatte.

Paula ärgerte sich darüber, dass ihr nicht eingefallen war, Kontakt mit ihm aufzunehmen. Jetzt war es dafür natürlich zu spät. Andererseits ... Die meisten da draußen nahmen das Übernatürliche ja nicht einmal wahr, selbst wenn sie mit der Nase drauf gestoßen wurden. Der Mann hatte die Gefahr vermutlich ebenso unterschätzt wie die Polizei, die sicher erst recht im Dunkeln tappte.

Paula hingegen nicht.

Denn sie wusste, nach was sie Ausschau halten musste.

Dazu hatte sie nicht nur ihre, sondern auch die Bücher von Philipp studiert. Und sie war selbst überrascht gewesen, von wie vielen Korndämonen die Legenden und Erzählungen kündeten, die die Äcker der Sterblichen als ihre Domäne begriffen, um Bauern, Wanderer und Kinder zu terrorisieren. Die Übernatürlichen trugen so klangvolle Namen wie Habergeiß, Kornmann oder Bilwis. Doch nur eine von ihnen entsprach jenem Bild, das sie vorgestern klar vor Augen gehabt hatte: die sogenannte Mittagsfrau oder Roggenmuhme!

Auch Sichelweib genannt.

Paula hatte sofort gewusst, dass es dieses fürchterliche Weib war, das Philipp den Kopf abgeschlagen und sie mit den Bildern seines Todes gepeinigt hatte. Alles, was sie inzwischen über sie herausgefunden hatte, stellte auch klar, warum die mittägliche Séance mit Tim und seinen Freunden so schrecklich schiefgelaufen war.

Denn wenn die Sonne im Zenit stand, erreichte die Macht dieser Dämonin ihren Höhepunkt.

Gerade dieser Aspekt verstörte Paula noch immer sehr und verleitete sie zu der Annahme, dass es sich bei der Muhme um nichts Geringeres als einen gefallenen Engel handelte.

Das war auch der Hauptgrund, warum sie bis kurz vor Mitternacht gewartet hatte, dieses Feld aufzusuchen. Denn jetzt sollte diese Dämonin am schwächsten sein.

Es gab keinen besseren Zeitpunkt, um sich an ihr zu rächen.

Mehr noch: Sie würde sie vernichten!

Das war sie Philipp schuldig. Und Luca. Und auch Tim, der viel zu unbedarft war, als dass er die Gefahr dieser Roggenmuhme richtig einzuschätzen wusste.

Paula stellte zornig ihren Rucksack ab und entnahm ihm eine

Vielzahl an Schutzamuletten, die sie sich um den Hals hängte. Darunter alte keltische Symbole, ein Talisman, der aus Tibet stammte, ein geweihtes Silberkreuz und natürlich die Amulette, die Jennifer zur letzten Walpurgisnacht angefertigt hatte. Sie hatte ihre sechzehn Jahre ältere Wicca-Schwester dazu heute eigens in Bautzen aufgesucht.

Sie war nicht nur ihre beste Freundin, sondern auch ihre mütterliche Mentorin und in den alten Praktiken weitaus erfahrener als sie.

Bei alledem war Paula natürlich im Vagen geblieben und hatte ihr nicht erzählt, mit was sie sich anzulegen gedachte. Denn Jennifer hätte garantiert versucht, sie von ihrem Plan abzubringen.

So aber hatte sie ihr ihre stärksten Schutzamulette mitgegeben.

Und Paula hatte auch noch ein paar weitere Pfeile im Köcher. Eine Flasche mit Weihwasser, außerdem etwas, das sie heute teuer in Bautzen erstanden hatte: eine Signalpistole mit drei Patronen.

Sie lud die Waffe mit finsterer Miene, und der Gedanke, dieser Korndämonin die feurigen Geschosse in den Leib zu schießen, falls alles andere versagte, ließ sie vor Genugtuung zittern.

Warum hatte sie eigentlich nicht gleich einen ganzen Kanister Benzin mitgenommen? Jetzt, da sie vor dem Feld stand, hätte sie es in ihrer Wut am liebsten komplett abgefackelt.

Aber dafür war es nun zu spät.

Hauptsache, sie war hier am richtigen Ort. Und daran hatte sie keine Zweifel.

Nicht nur hatte ihr Pendel sie letzte Nacht dreimal hintereinander auf dieses Feld verwiesen; seltsamerweise hatte sie heute Morgen auch noch einen Brief auf den Stufen ihres Bauwagens gefunden. Darin standen ebenfalls die Koordinaten dieses Kornfeldes, zusammen mit der Nachricht, dass das Schreiben von einem verzweifelten Angehörigen eines der bisherigen Opfer stammte.

Er oder sie war mit spirituellen Methoden auf den neuen Kornkreis aufmerksam geworden und suchte nun nach einer Verbündeten, um die Gefahr einzudämmen. Leider anonym.

Paula konnte nur mutmaßen, warum sich der Verfasser an sie wandte. Womöglich hatte er oder sie herausgefunden, dass sie selbst zu den Opfern des grausamen Geschehens zählte, und wusste auch, dass sie ihm oder ihr glauben würde.

Doch ehrlich gesagt waren ihr die Motive des Absenders gleich. Das Schreiben bestätigte sie darin, richtigzuliegen und endlich handeln zu müssen.

Paula hängte sich die Schutzamulette um, verstaute Weihwasserflasche und Signalpistole in den Taschen ihrer Jeansjacke und entzündete in einer Holzschale ihre Avalon-Räuchermischung. Die von Jennifer besprochenen Harze vermochten ihrer Aussage nach das Böse zu schwächen. Und voller Genugtuung sah Paula dabei zu, wie der weiße Rauch aus der Schale aufstieg und hinüber zum Feld wölkte.

Kurz schloss sie die Augen und sprach ein Bittgebet an Abariel, ihren persönlichen Schutzengel, sowie an Charu, ihren Geistführer.

Unwillkürlich musste sie an Philipps grausames Schicksal denken, und sogleich stieg wieder unbändige Wut in ihr auf.

Ein Zorn, der sie selbst erschreckte.

Sie würde dieses dämonische Dreckstück ausmerzen.

Paula ließ den Rucksack fallen, schaltete entschlossen ihre Taschenlampe ein und betrat das Kornfeld, dessen Halme ihr etwa bis zur Brust reichten. Die Ähren strichen raschelnd über den Stoff ihrer Kleidung. Und je tiefer sie sich durch den hohen Bewuchs vorkämpfte, desto mehr beschlich sie das Gefühl, dass etwas sie im Kornfeld belauerte.

Das Zirpen der Grillen um sie herum schien lauter zu werden, ebenso intensivierte sich der Strohgeruch, der in der warmen Luft lag.

Fast schon berauschend.

Provozierend und regelrecht anstachelnd.

»Wo bist du, du verdammte Vettel!«, schrie sie in die Dunkelheit.

Paula bestrich das Meer der Ähren mit dem Lichtstrahl ihrer

Taschenlampe und wischte eine Heuschrecke beiseite, die sie aus dem dichten Bewuchs ansprang. Und dann noch eine.

»Los, zeig dich!«, brüllte sie wütend.

Sie hob mit der Linken einige der Amulette an, die sie um den Hals trug, als sie um sich herum das seltsame Knistern bemerkte.

Aufgeschreckt leuchtete sie und sah, dass der aufkommende Wind die Ähren in einem merkwürdigen Muster niederdrückte. Nur kurz, und doch für das kundige Auge sichtbar.

»Zeig dich endlich!«, heulte sie zornig. »Stell dich!«

Das Knistern um sie herum wurde lauter, und diesmal war sie sich sicher, dass sich die silbergrauen Halme sogar bewegten, obwohl der Wind wieder abgeflaut war.

Und da war noch etwas.

Ein unentwegtes Springen und Hüpfen inmitten des dichten Getreides ringsum. Grashüpfer und Heuschrecken.

Unzählige von ihnen.

Aufgeschreckt umklammerte sie ihre Schutzamulette, und tatsächlich schienen die vielen Insekten vor ihr Reißaus zu nehmen. In Richtung Feldmitte.

»Charu, leite mich!«, flehte Paula triumphierend. »Michael, Raphael, Gabriel und Uriel, ihr von Gott gesandten Erzengel und Behüter vor dem Bösen, steht mir in meinem Kampf gegen diese Ausgeburt der Finsternis bei. Abariel, ich flehe dich um dein Licht an. Helft mir! Ich bitte euch, helft mir!«

Wütend folgte sie dem Springen und Hüpfen, trampelte die widerspenstigen Halme nieder und sah, dass sich weiter vorn im Feld etwas regte.

Da hinten, beleuchtet vom Silberlicht des Mondes, wuchs etwas aus dem Meer der Halme empor. Etwas … Dunkles.

Paula hielt erschrocken inne, da sich zugleich ihre Sicht verschlechterte. Denn unbemerkt waren am Nachthimmel Wolken aufgezogen, die sich immer wieder vor den hellen Mond schoben. Außerdem war die Luft, abgesehen von dem leisen Knistern, nun von einem gespenstischen Brummen und Schwirren erfüllt, das von diesem Etwas da hinten auszugehen schien.

Paula leuchtete und versuchte angestrengt, mehr zu erkennen. Doch ausgerechnet jetzt summte die Taschenlampe, und ihr Licht trübte sich zunehmend. Gleichzeitig ballten sich am Himmel über ihr auf unheimliche Weise immer mehr Wolken zusammen.

Auf keinen Fall ging das da oben mit rechten Dingen zu.

Außerdem rauschte es im Feld, und sie spürte eine feuchtwarme Brise, die auf großer Breite die Ähren bewegte und feinste Tröpfchen herantrug, die ihre Haut benetzten.

Ihr wurde nun doch mulmig zumute.

»Michael, Raphael, Gabriel und Uriel!«, rief Paula besorgt. Denn irgendwie schien es ihr in der Düsternis, dass sich dieses dunkle und schwirrende Etwas da hinten auf dem Feld immer höher auftürmte. »Helft mir in meinem Kampf gegen das Böse. Helft mir!«

Aus den gelegentlichen Tröpfchen war längst ein feiner Nieselregel geworden. Verzweifelt schüttelte sie die Taschenlampe, die kurz wieder aufflammte und deren Lichtstrahl keine zwanzig Meter vor ihr auf das schwarze Etwas fiel, das sich aus dem Kornfeld erhob und wie ein gewaltiger Schlauch hin und her pendelte.

Gott, das waren diese Heuschrecken. Aberhunderte von ihnen.

Und sie gebärdeten sich wie irre.

Erstmals beschlich sie der beängstigende Gedanke, dass sie die Insekten vielleicht gar nicht vertrieben hatte. Was, wenn sie sich dort vorn bloß gesammelt hatten?

Paula zögerte und überlegte bereits, ob sie zum Weihwasser greifen sollte, als die feuchte Brise eine gehässige Wisperstimme an ihre Ohren trug.

Pauuulaaaaaa ...

Bestürzt wich Paula zurück. Die unheimliche Stimme war kaum verklungen, als die Taschenlampe endgültig erlosch. Trotzdem sah sie noch, wie der riesige Insektenschwarm brausend zum dunklen Nachthimmel aufstob.

All der Zorn, der sie hierhergeführt hatte, versiegte schlagartig. Ebenso aller Mut. Stattdessen machte sich in ihr das Gefühl einer tiefen Leere breit. Und Angst!

Verzweifelt fuhr Paula herum, rannte durch das Meer aus feuchten Halmen wieder auf den Feldrand zu und begriff erst jetzt, wie weit sie schon auf die große Ackerfläche vorgedrungen war.

Hinter ihr erschallte ein lautes Brausen, Brummen und Flattern, und im nächsten Moment prasselten unzählige Heuschrecken gegen sie, die sie einhüllten und an ihr vorbei über die Ähren schwirrten.

Kreischend schlug Paula um sich, versuchte, sich verzweifelt mit ihren Amuletten vor dem Ansturm zu schützen, und begriff schnell, dass sie völlig nutzlos waren. Fast blind stolperte sie weiter voran, als der Schwarm an ihr vorüberzog und raschelnd und flatternd zum Himmel aufstieg, wo er sich wie schwarzer Rauch vor die dunklen Wolken legte.

Paula japste erschrocken und wäre im hohen Korn fast gestürzt. Panisch rannte sie weiter – als die geisterhafte Stimme abermals über das Feld schallte:

Pauuulaaaaaa …

Sie rannte. Längst hielt sie die Signalpistole in Händen, und zu ihrem Entsetzen stürzte der gewaltige Heuschreckenschwarm schräg hinter ihr wieder vom Himmel aufs Feld herab.

Paula zielte schreiend und drückte ab.

Ein grellrot leuchtendes Geschoss fauchte dicht über die Ähren hinweg, durchschlug den riesigen Heuschreckenschwarm und riss ein Loch hinein, bevor die Leuchtkugel weit hinten im Feld einschlug und dort unter viel Rauch abbrannte.

Und erstmals vernahm Paula eine Reaktion.

Einen sphärischen Schrei, wütend und gereizt.

Das war's! Himmel, das war's!

Man konnte dieses Ungeheuer verletzen.

Verzweifelt fischte sie nach der nächsten Patrone. Während sie weiter zum Feldrand stolperte, versuchte sie, die Waffe nachzuladen, doch unvermittelt packte sie etwas an den Beinen.

Mit einem Aufschrei verlor sie ihr Gleichgewicht und stürzte kopfüber ins nasse Feld, in dem es unentwegt raschelte und knisterte. Sie wollte sich losreißen und begriff erst jetzt, dass sich Halme um ihre Fußgelenke gewickelt hatten.

Keuchend versuchte sie hochzukommen, doch plötzlich kam Bewegung in die Halmwände um sie herum. Entgeistert sah sie, wie sich die Ähren auf sie zu bogen und dann mit ihren Köpfen auf sie niederstießen.

Paula schrie, brüllte und kämpfte verzweifelt gegen den tückischen Bewuchs an, der sich jetzt von allen Seiten um ihre Gliedmaßen wickelte. Etwas entriss ihr die Signalpistole, und die Waffe verschwand in der Wand aus züngelnden Halmen.

Schließlich brach ihr Widerstand, während sich die Getreideschlingen fest um sie wickelten und sie an den Ackerboden fesselten.

Unvermittelt wurde es still.

Allein ihr Schluchzen war noch zu hören.

Dann drang ein Geräusch in ihr Bewusstsein. Schritte. Paula schloss gepeinigt die Augen. Ihre Lippen bebten, während sie abermals ein Gebet sprach und verzweifelt um Schutz flehte. Zugleich spürte sie, wie eine machtvolle Präsenz aus den Ähren an sie herantrat und sich über sie beugte. Zum dritten Mal schlug ihr die lauernde Flüsterstimme entgegen.

Diesmal ganz dicht über ihrem Kopf:

Pauuulaaaaaa ...

Etwas packte sie am Haar, die Ährenfesseln rissen entzwei, und Paula öffnete nun doch die Lider – nur um in ein glühendes Paar blutroter Augen zu starren. Ein glosender Blick, der bis zu ihrem Seelengrund zu reichen schien.

Mit einem brutalen Ruck schleifte die fürchterliche Gestalt sie aufs Feld hinaus.

Paula schrie.

GLAGOLIZA

»Es ist so, wie wir gestern schon befürchtet haben«, seufzte Antonin. »Der Rucksack und die Schale gehören offenbar dieser Paula Kießling. Jedenfalls den Ausweispapieren hier in der Seitentasche nach.«

Sarah warf nur einen kurzen Blick auf die Objekte. Sie schirmte die Augen gegen die blendende Vormittagssonne ab und spähte wieder hinaus auf das große Getreidefeld mit dem klar umrissenen Kornkreis samt der Geoglyphe, die diesmal an eine Pfeife erinnerte.

Drei Beamte liefen durch die Ähren und untersuchten die Formation.

»Ja, nur frage ich mich, was sie hier getrieben hat«, meinte Sarah. »Nach allem, was die Jungs berichtet haben, muss ihr doch bewusst gewesen sein, dass sie es hier mit einer übernatürlichen Macht zu tun bekommt. Und nach allem, was wir von ihr wissen, dürfte sie die Gefahr sicher ernst genommen haben.«

»Na ja …« Antonin zog ein Kunststoffetui und eine leere Pappschachtel aus dem Rucksack hervor. In Ersterem war die Aussparung für eine Signalpistole zu erkennen, die andere barg ursprünglich Munition.

»O Mann!« Aufgewühlt blickte sie ihren Kollegen an. »Sie hat sich doch nicht etwa mit diesem Monster anlegen wollen?«

»Wer weiß? Aber wieso kam sie dazu hierher? Woher wusste sie, dass sie die Kreatur hier antreffen würde?«

Sie beide sahen sich gequält an, und Sarah fiel auf, wie blass er war.

Antonin hatte letzte Nacht ebenso wenig Schlaf gefunden wie sie. Und schon wieder sah es ganz so aus, als seien sie an einen toten Punkt gelangt. Dabei hatten sie gestern wirklich alles in ihrer

Macht Stehende getan, um vielleicht doch noch Hinweise zu finden. Nachdem sie Tim und Sven nach Hause gebracht hatten, waren sie sogar noch einmal zu der abgebrannten Kirche gefahren, um sich dort umzusehen. Und das trotz des Risikos, das vor allem Sarah damit einging.

Doch der alte Altar war ebenso den Flammen zum Opfer gefallen wie Glowiks Götzenbild und das angrenzende Pfarrhaus. Natürlich hatte keiner von ihnen damit gerechnet, bei dem Altar Spuren auf den Verbleib des ominösen Koraktors zu finden. Das Zauberbuch befand sich inzwischen gewiss in fremdem Besitz. Aber Sarah hatte zumindest gehofft, im Pfarrhaus den einen oder anderen Fund machen zu können. Leider hatte das Feuer dort besonders schlimm gewütet.

Bei alledem war es nur wenig tröstlich, dass sie bei ihrer Jagd auf die Roggenmuhme – oder allgemein mit dem Wissen um die paranormalen Vorgänge – nicht allein standen.

Allerdings waren die Kutzlarnitzer nicht die Art von Verbündeten, die sich Sarah gewünscht hätte. Die Dorfhexen hatten ihnen bei ihrer Abfahrt zwar versprochen, das Archiv mit den Aufzeichnungen ihrer verblichenen Schwurschwestern noch einmal zu durchkämmen, jedoch versprach sie sich davon nicht viel. Und was Tim und Sven betraf … Gott, die zwei waren Teenager.

Die Jugendlichen waren zwar in den letzten Tagen wirklich clever, mutig und auch unkonventionell vorgegangen, aber wozu das geführt hatte, hatte sie ja gestern miterlebt.

Nach der Entführung ihrer Freundin Lea durften die beiden keinesfalls mehr in Gefahr geraten. Es war also allein an Sarah und Antonin, die Sache zu einem Ende zu bringen. Nur lief ihnen nach Aussage der Kutzlarnitzer die Zeit davon.

Sie und Antonin hatten daher noch bis weit nach Mitternacht darüber gegrübelt, was das Hexenorakel für eine Bedeutung haben könnte. Vor allem das »Treffen nach Sonnenuntergang« bereitete ihnen Kopfzerbrechen. Was war damit gemeint? Glaubte man den

Schwurschwestern, würde es kein Treffen nach Sonnenuntergang mehr geben.

Kurz: Es war zum Verzweifeln.

Einer der Polizisten auf dem Feld winkte plötzlich und hielt ein Objekt empor.

»Der Kollege hat was gefunden!« Sarah musterte beklommen das Feld und sah sich um, ob nicht irgendwo in der Nähe ein Mähdrescher herumstand. Doch da war nichts, was sie als potenzielle Gefahr einstufte.

Es waren ja auch noch gute drei Stunden bis Mittag.

Sie und Antonin marschierten los und kämpften sich durch die hohen Halme zu dem Beamten vor.

Das unangenehme Gefühl blieb.

Zumindest beruhigte es sie ein wenig, dass hier vergleichsweise viel Betrieb herrschte. Denn abgesehen von den drei Streifenwagen, hatte sich weiter hinten am Feldrand schon wieder über ein Dutzend Kornkreisfreunde versammelt, die inzwischen nur noch unter Androhung polizeilicher Zwangsmaßnahmen davon abgehalten werden konnten, das Feld zu betreten.

Die Region war in den letzten Tagen zu einer Art Mekka für diese Verrückten mutiert. Eine ganze Horde war auch gestern Nachmittag auf das Versuchsfeld der Krahl GmbH eingefallen, in dem Richard Kern entführt worden war. Und Antonin und sie waren überhaupt erst durch deren Forenaktivitäten auf die hiesige Formation aufmerksam geworden.

Antonin hatte das Forum zum Glück weiter im Blick behalten. Wie auch immer die gut vernetzte Gemeinde das geschafft hatte, einer von ihnen hatte mitbekommen, dass Anwohner hier letzte Nacht ein helles Leuchten gesehen haben wollten.

Wenn Paula tatsächlich eine Signalpistole dabeigehabt hatte, dann hatte sie damit vermutlich geschossen. Für die Kornkreisfreunde war das jedenfalls das Signal gewesen, auch dieses Feld genauer zu inspizieren.

Zum Glück waren sie und Antonin rechtzeitig aufgebrochen. Drei der Typen, die bereits vor Ort gewesen waren, hatten sie selbst aus dem Feld scheuchen können. Um die Übrigen kümmerten sich jetzt die Kollegen.

Endlich durchbrachen sie die Wand aus Halmen und erreichten das riesige Symbol im Kornfeld. Sie standen im scharf umrissenen Gangausläufer, der dem Fundort mit dem Rucksack am nächsten lag.

Wie die letzten Male schon ragte das Getreide um sie herum verdächtig hoch auf, während der Untergrund aus zahllosen Strohhalmen bestand, die die unheimliche Macht zu Boden gezwungen hatte.

Es dauerte nicht lange, und sie erreichten nun auch den schwitzenden Beamten, der sie hergerufen hatte.

»Hier, ich habe wieder so eine Strohpuppe gefunden!«, begrüßte er sie aufgeregt.

Antonin nahm sie ihm ab, und Sarah sah, dass sie eine weibliche Gestalt mit bunt eingefärbten Haaren nachbildete.

Nach allem, was sie über diese Paula wusste, war das ganz ohne Zweifel sie.

»Und hier«, der Mann bückte sich. »Da ist auch was im Erdreich unter den Halmen. Sieht so aus wie die verknotete Öffnung eines Lederbeutels. Ich dachte bloß, das rühre ich besser nicht an, bis Sie hier sind.«

»Das war richtig. Danke.« Sarah nickte ihm zu und nahm Antonin die Strohpuppe ab, um sie eingehender zu untersuchen. »Bitte schreiten Sie auch den Rest des Kornkreises ab, nicht dass wir etwas übersehen.«

»Klar, wird erledigt.«

Der Uniformierte zog von dannen.

»Leider alles nichts Neues«, stöhnte Antonin. »Aber wir wissen jetzt wenigstens, dass Glowik hier wieder alles akribisch vorbereitet hat – oder, falls die Schwestern recht haben, sein unbekannter Helfer. Wenn Uhligs Freundin wirklich auf eine Konfrontation aus war, dann ist sie ihm geradewegs in die Falle getappt.«

»Ich weiß.« Sarah vernahm über sich ein leises Summen und ließ die Strohpuppe sinken.

Sie schirmte ihre Augen wieder gegen die Sonne ab und blickte zum strahlend blauen Himmel auf. Nicht weit über ihnen schwebte eine Drohne in der Luft, die die Formation überflog und vermutlich Aufnahmen von ihr machte.

Sarah stutzte.

Aber ja. Natürlich.

»Antonin«, rief sie aufgeschreckt, »ich glaube, ich weiß, was es mit diesem verdammten Orakel für eine Bewandtnis hat.«

»Und was?«

»Wenn ich richtigliege, sind wir komplette Idioten! Dabei ist das sogar ziemlich eindeutig. Mit dem ›Treffen nach Sonnenuntergang‹ könnte unser Treffen neulich Abend mit unseren fünf Cerealogen gemeint sein. Selbst dieses ›Namen, die keine Namen sind‹ würde passen. Denk mal an all die Nicknamen, mit denen die in den Foren unterwegs sind. Darauf könnte sich auch ›Neugier, die den Schrecken herausfordert‹ beziehen. Wer sich mit diesen Kornkreisen allzu sehr beschäftigt, läuft womöglich Gefahr, selbst die Aufmerksamkeit der Roggenmuhme auf sich zu ziehen. Nur das mit diesem ›Kundigen unter lauter Toren‹ begreife ich noch nicht ganz.«

»Ich schon«, murmelte Antonin, der sie aufmerksam ansah. »Erinnerst du dich nicht? Der Älteste in dieser Gruppe, dieser Rainer ... hat der nicht großspurig behauptet, er wüsste, was es mit diesen Kornkreisen auf sich hat?«

»Aber das war doch ganz klar Spinnerei.«

»›Ignoriert und ungesehen ... Auch du, Sarah ... Auch du musst deinen Irrtum erkennen‹«, zitierte ihr Kollege.

Nach einem kurzen Blick zur Straße, wo die Kornkreistouristen standen, wandten sie sich um und marschierten durch das Feld zurück zu dem Feldweg, auf dem sie Paulas Rucksack zurückgelassen hatten.

Dort wurden sie bereits von einem weiteren Beamten erwartet, doch Sarah und Antonin ignorierten ihn und stiegen rasch in den dunklen Škoda, den ihnen die Kutzlarnitzer am Vorabend überlassen hatten.

Leider stand Sarahs Polo noch immer kaputt in Kutzlarnitz.

Der Nachmittag gestern hatte nicht ausgereicht, ihn wieder fahrbereit zu machen, nachdem die Roggenmuhme mit ihrer Macht einmal quer über ihn hinweggewalzt war. Sarah war das im Augenblick egal. Hauptsache, sie hatten überhaupt einen fahrbaren Untersatz. Und mit dem brausten sie nun über den Lehmweg neben dem großen Kornfeld auf die Landstraße zu, auf dem sich die Kornkreisgemeinde versammelt hatte.

Sie hielten nach ihren Bekannten von vor drei Tagen Ausschau, und tatsächlich entdeckten sie die kleine Gruppe inmitten der Umstehenden.

Peter, der junge Einheimische, der sie auf das Gemälde im Gasthof aufmerksam gemacht hatte, stand gemeinsam mit diesem Micha aus Berlin bei zwei Punks, die sicher ebenfalls von auswärts waren. Und wie erwartet, waren es Vanessa und ihre rothaarige Freundin, denen die Drohne über dem Feld gehörte.

Unweit hinter ihnen stand etwas steif Rainer mit einer Digicam.

Der Mittdreißiger trug auch heute ein gebügeltes Hemd, diesmal eins mit braunen Längsstreifen, und er war der Erste, der sie bemerkte.

Irritiert schob er seine Brille zurecht und klopfte Vanessa auf die Schulter, die sich umdrehte und zum Škoda blickte.

Sie parkten den Wagen am Straßenrand, stiegen aus und näherten sich ihren Bekannten.

»Hi!«, begrüßte Sarah die Gruppe.

Vanessa machte ihre Freundin rasch auf ihr Kommen aufmerksam.

»Schau mal, Julia«, meinte sie giftig. »Die Bullen, die uns neulich verarscht haben.«

Ihre rothaarige Freundin verengte die Augen. »Ihre Kollegen haben nichts davon gesagt, dass wir hier keine Drohnen aufsteigen lassen dürfen.«

»Keine Bange, von euch wollen wir nichts. Und das neulich tut uns auch leid.« Sarah seufzte. »Aber wir wollten euch auch nicht verschrecken. Ihr wisst ja vermutlich inzwischen, warum wir ermitteln.« Sie wandte sich Rainer zu. »Es wäre daher nett, wenn wir kurz mal mit dir sprechen könnten.«

»Mit mir?« Misstrauisch kniff Rainer die Augen hinter der Brille zusammen, und jetzt wurden auch Peter und Micha auf sie aufmerksam.

»Nu gugge ma da!«, entfuhr es Peter. »Mulder und Scully.«

Micha nickte. »Zufall?«

»Wir brauchen ganz offiziell deine fachliche Expertise«, schmeichelte Antonin ihm, ohne auf die Bemerkung der beiden einzugehen. »Du bist doch hier der größte Kornkreisexperte, stimmt's? Und es dauert auch nicht lange.«

»Na ja …« Rainer räusperte sich. Ihm war anzusehen, dass er sich durchaus gebauchpinselt fühlte. »Klar, wenn ich der Polizei helfen kann, dann mache ich das natürlich.«

Einladend deutete Sarah auf den Škoda, und Rainer folgte ihnen zum Wagen, stieg hinten ein und räumte etwas umständlich eine Pappschachtel beiseite, die auf der Rückbank lag.

Da inzwischen auch einige andere Umstehende auf sie aufmerksam geworden waren, fuhren sie an der Polizeiabsperrung vorbei zurück auf den Feldweg, wo sie ungestört waren. Dort stoppten sie.

»Dank dir zunächst einmal.« Antonin drehte sich zu Rainer um und nickte ihm freundlich zu. »Sag mal, bei unserem letzten Treffen …«

»Das so wirklich nicht in Ordnung war«, fiel Rainer ihm ins

Wort. »Wir waren sehr freundlich zu Ihnen, aber Sie haben uns verarscht.«

»Ich weiß, sorry.« Antonin ließ sich nicht aus der Ruhe bringen.

»Aber du meintest doch, dass du so eine Ahnung hättest, warum diese Formationen hier entstehen. Wenn ich mich recht erinnere, sagtest du sogar so was in der Art, dass das unseren Blick auf die Welt verändern würde.«

»Na ja ...« Befangen blickte der Mittdreißiger sie durch seine Brille an. »Das sind alles Recherchen für mein nächstes Buch. Ich tue mich echt schwer damit, sie vorzeitig preiszugeben. Sie haben ja keine Ahnung, wie es in der Szene abgeht. Da jagt einer dem anderen die besten Meldungen ab. Und jetzt, da ich weiß, dass hier ständig Leute im Umfeld dieser Sigillen verschwinden oder getötet werden, bin ich mir ehrlich gesagt auch nicht mehr so sicher, ob ich wirklich recht habe. Jedenfalls mit dem spirituellen Teil ...«

»Siehst du, und genau um die Opfer geht es uns«, wandte Sarah ein. »Ich mach dir einen Vorschlag: Du erzählst uns deine Theorie, dafür schreibe ich dir für dein nächstes Buch ein Nachwort, in dem ich deine Fachexpertise lobe und auch erwähne, wie sehr du mit deinem speziellen Wissen unsere Ermittlungen unterstützt hast. Alles ganz offiziell.«

Rainers Augen leuchteten hinter der Brille. »Okaaay. Also, ich hätte Ihnen natürlich auch so geholfen.« Er räusperte sich und beugte sich aufgeregt vor. »Also, bei diesen Formationen in den Feldern, da handelt es sich in Wirklichkeit um Buchstaben der Glagoliza, also der glagolitischen Schrift.«

»Was ist das denn bitte?«

»Ich wusste, dass Sie davon noch nie gehört haben.« Rainer freute sich sichtlich. »Das ist die älteste slawische Schrift. Und zwar eine Buchstabenschrift, von der es heißt, dass sie von dem Missionar Kyrill von Saloniki entwickelt wurde. Der lebte am Ende des ersten Jahrtausends, von 826 bis 869 nach Christus, und hat damals ganz wesentlich dazu beigetragen, die Slawen zu missionieren. Der war hochgebildet und hat diese Schrift entwickelt, weil das griechische Alphabet für die slawischen Sprachen nur bedingt geeignet war. Einige Laute des Slawischen können mit dem griechischen Alphabet nämlich nicht abgebildet werden. Allerdings«, er hob belehrend einen Finger, »gibt es auch Quellen, in denen es heißt, dass er das Alphabet aus alten mythischen Zeichen weiterentwickelte, die viel älter waren. Zeichen, die zuvor die Heidenpriester nutzten. Egal ...« Er winkte ab. »Ich hab mich mit der Schrift damals direkt nach meinem Lateinstudium beschäftigt. Interessant ist jedenfalls, dass die auch im aufkommenden Christentum verwendet wurde, vor allem für liturgische und theologische Texte. Erst im zwölften Jahrhundert wurde sie dann von der kyrillischen Schrift abgelöst, die aber auch einiges aus der Glagoliza übernommen hat.«

»Und diese Runen in den Feldern?«, hakte Antonin nach.

»Wir sollten schon korrekt bleiben«, ermahnte Rainer ihn. »Das sind keine Runen, das sind Buchstaben. Und zwar verwendet wie Sigille.«

»Der Unterschied ist jetzt welcher?«

»Sigille sind antike magische Inschriften«, klärte ihn Rainer auf. »Einige bezeichnen sie als Engelsschrift, andere als Engelsalphabet. Die wurden immer wieder in antiken Texten verwendet. Später auch auf Zauberschalen und Amuletten. Hier nur eben in Form von Schriftzeichen der Glagoliza.«

Sarah und Antonin warfen sich einen alarmierten Blick zu.

»Die Zeichen hier bei uns auf den Feldern decken sich mit den Anfangsbuchstaben einiger Todsünden, wie sie in manchen Liturgien auf Glagoliza benannt werden.«

»Sie meinen die sieben Todsünden?«, meinte Sarah erstaunt. »Gott, ich hoffe, ich kriege die noch zusammen: Neid, Völlerei, Habgier, äh, Wollust und ...«

»Außerdem Hochmut, Trägheit und Zorn«, ergänzte Antonin.

»Prinzipiell richtig, aber eben nicht ganz korrekt«, korrigierte Rainer sie. »Anfangs dachte ich das auch. Aber dann fiel mir auf, dass eines der Sigille anders ist und auch die übrigen nicht ganz hinkommen. Erinnern Sie sich an die erste Geoglyphe? Die oben auf dem Flachsfeld bei Geierswalde, an der Schwarzen Elster?«

»Ja.«

»Die konnte ich zuerst überhaupt nicht zuordnen, bis mir einfiel, dass das Sigill höchstwahrscheinlich für Traurigkeit steht.«

»Traurigkeit?« Antonin runzelte die Stirn. »Das soll eine Todsünde sein?«

»Eben nicht, das ist es ja gerade.« Rainer schürzte leicht überheblich die Lippen. »Und doch lag ich nicht völlig falsch. Natürlich nicht ... Ursprünglich sind die sieben Todsünden nämlich aus den deutlich älteren acht Lastern hervorgegangen.«

Sarah runzelte die Stirn. »Von denen habe ich noch nie gehört.«

»Dachte ich mir«, sagte Rainer mit sichtlicher Genugtuung. »Dabei handelt es sich um Zorn, Trägheit, Traurigkeit, Ruhmsucht, Unzucht, Stolz, Gaumenlust und Geldgier.«

Sarah und Antonin warfen sich abermals Blicke zu.

»Kriegst du die richtige Zuordnung hin, seit das mit den Kornkreisen anfing?«, wollte Antonin wissen.

»Sicher.« Rainer nickte. »Wenn Sie mich fragen, dann steht das erste Sigill in dem Flachsfeld bei der Schwarzen Elster für Traurigkeit. Das auf dem Feld bei Großkoschen für Trägheit. Das auf dem Feld mit dem zweiten Toten für Stolz. Das danach für Unzucht. Das gestern auf dem Versuchsfeld für Ruhmsucht und das heute für Zorn. Allerdings«, er zwinkerte ihnen verschwörerisch zu, »ist da gestern noch ein weiterer Kornkreis mit einem Sigill aufgetaucht. Ich weiß nicht, ob Sie von dem Fund wissen? Denn soweit ich weiß, gab es da keine kriminellen Vorkommnisse.«

»Doch, wissen wir«, knurrte Sarah. »Und?«

»Das steht meiner bescheidenen Expertise nach für Völlerei.«

»Völlerei?« Irritiert blickte Antonin Rainer an. »Sicher?«

»Ja, absolut. Zuerst dachte ich ja, das seien wirklich, na ja, spirituelle Botschaften. Sie verstehen schon ... Aber ich gestehe, jetzt, da ich aus den Nachrichten weiß, dass Sie beide den Strohpuppenmörder für all das verantwortlich machen, muss ich meine Theorie vielleicht doch revidieren. In diesem Fall sind all diese Getreideformationen wohl doch künstlich erschaffen worden. Auch wenn ich keine Ahnung habe, wie der Kerl das hingekriegt hat. Verstehen Sie mich nicht falsch, aber der muss auf diesem Gebiet ein echter Künstler sein.«

Sarah atmete tief durch und nickte. »Nun, immerhin wissen wir jetzt, dass noch ein Sigill aussteht. Das für Geldgier.«

Rainer nickte.

»Okay.« Antonin drückte ihm seine Visitenkarte in die Hand. »Sonst noch was?«

»Nee. Aber das war doch schon eine ganze Menge, oder nicht?«

»Ja, war es.« Antonin nickte. »Wenn dir noch was einfällt, ruf uns bitte an.«

»Klar, mach ich. Und das mit dem Nachwort steht?«

»Das mit dem Nachwort steht«, bestätigte Sarah und öffnete ihm die Wagentür. »Dank dir. Mit alledem hast du uns wirklich sehr geholfen. Allerdings melde dich mit so was beim nächsten Mal bitte direkt bei der Polizei.«

»Ja, Sie haben recht. Tut mir leid.« Der Sprachexperte rückte den Karton auf dem Rücksitz wieder zurecht und blickte sie beim Aussteigen betreten an.

Er verabschiedete sich und marschierte in Richtung Absperrband.

»Scheiße«, zischte Sarah, als sie sich wieder auf den Beifahrersitz setzte. »Wenn das stimmt, dann fehlt nur noch eine einzige Formation, und es kommt mutmaßlich zu einem Unglück.«

»Ja.« Antonin nagte nachdenklich an seiner Unterlippe. »Die meisten Zuordnungen kommen tatsächlich hin. Sindy Nowak war von großer Trauer erfüllt. Dieser Koslowski scheint tatsächlich ein fauler Hund zu sein. Tim Opitz war auf seinen *XFactor*-Kanal sehr stolz. Und dass diese Doreen Wagner Unzucht getrieben hat und unser Reporter ganz ohne Zweifel ruhmsüchtig war, darüber brauchen wir nicht zu diskutieren. Vermutlich auch nicht darüber, dass Paula Kießling ziemlich zornig gewesen sein muss. Aber was ist mit dieser Lea? Völlerei? Die war doch überhaupt nicht dick.«

»Nein, ganz im Gegenteil«, meinte Sarah. »Sie hat auf mich einen eher mageren Eindruck gemacht. Fast zu mager … Vielleicht eine Essstörung?«

»Das müssten doch eigentlich Tim und Sven wissen, oder?«, brummte Antonin. »Andererseits … wenn die in Wahrheit sogar eher unter Magersucht leidet … Na ja. Völlerei steht gemäß der katholischen Lehre der Mäßigung als Tugend gegenüber. Eigentlich geht es bei alledem darum, Gott oder dem Leben gegenüber nicht undankbar zu sein. Wenn die sich tatsächlich halb zu Tode gehungert hat, dann könnte man das auch als lasterhaftes Verhalten auffassen.«

»Das können unsere Nornen sicher besser beantworten«, meinte Sarah. »Hier geht es ja nicht um die katholische Interpretation, sondern um eine sehr viel ältere Auslegung der Laster. Viel entscheidender ist ja, dass diese Sigille immer das Erscheinen dieser Mittagsfrau ankündigen. Ich verstehe nur die Zusammenhänge nicht.«

»Es muss was mit dem Fehlverhalten der Menschen zu tun haben«, brummte Antonin. »Es ist ja schon auffällig, dass diese Roggenmuhme den Legenden nach Faulheit, Trägheit und Feldzerstörungen bestraft. Wer weiß, was noch? Vielleicht geht es bei alledem um so etwas wie elementare Zusammenhänge oder Energien, aus denen diese Kreatur ihre Kraft schöpft?«

»Ja, vielleicht.« Sarah stöhnte. »Ist mir nur im Augenblick scheißegal, das können mir unsere Schwurschwestern irgendwann genauer erklären. Im Augenblick ist bloß wichtig, dass jetzt bloß noch ein Erscheinen der Roggenmuhme aussteht, bevor … was auch immer passiert.«

Antonin nickte. »Ärgerlicherweise haben die Jungs gestern nur einen kurzen Blick auf die Fotowand geworfen, sonst wüssten wir jetzt vielleicht, auf wen sie es als Letztes abgesehen hat. Paula war die eine. Dann noch irgendeine Dicke, die Kuchen in sich hineinstopfte ...«

»Was ebenfalls zur Völlerei passt«, unterbrach Sarah ihn. »Vermutlich hat Glowik diese Frau ausgewählt. Aber seine dämonische Mentorin muss sich dann mit dieser armen Lea für ein anderes Opfer entschieden haben.«

»Bleibt der Anzugträger mit beginnender Halbglatze mit dem Mikro in der Hand«, schloss Antonin. »Auch ihn haben die Jungs zuvor noch nie gesehen.«

»Geldgier? Könnte zu einem Banker passen.«

Antonin schnaubte. »Da fallen mir noch einige mehr ein.«

Sarah seufzte, und ihr Blick glitt über den Pappkarton auf dem Rücksitz. Erstmals sah sie, dass darin zwei glitzernde Objekte lagen, neben anderem Zeug wie einem Bilderrahmen, einem Briefbeschwerer, einer Tasse und zwei aufgerissenen Briefkuverts. »Was ist das da?« Sie deutete nach hinten.

Ihr Kollege wandte sich um und seufzte. »Ach das. Der letzte Rest an privatem Zeug, das von Rejza Glowik in ihrer Wohnung übrig geblieben ist. Handrej wollte es eigentlich ihrer Familie übergeben.«

Sarah nahm den Karton an sich, wühlte die Habseligkeiten durch und stutzte, als sie darin zwei kunstvolle Glasfiguren entdeckte. Eine Eule und eine Katze. Beide in meisterhaftem Schliff.

»Das hier gehört alles ihr?«

»Ja, ich sagte doch, nichts, was uns weiterbringt.«

Sarah blickte wieder zum Feld hinüber, und in ihr reifte ein Gedanke. Konnte das wirklich wahr sein?

»Sag mal, gehört das Feld hier auch zur Krahl GmbH?«

»Öh ... keine Ahnung.« Antonin runzelte die Stirn. »Wieso?«

»Was, wenn Glowik die Felder nicht bloß ausgewählt hat, weil er da zufällig für seinen Arbeitgeber zu tun hatte. Was, wenn es damit eine ganz andere Bewandtnis hat?«

»Was meinst du?«

»Könnte es sein, dass Holger Krahl dieser ominöse Liebhaber von Křešćan Glowiks Mutter ist?« Lauernd sah sie Antonin an. »Überleg mal: Dass diese Sigille alle in den Feldern der Krahl GmbH auftauchen, ist vielleicht gar kein Zufall. Und Glasfiguren wie die hier«, sie hob die Eule aus der Schachtel, »sehe ich nicht zum ersten Mal. Die Vitrine in Holger Krahls Büro ist voll davon. Der hat mir erzählt, dass die aus dem Erzgebirge stammen und er sie sammelt. Was, wenn er die hier seiner damaligen Liebschaft geschenkt hat? Eine Halbglatze hat der Kerl auch. Außerdem würde das vielleicht auch erklären, warum Glowik bei ihm auf dem Firmengelände als Einziger in den Genuss einer Betriebswohnung kam. Du weißt schon, dieses vorgebliche Programm für Ex-Knackis.«

Antonin starrte sie überrumpelt an.

»Meine Güte!«, ihr kam noch ein weiterer Gedanke. »Sollten die wirklich unter einer Decke stecken, dann hat dieser Mistkerl damals vermutlich gar nicht mit seiner Betriebssicherheit telefoniert, sondern Glowik vor meinen Augen gewarnt.«

»Scheiße!« Antonin startete den Wagen. »Klemm dich ans Telefon und finde heraus, ob Krahl im Betrieb ist. Und falls nicht, wo sich seine Privatwohnung befindet. Dem statten wir umgehend einen Besuch ab.«

*

Tim saß im *XFacts*-Studio seines Bruders und starrte verzweifelt auf die Bücher und Zettel vor ihm auf dem Tisch.

Trotz der Vormittagsstunde begann es hier oben auf dem Heuboden wieder warm zu werden, und jetzt ärgerte es ihn, dass er vorhin nicht daran gedacht hatte, eine Flasche Wasser mitzunehmen.

Außerdem war er müde und abgekämpft.

Seine und Svens Stimmung war eh auf einem Tiefpunkt. Tim versuchte, tapfer gegen seine Tränen anzukämpfen, doch das fiel ihm zunehmend schwerer. Denn nicht zum ersten Mal seit Lucas und nun auch Leas Verschwinden peinigte ihn der Gedanke, dass ihr Kampf gegen die Roggenmuhme vielleicht völlig vergebens war.

Im Grunde wussten ja nicht einmal Sarah Richter und ihr Polizeikollege Antonin Schultkas wirklich Rat. Wie auch? Die beiden hatten zwar versucht, ihnen gut zuzureden, doch dabei war es auch geblieben, seit sie sie gestern bei ihm zu Hause abgesetzt hatten. Natürlich nicht, ohne sie noch einmal nachdrücklich zu ermahnen, Stillschweigen über die gestrigen Vorfälle zu bewahren.

Als ob sie irgendwem von dem ganzen Irrsinn erzählen könnten.

Er und Sven hatten den beiden verschwiegen, dass sie deren Begegnung mit den Hexen heimlich belauscht hatten, ihnen beim Abschied aber angeboten, sie gern weiter zu unterstützen. Auch, um so auf dem neuesten Stand zu bleiben.

Leider waren die Polizisten nicht auf das Angebot eingegangen. Stattdessen hatten sie sie mit freundlich klingenden Ausflüchten abgespeist, die letzten Endes darauf hinausliefen, dass sein Freund und er bloß zwei törichte Teenager seien, die sich besser nicht weiter in Gefahr bringen sollten.

Als ob Sven und er jetzt einfach aufhören könnten.

Dafür war es längst zu spät.

Nur wusste Tim inzwischen nicht mehr weiter.

Diese Hexenweiber hatten gestern den Polizisten gegenüber ja sehr deutlich gemacht, dass vielleicht schon heute eine Entscheidung anstand. Zur Mittagsstunde.

Wenn die Macht des Sichelweibs am größten war.

Trotz der Sache mit dieser unheimlichen Vogelscheuche war er daher ziemlich froh, dass er mit Sven gegen die Vorgaben der Erwachsenen verstoßen und so überhaupt davon erfahren hatte. Allerdings steigerte das bloß seine Sorge.

Es war einfach zum Verzweifeln.

Hinter ihm kam jemand die Leiter hoch, und als er sich zur Luke umdrehte, sah er, wie Sven freihändig den Dachboden betrat. In der einen Hand hielt er zwei dampfende Tassen, in der anderen balancierte er einen großen Teller mit belegten Broten.

Er marschierte zu ihm herüber und stellte eine der Tassen auf dem Tisch ab.

»Hier, heißer Muggefuck. Hat mir deine Oma mitgegeben.« Er warf ihm einen bedauernden Blick zu. »Leider ist euch der echte Kaffee ausgegangen.«

Tim musterte den Getreidekaffee missmutig, und für einen winzigen Moment fragte er sich, ob das eine weitere Spitze ihrer unheimlichen Gegnerin war. Schließlich trank er doch einen Schluck und griff auch widerwillig zu den Broten, die Sven mitgebracht hatte.

Sein Freund setzte sich wieder vor die große Kiste, neben der die Bücher Glowiks ausgebreitet lagen, die er schon den ganzen Morgen über studierte.

Natürlich hatten sie bereits letzte Nacht damit begonnen, die Werke zu sichten. Nur waren ihnen aufgrund all der Schrecken und Anstrengungen, die hinter ihnen lagen, irgendwann die Augen vor Erschöpfung zugefallen. Sie hatten den Wecker auf sechs Uhr morgens gestellt und nach einer von Albträumen geplagten, kurzen Schlafphase dort weitergemacht, wo sie in der Nacht aufgehört hatten.

»Deiner Oma geht es übrigens echt mies«, meinte Sven. »Ich glaube, der wird langsam klar, dass sie sich falsche Hoffnungen macht.«

»Ich weiß«, stöhnte Tim. »Aber was soll ich tun?«

»Ich wollte es nur gesagt haben.« Sven griff geknickt zu dem Schreibblock neben sich. »Übrigens bin ich mit den Büchern soweit durch. Die beiden letzten Kapitel hier haben nichts mehr mit der Mittagsfrau zu tun.«

»Und?« Tim wandte sich ihm zu.

»Ehrlich gesagt nicht viel Neues. Ganz allgemein wird sie im Volksglauben wohl mit allen möglichen Getreidearten in Verbindung gebracht, nicht bloß Roggen. In einigen Volkssagen ist sie als

Weizenmuhme bekannt, in anderen allgemein als Kornmuhme. In wieder anderen heißt sie altes Weib, Großmutter, große Hure, die Alte, Erntemutter oder nur Feldweib. Sie soll angeblich die sogenannten Roggenwölfe kontrollieren, die offenbar genauso bösartig sind wie sie selbst. Und praktisch jedes Instrument, das sie den Volkssagen nach bei sich trägt, benutzt sie dazu, um zu foltern, zu schnetzeln oder sonst wie zu töten.«

»Ja, so weit war ich selbst schon«, stöhnte Tim leicht verzweifelt. »Aber es muss doch irgendwelche Hinweise geben, wie man sie vielleicht bezwingen kann.«

»Vielleicht nicht unbedingt bezwingen, aber in Schach halten«, meinte sein Kumpel. Sven griff zu einem Block mit Notizen. »Ich hab dazu nur zwei Sachen gefunden. Zum einen gibt es wohl bäuerliche Rituale, die dazu dienen, sie zu besänftigen. Relativ übereinstimmend heißt es in den Überlieferungen, dass die Roggenmuhme oder ihr Geist in das letzte Getreide fährt, das bei der Ernte noch auf dem Feld steht. Die sogenannte letzte Garbe. In einigen Regionen wurde es eigens stehen gelassen und der Roggenmuhme als Opfergabe dargebracht. In anderen wurde es unter großem Brimborium abgeschnitten und dann teilweise sogar zu einer Frauenfigur zusammengebunden, die man dann bei einer Feier um eine gute Ernte bat.«

»Für so etwas dürfte es in unserem Fall deutlich zu spät sein. Niemand, der sich ihr irgendwann mal widersetzt hat?«

»Doch, eine Volkssage dazu habe ich tatsächlich gefunden. Und zwar die von der ›besiegten Mittagsfrau‹.«

»Okay?« Tim sah ihn gespannt an.

»Da geht es um ein Mädchen, das sich beim Flachsjäten auf dem Feld verspätet. Sie wird angesichts ihrer vermeintlichen Faulheit von der Mittagsfrau gestellt, und das Monster will sie mit seiner Sichel umbringen. Allerdings widersetzt sich das Mädchen furchtlos und entkommt ihm, indem sie ihm eine Stunde lang vom Flachs erzählt.«

»Was bitte?«

»Ja, sie quatscht sie möglichst lange über den ganzen Flachherstellungsprozess voll. Wohl, um ihren Fleiß zu demonstrieren. Von der Saat bis zum Verkauf des fertigen Produkts. Das macht sie eine Stunde lang, und tatsächlich zieht die Roggenmuhme anschließend von dannen und lässt sie laufen.«

»Das ist alles?«, stöhnte Tim. »Sonst nichts? Nichts über irgendein Ritual? Oder vielleicht eine Waffe?«

»Nein, tut mir leid.« Sven blickte niedergeschlagen zu ihm auf. »Und du? Irgendwas in den Büchern deines Bruders? Ich frag mich eh, was du darin noch Neues finden willst.«

Tim wandte sich den Kornkreisbänden zu, die sie hier oben gefunden hatten, und den beiden Werken aus dem Geheimversteck in der Kiste, die aufgeschlagen vor ihm lagen. Auch die zwei vollgekritzelten Zettel mit Lucas Notizen hatte er vor sich liegen.

»Na ja«, seufzte er. »Ich hatte die Hoffnung, irgendwie zu verstehen, womit sich Luca vor seinem Verschwinden genau befasst hat.«

Er nahm den Zettel mit den Zahlenfolgen zur Hand, den er bei seinem ersten Besuch hier oben gefunden hatte: 1643, 1706 und 1771.

»Das hier sind offenbar Jahresdaten. In allen drei Jahren wurde die Lausitz von Hungersnöten heimgesucht.«

Er griff zu dem deutlich enger bekritzelten Zettel, den er in der *Historie der ersten Ermittlungen der Gendarmerie Sachsens* gefunden hatte.

»Hieraus werde ich nur so halb schlau. Was sollen all die Spiralen und Kreise? Nur die Ortsnamen auf dem Zettel ergeben Sinn. Die stammen größtenteils aus dem Polizeibuch, und es scheint sich um die Dörfer zu handeln, in deren Nähe 1772 während der Dürre Kornkreise aufgetaucht sind. Du weißt schon, damals, als es der Vorfahre von Oberkommissarin Richter mit der Roggenmuhme zu tun bekam. Luca hat die Orte aus irgendeinem Grund zusammengetragen. Drei der Namen stammen aus dem Polizeiband. Ein weiterer aus den anderen Büchern. Der muss aber dazugehören, denn der Kornkreis dort soll ebenfalls 1772 aufgetreten sein. Die Bücher gehören übrigens gar nicht Luca, sondern Philipp. Im Einband steht sein Name drin. Luca muss sie sich von ihm ausgeliehen haben.«

»Ja, gut möglich. Philipp hat sich schon vor dem Scheiß hier für Kornkreise interessiert«, sagte Sven. »Vermutlich war er es sogar, der Luca mit dem Thema angefixt hat.« Er stand auf und kam zu Tim. »Vielleicht hat Luca ja versucht, irgendwelche Zusammenhänge zwischen damals und heute aufzuspüren.«

»Aber welche? Die Angaben in den historischen Schinken sind so vage, daraus lässt sich nicht mal schließen, wie diese Formationen ausgesehen haben. Nur eine einzige ist als Zeichnung erhalten. Die hier.« Er zeigte Sven die Abbildung.

Der runzelte die Stirn. »Wenn du mich fragst, ähnelt die sehr einer Formation auf den Polaroidfotos gestern.«

Tim starrte sie nachdenklich an und nickte. »Stimmt, eine gewisse Ähnlichkeit ist nicht abzustreiten. Warte mal.«

Er griff zu seinem Handy, rief die Aufnahmen der Polaroidfotos auf, die er gestern in Handrejs Haus gemacht hatte, und verglich sie mit der alten Zeichnung.

»Du hast recht. Die ähnelt sehr der Geoglyphe, die beim Flachsfeld oben zwischen Geierswalde und der Schwarzen Elster gefunden wurde.«

»Vielleicht hat sich Luca deswegen dafür interessiert?«, mutmaßte Sven. »Das war schließlich der erste Kornkreis, der hier bei uns entstanden ist. Wenn Luca nicht zuvor selbst in Geierswalde war, um den Kreis auszukundschaften, hat er ihn vielleicht in einem Internetforum entdeckt und sich dann an die Zeichnung aus dem alten Buch hier erinnert.«

»Ja ...«, murmelte Tim nachdenklich. »Könnte hinkommen. Zweimal das gleiche Kornkreissymbol nach zweieinhalb Jahrhunderten ist ja schon recht auffällig.«

»Zum Zeitpunkt von Lucas Verschwinden gab es ja auch noch den in Großkoschen«, meinte Sven. »Und Luca ahnte offenbar, dass in dem Feld, das ihm und Philipp zum Verhängnis wurde, noch ein Kreis entstehen würde. Schultkas meinte doch gestern, dass Glowik Luca zuvor GPS-Daten des Feldes zugespielt hat. Nur dass Luca davon ausging, dass die Kreise irgendwie von selbst entstehen würden.«

»Gott, du hast recht. Er könnte versucht haben, in alledem irgendeine Gesetzmäßigkeit zu finden.«

»Hast du die Felder eigentlich mal auf einer Karte eingetragen?«, wollte Sven wissen. »So überblickshalber?«

»Nein. Aber genau das machen wir jetzt mal.«

Tim trat an den Laptop seines Bruders heran, schaltete ihn an und lud eine Karte der Gegend aus dem Internet herunter. Er importierte sie in ein Zeichenprogramm, das sowohl er als auch Luca gern benutzten.

Doch kaum hatte er es aufgerufen, sahen sie zu ihrem Erstaunen, dass sich in der aktuellen Arbeitsdatei bereits eine historische Karte der Lausitz befand. Luca hatte darauf vier rote Punkte gemalt, die sich halbmondförmig über die Region verteilten.

Tim und Sven sahen erstaunt hin und erkannten, dass die Markierungen auf Orten lagen, bei denen schon 1772 Kornkreise erschienen waren. Darunter auch zwei Ortschaften, die längst nicht mehr existierten.

»Das gibt es doch nicht«, sagte Tim. »Luca ist auf dieselbe Idee gekommen wie wir.«

»Ja, er hat offenbar wirklich nach Zusammenhängen gesucht«, erwiderte Sven aufgeregt. »Los, nimm dir mal die moderne Karte vor und markiere darin die Standorte der heutigen Kornkreise. Wir haben doch inzwischen sogar sechs.«

Tim machte sich ans Werk, Sven gab ihm die GPS-Daten durch, die auf den Polaroidaufnahmen eingetragen waren, und erstaunt bemerkten sie, dass sich die Felder mit den Datumsangaben wie ein

Halbbogen über der Landschaft verteilten, oder genauer: wie eine Spirale, die sich nach außen hin immer mehr öffnete.

»Irre«, entfuhr es Sven. »Sag mir nicht, dass das Zufall ist.«

»Nein, ist es wahrscheinlich nicht«, murmelte Tim. »Eventuell steckt dahinter sogar noch mehr. Warte mal, lass mich das kurz checken.«

Er nahm seinem Freund das Handy ab, rief eine Webseite über geometrische Formen auf und stieß schließlich einen erstaunten Laut aus. »Oh, bitte lass mich recht haben ... Denn falls ja, dann liegen die Kornkreise nach dem Prinzip einer goldenen oder logarithmischen Spirale über der Landschaft.«

»Einer was?«

»Das ist eine geometrische Form, die man ziemlich häufig in der Natur findet«, meinte Tim aufgeregt. »Etwa der goldene Schnitt bei Schneckengehäusen oder der Nautilus-Muschel, aber auch in der Pflanzenwelt. Hatten wir doch mal in Geometrie. Bei fotografischen Bildkompositionen spielt die Goldene Spirale auch eine wichtige Rolle.«

Verständnislos blickte ihn Sven an.

»Ganz einfach: Das alles folgt dem Prinzip immer kleiner werdender Viertelkreise, die man so zusammenlegen muss, dass die Kreisbögen außen sind. Daraus entsteht dann so ein spiralförmiges Gebilde, das am Ende wie so eine posthornförmige Muschel aussieht. Die Kornkreise liegen dabei immer an den Eckpunkten, da wo die Viertelkreisbögen aufeinanderstoßen.«

Tim setzte sich ans elektronische Zeichenprogramm, zog einen Kreis auf und veränderte dessen Fläche so, dass der Kreisbogen die Fundorte der ersten zwei Kornkreise bei der Schwarzen Elster und in Großkoschen berührte. Der Mittelpunkt des Kreises lag exakt im 90-Grad-Winkel zu den Fundorten. Er zeichnete vom Mittelpunkt des Kreises aus die Radien zu den beiden Stellen ein, dann löschte er die restliche Kreisfläche, sodass nur noch ein Viertelkreis übrig blieb, der die ersten zwei Fundorte mit seinen Außenecken berührte. Jetzt kam es darauf an. Er suchte sich aus den Vorlagen des Zeichenprogramms einen Viertelkreis heraus und legte ihn so am unteren Schenkel des ersten Viertelkreises an, dass die Kreisbögen ineinander übergingen. Auch ihn verschob er so, bis die Achsen im 90-Grad-Winkel mit den Kornkreisen bei Großkoschen und Lauta-Dorf übereinstimmten, wo sein Bruder verschwunden war.

»O mein Gott, das passt!« Tim wiederholte die Prozedur, wobei er stets mit den neu ermittelten Viertelkreisen begann und die anderen Kornkreise als Markierungspunkte nahm. Auf diese Weise entstand über der Landkarte eine geometrisch perfekte Spiralform.

»Wetten, man kann die Radien der zunehmend kleiner werdenden Kreissektoren immer nach dem gleichen Verhältnis ermitteln?«

»Was auch immer du meinst«, antwortete Sven lahm, der seinem Freund überfordert zusah. »Und das bringt jetzt was?«

»Ganz einfach«, meinte Tim. »Damit ist es möglich, von einem erschienenen Kornkreis auf den Standort des nächsten zu schließen. Bis jetzt ist doch jeden Tag ein Kreis hinzugekommen.«

»Nein, gestern waren es sogar zwei«, korrigierte Sven ihn.

»Okay, stimmt. Wie man hier sieht, passen die aber trotzdem. Und ich gehe jede Wette ein, dass heute ein siebter Kornkreis aufgetaucht ist. Und zwar hier!«

Er deutete auf den ermittelten Ort auf der Karte.

»Und wurde dort wieder jemand entführt oder getötet?«

Tim sah traurig auf. »Ich ahne, an wen du denkst: Paula, oder?«

»Ja, ich mache mir inzwischen große Sorgen um sie. Schließlich erreichen wir sie nicht.«

»Okay, lass uns dringend die beiden Kommissare informieren«, meinte Tim. »Die müssen unbedingt von unserer Entdeckung erfahren. Wenn die Kornkreise tatsächlich durch irgendwelche Rituale entstehen, wissen wir jetzt, wo sie ausgeführt werden müssen. Das heißt, wir können vielleicht dem Arsch, der dafür verantwortlich ist, bei den nächsten Malen zuvorkommen. Also sei so lieb und lauf kurz rüber in mein Zimmer. Da liegen die Visitenkarten der beiden Polizisten. Beeil dich.«

»Du kommst nicht mit?«, fragte Sven verwundert.

»Ich komm gleich runter. Ich muss nur eben noch was nachschlagen.« Tim rief eine Internetsuchmaske auf. »Denn falls wir es wirklich noch einmal mit dieser Roggenmuhme zu tun bekommen, will ich vorbereitet sein …«

*

»Herr Krahl? Sind Sie da?«

Antonin klingelte Sturm und donnerte zusätzlich mit der Faust gegen die Haustür, während Sarah einige Schritte vom Eingang zurücktrat und das Gartengrundstück des hübschen Bungalow-Anwesens ins Auge fasste.

Krahl hatte an nichts gespart. Eine hohe, sorgfältig geschnittene Hecke umschloss eine ausladende Rasenfläche mit großen Bäumen, die Zufahrt war mit gepflegten Beeten verziert, und er besaß gleich zwei Garagen, von denen eine offen stand und einen futuristischen weißen Bugatti Chiron offenbarte.

Nachdem sie unter einem harmlosen Vorwand noch einmal bei der Krahl GmbH vorstellig geworden waren, hatten sie von seiner Sekretärin erfahren, dass sich der Firmenchef bislang nicht im Betrieb hatte blicken lassen, ganz entgegen seiner üblichen Praxis. Daraufhin waren sie gleich weiter zu seiner Privatadresse in der Nähe des Johanneums Hoyerswerda gefahren.

Doch auch hier schien er nicht zu sein.

»Was machen wir jetzt?« Sarah blickte kurz zu der Kamera über dem Eingangsbereich, die verborgen hinter einer Regenrinne angebracht war.

»Hinten mal nachsehen«, murrte Antonin.

Sie umrundeten den Bungalow und gelangten in einen großen

und gut vor Blicken abgeschirmten Garten. Hier gab es Liegen und einen Pool, dessen Wasser im Sonnenlicht glitzerte.

Antonin marschierte sogleich zu der großen Terrasse, die an eine spiegelnde Fensterfront grenzte. Hinter den Scheiben erblickten sie ein geräumiges Kaminzimmer, das überaus geschmackvoll eingerichtet war. Auch dort fand sich eine Vitrine mit Glasskulpturen, wie Sarah sie schon in Krahls Firmenbüro gesehen hatte. Allein ein umgekippter Stuhl am Boden passte nicht so recht ins Bild.

Sarah wechselte einen Blick mit Antonin, dann probierte sie ihr Glück an den Terrassentüren. Leider waren sie versperrt.

»Komisch«, murmelte sie. »Sein Bugatti ist schließlich noch da.«

»Zwei Garagen, dann wohl auch zwei Fahrzeuge.« Antonin blickte durch die Fensterscheiben ins Innere. »Trotzdem, meine Intuition sagt mir, dass hier irgendwas nicht stimmt. Mit uns gerechnet haben dürfte er eigentlich nicht.«

»Ja, aber wenn er und Glowik unter einer Decke stecken, dann sind die beiden vielleicht gerade beschäftigt«, wandte Sarah ein.

»Und warum meldet er sich dann nicht wenigstens bei seiner Sekretärin ab?«

Sarah seufzte. »Gut, was jetzt?«

»Uns läuft die Zeit weg.« Antonin maß die Scheibenfront mit prüfendem Blick und wandte sich kurzerhand einer der Liegen zu.

»Warte!«, hielt Sarah ihn auf. »Bevor wir zu den ganz rabiaten Methoden greifen, lass uns erst überprüfen, ob man nicht von der Garage aus ins Haus gelangt.«

Antonin ließ die Liege wieder sinken, und sie versuchten es noch einmal vorn.

Es war so, wie Sarah vermutet hatte. Die offene Garage grenzte direkt an den Bungalow, und tatsächlich gab es dort einen schmalen Zugang, der ins Haus führte. Die Tür war unverschlossen.

Mit einer Hand am Pistolenhalfter drang Sarah als Erste in die Wohnung vor.

»Herr Krahl?«, rief sie, kaum dass sie im Innern stand.

Noch immer rührte sich nichts im Haus.

Sie schlichen über einen geräumigen Korridor und spähten in die abzweigenden Räume, die alle luxuriös eingerichtet waren: ein Bad mit Whirlpool und Sauna, ein großes Schlafzimmer, dessen Wände mit moderner Kunst geschmückt waren, außerdem ein Billardzimmer samt Bar. Es gab ein Gästeschlafzimmer, eine verchromte moderne Küche, die ans Kaminzimmer grenzte, sowie ein im Gegensatz zum Rest der Wohnung fast schon bieder wirkendes Arbeitszimmer. In Letzterem standen ein Schreibtisch, Regale mit vielen Ordnern, und an den Wänden hingen zahlreiche gerahmte Fotos, die Stationen der Firmengeschichte dokumentierten.

Alles schien so weit harmlos, dennoch fanden sie – abgesehen von dem umgekippten Stuhl im Kaminzimmer – weitere Merkwürdigkeiten, die nicht so recht zu der Ordnung passten, die hier ansonsten herrschte.

Im Flur zur Haustür lag eine Jacke am Boden, und das Telefon auf einer Kommode im Korridor stand so dicht an der Kante, dass scheinbar ein scharfer Blick genügte, um es zu Fall zu bringen.

»Irgendwas ist hier vorgefallen«, knurrte Antonin.

»Okay, sehen wir uns im Arbeitszimmer um, wenn wir schon mal hier sind«, schlug Sarah vor.

Sie nahmen sich den Schreibtisch und die vielen Ordner mit Firmenpapieren vor. Schließlich trat Sarah an die Wand mit den gerahmten Fotos und betrachtete sie.

Auf nahezu allen war Holger Krahl zu sehen. Er posierte zusammen mit Arbeitern vor irgendwelchen neuen Feldmaschinen, schritt martialisch mit Gummistiefeln durch ein Feld, durchtrennte ein Band bei einer Einweihungsfeier und dergleichen mehr.

Sarah wollte sich schon abwenden, als ihr ein älteres Bild auffiel, das ihn bei einer Rede zeigte, die er offenbar während einer Weihnachtsfeier vor der Belegschaft abgehalten hatte. Sarah trat näher heran und musterte das Publikum.

»Antonin, ich hab was!« Sie nahm das Foto von der Wand ab und zeigte es ihm. »Ich glaube, hier auf dem Bild ist Rejza Glowik zu sehen. Da!«

Sie tippte auf eine hübsche Frau im Publikum, die Krahl anzuhimmeln schien und bei der es sich ganz ohne Zweifel um dieselbe Person handelte wie auf dem Foto aus dem Tagebuch. Nur eben etwas älter.

»Okay, die zwei kannten sich also wirklich.« Antonin nickte finster. »Dann dürfte unsere Vermutung also stimmen, dass die beiden eine Liebschaft hatten. Aber was für ein Motiv hat Krahl, um Glowik zu helfen? Der Mann macht doch ganz und gar nicht den Eindruck, als hätte er eine Neigung zur Esoterik.«

»Schauen wir uns weiter um.«

Während Antonin das Arbeitszimmer durchsuchte, nahm Sarah sich die anderen Räume vor. Sie begann im Schlafzimmer, öffnete Schränke und Nachttischschubladen und tastete sie routiniert ab.

Überraschend fand sie auf Anhieb einen Doppelbartschlüssel, der außer Sicht des Betrachters mit Klebeband am Holz des Nachttisches befestigt war.

Sie ahnte, wozu er diente.

Sie kehrte wieder ins Arbeitszimmer zurück. »Antonin, ich glaube, ich hab hier einen Safeschlüssel.«

»Sehr gut«, begrüßte ihr Kollege sie, der inzwischen den Teppich weggeklappt hatte und vor einem Bodentresor stand. »Dann hoffe ich mal, dass ich das dazu passende Gegenstück gefunden habe.«

Sie probierte den Schlüssel aus, und tatsächlich passte er.

Sie öffneten den Tresor und fanden darin neben etwas Bargeld und älterem Goldschmuck eine Dokumentenmappe.

Sarah nahm sie heraus, legte sie auf den Schreibtisch, und gemeinsam beugten sie sich über den Inhalt.

Bereits die Frontblätter ließen sie innehalten, denn das waren Kopien von Buchseiten alter Volkssagen, die allesamt um die Roggenmuhme kreisen. Allerdings um einen ihrer besonderen Aspekte, nämlich der als Regenmuhme. Ein Begriff, der auf zweien der Seiten sogar mit Kugelschreiber eingekreist war.

Sie klappten eine gefaltete Umgebungskarte der Lausitz auf, in der die vielen Felder von Krahls Firma schraffiert eingezeichnet waren. Erst als Sarah sich die darunter liegenden Seiten vornahm, dämmerte ihr allmählich, worin Krahls vorrangiges Interesse bestand: Bei den Dokumenten handelte es sich um Firmenbilanzen und Statistiken zu den bisherigen Ernteerträgen.

»Sieh dir das an! Man sieht hier ganz deutlich, dass die Ernteerträge in den letzten Jahren wegen der fortwährenden Dürre immer weiter zurückgegangen sind. Es hat die Krahl GmbH einiges gekostet, die Verluste durch neues Saatgut und aufwendigere Dünge- und Bewässerungsmethoden wettzumachen. Und jetzt sieh dir die Prognosen für die kommenden Jahre an.« Sie drückte Antonin eine Tabelle in die Hand. »Krahl rechnet hier mit einer massiven Gewinnzunahme seiner Firma durch deutlich steigende Ernteerträge, und das bei gleichzeitiger Halbierung der Bewirtschaftungskosten. Ganz so, als ginge er davon aus, dass die Dürre bei uns für ihn keine Rolle mehr spielen wird.«

»Das ist ja wohl nicht wahr.« Antonin betrachtete das Zahlenwerk und sah ungläubig zu ihr auf. »Der will die Roggenmuhme dafür einsetzen, um die Bilanzen seiner Firma aufzubessern?«

»Sieht ganz so aus, oder?«

Rasch nahmen sie sich den Rest der Unterlagen vor und stießen auf Kopien von Gefängnisunterlagen, die Krešćan Glowik betrafen. Zudem fanden sie drei ältere Briefe in weiblicher Handschrift, die von Rejza Glowik stammten und in denen sie Krahl bat, sich nach ihrem Tod um ihren Sohn zu kümmern.

»Also genau, wie du vermutet hast«, stöhnte Antonin. »Was ich bloß nicht begreife, ist, wie Krahl mit diesem übernatürlichen Kram in Verbindung steht.«

»Vielleicht durch Rejza Glowik?« Sarah sah ihn an. »Sie wird ihm vermutlich irgendwann von den Vorgängen in Kutzlarnitz erzählt haben.«

»Ja, klar. Mag sein. Und er scheint Křešćan Glowik auch aktiv in seinem Treiben zu unterstützen. Aber wirkt Krahl auf dich wie … ein Hexer?«

»Dann vielleicht doch Křešćan selbst?«, schlug Sarah vor. »Ganz offensichtlich kannte er ja sogar die Kirche, wo dieses Zauberbuch versteckt war.«

Antonin wog nachdenklich sein Haupt. »Bleibt die Frage, wo er jetzt steckt.«

»Eher, was hier vorgefallen ist.« Sarah sah sich wieder misstrauisch um. »Da draußen war doch eine Kamera über dem Eingang. Wo ist der Rekorder mit den Aufnahmen? Vielleicht finden wir damit mehr darüber heraus, was hier zuletzt geschehen ist.«

Sofort begannen sie, das Haus abzusuchen.

Antonin öffnete schließlich einen weißen Kasten im Korridor, der auf den ersten Blick wie ein Sicherungskasten wirkte, jedoch einen Vierkanalrekorder samt kleinem Bildschirm barg. Er war mit gleich drei kabellosen Kameras rund ums Haus verbunden: mit der über der Haustür, mit einer in der Auffahrt und einer im Garten.

Alle drei Kameras lieferten fortwährend Aufnahmen, die sich nach zwölf Stunden selbst überspielten.

Sie nahmen sich die Datei der Kamera über dem Eingang vor. Sarah spulte zurück, und tatsächlich entdeckten sie auf der Aufnahme Křešćan Glowik, der gegen sieben Uhr vor dem Bungalow erschien und klingelte. Offenbar öffnete ihm der Hausherr, zu sehen war Krahl jedoch nicht. Glowik sah sich misstrauisch um, bevor er eintrat. Dann rührte sich eine Weile nichts. Schließlich trat er wieder ins Freie, lief zur Einfahrt und fuhr wenig später mit einem älteren Opel Caravan vor, den er dicht vor der Haustür parkte.

Er betrat wieder das Haus, und sie konnten nun sehen, wie er Krahl ins Freie schleifte, gefesselt und offensichtlich ohne Bewusstsein. Glowik wuchtete ihn durch die Heckklappe ins Fahrzeug, ehe er die Haustür schloss, einstieg und anfuhr. Bei der Einfahrt hielt er noch einmal für eine gute halbe Minute, bevor er das Grundstück endgültig verließ.

Was er im Wagen trieb, konnten sie nicht sehen, daher merkten sie sich den Zeitstempel und überprüften die Aufnahme der Kamera, die auf die Zufahrt gerichtet war. Jemand stieg dort von der Straße aus zu.

Fassungslos beugten sich Sarah und Antonin über die Aufzeichnung, als sie begriffen, wer das war.

»Die alte Borbora?«, entfuhr es Sarah. »Dieses Dreckstück! Ich wusste die ganze Zeit über, dass mit dem Weib etwas nicht stimmt. Diese Hexe hat uns nach Strich und Faden angelogen!«

Antonin zückte wütend sein Handy und wählte eine Nummer. »Ich glaube nicht, dass die Kutzlarnitzer davon wissen. Insbesondere nicht Lenka und Mječisława.«

»Du traust denen weiterhin?«, fragte Sarah nervös.

»Warum sonst der ganze Aufwand?«, fragte er. »Und was bleibt uns auch anderes übrig? Denn falls nicht, sind wir erst recht erledigt!«

Offenbar schien nun endlich jemand Antonins Anruf anzunehmen.

»Handrej, hier Antonin … Handrej? … Grundgütiger, such dir einen Platz mit besserem Empfang. Das hier ist wichtig!«

Es dauerte eine Weile, bis Antonin weitersprach.

»Ja, besser … Handrej, wir haben gerade eine fürchterliche Entdeckung gemacht: Křešćan Glowik steckt mit niemand Geringerer als mit Borbora unter einer Decke!«

Antonin erklärte ihm, was sie herausgefunden hatten, und seine Reaktion verriet Sarah, dass der Kutzlarnitzer offenbar bestürzt über die Nachricht war.

Nur ergab das alles einen schrecklichen Sinn.

Borbora steckte hinter den zurückliegenden Geschehnissen. Vermutlich war sie es auch gewesen, die den Koraktor im Kirchenaltar gefunden hatte, und nun bediente sie sich des Buches. Womöglich war sie auf dieselbe Weise auf das Versteck gekommen wie jüngst Tim und seine Freunde. Nur dass sie die Entdeckung ihren Schwurschwestern gegenüber verheimlicht hatte und das Zauberbuch allein für sich beanspruchte. Vermutlich war sie auch eine der wenigen, die damit überhaupt etwas anzufangen wussten. Wie lange das schon so ging, darüber konnte Sarah nur mutmaßen. Ebenso, was Borboras Motiv war.

Doch es war ziemlich offensichtlich, dass sie mit Glowik zusammenarbeitete, und nicht Holger Krahl, den die beiden vermutlich nur wegen seines Geldes und seiner logistischen Hilfeleistungen ins Boot geholt hatten.

»Ja, okay«, sagte Antonin soeben. »Beeilt euch und ruf an, sobald du Lenka und Mječisława informiert hast!« Er drückte das Gespräch weg. »So ein Mist«, fauchte er. »Ich hab mich von der Alten wie ein Idiot vorführen lassen.«

»Nicht nur du«, seufzte Sarah. »Aber was machen wir jetzt? Dir ist sicher klar, was die mit Holger Krahl vorhaben.«

»Ja«, murrte Antonin. »Ein geldgierigeres Opfer als ihn finden sie hier in der Gegend vermutlich kein zweites Mal. Aber wenn wir richtigliegen, ist er das achte und zugleich letzte Opfer, bevor was auch immer geschieht. Und wir haben keine Ahnung, wo die jetzt stecken.« Sein Handy klingelte, und er ging sofort ran. »Okay, das ging schnell … Wer bitte?« Antonin wirkte irritiert. »Jungs, wir haben im Augenblick wirklich keine … Was bitte ist euch gelungen?«

Er verzog die Miene in maßlosem Erstaunen. »Ja, richtig, da ist heute wirklich ein neues Sigill im Feld aufgetaucht … Ja, es war Paula. Wir haben ihre Sachen neben dem Feld gefunden. Tut mir leid.«

Mit wem sprach er?

Tim und Sven, formten seine Lippen lautlos, während er weiter konzentriert lauschte.

»Okay, aber wir haben ein Problem. Denn es wird vermutlich nur acht Opfer geben. Woher wir das wissen, erzählen wir euch später. Könnt ihr herausfinden, wo das achte Sigill auftreten wird? ... Okay, schickt mir die Daten am besten gleich per SMS. Wir kümmern uns darum. Bis gleich.«

Er beendete das Gespräch.

»Sag schon, was ist passiert?«, wollte Sarah wissen.

»Du wirst es kaum glauben«, antwortete er kopfschüttelnd, »aber hinter dem Auftauchen der Kornkreise steckt offenbar Mathematik. Die Jungs sind auf eine Methode gekommen, wie man die Standorte der Kornkreise voraussagen kann. Sie schicken mir die Positionsdaten gleich zu.«

»Du willst mich veralbern?«

»Nein, ganz sicher nicht.«

Sein Gerät summte, und Antonin las die eingetroffene SMS.

»Da sind sie.«

»Okay.« Sarah fischte schon nach den Wagenschlüsseln des Škoda. »Dann lass uns da hin. Und informier die Kutzlarnitzer. Ich befürchte, das alles eskaliert schon ziemlich bald!«

HIGH NOON

Trotz der Sonne, die grell auf sie niederbrannte, traten Tim und Sven schwitzend in die Pedale. Sie radelten an einer abgezäunten Weide mit Kühen vorbei, die ihnen im Schatten einiger Bäume hinterherblickten, und brausten auf die nahe gelegenen Getreidefelder zu, die von hier aus bis zum Horizont reichten.

Tim orientiere sich noch einmal an dem Navi seines Handys, doch schon jetzt zeichnete sich ab, dass sie das berechnete Ziel bald erreicht hatten.

Gespannt richtete er sich auf dem Fahrrad auf und entdeckte ein Stück voraus, zwischen gelben Ähren, einen dunklen Škoda, der einsam auf einem Feldweg parkte. Er war sich sicher, dass das der gleiche Wagen war, mit dem die Polizisten sie gestern aus Kutzlarnitz nach Hause gefahren hatten.

»Ich glaube, die sind schon da!«, rief er Sven zu.

»Natürlich sind die schon da«, keuchte sein Kumpel. »Und wenn ich mich nicht irre, ist da hinten auch so ein Kornkreis!«

Sven übernahm auf seinem Sportrad die Führung, scherte auf einen staubigen Feldweg ein, und sie fuhren in Richtung eines Roggenfeldes, auf dem sich schon auf die Ferne ein weiterer Kornkreis mit einer kunstvoll geschwungenen Geoglyphe abzeichnete.

Freude darüber, dass er mit seiner Berechnung richtiggelegen hatte, stellte sich bei Tim nicht ein. Vielmehr wurde ihm zunehmend mulmiger zumute.

Sie radelten weiter und näherten sich dem Škoda zügig. Abermals richtete sich Tim auf seinem Fahrrad auf, und diesmal entdeckte er auf dem Feld auch die beiden Gestalten, die den dortigen Kornkreis inspizierten.

Sarah Richter und Antonin Schultkas blickten ebenfalls in ihre Richtung, kaum dass sie sie nahen hörten, und während er und

Sven neben dem Škoda stoppten, marschierten die Polizisten durch die Halme zu ihnen zum Feldweg zurück.

Derweil zirpten um sie herum die Grillen in der Mittagsglut, und immer wieder sahen die beiden Jungs sich misstrauisch um.

Sarah Richter war die Erste, die aus dem Feld stapfte. Ihr war anzusehen, dass sie froh darüber war, den Acker hinter sich gelassen zu haben.

»Unglaublich, was ihr beide geleistet habt«, begrüßte sie sie, kaum dass sie vor ihnen stand. »Aber vermutlich wäre es wohl besser gewesen, wenn ihr zu Hause geblieben wärt.«

»Sie erwarten doch jetzt nicht allen Ernstes, dass wir einfach Däumchen drehen?«, empörte sich Tim.

»Eben«, pflichtete Sven ihm bei. »Außerdem haben Sie uns noch nicht erklärt, warum Sie sich so sicher sind, dass das hier der letzte Kornkreis ist.«

Antonin Schultkas trat aus dem raschelnden Halmdickicht, und Tim sah, dass er ein Strohpüppchen in der Hand hielt.

»Ihr zwei habt auf jeden Fall eine Erklärung verdient«, meinte er mit einem skeptischen Blick zurück aufs Feld. »Nur befürchten wir, dass uns unser unheimlicher Feind weiterhin ein gutes Stück voraus ist.«

»Okay, sagen Sie schon!« Tim sah ihn unruhig an, während er sich auf seinem Lenker abstützte.

Oberkommissarin Sarah Richter seufzte und erklärte ihnen zögernd, was sie und ihr Kollege zuvor herausgefunden hatten. Dass die Entstehung der Kornkreise mutmaßlich durch spezielle Rituale eingeleitet wurde, wussten sie bereits. Doch mehr, als dass dabei die Strohpuppen eine wichtige Rolle spielten, hatten Schultkas und die Kutzlarnitzer ihnen gegenüber nicht durchblicken lassen.

Tim und Sven lauschten den Ausführungen der Polizistin aufmerksam, und überrascht starrte Tim hinüber zum jüngsten Kornkreis inmitten der Ähren. »Dann stellt das Püppchen, das Sie gefunden haben, also diesen Firmenchef dar?«

»Ja, ziemlich eindeutig.« Antonin Schultkas präsentierte die Strohpuppe missmutig, und sie erkannten, dass die Figur sogar mit einem kleinen Anzug bekleidet war. »Ärgerlicherweise sind wir zu spät. Abgesehen von der Puppe hier, haben unsere Gegner uns leider keinen einzigen Hinweis hinterlassen, wo sie jetzt stecken oder was sie jetzt planen.«

»Irgendwie wusste ich, dass dieser Borbora nicht zu trauen ist«, schnaubte Tim. »Die war übrigens gestern noch mal in der Scheune, nachdem Sie beide und diese anderen Hexenschwestern weg waren.«

»Wie bitte? Ihr wart dort – und habt gesehen, was passiert ist?«, entfuhr es Sarah Richter überrascht. Beunruhigt schaute sie zu ihrem Kollegen.

Sven sah Tim mahnend an.

Der erwiderte seinen Blick. »Was? Ist doch jetzt eh egal.« Er wandte sich wieder den Polizisten zu. »Uns war doch klar, dass Sie uns nur die Hälfte erzählen würden«, meinte er böse. »Als wir sahen, dass dieser Handrej sich mit einigen Dörflern traf, sind wir ihm nach und haben uns dann auf den Heuboden geschlichen, kurz bevor Sie und die … Frauen diesen gruseligen Kram durchgezogen haben.«

Schultkas seufzte. »Egal. So umtriebig, wie ihr schon die ganze Zeit über seid, hätten wir uns so was vermutlich gleich denken können. Hilft uns jetzt aber leider auch nicht weiter.«

»Ja, leider.« Richter blickte wütend auf ihre Armbanduhr. »Außerdem läuft uns die Zeit davon. Wenn der Rest dieser Schwesternschaft recht behält, dann erreichen Borbora und ihr Großneffe in genau einundvierzig Minuten ihr Ziel. Denn dann ist Mittag.«

Betroffen wechselten Tim und Sven einen Blick – als weiter hinten, aus der Richtung, aus der auch sie gekommen waren, ein blauer Polo auf sie zukam, gefolgt von einem älteren Lkw mit brauner Plane über der Ladefläche.

Beide Fahrzeuge zogen eine Staubfahne hinter sich her.

»Die Kutzlarnitzer«, meinte Antonin Schultkas. »Hoffentlich wissen die Rat.«

»Hoffentlich stehen die wirklich auf unserer Seite.« Sarah Richter stellte sich misstrauisch vor Tim und Sven, die Hand am Holster.

Die Fahrzeuge fuhren zwischen den Feldern auf sie zu und hielten irgendwann mit quietschenden Bremsen.

Die Wagentüren öffneten sich, und dem Polo entstiegen fünf Männer mit harten Gesichtszügen und bäuerlicher Kleidung. Tim hatte einige von ihnen schon vorgestern bei dem nächtlichen Zwischenfall gesehen. Auch die Männer schienen ihn wiederzuerkennen, denn sie musterten ihn und Sven scharf, während sie den Polizisten nur knapp zunickten.

Sie wechselten auf Sorbisch einige Worte, öffneten die Heckklappe des Polo und kramten zu ihrer allgemeinen Überraschung Schrotflinten und Haumesser aus dem Kofferraum.

Dem Lkw hinter ihnen entstieg derweil der vollbärtige Handrej, der auch eine Schrotflinte geschultert hielt. Neben ihm im Führerstand saßen die beiden anderen Hexenschwestern, Lenka und Mječisława.

Heute trugen die Frauen deutlich einfachere Trachten, was vermutlich der Hitze geschuldet war. Doch auch sie waren schwarz. Tim schluckte beklommen, als sie nun ebenfalls das Fahrzeug verließen, die Blicke fest auf ihn und Sven gerichtet.

Sarah Richter schien sich allmählich zu entspannen.

»Offenbar sind wir zu spät«, knurrte Handrej.

»Ja. Leider.« Antonin drückte ihm verärgert das Strohpüppchen in die Hand und wandte sich den Frauen zu. »Es ist nicht sehr beruhigend, dass Borbora Sie ebenso hinters Licht geführt hat wie uns.«

»Wir können es ehrlich gesagt immer noch nicht glauben«, erwiderte Mječisława verärgert. »Es ist noch nie passiert, dass sich eine Schwester gegen die andere gestellt hat.«

»Und was plant Borbora?«, fragte Sarah Richter erbost.

»Wir wissen es nicht«, antwortete ihr die rothaarige Kutzlarnitzerin, während sie Tim und Sven ins Auge fasste. Auch Lenka wirkte betroffen. »Als uns Antonins Nachricht erreichte, haben Mječisłava und ich sofort Borboras Haus durchsucht. Sie war fort. Und sie hat nicht viele Hinweise hinterlassen. Und doch sind wir uns sicher, dass sie die Roggenmuhme bannen und ihre Kraft für sich nutzen will.«

»Das schließen wir auch aus etwas anderem«, erklärte Mječisława ernst. »Borbora hat sich zuletzt einige alte Aufzeichnungen vorgenommen, in denen von etwas Interessantem die Rede ist: dem Schicksalsschnitt.«

»Dem was?«

»Mächtigere Entitäten wie die Mittagsfrau vermögen sich dem Willen ihres Beschwörers auf zweierlei Weise zu entziehen. Die eine Möglichkeit ist recht profan. Sie besteht darin, dass ihrem Beschwörer während des Rituals ein Fehler unterläuft. So etwas kann überaus dramatische Konsequenzen haben, darunter auch das vorzeitige Ableben des Ritualführers. Allerdings schließen wir das bei Borbora aus. Sie ist die erfahrenste von uns, außerdem befindet sie sich unseres Wissens im Besitz des Koraktors.«

»Den Aufzeichnungen zufolge«, fuhr ihre jüngere Schwester fort, »besteht die andere Möglichkeit darin, dass die Roggenmuhme bis zur Stunde ihres auferlegten Banns einen alten Feind tötet, um aus dieser Tat die Energie zu gewinnen, den Zauberzwang zu durchbrechen. Dann wäre es dem Sichelweib sogar möglich, die Freiheit zu erlangen. Und damit meine ich eine Freiheit ohne all jene Beschränkungen, denen sie üblicherweise unterworfen ist.«

»Verstehen Sie?«, wandte Mječisława ein. »Seit es Ihr Ahne 1772 vollbrachte, die Roggenmuhme zu bezwingen, scheint Ihre ganze Familie an diese Kreatur gebunden zu sein. Er hat sie damals aufgehalten, aber ganz offensichtlich nicht vernichtet. Das ist vermutlich auch der Grund, warum die Nachkommen Ihrer Familie in jeder

Generation eine Polizeilaufbahn einschlagen. Sie und die Roggenmuhme sind durch das Schicksal aneinander gebunden.«

»Was für ein Mist ist das denn?«, sagte Sarah Richter.

Tim und Sven, die die Ausführungen der Hexenschwestern reglos mit anhörten, warfen sich erstaunte Blicke zu.

»Wir sprechen hier von kosmischen Gesetzen«, erwiderte Lenka entschieden. »Sie und Ihre Familie können dieser schicksalhaften Verbindung nicht entgehen. Nicht, bis sich Ihr Schicksal auf die eine oder andere Weise erfüllt hat.«

Die Polizistin starrte die Hexenschwestern ungnädig an.

»Na ja, das würde erklären, warum dieses Monster mehrfach versucht hat, dich umzubringen«, meinte Antonin nachdenklich.

»Ja, aber was es nicht erklärt«, grollte seine Kollegin, »ist, warum Borbora mich nicht schon längst aus dem Weg geräumt hat, wenn sie wusste, wer ich bin. Ihr Großneffe hatte mich doch schon eine ganze Weile auf dem Kieker.«

Die dunkelhaarige Hexenschwester seufzte. »Nicht, wenn Borbora erst bei Ihrem Besuch bei uns im Ort auf diese Verbindung aufmerksam geworden ist. Und das … ist dann vermutlich sogar meine Schuld. So viel Zeit hatte sie also vermutlich gar nicht zum Handeln.«

»Und Glowik? Wieso hat der mich dann schon vor Wochen ausspioniert?«

Die Erwachsenen warfen einander nachdenkliche Blicke zu.

»Ich glaube, Sie alle vergessen da was!«, mischte sich Tim ungefragt in das Gespräch ein. Verblüfft wandte sich die kleine Gruppe zu ihm um.

»Was meinst du damit?«, fragte Mječisława.

»Na ja, wir waren es schließlich, die Frau Richter aus den Händen dieses Typen befreit haben.« Tim nickte kurz Sven zu. »Dieser Glowik sprach doch davon, dass er ›ihr demütiger Diener‹ sei, der ›ihr‹ angeblich helfen will, sich von irgendwelchen ›Ketten‹ zu befreien.« Ernst blickte er die Kommissarin an. »Ich glaube kaum, dass er damit diese Borbora gemeint hat, sondern die Roggenmuhme.«

»Gott, ja, stimmt!« Die Kommissarin berührte ihn anerkennend am Arm. »Und er erwähnte auch, dass er ein Schicksal erfüllen muss, um ihr – Zitat! – ›den Weg in unsere Welt zu ebnen‹.«

Tim nickte heftig. »Das deutet doch eigentlich darauf hin, dass der Mann Ihrer Zauberschwester zwar hilft, in Wahrheit aber der Roggenmuhme dient. Und zwar dabei, sich aus dem Bann Ihrer Hex…, äh, Schwester zu befreien. Ich wette mit Ihnen, der hilft Ihrer … Kollegin nur so lange, bis er sein Ziel erreicht. Vielleicht hat die ihm dafür irgendwas als Belohnung versprochen? Also … die Roggenmuhme.«

»Jungs, man sollte euch wirklich nicht unterschätzen«, meinte Antonin Schultkas. »Ich hab mich eh schon gefragt, warum Glowik seiner Großtante hilft, so mies, wie die sich die ganze Zeit über seine Mutter äußert.«

»Na gut, aber wie hilft uns das jetzt alles weiter?«, fragte Sarah Richter. »Weder wissen wir, wo die beiden momentan stecken, noch, wie man dieser Dämonin beikommen kann.« Sie blickte auf die Uhr. »Und uns bleiben inzwischen nur noch knappe 30 Minuten, um das herauszufinden.«

»Was Letzteres betrifft, waren wir nicht untätig«, mischte sich Handrej erstmals ein, der jetzt ebenfalls zu ihnen trat. »Wir haben Flinten dabei, Benzin und sogar einen Flammenwerfer!«

Er steckte die Finger in den Mund und stieß einen Pfiff aus.

Hinter dem Lkw rumpelte es, als dort eine Klappe fiel. Zwei weitere Kutzlarnitzer traten ins Licht, und einer von ihnen war tatsächlich mit einem Flammenwerfer ausgerüstet. Der zugehörige Tank glich einem Infanterierucksack, das Strahlrohr einem Gewehr.

»Das ist ein alter sowjetischer LPO-50-Flammenwerfer, den wir letzte Nacht einsatzbereit gemacht haben«, erklärte der Sorbe mit grimmiger Zufriedenheit. »Und die Schwurschwestern waren meines Wissens auch nicht untätig.«

»Ja. Wir haben vielleicht eine Möglichkeit gefunden, die Roggenmuhme in eine Falle zu locken«, sagte Lenka, die den Lkw mit unheilvollem Blick maß. »Außerdem … haben wir *sie* mitgebracht.«

Tim schluckte, denn er ahnte, was sich vermutlich noch unter der Plane befand.

»Fehlen nur noch Borbora und Glowik.« Sarah Richter richtete ihre Schirmmütze und blickte hinaus auf die Felder. »Wo könnten die hin sein?«

»Es wird auf irgendein Versteck hinauslaufen«, knurrte ihr Kollege. »Denn irgendwohin müssen sie ja auch all die Entführten geschafft haben.«

»Wir haben ein weiteres Orakel zu ergründen versucht«, meinte Mječisława unglücklich. »Doch mehr, als dass Borbora quasi wie eine Spinne in ihrem Netz hockt, haben wir leider nicht erfahren.«

»Warten Sie«, mischte sich Tim wieder ein. »Vielleicht muss man das ja wörtlich nehmen. Haben Ihnen Frau Richter und Herr Schultkas erzählt, wie wir auf den Kornkreis hier gekommen sind?«

»Ja, schon.« Die Hexe sah ihn misstrauisch an. »Sie sagten, durch Berechnungen.«

»Ja, und zwar mittels einer Goldenen Spirale«, antwortete Tim aufgeregt. »Aber, und das ist vielleicht wichtig, auch die hat ein Zentrum. Und das ist nicht hier, dürfte aber nicht weit entfernt liegen, da sich die Spirale schon ganz gut geschlossen hat. Warten Sie.«

Er zückte sein Handy, öffnete die Karte samt den geometrischen Viertelkreisberechnungen und zog sie größer. »Das Zentrum müsste von hier aus …«, prüfend schätzte er den Bereich ein, »etwas weiter im Westen liegen. Höchstens anderthalb Kilometer entfernt.«

»Sehen wir uns doch an, ob sich da etwas von Interesse befindet.« Sarah Richter beugte sich zu ihm, kramte nun ihr eigenes Handy hervor, rief Google Earth auf und wählte die Stelle in der Landschaft gezielt aus. Dann schaltete sie auf Satellitenbild um, wartete, bis die Aufnahme geladen war, und zog das Bild noch größer.

»Wenn das dieser Bereich hier ist, sind da bloß Felder und …
Moment! Da steht etwas, das einen Schatten wirft.«

Antonin trat stirnrunzelnd neben sie, ebenso die Hexenschwestern und Handrej.

»Das könnte ein alter Kornspeicher sein«, brummte der vollbärtige Sorbe.

»Ja, das würde passen.« Aufgewühlt sah Mječisława in die Runde. »Lasst uns sofort aufbrechen.«

Handrej stieß einen weiteren Pfiff aus, gab das Kommando zum Sammeln, und er und seine Mitstreiter stiegen wieder in die Fahrzeuge. Auch Mječisława und Lenka liefen zurück zum Lkw.

»Können wir vielleicht bei Ihnen mitfahren?«, fragte Sven die Polizisten, die sich ebenfalls anschickten, zu ihrem Fahrzeug zu laufen.

Die beiden warfen sich einen unglücklichen Blick zu. Schließlich trat die Cottbuserin noch einmal zu ihnen.

»Ehrlich, Jungs. Ihr habt alles Menschenmögliche für eure Freunde getan. Mehr als das!« Sie berührte sie mitfühlend an den Schultern. »Aber was jetzt auf uns zukommt, ist lebensgefährlich. Wir dürfen euch zwei nicht auch noch verlieren.« Sie blickte Tim in die Augen. »Sollten wir erfolglos sein, dann denk an deine Großmutter. Soll die ihren einzigen verbliebenen Enkel verlieren?«

»Eigentlich müssten Sie auch hierbleiben«, meinte Tim missmutig. »Denn wenn es der Roggenmuhme gelingt, Sie zu töten, dann sind Sie dafür verantwortlich, dass sie in unserer Welt Unheil heraufbeschwört.«

»Das ist mir bewusst«, antwortete die blonde Polizistin ernst. »Aber was sind die Alternativen? Zuzulassen, dass sich die alte Borbora ihrer Kräfte bedient? Oder zuzulassen, dass sich dieses dämonische Wesen irgendwann in der Zukunft ein weiteres Mitglied meiner Familie vornimmt, das dann *nicht* auf sie vorbereitet ist? Nein …«, sie schüttelte den Kopf. »Wenn das wirklich so etwas wie ein Familienfluch ist, dann muss ich heute versuchen, ihn zu brechen. Außerdem bin ich Polizistin. Also, bleibt hier und wartet ab, bis wir uns bei euch melden.«

Sie nickte ihnen zu und lief zum Škoda, dessen Motor ihr Kollege bereits gestartet hatte.

Der Lkw hinter ihnen wendete, indem er rücksichtslos die Halme am Feldrand planierte, dann rückte die Fahrzeugkolonne ab und entfernte sich in einer Staubfahne von ihnen.

Schließlich waren nur noch leiser Motorenlärm und das fast schon spöttische Zirpen der Grillen um sie herum zu hören.

»Das lassen wir uns doch nicht gefallen, oder?«, meinte Sven.

»Nein!«, antwortete Tim sauer. »Und zwar ganz und gar nicht.«

*

Sarah blickte angespannt zu dem düsteren alten Kornsilo hinüber, während die Wagenkolonne mit hoher Geschwindigkeit an gelben Kornfeldern vorbeibrauste, über denen grell die Mittagssonne leuchtete.

Wind und Wetter hatten den runden Siloturm leicht gebeugt. Dennoch ragte er gute zwölf Meter hoch zum blauen Himmel auf und ähnelte damit einem mahnenden Finger, der einsam aus dem Meer der Ähren stach.

So ramponiert, wie der Silo wirkte, stammte er vermutlich aus den frühen Fünfzigern. Ein krummes Spitzdach aus stumpfgrauen Holz- oder Bleischindeln thronte über einem von rostigen Eisenbändern umfassten Mittelbau. Allein zum Boden hin lief der Turm in einer schief stehenden scheunenartigen Gebäudekonstruktion aus, an der ebenfalls der Zahn der Zeit genagt hatte.

Eigentlich war es ein Wunder, dass der Silo überhaupt noch stand.

Und da war noch etwas. Denn als sie näher kamen, erkannten sie auf dem überwucherten Vorplatz ein Fahrzeug: den Opel Caravan, den sie von Krahls Überwachungsaufnahmen her kannten.

»Sieht ganz so aus, als wären wir hier richtig!«, knurrte Antonin.

Sarah prüfte noch einmal ihre Waffe, als die Wagenkolonne auch schon auf den von zersprungenen Betonplatten übersäten Vorplatz rollte. Unkraut und einzelne Ähren wucherten zwischen den Platten, und während die Fahrzeuge in einem Halbkreis vor dem Silo hielten, warf Sarah einen misstrauischen Blick auf das hohe Getreide, das das Gelände ringförmig umschloss.

Vor ihnen klappten Autotüren, und die Kutzlarnitzer betraten schwer bewaffnet den Platz. Handrej bellte auf Sorbisch Kommandos, und drei seiner sieben Männer begannen damit, auf der dem Silo zugewandten Seite die Plane des Lkw hochzuklappen.

Sarah und Antonin verließen den Škoda, und als sie im Freien standen, schien es ihr, als würde die Sonne heute besonders unnachgiebig auf sie herabbrennen. Und nicht nur das. Denn wenn sie lauschte, konnte sie das Konzert der Grillen hören.

Überlaut. Fast aggressiv.

Sollten diese Biester sie hier noch einmal angreifen, war sie diesmal vorbereitet.

Trotz der brütenden Wärme zog sich Sarah ein Halstuch über Nase und Mund, das sie heute Morgen vorsichtshalber eingesteckt hatte. Auch Antonin prüfte seine Waffe. Derweil nahmen die beiden Hexenschwestern einen Sack von der Ladefläche des Lkw entgegen, während Handrej und einer seiner Helfer Benzinkanister abluden.

Die übrigen Männer postierten sich mit Schrotflinten und dem Flammenwerfer in einem lockeren Halbkreis zwischen Silo und Autos und behielten das wurmstichige Gebäude misstrauisch im Blick.

Ihre Gesten und ihre Mienen verrieten, dass sie hier mit dem Äußersten rechneten. Und auch Sarah klopfte das Herz bis zum Hals. Sie hatte weiß Gott noch nicht vergessen, mit was sie es in der Kirche zu tun bekommen hatte.

Im Halbdunkel unter der Lkw-Plane war jetzt auch die übrige Fracht zu erkennen: drei grausig anmutende Vogelscheuchen mit schwarzen Augenflicken und grässlich vernähten Mäulern. Leicht schief und mit weit ausgebreiteten Armen standen sie auf der Ladefläche und schienen den Silo anzugrinsen.

Darunter auch der Bubak, der mit ihrem Blut ... erschaffen worden war.

Sarah schüttelte sich innerlich beim Anblick der Schreckgestalten, doch keine der Scheuchen rührte sich. Dabei spürte sie instinktiv, dass mit diesen Dingern etwas nicht stimmte.

»Uns bleiben nur noch knappe sechs Minuten!«, rief Antonin mit lauter Stimme, während Sarah und er leicht geduckt zu den Hexenschwestern eilten.

Die erwarteten sie bereits, und Mječisława und ihre jüngere Schwurschwester Lenka sahen ihnen ernst entgegen.

»Wir haben das hier aus der Kirche geborgen.« Die Ältere griff in den Sack, aus dem es übel nach verbrannten Haaren stank, und zog an den Resten eines Haarschopfes einen verkohlten, leicht aufgedunsen wirkenden menschlichen Schädel mit aufgeplatzten Lippen hervor.

»Oh, Gott!«, ächzte Sarah. »Sie haben die Köpfe mitgenommen?«

»Nicht nur, um unerquicklichen Ermittlungen Ihrer Kollegen zuvorzukommen«, antwortete die Schwarzhaarige, »sondern, weil wir durch Sie wissen, dass die Roggenmuhme sich dieser Körperteile bereits einmal bedient hat. Das ermöglicht uns ein Ritual, um sie an einen Ort zu locken, den wir bestimmen. Ich sage Ihnen das, weil Ihre Aufgabe darin bestehen wird, uns bei der Ausführung dieses Rituals zu schützen.«

Ohne ihre Reaktion abzuwarten, gab sie Handrej ein Zeichen. Der kam mit einem Begleiter samt Benzinkanister herbei und ging mit den Schwestern zu einer Stelle auf dem Vorplatz, die im Schutz des Škoda lag. Die Steinplatten dort waren kaum noch vorhanden, und Handrej und sein Begleiter entleerten glucksend einen der Kanister auf dem Erdreich.

Die Männer auf der Ladefläche des Lkw sprangen herunter,

schnappten sich die übrigen Kanister und begannen damit, den kompletten Vorplatz aufseiten der Felder ringförmig mit Benzin zu begießen. Sarah hätte am liebsten vorgeschlagen, gleich den ganzen Silo anzustecken, doch natürlich ging das nicht. Nicht, solange sie darin die Entführten vermuteten.

Neben dem schweren Strohgeruch, der den Feldern entströmte, lag jetzt auch ein beißender Geruch nach Benzol in der Luft.

Lenka und Mječisława entnahmen dem Sack zugespitzte Pfähle, an denen Lederamulette und kleinere Ährenbündel befestigt waren, und rammten sie zwischen die brüchigen Plattenreste in den Boden. Dann erklang unvermittelt ein hässliches Knarren auf dem Vorplatz.

Sofort waren die Männer alarmiert. Die Spannhähne der Flinten klickten, und Sarah und Antonin nahmen hinter der Kühlerhaube des Škoda Deckung, da sich jetzt das große, scheunenartige Tor des Silos öffnete.

Eine Stille zog auf, die allein von dem Gezirpe der Grillen durchbrochen wurde, als aus dem Dunkeln eine leicht gebeugte Gestalt in schwarzer Trachtenkleidung ins Sonnenlicht trat. Ihr blindes Auge zuckte unruhig, das andere jedoch strich herrisch über den Vorplatz.

»Wy sće mje potajkim namakał?«,[11] schallte ihnen die zornige Stimme Borboras entgegen.

Die beiden Schwurschwestern warfen sich alarmierte Blicke zu, und Lenka trat vor, während Mječisława auf dem benzingetränkten Platz weitere Pfähle in den Boden rammte.

Die junge Sorbin reckte kühn das Kinn und trat Borbora gegenüber. Zwischen den beiden ungleichen Hexenschwestern entspann sich ein erboster Wortwechsel, den Sarah leider nicht verstand,

»Sag schon«, zischte sie an Antonin gewandt, »worum geht's da?«

»Um Vorhaltungen, Vorwürfe und Gehässigkeiten.« Antonin

11 Ihr habt mich also gefunden?

448

schnaubte böse. »Uns sollte mehr sorgen, dass wir nur noch drei Minuten bis zur Mittagsstunde haben. Und Borbora wirkt nicht gerade, als würde unser Auftritt sie beeindrucken.«

»Nein, denn ich nehme mir nur, was mir gebührt!«, keifte die Greisin plötzlich auf Deutsch, und ihr starrender Blick fiel auf den Škoda, als wolle sie, dass Sarah sie ebenfalls verstand.

»Und damit ihr es wisst: Der letzte Blick, es war stets der meine!« Sie lachte keckernd, und ihre faltigen Hände machten eine Scherenbewegung. »Přimnje!«[12]

Von der Lkw-Ladefläche schallte unvermittelt ein grelles, spitzes Kreischen wie von Säuglingen, die geschlagen wurden, und als sich Sarah zu dem Fahrzeug umdrehte, schrie auch sie entsetzt auf.

Zwei der drei Vogelscheuchen erwachten zum Leben.

Ruckhaft, wie unter Stroboskoplicht.

Fast, als würden sich die Schreckgestalten bloß in jenen Momenten bewegen, wenn Sarahs Blick gerade abschweifte oder wenn ihre Lider zuklappten. Aber so war es nicht. Oder auch doch.

Während die Scheuche mit ihrem Blut noch immer reglos auf der Ladefläche verharrte, standen die beiden übrigen Bubaks plötzlich vor dem Lkw.

Aufgeschreckt fuhren die überraschten Kutzlarnitzer herum, doch es war zu spät. Wie rasende Kreisel stürzten sich die von den Hexenschwestern erschaffenen Monster unter die Männer und begannen ihr Zerstörungswerk.

Schreie gellten, eine Schrotflinte entlud sich krachend, doch die Kutzlarnitzer wurden von der plötzlichen Gefahr in ihrem Rücken völlig überrumpelt. Die wirbelnden Arme der grässlichen Schreckgestalten krachten hart gegen Leiber und Köpfe. Der Mann mit dem Flammenwerfer wurde brutal angehoben und fast drei Meter über den Platz in Richtung Silo geschleudert. Ein anderer klappte

12 Greift an!

ächzend zusammen, und ein Dritter stürzte schreiend mit gebrochenem Arm zu Boden, während seine Flinte über die Steinplatten kullerte.

Sofort eröffneten Handrej, Antonin und zwei weitere Männer das Feuer. Aus den Augenwinkeln nahm Sarah Mündungsblitze im Silo wahr. Die alte Borbora brachte sich dort soeben in Sicherheit, und Sarah ahnte, wer aus dem Innern das Feuer eröffnet hatte: Glowik!

Doch es war zu spät.

Lenka, die erschrocken zu den angreifenden Bubaks herumgefahren war, zuckte schmerzerfüllt zusammen, stürzte und blieb reglos in einer sich schnell ausbreitenden Blutlache auf den Betonplatten liegen.

Sarah schrie ebenso entsetzt wie Mječisława schräg hinter ihr, die inzwischen einen seltsamen Tanz aufführte und in ihrem Tun nur kurz innehielt.

Die Bubaks ignorierend, die sich weiter wirbelnd durch die Schar der Männer frästen, feuerte Sarah das halbe Magazin ihrer Pistole auf den Scheuneneingang ab und zwang Glowik so, sich tiefer in den Silo zurückzuziehen, ehe er auch Mječisława oder weitere Dörfler erschießen konnte.

Handrej brüllte einen zornigen Befehl, und er und zwei seiner Männer konzentrierten das Feuer ihrer Flinten jetzt auf einen Bubak, den sie dank ihrer Schrotladungen und trotz seiner seltsam ruckartigen Bewegungen auch erwischten. Die Vogelscheuche fegte soeben einen Mann zu Boden, als sie gleich zweimal getroffen wurde. Einer ihrer Arme wurde abgerissen, und die Jacke über dem Brustbereich platzte auf, sodass dort unvermittelt Rippenknochen zwischen Stoffresten und Stroh hervorstachen. Schrille Säuglingsschreie ausstoßend, geriet die Kreatur ins Taumeln, als weiter hinten ein Fauchen ertönte und ein greller Flammenstrahl durch die Luft schnitt, der die bizarre Schreckgestalt lichterloh in Flammen aufgehen ließ.

Der Mann mit dem Flammenwerfer, der sich längst wieder aufgerappelt hatte, zielte erneut und schickte sogleich einen weiteren Feuerstoß hinterher, der den kreischenden Bubak wie einen sprühenden Haufen Scheite auseinanderplatzen ließ.

Handrej und seine übrigen Leute kämpften längst weiter gegen die andere Vogelscheuche, die wie ein Wirbelwind unter ihnen wütete. Einer der Männer, der gerade Patronen nachlud, wurde hart am Kopf erwischt und stürzte tot oder bewusstlos zu Boden, einem anderen wurde die Schrotflinte aus den Händen geprellt, bevor auch er mit Macht angehoben und gegen die Fahrerkabine des Lkw geschleudert wurde.

Wut- und Schmerzensschreie schallten über den Platz, durchsetzt vom spitzen Gekreisch des verbliebenen Bubak. Körper flogen zur Seite, und ständig bellten die Waffen, im vergeblichen Bemühen, die rasende Vogelscheuche zu erwischen.

»Antonin! Die Felder!«, brüllte Sarah alarmiert. Sie wechselte das Magazin, um Glowik im Silo weiter in Schach zu halten. Dennoch sah sie, wie sich weiter im Osten plötzlich die Ähren auf den Feldern wie eine mächtige Woge erhoben und auf das Silogebäude zubrandeten.

Die Roggenmuhme. Sie kam!

Antonin, der es mit einer raschen Schussfolge geradeso schaffte, den heranwirbelnden Bubak von Handrej fernzuhalten, schrie etwas auf Sorbisch, und der Kerl mit dem Flammenwerfer lief los.

Auch Handrej nutzte seine Chance. Obwohl er längst überall am Körper blutete, feuerte er beide Läufe seiner Waffe zugleich auf den Bubak ab und fetzte ihm mit den Schrotladungen den Kopf vom Vogelscheuchenleib. Reglos kippte die Kreatur um.

Sarah bemerkte jenseits des Tores eine Bewegung und schoss mehrfach, ohne nachzudenken. Indes gab der Kerl mit dem Flammenwerfer einen Feuerstoß auf die Felder ab. Das ausgegossene Benzin entflammte, und sogleich schlug rings um sie herum eine prasselnde Flammenwand empor, deren rußende Lohen Acker und Silo in schwarzen Rauch hüllten.

Knackend und berstend wogte die Ährenwelle heran. Doch so rasch die monströse Getreideflut anbrandete, so rasch sank sie angesichts des sich ausbreitenden Flammenrings auch wieder in sich zusammen.

Ein sphärischer Schrei schallte an Sarahs Ohren, als sie ein anschwellendes Brausen vernahm und hinter den Rauchschwaden schwarze, schleierartige Wolken am Himmel entdeckte, die auf sie zujagten.

»Heuschrecken!«, brüllte sie.

Im nächsten Moment flog ein riesiger Schwarm aus zahllosen flatternden Insekten über die Feuergrenze hinweg und stürzte auf sie nieder. Die Luft war von einem lauten, aggressiven Schwirren, Summen und Flattern erfüllt, und unzählige Heuschrecken klatschten Sarah gegen Gesicht und Körper. Es waren so viele, dass die Umgebung nahezu komplett in einer grün-schwarzen Düsternis versank, während sich die Insekten auf ihrem Leib wie rasend gebärdeten.

Sarah schrie verzweifelt in ihr Tuch und schlug wüst um sich, um die vielen Krabbelviecher abzuwehren. Irgendwo vor ihr im brausenden Gewimmel zerteilte fauchend der feurige Strahl des Flammenwerfers die Luft. Auch die übrigen Kutzlarnitzer wehrten sich mit aller Kraft gegen die bösartige Insektenattacke. Ringsum donnerten Schrotflinten auf, im vergeblichen Versuch, möglichst viele Insekten vom Himmel zu holen, doch die Schüsse verstummten ebenso rasch wieder wie der Flammenwerfer.

Sarah sah, wie die Männer im Heuschreckengewimmel zu Boden gingen und hektisch um sich schlugen, dann vernahm sie inmitten des Brausens und Flatterns einen hohen Gesang.

Mječisława!

Zornig wischte Sarah einige krabbelnde Heuschrecken von ihrem Gesicht und fuhr zu der verbliebenen Hexenschwester herum, die als Einzige von den Insekten nahezu unberührt blieb. Während sie weiter den seltsamen Gesang erklingen ließ, rammte sie einen

Pfahl in den Boden, an dem die beiden verbrannten Köpfe baumelten.

Es war, als liefe von dort eine Druckwelle durch den Heuschreckenschwarm. Das unentwegte Schwirren und Flattern um sie herum wurde erst leiser, dann wieder lauter, und die Insekten begannen, ihre Angriffe auf sie einzustellen. Jäh stieg der gewaltige Schwarm am Silo auf, doch nur, um wie ein Wasserfall wieder auf den Boden zu prasseln.

Überall auf dem Platz lagen und krochen Männer, die verwundet stöhnten oder keuchend um Atem rangen. Einem von ihnen strömte Blut aus den Augen, ein zweiter zuckte nur noch, weil Insekten längst in seine Atemwege eingedrungen waren. Selbst Antonin neben ihr keuchte und spuckte angewidert eine Heuschrecke aus.

Doch Sarah hatte für all das kaum einen Blick.

Denn unmittelbar vor ihr, inmitten des sengenden Sonnenlichts, türmten sich die zahllosen Heuschrecken zu einem schwankenden Turm auf, aus dem sich innerhalb weniger Augenblicke die Roggenmuhme manifestierte.

Der Anblick des Monstrums war in jeder Hinsicht fürchterlich.

Das unheimliche Wesen war in fester Gestalt über zwei Meter hoch und besaß das Erscheinungsbild einer buckligen alten Frau mit knorrig wirkenden, pestschwarzen Gliedmaßen. Ihr zerrissener Flickenumhang raschelte bei jeder Bewegung wie Heuschreckenflügel. Er klaffte vorn auf, und Sarah erhaschte einen Blick auf einen ausgedörrten, mageren Leib, unter dessen ledrig schwarzer Haut es regelrecht zu brodeln schien. Tiefschwarze, ausgemergelte Brüste wippten wie schlaffe Fleischlappen vor der Leibesmitte, und wo die Kreatur ihre brandigen Füße aufsetzte, schraubten sich Getreidehalme aus den Rissen im Gestein.

Am fürchterlichsten jedoch war ihre grässliche Fratze.

Schwarzes, strähniges Haar hing wie verrottetes Stroh um einen knochigen Schädel mit eingesunkenen Augenhöhlen, in deren Tiefe es rot wie Kohle glühte. Darunter klaffte ein Loch, ähnlich dem Stumpf einer abgeschlagenen Nase, aus dem schwärzlicher Schleim tropfte. Und als die schreckliche Missgestalt ihr Maul öffnete, offenbarten sich braune, spitz zulaufende Zähne, die wie übergroße Ährenspitzen wirkten.

Wie auf den alten Zeichnungen, die Sarah von der Schreckgestalt kannte, hielt sie in einer Krallenhand drohend eine bronzene Sichel, auf deren scharfer Klinge sich die Flammen ringsum spiegelten.

Ganz ohne Zweifel war das die Sichel, die Glowik geschmiedet hatte.

Die Fratze des schrecklichen Weibs verzerrte sich vor Wut, als ihr glühender Blick auf Mječisława fiel, die sie weiterhin mit ihrem Gesang rief und provozierte. Mit leicht ausgebreiteten Klauenarmen beugte sich die monströse Gestalt vor und ließ ein fürchterliches Wutgeheul erklingen.

Schräg hinter ihr schrie der Kutzlarnitzer mit dem Flammenwerfer vor Entsetzen auf und richtete panisch die Waffe auf sie. Doch vor der Mündung loderte nur ein kurzer Flammenstoß auf, der rasch wieder schrumpfte.

Der Tank war leer.

Zornig fuhr die Roggenmuhme herum. Die Sichel in ihrer Hand zischte durch die Luft. Ein dumpfer Schlag war zu hören, dann rollte der Kopf des Mannes über den Boden, und sein Torso kippte blutspritzend vornüber.

Das Sichelweib packte seinen Leib, schleuderte ihn wie eine hilflose Gliederpuppe einmal quer über den Vorplatz und riss damit Antonin und einen weiteren Kutzlarnitzer, die sich soeben wieder aufrichteten von den Beinen.

Antonin schlug mit dem Kopf hart gegen die Ladefläche des Lkw und sackte benommen zusammen, während die Roggenmuhme mit raumgreifenden Schritten auf Mječisława zumarschierte, die zittrig vor ihr zurückwich. Doch das Sichelweib schien sich nur für den Pfahl mit den beiden verbrannten Köpfen zu interessieren, die sie wie im Zwang abriss und anstarrte.

Abermals ließ die Kreatur ihr Wutgebrüll erklingen, als die Hexenschwester etwas Brennendes warf. Mit einem puffenden Geräusch geriet der komplette Untergrund unter dem Monstrum in Brand, und grelle Flammen stoben auf. Vor Wut kreischte die Roggenmuhme auf, denn das Feuer erfasste nun auch ihren Leib. Fauchend schlug das unheimliche Wesen auf die Flammen ein und konnte sie doch nicht ersticken.

Endlich kamen Handrej und sein letzter kampftüchtiger Helfer auf die Beine, und auch Sarah überwand ihre Schockstarre.

»Schießt!«, brüllte sie und richtete ihre Waffe auf das Monstrum.

Einen Augenblick später wurde die zunehmend brennende Schauergestalt von einem regelrechten Hagel aus Kugeln und Schrotladungen durchsiebt, die sie durchschüttelten und hin und her warfen.

Das war der Moment, in dem das schreckliche Dämonenweib auf sie aufmerksam wurde. Sarah spürte fast körperlich, wie der Blick der fürchterlichen Vettel sie traf und regelrecht durchbohrte.

Trotz der Flammen brüllte die Kreatur triumphierend auf, hob die Sichel, und ihr Heulen veränderte sich. Es klang nun höher und spitzer.

Und wurde beantwortet.

Von einem tiefen Grummeln am Himmel über ihnen.

Sarah hatte längst ihr ganzes Ersatzmagazin auf die Schreckgestalt abgefeuert.

Mehr Kugeln hatte sie nicht dabei.

Und zu ihrem Entsetzen zogen jetzt von allen Seiten dunkle Gewitterwolken auf. Wie aus dem Nichts wirbelten sie heran, ballten sich über ihnen und verdunkelten grollend die Sonne.

Mit ihnen kam der Regen.

Ein schrecklicher Platzregen wie im Braunkohletagebau.

Jäh und unmittelbar.

Und ganz so wie damals schmerzten die schweren Tropfen beim Auftreffen, während sie den Silo und die nahen Felder unter wahren Sturzbächen ertränkten.

Wasser, das die Flammen auf dem Vorplatz löschte und selbst die letzten Glutnester erstickte. Und inmitten der herabstürzenden Regenmassen stand die Roggenmuhme.

Dampfend. Hasserfüllt.

Im Regen erschallte ihr wispernder Ruf:

Saaaraaaahhhhh!

Hilflos keuchte Sarah auf, als sie den glühenden Blick des Sichelweibes auf sich gerichtet sah.

Wie damals im Tagebau hörte der Regen von einem Augenblick zum anderen auf.

Von Mječisława war keine Hilfe mehr zu erwarten. Sie war längst zu Boden gestürzt, und Sarah sah aus den Augenwinkeln, wie die Hexenschwester verzweifelt mit überlangen Halmen aus dem Feld rang, die sie wie dürre Tentakel umschnürten.

Sarah stürzte mit einem Aufschrei vor, warf sich neben einen der am Boden liegenden Männer, entrang ihm die Schrotflinte und richtete den Lauf auf das dampfende Ungeheuer, das jetzt mit höhnischem Grinsen auf sie zustapfte.

Die letzte Patrone, die im Lauf steckte, traf das Monstrum in die Brust, und gereizt fauchte das Sichelweib auf, als Handrej unter lautem Gebrüll mit gleich zwei Waffen vorstürzte und ebenfalls auf sie feuerte.

Die Roggenmuhme wurde von den Einschlägen hin und her geworfen und zischte aufgebracht, dann flirrte ihre Sichel rasend schnell durch die Luft, und der Sorbe stürzte geköpft zu Boden. Sein bärtiges Haupt rollte bis zum Škoda hinüber.

Sarah schrie verzweifelt auf. Abermals ließ das Sichelweib seine triumphierende Reibeisenstimme erklingen:

Saaaraaaahhhhh!

Keuchend versuchte Sarah, wieder auf die Beine zu kommen,

glitt auf dem regennassen Boden aus und sah, wie sich das Monstrum in all seiner Bosheit über ihr aufbaute und die Sichel hob.

Sarah begann nun doch zu beten ...

*

»Los, komm schon!«, spornte Tim Sven an, während sie schwitzend durch das dicht bewachsene Kornfeld auf den Silo zuliefen.

Über ihnen brannte heiß die Sonne, kratzige Ähren schlugen ihm ins Gesicht, und immerzu entdeckte er zwischen den Halmen Grashüpfer, die zwar vor ihm Reißaus nahmen, deren schiere Anzahl ihm aber dennoch Unbehagen bescherte.

»Du gibst hier das lahme Tempo vor!«, antwortete Sven gereizt. »Außerdem ist das eine total beschissene Idee, ausgerechnet kurz vor Mittag durch diesen Acker zu schleichen.«

»Wir sind doch gleich da. Und bei dem Aufmarsch da hinten achtet eh keiner auf uns.«

Vorsichtig spähten sie über das Meer der Ähren hinweg und sahen, dass sich vor dem zum Himmel aufragenden Silo die Kutzlarnitzer mit ihren Waffen versammelten und Dinge vom Lkw luden.

Hastig hetzte er weiter durch den hohen Bewuchs, und Sven folgte ihm unter leisen Flüchen. Tim sah es ihm nach.

In Wahrheit hatte sein Freund sicher genauso viel Schiss wie er selbst. Obwohl Luca nicht Svens Bruder war, und obwohl auch nicht er sich in Lea verknallt hatte, war er Tim doch bis hierhin gefolgt, um die beiden mit ihm zu retten. Und das rechnete er ihm hoch an.

Jedenfalls hofften sie, hier endlich fündig zu werden. Tim wagte es nicht, darüber nachzudenken, dass sich diese Hoffnung zerschlagen könnte. Oder dass Glowik, Borbora oder die Roggenmuhme den beiden vielleicht doch etwas angetan hatten.

Sie hatten sich dem Silo inzwischen bis auf etwa zehn Meter angenähert, als auf dem Vorplatz zwei Stimmen auf Sorbisch erschallten, unter denen Tim Lenka herauszuhören glaubte.

»Sieh doch!«, keuchte Sven, der ihn nun überholte. »Da vorn klafft ein Spalt in der Außenwand.«

Sie durchbrachen das Getreide und stürzten zur hölzernen Rückwand des scheunenartigen Silounterbaus, wo sie an einer schief stehenden und von trockenem Moos übersäten Latte zerrten. Die Nägel waren verrostet, und das Stück Außenverschalung kratzte über das übrige Holz, während sie sich gemeinsam daran zu schaffen machten. Hinter dem Silo waren grelle Schreie zu hören, die ihnen durch Mark und Bein fuhren.

Erstmals fielen auch Schüsse.

»O Scheiße!«, ächzte Tim.

Sie zerrten weiter an der Holzverkleidung, während jenseits des Silos ein regelrechter Kampf auszubrechen schien. Zahllose Schüsse fielen, außerdem waren gedämpfte Schreie zu hören.

Endlich gelang es ihnen, die Latte aus der Rückwand zu brechen.

Tim schleuderte sie von sich, und er war es auch, der sich als Erster durch den Spalt ins Innere des Silogebäudes zwängte. Kopfüber stürzte er hinter einen Stapel Strohballen, während irgendwo dahinter weiter gedämpfte Schüsse und Schreie zu hören waren. Sven schlüpfte ebenfalls hinein, dann schoben sie sich am Strohballenstapel vorbei und konnten erstmals einen Blick auf den Ort werfen, an den es sie verschlagen hatte.

Der Anblick, der sich ihnen bot, ließ sie schockiert innehalten.

Vor ihnen lag eine dämmrige, etwa drei Meter hohe Halle mit einer trichterförmigen Vorrichtung unter der Decke, die zum eigentlichen Silo im Turmbau gehörte. Nur wurde der Bereich hier unten offenbar schon lange nicht mehr als Kornspeicher genutzt, sondern als Lagerhalle. Denn überall an den Wänden türmten sich Lagen an Strohballen. An den Zwischenwänden hingen vereinzelt Werkzeuge, und von der Decke hing sogar eine Kette, deren schwerer Traghaken an einer Wand befestigt war.

Insbesondere der Anblick der Raumdecke verschlug ihnen den Atem. Denn sie war mit Hunderten überlanger Halmfäden regelrecht zugesponnen. Ähnlich den Außensträngen eines gewaltigen Spinnennetzes spannten sich einige dieser Halmgebilde sogar schräg in die Tiefe.

Am meisten bestürzten sie jedoch die sackartigen Gebilde, die etwa einen Meter über dem Boden baumelten. Sie sahen aus wie riesige Kokons, nur dass sie ebenfalls aus Stroh gesponnen schienen. Tim zählte acht dieser Objekte, und ein jedes von ihnen wies vage menschliche Konturen auf.

Tim musste wieder an die unheimliche Vision denken, die er bei Paula gehabt hatte. Nur dass ihm die Bedeutung all dessen jetzt erst klar wurde. Denn ganz ohne Zweifel waren in diesen Strohkokons die Entführten eingeschlossen.

Unter ihnen Luca und Lea. Und vermutlich Paula selbst.

Auch das erinnerte ihn an das Werk einer riesigen Spinne, die so ihre Opfer präparierte, bevor sie sie endgültig aussaugte. Bei dem Gedanken daran wurde ihm flau zumute.

Und im Halbdunkel vor ihnen zeichneten sich noch weitere Details ab. Am Boden unter der trichterförmigen Vorrichtung befand sich ein gut drei Meter durchmessender Kreidekreis mit zahllosen seltsamen Symbolen, von denen einige den Geoglyphen auf den Feldern ähnelten. Kerzen standen dort ebenfalls, zudem ein hohes, zusammengebundenes Ährenbündel in der Mitte.

Es erinnerte Tim an die ominöse letzte Garbe, von der sie gelesen hatten und in die die Roggenmuhme angeblich am Ende der Erntezeit fuhr. Angesichts des umgebenden Zauberkreises beschlich ihn jedoch der Verdacht, dass diese Garbe nicht dafür vorgesehen war, ihr als letzte Zuflucht zu dienen, sondern vielmehr als eine Art Kerker.

Doch auch diese Eindrücke verwischten sich angesichts des erschreckenden Geschehens, das sich draußen auf dem Vorplatz abspielte. Denn auf der gegenüberliegenden Seite der Halle stand ein doppelflügeliges Tor offen, durch das hindurch man Männer mit diesen grässlichen Vogelscheuchen kämpfen sah. Und die Furcht einflößenden Kreaturen lichteten die Reihen der Kutzlarnitzer gnadenlos.

Sollten diese Bubaks nicht eigentlich auf ihrer Seite sein?

Und lag da draußen tatsächlich eine dieser Hexenschwestern am Boden?

Tim wurde blass.

Ein greller Feuerstoß aus dem Flammenwerfer der Dörfler verwandelte soeben eine der Schreckgestalten in ein zuckendes Flammenbündel, doch noch immer hatten die Männer einen schweren Stand.

Auch in der Halle selbst war Bewegung auszumachen.

Die hinterhältige Borbora huschte soeben geduckt zu einem Strohballen rechts des Tores, während ihr bulliger Großneffe Glowik mit einem Gewehr auf die Angreifer zielte. Nur musste er sich jetzt seinerseits hinter einen Strohballen werfen, da irgendjemand da draußen das Feuer erwiderte.

Tim stöhnte besorgt, denn wer auch immer das war, wusste offenbar nicht, dass er jederzeit die Strohkokons mit den Menschen weiter hinten treffen konnte.

Sven verfolgte ebenso wie Tim ängstlich das Geschehen. »Scheiße, was machen wir jetzt?«

»An die Strohkokons kommen wir nicht ran«, antwortete Tim. »Aber hast du dein Feuerzeug noch dabei?«

»Klar.«

»Dann versuch, diese letzte Garbe da vorn abzufackeln.« Tim deutete auf das Ährenbündel im Beschwörungskreis. »Ich wette, die ist wichtig für die Hexe.«

»Und du?«

»Ich versuche, Glowik auszuschalten, bevor einer der Entführten zu Schaden kommt.«

»Bist du irre? Der hat 'ne Waffe.«

460

»Willst du, dass Lea oder Luca getroffen werden? Ich habe 'ne Idee!«

Ohne Svens Antwort abzuwarten, stürmte er im Schutz der Strohballen zu der Hallenseite, auf der die Kette mit dem schweren Traghaken von der Decke hing. Mit etwas Glück könnte er den Kerl damit von den Beinen reißen.

Glowik gab einen weiteren Schuss nach draußen ab, während Tim heimlich die Befestigung des Hakens löste. Im selben Moment begriff er, dass die Kette nicht tief genug hing, als dass der schwingende Haken seinen kauernden Gegner würde treffen können. Unvermittelt erschallte schräg vor ihm die keifende Stimme Borboras.

»Křešćan!«, geiferte sie alarmiert.

Tim folgte dem zornigen Fingerzeig der Alten und sah, dass die halb blinde Greisin Sven bemerkt hatte, der soeben mit seinem Feuerzeug versuchte, die letzte Garbe anzustecken.

Kreischend vor Wut stürmte die Hexe zur Hallenmitte, ein auffallend dickes ledergebundenes Buch in Händen. Das musste er sein, der Koraktor!

Ihr Großneffe fuhr alarmiert herum, als Tim den Lasthaken mit aller Kraft in seine Richtung schwang. Doch statt ihn erwischte er Borbora, die von dem schweren Gewicht hart in die Seite getroffen wurde und mitten im Lauf zu Boden stürzte.

Dafür entdeckte Glowik jetzt ihn. Wutschnaubend richtete er die Waffe auf ihn, und Tim, der wie erstarrt auf die Mündung starrte, vernahm wie aus weiter Ferne einen Schuss.

Doch nicht Glowik hatte geschossen.

Vielmehr wurde der Sorbe selbst von einer Kugel in die Brust getroffen, die ihn herumschleuderte und ebenfalls zu Fall brachte.

»Sven!«, brüllte Tim. »Beeil dich!«

Noch immer schnippte Sven weiter hinten verzweifelt mit seinem Feuerzeug, doch irgendwie schien es nicht zu funktionieren. Jenseits des Tors wurde ein lautes Flattern, Schwirren und Brummen laut.

Tim drehte den Kopf, und erstmals fiel ihm auf, dass es draußen inzwischen überall brannte. Nur blieb ihm keine Zeit für einen weiteren Überblick, da sich der Himmel vor dem Silo jäh verdunkelte und ein gewaltiger Heuschreckenschwarm auf die Kutzlarnitzer herabfuhr. Die Überrumpelten erwehrten sich des Ansturms mit Feuer und Schrot, doch hatten sie keine Chance. Schreiend und wild um sich schlagend, gingen sie nach und nach in die Knie, als inmitten all des Brausens und Flatterns eine Art Gesang erschallte. Plötzlich stieg der Heuschreckenschwarm wieder zum Himmel auf, doch nur, um Augenblicke später abermals auf den Platz niederzufahren, wo er nun die Konturen einer übergroßen humanoiden Gestalt annahm.

Die Roggenmuhme.

Sie erschien nun leibhaftig.

Umso wichtiger war es, dass sie die letzte Garbe vernichteten.

Tim rannte bereits los, als er sah, dass auch die alte Borbora wieder auf die Beine gekommen war und nun ebenfalls zu Sven humpelte, dessen verzweifeltes Feuerzeugschnippen endlich Erfolg hatte. Eine Flamme erschien, und er wollte soeben das Ährenbündel in Brand setzen, als die Greisin auch schon heran war und kreischend mit dem Koraktor zuschlug.

Sven wurde hart am Kopf getroffen und flog einen guten Meter zur Seite, als nun auch Tim mit der Hexe kollidierte. Schreiend schlug er mit beiden Fäusten zu. Doch Borbora war erstaunlich kräftig und zäh. Sehr viel stärker, als er angesichts ihres Alters vermutet hätte. Brüllend vor Wut setzte sie sich gegen ihn zur Wehr, schrammte ihm mit ihren Nägeln durchs Gesicht und nutzte eine Lücke in seiner Deckung, um ihm das Buch in den Magen zu rammen.

Gurgelnd klappte Tim zusammen, und die Alte lachte hämisch.

»Dachtet ihr Rotzblagen wirklich, ihr könntet mir meine Aussicht auf Jugend und Schönheit rauben?«, keifte sie mit sprühendem Speichel. Ihr intaktes Auge funkelte in einem fanatischen Glanz. »Nein, ich werde das jetzt alles vollenden!«

Sie klappte den Koraktor auf, hob eine Hand und wollte bereits einen Text rezitieren, als Tim stöhnend sah, wie sich Glowik blutend aus dem Zwielicht vor ihnen heranschleppte.

»Gar nichts wirst du tun, elende Hexe!« Wütend funkelte er sie an, während er unter großer Kraftanstrengung sein Gewehr hob. »Denn sie ist jetzt da!«, grollte er. »Niemand braucht dich noch. Für das, was ihr alle meiner Mutter und mir angetan habt, werdet ihr verrecken. Sie hat es mir versprochen!«

Sein Gewehr peitschte zweimal auf, und die fassungslos dreinschauende Greisin wurde von den Kugeln mehrere Schritte nach hinten gerissen, wo sie zu Boden stürzte und reglos liegen blieb.

Glowik ging ächzend in die Knie, und die Waffe rutschte ihm aus der Hand. Sein Blick brach, und er kippte vornüber.

Tim, der alles fassungslos mit angesehen hatte, kam wieder auf die Beine, starrte kurz die Toten an und stolperte rüber zu Sven, der bewusstlos mit einer Platzwunde am Kopf dalag.

Keine zwei Schritte von ihm entfernt lag der Koraktor aufgeblättert auf dem Boden. Das unheimliche Zauberbuch besaß tatsächlich schwarze Seiten und eine weiße Schrift.

Er streckte bereits die Finger nach dem Folianten aus, als vor dem Silo ein grässliches Heulen zu hören war.

Aufgeschreckt fuhr er herum und sah zu seinem Erstaunen, dass es draußen zwischenzeitlich schwer geregnet hatte. Hastig rannte er zum Tor hinüber und begriff, dass der Vorplatz inzwischen einem regelrechten Schlachtfeld ähnelte.

Überall in den Pfützen und Wasserlachen lagen Männer.

Reglos oder stöhnend.

Darunter auch einer mit abgeschlagenem Haupt.

Doch all der Schrecken verblasste, als er die Furcht einflößende Gestalt der Roggenmuhme erblickte, auf die in diesem Moment Handrej schoss.

Erbarmungslos fuhr die Sichel der dämonischen Schreckgestalt auf ihn nieder und köpfte ihn vor Tims Augen.

Er sah Handrejs Kopf über den Platz rollen und wimmerte auf vor nacktem Grausen.

Unweit von den beiden versuchte Sarah Richter, auf die Beine zu kommen, geriet jedoch ins Straucheln und fiel auf den regennassen Boden.

Und Tim nahm noch etwas wahr: ein seltsames Gurren.

Es kam vom Lkw.

Trotz der entsetzlichen Korndämonin, die dunkel und majestätisch auf die Kommissarin zuschritt, fiel sein Blick auf den Wagen. Auf der Ladefläche stand noch immer eine dieser grässlichen Vogelscheuchen.

Allerdings drehte die nun ruckartig den Kopf in seine Richtung und starrte ihn mit ihren schwarzen Flickenaugen an.

Ihn.

Wieso?

Saaaraaaahhhhh!, schallte das triumphierende Wispern des Sichelweibes an seine Ohren, während sich die monströse Kreatur über die Polizistin beugte und die Sichel hob.

Abermals war das leise Gurren zu hören.

Und endlich begriff Tim.

Der letzte Blick!

Deswegen stand die Vogelscheuche noch immer da oben.

Nicht Borbora hatte den Bubak bei seiner Erschaffung zuletzt angesehen, er selbst hatte das von seinem Versteck aus getan.

Er kontrollierte die Schreckgestalt.

»Hilf ihr!«, keuchte er.

Ansatzlos fegte die bizarre Vogelscheuche vom Lkw auf die monströse Roggenmuhme zu, die der jähe Angriff des Bubak völlig überraschte.

Die Kreaturen kollidierten miteinander, und das Sichelweib wurde von dem harten Aufprall zurückgeworfen. Die Muhme brüllte auf vor Zorn.

»Frau Richter!«, schrie Tim. »Hierher! Schnell!«

Hektisch winkte er und sah, wie sich die Polizistin panisch aufrichtete und auf ihn zurannte.

Er selbst mühte sich längst damit ab, die Torflügel zu verschließen. Schon war die Polizistin bei ihm. Verzweifelt half sie ihm bei seinen Anstrengungen, denn leider fand der ungleiche Kampf der beiden Monstrositäten ein allzu rasches Ende.

Ob der Bubak dem Mittagsweib überhaupt irgendwie hatte schaden können, wusste Tim nicht. Denn alles, was er sah, war, wie die Roggenmuhme die unheimliche Vogelscheuche mit ihrer Sichel zu einem Haufen Knochen und Kleinholz verarbeitete.

Raschelnd und mit rot glühendem Blick fuhr die Korndämonin zu ihnen herum, als es ihnen endlich gelang, die Torflügel zu schließen und den Riegel vorzulegen.

»Danke!« Konsterniert sah ihn die blonde Polizistin an, doch schien sie es schlicht als gegeben hinzunehmen, dass sie beide sich schon wieder gegenüberstanden.

»Was machen wir jetzt?«, wimmerte Tim. »Die wird auch das Tor einschlagen, und ich weiß einfach nicht mehr weiter.«

Sarah Richters überraschter Blick fiel auf die Toten und die brennende letzte Garbe weiter hinten. Ihre Augen verengten sich.

»Feuer verletzt sie! Wenn wir das alles hier in Brand stecken, fackelt sie vielleicht auch ab. Hier drinnen kann sie hoffentlich nicht ihren Regen heraufbeschwören.«

»Das geht nicht!« Tim deutete hinüber zu den Strohkokons. »Da hinten hängen die ganzen Entführten. Die werden mitverbr…«

Er kam nicht dazu, den Satz zu vollenden, weil in diesem Moment donnernd die Sichel durch das Holz des Tores brach und sie erschrocken zurücksprangen.

»Raus auf die Felder können wir nicht«, meinte Richter bestürzt, während die Torfügel ein weiteres Mal erbebten und die scharfe Bronzesichel der Roggenmuhme abermals durch das Holz brach. »Uns bleibt nichts anderes übrig, als uns zu verstecken. Mit etwas Glück überstehen wir so die Mittagsstunde.«

»Das ist noch über eine halbe Stunde hin!«, keuchte Tim.

Dennoch nickte er fahrig, da er selbst keine bessere Idee hatte.

»Sie links, ich rechts!«, rief er, dann stürmten sie in die Dunkelheit.

Tim quetschte sich panisch hinter einen Ballen Stroh, während die Roggenmuhme das Tor weiter in Trümmer hackte. Es quietschte und knarrte hässlich, als die Korndämonin die Flügel mit Macht aus den Angeln brach und die Überreste auf den Vorplatz schleuderte.

Tim hielt den Atem an und sah nun aus den Augenwinkeln, wie ihr langer Schlagschatten in die Halle vordrang. Dann war ein Hecheln und Schnüffeln zu hören, und Tim konnte durch einen Spalt zwischen den Strohballen dabei zusehen, wie ihre monströse Gestalt raschelnd auf dem Mittelgang vorüberglitt.

Gott, was sollten sie jetzt bloß tun?

Sein Herz pochte und drohte, in seiner Brust zu zerspringen – als weiter hinten Svens Stöhnen die Stille durchbrach.

Gereizt fauchte die Muhme auf, und Tim sah anhand ihres Schattenspiels, wie sie zu seinem ahnungslosen Freund hinüberglitt, der soeben wieder zu sich kam.

Nicht Sven!

Nicht auch noch er.

»Halt!«, brüllte Tim, und bevor sein Verstand übernehmen konnte, zwängte er sich auch schon wieder ins Freie. Ihm war eingefallen, dass er einen letzten Trick im Ärmel hatte.

Die Sache war völlig irrwitzig, weshalb er die Idee eigentlich längst verworfen hatte, und doch hielt er sich an diesem Rettungsanker fest wie ein Ertrinkender an einem Strohhalm.

Die fürchterliche dämonische Vettel stand bereits über seinem Freund, fuhr jedoch zu ihm herum und glitt zornesbebend und mit erhobener Sichel auf ihn zu.

»Ich sagte Halt!«, rief er. »Denn ich fürchte mich nicht! Denn ich bin fleißig!«

Gereizt blieb die Roggenmuhme vor ihm stehen, und ihr glühender Blick brannte sich förmlich auf den Grund seiner Seele. Tim besann sich verzweifelt auf die Sage von der besiegten Mittagsfrau, die er sich vor dem Aufbruch extra noch einmal eingeprägt hatte.

»Ich kann dir alles über die Flachsherstellung erzählen«, beschwor er sie wie das Mädchen in der Sage, während er Stück für Stück vor dem Monster zurückwich. Noch immer hatte er keine Ahnung, wie er das wenige, das er sich darüber angelesen hatte, auf über eine halbe Stunde ausdehnen sollte.

Und doch schien das schreckliche Dämonenweib irgendwie auf den Vortrag zu reagieren, denn lauernd starrte es ihn an.

»Flachs macht verdammt viel Arbeit«, brach es stockend aus ihm hervor. »Die Bauern müssen schon im Herbst die nährstoffreichsten Felder für den Flachsanbau bestimmen, und sie, äh, beackern und von Unkraut befreien. Dann ... dann kommt noch der Winter. Da ist es kalt, und da passiert erst mal nichts. Also, bis zur Schneeschmelze. Dann, äh, sobald der Schnee getaut ist, muss der Boden des Feldes neu umgewälzt werden. Und dann ...«

Dräuend beugte sich das Sichelweib zu ihm vor, und die rot glühenden Augen über der zerfurchten Altweiberfratze verengten sich zu sengenden Punkten.

»Dann wird der Acker ganz fein gerecht«, wimmerte er hastig, »sodass er ganz eben ist. Und dann werden nur die allerbesten Samen ausgesät, was, äh, verdammt viel Arbeit macht. Also früher, als die Leute noch selbst auf dem Feld aussäten. Heute gibt es für so etwas sicher ...«

Kein Flachsbauer!, fauchte das Sichelweib erbost. *Lügner! Blender! Du ... wirst ... sterben!*

Brüllend vor Wut richtete sich die Dämonin wieder auf.

Tim schrie verzweifelt und sah, wie das grässliche Kornweib mit der Sichel zum Schlag ausholte, als im offen stehenden Tor Antonin Schultkas' zornige Stimme erklang.

»Gar nichts wirst du Dreckstück!«

Er blutete am Kopf und zog sein linkes Bein leicht nach, während er mit zwei doppelläufigen Schrotflinten aus dem Sonnenlicht kommend die düstere Halle betrat. Eine der Waffen hielt er im Anschlag, die andere an die Schulter gelehnt.

Schon krachte der erste Lauf, dessen Ladung die Roggenmuhme frontal in die Brust traf. Mit der zweiten Ladung zielte er auf die Sichel in ihrer erhobenen Klaue, die klirrend irgendwo nach hinten in die Düsternis flog.

Kreischend öffnete sich das zahnbewehrte Maul des Sichelweibs, und Tim stolperte einige Schritte zurück, doch längst hatte Schultkas die Waffe gewechselt und feuerte abermals aus beiden Rohren. Und diesmal zielte er auf ihren Kopf.

Der ersten Schrotladung entging die Roggenmuhme durch eine rasche Seitwärtsbewegung, die zweite jedoch erwischte sie mitten in ihrer entstellten Fratze.

Heulend kippte das Dämonenweib hintenüber, blieb in dieser bizarren Position einige Augenblicke in der Luft hängen und richtete sich bedrohlich knackend wieder auf, mit rot glühenden Augen.

Tim wimmerte vor Verzweiflung. Das grässliche Miststück hatte überhaupt keinen sichtbaren Schaden genommen. Selbst Antonin Schultkas fluchte, während er hektisch Patronen nachlud. Schräg über sich, auf den aufgestapelten Strohballen, bemerkte Tim jedoch eine Bewegung. Mit einem wütenden Aufschrei jagte von dort Sarah Richter heran, die die Roggenmuhme nun von oben ansprang.

Hart landete sie auf ihrem Rücken, krallte die Linke in das strähnige Haar der Schreckgestalt, riss ihren Kopf zurück und holte mit der Rechten zum Schlag aus. Und in der hielt sie … die golden schimmernde Bronzesichel!

Tim sah, wie die Waffe flirrend die Luft durchschnitt. Ein gellender, sphärischer Schrei schallte durchs Silo, der jedoch abrupt abbrach, als die Klinge den Hals der Muhme durchschlug und ihr grässlicher Altweiberschädel zu Boden stürzte.

Wankend brach der Leib der Korndämonin zusammen und zerfiel vor ihren Augen zu einem Haufen zahlloser toter Heuschrecken, neben dem nun auch Sarah Richter zu Boden fiel.

Mühsam kam sie wieder auf die Beine, doch noch immer hielt sie die Bronzesichel umklammert. Ganz so, als könne sie selbst nicht so recht fassen, was ihr gelungen war.

»Ist das Miststück wirklich tot?«, fragte sie schwer atmend.

Gemeinsam mit Antonin Schultkas trat Tim vor und starrte ungläubig den großen Insektenhaufen vor ihren Füßen an.

»Ich denke schon«, erklang hinter ihnen die angestrengte Stimme Mječisławas.

Sie drehten sich zum zerstörten Tor um und sahen, dass dort – gestützt von einem der Kutzlarnitzer – die schwarzhaarige Hexenschwester im Sonnenlicht stand.

Jede ihrer freien Körperpartien bis hinauf zum Gesicht war mit roten Striemen übersät, und sie wirkte ebenso müde und abgekämpft wie alle anderen.

Doch auch sie hatte überlebt, und das war vielleicht das Wichtigste.

Antonin rührte mit dem Lauf der Flinte zwischen den toten Heuschrecken herum und schnaubte. »Sieht ganz so aus, als hättest du am Ende doch noch den Trick deines Vorfahren herausgefunden.«

Tim wandte sich von den Überresten der Roggenmuhme ab und blickte zu Sven, der mit großen Augen dasaß und sie anstarrte. Ganz offensichtlich hatte er alles mit angesehen.

Dann fiel sein Blick auf die Strohkokons, die noch immer unter der Decke baumelten.

»Lea! Luca!«, krächzte er. Und erstmals glaubte er, in ihrem Innern Regungen wahrzunehmen. »Bitte! Lasst sie uns da endlich rausholen!«

MUTTERKORN

»Nein, der Karton kommt wieder rauf auf mein Zimmer«, rief Luca und deutete durch das offen stehende Tor der Tenne rüber zu ihrem Wohnhaus. »Die Leinwand könnt ihr aber erst mal im Stall lassen.«

Sven brummte ungnädig, während er den Karton mit Lucas Büchern ins Freie schaffte. Lea hingegen lehnte die aufgerollte Leinwand mit dem *XFacts*-Motiv einfach gegen den alten rostroten Trecker.

Tim und sein Bruder mühten sich derweil weiter mit dem Flaschenzug ab, an dem Lucas schwere Kiste baumelte, die sie nun Stück für Stück durch die Dachbodenluke herabließen.

Auch sie landete sicher auf dem Boden.

»Und was machen wir mit ihr?«, fragte Tim. »Dafür ist im Haus doch auch kein Platz. In deinem Zimmer schon gar nicht.«

»Tja …« Luca kratzte sich am Kopf. »Die bleibt dann wohl erst mal hier unten bei den anderen Sachen. Auf den Müll kommt die jedenfalls nicht. Dafür ist die einfach zu geil mit ihrem Geheimfach.«

»Wenn ihr die nicht wollt, nehm ich sie gern«, meinte Lea grinsend, und sie und Tim warfen sich heimliche Blicke zu, die Tim still zum Lächeln brachten.

»Na ja.« Luca sah sie unglücklich an. »Eigentlich wollte ich sie schon behalten. Irgendwann werde ich ja sicher mal 'ne eigene Wohnung haben. Aber wenn du die willst, kriegst du sie natürlich. Hast du dir verdient.«

»Mal sehen«, wiegelte Lea ab. »Ich müsste eh erst mal mit meinen Eltern quatschen, ob die dafür Platz schaffen.«

»Kaffee und Kuchen!«, schallte vom Wohnhaus die Stimme ihrer Großmutter.

»Wir machen wohl besser später weiter.« Luca zwinkerte Tim zu.

Sie ließen die schwere Kiste stehen und marschierten gemeinsam mit Lea ins Freie.

Dort lachte die warme Nachmittagssonne vom Himmel, und Tim genoss den sanften Wind. Die brütende Hitze der vergangenen Wochen schien vorbei zu sein. Jetzt war es draußen richtig angenehm, fast so, als ob sich mit der Vernichtung der Roggenmuhme vor wenigen Tagen auch das Wetter über der Lausitz beruhigt hätte.

Sie liefen auf den lauschig im Schatten der Bäume gelegenen Gartentisch im Vorgarten zu, den seine Großmutter für sie mit ihrem besten Porzellangeschirr gedeckt hatte.

Von der Zufahrt drang Motorenlärm zu ihnen. Dort, vor der Kulisse des abgeernteten Kornfeldes, fuhr jetzt ein blauer Polo auf die Hofeinfahrt.

Tim sah sofort, dass das Fahrzeug der Cottbuser Kommissarin gehörte. Und sie war nicht allein gekommen, denn neben ihr saß Oberkommissar Antonin Schultkas, den man schon von Weitem an seinem ausladenden Schnurrbart erkannte.

Die beiden stoppten unweit der Scheune und verließen den Wagen.

»Als ob sie gewusst hätten, dass es jetzt etwas zu essen gibt«, rief seine Großmutter erfreut vom Hauseingang.

Sie trat soeben mit einem Tablett ins Freie, auf dem sie eine Kaffeekanne und Berge an Kirschkuchen balancierte. Tim und Luca eilten gleichzeitig zu ihr hinüber, doch Luca war schneller und nahm ihr zuerst die Last ab.

»Ich nehm das, Oma.«

»Wir wollten eigentlich nicht stören«, antwortete die Kommissarin, die sich mit Schultkas näherte.

»Aber nicht doch«, wiegelte seine Großmutter ab. »Sie sind herzlich willkommen. Das sind übrigens Kirschen aus dem eigenen Garten. Ich hole nur eben noch Geschirr. Kommt ja schließlich nicht mehr so häufig vor, dass wir hier so viele sind.«

Sie eilte zurück ins Haus.

Sven, der sich längst gesetzt hatte, stand wieder auf und holte zwei weitere Klappstühle, während Lea die Teller und Tassen auf dem Tisch zusammenschob, um Platz zu schaffen. Luca tischte den Kuchen auf, und Tim half Sven bei seinen Bemühungen.

»Setzen Sie sich einfach ans Tischende«, meinte er zu den Polizisten und ließ sich ebenfalls nieder. Doch bevor sie ein privates Wort wechseln konnten, kehrte Tims Großmutter auch schon wieder zurück und stellte den Beamten weitere Teile ihres kostbaren Geschirrs hin.

»Sie beide dürfen hier jederzeit vorbeikommen«, meinte sie dankbar und setzte sich ebenfalls. »Ich wüsste nicht, was ich ohne Sie überhaupt machen würde.«

»Nun, ohne Ihren Enkel Tim und seine Freunde wäre es uns vermutlich nicht gelungen, das Ganze zu einem glücklichen Ausgang zu bringen«, erwiderte Antonin Schultkas mehrdeutig. »Sie waren sehr hilfreich.«

Tim, Luca, Lea und Sven wechselten kurze Blicke.

Natürlich verstand seine Großmutter nicht, was Schultkas in Wahrheit andeutete.

Stattdessen lachte sie zufrieden und schaufelte den beiden nun Berge an Kuchen auf die Teller, bevor sie weitere Stücke verteilte.

Ausgerechnet Lea legte sie das dickste Stück auf den Teller.

»Hier, meine Liebe, extra für dich. Du musst wirklich etwas mehr essen, so dünn wie du bist.«

Lea starrte das riesige Stück fassungslos an und warf Tim einen unglücklichen Blick zu, doch der zuckte amüsiert mit den Schultern.

Natürlich würde er ihr bei dem riesigen Stück helfen, aber es konnte vermutlich nicht schaden, wenn sie sich erst einmal selbst bemühte.

»Eigentlich sind wir bloß hier, weil wir sehen wollten, wie es Ihnen so geht«, meinte die blonde Cottbuserin, während sie sich Kaffee einschenkte.

Tims Großmutter nahm liebevoll Lucas Hand und drückte sie. »Ich hoffe sehr, dass mein Enkel das alles bald hinter sich lassen kann. Ich sorge schon dafür.«

»Alles gut, Oma«, meinte Luca, der bereits Kuchen in sich hineinschaufelte. »Ich komm schon drüber hinweg. Ich war ja fast die ganze Zeit über betäubt.«

»Ja, vielleicht zum Glück«, seufzte die Großmutter. »Aber jetzt essen wir erst einmal was. Ich hab drüben in der Küche noch mehr.«

Natürlich hatte sie noch mehr.

Tim seufzte innerlich, während er ebenso wie die anderen zulangte.

Zugleich war er dankbar dafür, dass seine Großmutter die offizielle Erklärung für Lucas Verschwinden so bereitwillig geschluckt hatte. Der zufolge war der zu Tode gekommene Křešćan Glowik ein verwirrter Serientäter, der seine Opfer entführt und tagelang betäubt hatte, um mit ihnen ein hohes Lösegeld zu erpressen.

Tatsächlich hatten die Ärzte, die die Geretteten versorgt hatten, festgestellt, dass alle Entführungsopfer hohe Konzentrationen an Mutterkornalkaloiden im Blut hatten. Also jene Alkaloide, die der ebenso tückische wie giftige Mutterkornpilz produzierte, der sich so gern auf Getreideähren festsetzte. Im Mittelalter hatte man ihn sogar für das Krankheitsbild des sogenannten *Antoniusfeuers* verantwortlich gemacht. Eine Vergiftung, die unter anderem zu Wahnvorstellungen und Verwirrtheit führte – was ihnen angesichts der zurückliegenden Ereignisse natürlich entgegenkam. Denn leider wussten alle Opfer von verstörenden und scheinbar unerklärlichen Dingen zu berichten, die so ganz offiziell als Halluzinationen abgetan werden konnten.

Alle Beteiligten, die hier am Tisch saßen, wussten es natürlich besser.

Sie tauschten eine Weile Belanglosigkeiten aus, als im Haus das Telefon schrillte.

»Ach Gott, das wird Frau Walther sein.« Seufzend erhob sich

473

Tims Großmutter. »Ich hatte ihr gestern schon versprochen zurückzurufen. Wenn Sie mich kurz entschuldigen?«

Sie eilte ins Haus, und Antonin Schultkas wandte sich sofort an Luca und Lea.

»Und wie geht es euch beiden wirklich?«

Die beiden sahen sich befangen an.

»Eigentlich ganz gut«, meinte Lea schließlich. »Ich wusste ja schon, bevor dieses ... Ungeheuer mich erwischt hat, mit was wir es da zu tun hatten. Die Zeit in dieser Strohhülle war wie ... ein unruhiger Schlaf ... durchsetzt mit Albträumen.«

»Ja, bei mir ebenfalls.« Luca ließ gequält die Kuchengabel sinken. »Wobei ich wohl deutlich mehr Albträume als Lea hatte. Vor allem von Philipp ... um den es mir wahnsinnig leidtut.« Traurig sah er zu ihnen auf. »Ich vermisse ihn. Er war wirklich ein guter Freund. Und ich hab erst heute Morgen mit Paula telefoniert, mit der ich mich morgen treffe. Schätze, wir beide haben viel zu bequatschen. Sehr viel ...«

Betretenes Schweigen herrschte am Tisch.

»Tim hat dir erzählt, wie er auf dich aufmerksam geworden ist?«, fragte Sarah Richter behutsam. »Ihr beide habt offenbar tatsächlich so eine übersinnliche Verbindung. Ohne sie wäre es uns am Ende vielleicht gar nicht gelungen, euch da rauszuholen.«

»Ja, ich weiß.«

Tim bemerkte, wie Luca ihn ansah, und sie lächelten einander freudlos zu.

»Irgendwie wussten wir das wohl schon immer«, erklärte Luca leise. »Ich war tatsächlich die ganze Zeit über davon überzeugt, dass Tim mir irgendwie nahe ist. Und irgendwie hat mir das auch Hoffnung gegeben. Andererseits, das Gefühl war so ... weird. Vermutlich können das bloß Leute nachvollziehen, die irgendwann mal aus einem Koma erwacht sind. Die ganze Zeit fieses Kopfkino, und man kann Traum und Wirklichkeit einfach nicht auseinanderhalten.«

»Was ist eigentlich mit diesem Firmenchef? Diesem Holger Krahl?«, wollte Sven wissen. »Der Mistkerl wusste doch ganz genau, was da draußen vor sich ging. Auch wenn er am Ende von Glowik und dessen Großtante hintergangen wurde.«

»Tja …«, Antonin Schultkas lehnte sich seufzend zurück. »Er weiß das, wir wissen das. Leider war er überaus vorsichtig. Keiner der Funde, die wir bei ihm gemacht haben, ist justiziabel genug, als dass wir ihn einbuchten könnten. Offiziell kann er sich also weiter als Opfer seines Angestellten ausgeben. Krahl hält jetzt vermutlich eh die Füße still.«

»Er hat aber inzwischen Besuch bekommen«, sagte Sarah Richter böse. »Nicht nur von uns, sondern auch von den Kutzlarnitzern. Ihm ist klar, dass wir wissen, dass er für seinen Profit bereitwillig über Leichen gegangen ist. Und er weiß jetzt auch, dass wir ihn ab sofort im Auge behalten.«

»Vielleicht kann ja Mjecisława irgendetwas tun«, sagte Tim. »Ich würde dem Kerl wirklich zu gern einen Fluch an den Hals wünschen.«

»Mit solchen Wünschen sollten wir vermutlich sehr, sehr vorsichtig sein«, antwortete die Polizistin ernst. »Wir wissen ja, zu was das führen kann.«

Tim nickte betreten und blickte zu Lea, die ihn mitfühlend ansah.

Es wäre wohl ohnehin nicht klug, die einzig überlebende Hexenschwester um etwas zu bitten. Aus Wut und Rache schon gar nicht. Außerdem hatte die Frau derzeit sicher anderes zu tun. Immerhin hatten die Kutzlarnitzer für ihr Eingreifen einen hohen Preis bezahlt. Nicht nur dieser Handrej war bei dem Kampf gegen die Roggenmuhme ums Leben gekommen, sondern auch noch drei seiner Mitstreiter. Und von den Übrigen war keiner unverletzt geblieben.

»Womit wir bei diesem Koraktor wären.« Schultkas sah unglücklich in die Runde. »Wir haben das Zauberbuch noch immer nicht gefunden. Keine Ahnung, was damit passiert ist. Nicht einmal Mječisława hat von dem Ding eine Spur gefunden. Ebenso, wie das Buch aufgetaucht ist und hier für Schrecken gesorgt hat, ist es auch wieder verschwunden. Rätselhaft.«

»Sie sind sich sicher, dass diese Mječisława es nicht heimlich an sich genommen hat?«, fragte Lea.

»Kann ich mir nicht vorstellen.« Antonin wog zweifelnd den Kopf. »Deine Freunde waren ja dabei, als wir den Silo abgesucht haben. Nichts.«

»Es ist halt ein Zauberbuch.« Luca zuckte mit den Schultern. »Vielleicht gehört das zu seinem Wesen.«

»Oder Borbora hat es andernorts versteckt«, meinte Tim.

»Ja, vielleicht.« Sarah Richter blickte sie nachdenklich an und lächelte schließlich. »Hauptsache, Luca berichtet darüber nicht auf seinem Kanal.«

»Keine Bange, den habe ich aufgegeben.« Sein Bruder deutete unglücklich zur Scheune. »Wir sind gerade dabei, das Studio aus-zuräumen. Nach allem, was passiert ist, will ich mit paranormalen Sachen nichts mehr zu schaffen haben. Glauben Sie mir.«

»Ja, versteh ich nur zu gut.« Antonin Schultkas schnaubte. »Geht uns ebenso.«

»Na gut.« Sarah Richter räusperte sich. »Wir wollten euch ohne-hin nicht lange stören, denn wir wollen auch selbst noch einmal bei Paula vorbeifahren, um mit ihr zu reden. Wäre vielleicht eh ganz gut, wenn wir sie abwechselnd im Auge behalten. Ich weiß noch nicht, wie sie das alles verkraftet.«

»Ja, klingt gut.« Tim nickte. »Ich schätze, wir werden weiter Kontakt zu ihr halten.«

Die beiden Beamten tranken ihren Kaffee aus, und sie alle er-hoben sich.

»Ihr drei wart übrigens wirklich klasse«, meinte Sarah Richter zu Tim, Sven und Lea. »Auch wir haben euch viel zu verdanken.«

Tim lächelte schmal. »Ja, schätze, wir waren ein ganz gutes Team. Sollten wir nur vielleicht doch nicht so bald wiederholen.«

»Wer weiß?«, sagte Sven. »Vielleicht werde ich ja auch mal Polizist.«

Sarah Richter grinste. »Werden wir sehen.«

Sie und ihr Kollege verabschiedeten sich, und Tim und seine Freunde sahen ihnen dabei zu, wie sie wieder in den Polo einstiegen, noch einmal kurz winkten und schließlich den Hof verließen.

»Mann, wart ihr gut«, meinte Tim, als der Wagen nicht mehr zu sehen war.

»Du glaubst, dass die uns das abgenommen haben?«, fragte Sven.

»Denke schon. In jedem Fall haben die uns ganz sicher nicht umsonst nach dem Buch gefragt.«

»Obwohl es von dir schon etwas fies war, den Verdacht auf diese Mječisława zu lenken«, meinte Luca an Lea gewandt.

»Wieso?«, gab sich diese leutselig. »Das war doch glaubwürdig, oder nicht? Die hat doch bestimmt Interesse an dem Buch. Und wenn Sven es nicht heimlich beiseitegeschafft hätte, wer weiß, was sie oder wer auch sonst eines Tages damit anstellen würde.«

»Dabei könnte man mit dem Koraktor bestimmt auch Gutes bewirken«, meinte Sven. »Denkt an Krabat.«

»Vergiss es!«, murrte Tim. »Was das angeht, traue ich keinem mehr.«

»Ich weiß, ich wollte es nur noch mal gesagt haben.«

Tim sah seine Freunde an. »Also, wir sind uns sicher? Jeder von uns hatte genug Zeit zum Nachdenken. Aber heute ist der Tag der Entscheidung.«

Luca nickte. Lea ebenfalls. Und so sah Tim noch einmal Sven an.

»Ja, Mann«, stöhnte der. »Obwohl es schon geil gewesen wäre, ein echtes Zauberbuch zu besitzen.«

»Okay, dann bringen wir's endlich hinter uns?«, fragte Tim in die Runde.

»Ja, wird Zeit«, meinte Luca.

Sein Bruder marschierte zum Haus und rief: »Oma, wir machen jetzt das Lagerfeuer an.«

Sie hörten, dass sie etwas antwortete, und er nickte ihnen zu.

Gemeinsam folgten sie ihm in den Garten, wo Tim schon am Morgen alles vorbereitet hatte. Auf einem freien Platz zwischen den Bäumen und Gemüsebeeten hatte er einen Haufen Feuerholz aufgeschichtet.

Sogar eine Flasche Grillanzünder stand daneben.

Sven und Luca traten vor und brachten den Holzstapel zum Brennen, während Tim und Lea zu der Tonne mit dem Kompost marschierten, neben dem sie den Koraktor verbuddelt hatten.

Der Foliant steckte in einer ordinären Plastiktüte, und als Tim ihn hervorzog, spürte er sein stolzes Gewicht. Das Buch war dick, besaß einen fleckigen Ledereinband ohne Beschriftung, und der Buchschnitt schimmerte sogar von der Seite betrachtet schwarz.

Natürlich hatten sie alle zuvor einen Blick hinein riskiert, doch die weiße Schrift war ohnehin in einer Sprache verfasst, die sie nicht lesen konnten. Und die vielen Zauberzeichen und kunstvollen Beschwörungskreise, die dort abgebildet waren, würden vermutlich ebenfalls nur jenen ihre Geheimnisse preisgeben, die sie zu deuten verstanden.

Sie traten mit dem Koraktor an das Lagerfeuer heran, dessen Flammen beständig höher schlugen, und warfen sich alle noch einmal Blicke zu.

Schließlich klappte Tim das Buch auf und warf es mit den Seiten zuunterst ins Feuer.

Funken stoben prasselnd empor, und die Lohen leckten über den Ledereinband, der sich allmählich schwarz färbte und wie die Buchseiten knisternd zu brennen begann.

»Immerhin«, meinte Luca. »Das Buch ist doch nicht unzerstörbar. Ich hatte mir schon Sorgen gemacht.«

»Dann lasst uns auf Krabat anstoßen, denn der hat das damals nicht fertiggebracht!«

Sven ließ eine Bierflasche ploppen, und Tim fragte sich, wo er die so plötzlich hergezaubert hatte. Unvermittelt spürte er Leas

Hand in der seinen, und auch, wie sie ihren Kopf an seine Schulter legte.

Die beiden anderen Jungs grinsten, und Sven ließ die Flasche herumgehen.

Vor ihnen knisterte und knackste es, und gemeinsam sahen sie dabei zu, wie das Feuer immer mehr Nahrung fand.

Ein Funkenwirbel stieg hoch zu den Baumwipfeln auf.

Tim blickte dem Funkenflug hinterher und glaubte dort oben, zwischen den Blättern vor dem rötlich blauen Nachmittagshimmel, eine herumflatternde Amsel zu sehen. Sie hielt etwas im Schnabel, das verdächtig einem Grashüpfer ähnelte.

Das, was ihnen widerfahren war, würde er gewiss sein Lebtag nicht vergessen können. Und Kornfelder würde er sicher auch nicht mehr so schnell betreten.

Aber all das lag hinter ihnen.

Und wer wusste das schon, nach all den übernatürlichen Dingen, die sie erlebt hatten? Vielleicht gab es ja tatsächlich so etwas wie Schicksal.

Womöglich hatte sich alles genau so ereignen sollen.

Er zog Lea fester an sich, und als er den Duft ihres Haars roch, lächelte er.

Denn wenn das so war, dann gab es neben all dem Dunkel auch das Licht. Und dann würde das am Ende ja vielleicht doch noch ein ganz guter Sommer.

Ende